Helmut Sakowski

Daniel Druskat

Roman

Aufbau Taschenbuch Verlag

ISBN 3-7466-1364-7

1. Auflage 2003

Umschlaggestaltung Torsten Lemme
unter Verwendung eines Szenenfotos aus dem Fernsehfilm
»Daniel Druskat« mit Manfred Krug und Hilmat Thate,
Foto Gerd Platow, Archiv von Helga Korff-Edel
Druck Ebner & Spiegel, Ulm
Printed in Germany

www.aufbau-taschenbuch.de

I

1

Viele Leute werden sich der unbarmherzigen Sommerglut jenen Jahres erinnern, das Gras der Wiesen vergilbte und verdorrte – aber die Bauern in Altenstein vergessen diesen Sommer nicht wegen der Geschichte mit Daniel Druskat.

Sie kannten den Druskat, wie man jemanden kennt, der auf der Nachbarschaft wohnt. Sie wußten von seinen Eigenheiten, wie er sprach und ging und sich kleidete. Sie wußten manches von ihm, für Aufsehen hatte der Mann oft genug gesorgt.

Sie erinnerten sich, wie man Druskats junge Frau zu Grabe getragen hatte vor vielen Jahren, wie er vor der offenen Grube stand, kalt und tränenlos, die kleine Tochter fest an der Hand, fünf Jahre wird sie damals gewesen sein, viel zu zart für ihr Alter, das Wurm, dünne Rattenschwänzchen, mit schwarzen Schleifen gebunden, die Kleine mochte nach der Mutter geraten sein, die ewig kränkelte, bis es dann viel zu schnell mit ihr zu Ende ging. Damals hatte er den Leuten leid getan, obgleich ihm manche nicht verzeihen wollten, daß er als erster im Dorf die Frau ohne Pastor unter die Erde bringen ließ und ohne Glocke. Vielleicht waren deshalb so viele Menschen dem Sarg gefolgt, sie standen eingepfercht in die Feldsteinmauern des winzigen Gottesackers, und der alte Gomolla, Kreissekretär von Weran, war persönlich erschienen, daraus konnte geschlossen werden, wie die Partei auf Daniel Druskat hielt. Gomolla habe es gut gemacht und ergreifender gesprochen als der Herr Pfarrer bei solcher Gelegenheit, sagten viele, die aus Anteilnahme oder aus Neugier der Feier beigewohnt hatten.

Druskat hatte den Leuten leid getan und sie im selben Augenblick verletzt, weil er ihr Mitleid nicht annahm. Es gab nämlich manche Frau im Dorf, die ihm im Haus und bei der Pflege des Kindes zur Hand gehen wollte, aber mit stummem Kopfschütteln oder, wenn's hochkam, mit einem Dankeschön abgewiesen wurde.

Er galt als eigenbrötlerisch, war niemandes Schuldner und niemandes Kumpan, aber jedermann im Dorf bald auf ganz selbstverständliche Weise zugehörig und vertraut.

Vor ein paar Wochen auf der Bezirkskonferenz hatte er eine Rede gehalten. Seit diesem Tage war er berühmt im Land, die Zeitungen schrieben über ihn, sogar sein Bild wurde veröffentlicht, jeder konnte sehen, daß der Vorsitzende von Altenstein ansehnlich von Gestalt war, und jeder konnte lesen, wie mutig er Dinge beim Namen nannte, über die man nicht offen geredet hatte, obwohl sich viele Leute in den Dörfern darüber ärgerten.

Am Montag gegen Abend kamen Männer und holten ihn ab, das konnte sich niemand erklären, und tags darauf verschwand Anja, seine sechzehnjährige Tochter, aus dem Dorf. Keiner öffnete, sooft auch ans Haus geklopft wurde.

Wenn man davon absah, daß keine Kühle aufkommen wollte, ließ sich der Abend, an dem sie Druskat holten, wie jeder andere Abend an.

Es muß nach achtzehn Uhr gewesen sein, denn die Kaufmannsfrau hatte die letzten Kunden mit freundlichem Nachdruck bereits des Ladens verwiesen – Traktoristen, die von der Schicht kamen, und Handwerker, die den halbverfallenen Dorfkrug zu einer Urlaubergaststätte umbauen sollten. Die Männer, Bierflaschen in den Händen, standen um die Milchbank vor dem Laden herum, erzählten sich vorm Nachhausegehen noch dies und das, rauchten und tranken, und der eine oder andere pfiff auch mal anerkennend schrill oder kratzte sich die haarige Brust, wenn ein Mädchen vorüberging.

Jeder der Männer sah den Wagen, wie er schaukelnd ins Dorf einfuhr, Altenstein lag abseits der großen Straße, und ein Auto war noch beachtenswert. Sie sahen dem Wagen nach, einem Wolga, schwarz der Lack, eine Farbe, die wohl von der Behörde bevorzugt wird. Drei Männer im Auto, das langsam und wie suchend über das Kopfsteinpflaster schwankte, bis es schließlich am Vorgartenzaun bei Ziesenitz hielt.

Die Ziesenitzen, vorzeitig auf Rente gesetzt wegen der Wassersucht und aufgeschwemmt vom Fußknöchel bis ans Doppelkinn, schleppte sich jeden Abend vor die Tür. Sie trug daheim wie außer Haus Pantinen, kein Schuh wollte ihr passen, und sie setzte sich niemals, wie andere Frauen ihres Alters, auf den Haustritt nieder, um zu genießen, was auf der Dorfstraße vor sich ging, sie vermied es, sich niederzulassen, weil ihr das Aufstehen schwerfallen würde, außerdem, so behauptete sie, überblicke man stehend mehr von der Welt, und die Welt war ihr Dorf. Die Frau lehnte beinahe bewegungslos am Staketenzaun, der Mühe hatte, ihr standzuhalten, rührte nur ab und zu eine Hand, um den Fliegen zu wehren oder ein freches Huhn zu scheuchen, das ihren Vorgarten zerkratzen wollte.

Der Wolga hielt also geradewegs vor der Gartenpforte. Die Insassen waren feine Männer, die Ziesenitzen erkannte es an dem Gehabe, gewöhnliche Autofahrer kurbeln die Scheibe herunter und winken einen womöglich auch noch heran, um nach dem Weg zu fragen, diese nicht. Einer der Herren stieg aus, sagte: »Guten Abend«, wie sich das gehört, und: »Bitteschön« und fragte nach Druskats Wohnung.

Gott, der Weg ist nicht zu verfehlen, das letzte Haus, ganz rechts, das weißgekalkte, jeder im Dorf habe sich gefragt, warum er in die Hütte eingezogen sei, nun ja, der Garten sei hübsch, aber gewiß hätte sich Besseres für den Vorsitzenden gefunden, der Frau, sagt man, habe es wohl gefallen, die sei nun an die zehn Jahre tot, mit Dreißig habe sie fortgemußt, diese schreckliche Krankheit, sie selber sei auch nicht gut zu Fuß. Die Ziesenitzen war entschlossen, den Herrn in ein Gespräch zu ziehen, und fragte schließlich geradeheraus: »Sie sind wohl nicht von hier?«

Aber der Mann sagte nur »Vielen Dank«, und da wußte die Ziesenitzen, was es mit den Fremden auf sich hatte.

Dies verkündete sie am nächsten Morgen im Kaufmannsladen. Gott, die Nachbarinnen sollten doch nicht so begriffsstutzig sein – mißtrauischer Blick über die im Laden versammelten Frauen hin, keine Unbekannte darunter, man war unter sich.

»Sicherheit, was denn sonst«, flüsterte die Ziesenitzen, verschränkte die Arme unterhalb des mächtigen Busens und lehnte sich auf dem Ladenbänkchen zurück. Und die stattliche Kaufmannsfrau, sie ließ sich jeden Montag in der Kreisstadt eine rötlich schimmernde Frisur richten, was von mancher Kundin als Hochmut oder gar als Hinweis auf ihren bürgerlichen Stand gedeutet wurde, die Kaufmannsfrau führte die Hand zum Hals.

»Nein!«

»Was ich sage.«

Die Ziesenitzen hat es ja aus nächster Nähe gesehen. Sie ist nicht gut zu Fuß, aber wie's manchmal so geht, ausgerechnet diesen Abend entwischte ihr die Glucke – »Noch einen Würfel Margarine, lang doch mal rüber, nein, du hast dich vertan, Adele, zum Backen nehm ich die für eine Mark« –, man kennt doch die Geschichte von diesem dämlichen Tier, das in der Scheune heimlich auf faulen Eiern brütete und schließlich eines schönen Tages mit stolz geplustertem Gefieder auf dem Hofe erschien, ein erbärmliches Küken hinter sich, ein einziges. Dieses Tier war nun gerade zu dieser Stunde mitsamt dem kleinen Hühnchen entlaufen, und Mutter Ziesenitz mußte, puck, puck rufend, in Pantinen bis zu Druskats Häuschen schlappen, um nach dem elenden Viehzeug zu spähen. Da hat sie gesehen, wie sie den Schwarzhaarigen, ganz verstört ist er gewesen, in die Mitte nahmen und zum schwarzen Wolga führten – Gott, einen Blick hat der Mensch ihr zugeworfen, es ist ihr durch und durch gegangen. Und Anja stand heulend unter der Türe und rang die Hände, hochmütiges Ding, das oft genug vergessen habe, ihr die Tageszeit zu bieten.

Das erzählte die Ziesenitz und thronte auf dem Bänkchen

im Laden, und die Frauen reichten ihr zu, was sie bei der Kaufmannsfrau auf Zuruf bestellte. »Ein Kilo Erbsen, ich hab noch Gepökeltes zur Suppe. Jetzt sitzt er im Loch, warum denn wohl?«

Die Frauen summten und brummten, hoben die Schultern oder wiegten den Kopf. Die eine oder andere – man erinnerte sich – hatte während der Feldarbeit oder bei einem Schwätzchen auf dem Haustritt erzählt, geradezu unheimlich könne einem werden, wenn der Mensch einen anstarre mit diesen brennenden Augen, der müsse ein Teufel sein und zu bedauern die Ärmste, die der ins Bett zerre. Einzelheiten wußte leider niemand, denn die so redeten, lagen nicht bei ihm, und die vielleicht mit ihm geschlafen hatten, sprachen kein Wort. Manches konnte aber vermutet werden. Der Vorsitzende war schließlich erst um die Vierzig, seit langem Witwer, wo sollte er hin mit seiner Kraft. Jedenfalls gab es häufig Gerede. Sogar von einer mörderischen Schlägerei zwischen Druskat und einem Rivalen wollte man wissen.

»Weibergeschichten?«

Ach was! Deshalb werde keiner eingesperrt, leider, treulosen Männern sei das zu gönnen, aber dann gehörten die Kittchen samt und sonders aufgestockt.

Die Frauen kreischten belustigt, bis eine sagte, für die Dreckarbeit im Luch, für die Entwässerung, das Geld solle Druskat erschwindelt haben, hunderttausend Mark, eine unvorstellbare Summe, Wirtschaftsvergehen nenne man das.

Die Ziesenitzen lächelte mitleidig, winkte die Nachbarinnen näher zu sich, noch näher, und schielte vorsichtshalber zur Ladentür. »Wißt ihr noch, daß vom Nachbardorf, von Horbeck, einer vor Jahren verschwunden ist? Man hat die Leiche bis heut nicht gefunden.«

Die Frauen fuhren zurück.

»Mord?«

Wer hatte dieses schreckliche Wort geflüstert? Jede oder keine? Vielleicht hatten sie es bloß gedacht? Sie sahen sich zuerst schweigend an, aber dann riefen sie plötzlich alle zugleich:

»Verleumdung!« – »Üble Nachrede!« – »Paß auf, daß es dir nicht an den Kragen geht!«

Der Ziesenitzen war, als habe sie sogar das Wort »Miststück« vernommen. Das ging zu weit. Schließlich las man auf der Lokalseite der Zeitung, eingerückt zwischen Anzeigen, Seegrundstück gesucht oder Schlafzimmer, gut erhalten, zu verkaufen, ab und an eine Mitteilung von der Art, daß Frau Soundso mit dem Ausdruck allergrößten Bedauerns diese oder jene Beleidigung zurücknähme.

Die Ziesenitzen schnaufte verachtungsvoll, erhob sich schwerfällig von der Bank und watschelte zum Tresen. »*Ich* habe nicht Mord gesagt!« Sie schloß die Augen für ein Weilchen, um dann den Zeigefinger auf die Kaufmannsfrau zu richten. »Adele, du bist Zeuge!« Die Kaufmannsfrau ließ ein wenig die Lider flattern. Gewiß, wenn's anging, redete sie jedermann zum Munde, das gehörte zum Geschäft, diesmal mußte sie sich jedenfalls heraushalten, kein Zweifel, die Frauen waren aufgebracht, sie mochten diesen Druskat, nun ja, er hatte sicher was Apartes, ein unbedachtes Wort, und die Bäuerinnen hätten womöglich die Alte gezaust, zwischen Bierkästen und kunstvoll aufgetürmten Pyramiden von Waschpulverpäckchen und Schmalzfleischdosen. Da sei Gott vor, dachte die Kaufmannsfrau, hakte die Zahlenkolonne auf dem Packpapier ab und fragte mit Flötenstimmchen: »Noch was, Mutter Ziesenitz?«

»Rechne zusammen!«

Druskat ein Mörder? Niemand glaubte daran. Dennoch wurde das Gerücht vom Kaufmannsladen fortgetragen. Wenig später wußte man in den Nachbardörfern davon.

2

Sie saßen bei Tisch, der Mann und das Mädchen.

Einmal, das Mädchen ging erst ein paar Jahre zur Schule, hatte es abends den Tisch gedeckt, sogar ein weißes Tuch aufgelegt – das Kind wird's im Kino so gesehen haben oder auswärts, manchmal sind sie am Sonntag zum Essen in die Stadt gefahren –, die Brotscheiben waren wie Blätter einer Blume im Korb geordnet, und Druskat freute sich und lobte die Kleine.

Seit diesem Abend bewirtete Anja ihren Vater, und die halbe Stunde wurde heilig gehalten im Haus, denn morgens, wenn sie sich für die Schule anzog, trieb er sich längst in den Ställen umher, mittags kehrte er, falls es sich so ergab, in der LPG-Küche ein, während das Kind in der Schule aß. Sie hatten nur diese Abendmahlzeit gemeinsam. Und wo er sich immer befand, auf dem entlegensten Feld oder in einem Beratungszimmer, ob es stürmte oder vom Himmel troff, er brach auf, sobald es Zeit war, damit er pünktlich daheim sein konnte.

Die Leute gewöhnten sich daran wie an viele seiner Eigenheiten. Und wer dennoch mit Druskat reden mußte, klopfte bei ihm zu Hause an und brachte sein Anliegen vor. So kam es, daß Anja manches erfuhr von den Angelegenheiten der Genossenschaft und von den Geschäften, die der Vater regeln mußte, und die Leute unterschied sie danach, ob sie ihrem Vater halfen oder ihm Ärger machten.

In der Schule lernte sie, was alle Kinder lernen, von Druskat, wieviel Geld sie in einer Woche für den bescheidenen Haushalt verbrauchen durfte, aber auch, wie sie Nachrichten übermitteln mußte, die Besucher oder Anrufer für den Vater hinterlassen hatten. Sie wußte bald, was er gern hörte und womit sie zurückhalten sollte zu dieser abendlichen Stunde.

»Und sonst? Keine Katastrophen, keine Neuigkeiten, nichts?«

»Ein Anruf«, sagte die Tochter, »aber der Mann hat seinen Namen nicht nennen wollen.«

»Merkwürdig.« Druskat aß langsam und ohne Genuß, es wird die Schwüle sein, die Unbehagen macht, unerträglich die Hitze. Er knöpfte sein Hemd auf, obwohl's ihn neuerdings genierte, die behaarte Brust vor dem Mädel zu entblößen, und dann hörte er zu, Kinn auf die Fäuste gestützt, wie sie von ihren kleinen Erlebnissen erzählte, wie es in der Schule gewesen war und was ihr Lieblingskater trieb, der hatte ihr zur Huldigung drei tote Mäuse aufs Bett getragen.

Wenn sie erzählte, veränderte sich ihr Gesicht, wurde lebhaft, ihre Augen glänzten, das sah er gern, dann dachte er: Sie ist schön, und sie wird einmal ohne mich auskommen, ohne meine Hilfe. Er hatte sie zur Selbständigkeit erzogen, er hatte ihr beigebracht, daß jeder Mensch was verantworten muß.

Klug ist sie auch. Die Schönen, Fröhlichen haben es leichter im Leben, das ist so, auch wenn's mit der Weltauffassung nicht zu begründen ist. Schön ist sie, aber vergrübelt, manchmal zu still und zu scheu, wie ihre Mutter war, von der hat sie auch die dunklen Augen und das schwarze Haar, das kaum zu bändigen ist.

Auf alle Fälle wird es gut sein, daß sie nach den Ferien auf die Stadtschule muß. Im Internat lebt sie unter Gleichaltrigen. Er mußte sie immerfort ansehen, bis das Mädchen fragte: »Hast du Sorgen?«

Er lehnte sich auf dem Stuhl zurück, schnippte sich eine Zigarette aus der Packung und fragte: »Ich möchte wissen, ob du einen Freund hast?«

Sie lachte und schob ihm den Ascher zu. »An jedem Finger einen.«

»Glaub ich beinahe«, sagte er, »aber zehn sind weniger als einer, ein richtiger. Weißt du, manchmal braucht man einen Freund, der Mensch kann in Situationen geraten …«

Sie unterbrach ihn. »Du bist mein Freund, auf einmal willst du mich los sein, du kannst nicht abwarten, daß ich endlich in diesem blöden Internat verschwinde.«

Sie lachte nicht mehr. Sie geht nicht gerne fort, sie hat sich von klein auf gegen jede Veränderung gewehrt, er ist nicht schuldlos daran, denn er hat sich ebenso an die Tochter geklammert, wie sie sich an ihn, nach Irenes Tod. Manchmal empfand er sogar Genugtuung, wenn er bemerkte, daß sie Fremde so wenig mochte wie er. Er hatte sie in ein Heim gebracht, die Schwestern und Erzieherinnen gaben sich alle Mühe, aber das Kind wurde sterbenskrank, lachte nicht, wenn er es besuchte, klagte auch nicht und hatte schon als kleines Mädchen diesen Vorwurf im Blick wie jetzt. Er hatte Anja wieder zu sich nehmen müssen, die Heimleiterin riet dazu. Es gibt solche Fälle.

Sie hatte sich jedes Jahr aufs neue gewehrt, mit anderen Kindern in ein Ferienlager zu fahren, weil das Trennung bedeutet hätte auf ein paar Wochen, Gewöhnenmüssen an andere. Und jedesmal hatte er schließlich nachgegeben, weil ihn ihre Anhänglichkeit rührte, weil er den Vorwurf in ihrem Blick nicht ertragen konnte, weil er das schwierige Kind nicht verstören wollte, vielleicht aber auch, weil er sich selber allein fühlte unter all diesen Leuten im Dorf. Er hatte gedacht, das würde anders werden mit den Jahren. Heute ist sie sechzehn, sie ist fast erwachsen, und er findet, daß sie schön ist, aber er hört niemals, daß am Abend die Jungen vor ihrem Haus pfeifen wie nach anderen Mädchen im Dorf. Sie werden wohl beide als etwas seltsam gelten, er, Druskat, und seine Tochter.

»Ich trenn mich nicht gern von dir«, sagte er, »aber nun muß es sein. Wir haben schon zehnmal darüber geredet. Du wirst dein Abitur machen, studieren. Studier irgendwas, das mit der Landwirtschaft zu tun hat, davon verstehst du doch schon eine ganze Menge. Wir beide« – er faßte nach ihrer Hand und sah das Mädchen eindringlich an –, »wir beide müssen lernen, ohne einander auszukommen.«

Schrecklich, daß sie so nah ans Wasser gebaut hat.

»Was gibt's denn da zu heulen?«

So hatte sie als Kind schon geweint, lautlos, und im nächsten Augenblick vergessen können, was sie eben noch bekümmerte. Und wie damals wischte sie die Tränen mit dem Handballen fort.

»Natürlich kein Grund«, antwortete sie aufsässig und warf mit einer herrischen Kopfbewegung das schwarze Haar über die Schulter zurück. »Ich weiß ja schon lange, daß sich gewisse Frauen danach drängen, in dein Haus zu kommen.«

Sie ist eifersüchtig. Er hat merkwürdige Dinge mit ihr erlebt. Sie ist sieben oder schon acht gewesen, und sie kam immer noch zu ihm ins Bett gekrochen, sonntags, wenn er eine Stunde länger liegen blieb als an anderen Tagen. Einmal fragte er sie: »Warum machst du das? Warum kommst du so gern in mein Bett?« – »Weil du so schön bist«, gab sie ganz ernsthaft zur Antwort.

Er mußte lachen, aber von diesem Tag an scheute er vor übertriebener Zärtlichkeit zurück, wie man sie oft an Einzelkinder verschwendet. Er spielte mit ihr wie mit einem Jungen, er versuchte, sie an Frauen zu gewöhnen. Aber jedesmal, wenn er eine Frau mitbrachte, versperrte sie sich. Sie war nicht aufsässig gegenüber dem Gast, antwortete höflich und freundlich, wenn man sie nach diesem oder jenem fragte, aber es waren Auskünfte, wie man sie einem wildfremden Menschen gibt, der sich nach dem Weg erkundigt. Deshalb blieb wohl auch keine für länger bei ihm, und wenn ihn eine Frau zur Entscheidung zwingen wollte, dann entschied er sich für das merkwürdige Kind, das ihm näherstand als irgendein Mensch auf der Welt.

Später wollte er ihr ein paarmal erklären, wie das mit der Liebe ist und daß Geschlechtlichkeit etwas Selbstverständliches sei, vielleicht hatte er auch um Verständnis werben wollen für sich selber, sie unterbrach ihn aber jedesmal nach den ersten Sätzen und sagte unwillig: »Ja, ich weiß, wir haben es in der Schule.« Was Paarung bedeutet, wußte sie wie jedes Kind auf dem Dorf, von der Liebe erfuhr sie aus Büchern und Gedichten, denn sie las gern. Er dachte manchmal, sie kann es noch nicht zusammendenken, die Liebe und das Geschlecht. Aber wer kennt sich schon aus in einem so jungen Menschen.

Nun räumte Anja den Tisch ab, stellte das Geschirr auf ein Tablett. Er ging ihr – die Zigarette zwischen den Lippen – zur Hand und fragte nuschelnd: »Auf wen bist du eifersüchtig?«

Sie lachte. »Auf niemanden.«

»Auch auf Rosemarie nicht?«

Sie sagte: »Ich glaube, die liebt dich nicht richtig«, gab ihm das Tablett in die Hände und zog den Zigarettenstummel mit spitzen Fingern aus seinem Mund.

»Kindskopf«, sagte er, »du mit deinen zehn Verehrern weißt ja noch nicht, was das ist, die Liebe.«

Sie schubste ihn zärtlich in die Küche und meinte mit überlegenem Lächeln: »Ich denke mir, wenn eine Frau richtig liebt, dann nimmt sie alles in Kauf, Vater, alles!«

»Was meinst du?«

»Na, eine Stieftochter, eine störrische, zum Beispiel – und ein Dorf, das so wie unser Dorf ist, na, ein richtiges Kaff eben, nicht mal 'ne Wasserleitung im Haus. Oder sie nimmt 'ne Arbeit in Kauf, die nicht so schön ist wie Rosemaries Arbeit auf diesem sagenhaften Staatsgut ... Ich glaube, bei der zählt bloß, daß sie was ist, und Doktor, das ist natürlich was. Da kommst du nicht mit, armer Vater.«

Er hob die Schultern.

Druskat versteht sich auf jede Hausarbeit, das haben die Umstände mit sich gebracht, er kann waschen und kochen, und manche behaupten, er könne sogar mit einer Nähmaschine umgehen, aber nach dem Abendessen hat er von jeher den Abwasch der Tochter überlassen, der gefällt es, wenn er sich den Hocker an den Küchenschrank rückt und raucht und mit ihr plaudert, während sie am Spülstein hantiert.

»Der Mann am Telefon hat seinen Namen nicht nennen wollen?«

Sie schüttelte den Kopf und sagte dann unvermittelt: »Es war dumm, daß ich dir was vorgeheult habe. Aber ...«, sie zögerte, »du weißt ja, wie ich bin ... Ich bin so, daß ich mir immer ausdenken muß, was kommt danach. Ich werde eine Zeitlang nur noch übers Wochenende nach Hause können, dann, wenn sie mich nehmen, bloß noch in den Semesterferien. Und wenn man das weiß ..., das ist wie Jugendweihe, so ein Schritt, das ist so was, wie ich es neulich in einem Roman gelesen habe, da stand am Schluß des Kapitels: ›An diesem Tag endete seine Kindheit.‹«

Sie beendete ihre Arbeit nicht, ließ die Teller im Spülicht, trocknete sich die Hände an der Küchenschürze und bat ihn um eine Zigarette. »Du hast doch nichts dagegen?«

»Wie sollte ich«, sagte er lächelnd, »wenn du meinst, daß deine Kindheit vorbei ist. Übrigens, so redet doch keine Sechzehnjährige.«

»Feuer brauche ich auch.«

Sie rauchte ihre Zigarette an, das machte sie geschickt, wie jemand, der in Übung ist, drehte sie in den Fingern und betrachtete den Rauch, wie er aufwärts quoll. »Du bist für mich Vater und Mutter zusammen, Bruder auch. Aber das ist es nicht allein, warum ich dich gern hab.«

Jetzt wurde es für den Vater peinlich, Gefühlsausbrüche waren nie seine Sache. Er stellte sich an den Abwaschbottich und klapperte mit den Tellern.

»Großer Gott, nun machst du vielleicht zum erstenmal im Leben eine Liebeserklärung und das ausgerechnet deinem Vater.«

Sie sagte: »Alle haben nicht solches Glück mit ihren Vätern, bei manchen ist das zweierlei, wie sie zu Hause sind und wie sie als Genossen sind, was sie reden und was sie machen. Ich finde dich richtig gut.«

Was sollte Druskat sagen? Er überlegte, doch er wurde der Antwort enthoben, denn jemand klopfte ans Haustor, offenbar einer, der nicht wußte, daß man am leichtesten durch die Küche in ein Bauernhaus gelangt.

»Ja, ich komme!«

Drei Männer standen vor der Tür. Den einen kannte Druskat, der Mann hatte kein Dutzendgesicht, und Druskat erinnerte sich, der arbeitet bei der Staatsanwaltschaft.

»Wollt ihr zu mir?«

Er hätte nicht zu fragen brauchen, er wußte, zu wem sie wollten und weshalb sie kamen. Er hatte vergessen wollen, und er hatte es lange vergessen und dennoch gewartet auf diesen einen Augenblick.

Er starrte die Männer an, und vieles ging ihm durch den

Kopf, wirr wie im Traum, Gedanken, die sich sinnlos aneinanderreihten, Bilder, die nicht zusammenpaßten, Gesichter und Namen: Max Stephan in Horbeck, der mein Freund gewesen ist – einmal hat er mich beinahe totgeschlagen, und Krüger – ich bring dich um, Hilde Stephan – ich hab dich geliebt vor einer Ewigkeit, aber Rosemarie liebe ich heute noch – lauf davon, laß mich allein – SS im Schloß – rotes Fahnentuch, der alte Gomolla, das Gesicht dicht über meinem, lachend – Junge, wovor hast du Angst – und die Frau Gräfin, im Stall erzählt man, daß sie scharf wie ein Rasiermesser ist, weißer Damast und blitzendes Silber – ach, die vielen Kerzen – und der tote Mann, auf das Pferd gebunden, die Dörfer müssen endlich vollgenossenschaftlich werden – überall brennen die Dörfer in der Nacht – und meine Frau ist tot, ich selber, das ist möglich, werde bald ein toter Mann sein. Warum? Mein Kind, ich kann es nicht im Augenblick erzählen.

Er ließ die Männer an sich vorbei ins Haus, folgte ihnen langsam mit gesenktem Kopf, er war wie gelähmt und wie taub, er hörte ihre Schritte nicht, er fühlte seinen Körper nicht, und es war ihm, als könne er sich selbst betrachten, als biete ein anderer diesen Männern Platz. Aber die wollten sich nicht setzen, und jetzt sah er mit einemmal, aufblickend, das Mädchen bei der Tür stehen.

»Das ist Anja, meine Tochter.«

Das Mädchen trat lächelnd näher, reichte jedem der Fremden die Hand. »Möchten Sie was zu trinken, ein Bier vielleicht, ich kann auch einen Tee machen.«

Nein, die Männer wollten nicht trinken, sie wollten sich nicht setzen, aber sie redeten auch nicht. So hat sich noch niemand verhalten, der in dieses Haus gekommen ist, und so hat sich auch der Vater nie verhalten. Dem Mädchen wurde angst.

Ob sie störe?

Druskat deutete mit dem Kopf gegen die Männer. »Die Genossen kommen vom Staatsanwalt.«

»Deinetwegen?«

»Ja.«

»Aber warum?«

Einer der Männer hielt den Kopf schief, wie ein Schwerhöriger. »Haben Sie denn mit Ihrer Tochter nicht darüber gesprochen?«

Druskat sagte: »Ich hab nicht gedacht, daß ihr mich holen würdet ... so schnell. Aber«, er blickte wie lauernd von einem zum anderen, »ihr wollt doch, daß ich mitkomme?«

»Ja.«

Druskat wendete sich nach der Tochter um, und das Mädchen sah, wie ihm der Schweiß über die Stirn rann, wie ihm das Hemd am Körper klebte. Es wollte keine Kühle aufkommen an diesem Sommerabend. Das Mädchen sah, wie Druskat die Hände ein wenig hob, wie er die Finger spreizte, als wollte er etwas greifen oder formen, das nicht faßbar war, und wie er die Hände schließlich sinken ließ.

»Ich muß fort.«

Anja hatte ihren Vater niemals hilflos gesehen. Plötzlich war sie die Angst los, sie spürte, daß sie ihm helfen müsse, vielleicht war wirklich ihre Kindheit zu Ende in diesem Augenblick. Sie empfand ein starkes Gefühl für ihn, das nur Frauen kennen: Mütterlichkeit. Sie sagte kein Wort, sie lächelte ganz wenig, und er handelte nicht länger wie unter einem Zwang, er sah das lächelnde Mädchen an, straffte sich. »Bitte, hilf mir beim Packen.«

Sie betrat vor ihm sein Schlafzimmer, öffnete den Schrank, legte seinen guten Anzug zurecht, ein frisches Hemd, und ordnete dann, was man für eine kurze Reise braucht, geschickt in einem Köfferchen.

Er stand abgewendet von ihr, weil er nackt war, und sie betrachtete den nackten Menschen, der ihr Vater war, ohne Scheu, so bloß erschien er ihr wieder schutzbedürftig, wie vorhin in der Stube.

Sie sagte: »Wie lange wirst du fortbleiben?«

»Das weiß ich nicht.« Er streifte frische Wäsche über.

Sie fragte, ohne jeden Vorwurf: »Was hast du getan, Vater?«

Er sagte: »Ich kann es dir jetzt nicht erklären, das ist eine verworrene Geschichte. Ich wollte immer, du solltest niemals davon erfahren, jetzt tut es mir leid, daß ich nicht gesprochen habe.«

»Zu wem soll ich gehen, Vater?« fragte sie. »Du hast doch Freunde, sie müssen dir helfen!«

Er zog den Schlips zurecht, das Mädchen half ihm in die Jacke, sie reichte ihm das Köfferchen, er war reisefertig, er hielt ihre Hand fest. »Unternimm nichts, hörst du, verhalte dich wie immer, lauf zu niemandem, ich muß es allein durchstehen, alles, was auf mich zukommen wird. Kann sein, ich bin in ein paar Stunden zurück, ich bin bestimmt bald zurück. Laß die Haustür offen. Kein großer Abschied – bitte. Mach's gut.«

»Mach's gut.« Sie begleitete ihn zur Haustür – dort warteten die Männer –, küßte ihn zum Abschied auf die Wange, nicht zärtlicher und nicht stürmischer als sonst, wenn er manchmal am Abend zu einer Versammlung aufbrechen mußte und sie nicht sicher war, ob sie bei seiner Heimkehr noch wach sein würde.

Als er eingestiegen war, hob sie die Hände und winkte ihm zu, und dann sah sie dem Wagen nach, wie er schaukelnd über die Dorfstraße davonfuhr.

Am Zaun lehnte die alte Ziesenitz. »Nein aber auch, die Hitze, die Hitze«, hechelte sie. »Ich hab solchen Sommer noch nicht erlebt, und ich hab vieles erlebt, bei Gott. Wir werden Hunger leiden müssen wie das Vieh, alles verkommt, das machen die mit ihren verfluchten Atombomben, glaub mir, mein Kind, es ist ja keine Frömmigkeit mehr unter den Menschen ...«

Sie schwatzte, schnaufend und keuchend, über dies und das, der kleine Fußmarsch hatte sie angestrengt, aber dann konnte sie die Neugier nicht länger zügeln und fragte geradeheraus: »Die Herren waren wohl nicht von hier?«

Druskats Tochter schüttelte ein wenig den Kopf; sie ließ die Alte stehen, trat ins Haus und verschloß die Tür hinter sich.

3

Die Dörfer liegen nicht weit voneinander entfernt. Trotzdem ist es umständlich, zueinander zu kommen. Der Autofahrer oder Traktorist muß von Altenstein über eine leidlich geschotterte Straße nach Norden bis auf die Hauptchaussee fahren, von dort aber bald wieder nach Süden abbiegen und den Mönchsbusch umfahren, bis er schließlich nach Horbeck kommt. Hier endet die Straße am See.

Wer gut zu Fuß ist und die Tücken eines Feldweges auf sich nimmt, braucht aber nicht länger als eine halbe Stunde, um von einem Dorf ins andere zu gelangen. Der Pfad, von scharf duftendem Kraut gerändert, schlängelt sich durch die Wiesen, vorbei an vergrauten Koppelzäunen, die verfallen, seit der elektrische Weidedraht in Mode gekommen ist, später säumen ihn Weidenstümpfe, über deren zerborstenen Köpfen sich die Äste wie gespreizte Greisenhände erheben, manche längst abgestorben, andere schütteln noch immer belaubte Zweige im Wind. Nach Regengüssen ist der Weg glitschig und kaum zu passieren, bis er ansteigend plötzlich im Sande verläuft.

Den Hügel bedeckt ein schütteres, zerzaustes Kiefernwäldchen, wer es durchschritten hat, ist bald bei einem kurzstämmigen Baum mit mächtig ausladender Krone angekommen. Gerichtslinde heißt seit jeher der Baum.

Es soll immer noch Leute geben, die meiden diesen Ort bei Dunkelheit. Eulen hausen in ausgefaulten Astlöchern der Linde, und es klingt nicht geheuer, wenn die Nachtvögel jammern. Aber bei Tage spielen die Kinder von Altenstein und Horbeck gerne hier.

In früherer Zeit, sagt man, soll an dieser Stelle die Richtstätte gelegen haben, aber urkundlich ist es nicht, die Bücher werden verbrannt sein wie manche Zeugnisse der Vergangenheit, oft hat der Krieg diese Fluren verheert. Immer wieder Krieg und Gewalt, und immer haben die Dörfer gebrannt. Die Kaiserlichen haben sie angezündet, dann sind unter Gustav Adolfs Standarte die Schwedischen von Usedom gekommen und später wieder die Kaiserlichen. Eine Zeitlang haben angestammte Slawenherzöge das Land regiert im Namen des Reiches und zu eigenem Nutzen, dann ist der böhmische Wallenstein Landesherr von Mecklenburg gewesen, aber die Schwedischen ließen ihn nicht lange regieren. So überliefert es die Geschichte. Wer weiß, was aus den kleinen Leuten geworden ist?

Ein Chronist der Komturei Newerow berichtet lediglich: Nach dem dreißig Jahre währenden Krieg sei zwischen Horbeck und Altenstein nicht eine einzige Herdstelle behaust gewesen. Aus Feldsteinen gefügt, erhebt sich unweit der Gerichtslinde ein Mauerrest, den nennt man heute noch Wüstekirche.

Damals hat die Linde schon gestanden, und gewiß haben sich an den kräftigsten Ästen die Kadaver von aufgeknüpften Bauern gedreht. Niemand weiß mehr, ob kaiserliche, schwedische, katholische oder reformierte Marodeure ihren Spaß daran hatten. Einmal kamen die einen Berittenen ins Dorf oder was man mühselig davon wieder errichtet hatte, dann sind es andere gewesen: He, Bauer, wo steht der Feind? Was ist denn ein Mensch zwischen den Gewalten?

Kürzlich waren die Kinder von Horbeck beim Buddeln auf ein Gräberfeld gestoßen, gut erhaltene Urnen, die Reste von Totenbrand enthielten. Eines der Kinder hatte einen besonders kostbaren Fund gemacht und, vor Freude aufschreiend, eine blaue Glasperle aus der Asche geklaubt. Ein Mädchen wird die Perle im Ohr getragen haben vor vielen, vielen hundert Jahren, eh man seinen Leichnam verbrannte.

Und wie vor undenklicher Zeit wurde die funkelnde blaue Perle begehrtes Handelsobjekt, ging von Hand zu Hand und wanderte, im Tausch gegen Westkaugummi, sogar bis nach Karbow. Die Kinder spielten in aller Unschuld mit Knochen und Scherben, bis die Lehrer dahinterkamen und dem Unfug ein Ende setzten. Das Gräberfeld wurde abgesperrt und von Fachleuten untersucht, es lohnte aber nicht, alle Funde zu bergen. Wohin mit aber tausend Scherben von ungezählten Totenkrügen?

Das Unland wurde schließlich dem Pflug übergeben, und die blaue Perle, die vor Zeiten einem Mädchen, vielleicht aus slawischem Stamm, gehört haben mag, ist jetzt im Heimatmuseum von Weran zu besichtigen, seit kurzem aber auch ein germanisches Kurzschwert, ein Traktorist aus Bornhof pflügte es mit der Winterfurche auf. Sie liegen jetzt dicht beieinander und stammen aus einer Zeit, uralt beide, die blaue Perle und das Schwert.

Vielleicht ist der Hügel überhaupt keine Richtstätte gewesen – Kunow, der Lehrer von Altenstein, vermutet es –, sondern ein geheiligter Ort, den alten Göttern geweiht? Die Findlinge, nach denen sich die knotigen Wurzeln der Linde tasten, erlauben beinah diesen Schluß.

Welche Götter mögen es gewesen sein, und wer hat sie verehrt, hier, an der Gerichtslinde, zwischen Altenstein und Horbeck, die man seit nunmehr zehn Jahren vollgenossenschaftliche Dörfer nennt, und auch das bezeichnet eine historische Entwicklung.

Wer, von Altenstein kommend, dem Kiefernwäldchen den Rücken kehrt, sieht Horbeck liegen, winzige Neubauernhäuser aufgereiht an der Straße zum See, großfenstrige Betonwürfel aus neuer Zeit, und über den Wipfeln der Parkbäume die Zinnen von Schloß Horbeck, einem gewaltigen Klotz im Tudorstil. Rechter Hand funkelt der See überm Ufergebüsch, hier beginnt das Wolfsluch, es dehnt sich bis nach Dorf Altenstein hinüber, man kann es nicht einsehen von dieser Seite des Hügels aus, aber zur Linken leuchten die Ziegeldächer von Karbow in der Ferne, und Felder, soweit das Auge sieht, wie mit breitem Pinsel aufgemalt, matte Farben, gelb, grün und braun und wie hingetupft, bläulich die Wäldchen, Felder bis hin zur Höhe, über die sich die Hauptchaussee zieht, eine Pappelallee, sie erscheint wie ein zartgestricheltes Zäunchen, das den Horizont abgrenzen soll vom ungeheuer hohen Sommerhimmel.

Wer an der Linde steht, kann in weniger als einer Viertelstunde nach Horbeck hinuntersteigen.

Druskats Tochter, die am Morgen durch die Felder nach Horbeck hinunterging, sah, daß dieser Sommer die Landschaft veränderte, Feldfrüchte welkten, die Sonne hatte manche Koppel ins Gelbe verfärbt. Anja dachte: Alles vertrocknet, aber der große Polder im Luch ist grün. Sie brauchen den See nur zu fluten, und die Sonne kann nichts mehr verbrennen, kann dem Gras nur beim Wachsen helfen. Der Polder sieht grün aus, grasgrün, das muß ich Stephan zeigen, er hat nicht dran glauben wollen oder meinem Vater aus Sturheit nicht geholfen, so ist der manchmal. Aber Vater hatte selbstverständlich recht, als er aus dem Sumpf eine Wiese machen wollte. Jeder muß es jetzt begreifen, aber Stephan war dagegen, viele waren dagegen, manche haben es offen gesagt, andere nicht so offen, zum Beispiel Herr Kunow, neulich in der Schule, Biologie, er redete über die Arbeit der Bauern im Luch, über den Nutzen der Entwässerung, endlich mal was Interessantes, und sagte mit einemmal – der bibberte ja richtig mit der Stimme –, leider würden die Nistplätze der armen Vögel vernichtet, und noch mal leider. Es wär nur 'ne Feststellung, nichts weiter, kein Vorwurf etwa gegen den Herrn Druskat, aber jeder in der Klasse drehte sich rum und starrte mich an, als wäre ich ganz alleine schuld an der Vertreibung der Kraniche und Enten. Na, das hat mir gereicht, ich hab dem Kunow gesagt, so von oben runter, das kann ich auch: »Jeder Fortschritt hat seinen Preis.« Hab ich von Vater aufgeschnappt, hübscher Satz und wirkt natürlich. Erst mal Stille in der Klasse, aber dann rief einer von den Jungen, witzig, witzig oder so. Natürlich großes Gelächter. Die dachten wohl, ich laß mich aus der Fassung bringen? Ich hab gesagt: »Mein Vater bedauert auch, daß die Enten nicht mehr brüten können. Wie wär's denn, wenn die Klasse Kopfweidenstecklinge schneiden würde, Landschaftsgestaltung, Herr Kunow, unter Ihrer Anleitung selbstverständlich, Sie verstehn was davon – tausend Stecklinge würden genügen, meint mein Vater –, wir brauchen sie nur am Deich einzusetzen, sie wachsen rasch und sehen schön aus. Was gibt's da zu lachen, ich finde, Weiden sehen wunderschön aus, und in ein paar Jahren, Jugendfreunde, wird auf jedem Weidenkopf ein Entenpärchen brüten!« Herr Kunow fand den Vorschlag positiv, die Klasse schließlich auch. Wir werden im Frühjahr Stecklinge setzen. – Nächstes Frühjahr, was ist dann? Werd ich noch hier sein? Wo wird mein Vater sein? Wo ist mein Vater jetzt? Sein Bett war heute morgen unberührt.

Ich will zu Stephan gehen, er und mein Vater haben sich oft bekämpft, aber sie sind auch Freunde gewesen. Vielleicht weiß Stephan, warum mein Vater verhaftet wurde, vielleicht hat er sogar damit zu tun.

4

Die Stephans bewohnen am Rande von Horbeck ein schmukkes, geräumiges Ziegelhaus, das ist schon lange im Besitz der Familie. Zwar hatte bereits Max Stephans Schwiegervater, der alte Krüger, auf den stattlichen Hof eingeheiratet, um den ersten Weltkrieg ist das gewesen. Und die Frau, Hildes Mutter, sie ist schon lange tot, wurde von den Vorbesitzern nur an Kindes Statt angenommen, stammte aber von Horbeck, so galten die Stephans als eingesessen wie zwei, drei andere Familien, mehr hatten sich, solange Horbeck gräflich war, gegenüber dem Gut nicht behaupten können. Die übrigen Bauern waren früher Tagelöhner und Knechte gewesen bei den Horbecks auf Horbeck oder waren nach dem zweiten Krieg aus dem Böhmischen oder dem Westpreußischen zugewandert. Das ist aber auch schon eine Weile her, und auf den Friedhofsteinen von Horbeck sind neben den Namen der eingesessenen Wiedenbecks, Krügers oder Turows längst Namen wie Krakowski, Rogowski, Piontek oder Kalluweit zu lesen.

Nun müssen sie sich, dort unten in der Erde, alle miteinander vertragen, obwohl sie zu Lebzeiten so manchen Strauß miteinander auszufechten hatten, die Eingesessenen und die angesiedelten Habenichtse. –

Es war gegen sieben und noch ein wenig morgenkühl, keine Wolke am Himmel, der Tag würde in Gluthitze flimmern. Max Stephan war schon seit Stunden im Dorf auf und ab gelaufen, er konnte sich auch in die hoffnungsloseste Lage nicht schicken und hatte frühmorgens die Feuerwehr mobil gemacht, sie wollten mit Hilfe langer Schlauchleitungen, die er dem Bürgermeister von Weran abgeschwatzt hatte, einen Teil der vertrockneten Wiesen bewässern.

Und wenn's nun in Weran brenne und das Depot sei von Schläuchen geräumt, nicht auszudenken, jammerte der Weraner Bürgermeister und sträubte sich, aber Max beschwor ihn, dem Verbrennen der Wiesen und Koppeln zu wehren, und der Bürgermeister ließ sich schließlich überzeugen mit einer Kiste herrlicher Tomaten, die nirgends zu dieser Zeit gehandelt wurden, aber in den Horbecker Gewächshäusern reiften.

Dieser Max Stephan war ein stämmiger Mensch, um die Vierzig, mit jugendlichem Gesicht, blauäugig, wie ein Märchenheld, aber fast kahl auf dem Schädel, kräftig die Nase, alles war kräftig an diesem Mann, ihm war anzusehen, wie gern er lebt und genießt.

Er hockte hemdsärmelig vor dem Frühstückstisch, drei Spiegeleier auf dem Teller. »Na los, Hildchen!«

Die Frau schenkte ihm Kaffee ein, der viel steifer war als der sogenannte Mokka, den man im »Weraner Hof« gereicht bekam. Sie war gleichaltrig mit Stephan und ist in der Jugend eine hübsche Frau gewesen, jetzt war sie schon ein wenig abgeblüht, herbe Fältchen um den Mund, sie hat viel arbeiten müssen an der Seite dieses Mannes: »Hildchen, immer mit gutem Beispiel voran, sonst treten meine Bäuerinnen kurz!«

Max hatte sie gern mit ihren Fältchen. Sie aber, Hilde, die Tochter des Besitzers, hatte wenig zu sagen und zu bestimmen, seit Stephan auf den Hof gekommen war, er hat sie oft genug wie ein Kind behandelt, so geht es manchmal den

Frauen der vitalen Männer, und Hilde war im Nachteil mancher Frau gegenüber, die streng auf Gleichberechtigung hielt. Der Mann glaubte aber, er mache den Nachteil bei ihr mit viel Liebe wett, da überschätzte er sich wohl, wie in vielen Dingen. Weil er aber oft und gerne liebte, mußte er viel Zärtlichkeit bei seinen Werbungen aufwenden, und das gefiel seiner Frau tatsächlich. Dennoch: Sie hat sich seiner nicht nur erfreut, sondern wohl auch gelitten an seinem Wesen. Aber oft konnte sie ihn noch bewundern wie in ihren Mädchentagen. Er war ein Teufelskerl, ein Draufgänger. Und wenn's auch durchaus nicht immer was Lustiges war, etwas Neues erlebte sie jeden Tag mit diesem Mann, er hielt sie in Spannung.

Der alte Krüger, schon über Siebzig, aber noch einigermaßen zugange, flockte Brot in einen übergroßen Tassenkopf, murrte, wie jeden Morgen, Hildes Kaffee sei das reinste Gift, goß reichlich heiße Milch zu, knurrte, die Butter sei zu hart, räsonierte, das sei amerikanische Unsitte mit diesem kalten Kühlschrankzeug – er mußte es wissen, er war, seit er auf Rente saß, ein paarmal nach dem Westen gefahren –, und Max, der Schwiegersohn, sah den Alten an und machte nur einen Augenaufschlag, den brachte der bärenhafte Mensch so sanft wie eine Frau zustande, aber er verkniff sich eine Redensart.

Der Alte nahm Butter in das Eingeflockte und überstreute es löffelweise mit Zucker. Er hatte es nämlich mit den Zähnen, weigerte sich aber, einen Dentisten aufzusuchen, rausgeschmissenes Geld. Er verstopfte die Zahnlöcher mit Gewürznelken, das betäube den Schmerz und mache den Atem angenehm, aber er aß seit langem nicht mehr mit Genuß und war vom Fleische gefallen.

Hilde war eilig hin und her gelaufen, um die beiden Männer zu bedienen, jetzt stand sie beim Fenster, da stand sie schon eine Weile, als Max Stephan, kräftig kauend, fragte: »Na, was ist? Willst du mir nicht Gesellschaft leisten?«

Die Frau sah hinaus auf den Hof. »Du lieber Gott.«

»Was ist?« fragte Max.

»Druskats Tochter steht draußen.«

Jetzt erhob sich auch Stephan, wischte sich flüchtig den Mund und trat neben seine Frau. Tatsächlich, da steht das Mädchen, bildhübsch ist sie geworden, und der Junge balzt um sie herum, der muß in die Schule, warum ist das Mädel nicht in der Schule, die traut sich nicht hin, jetzt kommt sie zu ihm!

Der Alte rief: »Laßt die bloß nicht ins Haus. Womöglich denkt einer, ihr haltet Freundschaft mit denen, na, das fehlte noch, und die Familie kommt in Verdacht.«

Hilde wendete den Kopf, ruckartig, und sagte heftig: »Halt den Mund, Vater!« Sie war erzogen zum Respekt vor dem Alter, und vieles nahm sie hin von dem ewig nörgelnden Vater, aber manchmal mußte sie an sich halten, und manchmal, wie jetzt, konnte sie es nicht.

Es war selten genug, daß ihm die Tochter über den Mund fuhr, und wenn sie es tat, dann duckte sich der Alte für gewöhnlich. Jetzt saß er aber nicht lange geduckt, er lachte hämisch und sagte dann: »Hat immer Unruhe gemacht, der Kerl, hat immer Ärger mit dem gegeben, Aufregung. Der hätte uns alles kurz und klein geschlagen mit seiner Scheißkooperation. Der wollte Max von seinem Posten verdrängen. Warum? Der hat's doch nie verwunden, daß er mal aus Horbeck verjagt worden ist. Leute haben die in der Partei! Ich gönne es ihm, daß er sich den Hals bricht, ich gönne es ihm, genauso, wie ihr es ihm gönnt!«

Max Stephan sah den Schwiegervater lange und wie prüfend an, bis er endlich wieder hinaus auf den Hof blickte. Seine Frau stand neben ihm, sie flüsterte: »Gottes willen, Max, weißt du, warum Anja gekommen ist? Sie wird dich für den Denunzianten halten.«

»Mich?«

»Du hörst doch, was der Alte redet, und das Mädel weiß auch, daß ihr verfeindet seid, niemand ist es verborgen geblieben.«

Verfeindet, verfeindet – lange genug sind sie Freunde gewesen. Er, Max, ist gewohnt, seinen Standpunkt zu verteidigen, jedermann gegenüber und mit jedem Argument. Na schön, er ist auch handgreiflich geworden, zwei-, dreimal, hat sich provozieren lassen. Das ist manchmal ein sturer Hund gewesen, dieser Daniel. Und kürzlich hat ihn dieser Kerl regelrecht verraten, reingelegt, hat ihn kritisiert auf der Bezirksdelegiertenkonferenz, tausend Leute im Saal, Riesengelächter, auf seine Kosten, er wird es dem Daniel so leicht nicht vergessen. Er läßt sich eben nicht gerne kritisieren, bitte schön, kleinen Fehler hat jeder Mensch, und wer sich mit ihm anlegt, riskiert was, dafür ist er bekannt. Aber denunzieren? Unsinn, Hilde. Und was anzeigen? Die Geschichte von damals? Niemand weiß davon, nicht einmal du.

Nur ein einziger Mensch weiß noch davon, und der wird doch nicht etwa? Nein, sein Schwiegervater, der zahnlose Alte, kann es nicht wagen, der wird doch nicht vergessen haben, daß er mal der Ortsbauernführer von Horbeck gewesen ist, zimtbraune Uniform, er sieht ihn noch dastehen, krummbeinig in diesen Breeches, viel zu weit die Hosen, geradezu schlottrig, Mann, die Figur, der hat nie einen Arsch in der Hose gehabt, in keiner Beziehung, der stand immer vor der Frau Gräfin wie eingeschissen: zu Diensten, jawohl!

Na gut, das war so ein Nazi aus Angst und nicht gerade aus Überzeugung, einer hat sich hergeben müssen in Horbeck zum Führer der Ortsbauern, also hat er's getan, hatte ja auch den größten Hof, und kleine Nazis sind wir doch alle mal gewesen in unserer Generation, ich meine Pimpfe, na und du, Hildchen, hübsch sahst du aus, du Blondmädchen, in der BDM-Uniform, ich weiß ja, du hast bloß als Sanitäter gedient, als Samariterin, eine hat's schließlich machen müssen, Luftschutz und so, ich sag ja auch gar nichts, aber wie kommst du auf denunzieren?

»Ich versteh dich nicht«, sagte er, »was soll Anja wissen, weshalb soll sie mich für den Denunzianten halten, weshalb denn, Hildchen?«

»Die Sache am See, Max, voriges Jahr, sie ist dabeigewesen.«

Das Fest, Max, dieser schreckliche Tanz, hier im Haus, da hast du gelegen, auf der Diele, jawohl, einmal ist einer stärker gewesen als du, einmal ist Daniel stärker gewesen, du hast dich hochgerappelt, da, auf der Diele, dich auf die Ellbogen gestützt, du hast das Blut auf die Diele gespuckt und gesagt: »Ich kann dich vernichten!«

Tatsächlich, das ist erst vorigen Sommer gewesen, die Ernte hat vor der Tür gestanden, als er die Behörde ein wenig über den Löffel balbierte, Riesengelächter allerorten, bloß Druskat lachte nicht, der war dazugekommen, als sie mit den Soldaten einen draufmachten zur Feier des Tages. So ein Gesicht ...

Was mag den Frauen an diesem finsteren Menschen gefallen? Was hatte Hilde früher, was hatte andere an diesen schwarzen Daniel gefesselt? Es muß was sein in den Weibern, den stattlichen und den schon etwas schärferen, solch eine Art Erlöserinnentrieb, der sie an diesen hageren Menschen drängt, die Seele, ach, die Seele – oder womöglich ganz was anderes, versprechen die sich etwa von der Magerkeit besonderen Genuß? Ach nein, kann er sich aber nicht denken, ein kräftiger Mann ist was Reelles, da hat eine Partnerin, mal so ausgedrückt, was in der Hand.

Wenn er's recht bedenkt, sind es Blondinen, die Daniel die schönen Augen machen, das tiefe Seufzen kriegen, das gewisse Wogen der Brust, aber dieser Romeo wird ja auch älter und grauer, der ist ja auch schon einundvierzig – trotzdem, was Jungenhaftes ist ihm geblieben.

Irene, die Daniel geheiratet hatte, war aber schwarz wie die Nacht, schönes Haar, bis auf die Schulter, und die hatte so eine Art, das Haar aus der Stirn zu streichen, lieber Gott, zwei solche zarte Seelen, das konnte ja nichts werden.

Sie haben ihn geholt. Wir sind Freunde gewesen, viele Jahre, unzertrennlich, haben in einer Bude gehaust, immer sind wir zusammen gewesen – bis auf diese eine Nacht, die letzte Kriegsnacht. Dann kam Daniel mit diesem Gomolla ins Dorf zurück, nächsten Tag oder übernächsten, der Junge hat was an sich gehabt, etwas Weltfremdes, Merkwürdiges, ich hab ihn beschützen müssen, und ich hab ihn immer beschützt wie einen jüngeren Bruder, ihn oft genug verteidigt – bis er plötzlich anfing, das Maul aufzureißen, aber wie.

Der war nicht wiederzuerkennen, als er von der Kreisparteischule kam, hatte in den Augen so was Fanatisches wie der eine Mönch da, im alten Italien, Verona oder so, nein, Florenz ist es wohl gewesen, mit solchen Blicken hab ich mir den Mönch vorgestellt, Savonarola. Ja, Savonarola, der aufmuckte gegen die Mächtigen und mächtigen Schlag hatte beim niederen Volk, bis er auf dem Marktplatz von Florenz alles verbrennen ließ, was die Sinnlichkeit anregte, schöne Bilder und Tand und so weiter, alle sollten in Sack und Asche gehen – das wird nie was, wenn man den Leuten nicht den Spaß am Leben läßt, na, und da haben sie dann den Savonarola verbrannt, ich hab darüber gelesen.

Damals am See hat Daniel vor allen Leuten behauptet, ich würde die Gesellschaft schädigen, alle diese Schlagwörter hat Druskat ausgespuckt: Wir in Horbeck würden auf Kosten anderer leben, tausend solcher wie ich könnten den Sozialismus zugrunde richten – Junge, war das ein Heiterkeitserfolg, wir haben uns vor Vergnügen auf die Schenkel gehauen, wir haben ihn einfach ausgelacht. Na schön, eine Prügelei ließ sich auch nicht vermeiden, 'ne Flasche werd ich wohl getrunken haben, oder waren es zwei, und Daniel ist stärker gewesen als ich – ein einziges Mal –, aber wer wird auf den Gedanken kommen, ich hätte ihn deshalb denunziert, wer, Hildchen?

Anja, meinst du? Wegen des Tanzes hier im Haus? Weil ich gesagt habe: »Ich kann dich vernichten?«

Vorigen Sommer ist das gewesen.

Anruf von der Kreisleitung, Stephan soll morgen beim Rat des Bezirkes erscheinen.

»Morgen? Kann ich nicht!«

Er hat ja auch seine Arbeit, er plant sie korrekt, und an seine Pläne hält er sich im allgemeinen.

»Genosse, du mußt, ganz wichtige Sache. Große Ehre für Horbeck, für den gesamten Kreis Weran. Eine Delegation hat sich angesagt, ein General der polnischen Armee, möchte sich auch mal informieren über den Entwicklungsstand der Landwirtschaft. Wir haben auf Horbeck orientiert.«

»Aha.« Das ist was anderes, man will sein Musterdorf besichtigen, aber bitte schön.

»Kann ich mich drauf verlassen, daß du fährst, es handelt sich um das Organisatorische, Protokollfragen und so weiter, du verstehst!«

»Jawohl!«

Sie haben sich in den zehn Jahren seit neunzehnhundertsechzig gemausert mit ihrer Genossenschaft, sie kann sich sehen lassen, seit fünf Jahren, mindestens, die Spitzen-LPG im Kreis. Der General soll kommen und das Staunen lernen, Presseleute werden dasein, Rundfunk womöglich, Fotografen, man kennt es doch. Ein Bildchen wird in der Zeitung sein, ein Artikel, und ein wenig von der Ehre, die dem Bezirk widerfährt oder dem Kreis, wird auch auf Horbeck fallen, ein wenig vielleicht auch auf ihn, übrigens fotografiert er sich gar nicht schlecht, da ist immer was drauf auf dem Bild, eine Persönlichkeit sozusagen. Und eine bekannte Persönlichkeit erreicht hierzulande mehr als eine unbekannte, nehmen wir bloß mal die Ersatzteilfrage.

Man saß am Beratungstisch im Hause der Bezirksverwaltung, moderner Kasten an der Straße, alles aus Glas, Stahl und Beton, auch mit Kunst verziert, eine Art Baldachin über den Eingangstreppen, aus bunten Emailleplatten gefügt, plätschernde Brunnen an der Auffahrt, Rosenrabatten – die Hauptstadt des Bezirks entwickelt sich.

Sie saßen also um den Beratungstisch, er und noch einige andere, und wußten nun Bescheid über den Ablauf des Besuches und das Protokollarische, und Großmann, der Leiter des Büros des Sekretariats, so die genaue Amtsbezeichnung, ein junger Mann wie aus dem Ei gepellt, blickte schließlich von einem zum anderen.

»Noch Fragen, Genossen?«

»Ja.« Stephan hob die Hand. Er hat noch eine Frage, genauer gesagt, er hat einen Vorschlag zu unterbreiten.

»Bitte.«

»Also, Genossen, dem polnischen General muß was geboten werden, und wir haben was zu bieten, sehr schön, euer Plan, wir in Horbeck sind vorbereitet und brauchen uns für den Staatsbesuch nicht besonders herauszuputzen, bei uns im Dorf wird Ordnung alle Tage groß geschrieben. Aber eins bedrückt mich denn doch, Genossen, ich darf mal ganz offen sein ...«

»Ja, ich bitte darum!«

Stephan erhob sich, trat vor die Bezirkskarte, die eine Wand des Zimmers bedeckte. »Der Autokonvoi«, sagte er und deutete auf der Karte von da bis dort, »muß also von Weran nach Horbeck über die Dörfer fahren, und ausgerechnet hier stehen ein paar Sehenswürdigkeiten herum, Scheunenruinen und solche Sachen, verrutschte Strohdächer über zerborstenem Dachgebälk, ungepflegte Felder säumen die Straße – Schande! Ich will hier niemanden kritisieren, ich will nur feststellen: Eindruck machen wir damit nicht.

Auf der anderen Seite aber, Freunde, haben wir was ganz Einmaliges anzubieten, der herrliche Rümitzsee, wunderschöne Uferlandschaft, und die Dörfer so niedlich anzuschauen – aus der Ferne. Also könnte die Delegation per Dampfer von Weran nach Horbeck fahren, kleine Kapelle an Bord, Stimmungsmusik, oder auch nicht, bitte schön, es ist nur ein Vorschlag.« Er breitete ein wenig die Arme, wie einer, der sagen will, ganz wie ihr meint, und nahm bescheiden wieder seinen Platz in der Runde ein.

Und der Leiter des Büros wird gedacht haben, dieser Stephan hat immer Einfälle, man muß ihn im Auge behalten, entwicklungsfähiger Kader, vor Jahren soll er zwar nicht der

Fortschrittlichste gewesen sein, aber es beweist sich halt auch an ihm: Der Mensch entwickelt sich.

Der Vorschlag wurde lebhaft begrüßt, also war es beschlossene Sache, und niemand ahnte den Pferdefuß.

Drei Tage vor dem Staatsbesuch schrillte nach Feierabend bei Stephan das Telefon, das Büro des Sekretariats verlangte den Vorsitzenden. Stephan fuchtelte aufgeregt mit dem Arm herum, zischte seiner Frau zu, sie solle unverzüglich das Fernsehkonzert abdrosseln, und sagte dann mit ruhiger Stimme: »Am Apparat.«

Nun erfuhr er, welche Mühe es gemacht habe, die Reisepläne zu ändern und Stephans guten Vorschlag durchzusetzen, nun sei es aber ausgestanden.

»Also«, rief der Leiter des Büros triumphierend durch den Draht, »das Protokoll ist bestätigt. Donnerstag, elf Uhr auf die Minute, geht die Delegation an Land.«

»Wohl kaum, Genosse«, sagte Max.

»Was soll das heißen?«

»Ich hatte in aller Deutlichkeit gesagt, ein paar Kleinigkeiten müßten vorher noch geregelt werden ...«

Kein Wort hatte er gesagt.

»Ja, hab ich denn nicht darauf hingewiesen, der Landungssteg ... Vor zwei Jahren, da war doch dieser wüste Eisgang, erinnere dich, und da ist er uns abgesoffen, der Landungssteg.«

Dem am anderen Ende der Leitung hatte es die Sprache verschlagen, erst nach einer Weile stammelte er: »Moment mal, Moment, jetzt mal konkret. Heißt das, in Horbeck kann das Schiff nicht an Land?«

»So ist es, Genosse«, sagte Stephan traurig, sein Telefonpartner konnte leider nicht sehen, daß Max einen sanften Augenaufschlag machte und so etwas wie ein Küßchen gegen die Sprechmuschel hauchte. Den Jungen hatte er aufs Kreuz gelegt, diesen kleinen Wichtigmacher vom Protokoll, der immer so tat, als wäre er selber Chef der Bezirksverwaltung, nun sollte er mal zeigen, ob er handeln konnte.

»Ja, was denn nun?« fragte der am anderen Ende der Leitung betreten. Max Stephan schwieg, aber er konnte sich denken, was dem Jungen durch den Kopf gehen mochte: Beim Alten antanzen und eingestehen müssen, ein Fehler im Protokoll, man hat was übersehen, leider, der Fahrplan stimmt nicht mehr – und das drei Tage vor dem Staatsbesuch, nein, kein Schiff von Weran, aber schon Vertrag mit der Weißen Flotte, also umdisponieren, aber wie, vielleicht eine Volkstanzgruppe, aber nein, das Kulturelle erst anderntags …

»Paß mal auf«, sagte Stephan, und klemmte den Hörer zwischen Wange und Schulter ein, er mußte eine anrauchen, das Gespräch würde etwas länger dauern, denn jetzt würde er sich als Retter in der Not erweisen.

Er sagte: »Junge, das ist doch kein Beinbruch, hör mal gut zu.«

Also – das Material für den Steg und so weiter sei längst eingeschlagen, liege zum Teil schon beim Sägewerk, Holz, Balken, Bretter müsse eine Genossenschaft immer auf Vorrat haben. Leider sei aber vom Forstamt die Beschlagnahme verfügt, zugegeben, er habe sich beim Holzeinschlag kleine Eigenmächtigkeiten erlaubt, dennoch müsse das Ganze als bürokratische Überspitzung der Forstverwaltung eingeschätzt werden.

»Hörst du noch zu?«

Der andere hörte.

»Also, Punkt eins: Du hebst die Beschlagnahme auf – Anruf beim Sägewerk, Anruf beim Oberförster von Sesenberg, machst du noch heute abend, erklärst den Sonderfall, rufst den Notstand aus – war ja bloß ein Witz –, mach das wie du willst, bist ja ein intelligenter Junge.

Punkt zwei: Unsere Militärs werden interessiert sein, daß wir uns bei dem polnischen Militär nicht blamieren, sie sollen deshalb morgen – verstehst du? – gleich morgen früh, Kleinigkeit für die Armee, die Leute können ja befehlen – hörst du noch?«

Ja, der hörte und dachte sich seins.

»Also, Punkt zwei: Eine Pionierkompanie wird zu sieben Uhr nach Horbeck befohlen, dreißig Männer genügen, aber nun das Wesentliche, mit Ausrüstung, Dampframme vor allem, Sägen, Beile, Nägel, großzöllige und so weiter.«

Wird er das schaffen?

Na freilich, schließlich haben sie beim Bezirk die Regierungsgewalt, müssen nicht wegen jedem Dreck bei der Partei um Erlaubnis fragen, und die Partei ist ja kein Kontrollorgan, wie Leute ohne Traute meinen, sondern eine Organisation zur Entwicklung kühner und neuer Ideen, auch zur Entwicklung von Persönlichkeiten, vor allem Initiative wird hochgeschätzt, und ist das eine Initiative?

»Aber natürlich, ich halt mich zurück ..., aber, Junge, das ist doch deine Idee! Halt, leg nicht auf, jetzt kommt Punkt drei.«

Farbe ist teuer, ein paar Kübelchen brauche man schon, müsse ja alles gepinselt werden, hübsch weiß und in leuchtendem Grün.

»Übernimmst du? In Ordnung! Wird beim Bankett eingespart? Fabelhaft. Donnerstag, pünktlich elf Uhr, auf die Minute, kann der polnische General an Land.« –

»Hildchen, mein Schatz, muß noch mal los, Fuhrpark mobilisieren, jawohl, noch heute abend. Küßchen, mach's gut, kann lange dauern, wart nicht auf mich.«

Wenig später heulte der Wartburg auf, schoß mit einem Satz aus dem Schuppen, und das Hühnervolk rettete sich kreischend und flügelschlagend über die Zäune, Max Stephan ging auf Fahrt.

Zuerst klopfte er die Traktoristen raus. »Sondereinsatz, ihr müßt noch mal, Jungs!« Die hatten nichts gegen Überstunden.

Dann verhandelte er mit dem Sägewerker. Der Mann mußte Bohlen und Bretterchen auf Vorschuß liefern. »Das geht in Ordnung. Hat der Bezirk noch nicht angerufen? Na also.«

Max war in seinem Element wie immer, wenn er handeln konnte, kommandieren und schwadronieren, herumschnauzen und Witze reißen und lachen, aber – so kannten die Bauern und Traktoristen den Chef der LPG – er würde auch der erste sein heute abend am Arbeitsplatz und als letzter von dort verschwinden, er würde in die Hände spucken und zupacken – ein paar Pranken hat der, ein paar Arme, und erst kürzlich, beim Schwimmen, hatte ein sportlicher junger Mann gesagt, was Stephan nicht ungern hörte: »Wenn der Vorsitzende nicht so fett wäre, dann hätte er fast eine Athletenfigur.« Er würde mit ihnen arbeiten bis zur Erschöpfung, denn dieser Zweizentnermann hat nicht nur hundert Ideen unterm kahlen Schädeldach, er hat auch Kraft in den Knochen, er schont sich nie, und er weiß, wie gut ein kühles Bier nach der Anstrengung schmeckt, ein Schluck aus der Pulle, das schätzen die Männer von Horbeck besonders an ihm.

»Leben und leben lassen«, so lautete eine von Maxens Devisen. Sie stammte wohl nicht aus sozialistischer Zeit – dennoch, der Mann hatte was erreicht für sein Dorf. Er war neugierig wie zehn Frauen, fuhr von Dorf zu Dorf, sobald es seine Arbeit erlaubte, stritt sich mit den Kollegen herum, quatschte mit den Bauern über dieses und das, und eh sich einer versah, hatte er herausgefunden, was es in anderen Genossenschaften abzugucken gab. Er war der ungekrönte König seines Dorfes, und den Bauern gefiel seine Herrschaft, weil er ihnen Verantwortung für die Arbeit überließ – das mußte er aber tun, weil er so gern in die Nachbarschaft verreiste.

»Der Sozialismus soll Spaß machen«, das war seine Hauptlosung, und es scheint, daß sie richtig ist. Horbeck jedenfalls blühte auf, und die Genossenschaft überrundete bald viele rundum.

Das Holz wurde noch in der Nacht zum See gefahren, am Morgen legte die Dampframme am Ufer des Rümitzsees an, und gleichzeitig quartierte sich eine Kompanie Pioniere für zwei Tage und zwei Nächte in Horbeck ein, private Unterkünfte, individuelle Betreuung, den Jungs sollte es gefallen.

Die Soldaten schonten sich bei der Arbeit nicht, und der Steg streckte die Stelzfüße schon am ersten Tag in den Grund des Sees.

»Aber, wenn ihr Lust habt, noch einen Tag zu bleiben, noch eine Nacht, ihr Teufelskerle«, sagte Max Stephan, »dann zimmern wir ein kleines Zusatzprogramm. Material liegt die Menge herum, Kinder, ich laß mich nicht lumpen!«

Er versprach ihnen für den folgenden Abend ein rauschendes Fest. Da ließen sich die Pioniere auch nicht lumpen und richteten am See rasch ein Sommerbad ein, hübsch abgeteilt mit Pfählen und Barrieren für Schwimmer und solche, die es noch werden wollten. Sie stellten einen Sprungturm auf, Dreimeterbrett, simple Konstruktion, aber solide, sie zimmerten sogar noch ein Toilettenhäuschen. Dreißig kräftige Männer vermögen viel an einem Tag, außerdem halfen ihnen die Horbecker Traktoristen mit schweren Maschinen, Uferbäume und hinderndes Gesträuch beiseite zu zerren und auf einem mächtigen Scheiterhaufen zu türmen. Den würde man abbrennen am Abend des Festes, und anderntags würde Stephan an der Seite des polnischen Generals mit weitausladender Geste auf das schöne Fleckchen Erde weisen: das Erholungszentrum der LPG, und in seiner bescheidenen Art verschweigen, daß es auf seine Initiative entstanden war und auf Kosten des Staates.

Wen schert das? Die Dorfkinder werden jubeln und die Mütter wieder einmal mit ihm zufrieden sein.

Sie waren schon beim Aufräumen, als ein Auto auf der Böschung hielt, ein Mann stieg aus, Kordknickerbocker, Lodenjacke, flottes Hütchen mit Saustutz, und der Mann fuchtelte von weitem mit den Armen herum und schrie aufgebracht: »Schweinerei!«

Er schien, der Kleidung nach, einer Jagdgemeinschaft anzugehören, diese Gilde hat für gewöhnlich eine rauhe Art.

Der Mann war aber der Beauftragte für Natur- und Landschaftsschutz, Stephan kannte ihn flüchtig. Dieser Mensch wetterte, hochroten Gesichts, was sich Stephan herausnähme, die geschützte Uferzone zu verschandeln durch merkwürdige Bauten und Scheißhäuser, Schandmale im Antlitz der Natur, und das alles ohne Genehmigung, und was müsse er sehen, Bäume herausgerissen, schützendes Ufergesträuch – nicht zu fassen –, auch Schilf und damit quadratmeterweise Laichplätze der armen Fische vernichtet. Dies Geschrei aber angesichts einer Kompanie kaum bekleideter Soldaten in Rührt-euch-Haltung, Fäuste auf Schaufeln und Hacken gestützt: Was wird der dicke Stephan machen?

Der hatte sich wie die anderen im Wasser herumgeplagt und stand vor dem Naturschutzmenschen in der Pracht nackten Fleisches, zwei Zentner – mindestens –, winziges Badehöschen unterm mächtigen Bauch, und war im übrigen nur mit einem Hut bekleidet, allerdings auch mit einem Saustutz geschmückt.

Diesen Hut hatte Stephan wie unterwürfig vom Kahlschädel genommen und vor die winzige Badehose gehalten, seine Haltung war demütig, er blickte an seiner Nase herunter und machte geradezu ein Schafsgesicht.

Als der erregte Mensch sich aber steigerte und schließlich rief, verscheißern lasse er sich nicht, die Angelegenheit komme ins Blatt, und Stephan habe mit empfindlicher Strafe zu rechnen, riß Max plötzlich den Mund auf und fletschte die Zähne, als wolle er zubeißen. Wahrscheinlich hätte er gar nicht gebissen, der Beschwerdeführer muß das aber befürchtet haben, denn er stürzte fluchend die Böschung hinauf, schlug die Autotür hinter sich zu und fuhr davon.

Nein, Max hatte nur einmal geknurrt, allerdings auf furchterregende Weise, wie ein Wolf oder ein Tiger. Er konnte aber, wenn's drauf ankam, auch jammervoll wie ein Schmalreh fiepen, so wurde in der Blattzeit jeder Bock getäuscht und lief vor Stephans Büchse.

»Bürokraten muß man anbellen, merkt euch das«, erklärte Max den jungen Männern, die kugelten sich vor Vergnügen im Sand und mußten zur Ordnung gerufen werden.

»Endspurt, Jungs!«

Gegen Abend machte Daniel mit dem Boot am neuerbauten Steg fest, und Max reichte Anja ritterlich die Hand, um ihr ans Land zu helfen. Sie war erst fünfzehn Jahre, aber, bei Gott, ein wunderschönes Kind.

5

Max Stephan hatte sich vom Frühstückstisch erhoben, nun stand er schon eine Weile neben seiner Frau am Fenster. Er sah Druskats Tochter, sie lehnte draußen am Zaun vor dem Gehöft und sprach mit Jürgen. Der Junge stand vor ihr in schäbigen Jeans, das Hemd überm nackten Bauch verknotet, Handtuch über die Schulter geworfen, er kam vom Baden, und der Vater betrachtete ihn vom Fenster aus ohne Wohlgefallen.

Er ist größer als das Mädchen, aber der Kerl hat sich noch nicht zurechtgewachsen, in diesem Alter ist alles zu groß an ihm, die Ohren zu groß, die Nase zu groß im mageren Kindergesicht, viel zu groß auch die Hände, die Füße. Das Mädchen ist aber schon eine Frau. Weshalb ist sie gekommen? Was will sie? Worüber mag sie mit Jürgen reden?

Der Junge sagte: »Du willst nicht in die Schule gehen?«

Anja schüttelte den Kopf. »Jeder wird mir Fragen stellen, die Lehrer auch. Ich muß wissen, was mit meinem Vater los ist, ob ich ihn verteidigen kann oder ob ich mich schämen muß.«

Der Junge strich schüchtern und ungeschickt mit den Fingerspitzen über ihre Wange. »Du kannst ruhig zur Schule gehen, ich hau nämlich jeden in die Schnauze, der dir dumm kommt. Ich halt zu dir!«

Sie lächelte ein bißchen und sah ihn an, ihre dunklen Augen glänzten. Der Junge hatte oft an sie gedacht in seinen Träumen, kein Mädchen war schöner als sie, er hätte drauf wetten mögen, aber sie ist immer unnahbar und unerreichbar für ihn gewesen. Jetzt würde er ihr nutzen können.

Sie faßte nach seiner kräftigen, gebräunten Hand, und der leichte Druck ihrer Finger erregte ihn. Sie schien es zu spüren, denn sie entzog ihm wieder die Hand, strich sich das Haar aus dem Gesicht und sagte: »Irgend jemand hat ihn reingelegt.«

»Wer?«

»Das krieg ich raus, verlaß dich drauf.«

Da wurde dem Jürgen mit einemmal bewußt, daß sie vorm Hause seiner Eltern standen, und er fragte ungläubig: »Du meinst doch nicht etwa, mein Vater ...« Er wagte nicht, den Satz zu Ende zu sprechen.

Sie hob die Schultern. »Jedenfalls möchte ich mit deinen Eltern reden. Die kennen sich alle von früher. Und irgendwas ist früher gewesen, das verschweigen sie uns, mein Vater und deine Mutter, irgendeine Geschichte ist da gewesen. Na, und jetzt? Du mußt doch gemerkt haben, daß dein Vater meinem Vater eins ausgewischt hat, sooft er nur konnte.«

»Heute finde ich sie komisch«, sagte der Junge, »guck mal zum Fenster, nicht so auffällig, da stehen die beiden Alten und glotzen auf den Hof, als ob hier 'ne Geistererscheinung zu bestaunen wäre.«

Das Mädchen wendete vorsichtig den Kopf, da sah es die beiden Gesichter hinter der Scheibe, sie blickten starr und mit großen ernsten Augen, so wie in manchen Bauernstuben gerahmte Großelternbilder von der Wand blicken.

Das Mädchen biß sich auf den Finger, aber der Lachreiz überwältigte es, beide mußten lachen, und sie kicherten immer noch, als sie schließlich, Hand in Hand, auf das Ziegelhaus zuschritten.

Als sie eintraten, erhob sich der alte Krüger und verließ das Zimmer. Die Tür fiel krachend hinter ihm ins Schloß, so laut, daß Stephan brüllte: »Eh!« Hilde Stephan tat aber, als habe sie weder Knall noch Schrei gehört, nur ihre Lider zuckten. Dem Jungen kam es seltsam vor, daß die Mutter sich gab, als werde sie im Augenblick von etwas Freudigem überrascht, sie rief nämlich: »Schön, daß du uns wieder mal besuchst, Anja!«

Der Junge sagte: »Sie haben ihren Vater abgeholt, sie denkt, ihr habt was zu tun mit der Sache.«

So, das war heraus und ohne Umschweife, wie ihm der Vater oft genug anempfohlen hatte.

Der sagte zuerst gar nichts, stopfte sich die Pfeife, sah den Jungen bloß an, so aus den Augenwinkeln. Die Mutter räumte mit fahrigen Bewegungen den Tisch ab, der Junge bemerkte es mit Erstaunen, denn er hatte noch nicht gefrühstückt, und gewöhnlich zwang sie ihn mit freundlichem Nachdruck zu essen. Wie alle Bäuerinnen vertrat sie die Ansicht, regelmäßige und reichliche Mahlzeiten garantierten das körperliche und seelische Gleichgewicht. Sie war eine sanfte Frau, jetzt rief sie aber mit schriller Stimme, sie verbitte sich die herausfordernde Art, der Junge habe einen Gangsterton an sich, das komme vom Fernsehen und weil der Vater so vieles durchgehen lasse, wie oft habe sie gefordert, er müsse pünktlich bei Tische erscheinen, jetzt werde er zu spät in die Schule kommen, und auf wen falle das zurück, auf die Eltern natürlich …

Sie wollte mit dem Geschirr in die Küche gehen, aber Stephan sprang auf, vertrat ihr den Weg, sagte scheinbar verwundert: »Nanu?«, nahm ihr mit leichtem Kopfschütteln das Tablett aus den Händen, um es auf den Tisch zurückzustellen, und der Junge dachte bewundernd: Den haut so leicht nichts um.

Das Mädchen sagte hochmütig: »Ich merk schon, ich komme euch ungelegen.«

Stephan hob den Deckel von der Kaffeekanne, prüfte schwenkend den Inhalt. »Ach wo, 'ne Tasse ist noch drin. Komm, setz dich.«

Das Mädchen folgte nach kurzem Zögern dieser Einladung auf sehr damenhafte Weise, wie es dem Jungen schien. Er dachte, komisch, alle Frauen fahren sich vorm Niedersetzen erst noch mal mit beiden Händen über den Hintern, wenn sie was Feines anhaben.

Nun lief Hilde rasch nach Tasse und Teller und deckte zum zweitenmal den Tisch. Sie entschuldigte sich bei dem Mädchen, sie sei ein bißchen heftig gewesen, ganz gewiß nicht Anjas wegen, die müsse hungrig sein, der Weg, der weite, und das ganze Theater, aber der Junge – vorwurfsvoller Blick auf Jürgen – habe manchmal eine Art an sich.

Der Junge meinte: »Jedesmal, wenn von Druskat die Rede ist oder wenn der mal hier ist, gibt es Krach.«

»Max, sag ihm, daß er endlich in die Schule geht!«

Stephan gab einen schrillen Pfeifton von sich und winkte dem Sohn auf unmißverständliche Art ein Verschwinde! zu, dann fragte er das Mädchen: »Na, und du?«

»Ich möchte mit dir reden.«

»Aha!«

Schade, dachte der Junge, jetzt muß ich gehen. Er wußte, ein Pfiff war Befehl. Er holte seine Mappe aus der Ecke, schlenderte latschig bis zur Tür, dort blieb er stehen, sah Anja an, mit Verschwörerblick, wahrhaftig, er warf ihr noch ein Kußhändchen zu, eh er ging, und das Mädchen, wie im Einverständnis, senkte die Lider.

Stephan verdeckte die Augen mit der Hand: Großer Gott!

Seiner Frau, der aufgeregten, war aber entgangen, wie sich die Kinder verständigt hatten, sie saß neben Anja am Tisch, schenkte Kaffee ein und fragte mit hoher Stimme: »Aber Anja, was denkst du von uns, was sollen wir wissen? Hat dir dein Vater nicht ... oder die anderen ... ich meine – Max – müssen sie denn nicht sagen, warum sie einen verhaften?«

»Weißt du was, Hildchen«, sagte Stephan, »das regt dich zu sehr auf. Am besten, du ziehst dich in die Küche zurück. Laß mich mit dem Mädel alleine reden.«

Die Frau erhob sich seufzend und ging tatsächlich, der Mann blickte ihr nach, bis sie die Tür hinter sich geschlossen hatte, dann schlug er leicht mit der Hand auf den Tisch und fragte: »Also, was willst du von mir?«

»Ich möchte dich was fragen.«

»Nur zu«, sagte Stephan, und Anja hob die Tasse zum Mund, trank den lauen Kaffee, als sei er zu heiß, in kleinen Schlucken, und Stephan dachte, das Biest versteht es bereits, einen Mann auf die Folter zu spannen. Sie fragte endlich: »Was mein Vater durchgesetzt hat und wie er neulich auf der Konferenz mit dir umgesprungen ist, dir hat es doch nicht gefallen?«

»Nein«, sagte Stephan, »aber das ist kein Grund, die Polizei zu holen.«

Anja nickte, und nach einer Weile fragte sie: »Aber mein Vater hat die Polizei geholt, damals vor über zehn Jahren, weil du den Hof hier wie eine Festung verbarrikadiert hattest, weil du nicht in die Genossenschaft gehen wolltest, stimmt das?«

»Wer hat dir das erzählt?«

»Weiß ich nicht. Jürgen vielleicht.«

»Hör zu«, sagte Stephan leise und böse, »laßt bloß die alten Geschichten ruhen. Was gehn sie euch an? Was wißt ihr denn von dieser Zeit? Damals wart ihr noch im Kindergarten.«

Lange her, das ist wahr, lange her, dieser sozialistische Frühling, eine Zeit großer Klassenauseinandersetzungen, wie man in der Schule lernt. Die Bauern erzählen selten davon, aber in der Zeitung hat sie manchmal lustige Geschichten gelesen, scheint aber, es ist damals nicht nur lustig zugegangen, Stephan jedenfalls ist verstimmt, Zornfalte zwischen den Brauen.

Was wißt ihr von dieser Zeit? Was weiß sie?

Beim Spielen stößt ihr jemand ein spitzes Stöckchen in das Auge, es tut furchtbar weh, sie kann nicht mehr sehen, sie schreit, die Mutter stürzt herbei, reißt sie in die Arme, preßt sie an sich, die Mutter wiegt sie, summt ein Liedchen, kühlende Lappen, sie sind beim Arzt, jetzt tut's nicht mehr weh, und sie trägt eine Augenklappe, viele Tage, das ist etwas Besonderes, das ist mehr als ein neues Kleid, denn alle Kinder im Dorf beneiden sie. Der Vater hat ihr später erzählt, wie sie voller Stolz verkündet habe: »Ich glaube, ich bin doof, ich kann mit einem Auge den Kirchturm sehen.«

Und sie erinnert sich an einen Tag, der anders ist als gewöhnliche Tage, Mutter geht es gut, sie läuft geschäftig umher, tut dieses und das, Männer kommen ins Haus, die tragen Möbel aus den Stuben, das ganze Haus wird ausgeräumt, es wird gesagt: »Wir ziehen fort, dorthin, wo es viel schöner sein wird, als es in Horbeck war.«

Während der Autofahrt darf sie vorn sitzen, beim Fahrer, neben der Mutter, und in der Schürze, die sie wie einen Beutel rafft, bewahrt sie einen Schatz, so kostbar wie die Sterntaler, die das arme Mädchen heimwärts trug, fast ausgebrütete Eier nämlich, sie dürfen nicht erkalten, man hat sie der Glucke unterm Gefieder wegstehlen müssen. Die Küken sind ein paar Tage später in Altenstein geschlüpft, und Mutter hat gesagt: »Was haben wir für Glück.«

Das ist neunzehnhundertsechzig gewesen, im Frühling, daran erinnert sie sich, an eine Wende im Kinderleben, sogar an die Jahreszahl, aber nicht an Klassenkämpfe. Irgend jemand muß ihr aber erzählt haben, zu dieser Zeit hätten sich Vater und Stephan wie Todfeinde bekämpft, danach hätten die Druskats das Dorf verlassen müssen, und bis zum Auszug wäre Vater der Vorsitzende von Horbeck gewesen. Also muß Stephan ihn damals verdrängt haben.

Jetzt sagte Stephan, Zornfalten zwischen den Brauen, laß die alten Geschichten, was gehn sie euch an, was wißt ihr denn von dieser Zeit.

Sie dachte, wenig weiß ich, da hat er recht, aber später haben sich die Männer wegen des Luchs gestritten, und vom Wolfsluch weiß ich eine ganze Menge.

Das Moor nahm seinen Anfang dicht hinter Altenstein und dehnte sich am See entlang bis hinüber zur Horbecker Flur. Wenige Pfade führten durch verfitztes Weidengesträuch, über Binsen und Bülten, bräunliche Gräser, vorüber an zugewucherten Tümpeln und Erlenbäumen, die haltsuchend ihre Wurzelstelzen in brackiges Wasser krallten. Nur hin und wieder durchbrach eine Grasinsel die Trostlosigkeit des Luchs, in das sich selten ein Mensch verirrte, aber allerlei Getier fand Unterschlupf im Gestrüpp, gewiß haben in früherer Zeit auch Wölfe von hier aus Raubzüge auf die Herden unternommen, woher hätte die Landschaft sonst ihren Namen.

Anfangs fürchtete sich Anja wie jedes Altensteiner Kind vor dem Luch. Die alten Leute erzählten unheimliche Geschichten von Irrlichtern, die des Nachts dort tanzten, das seien Geister von Abgestorbenen, es sei lebensgefährlich, ihnen zu folgen oder sie auch nur anzusprechen, manchmal verirrten sich nämlich welche bis ins Dorf, zum Beispiel ein sehr großes Irrlicht, das war ein Landsknecht ohne Kopf. Eine junge Bäuerin, sie stammte nicht aus Altenstein, wurde erzählt, lachte über solche Spukgeschichten. Eines Nachts flackerte grünliches Licht auf der Dorfstraße, damals gab es noch keine Neonlampen, die Bäuerin wunderte sich, spähte durch das winzige Klappfenster am Haustor und sah eine seltsame Erscheinung. »He, Landsknecht«, rief sie beherzt, »komm röver, ick hab 'n Schmalzbrot für dich!« Das Irrlicht sprang auf sie zu, und am Morgen fand man die Frau besinnungslos, mit verdrehtem Hals, es war ihr nicht gelungen, den Kopf aus der engen Fensteröffnung zurückzuziehen, sie wurde zwar mit Mühe wieder zu Bewußtsein gebracht, mußte aber fortan schiefhalsig durchs Leben gehn.

Das war noch einmal gut gegangen, mancher Mensch aber sei umgekommen, im Luch auf Nimmerwiedersehen verschwunden, und in früherer Zeit habe man Gesetzesbrecher dort zu Tode gebracht. Einmal hat Anja die Abbildung eines jungen Mädchens gesehen, das vor tausend Jahren ins Moor gestoßen wurde, es trug noch den Strick um den Hals und war mit einem ganz kurzen Lederrock bekleidet, wie sie zur Zeit grade wieder in Mode kamen.

Anja muß noch sehr klein gewesen sein, als sie der Vater zum ersten Male mit ins Wolfsluch nahm, jedenfalls hockte sie auf dem Tank des Motorrades, Druskat fuhr auf schmalem Pfad, mußte oft die Beine abspreizen, um das Gleichgewicht zu halten, sie duckte sich, es war ihr, als wollten die Weiden mit verkrüppelten Armen nach ihnen greifen, sie kniff die Augen zu vor lauter Angst. Druskat stoppte plötzlich, ein Schlagbaum versperrte den Weg. »Ziesenitz will mich ärgern«, sagte Druskat, »du mußt wissen, er ist der König des Luchs.«

Sie mußten noch manche Wegschranke heben, bis sie endlich zum alten Fährhaus kamen, ein Palast war das nicht, verwahrlostes Gemäuer hinter verrotteten Zäunen. Grau und schlampig sah auch Frau Ziesenitz aus, sie trat vor die Tür, musterte die Ankömmlinge mit bösem Blick. Anja schaute beklommen zum Dach des Hauses hinauf, nein, durch diesen Schornstein würde Frau Ziesenitz nicht fahren können, sie war zu dick für eine Hexe.

Die Frau nickte kaum, als Druskat »guten Abend« sagte, entleerte aber, wie zum Gruße, eine Schüssel Spülichtwasser vor dem Haustritt.

»Was gibt es?« fragte sie mürrisch.

»Ihren Mann muß ich sprechen.«

Frau Ziesenitz stieß mit dem Ellbogen die Haustür auf, während sie die Hände noch an der Sackschürze trocknete, beugte sich dann zu Anja nieder, wollte vielleicht doch die Fingerchen betasten, das Mädchen drängte sich ängstlich an seinen Vater, zwar sagte ihr damals jedermann, sie sei zu dünn, dennoch fühlte sich Anja erleichtert, als Frau Ziesenitz knurrte: »Ich freß dich nicht.«

Vom Luch ist die Rede gewesen, seit Anja in Altenstein zu Hause war. Immer wieder hörte sie vom Luch. Obwohl es vorm Dorf lag, gehörte es nicht zur Altensteiner Flur, sondern war im Besitz der Stadt Weran. Während der Hungerjahre nach dem Krieg nutzten manche Bürger die städtische Gerechtsame noch, sie kamen sommers über den See gefahren, um ein wenig Heu für Ziegen oder Karnickel zu machen. Ziesenitz stand als Wiesenläufer in städtischem Lohn, er bediente die Fähre, hielt, so gut es ging, die Wiesenflecken des

Luchs in Ordnung, kalkte sie ein wenig im Frühjahr, damals besaß er wohl noch ein Gespann, er verkabelte die Flächen, verloste sie und kassierte das Geld, viel ist es niemals gewesen. Nun gab sich aber in Weran längst kein Mensch mehr mit Ziegenhaltung ab, niemand kam um ein paar Körbe Heu über den See gerudert, und die Wildnis nahm wieder Besitz von Wiesen und Weiden, aber der Stadtkämmerer von Weran, oder wer sonst auch immer, überwies nach wie vor an Ziesenitz Entgelt für Dienste, die sich längst erledigt hatten. Sooft später von der widersinnigen Sache geredet wurde, erklärte Ziesenitz, der ein Philosoph war, daß die vielgeschmähte Bürokratie durchaus auch freundliche Wirkung haben könne, wie sich an seinem Fall beweisen lasse.

Als aber Druskat die Luchwiesen für die Genossenschaft nutzen wollte, die Herde litt nämlich an Futtermangel, da hielt es nun der Wiesenläufer mit der Bürokratie, wurde mit einem Male unfreundlich, dienstlich und versperrte dem LPG-Vorsitzenden den Weg. Der ließ sich aber nicht abschrecken, jedenfalls waren Anja und er trotz aller Hindernisse zum Fährhaus gelangt – inzwischen steht es nicht mehr, Druskat ließ die Bruchbude eines Tages niederreißen, Frau Ziesenitz verzieh ihm niemals die Vertreibung aus dem verlotterten Paradies. Damals, als Anja die Frau zum ersten Male sah, zwang diese sich zur Freundlichkeit, fuhr sogar flüchtig mit der Sackschürze über die Stühle hin, ehe sie ihren Gästen Platz anbot, und den Ehemann bellte sie an: »Er will zu dir.«

Ziesenitz, ein kleines, dünnes Männchen mit zerfaltetem Gesicht, kauerte in der Sofaecke, seine Äuglein rollten ängstlich hin und her, vielleicht litt er an schlechtem Gewissen, vielleicht fürchtete er sich vor seiner Frau, sie hatte sich nicht niedergelassen, sondern stand drohend in all ihrer Massigkeit neben dem Tisch.

Was der Vorsitzende wolle?

»Nun«, sagte Druskat, er rieb die Hände aneinander, wie immer, wenn er in Verlegenheit war oder wenn ihm was Spaß machte. Nur so zu Besuch sei er gekommen, neulich das

Freßgelage im Fährhaus habe ja mit einem Mißklang geendet, er wolle sich mal vernünftig unterhalten mit dem Ehepaar.

»So.« Frau Ziesenitz fühlte sich offenbar von Druskats Worten herausgefordert, sie blinzelte tückisch. Er wolle wohl wieder einmal Porzellan zerschlagen. Druskat hob beide Hände. Das käme nie wieder vor, nein, er sei Naturfreund, habe viel Hübsches gesehn auf dem Wege zu ihnen. Überall Grasinseln zwischen den Wasserlöchern, überall Gras, das könnten sie gebrauchen, die armen Kühe der Genossenschaft nämlich würden nicht satt, im Luch wachse das Futter ungenutzt, welcher Widersinn.

Er wolle doch, fragte die dicke Frau aufgebracht, die Herde nicht ins Moor jagen, sie entsetzte sich geradezu, ihr Mann sei an die dreißig Jahre Wiesenläufer. »Alter, sag doch auch mal was«, während dieser Zeit sei es niemandem eingefallen, Kühe ins Luch zu treiben, das Moor sei unheimlich und tückisch, immer wieder versuche es, sich Opfer zu holen.

Heu wollten sie machen, Druskat sagte es ganz harmlos. Frau Ziesenitz lachte auf eine merkwürdige Weise, beinahe lautlos, es schüttelte sie, das sah aus, als schaukele sie ihren mächtigen Busen wie ein Kind, das man auf den Armen wiegt. Dann stieß sie ihren Gatten an, endlich sprach er einen Satz, jede Maschine müsse im Morast versinken.

Paar Pferde hätten sie noch. Als Druskat dies lächelnd feststellte, lächelte auch Frau Ziesenitz und senkte den Kopf, so gut das ging, sie war behindert durch ein gewaltiges Doppelkinn, sie meinte schelmisch, die Genossenschaft habe hier gar nichts zu suchen, das Luch sei städtisch, sie – Ziesenitzens – müßten das wissen, sie stünden nämlich in Weraner Dienst.

So ging die Rede noch ein Weilchen hin und her, Druskat wußte längst, wer im Hause Ziesenitz die Hosen anhatte, die Frau hatte sie an, wenn ihr auch niemals eine passen würde.

»Wissen möcht ich, was der Bürgermeister von Weran anstellt, wenn er erfährt, daß ihr Geld genommen habt für eine Arbeit, die ihr längst nicht mehr tut. Betrug nennt man das, niemand kann euch retten!« sagte Druskat.

Frau Ziesenitz wimmerte auf, schneuzte sich in der Sackschürze aus und jammerte dann, sie habe immer gewußt, es werde noch ein schlimmes Ende nehmen mit Ziesenitz. Der war vom Sofa aufgesprungen und wollte zur Tür hinaus, seine dicke Frau riß ihn am Kragen zurück. »Schenk endlich ein«, befahl sie und fragte dann: »Sie nehmen doch einen Bärenfang, Herr Vorsitzender?« Druskat nickte. »Warum nicht?« Ziesenitz holte Gläser und Flasche, jetzt endlich ließ sich die Frau auf einem Stuhl nieder, es bedurfte umständlicher Zurichtungen, bis ihr das gelang, sie blickte Druskat sorgenvoll an. Der sagte: »Ich könnte noch mal Gnade vor Recht ergehen lassen, wenn er ab sofort als Wiesenwärter für die Genossenschaft arbeitet. Er kennt jeden Weg, jeden Steg im Luch, er kann uns am besten helfen. Wir brauchen Gras, wir müssen jede Möglichkeit nutzen.«

»Und sonst?« fragte Frau Ziesenitz lauernd, sie rieb Daumen und Zeigefinger auf die bekannte Weise. »Wie wird er bezahlt?«

»Nach Leistung!«

Frau Ziesenitz betrachtete ihren zarten Mann abschätzig vom Kopf bis zu den Füßen. »Oh, Gott«, sagte sie, »was soll aus mir werden?«

»Er wird wie jeder Genossenschaftsbauer bezahlt.«

»Sie verdienen ja alle kaum das Salz auf das Brot.« Frau Ziesenitz seufzte. »Schenk ein«, sagte sie müde, wie jemand, der sich in sein Schicksal ergibt.

Der Mann gehorchte, giftig schillernde ölige Flüssigkeit gluckste in die Gläser.

»Und das Kind kriegt ein Kekschen«, rief Frau Ziesenitz mit ganz hoher Stimme, patschte in die Hände. »Na, wird's bald, Alter, mach schon!«, und sagte schließlich: »Zum Wohle allerseits.«

Druskat stieß mit den Leuten an, trank und schluckte tapfer, die Tränen kamen ihm, trotzdem hob er noch einmal der dicken Person galant sein Glas entgegen. »Endlich vernünftige Arbeit für Ihren Mann«, meinte er, »ein Grund zu feiern.«

Sie sei ihm dankbar, versicherte Frau Ziesenitz, sie blickte Druskat tief in die Augen, ihrem Mann schien aber die Aussicht auf geregelte Arbeit weniger zu gefallen, er äußerte Bedenken. »Ich weiß nicht, es ist alles verkommen im Luch, es gibt schon von früher her in der Gegend so einen Spruch: Wenn der Bauer im Luch Heu machen will, dann muß der Sommer mit der Glut von sieben Sonnen brennen.«

»Heuer ist so ein Jahr.« Frau Ziesenitz schien zuversichtlich, sie bedrohte ihren Mann mit Blicken. Er wagte kein Widerwort. Sie aber redete noch eine Weile über die Aussicht auf Schönwetter und machte beim Abschied am Gartenzaun sogar winke-winke.

So war die erste Begegnung Anjas mit den Ziesenitzens vom Fährhaus, so hatte sie das Mädchen erlebt, oder der Vater hatte ihr die Geschichte erzählt. Seit damals fuhren die Bauern von Altenstein jedenfalls Jahr für Jahr zur Heumahd ins Luch, die Menschen mußten sich plagen, gelohnt hat es selten, der See war launisch, hob sich oft plötzlich und schwemmte das Heu davon, dann zogen die Gäule den Leiterwagen leer zum Dorf zurück. Die Natur, schien es, gab dem alten Ziesenitz recht. Was man dem Luch an Futter entriß, für ein paar Ziegen oder Karnickel genügte es allenfalls, für die Herde in Altenstein war es zuwenig.

Druskat wollte sich nicht geschlagen geben. Oft hörte Anja von ihm den Satz: »Man muß die Natur in den Griff bekommen.« Er wollte Teile des Moores trockenlegen, in diesen Gedanken verbiß er sich geradezu, er fand Verbündete, zum Beispiel in Kettner, dem Feldbaubrigadier, das war ein Bauernsohn aus Altenstein, ein junger Mann, er bekannte sich zu Druskat, auch als sich die Bauern noch gegen den Vorsitzenden stemmten. Warum? Anja wußte es nicht. Vielleicht gefiel ihm, daß Druskat unnachsichtig war gegenüber jeder Art von Schlamperei, genauso hatte das Kettners Vater gehalten auf seiner Einzelbauernwirtschaft. Aber auch Mahlke, der Melkermeister, ein wilder, grober Mensch, von dem die Rede ging, Anjas Vater habe ihn mit knapper Not vorm Knast bewahrt, unterstützte Druskats Pläne. Druskat und der junge Kettner saßen oft des Abends unter der Lampe, auf dem Tisch hatten sie Flurkarten ausgebreitet, darauf zeichneten sie Linien und Striche, das sollten wohl Dämme und Wege sein, sie rauchten und rechneten und redeten. Anja kochte ihnen Kaffee, damals ist sie schon älter gewesen, vielleicht zehn oder elf, und durfte abends ein wenig länger auf sein, trotzdem mußte der Vater oft drängen: »Geh zu Bett.« Wie jedes Kind versuchte sie, den Gutenachtkuß hinauszuzögern, war außerdem die Hausfrau: Sie müsse noch aufräumen. Der Vater versprach, sie würden die Aschenbecher ganz gewiß entleeren, jawohl, auch die Stube lüften, sogar das Geschirr noch spülen. »Verschwinde, mein Schatz!« Wenn sie im Bett lag, hörte sie manchmal noch lange die Männer in der Wohnstube auf und ab gehen und das Gemurmel von Gesprächen.

Das Entwässerungsprojekt wurde von einem Fachmann begutachtet und später den Bauern erklärt, sie begriffen den Nutzen, fragten aber genauso, wie es in einem bekannten Stimmungslied hieß: »Wer soll das bezahlen, wer hat so viel Geld?«

Die Zeit wäre nicht reif für ein aufwendiges Großprojekt, Zukunftsmusik, sagten die Angestellten bei den Behörden, außerdem wäre die Genossenschaft Altenstein, zurückgeblieben, wie sie sei, überhaupt nicht in der Lage, solch gewaltige Flächen auszunutzen. Druskat sollte abwarten. Er wollte nicht warten, er war besessen von der Idee, dem Moor zuleibe zu gehen, er sagte: »Dann fangen wir klein an, dann bauen wir den Polder eben schwarz.« Etwas schwarz bauen, bedeutete so viel, wie im Dunklen arbeiten, heimlich also, auf jeden Fall ohne Wissen der Behörde. Dies machten die Altensteiner, und das konnten sie, weil Druskat und dem Kettner eine Erfindung gelungen war, die schwimmende Pumpe. Sie schweißten eine Saugpumpe zwischen zwei Jauchefässer aus Zinkblech fest, dies war alles, und ließen den Apparat im tiefsten Sumpfloch zu Wasser. Das war ein Ereignis für das ganze

Dorf, die Neugierigen kamen in Scharen, sie standen um den Tümpel herum, abwartend und skeptisch die Männer, sie rauchten wie die Teufel, um den Mücken zu wehren, die Frauen hatten die Kopftücher wegen der grellen Sonne weit in die Stirn gezogen. Alle miteinander waren gespannt, ob das merkwürdige Ding wohl funktionieren würde, es sah wie eine plumpe Wasserspinne aus, der Jubel war groß, als die Pumpe zu brüllen begann und tatsächlich über eine Rohrleitung schwärzlich trübe Moorbrühe in den See hinausspie. Jeder begriff, die Erfindung war genial, die Schwimmpumpe würde dem absinkenden Wasser des Moores folgen, die Nässe aus den umliegenden Flächen ziehn, mit ein paar Gräben brauchte man nur nachzuhelfen.

Freilich dauerte es, bis das Moor sich senkte und sackte. Zwei Jahre lang arbeiteten die Bauern, manchmal bis zu den Knien im Dreck, deichten den Polder mit einer Torfschüttung gegen den See hin ein, rodeten Gestrüpp und Gesträuch, die Frauen und die Schulkinder halfen ihnen dabei, und endlich, man hatte ein weiteres Jahr darauf warten müssen, wurde die weite, freie, rostig bräunliche Fläche gepflügt und später eingesät mit Weidegras, es wuchs üppig und grün wie nirgends sonst in der Umgebung des Dorfes. Druskat, den manche für einen Spinner hielten, sollte recht behalten, der Erfolg, schon war er mit den Händen zu greifen, man würde Futter haben im Überfluß, und bald ebensogut wirtschaften und leben können wie die reichen Genossenschaftsbauern von Horbeck.

Eines Morgens heulte die Alarmsirene. Der Polder, hieß es, sei abgesoffen. Anja rannte mit den anderen hinunter zum Luch. Wahrhaftig, wo sich gestern noch die saftigste Wiese von Altenstein ausgebreitet hatte, schwappte heute der See, und der Deich, da und dort unterbrochen, erhob sich kaum noch aus der schmatzenden Flut, war nur noch als Linie erkennbar, inmitten einer scheinbar grenzlosen Wasserfläche.

Auf der Böschung über dem Luch standen viele Frauen des Dorfes, regungslos, wie erstarrt, nur ihre Kleider flatterten, der Wind wehte vom See her. Die Frauen sprachen kein Wort. Jede von ihnen hatte am Polder gearbeitet, wie die Männer auch, viele Stunden lang, viele Tage, zwei Jahre, jede hatte wohl auch erwartet, daß sich die Sauarbeit auszahlen würde, umsonst. Anja, die mit den Kindern am Fuß der Böschung hockte, wandte den Kopf, sie sah in den Gesichtern der Frauen einen merkwürdigen Ausdruck, es war nicht Resignation und nicht nur Erbitterung, vielleicht sahen so die Gesichter von Menschen aus, die man immer wieder enttäuscht hat und die nun Rache nehmen wollen für eine Hoffnung oder Sehnsucht, die sich nicht erfüllte. An wem wollten sie sich rächen?

Anjas Vater watete über die Reste des Deiches, Männer aus der Genossenschaft tappten hinter ihm, wahrscheinlich wollten sie die Schwimmpumpe retten, sie hatte sich aus der Verankerung gerissen, noch hielt sie sich an einem Weidenstumpf, der aus dem Wasser ragte, aber der Wind drehte und drohte, sie auf den See hinauszutreiben.

»Seine Scheißerfindung!« höhnte eine der Frauen. »Versagt hat sie.« Andere lachten beifällig, plötzlich kreischten sie auf. Anja sah, daß Kettner bis an die Achseln im Deich versank. Die Männer versuchten, den Kettner herauszuziehen, jetzt brach der Deich auch unter ihren Füßen. Druskat schrie: »Die verfluchten Bisamratten haben alles unterwühlt!« Ein anderer, Hände wie zum Trichter geformt, schrie: »Wir brauchen das Boot!« Es lag am Rand der Böschung, ein Fischerkahn, schon etwas lädiert, die Kinder wollten ihn zu Wasser bringen. Jetzt kam Bewegung in die Frauen, sie rissen die Kinder zurück. »Weg da! Genügt doch, wenn von den verrückten Männern einer versäuft. Hier ist nichts mehr zu retten. Guckt euch die Männer an, eingesaut bis an den Hals.« Diesmal sollten sie sich selber an den Waschzuber stellen. So schimpften sie und packten die maulenden Kinder bei den Händen und trotteten mit ihnen ins Dorf zurück, auf jede wartete Arbeit im Haus oder in der Genossenschaft, wozu noch Zeit verschwenden oder einen einzigen Handschlag an dieses elende Luch.

Anja blieb allein zurück, ihr war zum Heulen. Jetzt watete Kettner an Land, er streifte den Morast von den Kleidern, blickte das Mädchen an, traurige Augen. »Kann ich was machen?« fragte sie.

»Hol was zu essen.«

Als sie später zurückkehrte, Vesperkorb auf dem Gepäckträger, begegnete ihr Ziesenitz. »Wohin?« Sie stieg vom Rad. Er wollte auch ins Luch. »Schnaps geholt«, meinte er und klopfte auf die beiden Flaschen, die er in den Jackentaschen verstaut hatte. »Was bleibt dem armen Mann zum Trost? Der Suff.«

Anja hob zweifelnd die Schultern.

Ziesenitz sagte: »Dein Vater hat sich auflehnen wollen gegen die Natur, aber der See hat es nicht zugelassen. Ich wußte gleich, das ist alles für die Katz.«

Anja betrachtete ihn, wie er neben ihr auf dem Weg dahinstolperte, Hut aus der Stirn geschoben, und allerlei philosophische Reden führte, sie dachte, wahrscheinlich hat er was getrunken, so riecht er auch.

»Weißt du«, brabbelte er, »Altenstein ist immer ein armes Dorf gewesen, und der Gutsherr von Altenstein ist immer ärmer gewesen als sein reicher Vetter auf Horbeck. Nicht mal die Zwangsarbeiter aus Polen haben ihn herausgerissen. Seit jeher gab's karge Äcker und fette, also auch arme Bauern und reiche. Und heutzutage gibt es nun wieder reiche Genossenschaften und arme. Vielleicht ist das Naturgesetz. Ich weiß schon, dein Vater will eine Art Wettlauf mit diesem Stephan aus Horbeck gewinnen, aber das kann er nicht schaffen. Der liebe Gott nämlich oder, wenn dir das Wort nicht gefällt, du hattest ja wohl die Jugendweihe, dann sag ich nicht Gott, dann nenn ich es meinetwegen Natur, die Natur also hat die Lose ungerecht verteilt.«

Nun hatte Anja tatsächlich im Jahr zuvor an den Jugendstunden teilgenommen, und sie wußte manches von der Schule her, aus Büchern oder von ihrem Vater, sie sagte ein bißchen von oben herab, wie es manchmal die Art junger

Leute ist, die vieles besser wissen als die Alten: »Verlaß dich mal drauf, Opa Ziesenitz, der Sozialismus beseitigt die Ungerechtigkeit.«

»Zeitungsweisheit.« Der Alte winkte ab. »Aus Karnickelsand kann auch der Sozialismus keinen Weizenboden machen. Also müssen die einen Bauern sich schwertun, und andere haben es leichter, je nachdem, wie die Lose verteilt sind, ich sagte es schon, also haben die einen das Glück und die anderen das Pech. Das ist eben so, und so bleibt das auch.«

Ziesenitz führte noch manch merkwürdige Rede, bis sie schließlich zur Böschung kamen. Die Männer hatten inzwischen die Schwimmpumpe geborgen, sich die nassen Kleidungsstücke vom Leib gerissen und sie zum Trocknen auf das Gras geworfen, der Tag war heiß, die Männer hockten in Badehosen oder in der Unterwäsche auf dem Rasen, unlustig und mürrisch alle miteinander. Ziesenitz entkorkte die Flaschen, er setzte sie zuerst selbst an die Lippen, schnalzte genießerisch mit der Zunge. »Der nächste, bitte.«

Druskat sagte: »Wir müssen warten, bis sich das Wasser verläuft. Dann flicken wir den Damm.« Niemand antwortete ihm. Er winkte Ziesenitz, der hüpfte der Pulle hinterdrein, die ging von Hand zu Hand, von Mund zu Mund, Ziesenitz entriß sie dem letzten Trinker, Druskat winkte ab, er wollte nicht trinken.

»Der Wind drückt vom See, begreif trotzdem nicht, woher das viele Wasser kommt. Was meinst du, Wiesenläufer?« fragte er den Alten. »Kann es sein, daß irgendwo gestaut worden ist?«

»Kann schon sein.«

Mahlke, der Melker der Genossenschaft, hatte sich wohl am meisten von der Arbeit im Luch versprochen, Futter für die Herde, mehr Milch in den Eimern, gewiß, also höheren Leistungslohn für sich selbst und die Frau, vielleicht sogar Prämie, die konnte er gebrauchen, er hatte fünf Kinder, die versorgt sein wollten, verköstigt, gekleidet. Mahlke sagte aufsässig: »Wir haben es versucht, es ist nichts draus geworden.

Nun laß es gut sein, Druskat, laß uns in Ruhe mit deinem Luch. Kein Mensch im Dorf macht das noch mal mit, diese grausame Schinderei, diese Sauarbeit.«

Druskat sprang auf und ging ans Wasser. »Was wir gewollt haben, war vernünftig. Wir müssen raus aus dem Sumpf, aus dem Dreck, aus der ewigen Sorge um Futter. Wie oft ist es uns in der Sonne verbrannt oder im See versoffen.« Und dann sagte er wieder diesen einen Satz, den Anja schon von ihm gehört hatte, es kam ihr heute aber vor, als klinge dieser Satz hohl, wie eine oft gebrauchte Redensart. »Wir müssen die Natur in den Griff bekommen.«

Ziesenitz lachte meckernd. Das Mädchen betrachtete ihren Vater, er ballte die Fäuste wie in der Wut, sie wußte, daß er sich jetzt beherrschen mußte, manchmal neigte er zum Jähzorn, und gewiß hätte er die Männer am liebsten angebrüllt. Sie lagen auf dem Rücken, erschöpft, Hände unterm Kopf verschränkt, sie benahmen sich, als ginge sie das Unglück, das sie alle betraf, überhaupt nichts mehr an. Nur Kettner hockte da, mit angezogenen Beinen, mit zerfurchter Stirn, und kaute an einem Grashalm. Druskat wendete sich zu den Männern um, er sagte: »Wir müssen mit diesem verfluchten See fertig werden!«

Die Männer richteten sich auf.

Druskat hob die Schultern und ließ sie wieder sinken. »Kann sein, es war unvernünftig, daß wir's alleine machen wollten. Wir paar Männer aus Altenstein haben es nicht geschafft, wir konnten den Damm nicht halten. Aber mit den Horbeckern zusammen, mit ihren Maschinen, Kränen ...«

Zwischenruf von Kettner, nicht ohne Hohn: »Geld, mein Lieber, Geld!«

»Ja«, sagte Druskat, »auch mit ihrem Geld könnten wir was Großes machen und was von Dauer.«

Da stand er am Fuße der Böschung, er war nur mit einer Badehose bekleidet, sah aber nicht komisch aus, fand Anja, wie er plötzlich den Arm ausreckte, über den zerstörten Polder hindeutete, über das ganze Luch hinweg mit großer Geste und rief: »Dicht unterm Wasser liegt Land, da, zwischen dem Weidengestrüpp, überall Land, eine Wiese von viertausend Morgen, groß genug und fett genug, um die Herden von zehn Genossenschaften satt zu machen.«

Die Männer erhoben sich zögernd, traten neben Druskat, einer nach dem andern, reckten sich und dehnten sich, wie man das tun muß, wenn man Müdigkeit abschütteln will oder verkrampfte Muskeln lockern möchte. Sie sagten nichts, sie standen neben Druskat und starrten wie er auf das Wolfsluch, auf den abgesoffenen Polder, über dem die Sonne flimmerte.

Kettner bückte sich ächzend, hob seine Kleider auf, er stieg in seine Hosen. »Red doch noch mal mit den Horbeckern, Daniel«, sagte er. »Versuch's noch mal, Mensch, ich hör immer, dieser Stephan wäre dein Freund.«

Anja saß Stephan am Tisch gegenüber, sie hob die Tasse mit beiden Händen zum Mund, trank ein wenig, sah den Mann prüfend an über den Rand der Tasse hinweg, sie dachte, er will was verbergen, und ich weiß wenig von alten Geschichten in Horbeck, da hat er recht, aber den Krach letztes Jahr, den Streit zwischen ihm und meinem Vater, den hab ich miterlebt.

Es ist an dem Tag gewesen, als das Unglück geschah, als das Wasser den Polder überflutete.

Gegen Abend waren Anja und Druskat über den See gefahren, von Altenstein bis nach Horbeck, sie erinnerte sich, die Sonne stand schon ein wenig schräg über dem See, und das Licht war eigenartig, wie es manchmal vor einem Gewitter ist, schwer zu beschreiben, das Grelle war fort, das unbarmherzige Flirren und Flimmern, es war beinahe, als habe das Licht gebadet und flute nun kristallklar aus dem Wasser des Sees über die Ufer und über die staubigen Felder in den Himmel zurück, als tauche dieses besondere Licht das Land in neue Farben, so grün das Ufergebüsch, so rot die Kiefernstämme, die sich im Wasser spiegelten.

Sie steuerten die kleine Bucht von Horbeck an.

Manchmal träumt Anja von ihrem Dorf und wie sie über die Straße geht, suchend, sie weiß genau, es ist die Dorfstraße von Altenstein und daß sie tausendmal denselben Weg gegangen ist, aber sie kann ihr Haus nicht finden oder nicht die Tür zu ihrem Haus und ängstigt sich. An jenem Abend war ihr auch, als träume sie. Eine Seebrücke schob sich vom Horbecker Ufer weit ins Wasser hinaus, weiße Bänke standen auf hellem Kies, das Strandbad sah dem von Weran täuschend ähnlich. Sie gingen aber bei Horbeck an Land, Anja erkannte es an den beiden mächtigen Weidenbäumen über der Böschung.

»Kann Stephan zaubern?«

Ihr Vater murrte: »Es ist nicht zu fassen.«

Da war Stephan auch schon zur Stelle: »Hallo, ihr beiden!« und half ihr ritterlich aus dem Boot.

Anja blickte überrascht auf das Gewimmel am Strand, viele junge Männer planschten im Wasser oder wagten Sprünge vom neuerbauten Turm, andere drängten sich ums Feuer, ein kleiner Ochse wurde am Spieß gedreht. Dieser Duft! Es wurde erzählt, die Horbecker hätten ein Schnellverfahren für Spießbraten erfunden und könnten mit Hilfe einer Gewürz-Rotwein-Salzspritzung bei jeder Art von Fleisch oder Wildbret zarten Kaßlergeschmack und frühe Garzeiten bewirken. Sogar die Innung der Konsumfleischer von Nirow interessierte sich für dies Verfahren, es wurde aber von den Horbeckern als Betriebsgeheimnis gehütet, sie wollten, hieß es, ihre Entdeckung selber verwerten, im großen Stil, versteht sich, und mit der Spezialität diverse Bauernmärkte beliefern, selbstverständlich zu Spitzenpreisen.

Viele Menschen liefen auf der Strandwiese hin und her, auf und ab, Soldaten, Mädchen, Bauern und Traktoristen, viele Geräusche waren in der Luft, viele Stimmen zu hören, Gelächter … Nun begann sogar eine Blaskapelle, offenbar armeeangehörig, zu musizieren: Rosamunde, schenk mir dein Herz und dein Ja.

So leben die Horbecker, sie feiern die Feste, wie sie fallen, die fallen aber, scheint es, häufig und sogar mitten in die Woche.

Anja mochte den Max Stephan, weil er lustig war, weil er sie wie eine Dame behandelte. Freilich übertrieb er manchmal die Galanterie, so wie jetzt. Was stellte er da wieder an, was machte er mit ihr? Nein, wahrhaftig, sie hatte sich nicht mehr in der Gewalt, ruckte den Kopf auf dem Hals wie eine schreitende Taube, und nun mußte sie albern kichern, hinter vorgehaltener Hand, wie eine Zwölfjährige. Er begrüßte sie nämlich mit Kratzfuß und zog den Hut vor ihr, so schwungvoll und tief, daß der Saustutz den Rasen fegte, und er reizte sie zum Lachen, weil sein graziöses und beinahe tänzerisches Gehabe in merkwürdigem Widerspruch stand zu der massigen Körperlichkeit.

Er rief: »Tusch!«, Blech schepperte auf, Trompeten krächzten wie heisere Fanfaren, Stephan führte Anja an halberhobener Hand, gewissermaßen nach höflichem Zeremoniell, Pranke in die Hüfte gestemmt und zierlich Fuß vor Fuß setzend, durch die Spalier stehenden, lachenden, ohaschreienden, beifallklatschenden Leute, und der Vater stolperte ihnen nach, mürrischen Gesichts. Kann sein, Stephan produzierte sich so, weil es ihm Vergnügen machte, ihren Vater zu ärgern. Oder hatte er schon einen sitzen?

Er führte sie zu einer umgestülpten Kiste, bat untertänigst, Platz zu nehmen, bestellte mit schrillem Pfiff und knapper Handbewegung Teller und Gläser, und das sommerliche Gelage nahm seinen Anfang. Es wurde aber vorzeitig beendet, und daran war nicht nur der plötzlich einsetzende Gewitterregen schuld.

»Weißt du, wie ich das gemacht habe, wie ich das Naherholungszentrum gebaut habe?« fragte Stephan mit listigem Blick, krümmte winkend den Zeigefinger, wie die Knusperhexe aus dem Märchen, und lockte Druskat dicht an seine Seite. Er umarmte ihn, flüsterte ihm sein Geheimnis ins Ohr, boxte ihn schließlich gegen die Brust, lachte prustend, lachte Tränen,

Anjas Vater lächelte, aber mit erhobenen Brauen, so wie man aus Höflichkeit manchmal etwas belächelt, das überhaupt nicht komisch ist. »Ja, ja, ich weiß, du bist ein toller Kerl.«

Er wird an den zerstörten Polder gedacht haben, sein Bau war mit Anstrengung erkauft, auch mit Verzicht auf manche Annehmlichkeit. Altenstein hatte immer noch keine Wasserleitung, und das Altensteiner Schloß, zehn Familien behauste es, mußte dringend renoviert werden, jedes Jahr wurden der Gemeinde die Mittel gestrichen, wer weiß, an was er gedacht haben mag, jedenfalls sagte er: »Allerhand, was du dir wieder mal unter den Nagel gerissen hast …«

Stephan unterbrach ihn mitten im Satz. »Stopp! Eigenes Material!«

Druskat nickte, wie anerkennend. »Bestes Kantholz. Mit der Menge hätten wir den Dachstuhl des Altensteiner Schlosses richten können, eines Tages bricht er zusammen.« Er sah sich um, sah das schwere Gerät noch am Ufer stehen, die Ramme, den Kran, die Raupen, betrachtete die Soldaten, kräftige Männer dienten bei der Spezialeinheit, er sagte: »Mit den Leuten hier, 'ne ganze Kompanie, schätz ich, könnten wir in ein paar Tagen das halbe Luch eindeichen. Du – unser Polder ist uns abgesoffen!«

»Ach.«

Wenn Stephan Betroffenheit zeigen will, ich hab es schon ein paarmal erlebt, dann macht er dieses Schafsgesicht, dachte Anja, vielleicht kann er andere Leute nicht verstehen und nicht mit ihnen fühlen.

Druskat hob eine Hand gegen die Sonne, er schaute hinunter zur neuerbauten Landungsbrücke, vielleicht fiel ihm auf, daß der See bei Horbeck tatsächlich niedriger stand als sonst. »Irgendeiner muß gestaut haben«, sagte er, »wahrscheinlich bei Karbow drüben, das Wasser hat uns den Damm eingedrückt. Wir konnten ja bloß mit Torf eindeichen. Wer hat gestaut?«

Stephan staunte Druskat an mit unwahrscheinlich blauen Augen, fassungslos, wie einer, der zu Unrecht eines ungeheuerlichen Verbrechens bezichtigt wird. »Du glaubst doch nicht etwa ...«, er legte die Hand aufs Herz. »Ich?«

Druskat mußte lächeln.

Stephan faßte nach Druskats Arm »Mensch«, sagte er, als sei ihm jetzt, im Augenblick, die Erleuchtung gekommen, »könnte sein, die Armee hat das veranlaßt. Vielleicht wollte man den Soldaten die Arbeit leichter machen, das wäre doch verständlich.« Und wieder zog er Druskat dicht an seine Seite, flüsterte eindringlich: »Nutz das aus, Mensch, ich verrate dir wie: Mach die Armee verantwortlich, verlange Ersatz für den Schaden, mach ihn ein bißchen schlimmer, als er ist, laß dir deinen Polder noch mal so groß bauen.«

Anja wunderte sich über ihren Vater, der fragte nämlich, ebenfalls flüsternd, wie ein Gauner den anderen Gauner fragen würde: »Und dir ist noch niemand auf die Schliche gekommen?«

»Nie!« Stephan lachte und nahm den Druskat in die Schule. »Wem nutzt es? Junge – so mußt du fragen. Mir kann keiner was wollen, solange die Gesellschaft Vorteil hat.«

»Horbeck.« Druskat sagte es mit Schärfe. »Horbeck, meinst du, eine Handvoll Leute, ein Grüppchen. Verblüfft mich immer wieder, wie ihr eure ganz persönlichen Bedürfnisse zu denen der Gesellschaft erklärt.«

»Na und?« Stephan sagte: »Der Sozialismus soll Spaß machen, das ist meine Devise. Mann, aus der besten Sache der Welt kann nichts werden, wenn man den Leuten nicht den Spaß am Leben läßt, sie auf morgen vertröstet: Morgen, Leute, wird es euch besser gehen! Morgen kann ich tot sein. Ich hab sie nie gemocht, diese Parole, daß man heute den Riemen enger schnallen müßte, um sich erst viel später einen Wanst anzufressen. Nein, ich will heute einen haben, und ich hab einen ...« Er wuchtete sich von der Kiste hoch, auf der er Anja und Druskat gegenübergesessen hatte, trotz seines Fettes war er behende, nun stand er vor ihnen, breitbeinig, der Koloß, und klopfte mit den Händen auf den Bauch, »ich hab einen – da!« Wahrhaftig, das war nicht zu übersehen.

»Wir sind Spitzenreiter im Bezirk. Warum? Weil jeder weiß, bei mir lohnt es, daß er sich für den Sozialismus in die Bresche haut, es lohnt hier ...«, wieder Schlag auf den Bauch, »und hier ...«, er bewegte die rechte Hand wie ein Zauberkünstler, Anja meinte tatsächlich zu sehen, wie er Geldstücke aus dem Ärmel schüttelte, »es lohnt überhaupt.«

Und nun breitete Stephan die Arme, als wolle er die Festwiese segnen, die fröhlichen Menschen, sie liefen hin und her und durcheinander oder drängten um das Feuer, sie aßen und tranken und ließen sich's wohl ergehen auf Stephans Kosten. Und die Blasmusik musizierte: Rosamunde, schenk mir dein Herz und dein Ja.

Und wie lohnte die Arbeit in Altenstein? Dort sind die Bauern nicht dümmer und nicht fauler als in Horbeck, dachte Anja, aber die leben nicht so gut wie hier, die Lose sind tatsächlich ungerecht verteilt. Das sei Naturgesetz, meinte der alte Ziesenitz, natürlich Unsinn, aber irgendwas ist ungerecht: Was ist das? mußte Anja denken.

Ihr Vater blinzelte zu Stephan empor, er sagte: »Ihr lebt besser als die Bauern in hundert anderen Dörfern des Bezirkes. Horbeck ist eine Insel des Wohlstandes geworden.«

»Wir sind eben gut, mein Guter!«

Immer lustig, immer witzig, der Onkel Max. Damals stieß seine Art Anja ein wenig ab, er kam ihr selbstherrlich vor, wie nannte er sich doch, wenn er bei Laune war? Herrscher aller Reußen!

Druskat sagte: »Du bist ein guter Bauer, das hab ich immer bewundert.«

Stephan hob den Zeigefinger. »Und ein guter Chef, willst du sagen.«

Druskat schüttelte ein wenig den Kopf, dann erhob er sich, trat neben Stephan, er war längst nicht so groß und so breit wie Max, er wirkte beinahe wie ein Junge neben dem schweren Mann, sieht übrigens viel besser aus, sieht aus wie David neben Goliath, dachte Anja, und Vater würde sich wohl auch nur mit Tricks gegenüber dem Riesen behaupten können, aber

Tricks, das wußte sie, waren nicht ihres Vaters Stärke. Druskat hob die Schulter, er sagte: »Guter Chef? Ich weiß nicht, du bist ein sozialistischer Großbauer, ein Manager allenfalls. Du hast ein fabelhaftes Talent, unsere Schwächen auszunutzen, die kleinste Lücke im Gesetz, die Schwerfälligkeit der Bürokratie, die Entschlußlosigkeit mancher Mitarbeiter. Du legst jeden, der dir nicht gewachsen ist, schamlos aufs Kreuz, genauso hast du das früher als Einzelbauer gemacht, du hältst dich für besonders einfallsreich und bist besonders rücksichtslos. Du sollst übrigens Unmengen von Kunstdünger für Horbeck organisieren.«

Stephan schien nicht im mindesten gekränkt von Druskats Rede, er nickte beinahe beifällig, als gefiele ihm, daß Anjas Vater in Zorn geriet, oder als dächte er bei sich: Nur zu, mein Kleiner, nur zu! Er bot sogar zu rauchen an. Druskat nahm eine Zigarette, er fragte: »Stimmt das, Max – bekommst du doppelt soviel Kunstdünger wie wir?«

Stephan nickte immer noch. »Mit Billigung der Behörde, und weißt du warum?« Jetzt riß er ein Streichholz an, schützte das Flämmchen mit den Händen, reichte es vorsichtig zu Druskat hinüber, der paffte seine Zigarette an, und Stephan sagte: »Man muß Beispiele schaffen, weißt du.« Er lächelte, er bleckte geradezu die Zähne in übertriebener Freundlichkeit, als er sagte: »Man muß den Lahmarschigen vorzeigen, wie in einer gut geleiteten Genossenschaft geleitet wird, verstehst du?«

Nein, dachte Anja, manchmal hat er einen miesen Charme.

Ihr Vater stand vor Stephan, mühsam beherrscht, Hände in den Taschen, Zigarette im Mundwinkel, verkniffene Lider, vielleicht biß ihn der Rauch in die Augen, er spuckte die Zigarette aus, er sagte: »Wir brauchen keine Vorzeigedörfer, wir brauchen gleiche Entwicklungschancen für alle. Was nutzt es, wenn ihr den Vorreiter spielt, den Spitzenreiter, wenn ihr vorprescht, so weit, daß euch niemand mehr einholen kann. Wenn andere weit zurückbleiben müssen, die meisten, wie wir in Altenstein, warum denn – warum?«

Nun wurde ihr Vater laut, schon wurde man aufmerksam auf der Wiese, einige Männer blickten zu ihnen herauf, Stephan schien es nicht zu gefallen, vielleicht befürchtete er, seine Leute könnten vermuten, er ließe sich niederdiskutieren, dies freilich würde er niemandem erlauben. Druskat rief: »Wir bleiben zurück, weil wir uns nicht Sonderbedingungen erschleichen können wie ihr, weil es nicht geht, daß in jedem Dorf zwanzig Wohnungen gebaut werden wie in Horbeck, daß sich jedes Dorf sein Strandbad errichtet, jedes Nest am See seine Landungsbrücke, weil die Decke noch zu kurz ist für alle, weil nicht jede Genossenschaft Riesenställe bauen kann, neue Technik ankaufen – das ist ja auch Quatsch, Mensch, ihr nennt euch Spitzenreiter und merkt nicht einmal, daß ihr eure Erfolge auf unsere Kosten macht.«

»Hört euch das an«, brüllte Stephan, und zwar doppelt so laut wie Anjas Vater, »der Vorsitzende von Altenstein behauptet, wir lebten auf ihre Kosten!«

»Oho! Oho!« Da traten sie näher und immer näher, wischten sich das Fett mit dem Handrücken vom Mund, die Männer aus Max Stephans verwegener Truppe, und es schien, als wollten sie die Ärmel aufstreifen, als warteten sie nur auf den schrillen Pfiff ihres Anführers.

Druskat kannte sie fast alle, bis neunzehnhundertsechzig war er Vorsitzender in Horbeck gewesen, und er wußte, sie würden sich für Stephan in Stücke reißen lassen. Er sagte, hier wäre nicht der Ort für eine Auseinandersetzung. Wieso nicht, fragte Stephan, er finde es recht hübsch hier. Druskat sagte, er wolle ihnen nicht das Fest verderben, er habe bloß eine kleine Meinungsverschiedenheit mit Max, das sei ja nichts Neues.

»Keinen Rückzieher, Farbe bekennen!« rief Stephan, und Druskat meinte achselzuckend: »Na schön.« Er sagte: »Ihr wißt ja, wir wollen das Wolfsluch urbar machen, alleine schaffen wir's nicht, aber gemeinsam mit euch könnten wir Land gewinnen. Wir hätten die Chance, alle miteinander reicher zu werden, nicht nur in Horbeck und in Altenstein, sondern auch in anderen Dörfern der Nachbarschaft. Ich sag euch, das ist zu machen, wenn wir den verdammten Gruppenegoismus überwinden. Gemeinsam sind wir stärker, zusammen haben wir viele Maschinen, sind viele Menschen, können den Sumpf trockenlegen, den häßlichen Dreck verschwinden lassen, auch die Äcker gemeinsam bestellen und gemeinsam ernten, das ist doch vorteilhaft für jeden von uns.

Laßt uns einen Anfang machen, laßt es uns wenigstens mal miteinander versuchen – im Luch. Glaubt mir, die LPG alten Stils ist passé, genauso wie der Einzelbauernhof vor zwölf Jahren passé gewesen ist. Weshalb sind wir also gekommen? Nicht zum Streit ...«

Er legte den Arm um Anjas Schulter. »Wir wollen euch Partnerschaft anbieten.«

»Jetzt kommt er uns tatsächlich wieder mit seiner Scheißkooperation«, rief Stephan aufgebracht, »ist nichts mit Kooperation, der Bauer wird nicht abgeschafft, die Kooperation ist abgeschafft, und zwar auf Weisung von oben!« Ob sich Druskat etwa mit dem Staatsrat anlegen wolle?

Nein, mit den Horbeckern war nicht gut reden an diesem Tag, Stephan hatte die Auflassung gegeben, seine Leute parierten, jetzt schrien sie durcheinander: Sie brauchten niemandes Hilfe, keine Kumpanei mit Zurückgebliebenen, sie wären die Besten im Bezirk, aber die Altensteiner müßten den Bankrott erklären, kein Wunder, Druskat wäre schon in Horbeck nicht zurechtgekommen, in Altenstein, in der Walachei, schleppen die Weiber die Wassereimer noch am Tragebalken, das beste wäre, Druskat quittiere den Dienst und sie, die Horbecker, würden Altenstein, das traurige Nest, okkupieren für ihre Groß LPG ...

Da schwoll Anjas Vater plötzlich die Zornader am Hals, er brüllte, hochrot sein Gesicht, sie wären nicht nur vom Schnaps benebelt, sie wären größenwahnsinnig. Und was warf er dem Stephan an den Kopf? »Du tust alles nur zum Vorteil deines eigenen Dorfes, häufst Reichtum auf für eine kleine Gruppe von Menschen, ohne Rücksicht auf andere, auf das Ganze. Dir geht es gut, was kümmert dich das

Schicksal deiner Nachbarn, Mensch, wenn man tausend solcher Egoisten, wie du einer bist, freie Hand ließe, sie würden den Sozialismus zugrunde richten.« Und dann sagte er, ganz ruhig, noch einen Satz: »Man muß dir das Handwerk legen!«

Ungeheures Gelächter, die Horbecker schlugen sich auf die Schenkel, so ein Witz.

Stephan gebot schließlich mit raumgreifender Geste Schweigen, dann trat er auf Anjas Vater zu, abgewinkelte Arme, Fäuste gegen die Hüfte gestemmt wie eine Marktfrau, und sagte: »Ich stell deine These mal vom Kopf auf die Füße. Siehst du, ich bin erst seit ein paar Jahren Genosse, besuch jede Versammlung, das Lehrjahr, sooft es sich machen läßt. Und ein bißchen versteh ich mich auf die Dialektik: Der Sozialismus, das ist eine so große und so gewaltige Sache«, an dieser Stelle schloß er seufzend und wie überwältigt die Augen, um nach einem Augenaufschlag fortzufahren, »daß er selbst von zehntausend Pfeifen wie du eine bist, nicht zugrunde gerichtet werden kann.«

Druskat aber antwortete vor allen Leuten mit einem einzigen Wort, das hatte Anja bis zu dieser Stunde nie aus seinem Mund vernommen, er sagte: »Arschloch!«

Dies war offenbar Horbecker Art, denn nun rief Stephan lachend: »Endlich ein vernünftiges Wort! Du machst dich, mein Junge!« und verlangte nach Schnaps.

Der Meinungsstreit hätte vielleicht noch mancherlei Ungesagtes zutage gebracht, aber ein furchtbarer Gewitterregen verhinderte das.

»Über den See könnt ihr heute nicht mehr zurück«, hatte Stephan gesagt, und so waren sie wie alle anderen ins Dorf geflüchtet.

6

Hilde Stephan saß schon eine Weile auf dem Küchenstuhl, untätig, Hände im Schoß, schließlich erhob sie sich seufzend und ging zum Telefon. Sie rief in der LPG-Gärtnerei an, sie könne heute nicht, sie fühle sich nicht, ja, gewiß, morgen sei sie wieder zur Stelle.

Sie kann heute nicht zur Arbeit gehen wie jeden Tag. Wer weiß denn, was Max mit dem Mädel aushandelt, was er vorhat. Und was ist mit Daniel?

Hildes Tage waren nach strenger Regel eingeteilt, das mußte so sein, anders hätte sie die Arbeit nicht bewältigen können: acht Stunden in der Gärtnerei, im Hause halfen die Männer kaum, wollten aber versorgt sein zu bestimmter Stunde, das Viehzeug auch, viel hatte man nicht mehr in den Ställen, dennoch, es brauchte Futter und Pflege, und selbst das Katzenvieh hatte sich auf Hildes Tagesablauf eingestellt und maunzte kläglich, falls wirklich einmal vergessen wurde, pünktlich um sechs Uhr das Schälchen mit Milch zu füllen.

Jetzt wußte die Frau, die immer geschäftige, aber nicht, was sie tun sollte, und fühlte sich unbehaglich.

Sie stand vor dem kleinen Spiegel, der in der Küche über dem Waschbecken hing, und betrachtete ihr Gesicht: Vielleicht bin ich wirklich krank, immer wenn ich mich aufrege, krieg ich Schatten um die Augen, wie seh ich bloß aus, früher war ich auch mal schön, gewiß war ich ebenso schön wie das Mädel in der Stube, ich bin genauso alt gewesen wie sie, als Daniel damals ins Dorf gekommen ist – sechzehn Jahre.

Manchmal hat sie gedacht, Druskats Tochter sei ein bißchen wunderlich, die ist immer zu still gewesen, so merkwürdig verschlossen, aber heute, der Auftritt in der Stube, so selbstsicher, das Mädel, so geradezu, das macht wohl, weil es um ihren Vater geht, den vergöttert sie, das macht wohl auch, weil die Jugend heutzutage anders ist als früher, respektloser – wie frech der Junge wieder war.

Sie, Hilde, hatte sich immer nach den Eltern richten müssen. Sie besaßen den Hof, und sie entschieden, wie es für den Besitz zum besten war. Ganz selbstverständlich ist das gewesen und ebenso selbstverständlich, daß sie sich dem Mann unterordnete. Ach, Max, was hätte sonst werden sollen aus uns beiden? Wenn der eine zu laut ist, muß der andere stiller sein, wenn der eine zu stark ist und zu rücksichtslos im Willen, muß der andere um so nachgiebiger sein, auch das bedeutet: sich in der Ehe ergänzen. Sie braucht das ja nicht gerade auf der DFD-Versammlung zu sagen. Die haben gut reden. Nicht eine von ihnen würde sich Max gegenüber behaupten, und das vielleicht gar nicht mehr wollen, sobald sie ihn im Bett hätte. Prinzipien sind was Ausgedachtes, aber ein Kerl ist ein Kerl. Wenn der nach einem faßt, vergeht einem manches, zuerst bestimmt das Theoretische.

Und warum regt sie sich so auf wegen Daniel? Kann es sein, daß sie sich ein zärtliches Gefühl bewahrt hat über all diese Jahre? Manchmal hört man, Frauen vergäßen ihr ganzes Leben lang nicht den ersten Mann, mit dem es schön war im Bett. Aber das ist wohl auch so eine Rederei, das sagen vielleicht solche, die kein Glück hatten mit dem nächsten.

Ihr fehlt nichts an der Seite von Max Stephan, man kann sie getrost beneiden, sie hat alles, was eine Frau sich wünschen mag. Max reißt sie immer noch mit in seiner ungeheuren Lebenslust – nur manchmal zweifelt sie, ob er sie wirklich braucht.

Nein, Zuneigung kann es nicht sein, die sie bange macht bei dem Gedanken an Daniel – vielleicht Anteilnahme, ganz allgemeine, menschliche, wie man so sagt, aber wie oft hat man Schreckliches erfahren, ohne daß einem zittrig wurde, also wird es die Angst sein, das Mädel könnte recht haben und einer aus ihrer Familie hätte Schuld, daß Daniel verhaftet wurde.

Aber sie hatten sich doch ausgesöhnt letztes Jahr?

Sie war nicht mit an den See gegangen, sie mochte diese lauten Feste nicht, Ochse am Spieß, Jahrmarktstrubel. Sie hatte gesagt: »Trink nicht soviel, Max, bleib nicht solange, morgen hast du einen schweren Tag, und du mußt frisch sein, wenn der General kommt. Mußt du nicht sogar eine Rede halten?«

Das war, wie immer, in den Wind geredet. Max machte,

was er wollte. Und es freute sie, als der Gewitterregen niederprasselte. Nun würde das Fest zu Ende sein, Max hatte seinen Meister gefunden.

Wenig später klingelte aber das Telefon. »Hildchen, wir sind zur Preibisch umgezogen, in die Kneipe, jawohl, sei lieb, mach dich hübsch, leiste uns ein bißchen Gesellschaft, ja?«

Sie suchte nach einer Ausrede, der Weck stehe auf dem Herd, die Erbsen und so weiter, sie fühle sich auch nicht so richtig.

Da hatte Max gesagt: »Du ahnst nicht, wer hier ist – Moment mal, ich hol ihn dir ran.«

»Hallo!«

»Daniel? Wie kommt es denn? Ja, ich weiß nicht recht, du würdest dich freuen? Na gut, ich schau mal rein. Und treibt es nicht zu toll inzwischen. Tschüs!«

Sie legte den Hörer auf, hob die Schulter, ließ sie wieder sinken, lächelte über sich und zog was Hübsches an, wie Stephan geraten hatte. Dann stand sie vor dem Spiegel, wie jetzt, wendete den Kopf hin und her und sah ihr Gesicht: feine Fältchen um Mund und Augen, vierzig Jahre, es ist nicht zu leugnen, und das Haar zu streng, wer hat schon Zeit, dauernd zum Friseur zu rennen, aber häßlich ist sie nicht, und wenn sie die Lippen bemalt …

Sie benutzte selten einen Lippenstift, jetzt suchte sie aber, bis sie ihn endlich fand.

Die Kneipe lag am anderen Ende des Dorfes, nicht weit vom See, ein gebrechlicher Bau, noch älter als die Wirtin, Frau Anna Preibisch, genannt Neumann. Die Wirtin mochte um die Achtzig sein und betrieb die Wirtschaft mit Hilfe einer jüngeren Schwester, deren Geburt allerdings auch im vergangenen Jahrhundert datiert sein mußte. Als Hilde ein junges Mädchen war, sind die Schwestern Preibisch jedenfalls schon alte Frauen gewesen, merkwürdige Erscheinungen. Keiner im Dorf hatte Frau Anna anders als dunkel gekleidet gesehen, in eine Art Witwentracht, schwarz der lange Rock, das hagere, beinahe männliche Gesicht zu jeder Tageszeit von einem schwarzen Tuch umhüllt. Und jeder im Dorf kannte die Geschichte, obwohl sie schon vor dem ersten Weltkrieg passiert sein mußte, Hilde wußte noch, wie die Mutter erzählt hatte:

Die Preibischs sind mal die reichsten Leute im Dorf gewesen – die gräfliche Familie ausgenommen –, fünfzig oder sechzig Morgen unterm Pflug, und der halbe Mönchsbusch hat ihnen gehört und die Gastwirtschaft. Zu der Zeit wurde es Mode mit solchen Ausflugslokalen, jeden Sonntag kamen Leute aus der Stadt gefahren und trugen das Geld zu Preibisch, und Pfingsten ist immer was los gewesen, Musik im Garten, da wurde bis in die Nacht getanzt.

Die Anna Preibisch war schön, und kein Mädchen im Dorf trug den Kopf höher als sie, keiner der Burschen ist ihr gut genug gewesen, das hat die Erziehung gemacht, der alte Preibisch hatte nämlich die Töchter – auch die Kleine, die Ida, die war als Kind schon etwas wunderlich – nach Güstrow auf ein Pensionat gegeben, zwei Jahre, da haben sie das Kochen gelernt – nun, das schadet keiner Frau –, aber auch das feine Benehmen und sogar, wie man hübsche Bilderchen malt. Wie sie zurückgekommen sind, hatten sie eine Art an sich, richtig herrschaftlich haben die getan und so, als könnten sie kein Wörtchen Platt mehr verstehen.

An jedem Freier hatte die Anna was auszusetzen. Auf einmal war's rund im Dorf, mit dem Neumann von Karbow, dem reichsten Erben weit und breit, hatte sie sich eingelassen. Sie war wohl schon im dritten oder vierten Monat schwanger, bis die Alten endlich den Heiratsvertrag unter Dach und Fach hatten, denn den Neumanns war die Anna nun wieder nicht genügend von Stand, das war ja bloß eine Schankwirtstochter.

Aber die Hochzeit, großer Gott, als sollte eine Komtesse von Horbeck vermählt werden. Die feinsten Sachen wurden herangeschafft, es wurde tagelang gebacken und geschlachtet und für das Menü – sie sagten tatsächlich Menü – sogar der Chefkoch vom Weraner Hof bemüht. Das ganze Dorf war geladen, und Kutsche auf Kutsche rollte die Straße runter, Verwandtschaft und Freundschaft von außerhalb, zweihundert Gäste sollten bei Tische sitzen, ein Aufwand, nicht zu beschreiben, dabei hat jeder gewußt, die Braut ist im dritten Monat, mindestens.

Als sie zum Standesamt gefahren sind, Kutsche girlandengeschmückt, tänzelnde Pferde, stand alles, was Beine hatte, an der Straße Spalier. Die Anna hat ein Kleid von rotem Samt getragen, obenrum Spitze aus Brüssel bis hoch an das Kinn, und einen Hut hat sie aufgehabt, groß wie ein Wagenrad, einen Hut, nein, die Frau Gräfin hätte so was nicht aufgesetzt, das war eine schlichte Person. Und in Weran, vor dem Standesamt, standen die Neugierigen wie eingekeilt, vorm Haus war die Feuerwehrkapelle aufmarschiert, und dann ist es passiert, keiner kann sagen wieso und warum, wahrscheinlich hat die Blaskapelle zu viel Krach gemacht, kurz und gut: Neumann springt ab, schwenkt den Hut, flotter Kerl war er ja, da bäumen sich plötzlich die Pferde auf, steil in die Luft, die Anna schreit vor Entsetzen, es reißt ihr den Hut vom Kopf, Neumann wirft sich den Gäulen entgegen, ein Satz und ein Ruck und ein einziger Schrei der Menge, da hatten sie den Bräutigam mit der Deichsel ans Bohlentor vom Standesamt geheftet – die eigenen Pferde.

Mausetot der Mann.

Später saßen zweihundert Menschen bei Tisch, die besten Gerichte wurden aufgetragen, Wild, Pastete, Tiegelbraten, aber es hat keinem so richtig geschmeckt. Und die Anna hat mit an der Tafel gesessen, hoch aufgerichtet, in rotem Samt und schwarz verschleiert und hat gesagt: »Zugelangt! Die Hochzeit war teuer. Dafür spar ich den Leichenschmaus.« So eine ist das gewesen.

Weil die Anna aber mit einem Bein sozusagen schon im Standesamt war und bloß die Pferde den Neumann am Jawort gehindert hatten, durfte sie sich später Preibisch, genannt

Neumann, schreiben, aber die Familie hat dem Jungen trotzdem das Neumannsche Erbe verweigert, überm Prozessieren ist die Anna Wald und Acker losgeworden, neununddreißig ist dann der Sohn gefallen, in Polen, geheiratet hatte er nicht, dem ist ja auch keine recht gewesen, die beiden Weiber hatten ihn verzogen und verhätschelt. So geht es den Leuten!

Das hatte Hildes Mutter erzählt und ihre Tochter aufgefordert, die alte Frau respektvoll zu grüßen, die keiner von den Jüngeren anders sah als in dunkles Tuch gehüllt, das einzige Zugeständnis ans Modische machte sie sommers, dann trug sie manchmal schwarze Schürzen, die fein und weiß gepunktet waren. Die jüngere Schwester Ida hatte aber mit Siebzig noch eine Vorliebe für Gerüschtes und Geblümtes.

Fräulein Ida war kleiner als ihre Schwester und sah aus, wie man sich eine freundliche Pastorenfrau vom Lande vorstellt, rundgesichtig, sanftäugig, apfelbäckig, das weiße gewellte Haar in der Mitte gescheitelt. Fräulein Ida war Zofe bei der Frau Gräfin auf Horbeck gewesen und nur durch die Zeitumstände genötigt, in der Schankwirtschaft von Anna Preibisch tätig zu werden. Aus dem früheren Beruf brachte sie feine Umgangsformen mit, die von der Schwester allerdings oft belächelt und bespöttelt wurden, ferner die Fähigkeit zu gepflegter Konversation, jedenfalls gebrauchte sie ständig zwei Wörter, die niemand sonst in Horbeck verwendete: reizend und nett, und sie verstand es außerdem, im Gespräch gegensätzliche Gedanken oder Behauptungen auf die wunderlichste Weise aneinanderzureihen. Als nach den Aufregungen des Frühjahrs neunzehnhundertsechzig zur Versammlung in die Gastwirtschaft geladen wurde – Hilde ist dabeigewesen –, reichte Ida einem Instrukteur der Kreisleitung Kaffee und sagte, als verrate sie ein Geheimnis: »Der alte Vorsitzende, der Herr Druskat, hat ja nun mit der Familie fort gemußt. Es ist gut, daß sie fort sind«, um dann mit größtem Ernst hinzuzufügen: »Nette Leute!«

Und Anna Preibisch stand hinter der Theke, hoch aufgerichtet, in schwarzem Tuch, und warf der Schwester einen bösen Blick zu. Sie liebte nämlich, hieß es, den Druskat wie einen Sohn.

Fräulein Ida neigte zu Geschwätzigkeit, da sie im übrigen aber gutmütig und hilfsbereit war, überhörten die Gäste ihr Gerede. Das tat Frau Anna ebenfalls, die nur gelegentlich im vertrauten Kreise beklagte, wie unselbständig ihre kleine Schwester sei, man könne sie nicht einmal alleine zum Fleischer schicken. »Gebe es Gott, daß sie vor mir in die Grube fährt, was soll sonst werden.«

Kürzlich wäre es Fräulein Idas wegen beinahe zu einem politischen Skandal gekommen. Max Stephan war es nur mit Mühe gelungen, Bürgermeister Priskoleit von einer Meldung abzuhalten.

»Wer hat es eingebrockt? Ida! Und die hat doch nicht alle beieinander. Und wer wird es ausbaden? Wir! Also, Schwamm drüber!«

Das war Pfingsten, als westdeutsche und Westberliner Autos zu Hunderten über die Landstraßen rasten, Bürgermeister Priskoleit und Max hatten während der Gemeindeversammlung nachdrücklich darauf hingewiesen, daß Sicherheitsbestimmungen zu beachten wären, niemand Fremden sei der Zutritt zu Stallungen oder Anlagen der Genossenschaft und zu öffentlichen Gebäuden gestattet. Diese Anordnung war nach Stephans Geschmack. Neugierige von drüben würden zu Hunderttausenden das Land überziehen. Also, Vorsicht!

Auch in Anna Preibischs Wirtschaft war die Angelegenheit besprochen worden.

Am Pfingstsonntag mußte nun Max wegen irgendeiner Sache noch einmal ins Schloß, es war vor kurzer Zeit erst mit großem Aufwand und mit Geschmack restauriert worden. Max hatte nämlich die Bezirksverwaltung davon überzeugen können, daß sich Schloß Horbeck für eine landwirtschaftliche Berufsschule mit Internat eigne und das verfallene Gemäuer großmütig der Schulbehörde abgetreten, lediglich in der unteren Etage nutzten Genossenschaft und Gemeinde noch ein paar Räume.

Max verschloß also gerade das Genossenschaftsbüro, da rief jemand in seinem Rücken: »Wie nett!« Er wendete sich um, und was sah er? Drei Frauen schritten, lebhaft plaudernd, die schön geschwungene Treppe zur Halle herab, Fräulein Ida und zwei elegante junge Damen. »Schließ mal gleich dein Büro wieder auf«, sagte Ida und erläuterte den Begleiterinnen: »Früher das Zimmer der Frau Gräfin, italienische Stuckarbeit.«

»Moment mal, Moment!«

Max führte Fräulein Ida beiseite, während die Damen den Marmorkamin in der Halle bewunderten, und zischte der Alten drohend ins Ohr: »Was hab ich angeordnet? Keine Fremden in die Gebäude!«

Fräulein Ida empörte sich regelrecht: »Fremde? Mäxchen, wo werd ich denn!« und fragte schließlich lustig zwitschernd: »Ja, erkennst du sie nicht? Es ist doch unsere Komteß und eine Freundin der Familie, denke dir, eine von Schulenburg. Komtessen sind äußerst angetan von der Besichtigung.«

Die von Horbeck war lächelnd näher getreten und lobte sehr die Bemühung des sozialistischen Staates, in so gepflegtem Zustand sei Schloß Horbeck zu ihrer Zeit nicht gewesen, und erklärte dann der Schulenburg: »Er war mal Stallknecht bei uns.«

»Stimmt«, sagte Max, »aber jetzt bin ich hier Chef!« und bat die Damen recht energisch vor die Türe, kleine Verbeugung. »Gute Reise.«

Dann beugte er sich mit verkniffenem Mund zu Fräulein Ida herab, die sah ihm ängstlich in die Augen. Er zeigte ihr aber bloß einen Vogel und hörte noch, wie sie im Davonschreiten den Damen beteuerte: »Ganz reizender Mensch!«

Sie waren also vom Gewitter vertrieben worden, Max und seine Truppe, und zu Preibisch umgezogen. Fräulein Ida würde sich freuen, sie neigte leider ein wenig dem Genuß scharfer Getränke zu. Anna Preibisch wachte zwar argwöhnisch darüber, daß die Schwester nicht an Flaschen nippte, wenn aber das Stimmungsbarometer stieg und die Bestellungen lagenweise erfolgten: »Noch mal zwölf Doppelte!«, konnte Anna kaum verhindern, daß gutmütige Gäste für die Bedienung einen Harten mitbestellten.

»Das kann ich doch nicht annehmen«, sagte Fräulein Ida dann neckisch und zierte sich anstandshalber ein wenig, um schließlich im Schutze einer Säule dem Spender zuzuprosten. Das tat sie selten, ohne einen Spruch zu machen, denn, wie gesagt, sie war an die fünfundzwanzig Jahre im gräflichen Haushalt bedienstet gewesen und wußte, was sich gehörte.

»Auf daß ihr die Nase im Gesicht behaltet!«

Es würde Trubel bei Preibischs sein. –

Hilde stand offenen Mundes vorm Spiegel, der über dem Waschbecken in der Küche hing, und malte sich die Lippen, kniff die Lippen aufeinander, leckte mit der Zungenspitze noch ein wenig die Farbe glatt, prüfender Blick, ach, wenn sie sich zurechtmachte, so wie jetzt, konnte sie sich selber noch gefallen. Sie zerrte das Kleid über den Hüften zurecht – nun ja, die Taille –, schleuderte die Hauslatschen von den Füßen und stieg in unbequeme hochhackige Schuhe. Max sagte auch, ein hoher Absatz mache ein schönes Bein.

Als Hilde eilig die ausgetretenen Stufen zur überglasten Terrasse des Wirtshauses emporgestiegen war, verharrte sie ein Weilchen und versuchte, durch das Fenster ins Gastzimmer zu spähen, aber die Gardinen waren zugezogen. Sie wunderte sich, daß sie kein Stimmengewirr vernahm, keinen Lärm und keinen Gesang aus heiseren Männerkehlen. Es war so still, daß ihr unheimlich wurde. Es wird doch nichts passiert sein, angesoffenen Männern ist alles zuzutrauen.

Sie drückte die Klinke nieder, die Tür schabte über die Fliesen, löste eine Feder, blechern schepperte die altertümliche Flurglocke, Hilde öffnete hastig die nächste Tür, stolperte über die Schwelle – verdammt, das Schuhzeug, das elegante –, fast fiel sie in die Gaststube, konnte sich aber noch aufraffen vorm Fall und sagte schließlich hochatmend, als wäre sie den weiten Weg bis zur Kneipe gerannt: »'n Abend allerseits.«

Ihre Erregung war offenbar überflüssig, die Männer saßen friedlich überm Bier, Köpfe wendeten sich ihr zu, erwiderten nickend ihren Gruß.

Sie band das Kopftuch los, ließ es auf die Schultern gleiten. »'n Abend, Hildchen.« Max schlenderte ihr entgegen, faßte sie beim Ellbogen und führte sie zum Ecktisch. Daniel erhob sich lächelnd.

»'n Abend, Daniel.«

Er drückte ihre Hand, rückte zur Seite auf der Bank, sie ließ sich nieder, jetzt sah sie auch, gegenüber an einem Tisch, die Kinder, Jürgen neben Anja. Hilde hob grüßend ein wenig die Hand, und dann kam ihr doch wieder seltsam vor, daß niemand sprach, daß sich die Aufmerksamkeit auf sie richtete wie auf jemanden, der sich noch durch die Zuschauerreihen zwängt, während das Theaterstück längst begonnen hat.

Da sah sie endlich die Scherben vorm Tisch, die Lache und sah, höher blickend, den jungen Peter Hartwig, einen Traktoristen, mitten im Raum stehen, breitbeinig, als suche er festen Halt auf schwankendem Boden, die Fäuste wie zu einem Kampf geballt. Und dann sah Hilde, daß Anna Preibisch ihren Platz am Ausschank verlassen hatte und dastand, hochaufgerichtet und schwarzgekleidet wie immer, Ellbogen gegen den Tresen gestützt.

Also, war doch was passiert, sie hatte sich nicht geirrt.

»Neue Situation«, sagte Max, »wir haben Besuch gekriegt, meine liebe Frau. Was hat sie mit der Sache zu tun? Also, laß es gut sein, Anna.«

»Nein«, sagte die alte Frau, beinahe Achtzig wird sie sein, vielleicht sogar älter, aber eine Stimme hat sie wie ein Korporal, und Augen, den Max sah sie an, wie sagt man doch, mit Adlerblick und suchte dann in Hilde eine Verbündete. »Was denkst du, Hilde, dieser Kerl da, dieser wildgewordene Mensch – wie alt ist er eigentlich?«

»Vierundzwanzig!« rief einer von den Gästen.

»Vierundzwanzig, ein ganz grüner Junge, aber was macht er, obwohl ich mir Belästigungen der Gäste verbeten habe? Er hänselt und reizt den Daniel mit hundsgemeinen Redensarten. Warum? Weil er weiß, das gefällt deinem Mann!«

»Komm, komm, Anna!« Max hob abwehrend beide Hände.

Aber die alte Preibisch sagte: »Halt den Rand, ich kenn dich!«, strich mit beiden Händen das Kopftuch glatt und trat auf den Traktoristen zu. Der stand immer noch da, als erwarte er einen Gegner im Ring. »Was denkst du, Hildchen, da sage ich: Schluß jetzt und aus! Und weg von dem Tisch! In meiner Wirtschaft wird nicht gestritten und randaliert. Was macht er? Er duckt sich, wie ich ihn anschreie, und fegt Daniels Bierglas vom Tisch ...« – »Frisch gefüllt«, ergänzte Fräulein Ida jammernd, »wo es das gute Pilsner so selten gibt.« – Anna hob nur ein wenig den Kopf und sah die Schwester an unter halbgesenkten Lidern, das genügte.

»... duckt sich also, fegt das Bierglas vom Tisch und starrt mir frech ins Gesicht. Er will mich herausfordern. Jeder weiß, da versteh ich gar keinen Spaß. Ich rufe: Du hebst die Scherben auf! Was macht er? Er duckt sich wieder, und dann wirft er doch, weiß Gott, ein Mostrichglas gegen die Wand.«

Fräulein Ida kicherte. »Wie Doktor Martin Luther.« Sie hatte wohl schon ein paar Doppelte zur Brust genommen, wie man in Horbeck sagt. Anna nannte die Schwester vor allen Leuten eine dumme Gans und fuhr dann fort, gegen Stephan gewandt: »Fein hast du deine Leute erzogen. Das nennt sich wohl sozialistisch? Das ist ja wie im wilden Westen, ich seh manchmal solche Dinger im Fernsehn, aber dies hier ist kein Saloon!«

»Hast ja recht«, sagte Max beschwichtigend, »er wird sich bei dir entschuldigen.«

Die alte Preibisch lächelte dem Stephan ein böses Lächeln zu, ihre Mundwinkel senkten sich, bis sie eins waren mit den Falten ums Kinn. »Entweder, ihr nehmt meine Bedingungen an, oder ...«

»Ja, oder?« fragte lauernd Max.

Die Alte schaute zur Uhr: »Fünf vor zehn. Um zweiundzwanzig Uhr, auf die Minute, gebiete ich heute Feierabend.«

»Ach, hör doch mal, Ännchen«, sagte Max mit Verführerstimme, sprang auf, trat neben die Wirtin, legte lächelnd den Arm um sie, und die Alte tat wahrhaftig, als kuschle sie sich wohlig schnurrend gegen Stephans Schulter. Der wiegte sie ein Weilchen hin und her. »Aber das darfst du doch gar nicht«, sagte er im Singsang und wie mit einem Liebchen scherzend, »da kriegst du doch Schwierigkeiten mit der Polizei und mit der Behörde und mit dem Konsum, der kommt und nimmt dir deinen Laden weg.«

»Haha!« Die Alte legte den Kopf in den Nacken und wollte sich totlachen. »Mein Sohn, den Konsum erwarte ich so sehnsüchtig wie mein seliges Ende!«

Beides war gelogen. Jedermann wußte, wie hartnäckig und listig sie jeder Verhandlung mit der Konsumgenossenschaft ausgewichen war. Die Kneipe bedeutete ihr alles, das Gefühl, noch gebraucht zu werden, unter den Leuten zu sein, und jeder wußte auch, daß sie fest entschlossen war, hundert Jahre alt zu werden.

Dies alles sagte ihr Max auf den Kopf zu, und sie bestritt es heuchlerisch. So scherzten sie beide, Max und die Alte, die Spannung löste sich, die Männer lachten und redeten wieder und riefen nach Schnaps, und Peter Hartwig, der Traktorist, der Übeltäter, kratzte sich das wirre Haar und sah sich nach einem Fluchtweg um.

»Halt!« schrie Anna Preibisch. »Hiergeblieben!«

Sie wies wortlos zur Küchentür. Und der arme Hartwig sah Stephan an, hilfeflehend, aber der hob die Schultern.

»Hier bin ich nicht der Chef.«

»Das will ich meinen«, sagte die Alte höhnisch.

Und Max, schon ungeduldig und gereizt, weil er mit der Alten nicht fertig wurde, und begierig auf Schnaps wie die übrigen Gäste, brüllte den Traktoristen an: »Nun mach schon, Mensch! Du hast dir die Suppe selber eingebrockt.«

Der junge Mann duckte sich wieder wie zum Sprung, es sah aus, als nehme er Anlauf, um die Ausgangstür zu sprengen, aber zwei Bauern stellten sich ihm in den Weg, die wußten, Anna würde tatsächlich Feierabend gebieten, wenn ihr nicht Genugtuung widerfuhr. Da begriff der Junge, daß ihm die Demütigung von niemandem erspart werden konnte, er schlich endlich zur Küchentür, kam nach einer Weile zurück mit Handfeger und Müllschippe, kniete nieder und fegte die Scherben auf, dann reichte ihm Anna Eimer und Lappen, er wischte die Diele und mußte schließlich den Senf von der Tapete schaben. Die Alte wich ihm nicht von der Seite: »Brav, brav, ja, so ist es recht.« Und die Gäste feuerten den armen Sünder an, als wären sie Zeuge einer sportlichen Anstrengung.

Schließlich war der Schaden gutgemacht, der Junge sagte trotzig: »Es tut mir leid.«

Anna Preibisch nahm die Entschuldigung an und sprach dann mütterlich: »Für heute hast du wirklich genug getan und getrunken«, geleitete den Gast zur Tür, nahm dessen Mütze vom Haken, reichte sie dem Burschen zu, der machte sich bocksteif bei der Tür, sperrte sich, starrte die Alte wütend an, aber Anna sagte nur liebenswürdig: »Gute Nacht, mein Kind.« Der Bengel drückte sich die Mütze aufs borstige Haar und ging tatsächlich. Wahrscheinlich wußte er, ihm würde niemals wieder ein einziges Gläschen ausgeschenkt, wenn er sich der alten Hexe – wie er sie wohl bei sich nannte – nicht unterwarf.

»Alles erreicht man durch Güte«, sagte Anna, sie achtete nicht auf das Hohngelächter, sie freute sich ihres Sieges und klatschte in die Hände.

»An die Arbeit, Ida – ich spendier eine Stubenlage!«

Dies war der Anstoß zu einem Besäufnis gewesen, von dem man noch lange im Dorf erzählen würde.

Zuerst aber war Anna Preibisch, mit dem Glas in der Hand, zu Hilde, Max und Daniel an den Ecktisch getreten und hatte eine Rede gehalten.

»Kinderchen«, sagte sie, »ihr hört auf mich, und mir gefällt das sehr. Nein, was habe ich nicht alles erlebt, schöne Zeiten, böse Zeiten – hin und her und auf und ab ... Und wie das in der Welt gewesen ist, so ist das auch in meiner Kneipe gewesen.

Zuerst hat da, an der Wand, über dem Sofa, das Bild vom Eisernen Kanzler gehangen, der mit dem Schnauzbart, mein Vater selig war ein Verehrer von ihm. Dann war es aber besser für das Geschäft, den Kaiser Wilhelm hinzuhängen, schließlich war er der Schwiegervater von der Cäcilie, der Kronprinzessin, und die ist eine Landsmännin von uns gewesen, zwar keine von Strelitz, aber eine von Mecklenburg-Schwerin, immerhin ... Der hing also da, über dem Sofa, das war der, wo der Bart so spitz nach oben gezwirbelt wurde – bis er dann eines Tages abdanken mußte. Da hab ich wieder Bismarck aufgehängt. Na und dann, später, den mit diesem Bürstenbärtchen, das mußte ich schon, unser Herr Graf war ja bei der SS, und der Herr Baldur von Schirach hat ja bekanntlich mit der Frau Gräfin verkehrt. Wie der Krieg zu Ende war, hab ich gleich wieder den Bismarck aufgehängt, weil, dachte ich, hatte der nicht auch schon den Blick nach dem Osten gerichtet? Trotzdem hat ihn Daniel von der Wand genommen, und seitdem hängt dort das schöne Bild von dem röhrenden Hirsch ... Hab ich mal gegen einen Sack Kartoffeln getauscht.

Seht ihr, jedes Bild 'ne andere Zeit, böse Zeiten, schöne Zeiten ... Prost, Kinder, bei euch gefällt es mir am besten!«

Tosender Beifall, die Gäste erhoben sich von den Plätzen und drängten heran, um mit Anna anzustoßen, es schien, als sei die hartgesottene Person ein bißchen gerührt, jedenfalls wischte sie mit dem Schürzenzipfel an Augen und Nase herum und hatte vorher damit den Tresen poliert, und Hilde dachte in diesem stimmungsvollen Augenblick – was geht einem Menschen nicht alles so durch den Kopf –, einmal würde gewiß der Laden dichtgemacht von der Hygiene. Es war ihr nicht recht, daß Anna Preibisch nun Jürgen und Anja zu ihrer Stellvertretung hinter die Theke schickte, der eine sollte ausschenken, die andere notieren, was Ida vom Tresen forttrug. »Hör ich nicht immer, man soll der Jugend Verantwortung übertragen?«

Dann nahm Anna zwischen Max und Daniel Platz. »Warum müßt ihr euch streiten?« fragte sie. »Seid ihr nicht beide eine Partei?«

»Verstehst du nicht, Anna«, sagte Daniel, »wir streiten uns, weil wir verschiedener Auffassung sind, wie man den Sozialismus macht – in den Einzelheiten.«

»Lieber Gott«, Anna sah sich vorsichtig um, »ist das nicht gefährlich, was du da redest, Junge?«

Beide Männer lachten.

»Ich denk immer, alles wird angeordnet, von da ...«, sie deutete mit dem Zeigefinger gegen die verräucherte Zimmerdecke und meinte wohl den Sitz der Parteiführung, den sie offenbar gleichsetzte mit Gottes Thron über den Wolken, von wo gegebenenfalls der Engel mit dem Flammenschwert ausgesendet wird, um jene zu strafen, welche sündigten wider den heiligen Geist.

»Da wird's beschlossen«, sagte Daniel, »aber hier unten muß es gemacht werden. Siehst du, und er macht es ganz anders in Horbeck als wir in Altenstein. Einer kann aber nur recht haben, also folgere ich: Einer von uns macht es falsch.«

»Ihr!« wurde vom Nachbartisch gerufen. »Ihr kommt doch nicht raus aus dem Mittelfeld, ihr seid doch bloß neidisch.«

Nun sollte schon wieder gestänkert werden.

Da erhob sich Anna Preibisch und sagte: »Eure Scheißpolitik, macht sie, wo ihr wollt, aber nicht bei mir.« Und dann sagte sie Worte, die kein anderer hätte sagen können, ohne daß sie in brüllendem Gelächter untergegangen wären: »Die Welt ist unruhig, und die Menschen sind streitsüchtig, meine Kneipe aber ist ein Ort des Friedens ...« – Und im gleichen Tonfall sagte sie: »Ida, jetzt hast du den fünften gesoffen hinter deiner Säule! – Na schön, meine Andachten werden bei Schnaps und Bier gehalten, trotzdem: In meinem Laden wird Verständnis füreinander gepredigt, wozu wäre der verfluchte Schnaps sonst gut. Also, vertragt euch – ich bestehe drauf – oder verschwindet!«

Hilde erinnerte sich dieses Abends in jeder Einzelheit, weil er schließlich so schrecklich endete. Sie erinnerte sich aber auch der vielen Reden, die an diesem Abend gehalten wurden, denn selbstverständlich ergriff nun Max das Wort, vielleicht, weil sich die alte Anna viel zu lange in Szene gesetzt hatte und nun demonstriert werden mußte, wer im Dorf der Chef war, vielleicht war er auch nur vom Schnaps beflügelt, sein Gesicht war jedenfalls gerötet, und längst hatte er das Hemd aufgerissen, weil ihm zu heiß war, vielleicht lag ihm aber wirklich am Herzen, sich mit Daniel auszusöhnen – wieder einmal.

»Anna, jetzt hast du Pause«, rief er und erhob sich und schwankte schon ein bißchen, wie er sich so erhob, »geh mal wieder an den Tresen, du, sonst übervorteilt dich womöglich noch einer, das kann dir passieren in deiner unendlichen Güte und Selbstlosigkeit.«

Und die Alte senkte die Mundwinkel, bis sie wieder eins waren mit den tiefen Falten ums Kinn, starrte Max über den Rand ihrer Brille an, keiner konnte deuten, ob sie boshaft lächelte oder belustigt, vielleicht hatte sie es bloß darauf angelegt, den dicken Stephan zu einem Bekenntnis hinzureißen, wer weiß.

»Hört mal alle zu«, sagte Max, »hier sitzt Daniel, jeder weiß, wie oft wir uns in der Wolle hatten, bitte schön, nicht bloß in der Wolle, wir sind – immer mal wieder – hart aneinandergeraten, weil nämlich: Der Hund kann genauso stur sein wie ich.«

»Prost, Max«, sagte Daniel.

»Prost, Daniel«, sagte Max, »und nun Tempo, Ida, schenk noch mal ein!«

Fräulein Ida lief hurtig zum Büfett und wollte dort ein Fläschlein ergreifen, aber Anna ließ das nicht zu und stellte zwei, allerdings wohlgefüllte Gläser aufs Tablett.

»Hier sitzt er«, sagte Max und deutete mit beiden ausgestreckten Armen auf Daniel. »Jeder soll wissen, er ist mein Freund! Mensch, was haben wir beide nicht alles schon miteinander erlebt und angestellt.

Es gibt welche, Herrschaften, die glauben, das gibt's gar nicht, so eine richtige Männerfreundschaft, oder das könnte nicht sein, wegen der Natur und so – aber ich sage euch: Das gibt's! Freilich nur unter richtigen Männern.

Na schön, wir hauen uns immer mal was um die Ohren, was sag ich, wir haben uns sogar schon mal was in die Fresse gehauen – längst Schwamm drüber –, Hildchen, hör weg, wegen einer Frau zerbricht keine Männerfreundschaft. Und wegen der Politik ... ist auch keine Schlägerei nötig, unsere gemeinsame Plattform, möcht ich mal sagen, ist sozialistisch. Daniel, gib mir recht.«

»Ich hab nie angenommen, daß du in Horbeck den Kapitalismus restaurieren willst.« Druskat amüsierte sich.

Max hob die Brauen. »Bitte schön, worin unterscheiden wir uns also?« Er ging von Tisch zu Tisch. »Ich will es euch sagen: Daniel ist schlanker als ich, dafür bin ich schöner als er. Ich liebe die Menschen, dafür hat er ein inniges Verhältnis zur Theorie, und deshalb beurteilen wir heute die Situation in der Landwirtschaft unterschiedlich.«

»Einspruch!« Daniel protestierte. »Das hat andere Gründe.«

»Na gut!« Max stand hinter zweien seiner Kumpel, er stützte sich schwer auf deren Schultern, als er, scheinbar bekümmert, sagte: »Na gut, Männer, ich denke nur an euch bei meiner Arbeit, er denkt an die Welt, wenn er den Mist auf die Felder karrt. Er hat ja auch die Parteischule besucht. Ich armer Bauer konnte bloß durch die Schule des Lebens gehn.« Er bekannte schlichte Denkungsart und heimste selbstverständlich starken Beifall ein.

Er sah Druskat an, verschlagen lächelnd, der mußte warten, bis der Applaus endlich verrauscht war, dann sagte Druskat: »Stell dein Licht nicht untern Scheffel. Du bist eine Naturbegabung, du brauchst nur mit dem Riecher zu schnüffeln, dem gut entwickelten, und meistens hast du das Richtige getan und immer zum Vorteil für Horbeck. Jetzt liegt wieder was in der Luft. Max, es ist, als müßte das Wetter umschlagen. Irgendwas drängt nach Veränderung, du müßtest es doch riechen, Max, streng dich an. Es würde mir leid tun, wenn du auf deine große Nase fielst.«

Daniel grinste, die alte Anna betrachtete ihn wohlwollend über den Rand ihrer Brille hinweg, einige von den Gästen lachten sogar.

Da sagte Max: »Meistens hat es dich umgehaun, mein Kleiner«, und hatte die Lacher wieder auf seiner Seite. Dann fuhr er fort: »Übrigens will ich dir grade eine Liebeserklärung machen, Pack schlägt sich, Pack verträgt sich, die Redensart paßt nicht in unsre Zeit. Er und ich, wir schlagen uns und vertragen uns, weil unsre Differenzen Meinungsverschiedenheiten sind unter Gleichgesinnten. Und deshalb sei eins hier feierlich gelobt: Wenn es drauf ankommt, und wenn es einer mal wirklich nötig hat, dann haut jeder den anderen raus!

Und darauf muß noch einer getrunken werden!

Aber erst die Zeremonie.«

»Wenn es sein muß«, sagte Daniel.

»Muß.«

Sie gingen beide zum Tresen, stellten sich dort auf, der eine dem anderen zugewandt, marschierten, wie Wachsoldaten bei der Ablösung, aufeinander zu, standen stramm, einen Augenblick, umarmten sich dann und küßten sich auf die Wangen unter dem Jubel der Gäste.

Hilde hatte wenig übrig für solches Spektakel, und sie sah, daß auch Anja und Jürgen mit spöttischem Lächeln betrachteten, wie sich die Generation der Erwachsenen betrug, man würde sie beide nach Hause schicken müssen, man sollte ihnen nicht die Illusionen nehmen.

Aber Anna Preibisch gefiel die Aufführung, sie reichte den Männern randvolle Gläser, und die hundert Fältchen ihres Gesichts ordneten sich zu einer Maske, die gewiß Wohlgefallen ausdrücken sollte. Sie hatte sich bis ins Alter eine gewisse Zuneigung für stramme Männer in strammer Haltung bewahrt, außerdem freute sie sich über den Erfolg ihrer Friedensmission.

»Zum Wohle!«

Die Soldaten waren bereits vom See aus wieder zu ihrer Einheit gefahren, aber Max hatte die Musikanten zurückhalten können, sie sollten morgen zur Begrüßung des Generals aufspielen. Jetzt hatten sie sich draußen im Flur postiert, griffen zu den Instrumenten, und wiederum erdröhnte die Weise: Schenk mir dein Herz und dein Ja, so kräftig, daß in Annas Büfett die Gläser klirrten.

»Extratour!«

Max war ein fauler Tänzer, aber er führte den Daniel seiner Hilde zu. »Zeigt mal, was ihr könnt.«

Sie tanzten, einen Schieber oder eine Polka, schrecklich, diese Musik, sie konnten kein Wort miteinander reden, dennoch, es gefiel Hilde, wie der Mann sie führte, wie sie eins wurden im Rhythmus dieser groben Musik, wie er sie im Arm hielt. Sie fühlte seine Hand auf ihrem Rücken, sie fühlte seinen Körper, wie lange hatte sie nicht mehr getanzt, Schieber oder Polka, ihr war, als tanze sie Walzer, tanze vor ihm her über die Wiesen wie damals, im Sommer, er ist immer noch so schlank, mein Gott, war es denn möglich, daß sie sich über so viele Jahre ein zärtliches Gefühl bewahrt hatte für diesen schwarzen Daniel?

Was für Gedanken?

Sie erinnerte sich an seinen Körper, den sie oft gestreichelt hatte, Fellchen auf der Brust, wie oft lagen sie am See oder zwischen hohen Gräsern auf der Lichtung des Wäldchens, oben bei der Linde.

Es ist Sommer, und die Linde duftet, Hildes Augen sind weit geöffnet, sie sieht den Himmel über sich und die Wolken und Daniels Gesicht, bis sie die Augen schließen muß, bis sie nichts mehr sieht, alte Frau, beinahe Vierzig, damals sind sie kaum älter gewesen als die beiden Kinder da drüben, so jung, aber damals war alles anders, und sie hat, mitten im Glück, immer ein wenig Traurigkeit in Daniels Augen gesehen, wie jetzt im Tanz, oder irrt sie sich, oder kann auch ein Mann sich ein Gefühl bewahren für eine Frau, die er mal geliebt hat, da müßte ein Mann sich viel bewahren können.

Traurige Augen, sie hat den Jungen noch trauriger machen müssen, mein Gott, dieser Tag, aus und vorbei. Eine Bauerntochter hat selten nach ihrem Herzen heiraten können, das war lange so, das war auch in der neuen Zeit noch so, ach, die Liebe, sie ist vergänglich, wie die Jugend vergänglich ist, wie alles auf der Welt.

Und was bleibt, wenn die Liebe vergeht? Gemeinsame Sorgen um Kinder, um Haus und Hof oder Sorge um eine Arbeit, die man gemeinsam macht, ach, Liebe.

Nicht die Hälfte der Frauen, hat sie gelesen, findet Erfüllung im Liebesakt, überlassen sich einem Mann, weil ein Mann das braucht – empfinden selber kaum, wissen gar nicht, was ihnen fehlt, leiden nicht darunter, leben auch, so viele, sind's zufrieden oder müssen es sein, ach, Liebe.

Jetzt die Drehung und noch einmal und schon wieder, nicht so schnell, Daniel, ich krieg keine Luft, was ist das, he, Daniel, schrecklich diese Musik, kein Wort kann man reden, aber lächeln, sich fühlen, fühlst du mich auch, ach, wenn du lächelst, ich weiß nicht, ich bin meiner gar nicht so sicher, Daniel, wir sind beide vierzig, und das ist doch zu albern, das gibt es doch nicht und das ist schon so furchtbar lange her, damals am See, im hohen Gras, wir liebten uns.

Aus der Tanz.

Daniel nahm ihren Arm und geleitete sie zu ihrem Platz. Und eine knappe Verbeugung. »Danke schön.«

An der Theke stand Max, wackelte ein bißchen mit dem Hintern, um Hildes zierlichen Tanzschritt nachzuahmen und verzog das Gesicht zu einer Grimasse, die Anerkennung bedeuten sollte. Dann schrie er aber: »Anna, jetzt reicht es mir mit der Tröpfelei. Wir gehn zum scharfen Saufen über! Schließlich bin ich kein armer Mann. Also: Fünf Flaschen auf den Tisch. Und ich spendiere auch noch ein Faß!«

»Hallo«, das war nach dem Geschmack der Gemeinde. Stephan läßt einen springen, kann der sich leisten.

»Und jetzt alle mal ex! Und das ganze noch mal von vorn!«

»Schade, Daniel, ich hätte so gerne mal wieder mit dir geredet.«

»Bleib.«

»Ich kann diese wilde Sauferei nicht vertragen. Und ich kann Max in seiner Großspurigkeit nicht ertragen.« Sie erhob sich, sie nahm das Kopftuch vom Stuhl.

Max stand vor ihr, in jeder Hand ein gefülltes Glas. »Was ist los?«

»Ich will gehen.«

»Ach.«

»Max, trink nicht soviel.«

»Komm, Mädchen, sei doch kein Frosch.«

»Ich mag nicht.«

»Wenn du nicht magst, tu's meinetwegen und wegen der Leute, trink einen mit mir – hübscher Abgang für dich, du verstehst.« Dies alles mit strahlendem Lächeln. Er drückte ihr das Glas in die Hand, und sie nahm es entgegen, er entfaltete den unwiderstehlichen Charme, wie ihn oftmals dicke Männer haben, stieß mit ihr an, kleinen Finger abgespreizt, sagte mit zärtlicher Stimme: »Prost, Schatz!«, hantierte aber schon mit den großen Gesten der Betrunkenen, der Schnaps ergoß sich über Hildes Kleid. Sie warf den Kopf in den Nacken, kehrt auf dem Absatz, auf und davon. Die Kinder nahm sie mit.

Max lachte dröhnend, er verschluckte sich fast an seinem Gelächter, man mußte ihm den Rücken klopfen. Hilde hörte ihn noch lachen, als sie längst draußen vor dem Hause standen.

»Komm, Anja, du schläfst heute bei uns.«

Mein Gott, und später dann, zu Haus, dieser wilde Tanz.

7

Und heute morgen hat das Mädel mit dem Jungen draußen auf dem Hof gestanden, sie sind hereingekommen, und der Junge hat gesagt: »Sie haben ihren Vater abgeholt, sie denkt, ihr habt was zu tun mit der Sache.«

Dann hat Max sie rausgeschickt. Das ist so seine Art.

Was wird er dem Mädel sagen, was kann er wissen, er weiß doch nichts, oder weiß er was? Hat er sich für die Demütigung gerächt?

Damals, bei Preibisch, hat er gesagt: »Eins sei hier feierlich gelobt, wenn es drauf ankommt, und wenn es einer mal wirklich nötig hat, dann haut jeder den anderen raus.«

Aber als er das sagte, ist der Abend noch nicht zu Ende gewesen – da war es noch nicht passiert.

Geloben sich Freundschaft, versichern sich gegenseitiger Hilfe, besiegeln das mit Kuß und Schnaps vor allen Leuten – und gehen Stunden später aufeinander los wie die Tiere.

Haben sich gern, beteuern das, sind eine Partei – wie Anna Preibisch es nennt –, sind plötzlich Rivalen und können einander mit solcher Inbrunst hassen.

Max, gewiß war Max der Schuldige. Er ist maßlos bei allem, was er tut – in der Arbeit und im Genuß, in der Liebe und im Haß.

Mein Gott, diese Nacht.

Als sie endlich fort waren, die anderen, die ungebetenen Gäste, als sie allein waren im verwüsteten Zimmer, wie hatte das ausgesehen, der Teppich verdreckt, zerbrochenes Geschirr, zerborstene Stühle, als sie die Fenster aufriß nach dieser Nacht, rappelte sich Max von der Diele auf, stöhnend, und es schien ihr, als sei er auf einen Schlag nüchtern geworden, aber er stank nach Alkohol aus jeder Pore, und er widerte sie an.

Er lehnte an der Wand, wischte sich das Blut aus dem verquollenen Gesicht.

»Verzeih mir.«

Sie blickte zum Fenster hinaus. Sie antwortete nicht.

»Bitte, verzeih mir.«

»Ich kann nicht.«

»Weißt du nicht, was es mich kostet, Hilde, ich hab das selten gesagt, vielleicht hab ich noch nie zu dir gesagt: Bitte, verzeih mir.«

Sie wendete sich um, sah ihn an, lange und wie mit Erstaunen. Aber nicht, daß er um Verzeihung bettelte, erstaunte sie, sondern daß sie zum erstenmal denken mußte: Wie häßlich er ist, fett, fast kahl auf dem Kopf, rotfleckig und verquollen das Gesicht, diese grobe Nase, brutal das Kinn, gerötet die Augen, viel zu klein, tückisch – das ist mein Mann.

Sie sagte kein Wort, sie ging an ihm vorbei in die Küche, holte Eimer und Besen und begann, die Scherben aufzufegen.

Wie sie so auf der Diele hockte, stieß sich Max ab von der Wand und kam auf sie zu, langsam und stampfend, als habe er Blei unter den Sohlen, sie sah ihm entgegen, von unten herauf, ohne Angst, abschätzig, ganz kalt: Nein, das wird er nicht tun – aber er ließ sich schwerfällig vor ihr auf die Knie nieder und half, die Scherben aufzusammeln.

Sie sagte: »Du hättest wissen müssen, daß du mir mehr zerschlägst als ein paar Tassen.«

»Warum willst du mir nicht verzeihen?«

»Niemals hat mich jemand so beleidigt wie du.«

»Aber, Daniel ...«

»Mich hast du beleidigt. Steh auf, du bist mir im Weg.«

Er erhob sich gehorsam, sank auf einen Stuhl. »Ich bin dir im Wege.«

»Ich will fort von hier.«

»Du willst zu Daniel?«

»Könnte sein, er brauchte mich mehr als du. Du brauchst mich mit schöner Regelmäßigkeit im Bett, dreimal die Woche, falls dir nicht gerade eine Versammlung dazwischenkommt, du brauchst mich, damit das Haus in schöner Ordnung ist, wozu brauchst du mich noch? Und hat dich je interessiert, was ich selber brauchen könnte?«

»Du willst zu Daniel?«

»Wie ich dich kenne, wirst du jetzt sagen, ich schlag ihn tot.« Sie erhob sich, kehrte die Scherben in den Eimer, empfand quälerischen Genuß an dem häßlichen, klirrenden Geräusch, sie hatte Lust, ihn zu quälen, sie sagte: »Du widerst mich an.«

Als sie das sagte, geschah etwas, das machte sie fassungslos. Sie hat manches mit ihm erlebt, er hat sie oft gedemütigt oder verletzt in seiner ungeheuren Selbstgerechtigkeit, und das ist wahr: Nie hat er sich überwinden können, nicht ein einziges Mal sagen können, wie heute, so bitterernst – verzeih mir.

Wie hat sie sich aber wehren sollen, wie sich behaupten?

Mit Worten war ihm nicht beizukommen, also schwieg sie – tagelang –, und sie wußte, das traf ihn, denn er war mitteilsam, bis zur Geschwätzigkeit. Genutzt hatte das wenig, und immer wieder war ihm gelungen, mit einer Albernheit, mit einem Witz, mit einer komischen Szene, mit vermeintlicher Zerknirschung, die er ihr vorspielte, daß sie über ihn lachen mußte, daß sie kopfschüttelnd schließlich sagen mußte: »Man kann dir nicht lange böse sein.«

Wenn ihm das aber nicht gelang, wurde er krank, barmte über dies und jenes Gebrechen, wahrhaftig, er bekam es fertig und legte sich stöhnend zu Bett – wie oft hatte sie sich täuschen lassen, war sein Zustand ihr so beklagenswert erschienen, daß sie, von Mitleid überwältigt, sich schließlich seiner annahm und an sein Schmerzenslager trat. »Na, wo fehlt es denn diesmal?«

Dann nahm er dankbar ihre Hände, küßte sie, drückte ihre Hand an sein Herz oder auch an eine andere Stelle. »Du fehlst mir, mein Schatz.« Mit solchen und ähnlichen Scherzen hatte er sie immer wieder versöhnt.

Aber an diesem Morgen, als sie glaubte, sie würde ihm niemals wieder verzeihen können, als sie in diesem verwüsteten Zimmer stand, an der Stelle, wo er sie verletzt hatte wie nie zuvor in ihrem Leben, erschütterte sie, daß der bärenstarke Mann weinte. Er lag, halb über den Tisch geworfen, zwischen Flaschen und Gläsern und Tassen, den Kopf in den angewinkelten Armen vergraben, und weinte hemmungslos wie ein Kind.

Nie hatte sie ihn weinen sehen.

Was ging vor in diesem Menschen, der ihr Mann war, den sie seit fünfundzwanzig Jahren kannte und nicht mehr zu kennen glaubte, denn er war ihr in dieser Stunde so widerwärtig geworden, daß sie seinen Anblick nicht mehr ertragen konnte.

Sie sagte sich immer noch, daß sie ihn verachte, aber es zwang sie, neben den Mann zu treten. Vielleicht rührte sie, daß sie ihn noch niemals hilflos gesehen hatte, sie mußte sich überwinden, aber schließlich streichelte sie wortlos seinen Kopf.

Er warf die Arme um sie, preßte sein Gesicht in ihren Schoß, stammelte: »Ein Schwein bin ich ...«

»Sag nichts.«

Sie hatte Angst vor seinen Selbstbezichtigungen, sie wollte auf einmal nicht, daß er sich anklagte, daß er sich noch jämmerlicher machte, vielleicht ärgerte sie sich auch, daß er ihr Kleid beschmutzte mit seinem blutigen Gesicht.

»Komm, Max.«

Sie half ihm auf, führte ihn in das Bad, nein, er war nicht nüchtern, wie sie vorhin gedacht hatte, er taumelte, und sie mußte alle Kraft aufbieten, damit sie ihn stützen konnte, und er ließ sich von ihr entkleiden, sie wusch ihn und trocknete ihn schließlich ab, als wäre er ihr kleiner Junge.

Dann brachte sie ihn zu Bett.

Er verschlief die Ankunft des Generals.

»Mein Mann ist erkrankt, leider.«

»Na, na.«

»Es geht ihm wirklich nicht gut.«

Auch die Besichtigung der Genossenschaft mußte ohne

ihn stattfinden, aber er war ein Sonntagskind, und sogar sein Versagen schlug als Vorteil für ihn zu Buche. Hilde wunderte sich nicht.

Viele der Bauern hatten sich als Persönlichkeiten ausgewiesen, der Generalität samt Troß auf kluge und selbstsichere Weise Rede und Antwort gestanden, wie das freilich nur möglich ist in gut geleiteten Betrieben. Da man aber mittlerweile wußte, daß Stephan kaum etwas tat ohne Hintersinn, glaubte man bei der Behörde, er habe sich mit Absicht zurückgehalten, um die schöne Gemeinschaftlichkeit der Arbeit in Horbeck vor den Gästen auszuweisen, dies war ihm zweifelsfrei gelungen, und wer konnte ahnen, daß dem starken Mann ein Blauveilchen von beträchtlichem Umfang im Antlitz blühte, ein Schneidezahn fehlte, daß er zum Fürchten aussah und genau so, wie man sich einen Seeräuberhauptmann nach gehabter Schlacht vorstellt.

Der Leiter des Büros des Sekretariats, der junge Mann, wie aus dem Ei gepellt, hatte jedenfalls bei Hilde einen Blumenstrauß abgegeben. »Das Ding ist gelaufen, einwandfrei!«

Ob er dem Chef nicht persönlich Dank abstatten könne? Hilde schüttelte den Kopf, und der junge Mann sagte: »Vermute, eine kleine Überanstrengung während der Vorbereitungen. Und plinkerte so vertraulich mit dem linken Auge, daß Hilde unwirsch und mit erhobener Braue entgegnete: »Wenn ich sage, er ist krank, dann ist er krank, Genosse!«

Diese schreckliche Nacht, als sie von Preibischs fortlief, die Kinder nach Hause brachte – sie erinnerte sich dieser Nacht in jeder Einzelheit.

Sie hatte gehört, wie Max dröhnend lachte, sie hörte ihn immer noch lachen, als sie schon Häuser weit von der Kneipe entfernt war.

Sie schlief unruhig in dieser Nacht, wälzte sich im Bett, sie sah dauernd zur Uhr, sah das Bett leer neben sich, die paar Stunden bis zum Morgen, um drei wird es hell sein, es ist ja schon hell.

Sie hörte, wie die Männer auf das Haus zustolperten, warf die Decke beiseite, erhob sich, spähte durch den Spalt der Gardine, sie sah die taumelnden Männer, vornweg Daniel und Max – wie denn, in Freundschaft umschlungen?

Natürlich stützte Daniel ihren Mann, fast wurde er von ihm erdrückt, hinter den beiden, tänzelnd wie im Narrenzug, die Männer der Blaskapelle mit den Instrumenten. Jetzt führte Max den Zeigefinger zum Mund. »Leise, leise!« Die Hoftür kreischte in den Angeln. »Leise, verdammt!« Nun stellten sie sich auf, in der Mitte des Halbkreises Max und Daniel, sie lehnten gegeneinander. Daniel versuchte, den schweren Mann von sich zu schieben, packte ihn bei den Schultern, mußte ihn sozusagen von sich stemmen, Beine gespreizt, er brauchte Kraft, er konnte den dicken Mann nur mit Mühe im Gleichgewicht halten.

»Hör zu«, bat er, »es ist genug. Schick die Männer nach Hause.«

»Hier ..., hier bin ich Chef«, sagte Max mit schwerer Zunge und trübem Blick. »Ich will mich mit Hildchen versöhnen, und du hast versprochen, du hilfst mir dabei. Ich verlang es!

Du hast Schlag bei ihr, also ein Ständchen, verstanden! Ein Ständchen für meine Liebste, aber nicht so ein Scheiß – Mensch, hab ich mal im Kino gesehen, wo so ein Hänfling, so ein vermickerter, so ein ganz, ganz dünner, mit der Gitarre unter einem Balkon herumgezittert hat. Merkt euch: Starke Männer haben starke Gefühle, deshalb hab ich die Romanze für Blechmusik bestellt. Hab ich sie bestellt? Ich hab bestellt und bezahlt, also los!«

Und nun erhob sich ein Höllenlärm, ein schauerlicher. So müssen wohl die Posaunen von Jericho geklungen haben. Wenn sich Hilde recht ihrer Präparandenstunde erinnerte, hatten sie die Mauern einer Stadt zum Einsturz gebracht. Und da fegte auch schon die Katze in panischer Furcht, wie von Hunden gehetzt, zickzack über den Hof und verschwand mit einem Satz im rettenden Heckengesträuch. Hilde riß die

Gardine beiseite, beugte sich über das Fensterbord, sie sah Max und Daniel, die Gesichter ihr zugewandt, sah blinkende Trompetenschlünde wie Kanonenrohre auf sich gerichtet, Max, selbstverständlich, wollte Standfestigkeit demonstrieren, breitbeinig, schwankte dennoch, küßte die Fingerspitzen beider Hände, und Daniel – daß er da mitspielte – legte die Hand aufs Herz und neigte sich tief, dann hob er das lachende Gesicht ihr entgegen und brüllte durch den Lärm: »Dein Mann erbittet hiermit Verzeihung. Ich bin sein Fürsprecher. Und Hilde, ich sag dir, er hat Milde verdient.«

Hilde schrie: »Gewährt! Aber nur, wenn ihr mit dem Krach aufhört.«

Sofort gebot Max mit raumgreifender Geste. »Aus!«

Polternd betraten die Männer das Haus.

Was sollte Hilde tun? Ihr Tag war geregelt, sie brauchte die Stunden des Schlafes, sie haßte es, wenn man die Ordnung störte, wenn Max des Nachts Gäste in die Stube führte, wenn sie dort lärmten und stritten, wenn er sie um den Schlaf brachte durch solche Rücksichtslosigkeit, ihr die Arbeit für den Morgen verdoppelte. Aber nun wollte er um gut Wetter bitten auf solch unvernünftige Weise und hatte Daniel zu seinem Fürsprecher gemacht.

Hilde dachte, Männer sind manchmal wie Kinder, sie müssen ihren Willen haben. Sie schlüpfte in die Kleider, fuhr sich hastig übers Haar und trat seufzend aus der Schlafstube.

Anja hatte die Tür des Gastzimmers geöffnet, und der Junge stand mit zerzaustem Haar im Treppenflur. »Was ist denn los?«

»Gar nichts, es ist drei Uhr morgens, um Gottes willen, bleibt im Bett.«

Sie ging langsam, Hand auf dem Geländer, die Treppe hinab, unten wartete Max mit ausgebreiteten Armen, Daniel grinste verlegen, und Max meinte wohl, er lächle sein strahlendes unwiderstehliches Siegerlächeln, ihr schien es im nüchternen Morgenlicht eher dümmlich, verquollen die Augen, der Haarkranz gesträubt, so stand er vor ihr, begierig, sie in den Arm zu nehmen, und stammelte: »Hildchen, mein Schatz, mein geliebter, was sagst du jetzt?«

Gott, was sollte sie sagen? Sie ließ es zu, daß er sie mit seinen Armen gewalttätig umklammerte, daß er sie schmatzend küßte, er stank nach Rauch und Schnaps, und sie wurde kaum des Unbehagens Herr.

»Ist ja gut, Max«, sagte sie schließlich, »ich mach euch Kaffee. Bitte ...« Sie öffnete den Gästen die Stubentür, sie übersah, daß die Stiefel der Männer verdreckt waren vom Weg, es hatte geregnet, sie wußte, nun würde man ihr den Teppich verschmutzen, mit Zigaretten Löcher in die Polster sengen, sie lächelte, wenn auch mit Mühe, und vielleicht machte sie gute Miene zum bösen Spiel, weil Daniel unter den Gästen war.

»Hilfst du mir?«

»Gern.«

Daniel trug das Geschirr zum Stubentisch, bediente die Kaffeemühle, rückte sich einen Hocker neben den Küchentisch und leistete ihr Gesellschaft, bis das Kaffeewasser kochte.

In der Stube lärmten die Gäste.

»Natürlich hab ich noch Schnaps«, schrie Max.

Das Wasser summte im Topf. Es können nur wenige Minuten gewesen sein, die sie mit Daniel gesprochen hat.

Er war nicht betrunken, oder er wirkte nicht so, aber er sagte Worte, die hätte er nüchtern vielleicht nicht gesagt, kann aber sein, sie hatte ihn dazu ermutigt. Womit denn bloß? Sie stand gegen den Spülstein gelehnt, sah den Daniel, wie der so saß, schweigend, und sie anstarrte mit diesen brennenden Augen, so merkwürdig lächelte.

Sie sagte, um irgendwas zu sagen – sie kann sich doch nicht so anstarren lassen: »Erzähl mir was.«

»Willst du wissen, wie es in der Kneipe war?«

Sie schüttelte den Kopf. »Als ich ein kleines Mädchen war, ich weiß noch, hab ich zu Mutter oft gesagt: Erzähl was von früher.«

»Soll ich von früher erzählen? Wirklich?«

»Aber ja.«

Er sagte: »Ein Mann hat eine Frau geliebt, vor einer Ewigkeit. Der Mann ist sehr jung, das Mädchen auch, und der Mann liebt sie, wie man vielleicht nur in der Jugend lieben kann, bedingungslos und bedenkenlos, er kann an nichts anderes denken, alles vergißt er über seiner Liebe, daß er Lumpen trägt, hart arbeiten muß, daß er Schreckliches erlebt hat in diesem Dorf, alles ist ausgelöscht, die Welt ist schön, jeder Tag ist schön, jede Stunde ist Warten auf Liebe.«

Man nennt es wohl Flirt, dieses unverbindliche Spiel mit Empfindungen und mit Worten, die nichts bedeuten müssen, beinahe jede Frau beherrscht es, sie wollte es auch spielen, spürte aber, wie ihr Herz pochte, als sie fragte: »So sehr hat er sie geliebt?«

Er nickte bedächtig, es konnte ihn betreffen oder einen anderen Menschen, was er erzählte: »Plötzlich, scharfer Trennungsschnitt, wie mit dem Schlachtermesser, es ist vorbei.«

»Warum, Daniel?«

»Unsere Kinder würden die Geschichte nicht mehr verstehen. Sie war die Tochter des reichsten Bauern im Dorf – er ein Landarbeiter. Eines Tages wurde er auf die Parteischule geschickt, als er zurückkam, mußte er einen verlassenen Hof übernehmen, in Treuhandschaft. Damals hauten manche Bauern nach dem Westen ab, du erinnerst dich sicher, die Höfe mußten bewirtschaftet werden, das war eine Aufgabe für den Jungen. Aber sie ...«, er wendete langsam den Kopf hin und her, »sie hat es nicht fertiggebracht, ihm zuliebe das schöne Elternhaus zu verlassen, sie war eine Erbin, mußt du wissen. Paar Jahre später war sie auch in der LPG.«

Er lachte – ein wenig spöttisch, meinte sie und fragte: »Daniel?«

»Ja?«

»Wenn er sie wirklich so geliebt hat, warum konnte er bei dem Mädel nicht einheiraten?«

»Abhängig werden von dem Alten?« Druskat schüttelte den Kopf.

»Was ist aus den beiden geworden?«

Er sah sie lange an, schließlich sagte er, nach einem kleinen Seufzer: »Das Mädchen hat schnell geheiratet, ausgerechnet den Freund des Jungen. Er heiratete auch, die Frau starb ihm sehr jung. Schließlich dachte er, ein Mann braucht mehr für sein Glück als die Liebe der Frauen, er kann die Arbeit lieben, den Kampf, den Erfolg, was weiß ich alles. Und er hat gelernt, daß man immer wieder von vorn beginnen kann, mit Zwanzig, mit Dreißig, auch mit Vierzig, man kann immer wieder von vorn beginnen, Hilde, so bleibt man jung.«

»Hat er manchmal noch an sie gedacht?«

»Er konnte bald an ihr vorübergehen, kopfnickend: Hallo!, oder ihr von weitem einen Gruß zuwinken, flüchtig, ohne sich zu erinnern, ohne das geringste zu empfinden.«

Das alles erzählte er, als habe er es irgendwo gehört, erzählte mit einem Lächeln und mit ein wenig Ironie: Mein Gott, so eine Kitschgeschichte!, er hob die Hand, spielte ihr vor, wie dieser Mann auf der anderen Seite der Straße winkte: Hallo! Plötzlich fragte er aber: »Ist dir das auch so gegangen?«

Sie erschrak, sie wollte nicht, daß ernst wurde, daß er zu viel von ihr erfuhr, sie hörte sich sagen: »Ja.«

»Keine Erinnerung, keine Empfindung, nichts?«

»Ja«

»Aus den Augen, aus dem Sinn.« Er lächelte ohne jeden Spott. »Aber ich habe dich niemals aus den Augen verloren, und heute, beim Tanz, merkwürdig, hatte ich dich wieder im Sinn oder im Blut oder ich weiß nicht wo. Es hat ja nichts zu bedeuten, gar nichts, Hilde, aber es ist wahr, daß ich dich niemals ganz vergessen konnte, ich hab dich immer noch ein bißchen gern.«

Er hockte vor ihr auf dem Küchenschemel, faßte nach ihren rauhen, abgearbeiteten Händen und küßte das bläuliche Geäder. Es rührte sie, was er sagte und was er ihr gestand. Sie dachte, er lebt allein, er muß ja Sehnsucht haben nach einer Frau, ich versteh das, aber es wird besser sein, wenn er niemals erfährt, was ich denken mußte, als ich beim Tanz in seinen Armen war. Ich hab einen Jungen von fünfzehn Jahren, einer muß schließlich vernünftig bleiben in einer solchen Situation, und sie begriff später nicht, daß sie sich zu ihm niederbeugte, seinen Kopf in ihre Hände nahm und ihn ganz leicht, ganz keusch auf die Lippen küßte.

Draußen im Flur lehnte Max an der Wand, Arme über der Brust verschränkt, Lider gesenkt.

»Was machst du hier?«

»Ich warte.«

»Schon fertig«, sagte sie, als sie mit dem Tablett an ihm vorüberging.

Daniel folgte ihr.

»Geht aber schnell bei euch«, sagte Max.

Sie dachte sich nichts dabei. Die Stube war leer.

»Wo sind die Gäste?«

»Ich hab sie fortgejagt.«

Sie stellte das Tablett auf dem Tisch ab und wollte noch fragen, wieso und warum, aber als sie sich umwandte, sah sie, daß Max auf Daniel zuging, schwerfällig, Schritt für Schritt, Fäuste zum Kampf erhoben, immer näher auf Daniel zu.

Der rührte sich nicht vom Fleck, sagte, jedes seiner Wörter artikulierend, als riefe er sie einem Traumwandler zu: »Max, ich schlag mich nicht mit dir.«

Stephan handelte plötzlich wie ein Irrsinniger, er riß den Wandbehang vom Nagel, schlug dem Daniel das Stoffzeug um die Ohren, rechts und links und rechts und links. Daniel wehrte sich nicht, hielt die Arme steif von sich, versuchte, rückwärts tappend, dem Tobenden auszuweichen, versuchte, die Tür zu erreichen, Max verschloß die Tür und riß das Tuch mitsamt dem Geschirr vom Tisch. Als er begriff, der andere war nüchterner, behender und würde sich dem Kampf nicht stellen, packte er einen Stuhl, hob ihn hoch über den Kopf und schleuderte ihn nach Daniel, der duckte sich, der Stuhl zerbarst an der Wand. Das alles ohne ein Wort. Und Hilde erinnerte sich später, daß sie der gespenstischen Szene zugesehen hatte wie etwas Unwirklichem oder wie einem Film, der ohne Ton abläuft, im Zeitlupentempo, daß sie dagestanden hatte wie erstarrt, bis sie sich mit einem Schrei dem wütenden Menschen entgegenwarf.

Max schlug sie mitten ins Gesicht.

Jetzt erst gebrauchte Daniel die Fäuste.

Max stand noch einen Augenblick auf den Beinen, sah sie beide an, mit erstaunten Kinderaugen, dann schlug er wie ein gefällter Baum auf die Dielen, dort lag er, stützte sich schließlich mühsam auf die Ellbogen, spuckte Blut auf den Teppich und sagte keuchend: »Ich laß mir nichts wegnehmen, verstehst du, nichts, was ich mir aufgebaut hab, nichts, was mir gehört.« Und dann sagte er diesen schrecklichen Satz: »Ich kann dich vernichten!«

Daniel holte seine Tochter. Er ging ohne ein Wort. Hilde sagte auch nichts. Mein Gott, was hätte sie denn sagen sollen?

Wenig später weinte Max aber hemmungslos wie ein Kind, und wie ein Kind brauchte er von Hilde Trost und Verzeihung, er gab sich zum erstenmal in ihre Hand. Nun würde er vielleicht andere Menschen besser verstehen.

Das Erlebnis dieser Nacht mußte ihn aber nicht so tief getroffen haben, wie sie hoffte. Oder viel tiefer? War es Scham, oder hatte er die Demütigung nicht verwunden, er brachte es jedenfalls nicht über sich, mit Daniel zu reden.

Dafür hatte aber Druskat seit ein paar Wochen von sich reden gemacht.

In der Öffentlichkeit – auf der Bezirksdelegiertenversammlung, mehr als tausend Leute im Saal, attackierte er heftig, so wurde erzählt, Stephans Methoden, riß sogar Witze darüber, Riesengelächter und tosender Beifall, Max aber, ans Rednerpult gerufen und völlig unerfahren in Selbstkritik, war überhaupt nicht angekommen, wie man so sagt, kaum, daß sich eine Hand im Saale rührte.

Und dann die Zeitungsartikel, das ging ja Schlag auf Schlag. »Wie lange noch auf Kosten anderer leben?« – »Fragen an den Genossen Stephan.« – »Die Stephans sitzen noch in vielen Dörfern.« Ihr guter Name war zum Begriff für Fortschrittsfeindlichkeit geworden.

Das Schlimmste aber ist, wie sich die Leute verhalten.

Neulich betrat Hilde den Konsumladen, die einzige Einkaufsquelle in Horbeck und immer noch Nachrichtenbörse, das bleibt wohl so im Dorf.

»Guten Morgen.«

Auf einen Schlag verstummte das lebhafte Gespräch. Kundinnen und Verkaufspersonal wechselten vielsagende Blicke und lächelten natürlich, aber so merkwürdig, wie soll man sagen, betreten, und nun das Wetter: »Wie ist es denn heute?« Als hätten die vorher vom Wetter geredet.

Schließlich war sie an der Reihe, kaufte dieses und das, und bewegte nun lautlos die Lippen und hauchte über den Ladentisch: »Spee?«

Mein Gott, ein kleines Privileg, bislang hatte ihr ja die Verkaufsstellenleiterin von jeder Lieferung des neuen Waschpulvers vier Päckchen geradezu aufgedrängt. An diesem Tag stellte die Person sich mit einemmal taub, hielt gar die Hand hinters Ohr: »Wie bitte?«

Und hatte da nicht einer im Laden gelacht?

Hilde flüsterte zornig: »Das Spee.«

Die Verkaufsstellenleiterin sagte in belehrendem Ton: »Spee Dienstag nachmittag, Frau Stephan. Alle vierzehn Tage. Sie müssen sich schon zur Zeit bemühen, wie alle anderen.« Und beendete die Verkaufshandlung mit den üblichen Worten: »Sonst noch was?«

Hilde klangen sie wie eine Beleidigung im Ohr.

Sie hatten Max den ungekrönten König von Horbeck genannt, nun schien es wirklich, als wanke sein Thron. Daniel Druskat war der Held des Tages, erst letzte Woche war wieder ein Bild in der Zeitung gewesen.

Doch gestern hatten sie ihn abgeholt. Warum?

8

Sie wußte nicht, wie lange sie schon so in der Küche saß, untätig, Hände im Schoß, wie lange sie vor dem Spiegel stand, mein Gott, wie seh ich bloß aus. Ihr schien es aber eine Ewigkeit.

Sie erhob sich und öffnete die Tür, trat wieder in die Stube. Ihr war zumute wie in dem Augenblick, als Max sie hinausgeschickt hatte, sie fühlte sich unsicher und ängstlich. Und Max, der so selbstsicher gewesen war und überlegen, als sie ihn verließ – weiß Gott, dem Mädchen gegenüber hatte er den Charmeur herausgekehrt –, Max saß am Tisch, Kopf in beide Hände gestützt, und sah ihr entgegen, ganz ernst.

»Wo ist das Mädel?«

»Längst fort.«

»Wohin?«

»Nach Bebelow, zu Rosemarie. Ich hab ihr erlaubt, dein Rad zu benutzen. Ist dir doch recht?«

»Ja, natürlich.«

Dann stellte sie aber die Frage, und alles hing davon ab, wie Max sie beantworten würde, ob er schuldig geworden war an Daniel auf irgendeine Weise oder nicht, und wie sie weiterleben sollte mit ihm, und ob sie das konnte oder nicht. Sie dachte, mein ganzes Leben hängt an diesem kleinen Augenblick und hängt von einer Antwort ab. Sie war bleich, und ihr war kalt, als sie fragte: »Und du? Max, was wirst du tun?«

Er biß sich nachdenklich auf die Unterlippe, sagte schließlich: »Das beste wird sein, ich hole Gomolla.«

Er sah sie an, runzelte die Brauen, und es war wieder der alte Max, über den sie sich ärgerte und den sie liebte, denn nun sagte er plötzlich: »Nun mach dir bloß nicht in die Hosen.«

9

Anja radelte auf dem Sommerweg neben der Horbecker Dorfstraße. Eigentlich sympathisch von diesem Stephan, daß er ihr das Rad gepumpt hat, auch daß er gar nicht erst versucht hat, sie der Obhut von Hilde anzuvertrauen, sie braucht keine Amme, wozu denn, sie entscheidet selbständig, seitdem sie denken kann. Aber jede Frau, die ihr Vater mitbrachte, hat auf irgendeine Weise in ihr Leben oder in ihre Belange eingreifen wollen, sie haßt solch unangebrachte Fürsorge und Mütterlichkeit. Überhaupt: Einen Geschmack hat ihr Vater in bezug auf Frauen – unmöglich. Bis auf Rosemarie. Die hat übrigens nie versucht, sich den Mann über die Tochter einzuhandeln, aber die hat was in ihrem Wesen, vielleicht kann man es kaltschnäuzig nennen, jedenfalls drängt sie Vater in die Rolle eines ewig Werbenden. Was verlangt die eigentlich von einem Mann? Aber Vater hängt nun mal an der, irgend so eine romantische Geschichte, oder ein Komplex womöglich, er wird ja älter.

Sie muß Rosemarie Bescheid sagen, das ist gewiß in Vaters Sinn. Sie ist sehr gespannt, wie Fräulein Doktor sich verhalten werden. Diese Frau hat alles ihrem Ehrgeiz geopfert. Und nun? Der Freund im Knast, sehr peinlich, womöglich wegen was Politischem, nicht auszudenken, oder sogar wegen einer kriminellen Geschichte, unfaßbar. Jetzt muß sich erweisen, ob die sich lieben oder nicht.

Warum haben sie Vater geholt?

Stephan ist mir ausgewichen, er hat nicht viel erzählt. Aber Hilde war aufgeregt. Warum hat Stephan sie rausgeschickt? Ach Vater, was machst du jetzt, wo bist du, wie kann ich dir helfen? Ich fühl mich krank, es tut mir richtig weh, wenn ich an dich denke. Ich bin kein Kind mehr, aber ich kann gar nichts machen, ich muß runter vom Rad, der Weg verschwimmt mir vor den Augen. Mensch, wenn das bloß keiner sieht, ich werd doch nicht auf der Straße heulen.

Sie sprang ab, lehnte das Rad gegen einen Baum, warf das

Haar mit energischer Kopfbewegung in den Nacken und nannte sich selber ein blödes Weib. Sie starrte in die Luft, schnaufte ein paarmal, atmete tief und umschritt dann, Hände auf dem Rücken verhakt, den Baum, sie überlegte, was sie tun sollte.

Zwanzig Kilometer bis Bebelow – dort wohnte Rosemarie –, eine gute Stunde. Sie kann aber auch bis Weran fahren und dort den Bus besteigen. Und wie kann man bloß solchen schrecklichen Hunger kriegen bei dieser einfachen Überlegung, richtige Magenschmerzen, warum hat sie bei Hilde herumgezickt. »Danke nein, ich esse nichts.«

Sie wußte jetzt, was sie tun mußte. Sie würde zurückfahren zu den Preibischs, die hatten was zu essen für sie, außerdem wußten sie mehr von den Leuten als jeder im Dorf, Vater hatte mal bei ihnen gewohnt und Mutter bei ihnen gearbeitet bis zu ihrer Hochzeit.

Anja faßte das Rad, setzte einen Fuß auf das Pedal, stieß sich hüpfend mit dem anderen ab, sie setzte das Rad wie einen Roller in Bewegung und wollte sich gerade in den Sattel heben, als ein Radfahrer an ihr vorüberschoß, Jürgen Stephan, er stemmte sich so heftig gegen den Rücktritt, daß sein Rad ins Schleudern kam, er riß es herum, sprang ab, versperrte ihr den Weg, sie mußte halten, er lachte sie an.

Ihr war nicht zum Lachen. Sie fühlte sich gestört. »Warum schwänzt du die Schule?«

»Ich will dir helfen.«

Sie strich sich das Haar aus der Stirn. »Nicht nötig.«

Sie wollte weiter.

Er hielt ihren Lenker fest. »Hast du was rausgekriegt?«

Sie schüttelte den Kopf, schob seine Hand von der Lenkstange, fuhr davon. Der Junge folgte ihr nach kurzem Zögern, hatte sie bald eingeholt.

Sie sagte: »Ich kann dich wirklich nicht gebrauchen.«

Jürgen blieb unbeirrt an ihrer Seite, lächelte, fuhr freihändig, Hände auf die Schenkel gestützt, führte allerlei Kunststücke vor, wollte sie erheitern. Sie kam sich mit einem Male zehn Jahre älter vor als dieser Junge, sie sagte, beinahe beschwörend: »Kein Mensch erzählt mir was. Wenn du dabei bist, schon gar nicht. Das mußt du doch kapieren.«

»Glaubst du immer noch, meine Eltern haben mit der Sache was zu tun?«

»Weiß ich nicht. Kehr um, Jürgen!« Das klang beinahe wie ein Befehl, der Junge schien sich endlich zu fügen, er blieb zurück, auf sein Fahrrad gestützt, und sah, wie das Mädchen auf Anna Preibischs Kneipe zuradelte.

Die Eingangstür zur Schankwirtschaft war verschlossen, Schild am Fenster: Öffnungszeit 14 bis 22 Uhr.

Anja klopfte an die Hinterpforte.

»Kannst du nicht lesen?« rief eine rauhe Stimme. »Um vierzehn Uhr wird aufgemacht.«

»Ich bin's, Anna.«

»Wer ist ich?«

»Anja.«

Die Tür wurde hastig geöffnet, Anna Preibisch sagte: »Komm rein, Töchterchen.«

Sie führte Anja ein paar Steinstufen empor in den dämmrigen, gefliesten Flur, öffnete die Tür zu ihrem Wohnzimmer, das immer ein wenig muffig roch und nach Katze. Anja hatte nie ein merkwürdigeres Zimmer gesehen, Biedermeier das Sofa und die Stühle, im Polster schon etwas zerschlissen und wohl deshalb mit karierten Wolldecken belegt, das Büfett wandfüllend und zimmerhoch im sogenannten altdeutschen Stil, mit üppiger Schnitzerei versehen, zwischen den Fenstern auf einem wackligen Taburett ein Fernsehgerät modernster Produktion und auf der Kommode verblichene, bräunliche Fotografien in gußeisernen Rahmen, die Eltern, der Bräutigam in Ulanenuniform, der Sohn, lachendes Gesicht unterm Fliegerkäppi. Daß aber Bismarck überm Sofa hing, drückte wohl mehr Geiz aus als irgendeine Gesinnung, Anna warf ungern etwas fort, und Anja kannte die Geschichte vom Bilderwechsel.

Auf dem Lehnstuhl ruhte ein mächtiger Kater vom nächtlichen Streifzug aus, hob mürrisch den dicken Kopf, als Anja nähertrat, er gähnte und blinzelte tückisch. Anna Preibisch jagte ihn mit einem Klaps davon, schüttelte das Kissen ein wenig auf und drehte es auf die andere Seite, eh sie ihrem Gast den Ehrenplatz anbot.

Anja fragte: »Hast du was zu essen für mich?«

Die Alte nahm eine kleine Silberglocke von der Kommode, ging zur Tür, öffnete und bimmelte heftig.

»Darauf hört sie immer noch am besten«, sagte Anna Preibisch mit boshaftem Lächeln und rief: »Ida, wo bleibst du? Anja ist zu Besuch. Kaffee, jawohl, und ein Frühstücksgedeck. Hol eine Wurst aus dem Rauch, und Beeilung, meine Gute, wenn ich bitten darf.«

Dann nahm sie auf dem Sofa Platz, ordnete ihre Röcke und sagte: »Sie haben ihn also geholt?«

»Du weißt schon?«

»Das spricht sich herum. Ausgerechnet ihn hat's erwischt, einen Menschen, der sich für seinen Sozialismus hätte in Stücke hauen lassen, der sonstwas ertragen hat deswegen, Spott und Hohn, Gehässigkeiten und Verachtung, na, was meinst du, das war doch nicht immer so, wie es heute ist. Früher hab ich oft gesagt: Daniel, warum mußt du dich so offen als Kommunist bekennen, wo wir hier auf dem Dorfe leben, jeder kennt jeden, und keiner ist so richtig dafür, nun mach's doch mal halblang.

Anna, hat er jedesmal gesagt, du wirst es nie begreifen, ich setz mich für eine Sache ein, die braucht den ganzen Menschen, und da ist gar nichts zu machen mit halblang und so weiter. Er hat's übertrieben. Er war nicht beliebt.«

»Deshalb sperrt man keinen ein.« Anja puhlte gedankenlos einen Faden aus dem Gewebe des Polsters.

»Wirst du wohl!« Die Alte gab ihr einen Klaps auf die Finger, das Mädchen kicherte.

»Gott«, sagte die Alte, »krumme Touren wird er gemacht haben, die machen sie ja alle, kleine Gaunereien oder große, die sich eine Geschäftsfrau wie ich nicht leisten könnte, sie nennen es Mut zum Risiko, ich bin auf dem laufenden, und diesen Stephan greift sich der Staatsanwalt auch noch mal.«

»Ich war bei Stephan.«

Die Alte schien es nicht sonderlich zu interessieren, sie antwortete nicht.

»Der weiß was von meinem Vater«, sagte Anja vorsichtig, »vielleicht von früher.« Ihr war plötzlich eingefallen, was Max Stephan drohend gebrüllt hatte in der Nacht nach dem Fest, bis in den Flur war es zu hören gewesen. Die alte Frau runzelte die Brauen, blickte das Mädchen an wie eine, die sagen will, ach, erzähl mir doch nichts. Anja sagte: »Ich hab mal gehört, wie Max geschrien hat: Ich kann dich vernichten.«

Anna Preibisch hatte das schwarze Kopftuch aufgeknotet, wahrscheinlich, um es straffer unterm Kinn zu binden. Als Anja aber von Stephans Drohung erzählte, senkte Anna plötzlich den Kopf und verhüllte das Gesicht mit dem Tuch.

»Gott im Himmel.«

»Was ist dir, Anna?«

Dem Mädel wurde angst, aber die alte Frau wiegte nur den schwarz verhüllten Kopf und sagte nichts. Anja sprang auf, sie wollte Fräulein Ida zu Hilfe holen, jetzt hob Anna abwehrend die Hand, dann legte sie das schwarze Tuch auf dem Scheitel zurecht, strich es glatt mit beiden Händen und band es wieder.

»Anna, was weißt du?« fragte das Mädchen ängstlich.

»Alte Geschichten, schlimme Geschichten.«

Anja hatte sich vor die Alte gestellt, sie beugte sich zu ihr nieder, packte sie bei den Schultern und starrte ihr ins Gesicht. Sie fragte eindringlich: »Was weißt du?«

»Was fällt dir ein«, schrie die Alte, stieß das Mädchen zurück und zerrte die verrutschte Strickjacke zurecht. »Was ist das für eine Art. Setz dich gefälligst auf den Stuhl, wie sich das gehört, und bedräng mich nicht, sonst red ich kein Wort.« Und nach einer Weile sagte sie: »Was weiß man schon von einem anderen Menschen.«

»Erzähl doch«, bat das Mädchen, »Anna, erzähl mir, was du von meinem Vater weißt.«

Einen Augenblick lang hatte Anna die Fassung verloren. Der Schreck war ihr in die Glieder gefahren, sie ärgerte sich darüber, jetzt wollte sie wohl ein wenig Zeit gewinnen, und sie war entschlossen, nicht zu viel zu verraten.

»Früher«, sagte sie und ordnete wieder umständlich ihre Röcke, »früher ist alles ganz anders gewesen. Die Güter gehörten dem Adel oder den reichen Bankiers, viele Güter in Mecklenburg gehörten dem Grafen von Hahn, neunundneunzig, erzählt man, und wären es hundert gewesen, hätte der Graf dem Kaiser ein Regiment Soldaten stellen müssen, ich weiß nicht, ob's stimmt. Jedenfalls hat der Graf von Hahn tatsächlich nur neunundneunzig Güter besessen, und die Frau Gräfin war eine tolle Person, Kindchen, die soff, und die saß zu Pferd wie ein Kerl. Das ist zu der Zeit gewesen, als ich ein junges Mädchen war, da hatte der Großherzog von Mecklenburg-Strelitz eine Brücke bauen lassen, die sollte dem Verkehr übergeben werden, Gott, was das damals so hieß – der Verkehr. Das symbolische Band war gespannt, und die Honoratioren von Strelitz standen herum, Frack und Zylinder, die Damen tüllumweht, und die Kapelle vom Kriegerverein hat die ›Wacht am Rhein‹ gespielt, da rast, sechsspännig, mit flatterndem Hutband, die Gräfin Hahn auf die Brücke zu, mußt du dir vorstellen: Staubwolke, donnernde Hufe, Angstgeschrei, bis sich in letzter Minute ein Kavalier dem Gefährt entgegenwirft: Gottes willen, Gnädigste, gleich wird der Großherzog das Band zerschneiden! Die wilde Person auf dem Bock hat gelacht: ›Ich bin die Hähnin, ich bin reicher als der Großherzog, folglich gebührt die Ehre mir.‹ Und hei! Den Gäulen die Peitsche und das Band zerfetzt in rasender Fahrt und dem Strelitzer Herzog die Schau gestohlen, so würdet ihr heute sagen, und das angesichts des versammelten Hofes. Ist das nicht lustig?«

»Anna«, sagte das Mädchen ungeduldig.

»Ach, gefällt dir die Geschichte nicht?« Anna Preibisch schien verstimmt.

»Was hat das mit meinem Vater zu tun?«

»Ich komm schon noch darauf«, sagte die Alte. »Das war nämlich so, niemand tagelöhnerte mehr gern auf dem Gute, Max Stephan ist aber noch Knecht auf Horbeck gewesen, mit zwölf Jahren hatte er schon rangemußt, damit sie die kranke Mutter in ihrem Katen beließen, sein Vater war lange tot.

Bis zum Krieg hat der Graf polnische Schnitter zur Ernte gemietet, dann haben sie Zwangsarbeiter aus Polen oder aus Rußland hergeschleppt, die mußten die grobe Arbeit tun, hinter dem Park war das Männerlager, mit Stacheldraht eingezäunt, in meiner Wirtschaft haben die Wachmannschaften gesoffen, und Anfang fünfundvierzig hat sich die SS auf Schloß Horbeck einquartiert, weiß der Teufel warum, da ging ja schon alles durcheinander.

April oder März, wie es hieß, die Russen rücken immer näher mit ihrer Front, ich bin zufällig auf dem Schloß gewesen, ich hatte mit Ida was zu besprechen, kommt Krüger angekeucht, Hildes Vater – weißt du, daß er Ortsbauernführer war, jawohl, das ist auch ein Nazi gewesen –, der kommt also angerannt, braune Uniform, knallt die Hacken zusammen, soweit das ein Krummbeiniger überhaupt kann: ›Frau Gräfin, zu Diensten, ein Wolyniertreck zieht in Horbeck ein.‹

Wir standen auf der Schloßtreppe, die Frau Gräfin, der Inspektor, und das Gesinde lief zusammen, Max Stephan, ich seh ihn noch dastehen, und Hildchen – du mußt wissen, daß sie auf Horbeck ihr Pflichtjahr machte –, wir standen auf der Schloßtreppe, da zogen sie schon durch die Allee heran, ich mußte dran denken, was ich mal in der Schule gelernt hatte über die Armee von diesem Napoleon: ›Mit Mann und Roß und Wagen hat sie der Herr geschlagen‹, kaum konnten die Pferde noch die Panjekarren zerren, Frauen, Kinder, Alte zwischen Lumpen und Bündeln, so kamen sie – dein Vater und seine Leute – vom Ende der Welt hergezogen und waren wohl seit Jahren unterwegs, wer weiß denn, wo das gelegen hat, dieses Wolynien, weit weg jedenfalls, hinten irgendwo in der Walachei, dort hatten die wohl gemeinsame Sache gemacht mit den Nazis, und dann sind sie aufgebrochen und haben die Polen aus ihren Höfen verjagt und sich bei denen eingenistet und reich machen wollen an fremdem Gut, aber das Glück hat nicht lange gehalten, denn der Krieg kam von Rußland zurück, da haben sie wieder fort gemußt, mit einem schlechten Gewissen und immer die Angst im Nacken, bloß nicht den Russen in die Hände fallen – wer weiß denn, was die auf dem Kerbholz hatten.«

Anja wußte, daß ihr Vater nicht aus dieser Gegend stammte, aber sie hatte nie gehört, daß er in Gesellschaft schuldbeladener Menschen ins Dorf gekommen war, sie sagte: »Mein Vater war damals so alt wie ich. Was hat er für seine Leute gekonnt?«

Die alte Anna lächelte überlegen. »Was kann ich dafür, daß ich als Schankwirtstochter geboren wurde und vierzig Jahre zu früh. Sonst würde ich heute vielleicht bei eurer Regierung Minister sein für Konsum oder HO und manches ganz anders machen, verlaß dich darauf. Aber wir schleppen alle was mit uns herum aus der Zeit unserer Väter, ein besonderes Schicksal oder wie du es immer nennen willst. Und wenn du zehnmal nichts dafür kannst, die Leute lassen's dich entgelten, das wirst du schon noch merken.«

Das Mädchen wollte sich wehren gegen Annas seltsame Rederei, jetzt betrat aber – Tablett in den Händen – Fräulein Ida die Stube. Sie trug ein gerüschtes, geblümtes Sommerkleid und ein Seidenband im Greisenhaar. Anna verzog mißbilligend den Mund.

»Wie reizend, daß du uns mal besuchst«, zwitscherte Ida, sie deckte klirrend und klappernd den Tisch, stellte Wurst, Brot und Butter zurecht, schenkte Kaffee in hauchdünne Tassen, bediente sich schließlich auch selbst, hielt die Untertasse mit der linken Hand und führte mit der rechten zierlich die Tasse zum Mund, trank aber nicht, sondern machte zunächst in gewohnter Weise Konversation.

»Ein heißer Tag, nicht wahr. An und für sich ist die Hitze nicht schlecht. Zwar ist es draußen staubig«, sagte sie, um dann mit großem Ernst hinzuzusetzen, »aber die Wege sind trocken, das ist nun wieder der Vorzug, nicht wahr.«

Anna hob den Blick zur Stubendecke und senkte ihn wieder, hielt dann den Kopf schräg, so sah sie ihre Schwester an, aus den Augenwinkeln, sie sagte: »Ich erzähl, wie ihr Vater nach Horbeck kam, fünfundvierzig, du weißt doch.«

»Ach, reizend«, meinte Fräulein Ida, sie schien ein wenig verstört. Ida wußte, fünfundvierzig war manches passiert in Horbeck, niemand sprach gern darüber, jeder hatte vergessen wollen, auch die jüngere Preibisch. Sie starrte auf das Mädchen, sie dachte, das Kind wird seiner Mutter immer ähnlicher, die hat auch oft an diesem Tisch gesessen, fünfundvierzig und später, die war auch so zart, spindeldürr, möchte man sagen, nichts an ihr dran, weiß Gott, für grobe Arbeit nicht zu gebrauchen, aber bildhübsch, Irene, sie kam mit dem letzten Ostarbeiterschub, keiner der Bauern wollte sie haben, da nahm Anna sie mit, wer weiß, ob Irene überhaupt polnisch war, die haben ja zuletzt alle möglichen Leute aufgegriffen, von der Straße weg, hatte Irene erzählt. Sicher stammte sie aus feinerem Hause, sprach jedenfalls deutsch, wenn's auch ein wenig ausländisch klang, später verlor es sich, die war gelehrig und hat mir nicht nachgetragen, daß ich nicht freundlich zu ihr sein durfte, solange ich Zofe auf Horbeck war, schließlich eine Vertrauensstellung, und der Herr Graf war SS-Sturmbannführer, oder hatte er eine Standarte geführt, ich weiß bis heute nicht, was war nun höher oder tiefer, in Rußland ist er dann gefallen, schwarz stand der Frau Gräfin besonders gut, mein Gott, ja, Daniel und Irene, die beiden Verlassenen, Verstoßenen, sie hatten sich gefunden, aber wenn ich nicht gewesen wäre, ach, zu mir ist nie ein schöner Mann gekommen, nie …

An dem Tag, als die Wolynier einzogen, strich Irene um Schloß Horbeck herum, ich hab mit meinen eigenen Augen gesehen, wie sie dem Polenjungen das Hemd zusteckte, Anna hatte es genäht, und der Stoff dazu war gestohlen, sagten die Herren, darauf stand der Tod, der Polenjunge sollte hängen, er konnte aber fliehen, Irene hatte ihn gewarnt, ich bin sicher, aber Daniel wurde mit hineingezogen in diese schreckliche Geschichte, mein Gott, der arme Junge, sechzehn Jahre, Frau Gräfin rief händeringend: Genug, genug! Sonst hätten sie ihn totgeschlagen, und niemand hätte mich geküßt – Daniel ist der einzige Mann, der mich geküßt hat, wenn auch nur auf die Wange …

»Ach, reizend«, sagte Ida, sie setzte ihre Tasse ab und wischte sich vorsichtig mit dem Zeigefinger eine Träne aus den Wimpern. Anja blickte das alte Fräulein aufmerksam an. »Warum weinst du, Ida? Ist was Besonderes passiert an diesem Tag?«

»Was soll passiert sein?« Anna ließ ihre Schwester nicht zu Worte kommen. »Das Übliche zu dieser Zeit, ein Treck kam nach Horbeck, na was, ein Treck, er sammelte sich auf dem Schloßhof, ausgerechnet da. Die Leute kletterten von den Wagen, gleich ein Durcheinander, damals war das anders als heute bei der LPG, nicht ein Hälmchen Stroh durfte auf dem Hofe liegen, man hielt auf deutsche Ordnung und Zucht. Aber nun, wie soll ich sagen, war das, als sei Zigeunervolk in einen Tempel eingebrochen, Geschrei und Gezeter, die Weiber ergriffen die greinenden Kinder, hielten sie der Frau Gräfin entgegen und bettelten, aber das machten sie nicht bloß mit Aufdringlichkeit, sondern mit Verzweiflung und Haß, forderten ein bißchen Milch, ein bißchen Brot.

Weißt du, da waren sie nun, nach hundert Jahren, wieder bei ihren Deutschen angelangt und heim in das Reich gekommen, und nun wollte sie niemand haben. Ich seh es vor mir, als wäre das gestern gewesen.«

Seltsam, dachte Anna, sie kamen vom Ende der Welt gezogen, der Junge war unter ihnen, so kreuzte er meinen Weg und den von Irene, ein Zufall war es, nicht mehr, aber er hat Irenes Leben bestimmt, meines auch, meines auch. Wer hat an diesem Tag wissen können, was alles noch geschehen würde.

Sie sah sich auf der Treppe stehen, sie suchte Irene, die war hierher zum Schloß gelaufen mit dem elenden Hemde, bald sollte das Leben von Menschen an diesem Fetzen Nessel hängen. Sie fand das Mädchen nicht im Menschengewühl, konnte sich auch nicht auffällig bewegen. Nicht weit von ihr, hinter der Frau Gräfin und dem Inspektor, diesem Schwein, standen sie aufgereiht, die Offiziere von der SS, knappsitzende Uniformen, blanke Stiefel. Jetzt sah Anna den Ältesten des Zuges, einen bärtigen Mann, er schob die Weiber beiseite, trat vor die Gräfin, er verneigte sich tief, seine Hand berührte fast den Boden, dann bat er um Unterkunft, und sei es für eine einzige Nacht, um Verpflegung, um Christi willen, alle Vorräte seien aufgezehrt.

Die Gräfin schritt die Freitreppe hinab und mitten unter die Leute, sie überwand sich, eines der schmutzigen Kinder zu streicheln, nur Augen schien es zu haben, übergroße Augen im Hungergesicht. Sie versprach eine Mahlzeit, sie versprach sogar Milch für die Kinder, unter einer Bedingung, laut jetzt und herrisch die Stimme, man müsse sofort den Schloßhof räumen. Quartier habe sie leider nicht zu bieten, Geste des Bedauerns, ach, ihr armen Menschen, Trauerfältchen im Madonnengesicht. Militär im Haus, das Dorf überfüllt, das Polenlager am Park, dies alles erlaube nicht, daß die Leute blieben. Unruhe, Gemurre, sogar Verwünschungen aus dem Treck, und wieder die befehlsgewohnte Stimme, hell über dem Lärm, Frau Gräfin war die Tochter eines Generals, sie könnten getrost die Nacht über im Park biwakieren, am Morgen müßten sie aber weiterziehn. Und nun: »Der Ortsbauernführer zu mir.« – »Zu Diensten, Frau Gräfin.« – »Sie, Krüger, weisen den Gespannen Futter zu!« Und jetzt: »An die Arbeit, Herr Inspektor!«

Etwas abgesondert vom Troß der Wolynier hatte in zerschlissenem Kittel ein blasser, schwarzhaariger Junge gestanden, der hielt ein schönes Pferd am Zügel, edles Geblüt, die Gräfin erkannte es auf einen Blick. Sie schritt auf den Jungen zu, tätschelte das nervöse Pferd, begutachtete es kennerisch und fragte schließlich, ob das Tier verkäuflich sei.

Daniel Druskat, das war der Junge, schüttelte den Kopf.

Das Pferd sei seine einzige Habe, er gehöre keiner Familiengruppe des Trecks zu, die Eltern seien umgekommen, er werde mitgenommen, weil die vom Treck auf ein Ersatzpferd hofften, ohne das Pferd müsse er zurückbleiben. Die Dame betrachtete den Besitzer des Pferdes und fand wohl, ein hübscher Junge stecke im zerrissenen Rock, ein Page vielleicht, sie sagte lächelnd, das sei nicht das schlimmste, ein Dienst werde sich auf Horbeck finden lassen, eine neue Jacke übrigens auch.

Die Gräfin hatte den Jungen durch ein Gespräch ausgezeichnet.

Anna Preibisch war es aufgefallen, dem Inspektor Dobbin übrigens auch, jetzt bellte er: »Vorwärts, vorwärts!«, hetzte wie ein Hund um die Wolynierherde und bemühte sich, den Treck vom Schloßhof auszutreiben, wieder Geschrei und Gekreisch, die Herren SS-Offiziere, Hände in den Taschen, bogen sich vor Lachen.

Anna sah, wie Dobbin auch den jungen Druskat davonjagen wollte, schon hob er die Hand zum Schlag, aber die Gräfin legte den Arm um die Schulter des Jungen, nahm ihn unter ihren Schutz. Dem Inspektor wird es nicht gefallen haben, jedermann im Dorf wußte, daß er die Herrin beschlief.

»So ist dein Vater ins Dorf gekommen«, sagte Anna. »Warum er zurückblieb, als die Wolynier bei Anbruch des Tages das Dorf verließen, niemand weiß es genau.«

»Wär er doch weitergegangen.« Fräulein Ida seufzte. »Der arme Junge geriet in Verdacht.«

»In Verdacht?« fragte Anja überrascht. »Wieso in Verdacht?«

»Ja, hat dir dein Vater nichts erzählt?«

»Kein Wort von einem Verdacht.«

»Aber du mußt es herausquatschen«, schrie Anna Preibisch aufgebracht, »dumme Gans«, und wendete sich zu Anja, »du weißt doch, was sie redet, lauter wirres Zeug.«

»Das ist nicht nett, Anna«, sagte Fräulein Ida tief verletzt. »Und ich versteh nicht, warum sie es nicht wissen soll, wo es doch so viele wissen, Max, Hilde und Krüger, sie waren doch alle dabei.«

Anna blickte die Schwester drohend an, aber Fräulein Ida hob nur die Stimme. »Und wenn du dich auf den Kopf stellst«, rief sie, »ich sag es doch. Ein Pole war entflohen, die einen sagten, Daniel hätte ihm dabei geholfen, hätte zumindest Nachricht ins Lager gebracht, die anderen meinten, die von der SS, schrecklich, hätten ihn mit dem Polen verwechselt, er sah ja auch aus wie ein Pole, ach, wär er doch weitergezogen mit diesen Zigeunern, er war bloß einer von diesen Leuten, aber man kann doch sagen, daß er ein Deutscher war, dein Vater, und nun mußte er wie ein Pole leiden. Sie haben ihn ausgezogen vor allen Leuten und auf den Bock geschnallt und ausgepeitscht, und er wär zu Tode gekommen, wenn sich die Frau Gräfin auf Horbeck nicht für ihn verwendet hätte.«

»Und das haben sie alle gesehen, Stephan und seine Frau und Krüger?« flüsterte das Mädchen.

»Lauf hin zu ihnen«, sagte Anna Preibisch mürrisch, »laß dir's schriftlich geben, und dann renn hin zum Gericht und sag, laßt meinen Vater raus, er ist ein Antifaschist, ein Opfer jedenfalls. Ich hab damals schon nicht verstanden, warum er keinen Schein beantragt hat, er hätte viel schneller seinen Weg machen können als jeder andere. ›Hör auf‹, hat er gesagt, wenn ich ihm Vorhaltungen machte, er war ja später bei mir in Kost und Logis, und ein solcher Mann im Quartier, das wäre für mein Geschäft kein Nachteil gewesen, so hat man mir aber zweimal die Konzession entzogen, dies nebenbei.«

Die alte Frau schwieg, sie war erregt und tupfte sich den Mund mit einem Tuch. Dies gab Fräulein Ida Gelegenheit, sich wieder ins Gespräch zu fädeln. Nun war es aber, als hätte sie ihren ganzen Verstand verbraucht, um sich auf den Bericht von Daniels Demütigung und Folterung zu konzentrieren, denn jetzt redete sie, wie so oft von Dingen, die nicht zur Debatte standen. Sie sagte: »Die Gräfin auf Horbeck war eine schöne Frau«, und setzte wie zum Beweis hinzu, »ihr zweiter Mann ist Amerikaner.«

Anna Preibisch wedelte ärgerlich mit dem Taschentuch. »Ein Miststück ist sie gewesen. Von dem Inspektor hat sie es sich besorgen lassen, von den Offizieren, und ich bin beinahe sicher, daß sie sogar einem Jungen wie dem Daniel die Weihen verliehen hat.«

»Und Garderobe«, Fräulein Ida schlug verzückt die Augen auf und charakterisierte die Dame auf ihre Weise. »Dieses Kleid stammt von ihr. Ein bißchen gewagt, nicht wahr?«

Anna sagte, schon wieder gereizt: »Da heißt es in der Schrift, Babylon wäre die große Hure gewesen, Gott, was verstanden die alten Heiligen von solchen Sachen, und Horbeck haben die nicht gekannt.«

Aber Fräulein Ida wollte sich die Führung des Gesprächs nicht entreißen lassen. »Geblümtes«, meinte sie, »steht mir an und für sich!«

»Ida!« fauchte Anna.

»Ja, bitte?« fragte Fräulein Ida ein wenig irritiert.

»Die Hühner sind zu füttern.«

»Ach, die Hühner.«

Fräulein Ida erhob sich, sah das Mädchen an, lächelnd und mit einem Blick, der wohl ausdrücken sollte: Da siehst du es, die ist ja nicht bei Troste. Dann schlenderte sie, von ihren Rüschen umflattert, zur Tür, dort blieb sie stehen und sagte: »Du denkst immer, ich versteh nichts, Anna. Ich weiß ganz genau, alles hat mit dem Hemd angefangen. Du hast auch schuld. Und du willst immer so schlau sein.«

Anna streckte den Arm aus. »Hinaus!«

»Wie du möchtest.« Fräulein Ida warf den Kopf zurück wie ein beleidigtes Kind und ließ die beiden allein im Zimmer zurück.

Es schien, als habe Idas Bemerkung die alte Frau getroffen, sie starrte vor sich hin, zupfte an den Fransen der Tischdecke, schließlich hob sie den Blick, sie sagte: »Hier an diesem Tisch hab ich oft mit deiner Mutter gesessen, mein Gott, wie lange ist das her ...«

Anna Preibisch erzählte:

»Vierundvierzig, Hitler hatte die Stadt Warschau niedermachen lassen, Haus für Haus, kam noch einmal ein Schub von Fremdarbeitern, auf dem Schloßhof waren sie angetreten, es wurde, wie soll ich sagen, so eine Art Markt gehalten, man musterte die Frauen: Haben sie kräftige Waden? Was können sie auf den Armen schleppen? Ein fünfzehnjähriges Mädchen stand unter den Frauen, spillrig, niemand wollte es haben, ich nahm es mit. Es hieß Sirena, glaub ich, oder so ähnlich, nicht auszusprechen jedenfalls dieser Name, da sagte ich: ›Du heißen Irene, verstehn?‹ Sie nickte ängstlich – Irene, so hat sie dann jeder genannt. Das Mädel war scheu und verstört, wie ein Hund, weißt du, der lange Zeit grundlos geschlagen wurde. Es dauerte lange, bis sie zutraulich wurde.

In der Zeit war's ja verboten, daß ein Pole mit seinem deutschen Herrn an einem Tische saß. Ich kann nicht sagen, daß ich ihr mit Absicht Gutes getan hätte, ich will mich nicht großtun, aber hier in der Kneipe, mein Gott, sollte ich für mich und für sie extra eindecken lassen? Ich bin eine praktische Frau, wir nahmen also oft die Mahlzeiten gemeinsam ein. Ich hab fleißig mit ihr die Sprache geübt, es machte mir Spaß, weil sie sich oft genug die Zunge brechen wollte, es war zu drollig.

Schließlich hab ich erfahren, daß ihre Leute alle miteinander umgekommen waren während des Aufstandes. Sie erzählte ganz schreckliche Geschichten. Keiner ihrer Leute ist mehr am Leben gewesen, bis auf einen gewissen Wladek, einen entfernten Verwandten, er lebte mit den anderen Polen im Männerlager des Gutes.

Dann passierte die Geschichte gegen Ende des Krieges. Eines Tages, ich war schon vom Frühstückstisch aufgestanden, druckst das Mädel noch rum. ›Nun‹, sag ich, ›Irene, was ist?‹ Sie spricht: ›Frau, Wladek, ein Verwandter, alle Sachen sehr kaputt.‹ – Hätt ich ihr bloß ein Hemd von meinem Jungen gegeben, neununddreißig war er gefallen, ich konnte mich aber von seinen Sachen nicht trennen. ›Alles kaputt‹, spricht sie, ›ich habe Stoff. Können Sie Hemd nähen?‹ – ›Du hast

Stoff?‹ frag ich, ›woher?‹ Nun, dieser Wladek habe ihr was zugesteckt. Schon rennt sie in ihre Stube, kommt zurück mit zwei Meterchen Nessel, an den Rändern versengt. ›Gott‹, sag ich, ›was für ein lumpiger Fetzen.‹ Und Irene sagt traurig, sie könne nicht nähen. Da muß mich der Teufel geritten haben. Ich bin gar nicht gut auf der Maschine, denk aber, du wirst der Kleinen zeigen, was eine gute Hausfrau fertigbringt, und schneide was zu, rattere auf der Singer rum, beiß Fädchen ab und polk wieder auf, was sich verheddert hatte, das Garn taugte ja damals einen Dreck, und näh einen Kittel zurecht, schiefe Nähte, ein Ärmel länger als der andere, jeder Melker würde sich entrüstet wehren, wenn er so was im Stall tragen sollte, aber Irene freut sich und freut sich und schlägt die Hände zusammen, und ich freu mich auch. Du wirst sie noch kennenlernen, Anja, diese große Befriedigung, die ein Mensch empfinden kann, wenn er ein gutes Werk verrichtet hat.

Aber dann passiert es. Eines Abends, wir sitzen wieder bei Tisch, klopfen der Gutsinspektor Dobbin und Krüger an. ›Heil Hitler‹ – ›Heil Hitler.‹ – ›Ja‹, sag ich und hebe auch meinen Arm und herrsche Irene an: ›Such dir in der Küche zu essen, aber laß was für die Hühner übrig.‹ Nur nicht vor den Leuten zeigen, daß ich mich mit der Kleinen vertrage. Sie versteht, knickst gehorsam, sie will mit dem Tablett hinaus. Dobbin reißt sie am Arm zurück, ein Teller fällt, zerbirst auf dem Boden. ›Die Polin bleibt!‹

Nun, du kennst mich, diese Art mag ich nicht, da werde ich falsch, ich klopf auf den Tisch. ›In meinem Haus bestimme ich!‹

›Moment.‹ Dobbin öffnet die Aktentasche, wirft ein Hemd auf den Tisch, ob ich das kenne?

Ich seh auf einen Blick, die Nähte schief, da liegt mein Meisterwerk, setz aber umständlich die Brille auf, heb das Hemd an mit spitzen Fingern, nein, denk ich, mich kriegt ihr nicht, nichts geb ich zu, ich schüttel den Kopf und sag: ›Mein Gott, ist das dreckig.‹

Ein Pole sei damit herumstolziert, habe geradezu Aufsehen

gemacht – so was! –, weißes Hemd, im Lager. Jetzt nimmt sich Krüger das Mädel vor, das Hemd sei von ihr. Leugnen zwecklos, der Pole habe gestanden! Wo hat Irene das Hemd gestohlen?

›Nicht gestohlen!‹ Irene wehrt sich, deutet immer wieder auf mich, ruft mich als Zeugen an: ›Die Frau weiß, nicht gestohlen.‹

Von wegen, denk ich, ich weiß von nichts, mein Kind, da seh ich, wie Dobbin plötzlich dem Mädel wie auf der Folter den Arm verrenkt und verdreht, sie schreit, sie liegt auf den Knien, ›Willst du jetzt reden, du Aas!‹ Das Haar fällt ihr vor das Gesicht. Ich seh ihren Kopf schon auf dem Richtblock.

›Herr Gott‹, schrei ich, ›ist es so wichtig, von wo der Lumpen stammt, wozu denn soviel Aufwand um ein Hemd?‹

Ich solle mich nicht begriffsstutziger stellen, als ich sei, Dobbin klärt mich auf, wenn Polen klauten, drohe der Tod, Härte sei erforderlich, die Bande werde renitent. Sie packen Irene, einer rechts, einer links, reißen sie hoch. ›Das Luder wird dem Gericht überstellt!‹

Irene weint. ›Warum, Frau? Ich habe nichts Schlechtes getan.‹

Ich wollte mich immer noch raushalten, konnte aber ihren Jammer nicht ertragen. ›Laßt sie los‹, sprach ich, ›das Hemd habe ich genäht.‹

Da staunten sie beide nicht schlecht, Krüger, derReckskerl, und dieser Gutsinspektor. ›Nicht doch, Volksgenossin Preibisch, für einen Polen?‹ Das könne doch nicht wahr sein, das wäre ja Begünstigung von Fremdarbeitern und so weiter und so weiter. Ich hätte sie erwürgen können.

›Was?‹ kreischte ich. ›Wie?‹ und ›Ich hör wohl nicht recht?‹ Piekte den Finger auf Irene. ›Wozu sind die hier? Zum Arbeiten, jawohl, und nun schaut sie euch an, was kann die leisten, gar nichts! Jeden Handgriff muß ich ihr beibringen. Und sollen die nicht deutsche Zucht und Ordnung von uns lernen? Also hab ich gedacht, du wirst der Schlampe einmal zeigen, wie man auf deutsch ein ordentliches Hemde näht. Und das soll verboten sein?‹ Kriegte vor lauter Angst kaum noch Luft, die Nazimenschen dachten aber, ich ränge in gerechter Empörung nach Atem, und der Inspektor sagte: ›Nun mal ruhig, Volksgenossin Preibisch, wir wollen ja bloß wissen, haben Sie den Stoff der Polin verkauft oder gar geschenkt?‹ Krüger winkte warnend mit dem Zeigefinger. Da muß Irene gedacht haben, ich sei in Gefahr, sie hat nicht gewußt, was sie in ihrem Eifer sagte: ›Nicht gekauft und nicht geschenkt, ich kann schwören, Frau Preibisch schenkt nichts. Wladek hat ihn herausgezogen nach einem Bombenangriff, unter Schutt, diesen Stoff, ganz versengt von Feuer, ganz naß von Wasser, ganz kaputt.‹

›Also Plünderung‹, sprach Dobbin, ›ganz eindeutig. Wir nehmen es zu Protokoll. Auf Plünderung steht der Tod!‹

Nun war es ganz still im Zimmer, unheimlich still.

Was sollte ich machen, ich tat erleichtert, sagte ganz ruhig: ›Nun, meine Herren, dann hat sich also herausgestellt, daß ich unschuldig bin‹, und zeigte mit dem Kinn auf Irene, ›das dumme Stück da auch.‹ Sie lehnte an der Wand, schlotternd vor Entsetzen, ich fuhr sie an: ›Was stehst du noch rum und hältst Maulaffen feil?‹ Weiß Gott, ich bin immer gut zu dem Mädel gewesen, aber nun schrie ich: ›Du hast wohl heute noch nicht deine Tracht Prügel bezogen?‹ Wollte sie erst einmal aus der Stube haben. ›Besorg einen Imbiß für die Herren, wird es bald – soll ich dir Beine machen?‹

Später ging ich ihr nach, sie machte keinen Imbiß zurecht, sie band sich ein Tuch um den Kopf. ›Wohin, Irene?‹ – ›Wladek‹, flüsterte sie, ›Wladek soll nicht sterben.‹ Dann lief sie davon.

Ich hatte Angst, ich stieg selber in den Keller hinunter, holte alten Kognak herauf, bestach die Herren mit Zigarren, mit allen möglichen Sachen, die ich gespart hatte oder auch geschoben, ich soff mit den Kerlen bis tief in die Nacht, bis Krüger traurige Lieder sang und Dobbin endlich sagte: ›Du bist noch mal davongekommen, Volksgenossin Preibisch. Aber der Pole muß hängen!‹

Ich weiß nicht, wie sie es zustande brachten, daß der Pole fliehen konnte, ich hab nie gefragt. Gewiß hat Daniel der Irene geholfen, sie haben ihn furchtbar dafür bestraft.«

Endlich schwieg Anna erschöpft, den Kopf hielt sie tief gesenkt, sie rieb sich die Lider mit den Fingerspitzen.

Daheim in Altenstein hatten sie selten von Anjas Mutter gesprochen. Der Vater schien davor zu scheuen, erwähnte von sich aus die Tote kaum, vielleicht wollte er nicht, daß Anja den Verlust empfand, sich verwaist fühlte. Wenn Anja nach der Mutter fragte, fiel die Antwort karg aus, sie sei eine gute Frau gewesen, sie hätten dies und das miteinander erlebt, hart und bitter sei das Leben damals gewesen, und schön sei es auch gewesen. Manchmal, wenn er das Mädchen bewundernd ansah, sagte er, ihre Mutter sei auch so hübsch gewesen. Anja besaß ein paar Bilder, auf denen konnte man erkennen, daß er die Wahrheit sagte. Von dieser Hemdgeschichte hatte ihr Vater niemals gesprochen, es kam Anja vor, als habe sie sich vor unendlich langer Zeit zugetragen, als handele sie auf einem fremden Stern. Es gefiel Anja, daß die beiden jungen Leute für einen anderen Menschen etwas gewagt und auf sich genommen hatten, beide waren in Not geraten. Aber im Kino und in Büchern wurden viel größere Heldentaten aus jener fernen Zeit berichtet. Der Vater wird gewußt haben, warum er sich nicht rühmte. Anja fühlte sich angerührt, mehr als die Erzählung ergriff sie aber, daß die alte Anna Preibisch weinte.

Anja erhob sich, setzte sich neben Anna auf das Sofa. Sie war gekommen, weil sie etwas über ihren Vater erfahren wollte, vielleicht aber auch, weil sie sich ohne ihren Vater ein wenig verlassen fühlte, weil sie Schutz suchte, nun mußte sie aber Anna in den Arm nehmen. Sie tröstete die alte Person, von der jedermann sagte, die sei hart gesotten und gerissen. Anna suchte nach einem Taschentuch. »Weißt du«, sagte sie, »Ida redet unendlich viel ungereimtes Zeug, diesmal hat sie aber recht, auch ich bin schuldig.«

»Nein, Anna. Nein!«

»Schreckliche Jahre waren das«, sagte Anna, »sie zählen in

unserem Leben, man kann sie nicht ausstreichen. Und wie gut für das eigene Gewissen, daß es in diesem Land genügend scharfe Nazis gab, richtige Verbrecher, denen man die eigene Schuld mit aufladen konnte. Weißt du, wenn Unrecht geschah, haben viele von uns bloß die Hand nicht gerührt, statt einzugreifen, nur den Mund gehalten, wenn sie ein Wort hätten sagen müssen, sich nur abgewendet, statt darauf zuzugehen, nur dabeigestanden, wenn was geschah. Sind die ohne Schuld? Mein Gott, was ist passiert wegen eines Fetzens Nessel, an den Rändern war er versengt. Wenn ich damals gesagt hätte: ›Er stammt von mir, und nun macht doch meinetwegen mit mir, was ihr wollt!‹, das Leben von manchem Menschen wäre anders verlaufen. Ich hab's nicht gesagt.«

Anja drückte die alte Frau an sich. »Das ist so lange her, das ist ja gar nicht mehr wahr, und heute, Anna, ist alles anders.«

Anna Preibisch löste sich aus Anjas Armen, rückte das Kopftuch zurecht, es war ihr verrutscht. »Wie schön für dich«, murmelte sie, dann schneuzte sie laut ins Taschentuch und sagte energisch: »Scher dich wieder auf deinen Platz!«

Anja gehorchte lächelnd. So kannte sie Anna.

»Du hast ja gar nichts gegessen«, murrte die Alte. »Das kommt von dieser unnützen Quatscherei. Ich geb dir ein paar Stullen mit für den Weg.«

Wahrscheinlich wollte sie das Mädchen lossein, sie mußte ab vierzehn Uhr am Tresen stehen, gewiß war mancherlei vorzubereiten, die Wirtschaft forderte ihr Recht. Anna schmierte Stullen, sparte nicht mit Butter und Wurst, legte plötzlich das Messer zur Seite, sie blickte Anja an. »Alles anders«, sagte sie, »na schön. Aber glaub mir, mein Kind, keinem Menschen werden sie erspart, auch heute nicht, auch dir nicht, diese Augenblicke im Leben, in denen man ganz alleine entscheiden muß: Was ist gut, und was ist böse – was ist richtig, was ist falsch.« Und nun – tatsächlich – fuchtelte sie mit dem Messer herum, es sah aus, als wollte sie dem Mädchen drohen, sie sagte: »Auch euer Sozialismus schützt vor Schuld und Irrtum nicht!«

Anja mußte lachen, sie fand die Alte närrisch.

Anna lächelte boshaft, als sie sagte: »Deinen Vater, Schätzchen, man hat ihn eingesperrt. Wen trifft die Schuld?« Sie erhob sich, ohne eine Antwort abzuwarten, beendete brüsk die Audienz, was blieb Anja übrig, sie bedankte sich für Speise und Trank. Die alte Frau winkte unwillig ab, und der fette schwarze Kater kroch unterm Sofa hervor, sprang mit einem Satz auf den Sessel und blinzelte tückisch, das sah aus, als sende er grünliche Lichtzeichen, ehe er an Anjas Stelle wieder Platz nahm, wie es ihm gebührte.

Anja öffnete achselzuckend die Tür. Sie sah sich plötzlich Fräulein Ida gegenüber, die stand im Flur, mit aufgerissenen Augen, Finger vorm Mund, und hatte natürlich hinter der Türe gelauscht. Jetzt geleitete sie das Mädchen an der Hand die Treppe hinunter, zunächst bis zur Tür, rief dort mit greller Stimme: »Auf Wiedersehen, auf Wiedersehn!«, verabschiedete sich aber gar nicht, sondern huschte hinaus und führte das Mädchen in den Garten, den eine hohe dichte Fliederhecke gegen das Haus abschirmte.

Sie zog Anja neben sich auf eine Bank.

»Du denkst womöglich, ich bin ein bißchen durcheinander. Kind, leb du mal ein paar Jahrzehnte neben einer solchen herrschsüchtigen Person, da werden dir die Nerven schwach. Womit ich nichts gegen Anna sagen will, sie ist eine nette Frau, aber damals, damals – weißt du, nach der Auspeitschung haben wir den Jungen hierher gebracht, Frau Gräfin wollte es so, die SS sollte erst mal weiterziehen, bei Anna hätte ihn keiner gesucht. Max Stephan lenkte den Leiterwagen, Strohschütte, darauf der Verletzte, er stöhnte. Ich klopfte, Anna erschien unter der Tür, neben ihr stand Irene. ›Was ist‹, fragte Anna kalt. ›Wir bringen den Jungen.‹ – ›Macht, daß ihr weiterkommt‹, rief Anna, zeigte auf Irene, ›hab ich mit der nicht schon genug Schererei? Soll ihn doch die Gräfin pflegen!‹ Nun wollte Max Stephan wissen, wohin mit dem Kerl. Da trat Anna näher, zog Daniel die Decke vom Gesicht. Sie sagte: ›Ins Haus kommt er mir nicht.‹ Ach, sie kann böse sein. ›Legt ihn dort hinten in den leeren Stall.‹ Das haben wir gemacht. Anna hat ihm später die Wunden auswaschen wollen mit Wein, Alkohol ist nicht bloß zum Trinken gut. Ich mußte die Laterne halten, war ja Verdunklung, wenn du weißt, was das ist.

Bei Gott, so was hatte ich im ganzen Leben noch nicht gesehen, so was Furchtbares, wie der Junge versuchte, auf dem Stroh nach rückwärts zu rutschen, weg aus dem Licht, in den Mauerwinkel, wie ein wildes Tier, das sich verkriechen möchte und es nicht kann. Der Junge hatte solchen schrecklichen Haß in den Augen, und er hat gefaucht wie ein Tier im Rückwärtskriechen. ›Ich bring ihn um, ich bring euch um!‹ Wie ein Verrückter: ›Ich bring ihn um!‹

Nicht nett, was ich sage, aber damals hab ich deinem Vater alles zugetraut. Sogar einen Mord!« Sie patschte ein paarmal Anjas Hand, erhob sich und huschte davon.

II

1

Horbeck und Altenstein liegen nicht weit voneinander entfernt, trotzdem war es seit jeher umständlich, von einem Dorf ins andere zu gelangen. Die Chaussee macht einen Umweg, sie sieht auf der Karte wie ein gespreizter Zirkel aus, dessen Spitzen auf die beiden Dörfer am See gerichtet sind, die Straßengabel winkelt den Mönchsbusch ein, auch Teile des Luchs, und der Pfad über den Hügel kann allenfalls mit dem Motorrad befahren werden.

Nun waren aber vor wenigen Tagen Männer mit Nivelliergerät erschienen und hatten eine Trasse vermessen, die sollte den Hügel mit der Gerichtslinde umgehen, ansonsten aber dem Weg von Dorf zu Dorf durch die Felder folgen. Das war bald nach Druskats Rede auf der Delegiertenkonferenz des Bezirkes gewesen. Die Behörde hatte ohne Verzug Geld und Material beschafft, auf dem Wege einer sogenannten Umsetzung, genauer gesagt, auf Kosten des Dorfes Horbeck, der dort vorgesehene Neubau der Dorfstraße erledigte sich durch Streichung.

Max Stephan mußte diese Entscheidung als persönliche Niederlage hinnehmen, die meisten Bauern stimmten ihr aber zu, in dem einen Dorf achselzuckend, im anderen erfreut. Es war offensichtlich, daß die neue Straßenverbindung beiden Dörfern nutzen würde, und schließlich, man hatte nach der Zeitungskampagne gar nicht lange agitieren müssen, erklärten sich die Bauern freiwillig bereit, beim Bau mit Hand anzulegen.

Das Straßenbett sei verhältnismäßig leicht zu planieren, die Asphaltierung schließlich eine Arbeit von vierzehn Tagen, versicherten die Fachleute, nur an einer einzigen Stelle müsse man mit erschwerten Bedingungen rechnen, nämlich dort, wo sich der Hügel steil aus der sumpfigen Ebene erhebt. Ausgerechnet hier lagen zwei mächtige Findlingsblöcke, die vor Urzeiten nach einem Erdrutsch zu Tale gestürzt sein mochten. Ein schmaler Pfad umwand die beiden Felsbrocken, hart am Rande des Bruchs, kaum breiter als ein Wildwechsel, über den sich sommers ab und an Verliebte tasteten auf der Suche nach einem abgelegenen und verschwiegenen Plätzchen, Gestrüpp wucherte üppig zwischen Hang und Gestein. Hier müsse man schweres Gerät einsetzen, vielleicht sogar sprengen. Die Ingenieure hatten vorsichtshalber den Untergrund geprüft und waren dabei auf ein Gräberfeld gestoßen, schwärzlich verfärbter Sand, Urnenreste. Das war nicht ungewöhnlich in der Umgebung der Gerichtslinde, dennoch hatte die Behörde in Kenntnis gesetzt werden müssen.

Eine Gruppe von Fachleuten aus der Bezirksstadt machte sich an die Bergung der Scherben, mußte aber zu ihrem Unwillen die Fundstelle wieder verlassen wegen einer beabsichtigten Exhumierung, wie es hieß, und tatsächlich legten bald darauf Genossen der Kriminalpolizei menschliche Gebeine frei, zwei Skelette, die man neben den Felsen und sozusagen mitten im vorzeitlichen Gräberfeld fand.

Es handelte sich, wie der Gerichtsmediziner ohne weiteres feststellen konnte, um die Überreste zweier Männer, etwa zwanzig- und vierzigjährig. Bald war man auch sicher, daß beide gewaltsam ums Leben gekommen sein mußten.

Die Nachricht vom Leichenfund gelangte augenblicklich in beide Dörfer und wurde mit Druskat in Verbindung gebracht, gestern hatte man ihn abgeholt. Auch wollte das Gerede nicht verstummen, einem polnischen Zwangsarbeiter sei es gegen Ende des Krieges gelungen, aus dem Lager zu fliehen und eine Zeitlang unterzutauchen, wer weiß bei wem, dennoch habe man ihn umgebracht, und zwar zur gleichen Stunde, als die Glocke von Horbeck Sturm geläutet hatte, mitten in der Nacht, und die Bauern sich aufgemacht hatten in wilder Flucht.

Wem allerdings die traurigen Überreste der zweiten Leiche zugehören mochten, konnte sich niemand denken.

2

»Warte hier«, sagte Gomolla an diesem Morgen, »sie werden dich an das Grab nicht ranlassen, es gibt da Vorschriften, weißt du.«

Max Stephan nickte stumm und suchte sich ein Plätzchen, gute hundert Meter von der Fundstelle entfernt. Durchs Gesträuch sah er die Männer hantieren. Er hockte sich auf einen Stein nieder, dachte, wie manchmal bei solcher Gelegenheit, wirst doch keinen Wolf zwischen die Backen kriegen, er rauchte sich eine Zigarette an, die schmeckte ihm aber nicht, er trat sie wieder aus.

Gomolla durfte zu seinem Ärger nur einen flüchtigen Blick in die Grube werfen.

Er war beinahe jedermann in der Gegend bekannt, nicht nur dem Namen nach, auch von Erscheinung, ein hagerer, großer Mann, schon ein wenig altersgebeugt, er mußte um die Siebzig sein, aber das Haar war noch dicht auf seinem Schädel und von einem Weiß, das sich merkwürdig ins Gelbliche färbte.

Die Genossen von der Staatsanwaltschaft kannten Gomolla, sie schickten ihn dennoch von der Fundstelle zurück, schließlich war der Mann nicht mehr im Amt, zwar noch Kreisleitungsmitglied oder in der Volkskammer, wie auch immer, seine Anwesenheit widersprach der Vorschrift. Man wies den Alten freundlich darauf hin, daß er die Spurensicherung behindere.

»Was soll's denn da noch für Spuren geben?«

Er stehe dem Mediziner im Weg, dem Fotografen und wer sonst zu tun habe mit solch diffiziler Arbeit.

»Also bitte, Genosse Gomolla!«

»Ja, ja«, er winkte ab, mürrisch, »weiß ja Bescheid.« Er dachte, verdammte Wichtigtuer, und es klang beinahe wie eine Drohung, als er sagte: »Morgen kommt Franz Markstätter zurück von der Auslandstour, von dem erfahr ich sowieso, was hier los ist.«

Nach diesem Hinweis auf seine vertraulichen Beziehungen zur Parteispitze des Bezirkes, ganz beiläufig hingesprochen wie er meinte, kroch er, auf den Krückstock gestützt, zurück durch das Gerank, plötzlich wandte er sich noch einmal um und blieb stehen. Diese beiden Felsen, er kennt sie doch – woher? Diesen heimlichen Pfad, er ist ihn schon einmal gegangen – aber wann? Er kriecht doch nicht nach Beeren durchs Brombeergestrüpp, er hat doch keine Liebste hier aufs Moos gebeten, in der Funktion, in diesem Alter – obwohl, als er jung war, noch so richtig im Saft, hat er heftig geliebt, und wenn's an einem Bett fehlte, auch im Wald, damals störten ihn die Mücken nicht, aber das war nicht hier, er hat diesen Landstrich früher nicht gekannt, er war in Ostpreußen zu Hause, Gutsarbeiter, bis der Baron ihn feuerte, und später, er geht mit dem Jahrhundert, als der Nazispuk vorüber war, ist er ein Mann in den besten Jahren gewesen, fünfundvierzig Jahre alt, aber vom Fleische gekommen und kein wilder Liebhaber mehr, die lange Zeit im KZ, damals war er kaum mehr als ein solches Gerippe, wie die da in der Grube, ein lebendiges, mit Haut bezogenes Gerippe.

Der erste Tag in Freiheit, ich werde alt, wie konnte ich vergessen, daß ich die Findlinge gesehen hab, daß ich den Pfad gegangen bin, nein, nein, ich bin geritten, ich konnte nicht mehr gehen, ich ritt in diesem widerwärtigen gestreiften Schandkleid auf einem edlen Pferd, der Junge führte es am Zügel, bis zu diesen Felsen, am ersten Tag der Freiheit, ja, so war es, jetzt erinnerte er sich genau.

Gomolla ging an Stephan vorüber, winkte bloß, der solle ihm folgen, sie kraxelten den Hang hinauf, dem Alten fiel's schwer, Stephan wollte helfen, er reichte ihm die Hand, Gomolla nahm sie nicht, die Steigung schaffte er alleine. Oben, auf der Höhe, blieb er keuchend stehen, wischte sich den Schweiß von der Stirn.

Unerträglich heiß dieser Tag.

Max Stephan scharrte mit der Stiefelspitze im Sand. »Sogar die Pfifferlinge vertrocknen.«

Gomolla zog die Jacke aus, warf sie sich über die Schulter, dann schritten die beiden Männer durch das Kusselwäldchen auf die Linde zu. Gomolla sagte: »Frühjahr fünfundvierzig, wir waren auf dem Todesmarsch, von Sachsenhausen, irgendeinem Ziel entgegen, welchem auch immer: Es hätte Tod geheißen.

Und für viele von uns war dieser Marsch schon der Tod. Wir wurden nach Norden getrieben, eine Menschenherde, wie Vieh, wir stützten einander, wir schleppten einander, wir wußten, hinter uns gingen, Gewehr im Anschlag, welche von der SS, die erschossen jeden, der vor Erschöpfung liegenblieb oder sich im Straßengraben bloß mal ausruhen wollte. Ich hatte Schreckliches erlebt, aber ... einem Kameraden nicht mehr helfen können, einen zu Tode Erschöpften den Bestien überlassen müssen, dem Fangschuß ... Es war das Schrecklichste.

Übrigens: Es ist der Wald da unten gewesen, in den sie uns am letzten Abend trieben. Wir wollten uns wach halten, die Hunde hätten uns im Schlaf niedermachen können. Wir schliefen trotzdem ein, du weißt ja nicht, was das ist, müde zu sein auf den Tod.

Nächsten Morgen, ich blinzelte in die Sonne, die Birken hatten schon Blätterchen, es war ein zeitiges Frühjahr – ich hob den Kopf, vorsichtig, ich schnupperte was, kein Feuer, keinen Rauch oder so, nein, ich schnupperte, irgendwas war anders als sonst. Sie wollten uns zu Tieren machen, das brachten sie nicht fertig, aber wie die Tiere entwickelten wir mit der Zeit einen Instinkt für das Besondere, für Gefahr oder was auch immer. Diesen Morgen witterte ich, ehe ich's durch Augenschein wußte, die SS-Hunde waren fort – tatsächlich –, sie hatten sich abgesetzt während der Nacht.

Der erste Tag unserer Freiheit war angebrochen, noch mal ein Leben beginnen können, das war ein herrlicher Tag.«

»Ja, ich weiß«, sagte Max, »du hast es uns oft erzählt, wie du losgeschickt wurdest von deinen Kameraden, auf Kundschaft: Was ist los, wo sind die Freunde, wo treibt sich womöglich noch Wehrmachtsgesindel herum, wo gibt's was zu fressen? Du bist losgegangen und hast den anderen gefunden, er lag am Rande des Waldes, mit dem Gesicht zur Erde, und du hast zuerst gedacht, er ist tot – mein Freund Daniel.«

Stephan dachte, die Alten erzählen immer dieselben Geschichten, mein Schwiegervater auch, leider sülzt der bloß dußliges Zeug, Gomolla wiederkäut historische Erlebnisse, ich kenn sie aber alle, warum denn jetzt der Todesmarsch, jetzt möchte ich nämlich wissen: Was hat die Kripo aufgedeckt? Zwei Skelette in der Grube, wieso denn zwei?

Gomolla achtete nicht auf Stephans Ungeduld. So, dachte er flüchtig, das weiß er also schon. Und dachte wieder an diesen Tag im Frühling, an die Stunde, als er seine Kameraden zurückließ.

»Verhaltet euch ruhig, diszipliniert, so wie wir das gewohnt sind, gerade jetzt!«

Er sah sich, wie er durchs Unterholz schlich, Zweige beiseite bog, die Lichtung überquerte, er äugte wie ein Wild in jede Himmelsrichtung, kein Mensch zu sehen, kein Feind, kein Freund, still war dieser Morgen, beinahe sonntäglich.

Er wagte nicht, die Straße zu gehen, er drang wieder in den Wald ein, jenseits der Lichtung, wollte den Hügel erklimmen – denselben Hügel, den sie jetzt überschritten.

Beinahe wäre er damals über den Jungen gestolpert. Der lag bäuchlings im modrigen Vorjahrslaub, wie tot. Gomolla hockte sich nieder, drehte den Menschen um, das Gesicht wollte er sehen. Der Mensch hatte ein Kindergesicht, mager und bleich, er schreckte aus dem Schlaf, riß die Augen auf, starrte ihn entsetzt an, den Hohläugigen, den Kahlschädligen.

»Ich tu dir ja nichts«, sagte Gomolla und mußte ein bißchen lachen, »wovor hast du Angst?«

Der Junge lag im Laub, das Gesicht jetzt abgewandt, als könne er den Anblick des Gestreiften nicht ertragen, er sagte kein Wort.

»Bist du aus der Gegend?«

Der Junge nickte, rappelte sich auf und klopfte die Kleidung ab, seine Sachen waren abgetragen und ärmlich, was suchte er allein in diesem Wald, er sah sich um, immer noch ängstlich, gewiß wollte er davonlaufen.

Ich muß wie ein Gespenst ausgesehen haben, zum Fürchten, dachte Gomolla, außerdem hatten sie den Kindern weisgemacht, und nicht nur denen, die in den Häftlingskitteln seien alle Schwerverbrecher, Mörder und anderes Lumpengesindel.

Der Junge lief nicht davon. Ein paar Schritte entfernt, an einem Stämmchen, jetzt sah es Gomolla, war ein Pferd festgebunden, es wieherte, als sich der Junge erhob, tänzelte, riß wild am Strick.

»Gehört es dir?«

Der Junge nickte.

Gomolla lobte die Schönheit des Tieres, dann sagte er dem Jungen, wer er sei, woher er käme, daß er Hilfe holen wolle für die Kameraden, deshalb müsse er ins nächste Dorf.

»Willst du mich führen?«

Der Junge schüttelte den Kopf.

»Warum nicht?«

Endlich stammelte das Bürschlein, also hatte es doch eine Sprache: »Nicht ins Dorf, nein! Da müssen schon die Russen sein, die Russen!«

»Was Besseres könnte uns nicht passieren«, meinte Gomolla und fragte noch einmal: »Wovor hast du Angst?«

Der Bengel blieb wieder stumm, Gomolla verwunderte das nicht. Verstocktheit, Fassungslosigkeit oder Furcht schienen ihm damals begreiflich, solche jungen Menschen wußten nicht mehr aus und ein, da war nun, wie sie es wohl oft gesungen hatten, alles in Scherben gefallen, ihre ganze Welt – und wie nun weitermarschieren?

Er sagte dem Jungen, nirgends wäre er sicherer als bei ihm, man dürfe nur nicht der SS in die Arme laufen, müsse auf verschwiegenem Pfad ins Dorf gelangen, er, Gomolla, sei nicht ortskundig, brauche also einen Lotsen.

Der Junge war endlich bereit. Aber nach einer kleinen Strecke Weges konnte Gomolla nicht weiter. Bis zum Abend vorher hatte er sich Hunderte von Kilometern über Landstraßen schleppen müssen und hatte das ausgehalten, schon fühllos der Körper, nur noch vom Willen beherrscht, du mußt, und nur ein Gedanke, der an den nächsten Schritt, jetzt, nach durchschlafener Nacht und in Freiheit, war er mit einem Male so erschöpft, Mann von fünfundvierzig Jahren, und in einem Zustand, großer Gott, der Junge mußte ihn aufs Pferd heben.

So waren sie durch den Wald gezogen, der Alte hoch zu Roß, der Junge, der die Zügel hielt, das muß komisch ausgesehen haben.

Gomolla ritt durch einen Frühlingswald, silbriggrau die Stämme der noch unbelaubten Buchen, sie kamen ihm wie unendlich hohe Säulen vor, die bis an den blauen Himmel reichten, es ist schon was dran an diesem Wort von einem Waldesdom, und wohin er auch blickte, zu seinen Füßen Buschwindröschen, Buschwindröschen, ein Teppich, verschwenderisch vor ihm ausgebreitet, weißlich und rosa und grün.

Er mußte sich krampfhaft am Kopf des Pferdes halten, sonst hätte er wohl die Arme gebreitet, er mußte vorsichtig sein, sonst hätte er wohl in den Wald gebrüllt: Ich bin am Leben, Mensch, ich lebe! Und für eine Weile war er sich beinahe wie Jung-Siegfried vorgekommen, der mit dem Knappen heimwärts zog. Aber den hatten sich die Nazis, wie so vieles andere auch, unter den Nagel gerissen, also wollte er sich lieber wie Budjonny fühlen. Er fühlte sich aber plötzlich hundealt und krank, das Mistvieh von Gaul rüttelte ihn durch und durch, der Hintern tat ihm weh, er mußte ja auf den Knochen reiten.

»Junge, ich kann nicht mehr!«

Da waren sie aus dem Buchenwäldchen in sumpfiges Gelände geraten, hier roch es nach Moder, nach Verwesung und Tod. Jetzt ging es ein wenig bergan, durch Gestrüpp.

»Junge, halt an, sonst fall ich vom Pferd!«

Da waren die beiden Felsen. Damals hat er sie zum erstenmal gesehen, die Findlingsblöcke.

Was hatte der Junge, er trieb den Gaul zur Eile, wollte an den Felsen vorüber – »Halt an!« –, warum stellte der Junge sich taub, er rannte wie um sein Leben, zerrte das Pferd, es stolperte, stakte, stieß ihn wund. Gomolla vergaß alle Vorsicht, ihm war, als werde er gemartert, er brüllte: »Halt, du Idiot!« und stöhnte: »Führ den verdammten Gaul an den Felsen!« und dachte, von diesen Steinen kann ich wie von einer Treppe steigen, er tat es auch.

Die Rast bei den Felsen.

Ach, Gomolla fühlte sich wie erlöst, er rieb sich den Hintern, entschuldigte sich für sein Geschrei. Der Junge war mit einemmal zittriger als am Anfang ihrer Begegnung, Gomolla sah, wie er die Hände vors Gesicht schlug und weinte. Gomolla mußte lachen. »Hab ich dich so erschreckt?«

Dann fragte er: »Hast du Zigaretten?«

Der Junge nickte bekümmert, fingerte schluchzend in seinen Taschen nach der Schachtel – jawohl, dabei rutschte ihm die Pistole aus der Hose. Verflucht, das Kerlchen war bewaffnet, hätte ihn umnieten können.

»Weißt du was«, sagte Gomolla, »das ist kein Kinderspielzeug.« Er nahm die Waffe an sich, untersuchte das Magazin, schau an, zwei Kugeln fehlten.

»Woher hast du das Ding?«

»Gefunden.«

Sicher die Wahrheit, überall lag dieses Zeug in der Gegend herum, weggeworfen von türmenden Soldaten, der Kleine wollte sich als Mann aufspielen, na, was sonst?

Er fragte den Jungen ein bißchen aus. Wo lebten seine Eltern? Er hatte keine mehr, das war traurig, und er war herumgestoßen worden von den Leuten, der Junge sollte mal überlegen, was andere ertragen mußten, in den Zuchthäusern und den KZ. Aus Wolynien kommt er, ach, Gomolla weiß nicht genau, wo das liegt, aha, da hinten – dann kann er vielleicht ein paar Brocken Russisch? Kann er tatsächlich, großartig, er wird Gomollas Dolmetscher sein.

»So, und nun laß die Flennerei. Kein anständiger Mensch braucht mehr Angst zu haben, wir werden die Angst aus der Welt schaffen, du und ich.«

Bei dem Felsen, dort unten, hart am Rande des Luchs, hatte er den Jungen beruhigt. Dann haben sie sich an das Dorf herangepirscht. Der Junge schlich als Späher davon, duckte sich hinter Hecken und Zäune, kam später, aufrecht gehend zurück, winkte schon von weitem: Die Bauern sind fort, und die Polen sind frei, und die Russen sind da!

Gomolla umarmte den Bengel in seiner Freude, dann riß er einen Birkenzweig ab, weiß der Teufel warum, ihm ist so gewesen, weil es Frühling war, vielleicht hat er auch an den Ersten Mai gedacht. Und er ist schließlich, einen Zweig schwenkend, in Horbeck eingeritten, wie weiland Herr Jesus in die Stadt Jerusalem.

Gomolla war mit Jubel empfangen worden, die sowjetischen Genossen erkannten an seinem roten Winkel sogleich, wer er war, erdrückten und zerrissen ihn fast und führten sich tatsächlich so auf, als hätte er für sie den Krieg gewonnen.

Er wurde vor den Kommandanten geführt, blutjunger Sowjetoffizier, wohl kaum über Zwanzig.

Damals betrat er zum erstenmal Schloß Horbeck, das zinnenbewehrte. Spruch überm Eingangsportal eingemeißelt. »Virtuti fortuna cedit«, buchstabierte er und hob die Schultern, wohl lateinisch, kann er nicht, er beherrscht überhaupt keine fremde Sprache, Einklassenschule hat er besucht, nicht einmal regelmäßig, er mußte als kleiner Junge schon mit hinaus auf die Felder.

Daniel wußte, was der Spruch überm Sandsteinportal bedeutete: »Dem Tüchtigen gehört das Glück.«

Wie man's nimmt! Gomolla betrat den Feudalsitz der Grafen zu Horbeck und dachte, von heute an würde ihnen das Glück gehören, den Arbeitern, das Schloß würde ihnen gehören und die Macht und die Arbeit natürlich auch, und hatte damals schon eine Ahnung, wie schwer es sein würde, das Glück zu erkämpfen und die Macht zu behaupten, aber er dachte wohl nicht, daß er sein Leben lang damit zu tun haben würde.

Der Junge bewährte sich von der ersten Stunde an. Welch ein Zufall, daß er ihm begegnet war, ausgerechnet diesem Jungen. Er war sein Mittelsmann, denn er übersetzte, was der junge Kommandant zu fragen hatte und was Gomolla zur Antwort gab. Der Offizier war besorgt, Gomolla dürfe sich nicht von der Stelle rühren, njet, drohende Gebärde, nicht zurück in den Wald. Man wird sich um seine Kameraden kümmern.

Eine Stunde später sind sie dagewesen.

Und am Abend haben sie ein Fest gefeiert, die Häftlinge, die ehemaligen Zwangsarbeiter aus Polen und die sowjetischen Soldaten. Rabatz in allen Sälen, ein mächtig loderndes Feuer im Freien, Ochse am Spieß, Brokatsessel werden auf die Terrasse gezerrt, zerlumpte Elendsgestalten heben kristallne Pokale, tanzende Soldaten, Gesang, Gesang ... Der junge Daniel wird als Held gefeiert, er hat ihn und die Kameraden den Befreiern zugeführt, und die Polen erzählen, wie er für einen der Ihren auf dem Bock hat büßen müssen.

Wofür?

Daniel will nichts davon wissen. Warum nicht?

Sie sind angetrunken, wer verträgt denn noch was, sie taumeln schon alle, da geschieht es, drei oder vier Polen stürzen sich auf den Jungen, packen ihn. Daniel wehrt sich, schlägt um sich, er brüllt: »Laßt mich los!« Es nutzt ihm nichts, sie schleppen ihn zum Feuer, sie reißen ihm die Kleider vom Leib, so haben es die von der SS gemacht. Da steht er, fast nackt, sie drehen ihn gewaltsam mit dem Rücken zur Glut. »Seht seine Narben!«

Sie küssen den Jungen, sechzehn Jahre, noch ein halbes Kind und hat schon erdulden müssen, was mancher Mann nicht ertrug.

Und später, Gomolla sträubt sich, nein, ich trinke keinen Wodka mehr, nein, ich kann nichts mehr essen, der Magen wehrt sich gegen übermäßige Freundlichkeit, und man singt auch schon viel zu traurige Lieder, Bandonium, schluchzende Stimme eines Tenors – mir ist zum Kotzen ... Später fand er den Daniel auf der Freitreppe, unter solch dicklicher Sandsteinfigur, da hockte der Junge, Kinn auf den hochgezogenen Knien, und heulte schon wieder.

»Warum bloß, mein Junge, warum?«

»Weil alles vorbei ist.«

Das war freilich ein Grund zum Heulen, dem Gomolla war auch beinahe so. Er klopfte Daniel auf die Schulter.

»Ist ja gut, alles ist gut, mein Junge.«

Nach ein paar Tagen wurde die Kommandantur in die Kreisstadt verlegt, die Polen fuhren nach Hause, und als schließlich auch die Kameraden davongezogen waren – lebt wohl, Genossen, ich muß bleiben, ich übernehm die Regierung im Dorf –, als er von all seinen Freunden, den alten und neuen, Abschied genommen hatte, kamen die anderen zurück, die Bauern mit ihren Familien, sie betraten das angestammte Dorf und ihre Häuser zögernd und scheu und beinahe wie Fremde.

Als die Frau Gräfin Horbeck verließ, waren auch sie davongelaufen, kopflos wie eine Hammelherde, der Herrin nach, mit Pferd und Wagen, mit Sack und Pack, sinnlose, heillose Flucht aus lauter Russenangst und Furcht vor Vergeltung – lieber Gott, überlaß uns den Amerikanern, bei Schwerin soll noch ein Loch in Richtung Westen offen sein.

Vor dem vermeintlichen Loch hatten sich flüchtige Nazitruppen und flüchtende Leute zusammengeknäult, liegengebliebene Geschütze und zerbrochene Pferdewagen verkeilt, rettungslos das Durcheinander – der Sack war längst zu.

Die Frau Gräfin, ihre Patronin, auf schnellem Fahrzeug,

von der Totenkopfbande eskortiert, konnte gerade noch auf die andere Seite entweichen.

Nun kamen sie zurück, zu Fuß, verlustig der Habe, das nackte Leben hatten sie gerettet.

Geschieht euch recht, ich kann kein Mitleid haben mit den Verbündeten des Adelspacks.

Er, Gomolla, neuernannter Bürgermeister von Horbeck, empfing die Heimkehrer anderntags auf der Freitreppe des Schlosses, und neben ihm stand Daniel, sein Adjutant.

Damals sah er sie alle zum erstenmal: Max Stephan, keine Siebzehn, aber bereits in diesem Alter eine Großschnauze, wenn sich Gomolla recht erinnert, Hildchen, die Hübsche, süßes Mädchen, blondzopfig, Krüger, den ehemaligen Ortsbauernführer, wo mag er die SA-Hosen gelassen haben? Er sah sie an, die eingesessenen Hinzes und Kunzes, in seinen Augen waren alle Scheißer, er fühlte so, aber der Verstand sagte ihm, daß sie, bis auf wenige, Verbündete der Klasse waren.

Freilich mußten sie dazu erst erzogen werden. Und das hat er ja dann auch getan.

Bald zogen Umsiedler im Dorf ein, er brachte sie im Schloß unter, requirierte, als es vollgestopft war, Räumlichkeiten in den Bauernhäusern, gnadenlos. »Was heißt gute Stube, Herr Krüger? Hier zieht Frau Sacher mit ihren drei kleinen Mädchen ein. Und wenn Sie es an Freundlichkeit fehlen lassen, zieh ich Ihnen die SA-Hosen wieder an. Verstanden?«

Fünf Jahre alt, Rosemarie, die älteste der Sacher-Töchter. Heute kann er nicht mehr Hoppe-hoppe-Reiter mit ihr spielen, sie ist Frau Doktor, damals hat das Biest ihm Fragen gestellt, die schwer zu beantworten waren: »Onkel Gomolla, warum hat der Mond keine Beine?«

Ach ja, die Schwestern Preibisch. Ida, die kleine Wirre mit dem Unschuldsblick. Und Anna, damals um die Fünfzig, wie sagt man, Spuren einstiger Schönheit im Gesicht, jedenfalls ein stattliches Weib und gewiß noch eine Sünde wert, ein paar Jahre älter als er, nun ja, so ausgehungert, man war wenig wählerisch.

Sie lud ihn ein, er sagte zu – Daniel erzählte ihm, was die Frau getan und riskiert hatte in der schlimmsten Zeit –, mein Respekt, Frau Anna! Zum Wohl! Zuerst Gespräch über die Zeitläufte, später mehr Persönliches: Was denn, eine so schöne Frau und nicht verehelicht und so weiter und immer weiter, und noch ein Schnäpschen, nach und nach war Frau Anna die Witwenkutte zu eng geworden, er half ihr beim Knöpfen, dann aber – was heißt denn, er hatte nicht gekonnt –, er hatte nicht gewollt, er reagiert nämlich in jeder Hinsicht politisch, und da hing doch tatsächlich ein Bismarck-Bild an der Wand!

Jetzt ist er Siebzig, weiß das Haar und aus der Traum. Je älter der Bock, desto steifer das Horn – das ist auch so eine Sache mit den Volksweisheiten.

Wie kommt er bloß auf solche Gedanken?

Die beiden Felsen da unten im Grund, die beiden Skelette, die Rast an den Felsen seinerzeit, der zitternde Junge, zwei Kugeln fehlten im Magazin.

Daniel hatte was auf der Seele, irgendwas schleppte er mit sich herum, das war auch später so. Gomolla hatte gedacht, der Junge ist grüblerisch von Natur, verschlossen, immer, wie soll man's nennen, von etwas Seltsamem umweht, von Schwermut oder auch ein bißchen Traurigkeit – die Weiber hat's angezogen, sie flogen auf ihn. Und manchmal, wenn er den Jungen nicht begreifen konnte, hatte er auch gedacht, der wird von diesem Stephan beeinflußt und nicht zum Guten, das ist sicher.

3

Gomolla schlenderte neben Max Stephan durch das Kusselwäldchen auf die Linde zu, er betrachtete Stephan verstohlen von der Seite.

Das war nun ein Landarbeiterjunge, von Geburt der Klasse zugehörig, aber der hatte was in sich – rücksichtslose Kraft –, der Mensch mußte seinem Schicksal auf den Knien danken, daß er hierzulande seine Meister fand, was wäre sonst aus dem geworden: ein Unternehmer, ein Industriemanager womöglich, ein Millionär, eine verlorene Seele für den Sozialismus. Nun, solange er's vermochte, hatte Gomolla dafür gesorgt, daß Stephans Bäume nicht in den Himmel wuchsen, und Daniels Entwicklung lag ihm immer am Herzen, er erinnerte sich an ein Gespräch, das sie miteinander führten, es wird wohl siebenundvierzig gewesen sein, ja, siebenundvierzig – er räumte gerade das Gemeindebüro, suchte seine Habseligkeiten zusammen, man hatte ihn nämlich zum Ersten Kreissekretär von Weran berufen, ein gewisser Priskoleit, sein Schreiber, sollte ihm als Bürgermeister nachfolgen, fraglich, ob sich der Mann würde durchsetzen können. Und was sollte aus Daniel werden in dem Nest? –

Der Junge half ein wenig beim Packen, als Gomolla plötzlich den Zeigefinger gegen Daniels Brust richtete und sagte: »Du kommst mit nach Weran, ich bring dich bei Leuten unter, bei Genossen. Du bist achtzehn, es ist Zeit, daß du was Vernünftiges lernst, Lokschlosser wäre nicht schlecht. Hier in Horbeck treibst du nur dummes Zeug.«

Sie hatten doch tatsächlich, Stephan und der Bengel, nachts einen Leiterwagen auseinandergenommen und Rad für Rad, Teil für Teil, über Krügers Dachfirst wieder montiert, sogar mit Dung beladen, ohne daß es einer im Hause gewahr wurde. Als der Alte morgens vor die Türe trat, um nach dem Wetter zu schauen, wollte er den Augen nicht trauen: Auf seinem Dach stand eine Riesenfuhre Mist. Krüger spie Gift und Galle, im Dorf lachte man Tränen. Gomolla hätte sich vielleicht auch ein Lächeln abringen können, aber der Streich war leider nicht politisch motiviert, nein, die Knaben wollten auf diese seltsame Weise der Tochter des Hauses imponieren.

Damals diente Daniel zu Gomollas Verstimmung als Knecht auf Krügers Hof, angeblich, weil er dort sein edles Pferd aufs beste versorgen könne. Und in seiner Freizeit trieb er sich mit diesem Stephan herum. Sie hatten sich sogar zu Technikern entwickelt und aus einem Benzinkanister unter Zuhilfenahme von allerlei Röhren und Schrauben eine Destillationsanlage zur Gewinnung von Rübenschnaps gebastelt, die einwandfrei funktionierte. Man feierte rauschende Feste in Horbeck, Gomolla hielt es anfangs für Aufbaufröhlichkeit, immer lustig, unsere Menschen, dachte er, wahrhaftig, bis ihm Anna Preibisch die Augen öffnete. Das Unternehmen der beiden Knaben, äußerte sie besorgt, kollidiere auf das gefährlichste mit dem Spritmonopol des Staates. Von wegen, die Sorge betraf wohl mehr Frau Preibischs eigenes Geschäft, ihr sanftes Alkolatzeug zeigte sich der Konkurrenz jenes scharfen Gesöffs, das unter der Hand vertrieben wurde, in keiner Weise gewachsen. Gomolla war außer sich geraten, hatte die Destillationsanlage vernichten lassen und die beiden Übeltäter mit harter Geldbuße belegt.

»Also«, sagte er, »mein Junge, du spielst nicht länger Knecht bei Krüger, du kommst mit nach Weran, dort wird sich die Arbeiterklasse deiner annehmen.«

Daniel machte ein trauriges Gesicht.

»Ich biete dir eine herrliche Perspektive«, rief Gomolla aufgebracht, »und du tust, als wollte ich dir ans Leben.«

»Ich will in Horbeck bleiben«, antwortete der Junge, »hier gefällt es mir, hier hab ich endlich mal Freunde, gleichaltrige«, setzte er hinzu und ahnte nicht, wie tief er Gomolla verletzte. Der war enttäuscht von Daniel, aber schließlich, dessen Vormund war er wirklich nicht.

»Du wirst es bereuen«, orakelte er beim Abschied, und tatsächlich, so ist es auch gekommen.

Der dumme Kerl diente um die blonde Hilde, so ähnlich wie dieser biblische Mensch, Jakob hat er wohl geheißen, um die Tochter eines reichen Schafzüchters gedient hatte und schließlich doch betrogen worden war. Und Stephan mehrte inzwischen jenes Neubauerngütchen, das seine alte Mutter bei der Bodenreform in Horbeck gelost hatte.

Nun, Gomolla behielt den Jungen im Auge, befragte hin und wieder Priskoleit, und so erfuhr er schließlich, Daniel habe das Pferd, sein Pfand, wie er immer gesagt hatte, an den alten Krüger verkauft, mit dem Geld eine Kurbelwelle eingehandelt, über dunkle Kanäle, vermutlich von Klöckner aus Westberlin, woher denn sonst! Die Kurbelwelle wurde einem Schrottbulldog eingesetzt, und nun betrieben die beiden Freunde, es war nicht zu glauben, eine Art Privat-Maschinen-Ausleih-Station, montierten später sogar, diese Teufelsbraten, eine Kreissäge, schnitten Langholz für das Neubauernbauprogramm, nannten beides, Fuhrbetrieb und Sägewerk, »Nachbarschaftshilfe«, tarnten sich also fortschrittlich. Gomolla konnte nicht einschreiten, später kamen aber alle möglichen Leute über Land gefahren, Schieber, Spekulanten und Holzdiebe, um bei Stephan und Co. arbeiten zu lassen, die Firma achtete nicht auf amtliche Freigabescheine und führte im übrigen auch keine Bücher. Da schlug Gomolla zu mit der Arbeiterfaust, ließ das Freundespaar mit einer Steuernachzahlung belegen, die sich gewaschen hatte. Wenn ihr Burschen schon Geschäfte macht, dann tragt die Konsequenzen!

Den Daniel knöpfte er sich extra vor, sehr ernsthaftes Kadergespräch, im Gegensatz zu Stephan war der Bengel nämlich Genosse und sollte sich, müßte man annehmen, ausgekannt haben in der Klassenfrage.

»Junge«, rief Gomolla und beschwor eine furchtbare Vision, »du bist auf dem besten Wege, dich zum Kapitalisten zu entwickeln. Begreifst du das nicht?«

Der Junge erschrak, stammelte zu seiner Entschuldigung, die Arbeit habe ihm so viel Spaß gemacht.

Unklarheiten, Unklarheiten! Gomolla delegierte seinen jungen Genossen unverzüglich auf die Kreisparteischule Weran, das muß Anfang der fünfziger Jahre gewesen sein.

Gomolla erinnerte sich, daß Daniel mit Widerwillen anreiste, sich aber schließlich bald begeistern ließ, es machte ihm Spaß, für ein Vierteljahr in einer Gemeinschaft von Gleichgesinnten zu leben. Ab und an besuchte er Gomolla des Abends, stellte hundert Fragen: Kollektivierung? – alles zu seiner Zeit, nicht den zweiten Schritt vor dem ersten tun, sieh den Zusammenhang, ach, die Grundzüge der Dialektik, nein Junge, es ist eben kein Zufall, wenn dir ein Ziegelstein auf den Kopf fällt, sondern und so weiter. Der Alte erinnerte sich, daß ein geselliger Abend den größten Eindruck auf Daniel machte, einer der Kursanten war nämlich Lehrer von Beruf, und dieser Mann hatte vor den Genossen Heines Wintermärchen rezitiert ... »Wir wollen hier auf Erden schon das Himmelreich errichten.«

Drei Monate später, wieder in Horbeck, kündigte Daniel die Teilhaberschaft am Sägewerk auf und versuchte seinem Freund klarzumachen, welch edle Ziele sie beide, Arbeiterkinder, zu erstreben hätten. Stephan begriff seinen Kompagnon nicht, er fühlte sich verraten und getäuscht: »Dann woll'n wir mal sehn, wer rascher zum Ziel kommt!«

Dem alten Krüger war ein Schwiegersohn mit eigenem Traktor gerade recht, viel lieber jedenfalls als der junge Genosse Druskat. Die schöne Hilde, erzählte man, soll bittere Tränen geweint haben, aber hatte man von des reichsten Altbauern Töchterlein wirklich erwarten können, daß sie ein geordnetes Elternhaus verlassen, ein Erbe ausschlagen würde, um Daniel auf ein verkommenes Gehöft zu folgen – Daniel, das war ein Parteiauftrag, mußte nämlich Treuhänder eines verwahrlosten Hofes in Horbeck werden, den hatten die Besitzer ausgeplündert, ehe sie über die Grenze gingen. Nein, sie wiesen ihn ab, kühl der Alte und tränenreich die Tochter. Ein Glück für den Jungen.

Ja, Gomolla hatte oft gedacht, Daniel sei in schlechte Gesellschaft geraten, vielleicht hatten die Krügers noch andere Gründe, Druskat den Korb zu geben. Was wußten sie von Daniel?

4

Sie schritten an diesem Sommertag der Gerichtslinde zu, schwerfällig, auf seinen Stock gestützt der Alte, Stephan trotz seiner Massigkeit auf leichten Füßen.

Gomolla blieb stehen. Er sah Stephan eindringlich an. »Wer sind die beiden Toten?«

Stephan öffnete den Mund wie ein törichtes Kind, dann legte er die Hand aufs Herz, und erst nach einer Weile sagte er: »Das fragst du mich?«

Gomolla richtete die Spitze seines Spazierstockes auf Stephans Brust. »Du weißt mehr, als du sagst!«

»Gar nichts weiß ich!« Stephan packte Gomollas Stock und riß ihn ärgerlich zur Seite.

»Ja, ja«, sagte Gomolla, »Daniel hat auch nichts gewußt. Aber ich werde sehr bald wissen, was sich vor mehr als fünfundzwanzig Jahren dort unten bei den Felsen zugetragen hat, verlaß dich drauf!«

Sie gingen weiter und waren bald unter der breitkronigen Linde angekommen, genossen den Schatten an diesem glutheißen Tag. Gomolla wischte sich mit dem Handrücken die schweißnasse Stirn, dann sah er, beide Hände auf die Krücke gestützt, hinunter auf die Dörfer.

»Schönes Land«, sagte er, »uraltes Siedlungsgebiet – da, die Betonklötze, kannst du mal sehen, wie der Bauer heutzutage lebt, wenn auch nicht überall – und da, das Horbecker Schloß, hundert Jahre älter, 'ne ganz andere Zeit – und dort, schäbiger Mauerrest, Wüstekirche, vor vierhundert Jahren zerstört – und überall in der Erde des Hügels die Reste alter Kulturen, ein paar Scherben, ein bißchen Totenbrand, ein paar brüchige Knochen. Einmal, du hast sicher davon gehört, haben sie eine blaue Perle in der Asche gefunden, zweitausend Jahre alt, was meinst du?«

»Ich versteh nichts von Archäologie«, sagte Max.

»Zweitausend Jahre, schätz ich«, sagte Gomolla, »ich muß mich mal genau erkundigen.

Ich weiß ja nicht mal, ob die vom Straßenbau einen slawischen Friedhof entdeckt haben oder einen von den alten Germanen, die liegen um die Linde so dicht beieinander, in der gleichen Erde, die Toten. Mal haben sich die einen hier behauptet und mal die anderen, und nun finden wir zwischen ihren Gräbern Leichenreste aus jüngster Zeit.

Wie seltsam das ist.

Slawen und Germanen, die haben einander verdrängt von ihren armseligen Siedlungsplätzen, die verstanden eben nichts von Agrokultur, wenn der Landstrich abgewirtschaftet war, schlug ihr Häuptling erst mal auf seinen Schild, und dann zogen sie los und schlugen sich die Schädel ein, hatten aber bald einen Namen für Totschlägerei.

Also, das weiß ich genau, darüber hab ich gelesen: Vor sieben- oder achthundert Jahren, damals saßen gerade die Slawen hier, kam Heinrich der Löwe mit seinen Reisigen bis in diesen Landstrich geritten und hat die Slawenstämme ausgerottet mit Feuer und Schwert – im Namen des Christentums. Das wurde dem Mann von der Geschichtsschreibung früher hoch angerechnet, weil sein Vetter, der Kaiser Rotbart lobesam, sich dauernd in Italien herumtrieb und im sogenannten Heiligen Land, und viel lieber die Sarazenen totschlug als die heidnischen Slawen – das hat man ihm übel vermerkt in den Annalen ... Was wollte ich sagen?«

»Weiß ich doch nicht«, sagte Max ein wenig ungeduldig und dachte, was kümmern mich die alten Slawen und Germanen, der Landstrich gehört zweifelsfrei zu meiner LPG, und ein polnischer General hat uns letztes Jahr einen Freundschaftsbesuch gemacht, leider war ich gerade krank, und nun wird Hildchen auf uns warten, sie war verdammt bibberich heute morgen, ich bin losgefahren und habe Gomolla geholt, ich will wissen: Was ist mit Daniel los? Wie kommt der Alte dazu, mir den Spazierstock auf die Brust zu setzen? Und nun hält er zu allem Überfluß noch Vorträge über Geschichtsphilosophie. Ich sollte ihm in die Parade fahren, dachte Max, er sagte aber nach einem sanften Augenaufschlag: »Du warst gerade bei den Sarazenen«, und blickte Gomolla treuherzig an.

Der kam gar nicht auf den Gedanken, daß sich ein vierzigjähriger Knabe über ihn lustig machen könnte.

»Richtig«, meinte er, »ich wollte sagen, sie hatten bald einen Namen für den Völkermord. Früher nannten sie es Christianisierung, später Rettung des Abendlandes oder Bewahrung vorm Bolschewismus, wie auch immer, in Wahrheit geschahen die Mordzüge um der Reichtümer willen, die man den Erschlagenen entriß, um ihrer Äcker und Schätze willen, und ich komm ja bloß drauf wegen der vielen Toten in diesem Hügel und weil das so seltsam ist, daß da welche liegen seit zweitausend Jahren und welche seit zweieinhalb Jahrzehnten, und weil so lange, von damals bis in unsere Zeit, die Menschenschlächterei auf diesem Boden angedauert hat.

Eine blaue Perle war in der Totenasche, wir haben sie gefunden, ein winziges Funkelding, mir kommt's wie ein Zeichen von Hoffnung vor – was bleibt von uns?

Fünfundzwanzig Jahre, eine winzige Zeitspanne, da begreift man, wie gewaltig das ist, was wir in diesem Land versuchen. Wir haben seit fünfundzwanzig Jahren Frieden, wir haben dafür gesorgt, wir, und nicht die auf der anderen Seite mit ihrem Pop und Beat und diesem ganzen bunten und billigen Kram.

Sollte man da nicht jedem aufs Maul klopfen, der herummeckert, weil uns dieses und jenes noch nicht so richtig gelingt?

Warum sagst du nichts?«

»Bitte?« Max wandte sich um, und Gomolla richtete wiederum die Spitze seines Spazierstockes gegen Stephans Brust. Der spielte jetzt den Eingeschüchterten, hob die Arme wie einer, der sich ergeben will, und stammelte: »Interessant, was du entwickelst, also ehrlich, Gustav, da kann ich nur sagen, so ist es, Genosse Gomolla!«

Gomolla senkte den Stock, und Stephan, mit unverschämtem Lächeln, ließ die Hände sinken.

Gomolla sagte: »Wenn es bei uns nicht so viele Arschlöcher gäbe wie dich, die nur auf eigenen Vorteil aus sind, dann hätten wir manche Schwierigkeit nicht. Du bist mir ein Held, stur wie ein Germanenhäuptling, übrigens siehst du genauso aus, und du hast auch einen Namen für deine beschränkte Dorfpolitik, wie nennst du es, Spaß am Sozialismus?«

»Jawohl«, sagte Max Stephan erbittert, »der Sozialismus soll Spaß machen, und die Zeit, denk ich, ist längst vorbei, wo jeder Hinweis auf einen Mangel gekontert wurde mit der Bemerkung, daß die Gesellschaft einen unerhörten Fortschritt gemacht hat seit den alten Germanen.«

Und wie manches Mal hielt Stephan nicht Maß, er vergriff sich in den Worten, er sagte tatsächlich: »Du bist zufrieden, wenn genügend rotes Fahnentuch produziert wird, aber ich sag dir, die Leute haben Sehnsüchte, zum Beispiel nach blauen Perlen, nach solchen kleinen Funkeldingern, von denen du unentwegt redest – hübsche blaue Perlen gibt's noch zu wenig bei uns, wenn du begreifen kannst, was ich damit meine.«

Gomolla neigte auch ein wenig zum Komödiantischen, in dieser Hinsicht war er Stephan ähnlich. Er blickte in den Himmel und seufzte: »Was haben wir da für eine Generation herangezogen? Niemals werd ich mir verzeihen, daß ich dich in die Partei aufgenommen habe.«

»Es ist passiert«, rief Max gereizt, »und nun wollen wir endlich zur Sache kommen. Ich hab dich hergeholt, weil ich wissen möchte: Was ist mit Daniel los? Und ich versteh nicht, warum du mit mir ins Gericht gehen willst! Es geht nicht um mich!«

Gomolla ließ sich umständlich am Stamm der Linde nieder, er blickte spöttisch zu Stephan empor. »Ach«, sagte er, »mit dir hat das alles nichts zu tun?«

Gomolla dachte an das Jahr neunzehnhundertsechzig, damals, im Frühling, hatte er Daniel nach Weran in die Kreisleitung beordert, weil es zum Himmel stank im Dorfe Horbeck, und Max Stephan, das Großmaul, hatte sehr wohl damit zu tun, wie sich bald herausstellte.

Feines Zimmerchen, Gomollas Büro, Streifentapete, richtige Wohnzimmergarnitur, poliert, Schreibtisch, Rauchtisch, Polstermöbel, fahnentuchbespannte rote Ecke. Zugegeben, die Ersten Sekretäre sind heutzutage eleganter eingerichtet, da reden ja diese Innenarchitekten mit, bestimmen die Farben der Vorhänge, der Wände und so weiter, die Sache mit dem Weltniveau, auch was den Geschmack betrifft. Damals waren Latexfarben, PVC-Kram und Schaumgummizeugs noch nicht erfunden, ein Erster Kreissekretär hauste altmodischer und gemütlicher, möchte Gomolla heute meinen, und vielleicht hatte er, seinerzeit auch strenger regiert, könnte sein.

Jedenfalls Druskat war zum Gespräch eingeladen, oder – bitte schön, er will offen sein sich selbst gegenüber – Druskat sollte der Marsch geblasen werden, das war nötig, verdammt noch einmal, sozialistischer Frühling überall, und die Parole lautete, nicht ganz auf die Jahreszeit abgestimmt: Der Apfel ist reif! Aber Horbeck, ausgerechnet das Nest, in dem Druskat die Partei vertrat, war zu der Zeit ein Zentrum des Widerstandes. Da schlag die Arbeiterfaust dazwischen!

Gomolla erinnerte sich, wie Daniel damals vor ihm stand. Er musterte den Kerl: Wie sieht er bloß aus, viel zu mager, immer noch kein richtiger Mann, muß aber dreißig sein oder schon darüber, dieser Jüngling, Augen verschattet wie bei einem, der es zu toll im Bette treibt, aber da soll sich nicht mehr viel abspielen, die Frau ist krank, er wird 'ne andere haben, einen moralischen Schaden, auch das noch womöglich, was zehrt denn sonst an ihm, der wird sich doch nicht überarbeiten, dann müßte die Genossenschaft besser dastehen, wie sieht der bloß aus, der Anzug umschlottert den Menschen geradezu, zerzaust das Haar, so sieht doch kein Kämpfer aus.

Daniel sagte: »Guten Tag, Gustav!«

Von wegen Gustav, heute keine Kumpeltour und keinerlei Vertraulichkeit, mein Lieber, die Lage ist ernst.

Gomolla grüßte zurück, eiskalt. »Tag, Genosse Druskat.« Schneidende Stimme, der Bursche sollte wissen, was die Glocke geschlagen hat.

Luise hätte es auch begreifen müssen, sie stand in Druskats Rücken, Gomollas Sekretärin, die grauhaarige, die gute

Seele, aus Halle stammte sie, eine alte Genossin und eine Schreibmaschinenkünstlerin dazu. Gomolla hätte ihr das Prädikat »Ideale Mitarbeiterin« zuerkennen müssen, aber das konnte er nicht, weil Luise neben all den Vorzügen leider Eigenschaften besaß, die er mißbilligte. Sie mischte sich beispielsweise mit Selbstverständlichkeit in Angelegenheiten, die ihre Zuständigkeit nicht betrafen, sie kritisierte ihn außerdem völlig ungeniert, nun, Gomolla ist keinesfalls gegen Kritik, aber was soll es, wenn er eben eine Rede gehalten hat und das Podium verläßt, von Beifall geradezu umbraust, Luise aber sagt: »Du hast auch schon besser gesprochen, Genosse!« Zum Beispiel!

Jetzt stand sie also bei der Tür und hätte längst die Tür hinter sich schließen müssen. Gomolla, zornigen Blicks, winkte ihr unmißverständlich zu, sie übersah die Winke, ihre Apfelbäckchen wölbten sich im Lächeln auf und glänzten, sie sagte in gemütlichem Mitteldeutsch: »Ich mach euch erst mal 'n steifen Kaffee!«

»Nicht nötig!« Gomolla sagte es mit Nachdruck, es war ein Befehl, aber Luise widersprach: »Nun, der Genosse Druskat hat eine tüchtige Fahrt hinter sich, er sagt gewiß nicht nein.«

Druskat, mit Blick auf Gomolla, meinte unsicher: »Ja, ich weiß nicht.«

Luise fragte liebenswürdig: »Tasse oder Kännchen?«

Daniel hob abwehrend die Hand. »Ich will keine Umstände machen.«

Aber Luise meinte mit freundlichem Lächeln: »Ach geh.« Und ging und reckte im Gehen den Hals auf herausfordernde Weise und warf Gomolla über die Schulter einen Blick zu, der sollte wohl bedeuten: So nicht, Genosse!

Wie sie auch gedacht haben mochte, mit ihrem Geplausche um Kaffeekocherei, um Tasse oder Kännchen, verdarb sie Gomolla bereits den ersten Zug der Eröffnungspartie gegen den Genossen Druskat.

Gomolla war an diesem Tag von heiligem Zorn erfüllt, er

hatte sich vorgenommen, dem Druskat nicht einmal einen Stuhl anzubieten, nach Luises Freundlichkeitsausbruch überwand er sich aber zu einer Geste der Höflichkeit, er deutete auf einen Sessel: »Nimm Platz.«

Dafür erhob er sich jetzt zu voller Größe. Er stand hinter dem Schreibtisch und sagte, kann sein, er hat es in seinem Ärger mit einer Spur von Hohn gesagt: »Warum die Dörfer vollgenossenschaftlich werden müssen, hab ich euch allen neulich dargelegt, du hast es offenbar nicht begriffen. Das ärgert mich! Ich hab immer noch was für dich übrig, deshalb veranstalten wir jetzt ein internes Seminar!«

Und dann schlug er ihm die Argumente, die einleuchtenden, noch einmal um die Ohren: Die Industrie, große sozialistische Betriebe, entwickle sich planmäßig, die Landwirtschaft stagniere, warum? Weil die Grenze dessen erreicht sei, was man mit herkömmlicher Wirtschaftsweise schaffen könne, das sei so ähnlich wie weiland mit dem Segelschiff, nicht wahr, man habe umsteigen müssen auf Dampfbetrieb. Und wer hindere die Gesellschaft am Umsteigen? Die Privatbauern, dreißig Prozent, und leider, leider sind es die erfolgreichsten Landwirte, die pfeifen auf die LPG und blockieren den gesellschaftlichen Fortschritt.

Seltsam, seltsam, ging's ihm durch den Kopf, jetzt, elf Jahre später, ist das mit den reichen Genossenschaften ebenso.

Starker volkseigener Sektor in der Industrie, starker Privatsektor in der Landwirtschaft – und die Folgen: Disproportionen, Widersprüche in der Volkswirtschaft. Dieser Situation müsse man begegnen, nun, und wie? Mit revolutionärem Schwung selbstverständlich, und deshalb stehe das vollgenossenschaftliche Dorf auf der Tagesordnung.

Dies erklärte er also, dozierend und, wie er meinte, auf volkstümliche Weise und, wie gesagt, vielleicht mit einer Spur von Hohn. Er sah, daß sich Druskats Gesicht mehr und mehr verfinsterte, und als Gomolla seine Rede mit den Worten endete: »Hast du es jetzt kapiert?«, sprang der Bursche auf, mit funkelnden Augen. Gomolla dachte, der sieht ja aus, als suche er nach einem Beil, um mir das Schädeldach zu spalten.

Druskat fauchte: »Das weiß ich alles, Mensch, erspar dir, einen Überzeugten zu überzeugen!«

Und nun brüllte Gomolla: »Aha! Du bist also nicht zu dämlich, du bist bloß zu feige, dich in Horbeck durchzusetzen!«

Gerade in diesem Augenblick betrat die verfluchte gute Luise mit einem Tablett das Büro, stellte die Tassen auf dem Tischchen zurecht und sagte: »Nehmt nur Platz. Gustav, du trinkst wohl auch ein Täßchen.«

Diesmal war sie allerdings entschwunden, bevor Gomolla »raus!« brüllen konnte.

Sie setzten sich an den kleinen Tisch, Daniel mit einem Achselzucken. Das kann Gomolla leiden, wenn ein erwachsener Mann wie ein Knabe bockt – er stöhnte, er verspürte gewisse Atemnot, die Auseinandersetzung mit Daniel erregte ihn, er nippte mürrischen Gesichts an Luises Gebräu, es war ihm zu heiß und zu bitter, er befahl aber dem Druskat: »Trink!«

Der Mensch trank nicht, er sprach auch nicht, er starrte vor sich hin.

Ach, diese jungen Genossen, dachte Gomolla, man braucht sie bloß anzublasen, gleich sind sie beleidigt.

Er, Gomolla, hatte sich Empfindlichkeit längst abgewöhnen müssen, sogar Entwürdigung ertragen müssen während der Nazijahre, anders hätte er nicht überlebt. Und heute? Trotz seiner Verdienste wurde er oft genug von seiner Bezirksleitung kritisiert, er konnte sich nicht erlauben, eine Fresse zu ziehen wie dieser Daniel. Gomolla wußte, daß ihm Fehler unterliefen, und hatte gelernt, dafür geradezustehen. Es war nicht einfach, einen Kreis mit komplizierter Struktur anzuleiten, im Staatsapparat mangelte es manchem an Mut zu selbständiger Entscheidung, wegen jedem Dreck wurde bei Gomolla angefragt, nun gut, das war sein Beruf, aber verflucht, manchmal fühlte er sich überfragt, mußte sich auf

Fachleute verlassen können, nehmen wir mal die Wirtschaftliche Rechnungsführung, Kontrolle durch die Mark oder ähnliche Geheimwissenschaften, er verstand sich auf die großen Zusammenhänge. Jetzt hatte die Partei beschlossen: Die Dörfer müssen vollgenossenschaftlich werden! Das war eine Aufgabe nach Gomollas Herzen, das bedeutete nämlich Revolution.

Gewiß, man mußte die Bauern überzeugen, geduldig, sehr geduldig, durfte aber Geduld nicht überstrapazieren. Es ging um die Macht? Also würde es notfalls gestattet sein, der freien Entscheidung zum Eintritt ein wenig nachzuhelfen – Gomolla würde es nicht Druck nennen, nein, die Minderheit mußte sich der Mehrheit unterordnen, das war nicht einmal undemokratisch, und übrigens, wie hatte im heroischen Jahre achtzehn der rote Soldat dem nörgelnden Intellektuellen die Grundfrage erläutert, nachzulesen bei John Reed: »Brüderchen. Es gibt zwei Klassen, und wer nicht auf der einen Seite steht, der steht auf der anderen.«

Und wer in der Klassenauseinandersetzung versagt, wie dieser Daniel, mußte sich Kritik gefallen lassen, aber der Junge war übersensibel. Andere Taktik.

Gomolla erhob sich und trat vor die Kreiskarte, sie bedeckte die Rückwand des Zimmers hinter seinem Schreibtisch.

»Schau mal her«, sagte er, »so ist die Lage. Fast alle Dörfer sind vollgenossenschaftlich, da und dort wird noch agitiert, sitzt noch einer, der seinen Hof verbarrikadiert hat, sich dem Fortschritt entgegenstemmt, alles Kleinigkeiten, aber hier – ja, schau genau hin, Horbeck, dein Dorf, ein regelrechtes Widerstandsnest. Jetzt will ich wissen, warum das so ist!«

Der braucht mir nicht zu erzählen, die Lage sei kompliziert in Horbeck, das weiß ich allein, die LPG kämpft mit Schwierigkeiten, mußte devastierte Höfe übernehmen, die Besitzer hatten sie regelrecht ausgeplündert, ehe sie nach dem Westen türmten, jedes verkommene Feldstück wurde der Genossenschaft aufgehalst, die Arbeit ist schwer, der

Verdienst niedrig, kein Anreiz für den Eintritt, das weiß ich alles, aber der Hase liegt woanders im Pfeffer. In Horbeck, ich bin ja nun schon lange fort, haben sich offenbar ein paar reaktionäre Strolche gruppiert. Die Namen will ich wissen, Name und Hausnummer – und dann schlag die Arbeiterfaust dazwischen.

»Los, Junge, red schon.«

Daniel sagte: »Der beste Bauer in Horbeck ist Max Stephan, anerkannte Herdbuchherde, 'ne Menge Diplome, Meisterbauer, er hat Autorität. Wenn der unterschreibt, dann treten die anderen auch ein.«

»Na, dann aber nichts wie drauf!« rief Gomolla und dachte an die Sache mit dem Kettenglied, hier würde man beim dicksten zuschlagen müssen, um die Kette in Horbeck zu sprengen.

Gomolla blickte Daniel an, dreißig Jahre, der Kerl, immer noch traurige Augen, wie damals, als er ihn im Wald gefunden hatte vor fünfzehn Jahren, so lange ist das schon her.

Daniel sagte: »Ich hatte einen einzigen Freund, Max Stephan, wir sind zusammen jung gewesen, wir haben alles geteilt, bis auf das Mädchen, weißt du ...«

»Ja und – ja und?« Gomolla wurde ungeduldig.

Daniel sagte: »Es fällt mir schwer, gegen Stephan mit Gewalt vorzugehen, verstehst du, ihn womöglich vom Dorfpolizisten beim Roten Dorfkomitee vorführen zu lassen, ich bring das nicht fertig.«

Gomolla sagte: »Mir bricht das Herz – das ist aber ein Konflikt.«

»Ja«, sagte Daniel, »das ist ein Konflikt. Und du schaffst ihn nicht aus der Welt, wenn du mich zusammendrischst. Überhaupt, deine Methoden!«

Tatsächlich, das Kerlchen wagte, ihn zu kritisieren, brauste auf. »Ich hab gehört, was du veranstaltet hast ... Bauer Schmidt, hier stehen zwei Stühle, der eine bedeutet Krieg, der andere Frieden – bitte, wählen Sie! Das sind nicht meine Methoden, das mach ich nicht. Ich bitte dich, laß mir noch ein paar Tage Zeit, damit ich Max Stephan rumkriegen kann auf unsere Seite. Oder nimm mich fort von Horbeck.«

»Nein«, sagte Gomolla, »du mußt dich in Horbeck schlagen, das wird dir niemand ersparen, und die Kampfmethoden werde ich bestimmen.«

Er mußte sich zusammennehmen, sonst wäre er wieder aus der Haut gefahren, und er war überzeugt, daß es notwendig sei, den Genossen Druskat hart anzufassen. Und übrigens, damals ist ihm schon mal der Gedanke gekommen, es könnte mehr hinter der Sache stecken als eine alte Freundschaft, da hätte vielleicht irgendwer irgendwen in der Hand, er hat seine Erfahrungen, und was heißt das, etwas nicht übers Herz bringen um einer alten Freundschaft willen. Gomolla hatte es lernen müssen, hatte es gekonnt, ohne mit der Wimper zu zucken und ohne viel im Herzen zu spüren, er hatte manchen Menschen aufgeben müssen, der die Klasse verriet, sogar einige, ganz wenige, die seine Kameraden waren im KZ – und was ist das, mein Lieber, gegen eine Jugendfreundschaft? –, sind auf die andere Seite gewechselt, ich kenn euch nicht mehr, ich will mich auch nicht mehr erinnern, jetzt seid ihr meine Gegner, unsere Feinde. Zu viele, Tausende, haben mit dem Tod bezahlt für ihre Klassentreue, da soll ich Wochen ringen können um die Seele eines dicken Mittelbauern, da soll ich dich verstehen können, Daniel?

Gomolla hat Briefe gelesen, Genossen schrieben sie in der Stunde vor ihrer Hinrichtung, einer schrieb: »Vergeßt uns nicht. Wenn ihr in Freiheit seid, vergeßt nicht, jede Schwäche kann wieder unser Blut kosten.«

Nein, keinen von ihnen wird Gomolla vergessen, keinen von den Gehängten, Geköpften, Verschollenen, irgendwo Verschwundenen – nicht einen! Er gestattet sich keine Schwäche, und er wird auch Druskat Schwäche nicht gestatten.

Gomolla sagte: »Ich habe meine Erfahrungen. Wo sich revolutionäre Entwicklungen so verzögern wie in Horbeck, da ist meistens was faul, da ist oftmals was ungeklärt, da wirkt manchmal noch irgend etwas aus der Vergangenheit.

Du schaffst es nicht allein. Ich werde dir helfen. Ich werde nach Horbeck kommen und dem einen oder anderen Strolch die SA-Hosen wieder anziehen vor der Öffentlichkeit. Und du wirst mein Adjutant sein wie früher. Leider muß ich heute zur Berichterstattung fahren, kann erst morgen gegen Mittag in Horbeck sein. Also, sag nicht, ich hätte dir keine Chance gegeben. Du hast noch vierundzwanzig Stunden Zeit, die Bauern nach deiner Methode zu überzeugen!

Morgen mittag, punkt zwölf, meldest du, Horbeck ist vollgenossenschaftlich! Hast du es bis dahin nicht geschafft, steige ich höchstpersönlich in den Ring.«

Ja, so war es, Daniel hatte sich in Horbeck nicht durchsetzen können, heute ahnt Gomolla, warum: die beiden Felsen da unten, die beiden Skelette, zwei Kugeln fehlten im Magazin – irgendeiner hat Druskat in der Hand gehabt, vielleicht dieser Stephan, weiß von nichts, behauptet er, war aber damals Wortführer der Gegenpartei. Das muß vor einer Ewigkeit gewesen sein, seit Jahren ist der Mensch Vorsitzender der erfolgreichsten Genossenschaft im Bezirk, ein bekannter Mann, zwar ist sein Ruhm zur Zeit etwas angedunkelt, Druskat hat dem Stephan schwer zu schaffen gemacht. Jetzt ist Daniel ausgeschaltet, nun wird der Dicke zeigen können, wer der wahre Meister ist.

Gomolla zollt zwar jeder Leistung Respekt, trotzdem kann er den Kerl nicht leiden, hat ihn schon seinerzeit nicht leiden können, diesen Kraftprotz, wahrhaftig, die Zeitungsschreiber genieren sich nicht und nennen den einen »Haudegen des Sozialismus«, bloß weil er eine Menge Milch und Eier produziert, mit eigenmächtigen Methoden.

Damals, in der Kreisleitung zu Weran, war's auch um Stephan gegangen. Gomolla hatte dem Druskat eine Chance gegeben, in Wahrheit allerdings ein Ultimatum gestellt. Nun, das sind eben die Feinheiten der Politik.

Zum Abschied hatte er Druskat die Hand gegeben und gesagt: »Hau ab, und schlag dich gut bis morgen mittag. Übrigens, unten im Hof wartet der Agitationswagen, den nimmst du gleich mit, der hat hübsche Walzerplatten am Lager, macht Stimmung im Dorf.«

Und dann, Daniel stand bereits an der Tür, kam Gomolla mit einemmal der Sinn für die Feinheiten der Politik abhanden, er merkte es im Augenblick, ärgerte sich furchtbar, aber da hatte er es schon ausgesprochen, weiß der Teufel warum, vielleicht empfand er, daß er zu grob gewesen war, vielleicht wollte er um Verständnis werben für die eigene Situation, jedenfalls hörte er sich sagen: »Mensch, du weißt doch, ich bin der älteste Kreissekretär im Bezirk. Kannst du nicht begreifen, daß ich als erster melden möchte, meine Dörfer sind vollgenossenschaftlich?«

Er sah, daß Daniel nickte, ganz wenig, wie einer, der sagen möchte: Ach so!

5

Gomolla und Stephan hockten immer noch im Schatten der Linde. Schöner Blick auf das Land, die Felder, die fernen Dörfer, und man kann den Weg sehen, wie er sich zu Tale windet bis zu den ersten Häusern von Horbeck.

Gomolla sagte: »Spätestens neunzehnhundertsechzig hätte ich begreifen müssen, daß mit Druskat irgend etwas nicht stimmt, er setzt sich endlich durch, dir gegenüber und vor dem ganzen Dorf, er besiegt dich, aber er will weg von Horbeck um jeden Preis. Seltsam, nicht wahr?«

Stephan schaute auf die Uhr. »Du, ich glaube, wir müssen, gehen. Hildchen wartet.«

»Du erinnerst dich nicht gern an neunzehnhundertsechzig?«

»Turbulentes Jahr.«

»Kann man wohl sagen. Du weigerst dich bis zuletzt, in die Genossenschaft einzutreten, und als du es endlich tust, beinahe gezwungenermaßen – wirst du zum Vorsitzenden gekürt. Merkwürdig, findest du nicht?«

»Es war Daniels Vorschlag.«

»Daß du darauf eingegangen bist?!«

»Ach, weißt du«, sagte Stephan obenhin und schob mit dem Zeigefinger den Hut aus der Stirn, »ich hab's eigentlich schon immer mit gewissen Sprüchen gehalten, nach denen ich handle.«

»Der Sozialismus soll Spaß machen«, Gomolla sah Stephan spöttisch an.

»Ja«, sagte Max, »aber damals hatte ich einen anderen Spruch: Es hat keinen Zweck, gegen den Strom zu schwimmen. Ich laß mich aber nicht gerne mit dem großen Strom treiben, ich bin eine lustbetonte Type, weißt du doch, ich kann überhaupt bloß tun, was mir Spaß macht, also sagte ich mir, du mußt dich an die Spitze setzen, paar kräftige Stöße, vorn war ich.« Er lachte.

Gomolla lachte auch, die vielen Fältchen um seine Augen verzweigten sich, er sagte: »Wie wäre es, wenn du mal erzähltest, wie es tatsächlich war? Hast du wirklich nichts gewußt von den beiden Leichen am Felsen, und hast du dieses Wissen nicht gebraucht zu deinem Nutzen – damals?«

Stephan wendete langsam den Kopf hin und her, dann strich er, im Nachdenken, mit dem Daumennagel über die Oberlippe.

Gomolla hatte recht, er erinnerte sich nicht gern.

Jeder Mensch weiß, was das ist: sich schämen. Manchmal dauert es eine Weile, bis einen der Schauder packt, bis man plötzlich begreift, du hast einen Menschen im Stich gelassen oder verraten, du hast eine Gemeinheit begangen, das warst du, so warst du einmal, und du warst nicht immer wie heute – bloß nicht dran denken.

Man verdrängt die häßliche Erinnerung, weiß schließlich nichts mehr davon, so wie man sich an manchen Traum beim besten Willen nicht erinnern kann, er scheint gestrichen, ausgebucht aus dem Gedächtnis, aber seltsam, so ein Menschenhirn arbeitet wie ein Computer, es speichert, und plötzlich, wie auf Abruf, ist gegenwärtig, was man vergessen wollte.

Gomolla fragte nach dem Frühjahr neunzehnhundertsechzig, Gomolla rief ab, und Stephan, ob er wollte oder nicht, er mußte sich erinnern.

An der Linde hatten sie sich getroffen, Max und Daniel. Als junge Kerle waren sie oft hier oben gewesen, hatten unter dem Baum gehockt, so wie er jetzt neben Gomolla hockte, freilich hatten sie von anderen Dingen geredet, von Mädchen, und wie man es am besten anstellt, beim Küssen eine Hand ins Kreuz, da wo es endet, ach du lieber Gott, und von ihren Träumen, und wie sie sich die Welt einrichten wollten.

Hier an der Gerichtslinde war später ihr Treffpunkt gewesen, als sie selbstgebrannten Schnaps an die Altensteiner verschoben, in den wilden Jahren nach fünfundvierzig, keine Hochzeit ohne ihren Rübenschnaps, Junge, Junge, das waren noch Zeiten.

Aber die Zeiten ändern sich, und kein Mensch bleibt, wie er ist, nichts ist von Dauer, auch die Freundschaft nicht, einer geht dahin, der andere nach dort, obwohl man im selben Dorfe haust, man geht sich aus dem Wege – Daniel ist ihm aus dem Wege gegangen.

Aber dann, nach langer Zeit, in jenem Frühling, hatten sie sich noch einmal an der Gerichtslinde getroffen, die alte Freundschaft ließ sich freilich nicht beschwören, im Gegenteil, sie trennten sich als erbitterte Feinde.

Es ist gegen Abend gewesen, Max ritt auf stolzem Pferd über die Koppeln. Damals war er schlanker, erst dreißig Jahre alt, es kümmerte ihn einen Dreck, daß im Dorf geredet wurde, wer so zu Pferde säße wie er, offenbare reaktionäre Gesinnung, dies sei Gutsherrenart. Gewäsch, er ritt über die Koppeln, das machte ihm Spaß, er setzte, hei, in kühnem Sprung über Zäune und Hecken hinweg, und nun, leichter Schenkeldruck: eil dich, den Hügel hinan, bald hatte das Pferd die Kuppe erklommen.

Näherreitend erkannte Max ein Motorrad, an den Stamm der Linde gelehnt, eine Karre wie vom Schrott, was sonst, LPG-Eigentum.

Dann sah er, wie sich Daniel aus dem Grase erhob, wie er wartend unter der Linde stand, schwarze Mähne vom Wind zerwühlt, gibt sich lässig, der Junge, aber Fäuste wahrscheinlich tief in den Taschen geballt. Nun zeig mir doch mal die Fäuste!

Er ritt ganz dicht an Daniel heran, zügelte das tänzelnde Pferd, tätschelte es, ruhig, ruhig, spielte ein bißchen Zirkus, genoß es einen Augenblick, auf den anderen hinunterzusehen, der hob ihm das Gesicht entgegen, Stirne zerfaltet, blinzelnde Lider, die Abendsonne wird ihn blenden oder die Erscheinung des Reiters, oder verzieht der in Mißbilligung das Gesicht, na und wenn?

Max schwang sich aus dem Sattel, federnder Absprung, Handschlag, er konnte sich Großmut leisten, weit ausholend schlug er seine Pranke gegen die Hand des Druskat, kräftiger Druck, wie in den Tagen der Freundschaft, wie unter Männern, die was voneinander halten und sich gern begrüßen, nachdem sie sich lange nicht treffen konnten.

Max hielt den Kopf ein wenig schräg, als er dem anderen ins Gesicht blickte, lächelnd selbstverständlich, aber die Brauen erhoben, unmöglich, keine Ironie zu zeigen, denn die Situation war mehr als pikant, der Chef der Dorfarmut hat den reichsten Bauern bestellt, nicht an den fahnentuchbespannten Tisch vor das Revolutionstribunal, sondern zur Linde, an die Stätte der Erinnerung, einmal sind wir Verschworene gewesen, aber schon wegen Hilde haben wir uns das erstemal in die Haare gekriegt, eine Männerfreundschaft hält bloß, solange die Weiber nicht im Spiele sind, nur einer von uns konnte der Platzhirsch sein.

Ein Klatscher dem Gaul auf das Hinterteil, troll dich.

»Also«, sagte Max, »was ist?«

Er schlenderte, Reitgerte in der Hand, bis zu den Steinen, nach denen sich die knotigen Wurzeln der Linde tasten, der andere ging hinter ihm. Ob's dem nicht in den Pfoten juckt, mir eins über den Schädel zu haun, besser, ich schau mich mal um, Blick über die Schulter zurück, Augen hat der Kerl, mit solchen fanatischen Augen hat sich Max diesen Mönch vorgestellt, diesen Savonarola, eines Tages hatten sie den verbrannt.

Sie hockten sich auf die Steine, der eine dem anderen gegenüber. Daniel fiel es offenbar schwer, das Gespräch zu beginnen, er suchte nach Zigaretten, klopfte vergeblich seine Taschen ab. Max hielt ihm seine Packung hin.

»Ich weiß ja nicht, ob du die Sorte rauchst, stammen von deinem Klassenfeind. Wir haben 'ne alte Tante im Westen.«

Dann rauchten sie beide.

Max starrte Daniel herausfordernd an, der sah dem Rauch der Zigarette nach, bis er endlich sagte: »Wir sind mal Freunde gewesen ...« Max dachte, Angriff ist die beste Verteidigung, er unterbrach ihn schon im ersten Satz. »Ich hab mich nicht von dir zurückgezogen. Du meidest mein Haus, du wirst es wohl müssen.

Also neulich hab ich eine Geschichte gehört, da kriegte einer in Weran Schwierigkeiten mit der Partei, junges, kräftiges Kerlchen, weil er was hatte mit einer Bäckermeisterstochter.« Stephan hob die Hand, und dann drohte er mit dem Zeigefinger: »Kein Verkehr, es sei denn unter Klassengenossen, du verstehst.«

Daniel tippte sich gegen die Mitte der Stirn. Dann sagte er: »Du weißt, wie ich in dieses Dorf gekommen bin und wie ich hier gelebt habe und daß mir die Freundschaft mit dir was bedeutet hat, eine ganze Menge. Nun bist du ja ein anderer Mensch als ich, du handelst ohne Rücksicht, wenn es nur zu deinem Vorteil ist ...«

Max meinte: »Weiter, weiter.«

Und Daniel sagte: »Du wirst gar nicht verstehen können, daß ich mich bis jetzt zurückgehalten habe um unserer Freundschaft willen.«

Max mußte lachen. »Du hast mich unter Druck gesetzt.«

»Bis jetzt nicht«, sagte Daniel, »aber das kann sich natürlich ändern.«

»So, so«, meinte Max, »es geht also erst los!«

Daniel sagte: »Ich hab immer gehofft, du würdest begreifen, worum es heutzutage geht, in jeder Zeitung kannst du darüber lesen, im Radio kannst du es hören, wenn du den richtigen Sender hast, ich hab es oft genug erklärt.«

Das hatte er wirklich getan in den Bauernversammlungen. Mensch, damals ist was los gewesen, keiner im Dorf, der nicht gekommen wäre, gerammelt voll die Halle des Schlosses, denn es wurden Sachen verhandelt, die gingen jeden an, es ging um die Höfe, um ererbten oder neuerworbenen Besitz, um jahrhundertealte deutsche Bauerntradition, die sollte von einem Monat auf den anderen abgeschafft werden zugunsten der Kolchose.

Max erinnerte sich, wie Daniel hinter dem fahnentuchbespannten Tisch stand, leicht vornübergebeugt – der kann ja nicht reden ohne Zettel –, Hände mit gespreizten Fingern, wie tastend, aufgestützt. Die Rede strengte ihn an, das war zu sehen, jeden Satz mußte er überdenken, übrigens, das machte er nicht schlecht, er war kein brillanter Rhetoriker, wird wahrscheinlich nie einer werden, so wie er – er, Max, ist zu flammender Rede fähig –, nein, Daniel sprach mit leidenschaftsloser Eindringlichkeit, sozusagen wissenschaftlich, lieferte Argument auf Argument, warum der Kleinbetrieb überholt sei, die sogenannte Handtuchwirtschaft, warum dem Großbetrieb die Zukunft gehöre und so weiter ..., redete also angestrengt, aber einer, irgendwo in den hintersten Reihen, quatschte halblaut dazwischen, sang gewissermaßen die zweite Stimme, mit Hohn, deutlich abgesetzt von der ersten, machte dauernd: hört, hört – so, so – ach, nein – na, aber – und na, so was – und von wegen –

Daniel stand immer noch da, Hände auf den Tisch gestützt, vornübergebeugt, sein Blick, so von unten herauf, ging suchend über die Menge hin, und natürlich mußte der Junge weiterreden, mußte weiter agitieren, er wollte sich nicht aus dem Konzept bringen lassen, man sah ihm deutlich die Anstrengung an, schweißnaß die Stirn, aber er redete – und einer brabbelte also dazwischen: hört und ach nee, während vom Sozialismus die Rede ist, von freundlicher Zukunft, von Befreiung der Frau und, wie zu erwarten, jetzt gackerten ein paar Frauen los und bald darauf überall unterdrücktes Gekicher im Saal.

Und nun endlich, Halsadern zornig aufgeschwollen, schlug Daniel die Faust auf den Tisch und brüllte in den Saal: »Wer ist das?«

Atemlose Stille, Spannung.

Und noch einmal: »Wer war das?«

Und wer erhob sich träge, rekelte sich langsam, langsam vom Stuhle hoch, bis er dastand, schaut her, ein Mann wie ein Turm – er, Max Stephan.

Da stand er und machte sein Schafsgesicht und sagte nach einem Augenaufschlag: »Ich.«

Die Menge hielt erst den Atem an, und dann, ein Massenseufzer, früher, im Mittelalter muß das so gewesen sein, wenn die Menge das Blutgerüst umstand und wohl so seufzte im Augenblick, da der Henker das Beil erhob.

Jetzt geschieht es, die beiden, aufgepaßt, sie werden sich zerfetzen!

Jeder konnte sehen, Daniel richtete sich aus der gebeugten Haltung auf, stattlicher Mann, der auch, jetzt holte er Luft, tief, tief, und starrte das Schafsgesicht an, wie lange, gewiß minutenlang.

Dann geschah es.

Daniel pustete die Luft wieder aus, sagte: »Ist aber nicht richtig«, fuhr sich mit der Hand hinter den Hemdkragen, reckte ein paarmal nervös den Hals und dann, als wär gar nichts gewesen, weiter im Text, der frohen Zukunft entgegen.

Max mußte sich wieder setzen, war diesmal nichts mit der Schau, ja, Daniel wagte halt nicht, sich in aller Öffentlichkeit mit ihm einen auszustoßen.

Er hatte ihn, in aller Heimlichkeit, zur Stätte der Erinnerung bestellt, zur alten Linde, deren Blätterdach, lang, lang ist's her, ein Freundespaar überwölbte.

»Entschuldige«, sagte Max zu Daniel, »was sagtest du gleich? Ich hab im Moment nicht richtig zugehört.«

Daniel sagte: »Du bist ein ziemlich starker Mann, aber du überschätzt dich, du kannst dich einer unvermeidlichen Entwicklung nicht entgegenstemmen.«

Max fragte: »Und an der Spitze dieser unvermeidlichen Entwicklung in Horbeck stehst du?«

»Ja.«

»Siehst du«, sagte Max, »das macht es mir so schwer, die Entwicklung für gut zu halten.«

Daniel lächelte ein wenig. »Immer witzig«, sagte er, »aber jetzt wird es ernst, Max. Du mußt unterschreiben.«

»Ich denk nicht dran!«

Daniel erhob sich, ließ die Zigarette zu Boden fallen und trat sie umständlich aus, er sagte: »Bis heute hab ich gehofft, du würdest es nicht zum Äußersten kommen lassen. Ich hätte es Hilde auch gerne erspart. Aber du läßt nicht mit dir reden. Nun muß ich dich behandeln, wie man die Beschränkten und Uneinsichtigen in allen Dörfern behandelt.

Vor deinem Hause wird der Lautsprecherwagen auffahren, verrammle die Tore, schließ die Läden, verstopf dir die Ohren, es wird nicht zu überhören sein, daß ich vor deinem Hause aufspielen lasse, flotte Weisen, Marschmusik, zum Gaudium für das Dorf. Die Kinder werden zusammenlaufen, die Neugierigen, und alle zehn Minuten dröhnt meine Stimme aus dem Lautsprecher: Hier spricht das revolutionäre Dorfkomitee. Bauer Max Stephan, die Stunde der Entscheidung ist gekommen!

Auf diese humorige Weise werde ich die Festung sturmreif schießen. Du hast dich oft genug auf meine Kosten lustig gemacht. Mir gefällt nicht übel, daß ich dich auch mal lächerlich machen kann. Du zwingst mich dazu.«

Das sagte Daniel im Plauderton und, wie es Max schien,

mit einem hämischen Lächeln. Er dachte noch, darauf versteht er sich also auch, der Hund, auf diesen gemeinen Zynismus, aber dann mußte er schlucken, die kalte Wut stieg ihm bis in den Hals, denn nun brüllte Daniel: »Aber dann ist der Spaß vorbei, und wenn es sein muß, laß ich dich von der Polizei aus deinem Bau holen und bis vor meinen Tisch schleppen!«

Max' Reitgerte fuhr zischend durch die Luft, am liebsten hätte er die Gerte dem Daniel durchs Gesicht gezogen, er beherrschte sich nur noch mühsam.

»Die kalte Drohung«, sagte er, »gefällt mir schon besser als das ganze Geschwätz von Freundschaft und von Freiwilligkeit. Und nun sollst du von mir ein paar Wahrheiten hören. Wir sind gleichaltrig, wir hatten die gleichen Chancen. Ich bin meinen Weg gegangen, du einen anderen, leichteren, glaube ich, Gomollas Schützling, Partei, Parteischule, so kann man Karriere machen, aber was ist aus dir geworden! Der Chef einer Herde von Nichtskönnern, Faulpelzen, sogar Säufern – oder ist es nicht wahr, daß du neulich wieder einen Melker davonjagen mußtest, daß euer Vieh verkommt –, ein Sauhaufen deine LPG, und ein Hohn der Name ›Frohe Zukunft‹.

Ich hab wie ein Tier geschuftet und bin zu was gekommen, zu einem Hof, hundert Morgen groß, ich hab ihn hochgewirtschaftet und durchmechanisiert bis in die Knopflöcher. Vielleicht klingt es großkotzig, aber es stimmt, ich hab mit dreißig Jahren beinah schon so was wie ein Lebenswerk vollbracht. Und das soll umsonst gewesen sein?!

Weißt du noch, wie wir gerätselt haben, was über dem Portal von Schloß Horbeck eingemeißelt steht. ›Dem Tüchtigen gehört das Glück.‹ Der Satz ist besser als eure neuen Sprüche, er stimmt. Und du verlangst, daß ich mein Glück den Untüchtigen opfere? Nein!«

Er wendete sich um nach diesen Worten, ruckartig, er ging zu seinem Pferd. Aber Daniel lief ihm nach mit ein paar Schritten und legte ihm die Hand auf die Schulter.

»Wart noch!«

Max stand eine Weile regungslos, spürte den anderen hinter seinem Rücken, fühlte sich unbehaglich und schielte schließlich nach dieser Hand auf seiner Schulter wie nach etwas Unheimlichem, das ihn anrührte. Vielleicht dachte er sogar an die Hand des Gesetzes, die da nach ihm faßte, er schüttelte die Hand schließlich ab, drehte sich nach Daniel um. Sie standen dicht voreinander.

»Nichtskönner, nennst du sie«, sagte Daniel, »Faulpelze, weil sie nicht solche Bullen sind wie du. Du kennst sie doch alle, 'ne Menge Frauen, die Kinder haben, Alte, ehemalige Tagelöhner und Knechte, ich fühl mich für sie verantwortlich, für alle und für die Höfe, die andere haben verkommen lassen, nicht wir. Langsam, langsam geht es voran, eine kleine Genugtuung für mich, und du redest von einem Glück, das du ganz alleine erschuftet haben willst. Der Hof hat dem Ortsbauernführer gehört, du hast ihn durch Heirat erworben.«

»Du hättest ihn auch genommen«, sagte Max mit einem gemeinen Lächeln.

»Ich hab mehr an dem Mädel gehangen als an ihrem Hof, du wirst es nie begreifen. Du redest von einem Lebenswerk, es ist nicht zu fassen, mit Dreißig glaubt sich einer am Ziel, weil er 'ne Menge Geld hat, ein Auto, ein Reitpferd – ein Spießbürgerglück, erkauft von den Konzessionen, die die Gesellschaft machen mußte in einer Übergangszeit. Ich will mehr, ich will, daß es allen gut gehen soll in Horbeck, nicht nur solchen Spekulanten wie dir. Dazu brauch ich jeden im Dorf, dich auch, Mensch! Niemand will dein beschissenes Geld, laß es Zinsen hecken, oder mach damit, was du willst – und jetzt, denk ich, sind wir quitt.«

Sie standen, die Blicke ineinander. Wußte Max nicht, was Daniel, dieser arme Hund, auf der Seele hatte, die Frau todkrank, vielleicht wird sie ihm sterben. Hatte Max nicht gesehen oder nicht sehen wollen, daß Daniels Augen bettelten: Mensch, überwinde dich, sag ja, unterschreibe endlich, gib zu, was du im Innern längst weißt und nur aus Trotz nicht eingesehen haben willst, du hast immer gewußt, daß wir Sozialismus haben wollen in diesem Land und daß er nicht haltmachen wird ausgerechnet vor deinem Zaun! Dein Hof ist keine Burg und schon gar keine Festung!

Vielleicht hatte Max das alles gewußt, damals, als er dem Daniel Auge in Auge gegenüberstand. Vielleicht hatte er auch erst später gedacht, der ist im Recht mit dem, was er verlangt, oder auch nur, der muß es ja tun, sie trommeln überall für die Genossenschaft, der kann nicht anders. So wird es gewesen sein, und noch später hatte ihn ein Gefühl von Schuld gepackt, erst Tage darauf, als er dem Wagen nachsah, der Daniel mit der kranken Frau und dem Kind aus dem Dorfe fuhr.

In dem Augenblick, als er Daniel bei der Linde gegenüberstand, konnte er nur an sich selber denken, an das Unrecht, das man ihm antun wollte, an die Zerstörung seines Werkes. Tatsächlich, damals hatte er den Hundertmorgenhof für sein Lebenswerk gehalten.

Daniel sagte: »Ich kenn dich lange genug, ich weiß, du kannst dich manchmal verrennen, und du kehrst nicht gerne um, wenn du dich verrannt hast. Geh mit mir zum Komitee! Wir müssen darüber reden, welche Arbeit du machen sollst. Am besten, du übernimmst die Viehzucht. Komm!«

Er bot ihm die Hand.

Max übersah sie, er konnte nur hassen in diesem Augenblick. Er sagte: »Du hast Hilde nicht gekriegt und ihren Hof nicht, das hast du bis heute nicht verwunden.

Du hast dich auf die Politik geschmissen, hast diese erbärmliche LPG aufgezäumt, es ist nichts daraus geworden, weil du unfähig bist, wie ein Bauer zu fühlen und zu denken, du Funktionär! Heute kannst du vielleicht zum erstenmal in deinem Leben so etwas wie ein schäbiges Glücksgefühl empfinden, heute, weil du dich an Hilde für die Abfuhr rächen kannst, weil du dich an mir rächen kannst, an allen, die glücklicher waren als du. Pfui Teufel!«

Tatsächlich, er spuckte aus vor dem Daniel, und als er nach seinem Pferd lief, schrie er, daß es über den Hügel hallte:

»Bleib mir gestohlen mitsamt deinem miesen Haufen. Dir unterwerf ich mich nicht. Lieber laß ich alles im Stich, lieber hau ich ab nach dem Westen.«

Er zwang sich in den Sattel, packte die Zügel mit der Faust, riß grob an der Trense, Kehrtwendung, das Pferd hob sich steil in die Luft, und wäre Daniel nicht im letzten Augenblick beiseite gesprungen, Max hätte ihn niedergeritten. Er hätt sich damals in seiner blinden Wut um ein Haar ins Unglück hineingeritten, aber er ist halt ein Sonntagskind, und so wendete sich schließlich auf eine merkwürdige Weise alles zu seinem Besten. Das Unglück hatte den anderen getroffen, merkwürdig war es aber nicht, denn es ist eine Gemeinheit gewesen, die Max zum Glück verhalf.

Sollte er wirklich dem alten Gomolla davon erzählen?

6

Stephan schüttelte den Kopf. »Nein, ich wußte nichts von diesen beiden Leichen. Aber, weißt du …«, er zögerte, ehe er weitersprach, »ich hab mich da in eine schlimme Sache hineinziehen lassen …«

»Ach!« Gomolla sah Stephan an. Der hielt den Blick nicht lange aus, Stephan sagte schließlich achselzuckend: »Wenn man mir nicht den Vorsitz angetragen hätte, wäre ich wahrscheinlich nach dem Westen abgehauen. Übrigens«, er deutete hinunter zum Dorf, »höchste Zeit, daß wir gehen, Hilde wartet auf uns mit dem Wagen.«

Der Alte erhob sich mühsam aus dem Grase, aber er duldete nicht, daß Stephan ihm aufhalf, er reckte sich, als er sich schließlich erhoben hatte, dehnte sich und stützte mit den Händen das Kreuz, bis ihm Stephan den Krückstock reichte.

Gomolla sagte mürrisch: »Beschissen, dieser Umweg, und beschwerlich, 'ne Viertelstunde von der Linde bis zum Dorf, und dann noch mal zehn Kilometer Chaussee, bis man endlich in Altenstein ist. Druskat hatte recht, als er auf den Bau der Verbindungsstraße bestand. Aber er wußte auch, wie die Straße geführt werden muß. Eins ist doch klar, wenn der Staatsanwalt heute nicht erschienen wäre, spätestens in ein paar Tagen hätte der Bagger das Grab geöffnet. Ob Druskat damit gerechnet hat, was meinst du?«

Stephan, hob die Schultern. »Ich weiß nicht.« Er dachte: Das trau ich ihm zu, und was jetzt aufgedeckt wird, kann manchen von uns betreffen, und mancher ahnt vielleicht noch gar nichts davon.

Wir sind Freunde gewesen, Daniel und ich, und wir haben uns als Feinde gegenübergestanden, ein paarmal wollte ich ihn los sein und bin ihn niemals los geworden, wir sind auf eine seltsame, oder soll man sagen schicksalhafte Weise miteinander verkettet, er und ich, und Gomolla und wir mit den Leuten in den Dörfern. Es nutzt nichts, daß wir es manchmal nicht wahrhaben wollen, wir haben alle miteinander zu tun.

Und viele haben mit Druskats Sache zu tun.

Wir glaubten zuerst, wir brauchten nur herumzurätseln, wann ist das gewesen, oder wie war das, in welchem Jahr, an welchem Tag und bei welcher Gelegenheit, als wir merkten, irgend etwas stimmt nicht mit Daniel Druskat, er hat sich seltsam verhalten oder etwas getan, das wir nicht verstanden.

Aber nun wissen wir, ich weiß es jedenfalls, dann und dann, an einem Tag in einem bestimmten Jahr hab ich selber getan, was ich heute bedauern muß. Seltsam, zuerst hoffte ich noch, es würde genügen, Druskats Geschichte zu überprüfen auf die berühmten dunklen Punkte hin, nun muß ich mich im Nachdenken über Daniel selber prüfen, und ich komm nicht immer gut dabei weg. Das Schlimmste hab ich dem Alten aber noch nicht eingestanden.

Gomolla sagte: »Finde ich immerhin erstaunlich, was du mir bekannt hast. Ein richtiger Strolch bist du mal gewesen, sogar nach dem Westen hast du abhaun wollen.«

Nein, ich kann es noch nicht, dachte Stephan, ich werd es ihm sagen, sobald wir unten im Dorf sind, wenn Hilde dabei ist, sag ich es ihm. Er rettete sich wieder mal in eine Frechheit, er sagte nach einem Augenaufschlag: »Der Mensch entwickelt sich, Gustav.«

»Ja, ja.« Nun fand Gomolla schon wieder was zum Staunen, denn der Weg vom Hügel führte durch die Felder, sie schritten beide durch einen unübersehbaren Weizenschlag, hundert Morgen oder noch mehr, der Weizen stand dicht, üppig und hoch, trotz der unbarmherzigen Sommerglut, die seit Wochen dauerte und das Gras der Wiesen vergilben und verdorren ließ.

Gomolla blieb stehen, er riß eine Ähre vom Halm, zerrieb sie zwischen den Händen, blies die Spelzen davon, zurück blieben dicke Körner auf seiner Handfläche.

»Die Ernte wird gut sein.«

»Kein Wunder!« Stephan erklärte, wie das Feldstück zur Saat vorbereitet worden war, Anbau von Zwischenfrüchten, Düngung und so weiter. Dann meinte er: »So weit du sehen kannst, gehört alles zu unserer Genossenschaft. Und die Ernte wird überall gut sein. Jetzt sagen manche mit so einem gehässigen Unterton: ›Horbeck, die Insel des Wohlstands‹. Aber keiner fragt, warum das so ist. Ich kann es dir erklären. Wir arbeiten wie auf einem riesengroßen Bauernhof, und der Genossenschaftsbauer ist noch ein Bauer bei uns, hat seine Individualität behalten, vielleicht sogar erst gewonnen! Nämlich der einzige Zwang, den wir ausüben, ist ein freundlicher Zwang: Jeder muß tun, worauf er sich am besten versteht, was ihm am meisten Spaß macht. Der Erfolg, da liegt er, auf deiner Hand. Du kannst ihn greifen, trotzdem nennst du mich einen sturen Germanenhäuptling und meine Politik im Dorf beschränkt.«

Gomolla hatte keine Lust, das Gespräch an diesem Punkt fortzusetzen, er hielt die Weizenkörner immer noch in der Hand, er wollte sie fortwerfen, aber das brachte er nicht fertig, er überlegte. Warum? Spukt da noch was aus der Kinderzeit, die Mutter war fromm: »Unser täglich Brot gib uns heute.« Nein. Er dachte, ich werde zuviel gehungert haben in meinem Leben, deshalb reg ich mich auch über jede Stulle auf, die ein Kind gedankenlos auf die Straße wirft oder in einen Papierkorb, ich hab es oft genug erlebt.

Er schüttete sich die Körner aus der hohlen Hand in den Mund, er zerkaute die Körner, sie schmeckten ihm nicht, er schwang seinen Stock, nuschelte kauend: »Beeilung!«

Stephan hielt ihn zurück. »Gustav, ich möchte, daß du mich verstehst. Ich bin nicht aus Borniertheit gegen fabrikmäßig betriebene Landwirtschaft, ich bin aus Erfahrung gegen diese Kooperation, für die sich Daniel so ins Zeug gelegt hat.«

»Jetzt kann er es nicht mehr.« Gomolla mußte husten und entschloß sich, den Körnerbrei auszuspucken. »Schmeckt ja ekelhaft.«

Stephan sagte: »Als wir noch Jungen waren, sind wir mal runtergeklettert, Daniel und ich, in die Gruft der Grafen von Horbeck. Jetzt ist sie vermauert, aber früher konnte man den Deckel heben und hinuntersteigen zu den Särgen.«

Verflucht, dachte Stephan, da ist die Geschichte wieder, ich stieg hinunter, kaum atmen konnte man im Moderdunst, ich zündete die Laterne an, ich hob sie, der Pole stand bleich wie der Tod zwischen den Särgen im Funzellicht. Später ist die Gruft leer gewesen, der Polenjunge blieb verschollen, er wird wohl bei den Felsen begraben liegen, ich muß es dem Alten sagen. Aber wer könnte der andere sein?

»Gruselgeschichten interessieren mich«, sagte Gomolla. »Was war in dieser Gruft?«

»Ein langgestrecktes Tonnengewölbe«, erzählte Stephan, »Nischen an den Seiten, Sarg neben Sarg, die Toten der Horbecker Familie. Aber am Ende der Gruft stand ein Marmorsarkophag. Wir haben die Inschrift entziffert: Herzog Joachim zu Mecklenburg und soundso. ›Nanu‹, sagte ich zu Daniel, ›wie kommt der Herzog zwischen die Grafen?‹ Mich interessierte das. Ich hab später beim Lehrer nachgefragt, sogar beim Pastor, und schließlich rausgekriegt, ganz früher mal, so vor zweihundert Jahren, war alles, was du von hier aus sehen kannst, eine herzogliche Domäne, die ist später verkommen, pleite gegangen, was weiß ich, jedenfalls verhökert worden und zersplittert in lauter kleine Herrensitze, und diesen wieder, daran erinnere ich mich, haben Gomolla und seine Leute den Rest gegeben.

Ich hab nicht vergessen, wie ich vor diesem Marmorsarg stand, ein paarmal noch, und beim Schein der Funzel las: Hier liege ich, Joachim, der Herzog. Ich stand davor, ein Stalljunge, und dachte: Du hast eben keine richtigen Nachfolger gehabt, Herzog von Mecklenburg! Nenn mich verrückt, Gustav, für mich war das in den letzten zehn Jahren beinahe so was wie eine fixe Idee, ich dachte, wenn es gelingen würde, mir und meiner Truppe, die meisten waren ja Landarbeiter, wenn es uns gelingen würde, die herzogliche Domäne in ihrer früheren Größe wieder herzustellen und einen sozialistischen Großbetrieb draus zu machen, der es mit jeder Superfarm aufnehmen kann, das wär 'ne Lebensaufgabe.

Wir haben's beinah geschafft, Karbow gehört zu uns, auch Herwigshof ...«

»Bloß Altenstein fehlt dir noch zu deinem Herzogtum«, stellte Gomolla fest.

Stephan antwortete: »Die Witzelei wird dir vergehen, wenn du unsere Bilanzen prüfst. So weit du sehen kannst, ein Betrieb, überschaubar, gut mechanisiert und durchorganisiert bis ins letzte. Solche Schläge wie hier überall. Und das sollen wir uns kaputtmachen lassen von ein paar Eiferern und Überschlauen wie Druskat? Industriemäßige Produktion in der Landwirtschaft«, er artikulierte den Begriff Silbe für Silbe, er sagte: »Spricht sich schlecht, aber, ich weiß, was es bedeutet: Kein Bauer mehr im Dorf, kein Huhn hinterm Zaun, keine Ente auf dem Teich, keine Taube auf dem Dach. Horbeck, Karbow und Altenstein nur noch Schlafdörfer, morgens schwärmen die Leute aus wie die Arbeitsbienen, ziehn mit den Maschinen über die Felder von zwanzig Dörfern, so wie in Amerika – es kann einem gruseln bei dieser Vision.

Aber wie wir hier gearbeitet haben, Gustav, zehn Jahre lang, das hat uns Spaß gemacht, erfolgreich war's auch, wer kann mir übelnehmen, daß ich's verteidige um jeden Preis?«

Gomolla sagte: »Niemand kann dir übelnehmen, daß du eine Meinung vertrittst, meinetwegen mit Leidenschaft, aber um jeden Preis, mein Junge, das schließt auch miese Methoden ein, Sauereien. Da könnt ich dir Geschichten erzählen aus meiner Praxis.«

7

Gomolla dachte, schau an, das Großmaul hat was Großes im Kopf, eine Idee sozusagen, eine ehrgeizige, wenn auch verrückte, und er hat was erreicht, hat tatsächlich ein kleines sozialistisches Großherzogtum aufgebaut. Nun meint er, ein Lebenstraum sei erfüllt, er wäre am Ziel angelangt und könnte sich einrichten. Da sagen wir: Das war es, Genossen, und jetzt auf ein neues. Ob es was Besseres wird, ich kann's nicht sagen, ich bin kein Fachmann, ich bin Rentner, weiß aber, das ist immer gut, wenn man feststellen kann: Es entwickelt sich, Genossen! Nur manchmal, denke ich, entwickeln wir schon wieder, ehe sich das zuvor Entwickelnde richtig hat entwickeln können – verflucht! Solange ich konnte, hab ich selber kräftig mitgemischt, und es hat sich was geändert. Zum Beispiel dieser Stephan, ich kann ihn nicht leiden, muß aber zugestehen, vitaler Bursche ist er schon, in gewissem Sinne mir ähnlich. Der Mensch hat Einfälle, er tut was, und sei es dreist was Falsches, aktive Männer gefallen mir besser als die anderen, denen man erst kräftig in den Arsch treten muß, damit sie sich vom Fleck rühren.

Nein, ich kann ihn nicht besonders leiden, aber geleistet hat er was, war eine Zeitlang Spitzenreiter im Bezirk, dauernd in der Zeitung, was mir nicht gefallen konnte, denn ich wußte, neunzehnhundertsechzig war dieser Stephan noch ein reaktionärer Strolch, und wär's damals nach mir gegangen, ich hätte den Burschen mit Handschellen vorführen lassen beim revolutionären Dorfkomitee, denn dieser Windhund, dieser gottverfluchte Komödiant hatte uns aufs Kreuz gelegt. Franz Markstätter, der Erste Bezirkssekretär, hatte Mühe, ernst zu bleiben, als ich von der Ungeheuerlichkeit berichtete. Ich fand die Sache gar nicht spaßig.

Wir saßen damals im Beratungszimmer der Bezirksleitung, alle Kreissekretäre anwesend, ich blickte ihnen ernst ins Gesicht, einem nach dem anderen, was sollte es, daß sie grinsten, während ich Bericht erstattete über den Vorfall. Sie gönnten mir wohl nicht, daß ich als erster Vollzug gemeldet hatte, denn nun putzten sich plötzlich einige umständlich die Nase, das heißt, sie verbargen sich hinter Taschentüchern, aber andere prusteten ungeniert los, als hätte ich einen unerhörten Witz gerissen, und ich rief in gerechter Empörung: »Darüber könnt ihr lachen, Genossen?«

Gomolla hatte dem Druskat ein Ultimatum gestellt: Bis Sonnabend mittag zwölf Uhr ist Horbeck vollgenossenschaftlich!

Gegen elf Uhr fuhr sein Auto an der Freitreppe des Schlosses vor. Er kletterte aus dem Wagen, sah sich um, wunderschöner Frühlingstag, sonnenhell, und die Primelchen erblüht, gelb, rot und blau auf dem Rondell vor der Freitreppe, das Beet, hieß es, habe die Frau Gräfin zu ihrer Zeit höchst eigenhändig gepflegt. Er ordnete fünfundvierzig an, es solle erhalten bleiben, denn es sah lieblich aus in der grünen Rasenfläche, nur die dickliche Sandsteinfigur inmitten dieser Rabatte, einen Amor oder was auch immer, hatte er vom Sockel stoßen lassen und durch einen schlichten Findling mit der Inschrift »Junkerland in Bauernhand« ersetzt.

Primelchen also prächtig erblüht, Blauhimmel, die Sonne so hübsch über dem Rasen, und Stimmung im Dorf, es war nicht zu überhören, der Lautsprecher gellte vom Dorfplatz: »Heut woll'n wir lustig sein, heut woll'n wir fröhlich sein«, der Schall brach sich an der Fassade des Schlosses, das hörte sich an, als musizierten zwei Kapellen, die ein wenig aus dem Takt geraten waren, zur Feier des Tages um die Wette.

Gomolla blickte über den Schloßplatz und fühlte Genugtuung bei dem Gedanken, daß er sich seinerzeit energisch dem Abbruch der feudalen Zwingburg widersetzt hatte – wo wären die Umsiedler, die vielen, wohl sonst geblieben –, nein, Schloß Horbeck sollte erhalten bleiben, ebenso das prächtige Blumenrondell. Allerdings war Gomolla der Meinung gewesen, dieses Schloß im Tudorstil dürfe, zumindest von der Dorfstraße aus, nicht mehr als Adelssitz erkennbar sein oder auf den Beschauer fassadenmäßig als ein solcher wirken, und hatte veranlaßt, daß zwei Neubauernhäuser in Lehmbauweise auf dem Schloßplatz errichtet und dem protzigen Zinnenbau gewissermaßen vor die Nase gesetzt wurden. Sie waren übrigens frisch gekalkt an diesem Tage, mit Latten hübsch umzäunt, und die Primelchen in beiden Vorgärten wetteiferten im Blühen mit ihrer Verwandtschaft auf dem Beet der verflossenen Schloßherrin.

Erfreulich alles, was Gomolla an diesem Sonnabend gegen elf Uhr erblickte, hören konnte und bedachte, bis er schließlich die Freitreppe emporstieg und Daniel sah, der ihn vorm Portal erwartete – so ein Gesicht. Vorbei war es mit Gomollas heiterer Verfassung. Druskat brauchte nicht Meldung zu erstatten, Gomolla wußte, als er den finsteren Menschen sah: Horbeck, dieses Drecknest, war noch immer nicht vollgenossenschaftlich, und das eine Stunde vor Ablauf der Frist.

Druskat geleitete Gomolla in eines der ehemaligen Prunkzimmer, immer noch prachtvoll anzuschauen die üppige Stuckarbeit der Decke, Früchtegirlanden darstellend, schon ein wenig in den Farben verblaßt, aber das rote Fahnentuch auf dem Tisch leuchtete um so intensiver. Auf grobgezimmerten Bänken saßen ein paar Bauern, sie nickten Gomolla mürrisch einen Gruß zu. Und der Dorfpolizist, man hatte ihn vom Gruppenposten Altenstein herüberbeordert, erhob sich und grüßte militärisch stramm.

Lagebericht, Druskat erstattete ihn, Stirn zerfurcht vom Nachdenken über die Sätze, die er aussprechen mußte. Wie ist die Lage? Die Lage ist ernst, Genossen!

Gomolla holte schon Luft und wollte mit einem Donnerwetter dazwischenfahren, aber Daniel ließ sich nicht in seiner Rede unterbrechen. Er starrte Gomolla an und hob die Stimme: »Insgesamt also noch vier Unterschriftsverweigerer, aber jedermann im Dorf weiß, was die Glocke geschlagen hat, auch Stephan weiß das, ich hab ihm gestern abend noch einmal klargemacht, welche Konsequenzen es hat, wenn er sich weiterhin stur verhält.«

Druskat öffnete die Fensterflügel, es war bis ins Zimmer zu hören, was die Lautsprecher des Agitationswagens dem Dorfe dröhnend verkündeten: »Die Stunde der Entscheidung ist gekommen. Das revolutionäre Dorfkomitee hat beschlossen, die sozialistische Umgestaltung in Horbeck bis zwölf Uhr zu beenden. Ein letztes Wort an die Zögernden: Öffnet die Tore!«

Daniel schloß das Fenster.

Er sagte: »Wir haben ungezählte persönliche Gespräche geführt, wir haben die Unterschriftsverweigerer mit Musik und mit Parolen stundenlang mürbe getrommelt, wir hatten unendliche Geduld, sie ist zu Ende. Punkt zwölf läuft das Ultimatum ab, bis zwölf Uhr auf die Minute warten wir noch, aber dann werden wir uns Zutritt zu Stephans Hof verschaffen, der Genosse von der Polizei und ich, dann müssen wir mit der Staatsmacht eingreifen, es bleibt uns keine andere Wahl.«

Er blickte den Dorfpolizisten von Altenstein an, das war ein gemütlicher Mensch an und für sich, auch vom Dorfe stammend, mal Melker gewesen, mit jedermann auf du und du, jetzt zog er aber, nach kurzem Zögern, ein paar Handschellen aus der Tasche, hob sie in die Höhe und ließ sie ein wenig hin und her baumeln, sie klirrten aufdringlich wie klunkriges Geschmeide am Arm einer Frau.

»Für den Notfall«, sagte der Polizist, »falls er handgreiflich wird, nämlich Widerstand gegen die Staatsgewalt, das ist strafbar.«

»Für den Notfall«, wiederholte Daniel. »Bist du einverstanden, Genosse Gomolla?«

Gomolla stülpte wie in tiefer Nachdenklichkeit die Unterlippe vor, so schien es, als überlege er noch, ob er dem Äußersten zustimmen dürfe, schließlich nickte er aber langsam. »Einverstanden, Daniel, für den Notfall.«

Übrigens nahm auch Priskoleit, der Bürgermeister, an der Beratung teil, ein gutmütiger Mann, er wird damals um die vierzig gewesen sein.

Diesem Priskoleit war im letzten Kriegsjahr durch eine detonierende Granate das rechte Bein abgerissen worden. Die Verwundung hatte er in einem Lazarett der damaligen Stadt Kolberg ausgeheilt, und es war ihm Anfang des Jahres fünfundvierzig unter gefährlichen Umständen gelungen, mit einem Fischkutter die von Flüchtlingen überfüllte Stadt zu verlassen, ehe sie vom Krieg vernichtet wurde.

Man quartierte ihn in der Dachstube eines Gutsarbeiterkatens von Horbeck ein. Bald darauf, noch vor Ende des Krieges, heiratete er die Tochter des Hauses, sie diente als Stubenmädchen auf Schloß Horbeck, ihre Eltern erhielten später Land durch die Bodenreform, so war Priskoleit mit vielen Neubauern des Dorfes verwandtschaftlich verbunden, er fühlte sich als ihr Vertreter und mißbilligte, daß sich die alteingesessenen Bauern wie Stephan hochmütig der sozialistischen Umgestaltung widersetzten. Er wußte, einige von ihnen empfanden als unzumutbar, daß sie mit ehemaligen Landarbeitern gemeinsame Sache machen sollten. Ebenso mißbilligte Priskoleit aber das Vorzeigen der klirrenden Kette, und ihm war unbehaglich zumute, obgleich dreimal betont worden war: für den Notfall. Allerdings äußerte er nicht, was er empfand, wahrscheinlich aus Respekt vor der Persönlichkeit Gomollas. Er hatte seinerzeit dessen Amt übernommen und war natürlich kein rechter Ersatz für einen Mann von Gomollas Rang. Dem wurde das wieder einmal bewußt, als er mit Unwillen seinen schweigsamen Nachfolger betrachtete und geradeheraus fragen mußte, wie dessen Ansicht über den Notfall sei.

Priskoleit wiegte den Kopf, wiegte und wiegte, bis Gomolla fauchte: »Red schon!« Da sagte er schließlich zögernd: »Mir gefällt es nicht.«

Gleich erhoben die Bauern vom Komitee aufmerksam die Köpfe.

»Na, meinst du, uns gefällt alles, wozu uns der Gegner manchmal zwingt«, rief Gomolla empört, zum Glück fiel ihm ein, was man über Stephan berichtet hatte. »Dieser Mensch ist gefährlich. Hat er nicht gedroht?« fragte er und sah die Versammelten Zustimmung heischend an. »Hat er nicht das Fenster seines Hauses aufgerissen und drohend über den Dorfplatz gebrüllt, er würde den verdammten Agitationswagen mitsamt der Besatzung in den Dorfteich stoßen? Er hat es getan! Auf groben Klotz der grobe Keil.«

Dann gab er Druskat einen Wink, womöglich entwickelte sich in dieser äußerst zugespitzten Situation eine Art Parlamentsdebatte, das fehlte noch.

Daniel verstand. »Also los«, befahl er, »gehn wir, es fehlt ja nicht mehr viel an zwölf.«

Die Bauern vom Komitee, Druskat und der Polizist verließen eilig das Schloß über die Freitreppe, der Bürgermeister hinkte hinterdrein. Mal abgesehen von Priskoleits Behinderung, dachte Gomolla, das ist beinahe typisch für den Staatsapparat, immer ein paar Schritte im Nachtrab. Und diese Unentschiedenheit! Ich hasse dieses Schwanken zwischen ja und nein. Priskoleit will niemandem weh tun, der Mensch ist mit dem halben Dorf versippt und verschwägert. Was soll man machen, die Partei ist kein Mönchsorden, der seinen verantwortlichen Mitgliedern die Ehe und damit die Verschwägerung versagen kann.

Gomolla erinnerte sich, wie er dem Mann eines Tages den Zeigefinger auf die Brust gesetzt hatte mit den Worten: »Du wirst mein Schreiber!« Priskoleit hatte schon damals nicht nein und nicht ja gesagt, sondern nur hilflos auf seine Prothese gedeutet, aus Sorge wahrscheinlich, sie könne ihm beim Ausklingeln der Neuigkeiten, beim langen Weg von Haus zu Haus, behindern. Nun, da würde sich ein Ausweg finden. Gomolla bediente sich ebenfalls einer Geste, er hielt Priskoleit die rechte Hand vor die Nase, der Daumen fehlte an dieser Hand, er hatte ihn während seiner KZ-Jahre eingebüßt. »Mir fehlt ein Finger, dir ein Bein, zusammen haben wir aber drei Beine und drei Daumen, es muß zu schaffen sein.«

So waren sie schließlich ein Paar geworden, und – alles was recht ist – Priskoleit hatte sich mit der Zeit als befähigter Gehilfe erwiesen, beispielsweise bei der Aufteilung des Gutslandes. Sie ergänzten sich bald auf das schönste, denn Gomolla verstand sich auf den Umgang mit Menschen, Priskoleit aber auf den Umgang mit Papier.

Die Männer gingen also kurz vor zwölf durch den Park und waren nach wenigen Minuten vor dem Dorfplatz angekommen.

Vielleicht ist es übertrieben, von einem Platz zu sprechen, aber die Straße verbreiterte sich immerhin vor der Kirche und bauchte sich sogar ein wenig aus, ehe sie sich zwischen Dorfteich und Friedhofsmauer hindurchzwängte, um dem See zuzustreben. Am Weg zum See standen die Neubauernhäuser aufgereiht.

Der Kirche gegenüber, einem schlichten Fachwerkbau, hockten behäbig vier Gehöfte, sie gehörten den angestammten Bauern und waren um die Jahrhundertwende im gleichen Stil errichtet worden, einstöckige Ziegelwürfel, die seit einiger Zeit aber von hell verputzten Neubauten flankiert wurden, auf der einen Seite vom Spritzenhaus, auf der anderen von einem Verkaufskiosk, so daß mit gutem Recht gesagt werden konnte, nicht nur die Kirche und das einzelbäuerliche Anwesen beherrschten den Platz, auch der Konsum behauptete sich dort ebenso wie die freiwillige Feuerwehr.

Wie in beinahe jedem Dorf üblich, hing an der Kirchhofsmauer ein verglaster Schaukasten. Gomolla blieb vor diesem Kasten stehen, er beugte sich vor, hakte die Brillenbügel hinter den Ohren fest, überflog stirnrunzelnd den Aushang, ruderte mit den Armen und rief die Männer zurück, sie hatten die kirchlichen Mitteilungen nicht beachtet.

Es fehlten nur wenige Minuten an zwölf, und das Agitationsauto, es war in der Nähe des Dorftümpels aufgefahren, verkündete noch einmal, daß die Stunde der Entscheidung angebrochen sei, dann ertönte wieder kreischige Walzermusik.

»Hör mal«, fragte Gomolla den Bürgermeister, »dir ist wohl nicht aufgefallen, welche Losung der Herr Pfarrer anläßlich des sozialistischen Frühlings ausgegeben hat?«

Nun trat Priskoleit dicht vor den Kasten hin und verkündete den Umstehenden das Wort des Herrn. »Wir dünken uns oft größer, als wir sind. Gott läßt sich nicht täuschen.«

Priskoleit blickte Gomolla unsicher an, er stotterte: »Eine, eine Provokation, meinst du?«

»Was sonst?« rief Gomolla und setzte mit Hohn hinzu: »Gott läßt sich nicht täuschen, na schön, die Arbeiterklasse auch nicht.« Und gewiß hätte er Ausführungen grundsätzlicher Natur gemacht, aber Druskat packte ihn kräftig beim Ellbogen und zerrte ihn von dem Schaukasten fort.

»Mensch, Gustav, gleich ist es zwölf.«

Dann winkte Daniel dem Fahrer des Agitationswagens, das Musikgeheul verstummte auf einen Schlag.

Nun war es totenstill mit einemmal. Der Dorfplatz lag vor den Männern, sonnenüberglänzt an diesem Frühlingstag, dennoch war es Gomolla, als beträte er einen unheimlichen, gespenstischen Ort. Die anderen werden auch so empfunden haben, das Dorf wirkte ausgestorben, kein Fenster, das freundlich in der Sonne blinkte, die Läden zugeklappt, an jedem Haus die Tore verschlossen, kein Huhn, das im Vorgarten kratzte, keine Ente, die auf dem Teich gründelte, kein Hund, der bellte, kein Windhauch, kein Laut.

Es war so still, daß die flüsternden Stimmen der Männer

über den Platz zu hallen schienen, und der Kies knirschte bei jedem ihrer Schritte.

Es war kurz vor zwölf. Die fünf Bauern vom Komitee, Gomolla, Priskoleit und Druskat standen, Hände in den Hosentaschen, wartend, mitten auf dem Platz, sie kamen sich vor, als stünden sie auf dem Marktplatz einer völlig unbekannten, verlassenen Stadt, als existierten außer ihnen keine Lebewesen mehr auf diesem Gestirn. Sie sahen sich um, sahen sich an, hoben die Schultern. Sollten die Unterschriftsverweigerer etwa abgehauen sein vor Tau und Tag? War man aufs leere Nest gekommen?

Daniel hob die Hände, er hielt sie wie zu einem Trichter geformt vor den Mund und rief: »He, Stephan, mach auf!« Es war, als riefe er, winzig klein, inmitten eines ungeheuren Felsengebirges, nach einem Verschollenen.

Keine Antwort, nur seine eigene Stimme hallte von den Häuserwänden wider.

Jetzt trat der Polizist an Druskats Seite, die Frist war abgelaufen, aber Daniel gebot dem Uniformierten mit einer Handbewegung: Halt! Er ging allein auf das Haus von Stephan zu, langsam, Schritt vor Schritt setzend, es waren keine dreißig Meter, die Druskat zurücklegen mußte, aber es schien, als wolle der Weg über den leeren Platz kein Ende nehmen.

Er war schon fast vor dem Hoftor angelangt, als er plötzlich zusammenfuhr, denn nun begannen unversehens die Kirchenglocken von Horbeck zu erdröhnen. Jeder der Männer schrak zusammen, kehrte sich auf dem Absatz, starrte zum Kirchturm hinauf. Es war aber nichts Absonderliches geschehen, zwölf Uhr mittag, der Küster läutete den Tag des Herrn ein wie jeden Sonnabend zu dieser Zeit.

Aber nun – die Glocke wird das Signal gewesen sein – öffneten sich knarrend die Torflügel von Stephans Gehöft, und die Männer kehrten sich wie auf einen Ruck nach der Häuserzeile um – was geschah dort? –, das konnte doch nicht wahr sein! Gomolla meinte, er habe einen Alptraum am hellichten Tag.

Die geöffneten Tore gaben den Blick frei auf einen starr stehenden Menschenhaufen, steife Zylinder ragten über den bulligen Köpfen der Männer auf, schwarze Tücher umhüllten die Gesichter der Frauen, sogar schwarze Schleier wehten. Es mögen an die dreißig Menschen in Trauerkleidung gewesen sein, die schweigend auf Stephans Hofe standen, bewegungslos, als sollte im Augenblick ein Gruppenbild gemacht werden, als hätte der Fotograf gerade die Hand erhoben und gerufen: »Pose bitte! Und keine Bewegung, wenn ich bitten darf«, und drücke nun auf den Auslöser. Das schlimme war, niemand würde beweisen können, es handle sich – was es nach Gomollas Ansicht zweifellos war – um eine konterrevolutionäre Zusammenrottung. Und jetzt, unfaßbar, nachdem die Kirchenglocken endlich verstummten, ertönte mit einem Male der wehmütig zittrige Klang einer Ziehharmonika, erklang der Choral »Ein feste Burg ist unser Gott«, und auf den Platz traten hinter den Harmonikaspieler, feierlich gemessenen Schrittes, Stephan und Hilde, und hinter denen wieder jeweils zwei und zwei die übrigen Unterschriftsverweigerer, gefolgt von den Familien, allesamt in schwarzem Tuch und Kränze tragend, deren weiße Schärpen den Staub der Straße fegten.

Daniel sprang mit einem Satz nach vorn, er stieß den Harmonikaspieler beiseite, der Choral endete in schrillem Mißklang, der Trauerzug stockte, denn Druskat hatte sich mit ausgebreiteten Armen der Gemeinde entgegengestellt. Es sah aus, als wollte er mit einer priesterlich beschwörenden Geste dem Teufelsspuk ein Ende machen.

Nun brüllte er auch noch, seine Stimme überschlug sich im Zorn: »Was soll der Quatsch? Max, du mußt unterschreiben!«

Aber Stephan, sanft wie ein Lamm, zuckte nur ein wenig mit den Wangenmuskeln nach Druskats wütendem Ausbruch und wischte gelassen mit den Fingerspitzen fort, was ihn von Daniels sprühendem Zorn getroffen hatte. Er machte unter dem Zylinder sein Schafsgesicht und sagte mit mildem Blick und mit belegter Stimme: »Wir müssen den Toten Ehre erweisen, wir gehn zur Beerdigung über Land.«

Nun starrte Daniel Hilde ins Gesicht. Sie hatte Mühe, diesem Blick standzuhalten, wer weiß, was sie in Daniels Augen sah, Enttäuschung, Erbitterung oder Verachtung. Ihr Gesicht glühte, als Daniel sagte: »Daß du es mir antun konntest, Hilde.«

Sie senkte die Lider wie in tiefer Scham, sie schwankte ein wenig, Stephan bot seiner Frau den Arm, sie nahm ihn, sie mußte sich wohl festhalten, ihre Hand verkrallte sich auf dem schwarzen Ärmel von Stephans festlichem Gewand.

Dies alles geschah im Augenblick, und Gomolla verzieh sich lange nicht, daß ihm nicht augenblicklich etwas eingefallen war. Beispielsweise hätte man mit dem Agitationswagen die Straßenverengung zwischen Dorftümpel und Friedhof verbarrikadieren können. Es fiel ihm aber nichts ein, und schon entlockte der Harmonikaspieler seinem Instrument eine jammernde Weise, faßte der Zug wieder Tritt, und eh sich einer versah, waren die Trauernden in schöner Ordnung, je zwei und zwei, gesenkten Hauptes an den verblüfften Revolutionären vorübergewandelt und aus dem Dorfe entschwunden.

Wie es in der Abfolge geschehen war, konnte später niemand mehr sagen. Jeder der Männer mußte seine ganze Aufmerksamkeit auf den seltsamen Trauerzug richten, so war es ihnen entgangen, daß sich inzwischen der Dorfplatz mit Neugierigen gefüllt hatte, mit Männern und Frauen, Alten und Jungen, sie standen dicht bei dicht, quollen über das Geländer des Konsum-Kioskes, die Kinder hockten auf der Kirchhofsmauer oder ließen die Beine aus dem Geäst der Bäume baumeln. Vor wenigen Minuten war den Männern der Dorfplatz wie ausgestorben erschienen und so unheimlich still, daß sie den eigenen Atem zu hören vermeinten, jetzt hallte der überfüllte Platz wider von nicht endenwollendem Gelächter.

Gomolla riß sich im Zorn die Mütze vom Kopf und warf sie in den Dreck.

Daniel hatte einen besseren Einfall, er winkte dem Fahrer des Agitationswagens, der Fahrer nickte, vergaß aber, die

Platte zu wechseln, und das Gelächter der Leute von Horbeck wurde begleitet von dem schönen Stimmungslied: »Heut woll'n wir lustig sein, heut woll'n wir fröhlich sein.«

Dies trug sich zu nach Ablauf des Ultimatums, nach zwölf Uhr an einem Sonnabend im Frühling des denkwürdigen Jahres sechzig, eine Komödie, von Stephan ausgedacht und in Szene gesetzt.

Sie hatte ihm und seinen Kumpanen freilich nur eine Galgenfrist eingetragen, aber die Lacher waren auf Stephans Seite gewesen, und so unverschämt und frech die ganze Angelegenheit auch eingefädelt war, sie bewirkte vielleicht – aus der Entfernung der Jahre betrachtet, will es Gomolla heute beinahe so scheinen – eine gewisse Entkrampfung der angespannten Situation im Dorfe. Wie hätte Franz Markstätter, der Erste Bezirkssekretär, sonst Mühe haben können, sich das Lachen zu verbeißen.

Gomolla und seinen Gefährten war damals gewiß nicht nach Lachen zumute. Aber was sollten sie machen? Sollten sie die Gruppenposten der umliegenden Dörfer alarmieren, die Kriminalpolizei? Sollten sie mit erhobenen Fäusten dem Trauerzug nachjagen? Nein, sie machten gute Miene zum bösen Spiel. Gomolla hob seine Mütze auf, klopfte sie ab, drückte sich die Mütze schief und verwegen aufs Haupt, dann boxte er Daniel gegen die Brust, und dann stimmten sie halt ein in das allgemeine Gelächter: haha!

Jawohl, sie lachten, wenn auch angestrengt: haha! und verzogen sich, ebenfalls auf eine gemessene Weise, vom Platz. Gomolla grüßte liebenswürdig nach allen Seiten, ertrug sogar großmütig, daß man ihn anpflaumte, und rief beim Abgang: »Wer zuletzt lacht, lacht am besten!«

Die Aufregung hatte ihm Durst gemacht. Gomolla sagte: »Jetzt gehen wir zu Anna Preibisch einen trinken.«

Daniel winkte dem Lautsprecherwagen.

»Nein«, sagte Gomolla, »die paar Schritte schaffe ich zu Fuß.«

Sie schlugen den Weg zum See ein, keine Viertelstunde bis zu Anna Preibischs Schankwirtschaft, dennoch, der Weg zog sich hin, denn Gomolla war lange Zeit nicht in Horbeck gewesen, und unterwegs machte er da und dort am Zaun der Neubauernhäuser zu einem Schwätzchen halt, lobte die gärtnerische Kunst der Bäuerinnen, er hatte es heute mit den Primelchen – »Nein, wie hübsch« –, er freute sich des eifersüchtigen Wettbewerbs von Vorgarten zu Vorgarten, einer schöner als der andere, nahm gar ein Veilchensträußchen entgegen, das er sich ins Knopfloch zwängte – »Recht schönen Dank« – »Nein, ist der Bengel aber stramm geworden« – »Was, und schon wieder was Kleines in der Kinderchaise?« – er piekte mit dem Zeigefinger auf die Brust des Säuglings, schnalzte mit der Zunge, schnitt Grimassen, scherzte so lange: »Du, du, du!«, bis das zahnlose Wesen endlich mit Freundlichkeit reagierte, er klagte mit diesem oder jenem Bauer über mangelnde Fürsorge der Natur – »Wieder mal viel zu trocken das Frühjahr!« – er wußte, sie verstanden sich alle miteinander aufs Barmen und Besorgtsein, er war mit ihnen besorgt, kurz, er verschaffte sich auf dem Weg zu Anna Preibisch Erfolgserlebnisse. Und die Leute würden sagen: »Ein feiner Mensch, der Genosse Gomolla.« Und sie würden Stephans Verhalten viel kräftiger mißbilligen, als sie es vorher getan hatten.

Daniel ging neben ihm, schweigsam, Hände auf dem Rükken. Schade, dachte Gomolla, der Junge hat Kontaktschwierigkeiten, versteht nicht, mit den Menschen umzugehen.

»Du bist zu hochnäsig«, sagte er. »Du mußt es machen wie ich, Daniel, die Herzen mußt du gewinnen.«

Druskat antwortete nicht, er sah ihn aber an, wie denn, nur erstaunt? Oder glomm dem etwa ein Funke von Spott in den Augen?

Es war wohl schon gegen eins, als sie endlich die Stufen zur überglasten Terrasse von Anna Preibischs Schankwirtschaft emporstiegen, trockene Kehlen alle miteinander und einen Mordshunger im Leib nach der verlorenen Schlacht.

Die Kneipe war verschlossen.

Gomolla schlug die Faust gegen die Eingangstür, immer wieder, endlich hörten sie, wie sich Schritte näherten, die Tür schabte über die Fliesen, die blecherne Flurglocke schepperte, dann stand Fräulein Ida auf der Schwelle, stützte sich mit einer Hand gegen den Türbalken und fragte, als forderten völlig unbekannte Männer Zutritt, in vornehmem Tone: »Ja bitte?«

Gomolla klatschte in die Hände. »Acht durstige Männer wünschen einen schönen Tag und flotte Bedienung.«

Jetzt erst schien Fräulein Ida zu erkennen, daß Persönlichkeiten von Rang vor ihrer Türe harrten. »Ach, der Herr Gomolla«, hauchte sie. »Wie nett.« Und wahrhaftig, sie versuchte einen kleinen Knicks.

»Wir sind durstig«, wiederholte Gomolla.

Fräulein Ida meinte bekümmert: »Das tut mir aber leid. Ich würde Sie gewiß gerne bedienen, meine Herren, aber ...«, jetzt sah sie sich um und flüsterte, als habe sie ein Geheimnis preiszugeben: »wegen der Ereignisse ist heute das Trinken verboten.«

Tatsächlich hatte der Bürgermeister angeordnet, daß der Ausschank erst ab achtzehn Uhr beginnen dürfe. Nun standen aber mehrere Vertreter der Amtsgewalt vor dem Wirtshause, durstig und hungrig und durchaus berechtigt, das Verbot aufzuheben.

»Laß uns endlich rein«, sagte Daniel ungeduldig, »du weißt doch genau, der Genosse Gomolla ist unser oberster Chef im Kreis.«

Fräulein Ida ließ ein wenig die Lider flattern. »Ja und?« Dann erklärte sie: »Neulich kam der Briefträger außerhalb der Schankzeit, wirklich durstig, die weiten Wege, sie wissen ja, und der geht ja schließlich in Uniform, trotzdem hat Anna keine Ausnahme gemacht. Wir haben nämlich schon einmal die Konzession verloren, Herr Gomolla.«

Nun erschien Anna Preibisch, angelockt von dem Palaver, auf dem Flur, sie strich sich das schwarze Kopftuch glatt und rief: »Nur herein, wenn ihr mit meiner Stube vorlieb nehmen wollt.«

Selbstverständlich waren's die Männer zufrieden. Sie wurden in das wunderliche Zimmer geführt, Daniel versuchte, Gomolla so auf das Sofa zu dirigieren, daß der hohe Gast des Bismarck-Bildnisses nicht ansichtig werden sollte. Der streifte es dennoch mit scheelem Blick, sagte kopfschüttelnd zu Anna: »Daß du dich davon nicht trennen kannst!«

Anna antwortete träumerisch: »Erinnerungen, mit Politik hat das nichts zu schaffen, persönliche Erinnerungen.«

Einmal, Gomolla konnte sich noch erinnern, war ihr die schwarze Witwenkutte zu eng geworden, er hatte beim Knöpfen geholfen, aber dann, verflucht, wann war das gewesen? Er blickte die Alte an, sie blickte den Alten an. Sie sagte: »Bald kriegst du Rente, Gustav. Man sieht es dir an.«

Er gab das Kompliment zurück: »Du bist auch nicht jünger geworden.«

»Schön war die Jugendzeit«, seufzte Anna.

»Meine nicht«, sagte er grimmig. Aber dann lächelten sie beide, keiner konnte wissen weshalb, und daß sie sich duzten, verwunderte niemanden, Anna hatte sich längst angewöhnt, jeden ihrer Gäste mit du anzureden, gleichgültig, ob es sich um ein Kind handelte, das Brause verlangte, oder um einen berühmten Schauspieler. Manchmal klopften Künstler bei ihr an und fragten nach Aal oder alten Stühlen, Anna besaß ein erstaunliches Gedächtnis und konnte sagen, in wessen Stube seinerzeit Mobiliar aus dem gräflichen Hause übergewechselt war, deshalb kannte man die Schankwirtin von Horbeck sogar in Berliner Sammlerkreisen.

Sie lächelten sich an, Gomolla und Anna, niemand würde auf den Gedanken kommen, daß sie ein Geheimnis teilten, daß der Alte die Alte gekannt hatte zu einer Zeit, da Anna nicht mehr die Jüngste war, aber viel jünger als heute und mit Fünfzig noch weiß und fest im Fleische, er hatte sich aber damals nicht gefühlt, und er kann nicht vergessen, wie sie höhnisch gelacht hatte, als er auf diesen Bismarck schimpfte, dessen Bild ihn irritierte – vier Eier soll der reaktionäre Hund täglich zum Frühstück gefressen haben. Nun, Gomolla machte die Niederlage wett, später, als er sich kräftiger fühlte, jei, jei, alte Anna, weißt du es noch?

An diesem Sonnabend im Frühjahr neunzehnhundertsechzig sagte Anna: »Was Besonderes bietet die Küche nicht, Brot, Eier, Speck, das scheint mir aber die rechte Kost zu sein, euch liegt wohl was anderes noch schwer genug im Magen.«

Damals wie heute war Anna Preibisch unterrichtet von allen Geschichten, die sich zu Horbeck ereigneten, und das Gerücht war schneller gewesen auf dem Wege zu ihr als Gomolla und seine Männer.

Sie bestellten also Eier und Speck, und die Frauen zogen sich in die Küche zurück, nachdem sie die Gäste mit Bier und Schnaps versorgt hatten.

Nun wurde Rat gehalten. Man beschloß, der Trauergemeinde bei ihrer Heimkehr aufzulauern und, sei es dreist Mitternacht, die Federhalter im Zimmer des Komitees würden zur Unterschriftsleistung bereitliegen.

Druskat wollte unbedingt mit Stephan abrechnen, alleine, ohne Hilfe, er bestand darauf. Gomolla begriff, daß der Junge diese Genugtuung brauchte. Sie alle wollten Genugtuung, würden freilich bis zum Abend warten müssen, jetzt war es aber noch nicht einmal vierzehn Uhr.

Sie saßen, acht Männer, in Annas wunderlichem Zimmerchen, sie rauchten und erzählten, die Männer wunderten sich, wie gelassen Gomolla die Niederlage vom Mittag verwinden konnte.

»Herrschaften«, sagte er, »da habe ich ganz andere Sachen erlebt, seinerzeit, als die Frage noch entschieden werden mußte: Wer – wen? Sie ist doch heute längst entschieden ...« Er wollte gerade vom Verlauf einer unerhörten Klassenschlacht berichten, als sich die Tür öffnete.

Herein trat, ein Kind auf den Armen, Rosemarie, sie half damals in Druskats Hause, bildschönes Mädel – ist sie schon Zwanzig gewesen? wohl kaum –, zierlich, langes blondes

Haar mit rötlichem Schimmer, grünliche Augen hat sie wohl auch, diese Hexe. Wurde Daniel nicht verlegen? Sahen sich die Bauern nicht vielsagend an? Gomolla wußte nicht, wie schlimm es um Druskats Frau stand zu der Zeit, wie hätte er denken sollen, daß Daniel und dieser rotblonde Feger womöglich, nein, der Gedanke kam ihm nicht, ihm fiel aber auf, daß sich die Schöne herausfordernd umsah im Kreise der Männer, ehe sie sagte: »Guten Tag allerseits.«

Das zarte Kind umklammerte Rosemaries Hals, vielleicht fürchtete es sich vor den vielen Männern. Druskat erhob sich, nahm das kleine Mädchen in seine Arme, drückte es an sich, stellte es dann vorsichtig auf die Füße.

»Das ist meine Tochter Anja, Genosse Gomolla.«

Dann forderte er das kleine Wesen auf, wie alt wird es damals gewesen sein, vier Jahre vielleicht: »Sag guten Tag!«

Das Kind reichte schüchtern jedem der anwesenden Männer die Hand, knickste und piepste dazu seinen Gruß.

»Gottchen«, sagte Anna Preibisch gerührt, eben hielt sie die Tür auf, um Fräulein Ida mit dem Tablett vorüberzulassen, »Gottchen«, sagte sie, »wer wird das Wurm auf eine Männerversammlung schicken. Komm zu Anna«, lockte sie, »komm!« und freute sich, daß Anja schnurstracks auf sie zurannte und das Gesicht gegen ihren Rock preßte. Jetzt hob Anna das Kind auf, Fräulein Ida deckte hurtig den Tisch, nun fragte die Wirtin, und freundlich, nein, freundlich klang ihre Stimme nicht: »Was gibt es?«

Die schöne Rosemarie senkte die Lider und hob sie wieder, blickte die Wirtin an, nur einen Augenblick, dann wandte sie sich an Daniel. »Ihre Frau macht sich Sorgen, und außerdem, es geht ihr nicht gut.« Dann fragte sie die alte Preibisch: »Darf ich das Kind für eine Weile bei dir lassen? Ich bin mit dem Füttern noch nicht rum.«

Anna tat, als habe Druskats Töchterchen die Bitte ausgesprochen. »Aber freilich«, sagte sie und herzte das Kind, »freilich bleibst du bei Anna.«

Die Blonde ging nach einem Dankeschön. Daniel folgte

ihr. Die Bauern sahen sich wieder an, Anna Preibisch seufzte tief, und Fräulein Ida flüsterte Gomolla zu: »Sie soll schon bei ihm liegen, die Schlampe.« Laut sprach sie aber: »Nette Person.«

Die Gäste lachten. Da vergaß Anna, daß sie Druskats Töchterchen in den Armen wiegte, sie rief, es sei eine Schnapsidee, diesen Tisch für acht Personen eindecken zu wollen, und überhaupt, sie verbitte sich jede Art von Geschwätz, die Gesellschaft solle sich in die Gaststube scheren. Das Kind begann an ihrem Hals zu weinen, sie schmatzte es ab. »Ja, ja, mein Herzchen, die Menschen sind schlecht, aber die alte Anna hat dich lieb.«

Tatsächlich, die hartgesottene Person war den Tränen nahe, was ist denn geschehen? Sie winkte den Gästen herrisch mit dem Kopf zu, die nahmen gehorsam ihre Teller auf, zogen im Gänsemarsch an der Wirtin vorbei, als letzte Fräulein Ida, mit beleidigtem Gesicht und herausfordernd schlenkerndem Rock.

Anna hielt den Gomolla zurück. »Wir beide essen hier.« Und rief schon wieder nach Ida, die huschte ängstlich herbei, Anna übergab ihr das Kind. »Geh mit Ida, mein Kleines, sie wird dir einen feinen Pudding kochen.«

»Was ist los?« fragte Gomolla, als sie endlich alleine waren.

Anna Preibisch ließ sich auf dem Sofa nieder. »Stell dich bloß nicht begriffsstutziger, als du bist.«

»Der Bock!« Gomolla griff zum Besteck. »Ich hab doch gerochen, mit dem stimmt etwas nicht. Der Bursche kann was erleben!«

»Ach«, sagte die Alte, »ich kann ihn nicht verurteilen.« Sie schob Gomolla Salznapf und Pfefferbüchse zu, und dann erzählte sie die traurige Geschichte von Daniel und Irene. »Jeder, heißt es, sei seines Glückes Schmied, überm Portal von Schloß Horbeck steht auch was Ähnliches eingemeißelt, aber das stimmt nicht, das sind alles Redensarten. Manchem versagt sich das Glück, und manchen trifft ein Schicksalsschlag, er kann sich dagegen nicht wehren, nur tragen kann er sein Kreuz, so oder so, und ich versteh schon, warum mancher Trost sucht bei dem Gekreuzigten.«

Gomolla verzehrte mit Genuß seine Spiegeleier, nun hob er warnend das Messer.

»Komm mir bloß nicht mit deinen politischen Sachen.« Anna winkte ab. »Laß sein, Gustav, ich studiere ja auch das Blatt. Außerdem bin ich ein paar Jahre älter als du, hab Erfahrungen und Ansichten, die meine eigenen sind. Ich bin noch nicht mal verheiratet gewesen, da war ich schon Witwe, und ich glaube eben nicht, daß Kaiser Wilhelm die Schuld daran trägt. Daniel hat nichts als Pech, und Irene hat auch nicht viel Glück gehabt, und das in eurem Sozialismus! Nicht mal mit der Liebe hat es anfangs richtig klappen wollen.

Du weißt doch, fünfundvierzig hatten ihn die SS-Strolche ausgepeitscht, er sollte erst mal fort aus dem Schloß, Ida brachte den Jungen zu mir, Irene wich nicht von Daniels Krankenlager. Zuerst dacht ich, das täte sie aus Christenpflicht, sie waren ja beide noch halbe Kinder, heut weiß ich, das Mädel hat den Jungen seit damals geliebt, deshalb blieb sie bei mir. Sie sagte immer, sie wolle auf Wladek warten. Unsinn, auf Daniel hat sie gewartet, auf den schönen Daniel, aber der Dummkopf lief Krügers Tochter nach, bis die ihm eines schönen Tages den Laufpaß gab.« Anna Preibisch lachte trocken. »Geschah ihm recht!«

Hilde Krüger und Daniel – Gomolla sann über die beiden nach, während die Alte erzählte. Auch Gomolla hatte es geärgert, daß Druskat der blondbezopften Schönheit nachgestiegen war, ausgerechnet der Tochter des ehemaligen Ortsbauernführers! Er erinnerte sich, daß er Daniel Vorhaltungen gemacht hatte – Liebe sei auch eine Klassenfrage oder so ähnlich –, aber der Bengel hatte ihn ohne Verständnis angesehen, sogar gelacht, als habe Gomolla was ungeheuer Komisches gesagt.

Das Erstaunlichste war aber, wie er, Gomolla, sich zu diesem Nazi verhalten hatte. Im KZ hatte er gedacht, ich will überleben. Was mich aufrechterhält, ist die Solidarität der Genossen, aber es sind noch zwei andere Dinge, die mich Qualen ertragen lassen, der Haß und der Gedanke an Vergeltung. Jawohl, wer konnte es mir, dem Gejagten, dem Geschundenen, verübeln wollen, ich hatte auch an Rache gedacht.

Dann stand er nun zum erstenmal nach der Lagerzeit einem Nazifunktionär gegenüber, Krüger, dem Ortsbauernführer von Horbeck, und er mußte denken: Du Scheißer, du miese Figur, du erbärmlicher Wicht! Er verachtete ihn, aber er spürte auch, daß ihn der Haß nicht so recht überwallen wollte angesichts dieses jämmerlichen Menschen, der schien ihm kein Gegner zu sein, der war ihm sozusagen viele Nummern zu klein.

Bald darauf wurde Gomolla als Bürgermeister bestellt, und ob er wollte oder nicht, er mußte diesen Nazi seinen Schäflein eingemeinden, denn alle unterstanden nun seiner Amtsgewalt, die Schuldlosen und die Schuldigen.

Nun war seinerzeit von der Militäradministration eine Verordnung erlassen worden, die aktive Nazis mit Strafe belegte, sie hatten sich in der Kreisstadt zur Arbeit einzufinden oder ein Bußgeld zu zahlen. Beides konnte der Strolch aber nicht, denn sein Hof war, wie der aller anderen, von Viehbesatz nahezu entblößt, er nahm kaum einen Pfennig ein. Das wußte Gomolla, zu schwerer Arbeit war der aber seiner Gichtknochen wegen nicht tauglich, und tatsächlich, ausgerechnet er, Gomolla, der Bürgermeister, mußte dem Nazi Entschuldigungszettel schreiben für die Kreisbehörde.

Beinahe jede Woche wiederholte sich die gleiche Szene, Krüger erschien in der Amtsstube, wurde abwechselnd bleich und wieder rot, entfaltete mit zittriger Hand einen Zahlungsbefehl, und Gomolla, mit mürrischem Gesicht, hinter dem gewaltigen Schreibtisch verschanzt, hakte umständlich die Bügel der Stahlbrille hinter seinen Ohren fest, studierte den Wisch, rief schließlich den Gemeindeschreiber

Priskoleit herein und diktierte: »Strafarbeit wurde im Dorf abgeleistet.« Krüger stammelte dann für gewöhnlich: »Vergelt's Ihnen Gott«, Gomolla antwortete für gewöhnlich: »An die Arbeit!« und winkte den Mann unwirsch hinaus.

Gomolla hatte im Schloß von Horbeck eine Gemeinschaftsküche einrichten lassen, dorthin entsandte er den Krüger zur Zwangsarbeit, zwei- oder dreimal wöchentlich, er dachte wohl, es sei eine besondere Demütigung, daß der Naziheld in der Schlotterhose kartoffelschälend bei den Frauen hocken mußte, aber das schrille Gekreisch aus der Schloßküche belehrte ihn bald eines besseren. Für die Umsiedlerfrauen war es wohl mehr ein Jux, sie entblödeten sich nicht einmal, den Nazi zu bemuttern, deshalb mußte Gomolla den ehemaligen Ortsbauernführer für ein Vierteljahr zur wöchentlichen Reinigung der Dorfstraße abkommandieren.

Daniel und Krügers Tochter – hübsch war sie ja und blutjung, warum sollte man das Mädel entgelten lassen, was der Vater verschuldet hatte? Dennoch, es war eine Genugtuung für Gomolla, als er hörte, die Heirat sei nicht zustande gekommen.

»Hörst du mir überhaupt zu?« fragte Anna Preibisch unwillig.

»Aber ja«, sagte Gomolla und erkundigte sich: »Wann war das noch, diese Hochzeit von Max und Hilde?«

»Warte mal«, Anna überlegte, »es muß einundfünfzig gewesen sein, ich kämpfte nämlich gerade wieder einmal um meine Konzession, man hatte sie mir entzogen, Gustav, du erinnerst dich wohl, weil die Kontrolle in meiner Küche zwei Salzheringe fand, die waren nicht über die Bücher gegangen – nein, dreiundfünfzig ist es gewesen«, die Preibisch berichtigte sich, »jedenfalls, Daniel war damals bei mir in Kost und Logis, jeden Tag mit Irene zusammen, und ich konnte es nicht mehr mit ansehen, wie das Mädel um diesen Jungen litt.

Eines Abends, ich hatte schon Feierabend geboten, wir spülten noch die Gläser, schlug jemand gegen die Tür. Ich öffnete, die Nacht ist mondhell gewesen, Daniel stand auf dem Tritt, schwankend, grün im Gesicht. ›Um Gottes willen‹, schrie ich, ›Irene!‹ schrie ich und denke, der fällt tot um vor deiner Schwelle, er war aber bloß sternhagelvoll.

Wir führten ihn in die Gaststube, er kam wieder zu sich. ›Schnaps‹, lallte er, ›Anna, ich muß heute trinken.‹

›Dir werd ich helfen‹, rief ich, ›du schämst dich wohl nicht‹, und: ›Das hätt' ich nicht von dir gedacht. – Marsch, ins Bett!‹

Jetzt kam zu allem Überfluß auch noch Ida herbeigehuscht, und nun bemühten wir uns, drei Weiber, den Burschen ins Bett zu bringen, er schlug um sich, es war nicht zu schaffen. Da schickte ich Ida und Irene hinaus, sie sollten einen starken Kaffee machen. ›Ja, Jungchen‹, sag ich, ›gleich kriegst du was zu trinken‹, und setzte mich neben ihn, patsch seine Hand, ich will ihn beruhigen, da fällt mir der Junge um den Hals, klammert sich wie ein Kind an mich und flüstert: ›Er hat es gesehen, Anna, er hat es gesehen.‹ – ›Wer?‹ frag ich. – ›Krüger‹, sagt er, ›Krüger hat es gesehen.‹ – ›Was?‹ frage ich und rüttle ihn, ›Daniel, was hat er gesehn?‹ – ›Alles‹, sagt er und fängt an zu heulen an meinem Hals. Nun, das kann ich leiden, wenn die Männer im Suff weinerlich werden, und denke, der hat sich womöglich erwischen lassen bei Hilde im Bett, splitternackt, das lästerliche Paar, wie man so sagt, der ist wohl nicht rechtzeitig in die Hosen gekommen. ›Was ist dabei‹, sage ich, ›du wirst Hilde doch heiraten wollen?‹ – ›Nein‹, spricht er, ›die nicht, sie wird Max Stephan heiraten.‹

Seltsam, denke ich, der Alte hat es gesehen – ich konnte mir keinen Vers darauf machen.

Nun kommt aber schon Irene mit dem Kaffee und hört, daß aus der Heirat nichts werden soll, freut sich und kichert und, ach, wie lustig ist doch ein betrunkener Mann, sie betuttelt ihn und bemuttert ihn, und er läßt sich von ihr zu Bette bringen.

Ja, und sechs Wochen später wurde dann Stephans Hochzeit gefeiert, bei mir im Haus, alles vom Feinsten herangeschleppt und von mir auf das beste gerichtet.

Daniel wollte um keinen Preis mit zum Ball. ›Was‹, sagte ich, ›soll ein einziger von diesem hochnäsigen Pack die Genugtuung empfinden können, er habe dich in der Seele verletzt? Du wirst auf dieser Hochzeit tanzen.‹ Ich putzte ihn eigenhändig heraus, gab ihm den feinsten Anzug von meinem Sohn, schneeweißes Hemd, ich band die Krawatte – schmuck sah er aus.

Mitternacht wurde der Schleier zertanzt, und Hilde spielte den Fetzen natürlich irgendeiner Gans aus dem Dorfe zu. Es nutzte ihr aber nichts, denn glaub mir, Gustav, mir war, als ginge es um die eigenen Kinder, als ich verkündete, diesmal habe der Schleier falsch orakelt, denn soeben hätten sich Irene und Daniel verlobt.

Großes Hallo, Tusch – du kennst mich, und du bist ja dabeigewesen –, ich konnte es mir einfach nicht verkneifen, klopfte ans Glas und werde reden: Daniel sei zu beneiden, Irenes Aussteuer könne sich sehen lassen – ich hätte meine eigene ja leider nicht gebraucht –, und er bekäme eine Frau, die sich auf Haus und Küche wie keine zweite verstünde – denn, was feine Küche heißt, das hatte ich ihr beigebracht in den Jahren, und das Mädel beherrschte diese Kunst, die leider, leider am Aussterben ist.«

»Nun gieß doch mal ein«, sagte Gomolla, und die alte Preibisch bediente ihn und bediente sich auch selber, sie hatte sich wohl die Kehle trocken geschwatzt.

»Er hat es gesehen?« fragte Gomolla. »Was, Anna, was hatte Krüger gesehen?«

Anna löste das schwarze Kopftuch und schob es auf dem Scheitel zurecht, um es neu zu binden. »Ich weiß es nicht«, sagte sie, »irgendwas hatte er damals gegen Daniel in der Hand, was auch immer, dem Jungen ist es zu seinem Besten ausgeschlagen, der ist mit Irene sehr glücklich geworden. Mag mancher auch denken, das sei keine richtige Liebe gewesen, er hätte das Mädel aus Mitleid genommen oder aus Selbstmitleid oder aus Trotz, ich glaube, er hat damals begriffen, daß ihm niemals im Leben wieder eine Frau begegnen würde, die so zärtlich an ihm hing. Stimmt schon, er hatte das Mädel jahrelang übersehen, aber vielleicht gibt's das, Gustav, daß eine Frau so sehr lieben kann, bis es einen Mann endlich überwältigt, bis er gar nicht anders kann und ebenfalls lieben muß.

Sie war zart und empfindsam, sie hatte nicht die Kraft wie manche andere, aber sie ist ihm eine gute Frau gewesen. Großer Gott, ich sag ja auch schon – sie ist es gewesen.«

Anna suchte nach einem Tuch in ihrer Schürzentasche, das entfaltete sie umständlich, betupfte sich Nase und Mund und fuhr schließlich fort.

»Vor zwei Jahren, an einem Ruhetag, hatte ich die beiden wieder einmal besucht, wir saßen im Garten, redeten über dieses und das, bis es dunkel wurde, aber keiner wollte ins Haus, Daniel holte ein Licht für den Gartentisch. Es war eine dieser schwülen Nächte, in denen die Linde blüht, man kann nicht zu Bett gehn und weiß, vielen anderen geht es ebenso, sie sitzen überall im Dorf auf den Haustritten und schwatzen halblaut miteinander. Das sind die Stunden, Gustav, in denen ein alter Mensch plötzlich denken muß: Wie oft wirst du solche Nächte noch erleben, wie viele solcher Sommer noch? Man empfindet, wie schön das Leben ist, man möchte, es würde immer so bleiben, und weiß doch genau, einmal kommt die Stunde, die einen frösteln macht.

In dieser warmen Nacht sagte Irene plötzlich, ihr wäre kalt, sie könne nicht mehr sitzen. Sie will sich erheben und kann es mit einem Male nicht mehr. Daniel mußte sie wie ein müdes Kind aufheben, er trug sie auf seinen Armen ins Haus, da war sie ja schon leicht wie ein Federchen.

›Gottes willen‹, sag ich, ›Irene, was hast du?‹ Sie lächelt nur matt, es sei nichts weiter. Sie sieht so zerbrechlich, so durchsichtig aus, ich fürchte, das Deckchen könne ihr wehtun, wie ich's über sie breite.

Nenn mich wunderlich, in dieser Sommernacht hab ich die Kälte des Todes gespürt, von da an glaubte ich, was im Dorf geflüstert wurde, sie hätte diese Krankheit, die nicht zu heilen ist. Seit dieser Nacht, seit zwei Jahren, trägt Daniel die Frau auf seinen Armen im Hause herum, wenn sie zu Tisch oder zu Stuhle will oder in den Garten, wenn es sie nach der Sonne verlangt.

Er hat das Mädel ins Haus nehmen müssen, diese Rosemarie. Frag mich nicht, wie Daniel zu ihr steht, ich will es nicht wissen, und wüßte ich's, so könnte ich ihn nicht aburteilen, weil er bei einer Frau liegen muß.«

Als Anna dies erzählt hatte, faßte sie nach Gomollas Hand, vielleicht wollte sie ihm Näheres anvertrauen über das Verhältnis Druskats zu dieser rothaarigen Frau, aber nun näherten sich laut hallend Schritte über den Flur, es wurde an die Zimmertür gepocht. »Wahrscheinlich eine Nachricht für dich«, meinte Anna Preibisch und rief: »Herein!«

Es war aber nur Fräulein Ida, die jetzt in die Stube trat, verlegen lächelnd, als habe sie das Paar beim Austausch von Zärtlichkeiten überrascht.

»Entschuldigung«, hauchte sie errötend und verlangte dann Anweisungen, den Pudding betreffend, nämlich, wie viele Eier sie für den Flammerie verwenden dürfe. Anna faltete die Hände und hob den Blick zur Stubendecke.

»Zwei Eierchen«, meinte sie, »oder auch vier.« Es klang aber, als riefe sie anklagend: Gott im Himmel. Dann wedelte sie mit der Hand und fauchte: »Hinaus!« Und Fräulein Ida sprach erbittert: »Wie du möchtest«, ehe sie die Türe hinter sich schloß.

»Siehst du«, sagte Anna zu Gomolla, »das gibt es auch, freilich nicht allzu häufig, die Person ist beinahe sechzig Jahre alt und bringt alleine keinen Pudding zustande. Dabei hat der Mensch die Fähigkeit, vieles zu erlernen, die schwierigsten Dinge erlernt er, denn alles und jedes kann er zweimal tun in seinem Leben oder viel öfter, aber das Schwerste, Gustav, das Bitterste, sterben können, das wird dem Menschen ohne Übung abverlangt, und man erwartet sogar, daß er es mit Würde tut.

Irene, das arme Mädel, kann sich nicht abfinden mit dem Gedanken an das Ende, und ich müßte lügen, wollte ich behaupten, daß sie tapfer wäre. ›Warum‹, fragt sie mich, ›Anna, warum? Womit habe ich das verdient? Ich bin immer gut zu den Menschen gewesen, und mein Kind ist noch klein. Warum gerade ich?‹

Was soll ich antworten? Ich kann keinen Sinn erkennen in solchem Tod. In der Schrift heißt es zwar: ›Siehe, ich bin gestorben, aber ich werde leben von Ewigkeit zu Ewigkeit.‹ Ach, weißt du, ich hab niemanden, keine Kinder, in denen etwas weiterleben könnte von mir. Was wird also bleiben? Ein bißchen Rederei, eine Zeitlang werden die Leute erzählen: Erinnert ihr euch an die alte Preibisch? Dann bin ich vergessen, dann wird es sein, als wäre ich nie gewesen.

Trotzdem, ich fürchte mich nicht mehr vor dem Tod, ich sag mir manchmal: Anna, was du in diesem Leben erfahren mußtest, was du gehört hast und gesehn, unendlich viel dummes Zeug und so wenig Gescheites, es ist genug. Ich weiß nicht, wieviel Zeit mir noch zugemessen ist, einiges von dieser Zeit würde ich Irene gönnen, ein paar Jahre schon, wenigstens so viele, daß sie erleben könnte, wie das Kind aus dem Gröbsten wächst.

Es gibt niemanden«, sagte Anna Preibisch und wendete langsam den Kopf hin und her, »niemanden, Gustav, da oben oder auf dieser Erde, mit dem ich darüber verhandeln könnte. Man muß es hinnehmen, wie es das Schicksal bestimmt. Der Tod kommt ungerufen, viel zu früh bei dem einen, bei dem anderen viel zu spät. Er ist ungerecht.

Aber du, Gustav, bist viel gescheiter als ich, und ein geschulter Mann bist du auch, kannst du einen Sinn im Tod erkennen?«

Gomolla antwortete eine Weile nicht, dann sagte er: »Anna, du bist ein schreckliches Weib, wie kann man unentwegt vom Sterben reden an einem wunderschönen Frühlingstag.«

Die Alte lachte ihr spöttisches Lachen, wahrscheinlich glaubte sie, der Genosse Gomolla befände sich wieder einmal in Verlegenheit. Sie füllte noch einmal die Gläser bis zum Rande und sagte: »Ja, ja, du Philosoph, du drängst den Gedanken an den Tod zur Seite wie jeder Jüngere. Nur aufs Leben gerichtet sein, nur fürs Leben gerüstet sein, das ist eure Devise: leben, leben. Wer wagt denn heute noch, einem Toten ins Gesicht zu sehen? Wir mußten's schon als Kinder können. Mein Vater nahm mich bei der Hand, als kleines Mädchen, ich mußte das wächserne Gesicht der Großmutter betrachten. ›Nimm Abschied‹, sagte er, und es schreckte mich nicht, denn die alte Frau lächelte im Tode wie eine, die's vollbracht hat, das Allerschwerste. Aber ihr wollt den Tod verbannen, ihr regt euch gar auf, Gustav, ich lese das Blatt, wenn in irgendeinem Buch ein Mensch zu Tode kommt.«

»Schluß jetzt«, rief Gomolla, dann hob er sein Glas, stieß an mit der Alten. »Du sollst leben, Anna!«

Sie tat ihm lächelnd Bescheid. »Gustav, du sollst leben!«

Er sagte: »Was wäre das Leben ohne den Tod? Es verlöre seine Einmaligkeit, seine Kostbarkeit, man hängt daran, weil es unwiederbringlich ist, und deshalb, Anna, ist es so schön, und wir machen was draus, wir genießen es, weil wir wissen, wir sind nur für eine Zeitlang auf der Welt. Der Tod, meine alte Anna, hat einen Sinn, wenn das Leben einen Sinn hatte, und das Leben – natürlich empfinde ich, wie es mir verrinnt, deshalb ist mir, als müßte ich die Schritte eiliger setzen, wie einer, der das Ziel seiner Wanderung schon in der Ferne erkennt und nun hurtiger läuft, weil er weiß, er ist bald angekommen. Noch was tun, noch was tun.

Ich hab schon eine ganze Menge getan in meinem Leben, jawohl, auch dummes Zeug, aber ich glaube, mehr Gescheites. Ich bin nämlich nicht allein auf der Wanderung durch diese Zeit, ich hab immer Genossen, die unterwegs sind wie ich zu dem gleichen Ziel. Wenn ich sterben muß, trete ich ab mit dem Gedanken, die Sonne wird scheinen wie immer, und die Bäume werden grün sein, und die Blumen werden blühn wie immer, aber vieles wird anders sein, als es vorher war, ich hab etwas dafür getan, und das ist nicht mehr aus der Welt zu bringen, die Leute werden ein bißchen besser leben und anders miteinander umgehen als vor meiner Zeit, das wird bleiben, so sicher, wie es Sommer und Winter wird, ohne daß ich davon noch weiß.«

»Du bist ja auch ein Held gewesen«, meinte Anna Preibisch, und als Gomolla die Brauen runzelte, sagte sie eilig: »Gustav, ich mein es ohne Hintersinn.«

Aber Gomolla glaubte das nicht, denn ihre Mundwinkel senkten sich im Lächeln, als sie fortfuhr: »Wenn sie dich mal beerdigen, ich werde es gewiß erleben, dann läutet keine Glocke, aber die halbe Stadt wird auf den Beinen sein. Sie werden sich tief vor dir neigen und deine Taten rühmen, und einen großen Stein wird man setzen und eine Straße nach dir nennen, und ich werde sagen: ›Gomolla hat es verdient.‹ – Aber was sag ich Irene, wenn sie mich fragt, warum jetzt schon, mit Dreißig, warum gerade ich?«

Gomolla wußte keine rechte Antwort, er dachte: Wir können das Leben verlängern und die Bitterkeit verringern, aber die Traurigkeit wird in der Welt bleiben, und ich glaube, das muß so sein. Je menschlicher wir das Leben machen, um so bitterer wird wohl jeder Abschied sein, je reicher wir empfinden können, um so schmerzlicher wird uns jeder Verlust betreffen, die Trennung von einem Menschen. Auch das sind jene vielzitierten Gegensätze, die eine Einheit bilden. Nein, die Traurigkeit ist nicht aus der Welt zu schaffen, und was wäre ein Mensch, wenn er nur die eine Seite des Daseins empfinden wollte, wenn er nicht mehr wüßte, was Schmerz ist oder Bitterkeit oder tiefes Bedauern, er wäre kein Mensch. Wer niemals geweint hat, wird nicht von Herzen lachen können, wer die Angst nicht kennt, weiß nichts von wahrer Tapferkeit, wer die Trauer nicht kennt, weiß nicht, was Freude ist, wer nicht hassen kann, wird auch nicht lieben können. – Aber wie soll ich es der Alten erklären?

Gomolla sagte: »Ach, das ist eine traurige Geschichte, und ich weiß nicht, was du Irene erzählen sollst. Freilich, wenn's mich selber beträfe, ich würde die Wahrheit wissen wollen, damit ich mich einrichten könnte für die Frist, die mir bleibt.«

Sie hatten lange beieinander gesessen, Gomolla und die

alte Anna, über Gott und die Welt geredet, über das Leben und über den Tod, an diesem Sonnabend nachmittag im Frühling neunzehnhundertsechzig.

Gomolla unterhielt sich gerne mit der Wirtin, zwar nannte er sie manchmal bei sich eine rechte Kleinbürgerin, dennoch schätzte er ihre Lebensklugheit und die Unverblümtheit, mit der sie ihre Weisheiten und Bosheiten vortrug. Auf eine gewisse Weise, dachte er, ist Anna im Geiste verwandt meiner guten Luise, die eine alte Genossin ist und wahrscheinlich deshalb das Recht beansprucht, mir oft genug eigenwillige Ansichten vorzutragen, die den meinen widersprechen. Ein begründetes Widerwort ist mir aber tausendmal lieber als Arschkriecherei, der ich leider, leider oft begegne.

Ein Glück jedenfalls, daß sich Luise nicht abbringen ließ und dem Daniel Kaffee kochte, der Junge hat allerhand zu schleppen, trägt das Mädel auf seinen Armen herum, ich wußte es nicht, wird seine junge Frau verlieren, wie ich meine Frau verloren habe, aber das ist schon lange her, und auf diesen Daniel wartet schon die nächste, hübscher Bursche ist er ja und erst Dreißig, und sie könne ihn nicht aburteilen, meint die welterfahrene alte Anna, weil er bei einer Frau liegen muß. Trotzdem werde ich mir den Kerl vorknöpfen, denn das ist nicht die Art eines Mannes, der die Partei zu vertreten hat. Man liegt nicht in fremden Betten herum. Vielleicht hat er deshalb Autorität eingebüßt in Horbeck?

Und da ist noch dieser andere Satz: »Er hat es gesehen, Anna.« Was hat er gesehen, Krüger, dieser alte Gichtknochen?

Ich muß wissen, was Wahrheit ist und was Gerede, ich werde nach dem Rechten sehn, ich werde Irene meine Aufwartung machen, es ist noch Zeit an diesem Nachmittag, und jeder im Dorf soll erfahren, Gomolla hält was auf die kleine Frau. Auch Rosemarie soll es erfahren, dieser verdammt hübsche Feger, ich hab sie mal auf meinen Knien reiten lassen, fünf Jahre wird sie gewesen sein, und sie stellte mir merkwürdige Fragen: Warum hat der Mond keine Beine?

Jetzt werde ich fragen: Warum setzt du dich dem Gerede aus, weshalb, mein Kind, wegen der Liebe?

Ach, die Liebe! Vorbei, dachte Gomolla, altershalber, aber nicht vergessen, und die Frauen, ich hab sie trotzdem noch gern. Was sagt der Dichter? »Ehret die Frauen! Sie flechten und weben himmlische Rosen ins irdische Leben.« Man kann es sich so richtig vorstellen, wie sie neben dem Herde hocken, die Mütterchen, Spitzenhaube auf dem Dutt, und nun wiebeln sie aber und pfriemeln und häkeln und stricken an diesen Röschen herum in sogenannter feiner Nadelarbeit – natürlich symbolisch gemeint von dem großen Mann, aber man spürt es doch, dieser Schiller, sogar Professor ist er gewesen, von den Frauen verstand er nicht viel, himmlische Rosen! –, jedenfalls, das Gedicht, ich hab es noch auswendig herbeten müssen, kommt mir tüchtig spießig vor.

Aber der andere aus Weimar, der kannte die Frauen, und was der von den Weibern sagt – im Zuchthaus war einer von der Kunst, der hat es zitieren können –, was dieser Goethe sagt: »Ein edler Mann wird durch ein gutes Wort der Frauen weit geführt«, das kann ich akzeptieren, weshalb säße ich sonst bei dieser alten Schankwirtin herum, die gerade keine Iphigenie ist, aber nun ja, von einer gewissen Stattlichkeit und einem kräftigen Charakter wohl auch. Und ohne Absicht hat mir das Luder die Geschichte von Daniel und Irene gewiß nicht erzählt, und recht hat die Alte, ich muß mich kümmern.

Tatsächlich besuchte er Irene. Druskats wohnten nur ein paar Häuser von der Kneipe entfernt. Er müsse jetzt mit Daniel reden, behauptete er, denn gegen Abend würde der Trauerzug zurückerwartet. Anna Preibisch drängte ihm ihre Begleitung auf, sie müsse die kleine Anja zur Mutter bringen, um achtzehn Uhr beginne der Kneipenbetrieb, und heute werde gewiß der Teufel los sein.

Der Tag war schön, wie gesagt, Blauhimmel und die Sonne immer noch so hübsch über dem Rasen.

Irene, in Decken gehüllt, ruhte auf einem Sessel, den hatte man ihr in den Garten gestellt. Sie freute sich über den Besuch. »Hallo, Anna, komm doch näher. Guten Tag, Genosse Gomolla. Ach, meine Kleine.« Sie winkte das Kind an ihre Seite und küßte es, dann rief sie aber, erstaunlich, welche Kraft die zerbrechliche Frau in der Stimme hatte, sie rief, wie unwillige Bäuerinnen früher nach einer säumigen Magd gerufen hatten: »Wo bleibst du, Rosemarie!«

Das Mädel erschien eilig am Gartenzaun.

Irene sagte herrisch: »Ich habe Besuch«, und befahl: »Einen Saft, bitte, irgendwas zu trinken!« und fragte lächelnd die Besucher: »Es ist euch doch recht?«

Nun das übliche: »Bloß keine Umstände«, aus Verlegenheit, aus Betroffenheit, mein Gott, wie sah sie aus, die junge Frau. Selbst Gomolla, den so leicht nichts erschreckte, mußte sich beherrschen, schmal ihr Gesicht, bleich, und diese Angstaugen, übergroß.

Irene lächelte. »Ich möchte euch aber bewirten.«

Anna nickte Rosemarie zu, die lief ins Haus, trug Gläser und Most auf einem Tablett herbei und schenkte den Gästen ein.

»Dank dir, Rosemarie«, sagte Gomolla. Er sah sie an und dachte, die hat ja auch Angst in den Augen, die kann noch keine Zwanzig sein, die hat ja schon diese Kummerfältchen um den Mund.

»Du kannst gehen«, sagte Irene ohne Freundlichkeit, »beschäftige die Kleine, bleib nicht wieder zu lange fort.« Nun suchte sie nach einem Spiegelchen, das hatte sich zwischen den Decken versteckt, sie fand es schließlich und betrachtete sich im Spiegel, zupfte die Haare zurecht in rührender Eitelkeit.

Gomolla und Anna wagten nicht, einander anzusehen.

»Du bist doch hübsch«, sagte Gomolla, »na ja, die Sonne, der Frühling« – verflucht, diese Redensarten: »Wird schon wieder werden«, und noch einmal, damit sie einem auch glaubt: »Wird schon werden, Irene. Ich hatte mir doch tatsächlich Sorgen gemacht.«

Und die Alte: »Wirklich, Mädel, gut siehst du aus.« Sie faßte forsch das Kinn der abgezehrten Frau, hob es an: »Na, na, das wird doch wohl kein Doppelkinn.«

Irene lachte, denn nun erzählte Gomolla die komischsten Schnurren, es kostete ihn Überwindung, es kostete Kraft – lieber zwei Kreisdelegiertenkonferenzen –, er schwatzte und schwatzte und versuchte jedesmal einen neuen Witz, wenn Irene ins Jammern kommen wollte, Anna assistierte ihm aufs beste, aber man kann ja nicht immer reden.

Die kranke Frau hatte gelacht, jetzt klagte sie: Daniel, immer unterwegs, nur für Stunden daheim, und auf fremde Hilfe angewiesen sein, und die elende Genossenschaft, Daniel hat keine Zeit für seine Frau, und dieser Stephan, so gemein.

»Das ganze Theater nutzt denen nichts, wir werden die Kerle heute noch am Bändel haben. Ziehn über Land – die mögen wandern, wohin sie wollen, die Glocke hat überall Sozialismus geschlagen.« Nun, das war gerade kein guter Witz, deshalb erzählte Gomolla ohne Übergang von mindestens fünf Krankheitsfällen, vom Genossen Hinz und Genossen Kunz, man hatte sie schon aufgegeben, die Leute waren aber alle wieder auf den Damm gekommen, durch Willenskraft und weil die Medizin jeden Tag Fortschritte macht. Was hatte die alte Preibisch? Er rammte ihr heimlich den Ellbogen in die Seite, er sah sie drohend an: Wage es nicht, keine einzige Träne, wirst du wohl lachen! Aber dann – es war nicht länger zu ertragen – weg, bloß weg aus diesem Garten!

»Ich muß mit Daniel reden, mein Kind.«

»Ob er es schafft, Genosse Gomolla? Die Menschen sind schlecht, und ihr lauft euch die Hacken ab, ihr macht euch kaputt für diese Leute. Ob er's denn schafft?«

»Hör mal, wir schaffen immer, was wir uns vorgenommen haben. Daniel ist doch ein Kerl, und schließlich, nicht vergessen, Irene, Gomolla ist auch im Dorf. Haha!« Er lachte, überlaut, ihm war überhaupt nicht zum Lachen. Jetzt mit dem Sessel ins Haus. »Faß an, Anna!« Tatsächlich, das Mädel war leicht wie ein Federchen.

»Keine Widerrede, Irene, es wird kühl.«

Dann standen Anna und Gomolla vor Irenes Haus und wagten noch immer nicht, einander anzusehen. Womöglich spähte ihnen die Kranke nach. Gomolla ging an Annas Seite die Straße entlang, vorbei an denselben Häusern wie mittags, denselben Gärten, einer schöner als der andere, kein Blick für die Primelchen, kein Scherz für die Leute, die an den Zäunen standen, und die Antwort auf jeden Gruß mehr ein Abwinken.

Er blieb schließlich stehen und mußte sich die Stirn trocknen.

Anna sagte: »Respekt, Gustav, du sprichst überzeugend, sogar wenn du lügst.« Dann ließ sie die Katze aus dem Sack. »Wenn du irgendwas entscheiden mußt wegen Daniel, ich bitte dich, denk an die Frau.«

Er antwortete nicht. Sie trennten sich schweigend. Gomolla machte sich auf den Weg, er wollte Daniel Druskat suchen. Und die Wirtin, schwarz gekleidet wie immer, schritt gesenkten Hauptes auf ihre Kneipe zu.

Gomolla fand Daniel auf dem Zaunsockel hockend vor Stephans Gehöft. Druskat erhob sich nicht, blinzelte dem Alten entgegen, Gomolla hockte sich neben ihn, schob die Mütze aus dem Gesicht, bot Daniel eine Zigarette an, sie rauchten schweigend, bis Gomolla sagte: »Ich war bei Irene.«

Nur diese Feststellung, nichts weiter, der andere wird ihn verstanden haben. Gomolla umspannte mit der Hand für eine Weile Daniels Knie. »Junge«, sagte er schließlich, »Junge, mach bloß keine Dummheiten.« Er wollte mit Druskat über die rotblonde Hexe reden, grüne Augen hat sie, verflucht, die ist hübsch und erst zwanzig, die ist so gesund.

Aber Daniel antwortete rasch: »Ich muß es mit Stephan alleine abmachen, laß mir diese Chance. Sie sind schon auf dem Rückweg. Warte bei Anna auf mich, bis ich Vollzug melden kann.«

Gomolla erhob sich ohne ein Wort, klopfte Daniel auf die Schulter und ging über den Dorfplatz davon.

8

Ich bin davongegangen – Gomolla sinnierte –, ich habe ihn allein gelassen, ich hätte es nicht tun sollen, denn was ein, zwei Stunden später geschah, kam mir geradezu unwirklich vor, mir war beinahe, als sähe ich einem Schauspieler zu, der eine Rolle spielt. Daniel spielte sie gar nicht schlecht, und ich selber stand mit auf der Szene, lieferte die Stichworte. Warum hab ich nicht gerufen: Schluß mit dem Theater!

Ich hatte erfahren, wie es um Druskats Frau stand, ich grämte mich um Irene und Daniel. Mit Gefühlen macht man keine gute Politik, das wußte ich und habe dennoch nicht mit der Arbeiterfaust auf den Tisch schlagen können.

Außerdem, das will ich mir eingestehen, an diesem Abend war wichtiger als jeder Privatkram: Der Kreis Weran ist vollgenossenschaftlich. Es ist manchmal schwer, das Persönliche und das Allgemeine auf einen Nenner zu bringen, ich hab's an diesem Abend nicht gekonnt, verflucht, ich bin doch auch nur ein Mensch.

Gomolla hatte also Druskat allein gelassen, der saß auf dem Zaunsockel vor Stephans Gehöft, und die Männer vom Komitee warteten wieder in Annas Zimmerchen, denn die Gaststube füllte sich gegen Abend mit Durstigen, der Tag war heiß gewesen und die Neugierde groß. Jedermann im Dorf wollte wissen, ob man heute noch des Stephan würde habhaft werden können und auf welche Weise das geschehen sollte, selbst für den erfahrenen Gomolla würde es nicht einfach sein, den einfallsreichen Strolch aufs Kreuz zu legen, ist doch ein Teufelskerl, dieser Stephan, nun ja, ein Horbecker eben.

Gomolla gelang es kaum noch, seine Ungeduld zu verbergen, er blickte auf die Uhr, er schaute den Polizisten an, der spielte wieder mit den Kettchen in der Jackentasche, sie klirrten leise und bedrohlich, es wurde später und später. Plötzlich kreischte Ida draußen im Flur, als sei ihr der Leibhaftige erschienen, ein Tablett fiel scheppernd zu Boden,

Anna schrie etwas wie dumme Gans. Dann wurde die Tür aufgerissen, Daniel taumelte herein, gefolgt von Anna, sie hielt mit beiden Händen die Türbalken fest, verwehrte den nachdrängenden Bauern den Zugang ins Zimmer, viele Gesichter über Annas Schulter, viele Augen, die auf Daniel starrten, der sah schrecklich aus, wirr das Haar, das Gesicht totenbleich, und der Mund verletzt. Druskat versuchte mit dem Taschentuch das Blut abzuwischen, jemand mußte ihn erbarmungslos zusammengeschlagen haben.

Die Männer waren aufgesprungen, als sie Druskat erblickten.

»Tür zu, Anna!« befahl Gomolla. Dann fragte er: »Was ist passiert?«

Es war so still im Zimmer nach dieser Frage, daß jeder hören konnte, wie Daniel keuchend nach Atem rang.

»Ich bin gestürzt«, sagte er.

Gomolla hob erstaunt den Kopf, die faltigen Augenlider senkten sich, aus schmalen Schlitzen sah er Druskat an.

»Es war dunkel«, sagte Druskat leise, »ich bin gegen einen Balken gerannt, gestolpert, gefallen, auf so eine verdammte Egge. Ich hätte mich umbringen können.« Und dann brüllte er: »Ich bin gestürzt, verdammt noch mal!«

»Man sieht es ja«, sagte Gomolla, »und weiter?«

Die Antwort ließ eine Weile auf sich warten. Es war wieder sehr still im Zimmer, der Regulator tickte und tickte, das Pendel schwang hin und zurück, hin und zurück. Druskat blickte zur Uhr, er sagte: »In einer Viertelstunde sind sie zur Unterschrift bereit, alle, auch Stephan. Sie werden im Schloß auf euch warten, ihr müßt euch beeilen.«

»Ihr?« fragte Gomolla. »Euch? Und du? Sie warten auf uns?«

»Nein!« sagte Druskat aufsässig. »Du glaubst doch nicht im Ernst, daß ich vor die Bande hintrete, so wie ich aussehe.«

»Nach solchem Sturz«, meinte Gomolla.

»Ja«, sagte Druskat, »ich fühl mich nicht.« Dann verlangte er Schnaps.

Anna füllte ihm eilig ein Glas, er leerte es auf einen Zug, stöhnend, gab sich auf einmal, als stöhne er im Wohlbehagen, spielte den Lustigen, wahrhaftig, den Munteren, hieb das Glas auf die Tischplatte. »Geschafft, Gustav, ich hab dir doch gesagt, daß ich fertig werde mit diesen Hunden – und zwar ganz alleine. Ich hab mir noch einen Schnaps verdient, sei so gut, Anna!«

»Willst du mir erklären«, fragte Gomolla, »was das bedeutet? Du willst nicht zugegen sein bei der Unterschrift, du willst dir die Genugtuung entgehen lassen nach deinem unerhörten Sieg, bloß weil du gegen einen Balken gerannt bist in der Dunkelheit?«

»Ja«, sagte Druskat und trank das zweite Glas, »und ich muß noch was erklären. Ich hab mit den Leuten verhandelt. Es sind die erfolgreichsten Bauern von Horbeck, jeder weiß es, Stephan ist der beste von ihnen, er ist Meisterbauer. Unsere Losung heißt: Die Besten in die Leitung. Ich werde auf den Vorsitz verzichten zugunsten von Max Stephan.«

»Du hattest kein Recht, ohne die Parteigruppe zu entscheiden«, sagte Gomolla kalt. »Dieser Strolch und der Chef, das fehlte noch.«

»Die Genossen werden ihm auf die Finger sehen«, meinte Druskat obenhin und verlangte noch einen Schnaps. Anna wollte ihm tatsächlich einschenken. Gomolla riß ihr die Flasche aus der Hand.

»Priskoleit wird aufpassen«, sagte Druskat, er deutete auf jeden der Bauern, »und du wirst es tun, und du, und du. Die Partei wird keinen Schaden nehmen, wenn ich aus Horbeck verschwinde.«

»Wie denn«, Gomolla hielt den Kopf schief wie ein Schwerhöriger, »noch eine Neuigkeit?«

In diesem Augenblick mischte sich Anna Preibisch in das Parteigespräch. Sie schritt auf Gomolla zu mit drohendem Blick, nahm ihm die Schnapsflasche ab, sie schenkte dem Druskat ein, und sie herrschte ihn an, er solle sich setzen, sie schenkte jedem der Männer ein, die setzten sich alle wieder auf ihre Plätze, nur Gomolla blieb mitten im Zimmer stehen.

»Hör mal zu«, sagte er, »das ist deine Stube, Anna, trotzdem mußt du jetzt verschwinden, und zwar auf der Stelle.« Die Alte nickte gehorsam. Sie hielt schon die Klinke in der Hand, als sie sich noch einmal nach Gomolla umwandte.

»Dann mach's gut, Gustav«, sagte sie, ehe sie die Tür hinter sich ins Schloß warf.

»Du willst also aus Horbeck verschwinden?« fragte Gomolla. Er trat dicht vor Daniel hin, der hockte auf seinem Stuhl, mit krummem Rücken, Kopf gesenkt, die gefalteten Hände zwischen die Knie gepreßt. »Verlangt das jemand von dir?« Gomolla wurde laut. »Sieh mich an, Mensch! Du kannst mich nicht für dumm verkaufen. Ich will wissen, wer das von dir verlangt!«

Daniel blickte auf. Gomolla sah in das entstellte Gesicht. Der Junge war furchtbar mißhandelt worden, Gomolla zweifelte nicht daran, keiner im Zimmer glaubte an einen Sturz.

Druskat sagte: »Kann ich nicht mal selber was verlangen? Ich hab da gearbeitet, wo ihr mich hingestellt habt, es sind nicht die leichtesten Posten gewesen. Ich hab versucht, meine Arbeit so gut zu machen, wie ich das konnte, keiner wird sagen können, ich hätte mich geschont, trotzdem sind wir nicht auf den grünen Zweig gekommen in Horbeck. Aber nun stoßen die besten Fachleute zur Genossenschaft, ein bißchen spät, bitte schön, aber die kenn ich, ihr kennt sie auch, die werden uns beweisen wollen, daß sie mehr können, als wir alle miteinander, bitte schön, laßt sie es doch versuchen, es wird für uns alle von Nutzen sein, die Arbeit wird einfacher werden.

Ich möchte es auch mal leichter haben. Ich hab nie drüber gesprochen, aber meine Frau, sie ist sehr krank, ich muß mich mehr um sie kümmern. Entlastet mich von der Funktion. Und ich kann nicht unter Stephan arbeiten, ich kann mich nicht so weit verleugnen. In Altenstein ist ein Katen frei, dort brauchen sie Leute, Traktoristen, Männer für den

Stall, ich mach jede Arbeit, jede, aber ich muß weg. Gustav, ich brauch Zeit für meine Frau.«

Als er das alles gesagt hatte, zögernd und leise, als er sah, wie ihn die Männer fragend anblickten, wie sie die Schultern hoben oder die Hände, als er das tiefe Mißtrauen in Gomollas Augen sah, rief Druskat beinahe verzweifelt: »Hat denn kein Mensch Verständnis für meine Lage?«

Jeder der Männer wartete gespannt, wie Gomolla entscheiden würde, der ging unendlich lange im Zimmer auf und ab, plötzlich blieb er stehen. Nun sah er Druskat an. »Geh nach Haus«, sagte er schließlich, und beinahe drohend setzte er hinzu, »und kümmer dich um die Frau!«

Später hatten sie, Gomolla und die Männer vom Komitee, die Unterschriften der Bauern im Schloß von Horbeck entgegengenommen. Gomolla mit finsterem Gesicht, ohne Freude über den Sieg, mit einem schlechten Gewissen.

Sah dieser Stephan nicht ebenfalls ramponiert aus, war der nicht auch entstellt im Gesicht? Gomolla verkniff sich eine Frage, er konnte keine Genugtuung empfinden, als Priskoleit die Bauern herzlich zu ihrem Eintritt beglückwünschte, und wahrhaftig, wer kennt sich aus in einer Menschenseele, nun hatten diese Strolche Lust auf eine Feier, sie luden ihn zum Umtrunk ein. Gomolla lehnte ab, er rief unwirsch nach seinem Fahrer.

9

Man geht kaum länger als eine Viertelstunde von der Linde bis hinunter ins Dorf, aber der Weg schien Gomolla weit, seine Gedanken waren durch die Jahre gewandert, er hatte nachgedacht über andere und über sich selbst, als er an diesem glutheißen Tag neben Stephan durch die Felder schritt.

Hinter der Wegbiegung vor den ersten Häusern sah er die Frau, Hilde Stephan, sie ging ungeduldig vor dem weißen Auto auf und ab. Bißchen stramm geworden, dachte Gomolla, steht ihr nicht schlecht, dunkle Brille vor den Augen, schau an, vor ein paar Jahren genügte als Sonnenschutz noch ein Kopftuch über der Stirn, heute geht sie mit der Mode, oder will sie nicht, daß man die Fältchen erkennt, wenn sie die Lider gegen das grelle Licht verkneifen muß, ärmelloses Kleid, warum nicht bei der Hitze, die kann ihre vollen Arme sehen lassen, und – Donnerwetter noch mal – die hat aber was unter der Bluse. Wer hätte gedacht, daß die sich so rausmachen würde, früher hatte sie beinahe was Zickiges, heute juckt es einem richtig in den Pfoten, mal da und dort hinzulangen. So beweist sich halt, auch mit der Liebe entwickelt sich der Mensch, und die Liebe, was da so einer und wie er's mit einer treibt oder umgekehrt, ist sicher die vergnüglichste Art von Einflußnahme auf die Umwelt.

»Tag, Hildchen.« Gomolla schmunzelte, ließ die Zunge über die trockenen Lippen gleiten.

Hilde erwiderte seinen Gruß nur flüchtig, sie konnte nicht ahnen, welche Überlegungen Gomolla im Augenblick erheiterten. Man hatte sie warten lassen, viel zu lange, nun brannte sie darauf, den Männern Neuigkeiten zuzutragen.

»Denkt euch bloß, die von der Kripo oder wer das ist ...«

»Genossen von der Staatsanwaltschaft«, erklärte Gomolla.

»Ach die«, sagte Hilde, »jedenfalls sind die bei Priskoleit gewesen, keine Viertelstunde her, während ihr gemütlich herumgesessen habt da oben im Schatten der Linde. Nein, diese Hitze.«

Sie hob die angewinkelten Arme, lockerte mit den Händen das Haar, die Frau schwitzte ein wenig. Gomolla blickte zwinkernd nach den Büschelchen in Hildes Achselhöhlen, er dachte, ich schnuppre gern den Geruch einer Frau, der es warm ist, so alt bin ich also noch nicht, ich mag es, wenn eine Frau ein bißchen nach Frau riecht, aber sie werden es sicher noch hinkriegen mit diesem ganzen Spray-Gespritze, daß die Weiber einem vorkommen wie tiefgekühlt, wie Putenbrust im Plastikbeutel, merkwürdigen Geschmack hat die Generation von heute, verdammt, die Hitze, wo bin ich bloß mit den Gedanken, ich muß mich konzentrieren. Was berichtet die stramme Hilde da, während sie an den Haaren nestelt? Die Gebeine der Toten, die traurigen Reste, sollen in Horbeck bestattet werden, sie stammen von hier? Also doch!

»Das Dorf steht kopf, kann ich euch versichern«, sagte Hilde, »wie ein Lauffeuer war es herum. Und wißt ihr, wer die beiden Toten sind?«

Stephan, halbgeöffneter Mund, Stirne gerunzelt, starrte seiner Frau ins Gesicht. »Red schon!«

»Der eine soll Wladek sein, unser Wladek, Max.«

Stephan nickte. »Wußte ich.«

»Das hast du gewußt?« fragte Gomolla erstaunt. »Und hast dich vor einer halben Stunde noch dumm gestellt.«

»Ich ahnte es«, Stephan verbesserte sich und fragte: »Wer ist der andere?«

»Du kommst nicht drauf«, behauptete Hilde und meinte, der ehemalige Gutsinspektor Dobbin solle es sein. Übrigens habe sie nie geglaubt, daß der Mann getürmt sei, als die Russen kamen. Sie sei am Abend vor der Flucht noch auf dem Schloß gewesen und habe mit ihren eigenen Ohren gehört, wie die Gräfin diesem Dobbin befohlen habe, die Stellung zu halten. Die Gräfin habe um jeden Preis den Besitz über den Krieg weg retten wollen, es sei ihr ernst gewesen, als sie vom Inspektor verlangte, nicht das geringste dürfe im Polenlager geschehen, nichts, das man später gegen sie verwenden könne. Und doch müsse in der letzten Nacht etwas Schreckliches passiert sein.

Stephan wischte sich den Schweiß aus der Stirn.

Hilde fragte: »Aber warum soll ausgerechnet Daniel die beiden umgebracht haben?«

Stephan hob die Schultern.

Gomolla sagte: »Du hast gewußt, daß dieser Wladek einer der Toten ist, unser Wladek, hat Hilde gesagt. Nun pack doch mal aus!«

»Mann ...«, Stephan stöhnte, »unerträglich, die Mittagshitze, die Zunge klebt mir am Gaumen, keinen Ton krieg ich raus.«

»Gut.« Gomolla hob den Spazierstock. »Fahren wir zu euch!«

Stephan nahm seine Frau beim Arm.

Hilde sträubte sich. »Wir müssen nach Altenstein, wir müssen uns um Anja kümmern. Bitte, mach die Sache nicht so spannend, Max.« Jetzt blickte sie Gomolla treuherzig an, aber ihr Kopf zitterte ein wenig und auch die Stimme, als sie sagte: »Er weiß nämlich gar nichts, und was er ahnen will, das ist mit einem Satz erklärt.«

»Nein«, Stephan schüttelte den Kopf, »nein, Hilde, ich weiß ein bißchen mehr, als du meinst, und es ist höchste Zeit, daß du es erfährst.« Er führte seine Frau zum Auto, er half ihr auf den Rücksitz, bat Gomolla, an seiner Seite Platz zu nehmen, und fuhr eilig nach Hause.

Die Haustür war verschlossen. »Dein Vater nicht daheim?«

Hilde verneinte. Sie blickte Max prüfend an, konnte es sein, daß er erleichtert schien nach dieser Auskunft? Er verlangte den Schlüssel. Sie war nervös, sie mußte lange suchen, bis sie ihn fand zwischen all den Kleinigkeiten, die eine Frau in der Handtasche mit sich führt. Stephan öffnete die Tür, ließ Gomolla und seine Frau ins Wohnzimmer eintreten. Die Vorhänge waren der Hitze wegen zugezogen, es war dämmrig im Zimmer und kühl, aber es roch ein wenig nach Moder wie in einer Gruft, in der Kristallvase auf dem Tisch welkte ein Rosenstrauß.

Hilde blieb bei der Tür stehen, sie fühlte sich unbehaglich und ängstlich wie am Morgen, als Anja erschienen war und Fragen gestellt hatte. Was hatte der Junge gesagt? Sie denkt, ihr habt was zu tun mit der Sache! Es kam Hilde gar nicht in den Sinn, daß sie die Hausfrau war, Gomolla vielleicht etwas anbieten müßte, wenigstens einen Platz. Es war ihr, als sei sie nicht in den eigenen Wänden, sondern bei Fremden eingetreten, die sie mitgenommen hatten, um ihr nun etwas Unangenehmes zu eröffnen.

Gomollas Augen konnten sich nicht an das Dämmerlicht gewöhnen, er sah sich angestrengt um, musterte die Schrankwände, spiegelnde Flächen, kostbares Mobiliar, es paßte zu Stephan, es kam ihm protzig vor.

Stephan hantierte am Gläserschrank.

»Wollt ihr was trinken?« Er wendete sich nach seiner Frau um, sie stand immer noch bei der Tür, wie festgenagelt, er fragte: »Was hast du?«

»Ich hab Angst, Max.«

»Warum?«

»Du hast mir versichert, mit Daniels Verhaftung hättest du nichts zu schaffen.«

Stephan stellte die Gläser wieder in den Schrank zurück. »Das ist richtig.« Er ging auf seine Frau zu, er faßte sie an der Hand und geleitete sie behutsam bis in die Mitte des Zimmers, er schob ihr einen Sessel zurecht. »Setz dich, mein Schatz.« Dann langte er zwischen seinen Beinen hindurch, um sich einen Stuhl unters Gesäß zu ziehen, er sagte: »Mit der Verhaftung hab ich nichts zu tun, aber mit Daniels Leben, mit seinem Schicksal, wenn du so willst. Wir können nicht nach Altenstein fahren, eh ich nicht mit dir und mit Gustav darüber gesprochen habe.«

Gomolla war zum Fenster getreten und hatte den Vorhang beiseite gehoben. Er hatte Lust auf eine Zigarette, nun prüfte er, ob man ein Fenster öffnen könne. Draußen im Hof flimmerte die Hitze über den Steinen, in breiter Bahn flutete Sonnenlicht in Stephans Prunkzimmer, ließ Milliarden Staubatome flirren. Gomolla wandte sich um, er sah Hildes Gesicht wie im Scheinwerferstrahl, es war von kalkiger Blässe. Gomolla ließ den Vorhang fallen, vielleicht wollte er nicht die Scham in den Gesichtern der beiden Menschen sehen: Mag's ruhig dämmern, wenn ihr von dieser dunklen Geschichte berichtet, was hab ich davon, wenn ich sehe, wie ihr blaß werdet oder errötet – ich will endlich die Wahrheit erfahren.

Er ließ Stephan Zeit, er drängte nicht, er setzte sich in einen der Polstersessel, lehnte sich seufzend zurück, schloß träge die Augen, es schien bald, als schliefe er.

10

Stephan erzählte: »Als wir damals zurückkamen von der Beerdigung, es wurde übrigens tatsächlich einer zu Grabe getragen in Karbow, aber wir alle kannten den Mann nur dem Namen nach, als wir zurückkamen, wir hatten unterwegs ausgiebig gezecht, war es schon gegen Abend, wollte die Sonne schon untergehen ...«

Er vergißt diesen Abend nicht, auf Umwegen wanderten sie dem heimatlichen Horbeck zu. In schöner Ordnung war der Trauerzug nach Karbow aufgebrochen, aber später wollten die einen noch beim Bier sitzen, während andere auf Heimkehr drängten. Es kam zu Streitereien, und auf dem Heimweg hatte sich die Gemeinschaft aufgelöst, sie war zerfallen. Stephan konnte es sehen, sobald er sich umdrehte, um seine Gefolgschaft grimmig zu mustern. Zwar marschierte er immer noch an der Spitze des Zuges, aber welchen Haufen führte er an? Hinter ihm schleppten Wiedenbeck und Hinz den stinkbesoffenen Harmonikaspieler, kaum trugen die Füße noch den erbärmlichen Mann, ab und an, wenn ihn die Eskorte gerade noch vorm Fall bewahrte und grob in die Höhe riß, gab das Instrument, es baumelte vor seinem Bauch, klagende Laute von sich, kein Gedanke mehr an fromme Choräle, der Musikant sang lauthals schweinische Lieder.

Die schwarzgekleideten Frauen verstimmte es mehr und mehr, sie bildeten eine Rotte für sich, stolperten aufgebracht den Männern hinterdrein, und jetzt erst, lange nach Ende der Bestattungsfeierlichkeit, da es sonst üblich war, sich des Hingeschiedenen oder auch schrecklicher Unglücksfälle aus der Nachbarschaft im freundlichen Geplauder zu erinnern, machten sie die wahren Leidensmienen, großer Gott, diese verkniffenen Lippen, diese tückischen Blicke. Die Bauern wagten nicht, ihren Eheweibern ins Gesicht zu schauen, jeder war des Gezeters und Gekeifs gewiß, das sich erheben würde, sobald man daheim war, dies machte ihnen Lust aufs Weitersaufen, obgleich jeder einzelne von ihnen der von Stephan organisierten Demonstration herzlich überdrüssig war. Max schritt immer noch festen Trittes dem Zuge voran, Hosenbeine des Traueranzuges hochgekrempelt, der Sand auf dem Wege war wie Asche so fein und stäubte auf bei jedem Schritt, aber hinter Stephan wankten und schwankten die Grüppchen und Trüppchen wie die kläglichen Reste einer geschlagenen Armee durch die Felder. So gelangte der Zug endlich in der Nähe des Hügels an eine Wegscheide.

Hier hatte der Förster am Wegrand Langholz zur Abfuhr zusammenschleppen lassen, die Stämme luden zur Rast ein, Wiedenbeck und Hinz warfen den Spielmann mehr auf den Stapel, als daß sie ihn dort niedersetzten. Die erschöpften Frauen nahmen umständlich auf der Böschung Platz, ihr feierlicher, steifer Aufputz hatte sich auf dem Weg als rechtes Hindernis erwiesen, mit beinahe wütender Entschlossenheit entledigten sich einige der kostbaren schwarzen Festtagstücher, sie mußten als Unterlage für die Hintern dienen und waren sonst wie Reliquien behandelt worden. Dies alles verhieß nichts Gutes, aber dem Harmonikaspieler war durch den Suff jegliche Künstlerschaft abhanden gekommen, er spürte nicht die Verstimmung der Leute, sondern fühlte sich aufgefordert von den Schweigenden, griff also in die Tasten, griff daneben, und nun erklang mißtönig jaulend zum zwanzigstenmal jene Melodie, die keiner mehr hören konnte: »Heut woll'n wir lustig sein, heut woll'n wir fröhlich sein ...«

Stephan trocknete mit dem Taschentuch das Schweißband seines Zylinders, er brüllte: »Aus!«

Der Spielmann glotzte ihn verschreckt an. »Hättest du's lieber fromm?«

»Maul halten, Suffkopf!« befahl Stephan, dann erläuterte er seiner Gefolgschaft den nächsten taktischen Zug. »Nach Horbeck können wir erst bei Dunkelheit. Ich schlage vor, wir gehen nach Altenstein hinunter und lassen uns in der Kneipe was zu essen machen.« Er wollte gerade einen kleinen Scherz versuchen, um die Leute aufzumuntern, als sich Frau Wiedenbeck aus dem Grase erhob, sie war eine stattliche schöne Frau, wie Hilde Erbin eines Hofes. Im Gegensatz zu Stephans Frau hatte sich aber Marie Wiedenbeck niemals das Regiment aus der Hand nehmen lassen, und der Gatte war es zufrieden, er wußte wohl, was er an ihr hatte, die Frau war gescheit, fleißig bei jeder Arbeit und auch im Bett – so ging die Rede unter Männern –, nicht ständig nur müde wie andere Bäuerinnen. Frau Wiedenbeck erhob sich also aus dem Gras, nahm das Umschlagtuch vom Boden, schüttelte es energisch aus, warf es mit Schwung um die Schultern, daß die Troddeln flogen und sagte: »Ich geh nach Hause. Wir müssen füttern!« Und jetzt – als sei dies das Stichwort gewesen – riefen fast alle Frauen zugleich: »Wir auch!«

Sie rappelten sich vom Wegrain auf, sie klopften die Röcke ab, wedelten mit den Tüchern und traten – eine nach der anderen – zu den Wiedenbecks.

»Was?« schrie Stephan empört und reckte den Arm gegen Wiedenbeck aus. »Du kneifst?«

Die schöne Frau Wiedenbeck antwortete für ihren Mann, sie verschränkte die Arme unter der üppigen Brust, hob angriffslustig das Kinn, so ging sie schlendernd ein paar Schritte auf Stephan zu, sie sah dem gewaltigen Menschen ins Auge, sie zuckte nicht mit der Wimper. »Ein Bauer«, sagte sie, »der sein Vieh vernachlässigt, und sei es wegen der wichtigsten Sache und sei es dreist um Geburt oder Tod, um den steht es schlecht!«

Wie nicht anders zu erwarten, die Bäuerinnen stimmten ihr vielstimmig zu.

Stephan fühlte sich verraten. »Es kann doch nicht sein, Mariechen«, sagte er leise, »ihr wollt euch einfach ergeben?«

Frau Wiedenbeck sprach wie zu einem enttäuschten Jungen: »Wir haben dir den Gefallen getan und sind mit zu der Leiche gegangen, mal muß der Spaß vorbei sein«, und Bauer Wiedenbeck – Stephan hätte ihn ermorden können – schwenkte abschiednehmend den Zylinder und rief: »Mensch, ich laß doch meine Kühe nicht leiden unter deinem Eigensinn!«

Es war nicht zu fassen. Stephan brüllte: »Ja, begreift ihr denn nicht in eurer ungeheuren Beschränktheit, bloß weil ihr heute noch mal pünktlich füttern wollt, seid ihr morgen euer Viehzeug los, für immer!«

Er schritt die Reihe der Bauern ab, während er sie beschwörend anrief, er starrte jedem einzelnen ins Gesicht, er sah Unwillen, oder wenn's hoch kam, ein Achselzucken, Unentschlossenheit, niemand schien ihn zu begreifen. Er schlug sich die Hand gegen die Stirn, wie in der Verzweiflung über so viel Stumpfsinn, er blickte in den Abendhimmel, als wolle er bei den Göttern um Hilfe flehen, niemand kam ihm zu Hilfe. Warum sagte Hilde kein Wort? Warum stand sie ihm nicht zur Seite? Sie stand weit hinter ihm, mit gesenktem Kopf, mit hängenden Schultern, ein Bild des Jammers die Frau, großer Gott, welche Gefährtin für ihn!

In dieser verzweifelten Situation erwies sich nur einer als Stephans Kumpan, der besoffene Spielmann, er wankte auf Max zu, er lallte: »Ich verlaß dich nicht, Bruder, ich geh mit dir nach Altenstein, komm, Bruder, wir gehen einen saufen!«

Hohngelächter aus der Menge, die schöne Frau Wiedenbeck sagte: »Du hast doch Gesellschaft, Max!«

»Wir beide gehen einen saufen!« Der Spielmann versuchte Stephan zu umarmen, der stieß ihn angewidert von sich. »Hau ab, du besoffenes Schwein!« Der entkräftete Mensch stürzte zu Boden, Hilde half dem Musikanten wieder auf, er reckte drohend die Faust. »Großkotziges Bauernpack, euch kriegen sie alle am Arsch!« Dann taumelte er den Weg nach Altenstein hinunter, er umarmte einen Alleebaum nach dem anderen, bis er schließlich hinter der Wegbiegung verschwand.

Wiedenbeck reichte seiner Frau den Arm, sie hakte sich ein, senkte dann die Lider, neigte hoheitsvoll den Kopf gegen die Stephans zum Abschiedsgruß, für die übrigen war es das Zeichen zum Aufbruch, sie folgten dem Paar, das an Stephans Stelle die Führung auf dem Heimweg übernahm. Die Leute hatten es eilig, alle miteinander. Stephan sah ihnen eine Weile nach, sah die wogenden Hinterteile der Bäuerinnen, rhythmisch schlenkernde Röcke, kein Zweifel, der Zug ordnete sich wieder in einheitlichem Tritt.

»Diese Pfeifen«, rief Stephan verachtungsvoll und schleuderte seinen Zylinder in den Dreck, »sie lassen sich von ihren Weibern kommandieren.«

Hilde mußte seit je ihrem Mann die Sachen nachräumen, wie alle großzügigen Naturen neigte Max ein wenig zur Schlamperei, sie bückte sich aus Gewohnheit, hob den Hut auf, putzte ihn mit dem Ärmel ihres Kleides blank, eh sie ihn an den Mann zurückreichte, ihre Stimme klang tränenerstickt, als sie sagte: »Wir haben nicht recht gehandelt an Daniel.«

Stephan blickte seine Frau an, empört, sie war nicht seinetwegen bekümmert, wie er selbstverständlich angenommen hatte, sie jammerte um Daniel.

»Ach«, sagte er, »nicht recht? Und was haben sie mir angetan? Recht wäre gewesen, wenn die Regierung ein Gesetz erlassen hätte: Alle müssen in die Genossenschaft. Einem Gesetz muß man sich beugen. Aber einen Mann, einen Charakter, zu demütigen, mich ...«, er preßte seine Hände gegen die breite Brust, »mich zum freiwilligen Eintritt nötigen, jawohl nötigen, mit solchen Mitteln, das ist widerwärtig. Spielst du mir zum Tanz auf, ich setz einen drauf, das hab ich Druskat und seinen Leuten zeigen wollen.«

»So erreichst du gar nichts!« Krüger sprach es mit Schärfe. Als einziger der Männer hatte er fast nichts getrunken. Kam er sich deshalb überlegen vor, maßte er sich deshalb diesen Ton an gegenüber dem Schwiegersohn? »Gehn wir!« Krüger deutete den Weg hinunter, seine Tochter nickte gehorsam, sie hatte sich die Tränen getrocknet, nun verstaute sie das Schnupftuch in der Handtasche, hob sich den lästigen schwarzen Schleier aus dem Gesicht, sie sagte: »Wir müssen füttern, Max!«

Die beiden, Vater und Tochter, wollten ihn auch verlassen. »Füttern, füttern«, brüllte Max und zeigte auf Krüger. »Der Alte hätte das Haus hüten sollen, wie ich gesagt habe, aber der muß ja überall dabeisein, ohne den geht's ja nicht!«

Krüger stand jetzt dicht vor Stephan, er sagte: »Laß deine Wut nicht an mir aus. Könnte sein, du brauchst mich noch mal.«

»Dich?« rief Stephan höhnisch.

»Ja«, sagte Krüger, »vielleicht weiß ich, wie du mit diesem Druskat fertig werden kannst.«

»Ausgerechnet du.« Stephan lächelte mitleidig, dann musterte er seine Frau, sie hatte sich die Füße wundgelaufen, die kaum getragenen Lackschuhe paßten nicht mehr, da stand sie nun, barfuß im Trauerstaat, er konnte sich nur abwenden, er ging davon, niedergeschlagen, ein einsamer Mann.

Nach einer Viertelstunde war er am Kirchberg angekommen, näherte sich jetzt in aller Heimlichkeit der Rückfront seines Gehöftes und schlich wie ein Dieb durch den eigenen Grasgarten, keiner durfte ihn sehen.

Am Zaun wartete Max auf Frau und Schwiegervater, er hielt lauschend den Kopf schief. Die Kühe brüllten nicht, wie er erwartet hatte, alles schien wie sonst auf dem Hof. Er hörte die vertrauten abendlichen Geräusche, das Klirren der Viehketten, Eimerklappern – Max wußte im Augenblick, jemand machte sich in den Ställen zu schaffen.

»Halt mal bitte.« Er reichte Hilde den Zylinder, warf ihr den Bratenrock zu, wie er verächtlich die zu eng gewordene Jacke seines Hochzeitsanzuges nannte, dann schwang er sich, damals war er erst dreißig, in kühner Flanke über den Zaun, rannte die paar Schritte bis zum Stall und wuchtete die schwere Schiebetür beiseite, daß sie gegen den Anschlag krachte.

Druskat war in Stephans Hof eingedrungen – eindeutiger Fall von Hausfriedensbruch! –, gabelte den Kühen Futter in die Raufen, jetzt, noch gebückt, blickte er hoch, erkannte Stephan, richtete sich endlich auf, jagte die Forke wie einen Spieß in den Futterhaufen neben der Tür und kratzte sich dann ein paar Halme aus dem wirren Haar. Er sagte ohne jede Erregung, so, wie das einer bei Schichtwechsel sagen würde: »Melken mußt du.«

Nun langte er nach der Jacke, sie lag auf der Futterkiste, warf sich die Jacke über die Schultern, er wollte hinaus auf den Hof treten, aber Stephan stand mit weit gespreizten Beinen in der hellen Türöffnung. Der Abendhimmel war gerötet, Stephan sah wie ein Schattenriß aus, riesengroß, er wollte den anderen nicht vorbeilassen, er sagte: »Wie ich sehe, regiert hier bereits die Kommune.«

Druskat antwortete: »Ich bin Bauer, weißt du, ich hab das Gebrüll nicht ertragen können, ich hab's nicht fertiggebracht, das Vieh hungern zu lassen.«

Ausgerechnet Druskat sagte das. Stephan empfand die Worte wie einen Schlag ins Gesicht. Er sprach gefährlich leise: »Mach, daß du rauskommst!« Jetzt trat er zur Seite.

Aber nun wollte Daniel nicht mehr gehen, er hob grinsend die Schultern: »Ich bin froh, daß ich endlich mal drin bin. Ich muß mit dir reden.«

»Du wirst ganz schnell verschwinden«, sagte Stephan kalt, er ging hinüber zur Hundehütte, der Schäferhund stemmte sich kläffend in die Kette, versuchte, seinem Herrn entgegenzuspringen. Stephan löste den Hund von der Fessel, der Hund war unruhig, viele Stunden ohne Futter gewesen, begierig auf Freiheit, er jaulte und winselte. Stephan, halb gebückt, hielt ihn nur mit Mühe am Halsriemen nieder. »Verschwinde«, rief er noch einmal, auf Druskat starrend. Der stand gegen die Stalltür gelehnt, Füße überkreuzt, Arme verschränkt, herausfordernd lässig und schaute der Veranstaltung mit gewisser Belustigung zu, wie es schien.

Jetzt sah Stephan den alten Krüger hinter der Stallecke hervortreten, gefolgt von Hilde, in der einen Hand trug sie ihre Schuhe, mit der anderen hielt sie Stephans Zylinder und dessen Rock. Sie schrie auf, als sie begriff, was ihr Mann beabsichtigte, denn der Hund war als scharf und bissig bekannt. »Nein, Max«, schrie Hilde, »Max, tu das nicht!«

Aber Stephan ließ das Halsband los und hetzte den Köter: »Faß, Hassan, faß!«

Der Dreck spritzte auf, als der Hund auf Daniel zuschoß, er

sprang ihn an mit so gewaltigem Satz, daß Druskat gegen die Stalltüre geworfen wurde – aber nun wedelte das Tier mit dem Schwanz, versuchte, Daniels Gesicht zu lecken, der tätschelte lachend das mächtige Vieh. »Ist ja gut, Hassan, ist ja gut!«

Es war schon vor Jahren, daß sich beide, Druskat und Stephan, mit dem Hund auf den Wiesen herumgebalgt hatten. »Kannst du mal sehen«, rief Daniel, immer noch lachend, und wehrte die Zudringlichkeit des alten Hassan ab, »so ein Tier vergißt nicht, das bleibt dein Freund.«

»Zu mir!« brüllte Stephan. Der Hund ließ gehorsam von Druskat ab, gewiß hatte er gelernt, daß es Gefahr bedeutete, wenn eine Stimme so furchtbar klang wie die von Stephan, bäuchlings kroch er seinem Herrn entgegen, blieb vor ihm liegen, ängstlich winselnd, Schnauze im Dreck, tatsächlich, da traf ihn auch schon der Tritt, und mit eingeklemmter Rute verkroch er sich in die Hütte.

»Manchmal im Suff«, sagte Druskat, »und manchmal im Zorn benimmst du dich wie ein Vieh.«

Stephan spürte, der andere hatte ihn gestellt, er saß in der Falle, er war aufs äußerste gereizt, er fühlte, daß er sich wehren mußte, angreifen, nur noch ein Impuls beherrschte ihn: zuschlagen – niedermachen diesen Gegner.

Es waren zu viele Eindrücke und zu widersprüchliche gewesen, die er an diesem einen Tage ordnen sollte, jetzt konnte er es nicht mehr. Er hatte seinen Triumph gehabt, mittags, als er die verdammten LPG-Werber aufs Kreuz legte; in der Kneipe von Karbow, als sie mit der leidtragenden fremden Familie das Fell des zu Grabe Getragenen versoffen, wurde er noch wie ein Held gefeiert. Dennoch überkam ihn bald der Katzenjammer, denn selbstverständlich erkannte er seine Ohnmacht, die anderen waren mächtig, waren viele, was hatte er für Partner, lauter Pfeifen, er war einsam, und was kann ein Mann erreichen, der allein ist, wenig! Traurigkeit überkam Stephan, als er dies alles bedachte, er neigte zur Selbstgerechtigkeit, er konnte sich selber tief bedauern, und was er auch alles getan und angestellt hatte an diesem denkwürdigen Sonnabend im Frühling neunzehnhundertsechzig, er fand hundert Gründe zu seiner Rechtfertigung.

Vielleicht wäre alles ganz anders gekommen, wenn Daniel begriffen hätte, daß ihm ein unglücklicher Mensch gegenüberstand, aber Druskat hatte ihn ein Vieh genannt, darauf gab es nur eine Antwort: zuschlagen.

Hilde schrie: »Nein, Max!«, aber er reagierte wie ein gereizter Bulle, Stephan sah rot, er ging auf Daniel los. Hilde kreischte, als solle im Augenblick ein Mord geschehen: »Um Gottes willen!«

Max verharrte noch einmal, mitten im Anlauf. »Haut ab!« brüllte er. »Verschwindet, alle miteinander!«

Daniel ging nicht, er blieb stehen, wo er stand, aber der alte Krüger nickte, packte die Tochter hart beim Arm und zerrte die Widerstrebende zum Wohnhaus. Der Zylinder glitt Hilde aus den Händen, Max trat ihn wie einen Ball beiseite, der Hut segelte bis auf den Haustritt, wo sich bei Sonnenuntergang verschlafenes Hühnervolk in Scharen versammelt hatte, wohl in der Hoffnung auf Körner, nun stob es aufgeregt gackernd nach allen Seiten auseinander. Hilde wankte in halber Ohnmacht an ihres Vaters Arm dahin, Großmutters Witwenschleier umflatterte ihr aufgelöstes Haar, der alte Krüger schleppte die festlich aufgeputzte Tochter den Haustritt hinan, barfuß schritt sie durch den Hühnerdreck.

11

Eine Fliege summte im dämmrigen Zimmer, sie ließ sich auf Stephans Gesicht nieder, er verscheuchte sie mit träger Geste, dann stand er auf, hob die Vase mit den welkenden Rosen vom Tisch und trug sie hinüber zur Anrichte. Er kehrte Gomolla und seiner Frau den Rücken zu, als er mit seinen groben Fingern an den verblaßten Blüten herumzupfte, er sagte: »Manchmal sieht man im Fernsehen einen Film, den hat man als junger Mensch schon mal gesehen, in einer besonderen Stimmung, vielleicht ist man mit einem Mädchen im Kino gewesen, was weiß ich, jedenfalls war man beeindruckt und ergriffen, ›Romanze in Moll‹, oder so was ähnliches. Nun sieht man ihn nach vielen Jahren wieder und begreift nicht, was einen damals so aufgeregt hat, der Film wirkt unbeholfen, ein bißchen komisch oder peinlich – so ähnlich geht es mir, wenn ich manche Abschnitte aus meinem Leben betrachte.«

Gomolla, halb versunken in der Tiefe des Sessels, sagte: »Komm zu deinem Geständnis.«

»Bitte schön.« Stephan nahm wieder seiner Frau gegenüber Platz. Er betrachtete sie, aber es schien, als nähme er gar nicht wahr, wie sie vor ihm saß, hübsch und prall, im ärmellosen Kleid, und wie sie ihn ansah, so merkwürdig, aus den Augenwinkeln heraus, denn was der Mann gesagt hatte und wie er's gesagt hatte, mit seinen harten Pranken an Rosenblättern zupfend, kam ihr so ungewöhnlich vor – nie hatte Max so geredet und nie von solchen Dingen, daß es sie mehr ängstigte, als seine Ankündigung zu Beginn der Erzählung. Stephan fuhr fort.

»Wir haben uns an diesem Abend mörderisch geschlagen, Daniel und ich, es ließ sich an, als ginge es um Leben oder Tod, als müßte einer auf der Strecke bleiben.

Ich war bis aufs Blut gereizt, ich nahm alles wie durch einen roten Schleier wahr, undeutlich: Daniel, wie er so hin und her sprang, die Wände, die Balken, wie sie auf mich zustürzten oder vor mir zurückwichen, ich war«, er zögerte, ehe er es aussprach, »ich war tatsächlich wie ein Vieh in meiner Wut. Daß ich stark bin, weiß jedermann, aber Daniel ist flinker, die Kraft kann er durch Gewandtheit ersetzen, die Chancen standen gleich zu gleich, jetzt landete ich einen Treffer, gleich darauf er.

Ich hab oft gehört, daß aus Spaß blutiger Ernst werden kann, bei unserer Schlägerei war es umgekehrt, der Kampf verlor mit der Zeit an Brutalität, warum, ich kann's nicht erklären, vielleicht ließ sich die Feindschaft nicht mehr übersteigern. Es war merkwürdig – wir hatten uns als Jungen oft herumgeschlagen, so manchen Griff hatte Daniel von mir gelernt –, wir prügelten uns unbarmherzig, aber nach und nach wich der Schleier von meinen Augen, ich konnte wieder deutlich sehen, gehe Daniel an, ich will ihm den Rest geben, möglichst schonend, da schreit das Miststück: ›Hopp!‹, unterläuft mich mit einem hundsgemeinen Trick – gerade den hatte ich ihm früher beigebracht –, er stellt mir ein Bein, ich segele durch die Luft, ich stürze ab, meine Knochen krachen, als zersplitterten sie alle miteinander im selben Augenblick.

›Hast du dir was getan?‹ ruft Daniel.

›Ach wo!‹ Ich rappel mich auf, und mein Kinnhaken ist beinahe zärtlich angesetzt, ungeheuer die Wirkung, der Junge muß auf die Bretter, ich zähl ihn aus, ich hab's endlich geschafft, aber, wie der Kerl die Benommenheit abgeschüttelt hat, lacht er mit einemmal, ich kann auch nicht anders, ich muß brüllen vor Lachen. ›Junge, Junge, wie siehst du aus!‹ Er deutet kichernd auf die Spiegelscherbe über der Futterkiste. Was denn, ich auch? Mal nachschauen. Mann, wer glotzt mir da entgegen? Soll das meine Visage sein? Ich kann mich selber nicht erkennen. ›Wart mal‹, sag ich. Ein schmieriges Handtuch hing an der Wand, das reiß ich vom Nagel, tauche es in den Wassereimer, ich hau ihm, klatsch, den triefenden Lappen ins Gesicht, er wischt sich ab.

›Max‹, sagt er, ›du mußt ja doch unterschreiben.‹

Und ich – wie gesagt, richtig erklären kann ich es nicht – antworte beinahe in alter Freundschaft: ›Du altes Arschloch‹ oder so.

Daniel grinst über das ganze verquollene Gesicht. ›Eintreten mußt du doch!‹

›Abwarten!‹ sag ich, ›nicht so schnell mit die jungen Pferde‹, oder irgendwas anderes in der Art, will mich auf jeden Fall noch ein wenig sperren. ›Erst müssen wir uns mal zu Menschen machen‹, sag ich. Und will Seife holen, paar Pflasterchen, einen Schnaps. ›Bin gleich zurück, Junge!‹ Er liegt im Stroh, wie ein zerrupfter Hahn, aber er lächelt. Wird wohl auch froh sein, denk ich mir, weil dieses ganze Theater zu Ende ist.

Ich geh ins Haus, schrei nach Hilde, jetzt kann sie die Samariterin spielen, uns beiden die Wunden pflastern, das wird ihr gewiß was bedeuten – ich schrei nach Hilde. ›Hier‹, piepst sie kläglich, sie trommelt von innen gegen eine Tür, man soll es nicht für möglich halten, Gustav, der Alte hatte sie eingesperrt.«

»Es war ein schrecklicher Tag«, sagte Hilde seufzend, »es war schrecklich, wie immer, wenn die beiden Männer aneinander gerieten, und immer wieder ...«

»Aber Schatz«, Max unterbrach seine Frau, »ich erzähl doch gerade, wie sich alles zum Guten wenden wollte. Hör zu, Gustav, ich befrei also mein Hildchen, sie wirft sich weinend an meine Brust, sie hat immer noch den Witwenhut auf, Schleier auf dem Kopf, ich lös zärtlich die Nadeln aus dem Haar, es geht nicht so leicht, ich zerrupfe den schwarzen Tüll, werf die Fetzen beiseite, ich küsse mein unglückliches Hildchen. ›Ist ja gut‹, sag ich, ›er lebt noch, ist aber lädiert, schnapp dir die Hausapotheke‹, sie tut es, ich greif mir eine Pulle Korn, wir rennen hinüber zum Stall und sehen: Mein Schwiegervater steht vor Daniel. Wird den Jungen beschwichtigen wollen, denke ich bei mir, wegen der Schlägerei, der Alte wird Angst haben, nicht ohne Grund, seinerzeit waren sie nicht gerade zimperlich auf den Gerichten, wer sich an einem Funktionär vergriffen hatte, durfte getrost auf ein paar Jährchen rechnen.

Der Alte steht also vor Daniel, ich sehe, der Junge knöpft das Hemd zu, langsam, langsam, Knopf für Knopf, er zieht sich die Jacke an, in aller Umständlichkeit, schiebt den Alten beiseite, starrt mich an und sagt nach einer Weile: ›Übernimm du den Vorsitz. Ich werde aus Horbeck verschwinden‹, und spuckt, weiß Gott, er spuckt vor mir aus. Hilde, die Gute, klammert sich an seiner Schulter fest: ›Geh nicht so fort‹, er macht sich unwillig von ihr los.«

»Ja, ja«, sagt Hilde, sie hielt die Hände im Schoß und betrachtete den Ehering an ihrer rechten Hand, sie trug ihn seit beinahe zwanzig Jahren, er war schon ein wenig abgenutzt. »So war es«, sagte sie, »ich erinnere mich. Er rief: ›Was seid ihr für Menschen‹, und ging vom Hof, gekrümmt wie ein uralter Mann.« Jetzt blickte sie auf. »Ich hab nie verstanden, warum er dir Platz gemacht hat, Max.«

»Das konnte ich zuerst auch nicht verstehen«, sagte Stephan, »aber noch in der gleichen Nacht hab ich rausgekriegt: Es gab einen, der hatte Druskat in der Hand, der besaß eine Art Dokument, datiert vom April fünfundvierzig, auf dem war zu lesen, Druskat hätte einen flüchtigen Polen an das SS-Standgericht in Horbeck ausgeliefert, dafür sei ihm das Eiserne Kreuz verliehen worden. Nazisiegel, Unterschrift, zweifellos echt.«

Hilde lächelte ungläubig.

»In der Nacht, als wir getürmt sind, muß es passiert sein.«

»Das glaub ich nicht!« Hilde schüttelte den Kopf.

Stephan sagte: »Frag deinen Vater. Er besaß das Dokument. Begreif doch, Hilde, dein Vater hatte Daniel unter Druck gesetzt: Entweder du verschwindest aus Horbeck, oder der Wisch wird der Behörde übergeben.«

Eine Fliege summte im Zimmer, umschwirrte den welken Rosenstrauß. Niemanden kümmerte es. Gomolla fuhr sich mit Daumen und Zeigefinger über die geschlossenen Lider, wie einer, der die Brille abnehmen mußte, weil ihn die Augen schmerzten.

»Nun wißt ihr es.« Stephan starrte auf seine Frau, sie kauerte auf der Kante des Sessels, Ellbogen auf die Knie gestützt, Hände vorm Gesicht, endlich hob sie den Kopf, ganz langsam, bis sie über die Fingerspitzen hinweg ihren Mann anschauen konnte.

»Ihr habt das gewußt, Vater und du ... Ihr habt es gewußt und ausgenutzt. Großer Gott!«

Sie wollte sich aus dem Sessel erheben, es schien ihr unendlich schwer zu fallen. Stephan sprang auf, er kam auf sie zu mit ausgebreiteten Armen, aber sie wandte das Gesicht zur Seite, sie hob die Hand wie vor etwas Widerwärtigem und sagte: »Mir ist, als hättest du mich wieder einmal mitten ins Gesicht geschlagen.«

»Hilde!«

Sie erhob sich, ging mit unsicheren Schritten bis zu einem Stuhl, umfaßte haltsuchend die Lehne, sie sagte tonlos: »Ich schäme mich so.« Kein Wort weiter, kein Blick mehr auf Gomolla oder Max, sie schloß nicht einmal die Tür hinter sich, als sie schließlich das Zimmer verließ.

Stephan wagte nicht, ihr nachzugehen. Ihre Betroffenheit überraschte ihn nicht, er hatte gewußt, es würde Hilde traurig machen oder fassungslos, was er beichten und bekennen mußte, er hatte gedacht, sie würde weinen oder vielleicht sehr still werden in der Hilflosigkeit, er kannte sein »liebes Schusselchen«, wie er sie manchmal nannte, seit ihren Mädchentagen. Er war auf manches vorbereitet. Sie hatte aber nicht geweint, sondern in Gomollas Gegenwart wie angeekelt die Hand erhoben, um ihn abzuwehren. Er fühlte sich mißverstanden, er war tief verletzt, und er konnte in diesem Augenblick nicht ahnen, was sich eine Viertelstunde später zutragen sollte. Hilde würde zum erstenmal eine Entscheidung treffen, nichts Ungewöhnliches für eine Frau, sollte man meinen, dennoch, hätte jemand dem Stephan vorausgesagt, was geschehen würde, dröhnendes Gelächter wäre seine Antwort gewesen.

Die beiden Männer standen schon eine Weile draußen auf dem Hof in der Sommerglut, sie sprachen nicht miteinander, jeder hing seinen Gedanken nach, ab und an schaute Stephan mürrisch zur Haustür. Endlich brach Gomolla das Schweigen. »Wie geht's weiter? Fährt sie nun mit nach Altenstein oder nicht? Vielleicht klärst du die Frage?«

Stephan brauchte nichts zu klären, er sah, daß Hilde die Haustür öffnete. »Da ist sie ja!« Er dachte: Na also! Er winkte Gomolla zum Auto. »Los geht's!« und hatte sich schon hinter das Lenkrad gezwängt, als Hilde vom Haustritt her rief: »Den Wagen brauch ich!« Max runzelte die Brauen, blickte über die Schulter zurück durch die Heckscheibe, alles schien in Ordnung. Hilde streifte einen Staubmantel über, dann stieg sie eilig die Stufen des Haustrittes hinab, sie trug aber ein Köfferchen, wozu das? Jetzt war sie beim Auto. Max kurbelte die Scheibe herunter. »Was hast du gesagt?«

Hilde warf den Koffer achtlos auf den Rücksitz, dann hielt sie fordernd die geöffnete Hand hin. »Die Papiere bitte!«

Stephan stieg ächzend wieder aus, er kam in Schweiß, er ärgerte sich. Was Hilde forderte, erschien ihm seltsam und sinnlos, sie wußte doch, er und Gomolla brauchten den Wagen. War sie verwirrt? Nun gut, der Schock! Man würde sich abends aussprechen können, unter vier Augen, bloß keine neue Szene! Gomolla schlenderte näher und näher. Stephan war ganz demütig. »Liebling«, sagte er bittend, wie lange hatte er nicht Liebling gesagt. »Ich versteh dich nicht.«

»Ich brauch den Wagen.« Hilde betonte jedes Wort.

»Wozu?«

»Ich weiß nicht, wie du mit der Sache fertig geworden bist«, sagte Hilde und wendete sich plötzlich an Gomolla, »oder du!«

»Ich?« Gomolla glaubte seinen Ohren nicht zu trauen, was wollte sie von ihm?

»Jeder hat seinen Vorteil aus Druskats Lage geschlagen«, sagte Hilde, »du auch!«

»Du weißt wohl nicht, was du redest?« Gomolla war ernstlich böse, man sah es ihm an, und man hörte es, er hatte die Frage gerufen, wie von einer Tribüne herunter.

Hilde antwortete ihm ebenso laut: »Du bist vom Mittag bis zum Abend im Dorf gewesen, damals neunzehnhundertsechzig, und einem Mann wie dir sollte entgangen sein, daß Daniel in Not war?« Sie lachte spöttisch auf. »Hauptsache, die Widerspenstigen waren endlich in der Genossenschaft, was Wichtigeres gab es nicht für dich an diesem Tag.«

»Hör mal«, Gomolla hob die Brauen, »wenn du den Ankläger spielen willst, dann wende dich gefälligst an deinen Mann!«

»Den Alten soll sie sich vorknöpfen, den jämmerlichen Zausel«, rief Stephan aufgebracht.

Hilde raffte trotz der Sommerhitze den Mantelkragen am Hals, als fröstele sie. »Es ist widerlich!« Sie schaute sich um, sie sagte: »Alles sieht aus wie eh und je, das schöne Haus, die beiden Linden auf dem Hof, alles wie immer.« Sie schüttelte ein wenig den Kopf. »Für mich ist nichts wie immer, seit ich weiß, was sich hier abgespielt hat. Ich kann nicht im Augenblick damit fertig werden. Ich geh zu Anja nach Altenstein.«

»Hildchen, sei vernünftig, bitte!« Stephan sprach beinahe beschwörend: »Kann doch sein, Rosemarie kümmert sich längst um das Mädel.«

»Wissen will ich es wenigstens. Von heute an will ich alles wissen, Max! Gib mir die Papiere!« Hilde sagte es so, daß Stephan begriff, seine Frau meinte es bitterernst. Sie konnte jetzt zur Mittagszeit kein anderer Mensch sein als am Morgen, und doch würde von nun an manches anders werden, sie beide würden von dieser Stunde an nicht mehr so miteinander leben können, wie sie es seit beinahe zwanzig Jahren gewohnt waren. Er wagte nicht länger, sich zu widersetzen, er übergab ihr wortlos die Zulassung für den Wagen, und es war ihm, als übergäbe er ihr viel mehr. Sie bedankte sich mit einem Kopfnicken, stieg in das Auto, rückte am Sitz, Max sprang hinzu, wollte helfen.

»Danke, ich kann's allein!«

Der Motor heulte auf, viel zu laut, sie legte den Gang ein, das Getriebe krachte, und der Auspuff qualmte, als der Wagen vom Hof stuckerte. Noch gestern hätte Stephan schmerzlich das Gesicht verzogen, jetzt fuhr er sich nur verlegen mit der Hand über den kahlen Schädel, dann drehte er sich zu Gomolla um. »Wie kommen wir jetzt nach Altenstein?«

»Dir fällt doch sonst immer was ein«, sagte Gomolla. Er war nicht gut weggekommen bei Hildes Aufrechnung, trotzdem schien es Stephan, als lächele der Alte ein wenig schadenfroh.

III

1

Man hatte Druskat dem Staatsanwalt vorgeführt. Die Amtsräume befanden sich im Gerichtsgebäude der Bezirksstadt, das Haus war vom Krieg verschont worden, uraltes Ziegelgemäuer, in der Nähe des Walles gelegen, früher soll es einem Kloster zugehört haben, aber seit beinahe zweihundert Jahren hat man hier zu Gericht gesessen und Recht gesprochen, im Namen der Großherzoglichen Landesherren, die einem mecklenburgischen Zweig entstammten, später, zur Weimarer Zeit und auch während der Nazijahre, im »Namen des Volkes«, so wird es jedenfalls auf den Dokumenten behauptet, in sicheren Gewölben hat das Archiv überdauert, Vernehmungsprotokolle sind erhalten geblieben, Urteilssprüche und die Rechnungen der Scharfrichter.

So läßt sich nachweisen, daß noch in den zwanziger Jahren ein Delinquent mit dem Handbeil geköpft wurde. Es handelte sich um einen polnischen Schnitter, der des Kindesmordes bezichtigt wurde, zu Unrecht, wie sich bald nach seiner Hinrichtung herausstellte. Der Angeklagte, dumpfen Geistes und der deutschen Sprache kaum mächtig, hatte der Verhandlung nicht folgen können und wohl erst auf dem Gefängnishof, angesichts des Richtblockes und des Henkers, begriffen, was seiner harrte, er stammelte in diesem Augenblick, ob er den Herrn Staatsanwalt fragen dürfe: Warum sterben? Sein Begleiter auf dem Weg zum Block, ein Geistlicher, hatte indes abgeraten: Nun lassen Sie's mal gut sein, lieber Mann!

Diese Notiz findet sich im Archiv, ebenso eine Prozeßakte aus dem Jahre neunzehnhundertdreißig. Dort wurde ein ehemaliger Reichswehroffizier beschuldigt, einen roten Landarbeiter mit der Jagdflinte erschossen zu haben, der Mord hatte aber trotz zahlreicher Indizien und erdrückender Beweise nicht nachgewiesen werden können, weshalb der Mann auf freien Fuß gesetzt werden mußte.

Dafür traf das Gesetz Kommunisten und Sozialdemokraten nach Hitlers Machtantritt mit gnadenloser Härte.

Tausend Jahre hätte das sogenannte dritte Reich, das blutige, nach dem Willen seiner Gründer währen sollen. Es überzog die halbe Welt mit Krieg. Nach zwölf Jahren, als seine Eroberungstruppen vernichtet waren, brach es endlich zusammen.

Die Wehrmachtsbesatzung der Stadt mit den bekannten fünf Toren hatte sich der Roten Armee nicht ergeben wollen, so mußte der Ort an sinnloser faschistischer Selbstzerstörungswut fast zugrunde gehen, ehe er Straße für Straße im April fünfundvierzig befriedet werden konnte. Seltsamerweise hatte die mittelalterliche Stadtmauer mit den zinnenbekrönten Backsteintoren dem Feuersturm widerstanden, sie umschloß damals ein Trümmerfeld, aus dem nur wenige heile Häuser aufragten, das Gerichtsgebäude war eines von ihnen.

Neue Richter bezogen das Haus, viele von ihnen hatten unter dem Unrecht der Hitlerjustiz gelitten, sie brachten zu Anfang für ihren Beruf kaum mehr mit als Gerechtigkeitssinn und Klassenerfahrung, das wog mehr als subtile Kenntnis der Paragraphen und ihrer Auslegbarkeit, damals war das Bürgerliche Gesetzbuch noch in Kraft. Nun wurden Kriegsverbrecher vor Gericht gestellt, fanatische Nazilumpen, Denunzianten. Auch wer schuldig war am Tode eines Zwangsarbeiters durfte nicht mit Milde rechnen, jedermann billigte das. Die neuen Richter hatten viel zu tun, und sie schonten sich nicht, dennoch blieb das eine oder andere Verbrechen ungesühnt.

Im Aktenbündel des Jahres fünfundvierzig ist ein Protokoll abgeheftet, es vermerkt, dann und dann seien Irene Jankowski und die Schankwirtin Anna Preibisch, genannt Neumann, beide wohnhaft zu Horbeck, vor dem Staatsanwalt erschienen und hätten die Behörde um Nachforschung gebeten, einen gewissen Wladek Jankowski betreffend, einem entfernten Verwandten der Irene J. Der Mann habe sich in den letzten Kriegsstunden vor der SS verbergen müssen, sei aber aus seinem Versteck verschwunden und wahrscheinlich ermordet worden, man habe in der Nacht, kurz vor Einzug der Roten Armee, Schüsse und Schreie in der Kirche von Horbeck gehört, die und die Zeugen könnten benannt werden. Tatsächlich hatten die Ermittlungsbeamten Einschüsse im Kirchengestühl und Blutspuren auf den Fliesen gefunden, dennoch aber das Schicksal des Wladek Jankowski nicht aufklären können.

Mancher Schuldige konnte sich eine Zeitlang verborgen halten, wie jener Doktor, der sich nicht einmal einen falschen Namen zulegen mußte, er hieß Meier, wie viele Leute hierzulande, und bewohnte mit Frau und Kindern ein schönes Haus in einem abgelegenen Dorf der Flußniederung. Er galt als angesehener Mann, und die Kranken reisten weither über Land, weil sie ihm und seiner Kunst vertrauten, viele Jahre lang. Eines Tages kam es heraus, daß er KZ-Arzt gewesen war. Er hatte Zehntausende ins Gas geschickt, und später dann, solange er unerkannt geblieben war in seinem Dorf, vielleicht Tausenden von Leuten mit einer Spritze oder einer Verschreibung beim Leben geholfen. Da war nichts gegeneinander aufzurechnen oder abzuwägen. Er wurde zum Tode verurteilt.

Solche Fälle beschäftigten in den fünfziger Jahren die Richter der Bezirksstadt selten, statt dessen hatten sie oft mit Schiebern und Spekulanten zu tun. Bei offener Grenze reiste damals allerlei Gelichter dunkler Geschäfte wegen hin und her, die Wirtschaft wurde gestört, dem Volk mangelte es noch an diesem und jenem, zu dieser Zeit mußten auch Leichtsinn und Verantwortungslosigkeit energisch bekämpft werden. Über mancherlei Fälle gibt das Archiv im Kellergewölbe des Gerichtes Auskunft.

Beispielsweise machte ein Urteilsspruch Aufsehen, der im Jahre dreiundfünfzig gefällt wurde. Der Leiter des Volksgutes von B., ein tüchtiger Landwirt und erfolgreicher Viehzüchter, wurde zu zwei Jahren Gefängnis verurteilt und die Berufung abgelehnt. Während er nämlich auf einer Sitzung in der Stadt über Fachfragen diskutiert hatte, war in der Gutsflur die alte Feldscheune niedergebrannt und mit ihr das eingelagerte Brotgetreide. Der Brand war durch ein defektes Stromkabel verursacht worden, niemand hatte es überprüft, folglich konnte dem Chef des Betriebes mangelnde Aufsichtspflicht nachgewiesen werden, er mußte die Strafe abbüßen.

Zur gleichen Zeit saß, wegen Wirtschaftsvergehens, der Leiter einer FDJ-Jugendschule ein. Der junge Mann hatte tatsächlich eines der beiden Schweine, die im Nebengelaß der Schule von Küchenabfällen gemästet wurden, ohne die erforderliche Genehmigung abschlachten lassen, um die Teilnehmer einer Bezirksjugendkonferenz mit markenfreiem Schweinegulasch zu beköstigen. Er versuchte, sich auf Ermunterung zur Tat durch »Hinweis von oben« herauszureden, wollte aber keine Namen nennen. Er fand keine Gnade bei den Richtern.

Allerdings wird im Aktenband vierundfünfzig vermerkt, der Angeschuldigte sei nach einem Vierteljahr aus der Haft entlassen worden, man erzählt, eine hochgestellte Persönlichkeit aus dem Jugendverband habe energisch gegen das ungerechte Urteil protestiert – aber das mag Legende sein, der Name jener Persönlichkeit findet sich jedenfalls nicht bei den Papieren.

Übrigens ist heute, zwanzig Jahre nach seiner Verurteilung, der jugendliche Übeltäter von damals stellvertretender Minister. Es gibt neue Gesetze, die Zeiten haben sich geändert, auch manche Strafbestimmung und manches Tatmotiv. Aus purer Not stiehlt niemand mehr, dafür müssen sich die Juristen unserer Tage, es sind studierte Kinder von Arbeitern und Bauern, oft genug mit Gewalttätigkeit, Rowdytum und Fällen von merkwürdiger Habsucht befassen.

2

Eine steinerne Treppe, schmal und steil wie in alten Türmen, verbindet die Geschosse des Gerichtsgebäudes, ihre Stufen sind zu Mulden ausgetreten. Wie viele Menschen mögen sie erstiegen haben, Schuldige und Schuldlose, Gerechte und Ungerechte? Was haben sie dabei empfunden?

Druskat hatte gemeint, er sei ohne Angst, aber er fühlte sich doch beklommen und bedrückt, als er diese Treppe hinaufging und schließlich einen hell übertünchten Gang entlangschritt, der zu den Zimmern der Staatsanwaltschaft führte.

Der Gang wurde seltsam beleuchtet, das Tageslicht flutete aus Nischen, die tief ins Mauerwerk gebrochen waren, und überzog die Bodenplatten mit einem Balkenmuster. Das erinnerte ihn an eine alte russische Kathedrale, er hatte sie während eines Besuches in der Sowjetunion besichtigt, das Tonnengewölbe eingangs der Kirche war, noch vor dem Mongolensturm, mit Fresken in steifer byzantinischer Manier ausgeschmückt worden, sie stellten das Jüngste Gericht dar. Zuunterst, rechts und links vom Betrachter, saßen die Apostel, dahinter die Erzengel und hinter denen wieder, Reihe über Reihe, zahllose Himmelsrichter von minderem Rang, sie alle waren aber von den alten Meistern so kunstvoll an die Wand gemalt, daß sie den Eintretenden zürnend anstarrten, hundert schreckliche Racheengel, und ihm mit bitterbösen Blicken folgten, wohin er sich auch wenden mochte. Die armen Bauern und ihre Frauen werden sich angesichts dieser furchterregenden Ausstellung himmlischer Heerscharen angstvoll bekreuzigt und sich zur Muttergottes gerettet haben, ihr Bildnis hing goldumrahmt an der tiefblau bemalten Ikonenwand, das Bild hatte Druskat gerührt, der Jesusknabe nämlich, den die derbe Madonna auf dem Schoße hielt, trug Stiefelchen, Pluderhosen und einen Bauernkittel mit roter Schärpe.

Druskat dachte, Rosemarie, ich hätte ihr Bescheid sagen

müssen, wann wird es vorbei sein? Anja, wie wird sie es ertragen?

Er saß dem Staatsanwalt gegenüber, viele Stunden gewiß, wie spät mag es sein? Blick auf die Uhr, es ist gegen Mittag. »Hast du es eilig?« fragte der Staatsanwalt. »Versteh ich nicht, du hast dir doch jahrzehntelang Zeit gelassen.«

Druskat dachte, wie alt wird er sein, vielleicht fünf oder sechs Jahre jünger als ich? Trotzdem, mir ist, als gehöre er einer ganz anderen Generation an. Vielleicht erinnert er sich noch an die Trümmerwelt, und sicher, der hat noch Nazis gesehen, SS-Leute oder Soldaten in Wehrmachtsuniform, aber viele, die damals so alt waren wie ich, sechzehn Jahre alt, haben diese Uniformen noch anziehen müssen, waren Flackhelfer oder beim Volkssturm, Hitlers letztes Aufgebot, wie viele von uns sind noch zerfetzt worden, verreckt und irgendwo verscharrt. Da ist der noch ein Kind gewesen, was weiß er von den Nöten und von den Ängsten meiner Generation und was von unserer Begeisterung, von unserer Lust aufs Bessermachenwollen? Wie soll er mich verstehen können, kann er mir ein gerechter Richter sein?

Döhring, so hieß der Staatsanwalt, war für seine brillante Rhetorik und intellektuelle Schnoddrigkeit bekannt. Druskat hatte ihn gelegentlich auf Konferenzen reden hören. Er mochte die Art nicht, nannte sie bei sich Politkonference, und er hatte sich diesem Döhring nur ungern anvertraut. Der Mann war ihm aber vernünftig und sachlich gegenübergetreten, bis auf diese eine Frage eben: »Hast du es eilig? Versteh ich nicht, du hast dir doch jahrzehntelang Zeit gelassen ...«

Was sollte Druskat antworten, er schwieg. Jetzt sah er die Sekretärin ins Zimmer treten.

»Aha, das Protokoll.« Der Staatsanwalt winkte: »Bitte schön!« Die Frau übergab Druskat die Blätter. Er überflog sie, eins nach dem anderen, flüchtig, ja, ja, so hatte er's gesagt, versah das Protokoll mit seinem Namenszug, dann schob er es von sich. Er sagte, als die Sekretärin gegangen war: »Ich habe nichts verschwiegen. Die Exhumierung wird meine Aussagen bestätigen. Es gibt keine Zeugen, niemanden, der mich entlasten könnte, ich will auch gar nicht entlastet werden, ich will nur eins ...« Er stockte plötzlich, er dachte, womöglich mokiert sich Döhring ein zweites Mal über meine Ungeduld, er sagte dennoch: »Ich will die Sache hinter mich bringen, möglichst rasch.«

»Weißt du«, antwortete ihm der Staatsanwalt nach einer Weile, »der Fall, der Kriminalfall, ist doch nur die eine Seite der Angelegenheit, die andere betrifft dein Schweigen. Du kannst sagen, das ginge uns nichts an, das hättest du mit der Partei abzumachen, tatsächlich, das mußt du tun. Gomolla wird dir Maß nehmen.« Döhring lächelte ein wenig, er kannte Gomolla. »Wenn es beim Maßnehmen bleibt. Er hat übrigens angerufen. In einer Stunde etwa wird er hier sein.«

»Gomolla?« fragte Druskat überrascht.

»Er will mit dir reden.« Der Staatsanwalt erhob sich, jetzt blickte er auf die Uhr, jetzt hatte er es eilig. »Mensch, ich hab noch einen Termin.« Er holte seinen Mantel aus dem Schrank, legte ihn über den Arm, an der Tür blieb er einen Augenblick lang stehen. »Du kannst in meinem Zimmer auf Gomolla warten, überleg dir, was du noch zu beichten hast.«

Druskat wiederholte unwillig, was er schon einmal erklärt hatte: »Ich habe nichts verschwiegen!«

»Nichts?«

Druskat wollte aufbrausen, aber er kam nicht dazu, es machte ihn betroffen, was Döhring fragte, ehe er die Tür hinter sich schloß: »Soll niemand von deinem Schweigen profitiert haben, kein Mensch? Hat wirklich niemand daran gelitten?«

Druskat dachte: Was geht es ihn an? Es war gut, endlich reden zu können, reden, reden, auf das Gerät starrend, während das Band sich aufspulte, und später noch ein Band. Manchmal hab ich den Mann angesehen, wenn er mir Fragen stellte, ich hab sie beantwortet, nach bestem Gewissen, nein, ich hab ihm nichts verschwiegen. Er weiß alles, jede Einzelheit aus dieser entsetzlichen Nacht, sie begann mit Geschützdonner, der die Scheiben erklirren ließ, und später hat die Glocke von Horbeck Sturm geläutet, da ist Wladek schon tot gewesen, aber der andere lebte noch, er lebte nicht mehr lange. Es war gut, endlich sprechen zu können, und nun ist es gut, daß der Staatsanwalt gegangen ist, daß ich allein sein kann, mich nicht mehr anspannen muß, ich bin müde, ich hab die Nacht kein Auge zugemacht, ich möchte die Stirn auf die Tischplatte sinken lassen, schlafen, schlafen – ich darf nicht schlafen, ob die mir eine Tasse Kaffee machen würden, bald wird Gomolla hier sein, was soll ich sagen? Ich hab zu lange geschwiegen, gewiß, das ist Schuld. Aber geschadet hat es niemandem außer mir. Ich hab geschuftet wie ein Tier, weil ich abtragen wollte von meiner Schuld, nur meine Kraft hat es gekostet, nur meine eigene Seele hat's zerfressen, daß ich so leben mußte. Ich mußte! Wer hat von meinem Schweigen profitiert? Max Stephan? Oder Krüger? Ja, zuerst sah es so aus – und ich dachte, die Welt stürzt mir ein, damals, neunzehnhundertsechzig, im Frühling …

3

Wir hatten uns furchtbar geschlagen, Max und ich, plötzlich aber, seltsamer Umschwung der Gefühle, lachen müssen – lachen: Mensch, wie siehst du aus.

Druskat hockte auf einem Strohballen in Stephans Stall, verquollenes Gesicht, geplatzte Lippe, unendlich müde nach diesem Kampf, der begonnen hatte, als müsse einer von ihnen auf der Strecke bleiben. Jeder Knochen tat ihm weh, er empfand aber keine Erbitterung dem anderen gegenüber, diesem Bullen, der ebenso zugerichtet war wie er selber. Stephan warf ihm ein nasses Handtuch zu, Druskat fing es auf, wischte sich das Gesicht. »Max, du mußt ja doch unterschreiben.« Und Stephan, wie in alten Tagen, antwortete liebenswürdig: »Du altes Arschloch, du.«

Dann lief Max davon, nein, nein, er hinkte, Hand aufs Gesäß gestützt, über den Hof, Druskats Schläge hatten gesessen. Er wollte Schnaps besorgen zur Stärkung und Seife, sie würden sich ordentlich waschen müssen, sie wollten ja nicht wie die Strauchritter vor Gomolla hintreten an den fahnentuchbespannten Tisch, sondern manierlich aussehen in diesem entscheidenden Augenblick. Druskat schloß die Augen, er lächelte wie ein zufriedenes Kind bei dem Gedanken, daß er in ein paar Minuten zu Gomolla sagen würde, todernst, versteht sich, wie es der Lage angemessen war: Ich bringe dir Max Stephan, er möchte gerne Mitglied der Genossenschaft »Frohe Zukunft« werden.

Es kam anders. Als Druskat aufblickte, sah er den alten Krüger in der Türöffnung stehen, es war schon dunkel an diesem Abend, Krüger knipste die Stallfunzel an, er hielt mit zittrigen Händen ein Papier unter die Lampe. »Weißt du, was das ist?«

Druskat erkannte den Wisch, er sank kraftlos ins Stroh zurück, ihn überkam ein Vernichtungsgefühl wie in jener Nacht, als die Gräfin der betrunkenen Gesellschaft in der Halle von Schloß Horbeck zugerufen hatte: »Wer leuchtet mir hinab in die Gruft?«

Krüger hielt ihm das Papier entgegen. »Du wirst Max den Vorsitz überlassen!« Druskats Herzschlag stockte, aber dann stürzten Gedanken auf ihn ein, viele auf einmal, durchwirbelten sein Hirn: Was tun, was zuerst, wie mich retten, totschlagen diesen alten Krüppel, der fünfzehn Jahre nach dieser entsetzlichen Nacht die Toten in ihren Gräbern erwecken will, um mich zu quälen und zu erpressen. Weglaufen aus diesem Stall, aus diesem Dorf, über den Hügel, laufen, laufen, wohin? Krüger hält mir den Wisch entgegen, der Mensch schlottert selber vor Angst. Wenn ich ihm den Zettel entreißen würde, zerfetzen, in den Mist stampfen unter meinen Füßen, wenn ich brüllen würde: Scher dich zum Teufel!, der Alte würde mich in Ruhe lassen, vielleicht, aber ich bin wie gelähmt.

Krüger sagte: »Du wirst Max den Vorsitz überlassen!« Druskat dachte an die Scheußlichkeiten, die in der Kirche von Horbeck geschehen waren; er sah die Bilder, hörte die Geräusche, jetzt fiel der Schuß, nun packten sie ihn bei den Armen, betrunkene Offiziere werden auch ihm eine Kugel in den Schädel jagen, nein, die Gräfin winkte. »Laßt ihn frei!« Sie befahl: »Höher die Leuchter!« Ein Blick auf den erschossenen Polen. Und ein Lächeln für mich, wahrhaftig, sie tätschelte meine Wange. Später sprang einer ans Glockenseil, es läutete Sturm in der Nacht, es dröhnte vom Turm: Die Russen kommen, rettet euch! Hallende Schritte entfernten sich, Stille, und Wladek war tot, vor weißgestrichenem Kirchengestühl lag er in seinem Blut. Der alte Hund da, Krüger, hatte es wahrscheinlich mit angesehen, hatte das Dokument an sich bringen können, hatte auch das andere vielleicht gesehen, wußte womöglich vom Grab bei den Felsen?

Druskat dachte: Ich kann nicht zu Gomolla laufen, er wird mir nicht glauben, niemand wird mir glauben, man wird mich verhaften, verhören, verachten, ich kann nicht zu Gomolla laufen, ich muß Zeit gewinnen, nur einen Tag, eine Stunde wenigstens.

Krüger sagte: »Du wirst Max den Vorsitz überlassen!« Und Druskat erhob sich stöhnend aus dem Stroh, er klopfte sich ab, er wollte Zeit gewinnen, eine Minute für einen klaren Gedanken, er wußte nicht, was er tun sollte, was zuerst in seiner Angst.

Aber eh er's bedenken konnte, stand Max hinter dem Alten, kam Hilde gelaufen. Druskat dachte, sie sollen's wohl alle bezeugen, wie ich mich in der Stunde meiner Schande verhalten habe, ich muß ein bißchen Zeit gewinnen, ein paar Sekunden wenigstens. Er knöpfte sich das Hemd zu, umständlich, ganz langsam. Der Alte, vor ihm stehend, faltete ebenso langsam den Zettel zusammen, verbarg ihn an seiner Brust wie einen Zauberspruch.

Druskat taumelte mit einem Male vor Schwäche, dann streifte er sich die Jacke über, und es war ihm, als schlüpfe er freiwillig in eine Zwangsjacke hinein. Er hatte keine Zeit mehr, er mußte ihnen willfährig sein, sich unterwerfen. Er sagte heiser: »Übernimm du den Vorsitz. Ich werde aus Horbeck verschwinden.« Er spuckte aus vor Max, aber nun, was sollte das, verdammt, nun klammerte sich Hilde an seiner Schulter fest, die steckte doch unter einer Decke mit denen, die hatte ja immer mitgespielt, heute mittag trug sie einen Kranz am Arm, da hatte er noch nicht gewußt, daß seine eigene Beerdigung stattfinden würde. Er machte sich frei von der Frau, er riß ihre klammernden Hände von seinen Schultern, er sagte verächtlich: »Was seid ihr für Menschen.«

Und nun zu Anna in die Kneipe. Druskat war wie betäubt, er wußte nicht, wie er die Kneipe gefunden hatte, wußte nur, jetzt war er angekommen. Ida kreischte bei seinem Anblick, warf ein Tablett zu Boden, Anna schrie: »Dumme Gans!« Jetzt mußte er Gomolla und den Bauern gegenübertreten. Sie sprangen auf von den Stühlen, und wieder die Angst.

Was hab ich ihnen gesagt? Ich weiß es nur noch ungefähr, aber ich weiß, wie elend mir zumute war und wie ich mich verhalten habe – verzweifelte Heldengeste: Ich hab es geschafft, Gustav – verzweifelte Lüge: Ich brauch Zeit für meine Frau – verzweifelte Bitte, fordernd herausgeschrien: Hat denn kein Mensch Verständnis für meine Lage! An Gomollas Blick erinnere ich mich, der kaum zu ertragen war, an das minutenlange tiefe Schweigen im Raum, und ich weiß noch, wie die Uhr in der Stille tickte, wie quälend langsam die Zeit verstrich, wie ich denken mußte: Eine Hinrichtung, Gustav, du hast es einmal erzählt, wird von perfekten Henkern in dreißig Sekunden erledigt, harter Zugriff, man wirft den Delinquenten an das Brett und kippt es in die Waagerechte, schon zischt das Beil und fällt das Haupt, es ist vorbei, Gustav, warum zögerst du?

Wie lange war Gomolla im Zimmer auf und ab gegangen, bis er gesagt hatte: »Geh nach Haus und kümmer' dich um die Frau!«

Druskat wagte nicht, die Kneipe über die Veranda zu verlassen, die Leute des Dorfes würden ihm auf der Straße entgegenkommen, alle unterwegs zu Anna Preibisch, um die Ereignisse des Tages zu besprechen und zu begießen, er würde Rede und Antwort stehen müssen: Mensch, Druskat, wie hast du das gemacht, wie hast du es geschafft, laß uns auf deinen Sieg einen saufen. Er wollte keinen Menschen sehen, mit niemandem reden. Die Viertelstunde der Angst bei Gomolla hatte er hinter sich gebracht, aber nun wußte er nicht, wie er seiner Frau begegnen sollte, dem Mädchen Rosemarie. Wie auch immer, er würde eine Lüge auf die andere setzen müssen, einen ganzen Turm von Lügen bauen, immer Angst haben müssen, das wacklige Gebäude könnte über ihm einstürzen und ihn erschlagen. Ihm war hundeelend, als er sich die Treppe zur Hintertür abwärts tastete, die Tür zum Hof aufstieß. Luft! Atmen können, im Freien sein! Der Mond glomm über den Bäumen, das Blattwerk der Äste und Sträucher verschwamm in nebligen Dünsten. Druskat war benommen, er hatte den Schnaps nicht vertragen nach all den Erregungen, er wankte, er mußte sich mit der Hand an der Stallmauer abstützen, als er sein Wasser abschlug, und die Stirne sank ihm bei dieser Verrichtung gegen das kühle Mauerwerk, erbärmlichste Pose von Erschöpfung, die denkbar ist für einen Mann.

Mit einemmal hörte er Annas Stimme aus der Dunkelheit. »Das hab ich gern, wenn besoffne Kerle nicht mehr bis zur Latrine finden.« Er wendete sich vor der Mauer um, hantierte an seinen Kleidern, er mußte beide Hände gebrauchen, dennoch gelang ihm nur mit Mühe, die Knöpfe am Hosenschlitz zu schließen. Er wendete den Kopf hin und her, suchte Anna in der Dunkelheit, endlich sah er einen unförmigen Schatten näherkommen, jetzt, im gelblichen Licht aus den Stubenfenstern, erkannte er sie, ein Umschlagtuch verhüllte ihren Kopf und die Schultern, der Abend war kalt. Er sah ihr altes, bleiches Gesicht, es erschien ihm wie das einer Nonne unter der Haube. Jetzt stand Anna vor ihm, auf Kirchenbildern sind alte Weiber so gemalt, wie sie unter dem Kreuz von Golgatha stehen, unendlich traurig, weil sie nichts haben abwenden können. Ihn aber hatte Gomolla nicht festnageln können, noch fühlte er sich als ein freier Mensch, er dachte, das ist das letzte für einen Mann, Gipfel der Entwürdigung, sich in den Schutz der mitleidigen Weiber zu begeben.

Er war erpreßt worden und gedemütigt, hatte sich verstellen müssen und verleugnen, hatte lügen müssen, er kam sich so klein und erbärmlich vor, daß er plötzlich Lust bekam, einen anderen Menschen zu kränken und zu verletzen. Er stand vor der alten Anna, breitbeinig, Unterleib vorgeschoben, und fingerte immer noch mit beiden Händen am Hosenstall. Er wußte, wie obszön die Geste wirken mußte, und er sagte mit Hohn: »Ich pisse, wo ich will, und auf deine Fürsorglichkeit pfeif ich. Hau ab!«

Er hatte sich aber getäuscht, wenn er glaubte, seine Gemeinheit würde die alte Frau vertreiben, ihre Hand flog ihm rechts und links ins Gesicht, so kräftig, daß der Alten das Umschlagtuch von den Schultern glitt. Er riß sich den Arm vor die Augen, das hatte er manchmal als Kind getan, wenn er Schläge seiner Mutter abwehren wollte, aber auch immer, wenn er sich schämte. Er dachte, ich bin dreißig Jahre alt, ich kann doch jetzt nicht heulen. Die Alte hob das Tuch von der Erde auf und sagte, als wäre nicht das geringste geschehen: »Komm mit.« Sie faßte ihn beim Arm, und er ließ es zu, daß sie ihn zu der Bank hinter der Fliederhecke führte, dort nahm sie Platz, klopfte auffordernd auf die Bank. »Setz dich.« Druskat gehorchte. Anna wickelte sich wieder in ihr Tuch und sagte: »Mancher meint vielleicht, du wärst ein besonders empfindsamer Mensch, aber du kannst gemein sein wie jeder Mann. Ich will dir mal was sagen, mein Junge, du sitzt so tief in der Tinte, daß du dich Gomolla nicht anvertrauen kannst. Mit Irene kannst du nicht reden, es wäre ihr Ende. Stephan ist mal dein Freund gewesen, jetzt hat er sich hergegeben für diese Schweinerei. Du brauchst mir nichts zu erklären, ich kann mir längst zusammenreimen, was passiert ist. Bleibt die Rothaarige, keine Zwanzig, ein halbes Kind, sie wird dir nicht helfen. Und ausgerechnet auf meine Hilfe willst du pfeifen? Entschuldige dich!«

Druskat lehnte neben der Alten auf der Bank wie im Trotz, Beine weit von sich gestreckt, Fäuste in den Taschen. Er dachte: Mensch, bin ich fertig, ich bin so fertig, daß ich mich von der Alten ohrfeigen lasse. Ich weiß nicht mehr weiter, ich bin am Ende, ich bin Dreißig, ich kann doch jetzt nicht heulen. Er schnaufte, aber dann spuckte er den Tränenschnodder in den Kies. Ihm war nicht aufgefallen, daß Anna mit ihm sprach wie eine Eingeweihte, und er hatte vergessen, daß er sich bei ihr entschuldigen sollte, er sagte: »Ich muß aus der Angst raus, Anna, oder ich geh vor die Hunde. Ich muß mich Gomolla anvertrauen.«

Die kluge Anna antwortete nach einer Weile: »Das hättest du früher tun müssen, sehr viel früher, mein Junge. Jetzt ist es zu spät. Er ist längst aufgebrochen, um deinen Nachfolger einzusetzen. Red mit ihm, wenn es ruhiger geworden ist in den Dörfern, red mit ihm, wenn sich Irene nicht mehr darüber grämen kann, laß Irene nicht darunter leiden, Daniel.«

4

Ach, Irene – sie hat an mir gelitten.

Es gab Dinge, über die wir niemals sprachen, aber manchmal sah sie mich an, sie hatte Augen wie eine persische Prinzessin, lange mandelförmige Augen, manchmal hat sie mich angesehen, so merkwürdig, dann war mir, als wüßte sie das Geheimste von mir.

Sie wußte, daß ich Hilde liebte. Hilde war blond, längst nicht so zart wie Irene, sie war kräftig und lustig, und sie lachte gern, sie konnte im Lachen die Zähne blecken. Eines Abends bei Krüger im Garten hat sie geweint.

»Ich kann nicht mit dir gehen. Ich gehöre auf diesen Hof, er ist immer in der Familie gewesen, seit zweihundert Jahren.

Sie haben sich krumm gearbeitet, die Großeltern und deren Eltern und meine Eltern, für diesen Hof, jetzt geht er an mich, ich kann ihn nicht im Stich lassen, einfach fortgehen mit dir, irgendwohin.«

Für mich war es unbegreifbar, wie sie an diesem Hof hing. »Aber die Liebe, Hilde.«

»Es gibt nicht nur die Liebe.«

»Ich liebe dich, Hilde.«

»Wenn du mich liebst, Daniel, dann bleibst du bei mir auf dem Hof. Vater und ich, wir zwingen die Arbeit nicht.«

Ich war auf der Parteischule gewesen, hatte gelernt, und nun wußte ich was, ich lachte. »Der Hof wird eh Genossenschaft.«

Plötzlich stand Krüger am Zaun. »Geh ins Haus, Hilde!«

»Bleib!«

Sie stand zwischen mir und dem Alten, ich hielt ihre Hand fest, ich wollte das Mädel behalten, sie hatte so herrlich lachen können, jetzt weinte sie. Wir hielten uns an den ausgestreckten Händen, ich wollte sie an meine Seite ziehen, sie widerstand, der Alte sah sie an, sie löste sich von mir, ging mit hängenden Armen davon. Sie blieb noch einmal stehen, drehte sich um, ich wollte ihr schon nachlaufen auf ihren Hof, aber Krüger vertrat mir den Weg. »Laß sie in Ruhe!«

»Ich liebe sie doch.«

Krüger sagte: »Heiraten und dann mit dem Hof und dem Mädel in die Kolchose. Nein! Ich hab großtun müssen bei den Nazis und mich kleinmachen müssen bei euch aus Angst um den Hof, ich hatte zuviel Angst um diesen Hof, er wird nicht Kolchose. Laß das Mädel in Ruhe, oder …«

»Oder?«

Krüger setzte seinen Knösel in Brand, er mußte ein paarmal am Feuerzeug ratschen, bis das Flämmchen brannte, er starrte mich an über das zuckende Flämmchen hinweg, er sagte: »Ich habe es gesehen.«

Was er gesehen hatte, verschwieg ich Irene, sie sollte nicht daran leiden, aber ich denke, sie hat alles gewußt. Sie wußte, daß ich von Hilde kam in jener Nacht, und hat trotzdem bei mir gelegen.

Er war auch damals zu Anna gegangen. Sie hatte längst Feierabend geboten. Druskat war der letzte Gast. Er saß in der Kneipe, angesoffen, er schrie nach Schnaps, aber Anna litt nicht, daß er weitertrank. Irene hockte zu seinen Füßen und reichte ihm eine Tasse Kaffee. »Trink, Daniel.«

Er wollte nicht, daß sie vor ihm kauerte, dienend wie eine Magd, er ist grob gewesen, er wehrte ihre demütige Zudringlichkeit ab.

»Warum kümmerst du dich um mich?«

Sie ließ sich nicht kränken, sie sah ihn an und lachte ein bißchen, sie sagte, er wird's nicht vergessen: »Ich hab dich gern, Daniel! – Vielleicht bin ich eine Hexe. Ich hab immer gewußt, einmal kommst du zu mir, einmal brauchst du mich. Ich hab dich gern, Daniel, niemand hat es mir verbieten können, du nicht und Anna nicht, ich selbst hab es nicht mal gekonnt.«

Druskat wendete den Kopf hin und her, als könnte er so seine Betrunkenheit abschütteln, sie hockte vor ihm auf den Dielen und hob ihm, wie einem Kranken, die Tasse entgegen. »Trink, Daniel, trink!« Sie sagte: »Ich bin nicht zurückgegangen nach Hause, da war niemand mehr, der mich kannte, und ich wollte warten auf Wladek ...« Mein Gott, auf Wladek hatte sie warten wollen, auf Wladek, immer noch.

»Vielleicht hab ich auch auf dich gewartet, Daniel, so viele Jahre. Anna ist wie eine Mutter gewesen, jetzt ist sie alt, und sie braucht mich, aber ich würde sie verlassen, wenn du mich darum bittest, ich würde fortgehen, überall hingehen mit dir.«

Ihm war, als hörte er einen Singsang aus der fernen Kinderzeit, ein Liedchen, wie es seine Mutter gesummt hatte, wenn sie ihn trösten mußte. Er fühlte sich geborgen, aber er sagte kein Wort.

»Du mußt mir nicht antworten, trink, Daniel. Vielleicht

hab ich heute alles sagen können, weil du betrunken bist und dich morgen an nichts mehr erinnern wirst. Komm!«

Er schwankte ein wenig, Irene mußte ihn stützen, sie führte ihn am Tresen vorbei, Anna spülte Gläser, sie schaute nicht von der Arbeit auf, aber Ida, die Wunderliche, polierte ärgerlich das Tresenblech, und ihm war, als blicke sie vorwurfsvoll, als habe sie Irene zugezischelt: »Daß du dich nicht schämst, du hast keinen Stolz.«

Manchmal, nach dem fünften Schnaps, hatte Ida stolz verkündet: »Sechzig Jahre und immer noch Jungfrau!« und abergläubisch auf Holz geklopft: »Toi, toi, toi!« Woher sollte sie wissen, daß es in der Liebe Scham und Stolz nicht gibt.

»Irene, ich kann nicht allein sein heute nacht.«

5

Sechs Wochen später fand in Preibischs Schenke die Hochzeit des Jahres statt, das war dreiundfünfzig, nach Annas Ansicht ein Sorgenjahr, man hatte sie und alle übrigen, die man Gewerbetreibende nannte, aus dem Kreis der Lebensmittelkartenempfänger gestrichen, mit gutem Grund gewiß und nicht, daß Anna hätte Hunger leiden müssen, sie fühlte sich aber zu einem Menschen minderer Art degradiert, durch Amtserlaß, und opponierte mit herben Worten dagegen. Der Lokalredaktion von Weran gelang in diesen Tagen ein journalistisches Meisterstück, ein Vertreter des Mittelstandes nämlich, Inhaber des einzigen Bestattungsinstituts im Kreis, ließ sich zur Stellungnahme im Blatt überreden und begrüßte den Entzug seiner Lebensmittelkarten ebenso wie die Verteuerung der Vierfruchtmarmelade, die Bauern kümmerte das wenig.

Krüger ließ einen Ochsen, zwanzig Hühner und ein Mastschwein schlachten, vom Feinsten wurde herangeschleppt und in Annas Küche auf das beste gerichtet: Brühe mit Klößchen, Frikassee mit kleinen Würstchen, zweierlei Braten und viererlei Gemüse, Kresse und Gürkchen, Specksalat und Dampfwurst, und fürs Dessert trugen Frauen waschkörbeweise die Torten ins Haus. Max Stephan hielt Hochzeit mit Hilde Krüger, des reichsten Altbauern Töchterlein, zweihundert Gäste lärmten im Saal.

Am selben Tag hatten wir, zwei Bauern und ich, eine Produktionsgenossenschaft gegründet, eine Pulle Korn hatte zur Feier des Tages die Runde gemacht. Nun flegelte ich mich, damals wohnte ich noch bei Anna im Haus, in meiner Dachkammer auf dem Bett herum, Beine auf dem Tisch – Anna kann es nicht leiden, sie beschimpfte mich, was will sie, ich hab die kotigen Stiefel abgestreift –, und sie quälte mich: »Daniel, du mußt auf dieser Hochzeit tanzen!«

»Ich setz mich nicht zu diesen Leuten an den Tisch.«

Sie ließ nicht locker, niemand von denen sollte meinen dürfen, er habe mich in der Seele verletzt, außerdem freue sich Irene so auf den Ball und dergleichen mehr. Sie kramte aus Kästen und Schränken die besten Kleidungsstücke ihres Sohnes hervor, bis jetzt hatte sie sich – wie ich hörte – nicht von ihnen trennen können. Nun bot sie mir die Sachen auf vorgehaltenen Händen dar. »Los, zieh das an!«

Ich wollte nicht, sträubte mich wortreich, sah plötzlich – das ist die Rettung! – Gomolla am Türpfosten lehnen, er trug die Funktionärsuniform: Lederjacke, Ballonmütze, und war bester Laune.

»n' Abend allerseits.«

Anna Preibisch musterte wenig erfreut den späten Gast. »Was treibt dich hierher, mitten in der Nacht?«

Gomolla sagte tatsächlich: »Die Sehnsucht, Anna, die Sehnsucht.«

»Ach?« Die Preibisch verschränkte die Arme, hielt den Kopf schief und sah ihn argwöhnisch an, den alten Charmeur.

Ich sagte: »Anna, er will zu mir.«

Aber Gomolla verneinte, er zeigte mit dem Daumen auf die Dielung. »Ich geh auf den Ball.«

»Du bist nicht eingeladen!« Anna protestierte lebhaft und

verbreitete sich ausführlich über Fragen des Taktes, selbstverständlich von ihrem bürgerlichen Standpunkt aus.

Gomolla nahm es nicht zur Kenntnis, er fläzte sich neben mich auf das Bett, er rammte mir den Ellbogen in die Rippen. »Was meinst du, werden sie es wagen, den Ersten Kreissekretär von Weran vor die Tür zu setzen?«

Das war nicht zu befürchten, ich sagte es. Gomolla nickte bedächtig, dann wollte er wissen, wie die Lage sei. »Die meisten Bauern aus dem Dorf sind doch gewiß auf dem Fest?«

So war es.

»Gustav!«

»Ja bitte?« Gomolla blickte freundlich lächelnd zu Anna auf, er sagte bewundernd: »Schön siehst du aus.«

Die alte Preibisch hatte sich für das Fest herausgeputzt, ihr Kleid war aus steifem Knisterstoff, man nennt ihn wohl Taft, und das Kopftuch aus schwarzer Seide, das trug sie straff wie eine glänzende Kappe ums Haar gebunden, Gomolla hatte recht, sie sah großartig aus, halb wie eine Fürstin, halb wie eine Zigeunerin, und ihre schweren goldnen Ohrgehänge klirrten, als sie aufgebracht rief: »Gustav, du wirst doch nicht die Geschmacklosigkeit besitzen und ausgerechnet heute in meinem Hause Politik machen wollen?«

Gomolla meinte: »Du wirst es nie begreifen, Anna, ich mache immer Politik, ich kann gar nicht anders.«

Aha, der Alte hatte etwas vor. Das interessierte mich, ich sprang auf, riß mir die Arbeitskleider vom Leib, Hose und Hemd, ich warf sie, Stück für Stück, der alten Anna zu, bis ich nackend vor ihr stand – bin gar nicht so schlecht gebaut, altes Mädchen, schau ruhig mal hin –, und nun reich mir die feinen Sachen herüber, bitte schön rasch, das steifgebügelte Hemd, schneeweiß und kühl, den seidenen Binder, die Hose, sitzt ja beinahe, sei so gut, Gustav, hilf mir ins Jackett, bißchen eng über der Brust, macht aber Figur, und nun noch mit den fünf Fingern durch die Frisur, Blick in den Spiegel, von der Seite, von vorn, schau mich an, Anna, vom Scheitel bis zu den Füßen ein gut angezogener Mann.

»Halt!« Gomolla steckte mir das Parteiabzeichen an den Aufschlag. »Jetzt«, sagte er und betrachtete mich anerkennend, »jetzt bist du komplett.«

Wir hakten uns ein, und nun mimten wir zwei verwegene Kavaliere, Verbeugung vor Anna, große Geste zur Treppe: die Dame zuerst.

»Abgesehen davon«, sprach Anna Preibisch mit erhobenen Brauen, »daß der Herr zuerst geht, eine Treppe hinunter oder durch einen Saal, muß ich auf Folgendes aufmerksam machen: Krüger ist der Brautvater, er hat das Fest ausgerichtet. Er wird's nicht vergessen haben, Gustav, daß du ihn monatelang zum Gespött der Menschen die Dorfstraße hast fegen lassen!«

»Hab keine Angst«, Gomolla tätschelte begütigend Annas Wange, »wenn der mir frech kommt, zieh ich ihm die SA-Hosen wieder an vor allen seinen Gästen.«

»Merkwürdiger Humor«, sprach die Alte verstimmt, »weiß Gott, ich kann nicht darüber lachen.«

Stimmung im Saal, Lärm und Gelächter und Bumsmusik, es roch nach Fusel und Männerschweiß, nach Rauch und nach Kölnisch Wasser, das sich die Frauen offenbar kellenweise auf die Schnupftücher gegossen hatten. Das Brautpaar saß an der Stirnseite der Tafel unter blauem Tabakgewölk, Max Stephan, strahlend wie nach einem Sieg, und die Braut, in weißer Spitze, aus Westberlin, wie man munkelte, die schöne Hilde führte sich ebenfalls auf, als habe sie das große Los gezogen, sie war auch schon in Schweiß, sie lachte und fuchtelte mit einem Spitzentuch vor ihrem Gesicht herum. Und Irene, meine Kleine, ich seh sie noch, ihr Kleidchen war einfach, sie mußte eine Servierschürze tragen, aber sie war die Schönste im Saal, sie schüttelte lachend die schwarzen Locken und wand sich leichtfüßig mit dem Tablett durch die tanzende Menge, ich hatte sie niemals heiterer gesehen.

Als wir den Saal betraten, Gomolla und ich, sprang Wiedenbeck auf einen Stuhl, er riß den Bierkrug in die Höhe und brüllte: »Ruhe im Puff! Der Parteichef von Weran gibt sich die Ehre!«

Nun war es auf einmal mucksmäuschenstill. Max Stephan erhob sich langsam, er stemmte die Pranken gegen die Tischkante, es sah aus, als wolle er im nächsten Augenblick die Festtafel gegen uns schleudern, er starrte uns an, als seien wir Tempelschänder.

Das machte wenig Eindruck auf uns, wir marschierten quer durch den Saal auf die Tafel zu, Gomolla schlug die Hände überm Kopf zusammen und schüttelte sie wie ein Boxer vor dem Kampf zum Gruß in alle Himmelsrichtungen, er quasselte freundlich: »Laßt euch bloß nicht stören.« Nun, wenn das keine Störung war.

»Hatte zufällig im Dorf zu tun.« Von wegen. »Und da wollte ich selbstverständlich ...«, er reckte die Linke und Rechte gleichzeitig aus, packte das Brautpaar bei den Händen, »... meine Glückwünsche anbringen.«

Sehr dünner Beifall.

Max nickte gelassen, Hilde errötete über und über.

Jetzt war die Reihe an mir, männlich drückte ich der Braut die Hand.

Sie sagte: »Ich freu mich so, daß du gekommen bist.«

»Mußt ich doch, Hildchen, an deinem großen Tag.«

Ob sie meinte, ich müßte immer noch an ihr hängen? Ob sie nicht wußte, daß ich längst mit einer anderen schlief? Jedenfalls klang es ein wenig enttäuscht, als sie mit klagender Stimme sprach: »Ich dachte schon, du trägst mir was nach.«

Ich legte die Hand aufs Herz, ich schwor es lachend: »Aber nein.« Niemandem trug ich was nach, auch Max nicht. »Glückwunsch!« Und Hieb auf die Schulter, er schlug zurück.

»Alles haben wir geteilt, Junge, das Mädchen konnten wir nicht teilen!«

Immer witzig mein Freund, er lachte sein freches meckerndes Lachen.

»Nun müssen wir aber einen trinken!« Er wedelte mit der Hand, tatsächlich, er hatte längst das Kommando an sich gerissen. Sekt her, laßt die Korken knallen, das Gesöff schäumte über den Gläserrand, gleich würde er rufen: Hoch die Tassen!

»Halt«, sagte ich, »einen Moment.« Ich suchte Irene, ich zog sie zum Tisch, und dann, weiß der Teufel, woher mir plötzlich der Einfall kam, band ich ihre Spitzenschürze los und warf sie ihr wie einen Hochzeitsschmuck über das Haar, ich küßte sie zärtlich vor allen Leuten, sie lächelte, und nun sah es jeder im Saal, sie war nicht das Aschenputtel, für das man sie jahrelang im Dorf gehalten hatte, sie war in Wirklichkeit eine kleine Prinzessin aus Persien, sie war sehr schön, und sie war meine Braut. Anna hielt uns eine Rede.

»Also, stoßen wir an auf das Glück!«

»Na«, sagte Max Stephan und wischte sich mit dem Handrücken über den Mund, »dann ist ja alles in Ordnung.« Wahrscheinlich hätte er im nächsten Augenblick gerufen: Wir gehen zum scharfen Saufen über! Er liebte diese Redensart, aber er kam nicht dazu, Gomolla fragte nämlich: »Hat schon einer 'ne Rede gehalten?«

Wiedenbeck antwortete: »Der Herr Pfarrer in der Kirche.«

»Oh«, meinte Gomolla, »dann ist es aber höchste Zeit, daß ein paar weltliche Worte gesagt werden zur Feier des Tages«, und faltete die Hände vor dem Unterbauch, wendete sich an Hilde und Max mit einer artigen Verbeugung. »Liebes Brautpaar«, und nickte den Leuten zu, »liebe, hochverehrte Gäste, heute ist ein besonderer Tag, Menschen haben einen ganzen Abschnitt ihres Lebens durchwandert und beginnen nun einen neuen, gemeinsamen Weg. Ich will was sagen zum Lobe der Gemeinsamkeit.« Er schritt die Tafel ab, während er sprach, da und dort blieb er stehen. »Schaut mal her, wie ist das? Zwei Welten, nicht wahr, hier die unsere, schon ganz hübsch«, er deutete auf die bunten Papiergirlanden, »und drüben, weiter westwärts, eine andere Welt. Und hinter der Grenze leben Menschen, die sind genau so nett, so begabt, so fleißig und so tüchtig wie ... wie unser Bräutigam.«

Max gab sich, als geniere ihn Gomollas Lob, er blickte an seiner Nase herunter und machte wieder einmal das bekannte

Schafsgesicht. »Aber«, sagte Gomolla, erhob den Zeigefinger und erhob auch seine Stimme, »aber!« rief er, »sie haben es schwer, die da drüben, gute Menschen zu werden. Warum?«

Gomolla blickte sich in der Runde um, als suche er jemanden, der die Preisfrage beantworten könne. Er sah verlegene Gesichter, verkniffene Münder, es saßen nämlich, das konnte er nicht wissen, an die zehn Westtanten unter Krügers Gästen im Saal. Gomolla mußte seine Frage selbst beantworten, seinerzeit war das ein beliebter rhetorischer Kniff. »Weil«, sagte Gomolla, »weil sie in der alten Welt nach der Devise antreten müssen: Sei schlauer als der andere, raffinierter, sei rücksichtsloser, sei ja nicht arglos, du, denk zuerst an dich, steig auf, steig, aber wehe dir, du fällst auf die Schnauze, dann bist du verloren, niemand wird dir helfen.«

Er senkte den Kopf wie in der Erschütterung, er wiederholte: »Niemand!«, schneuzte kräftig ins Taschentuch und schielte währenddessen seitwärts, um die Wirkung seiner Worte abzuschätzen. Die Bauern drehten stumpfsinnig die Gläser in den Händen, die Frauen zupften sich die Flusen aus den handgestrickten Jacken, ein Trompetenstoß schien Gomolla angebracht, er reckte den Arm in die Höhe und rief: »Unsere Welt hat andere Regeln!« Na, welche denn? Er zählte sie an den Fingern her: »Denk immer an den anderen, laß keinen allein, hilf jemandem, wenn er dich braucht, übe Solidarität, nimm Partei ...«, er starrte ein Mütterchen so lange an, bis es ängstlich zustimmend nickte, »... nimm Partei, sag ich, und begreife eins: Gemeinsam erkämpft es sich leichter und besser, das Glück.« Und nun verdeckte er mit den gefalteten Händen wieder fromm seinen Hosenstall und sagte: »Deshalb freue ich mich, daß am heutigen Tage Menschen die ersten Schritte in ein gemeinsames Leben gehen.«

Alle Gäste blickten auf das bräutliche Paar, Max Stephan saß kerzengrade auf seinem Stuhl, Kinn selbstbewußt gegen die Binde gedrückt, das Doppelkinn quoll ihm ein wenig über den Kragen, er griff schon nach dem Glase, und Hildchen lehnte mit dem Kopf an Stephans Schulter und lächelte nun doch geschmeichelt.

Da sagte Gomolla: »Jawohl! Heute hat sich hier in Horbeck die Produktionsgenossenschaft ›Frohe Zukunft‹ gegründet. Genosse Druskat ist der Vorsitzende, zwei Bauern, immerhin, sind schon Mitglieder der LPG, auf die wollen wir unser Glas erheben, denn das Brautpaar, nicht wahr, haben wir ja schon hochleben lassen.«

»Es ist doch gestattet?« Ich nahm die Flasche vom Tisch, schenkte Gomolla ein, der hob das Glas und rief: »Mal aufstehen, wer auf ›Frohe Zukunft‹ eingeschworen ist!«

Niemand stand auf. Was denn? Was denn? Gomolla blickte sich suchend um. »Wo sind denn meine Genossenschaftsbauern?« Wahrhaftig, er hob sogar das Tafeltuch und suchte unter dem Tisch, dort hatte sich aber auch kein Genossenschaftsbauer versteckt. Gomolla fragte, als dämmre ihm Ungeheuerliches: »Habt ihr sie nicht eingeladen? Wollt ihr etwa unter euch Einzelbauern bleiben?«

Bewegung im Saal, Unruhe.

Gomolla schwenkte den Zeigefinger. »Herrschaften, das wird euch nicht gelingen. Ihr alle werdet begreifen müssen, die einzelbäuerliche Wirtschaftsweise ist überlebt, gemeinsame Großproduktion aber vorteilhaft.«

Und nun kam der Clou, der Alte zauberte nämlich aus allen seinen Jackentaschen Dutzende von Formularen heraus, das waren Eintrittserklärungen für die Genossenschaft, er übergab mir die Hälfte der Zettel, und nun verteilten wir sie an den Tischen.

»Augenblick!« Max Stephan stand auf, er packte seinen Stuhl bei der Lehne und riß ihn mit einem Ruck zurück.

Ich stieß Gomolla an. »Max Stephan möchte die Diskussion eröffnen.«

»Dies ist eine Hochzeitsfeierlichkeit!« brüllte Stephan und hieb mit der flachen Hand auf den Tisch, daß die Teller und die Gläser hüpften.

»Ja«, sagte Gomolla ruhig, »ich weiß, ich weiß.«

Stephan rief: »Herr Gomolla, ich finde es nicht in Ordnung, daß Sie unser fröhliches Beisammensein zu einer Agitationsversammlung umfunktionieren.«

Diese Unterstellung schien den Genossen Gomolla sehr zu verblüffen, er blickte mich ratlos an. »Ich habe doch bloß von freundlicher Zukunft geredet«, und sprach dann zu den Bauern: »Ich verlange nicht, daß ihr die Eintrittserklärungen auf der Stelle unterschreibt, aber man wird doch mal drüber reden dürfen, kann aber sein, es diskutiert sich viel besser an den Tischen, von Mann zu Mann, na, dann rückt doch mal.«

Tatsächlich, jetzt wollte er sich zwischen Hildes nächste Anverwandte an die Tafel quetschen. Krüger übrigens wagte kein Widerwort, er lief sogar nach einem Stuhl für den ungebetenen Gast, aber sein Schwiegersohn stand plötzlich vor mir, Zornfalte zwischen den Brauen.

»Das vergeß ich dir nicht!«

Ich glaub nicht, daß wir uns geschlagen hätten. Wahrscheinlich wäre es Gomolla sogar gelungen, die Festgesellschaft im Verlauf der Hochzeitsnacht in die Genossenschaft hineinzuagitieren, seine Argumente waren nicht schlecht. Außerdem hatte Krüger bei Anna Preibisch Unmengen scharfer Spirituosen bestellt, und nach einem gewissen Pegelstand, ich wußte es aus Erfahrung, neigt der mecklenburgische Bauer zur Verbrüderung. Aber Anna Preibisch, die herrschsüchtige Schankwirtin, verdarb das Konzept. Sie sah, daß Stephan drohend vor mir stand, und schritt augenblicklich über das Parkett, ihre Taftröcke rauschten majestätisch, und ihre Ohrgehänge funkelten, jetzt bewegte sie ein wenig die Hand im Gelenk. »Damenwahl!« Und nun: die Donau so blau, so blau, erklang Walzermusik, schritt Anna mit äußerster Entschlossenheit auf uns zu. Sie raffte auf altmodische Weise, aber mit gewisser Anmut, ihre steifen Gewänder, versank in übertrieben tiefen Knicks vor Gomolla, was blieb ihm übrig, er mußte der aufgeputzten Wirtin aufhelfen aus der Verbeugung, schon ächzte sie nämlich ein wenig, sie klagte seit Jahren über Beschwerden im Kreuz, er mußte mit ihr den Reigen eröffnen.

Ich trat zur Seite und lehnte mich gegen die Wand, eine Weile sah ich den Tanzenden zu, jeder von ihnen war anders, war jung oder alt, klug oder dumm, stolz oder demütig, und jeder erstrebte etwas anderes für sich, hielt etwas anderes für das Glück. Eine Welt trennte Anna von Gomolla und diese beiden wieder von Krüger und dessen Anhang, aber nun tanzten sie alle miteinander zur selben Musik, die Donau so blau, so blau, wiegten sich paarweise im Saal, es sah hübsch aus. Anna hatte Burgfrieden ausgerufen und durchgesetzt, was ihr Ordnung und Gesittung dünkte. Gomolla, der schlaue Taktiker, hatte sich gefügt – ich wollte mich nicht fügen.

Ich sah zu Ida hinüber, sie hantierte auf der anderen Seite des Saales am Tresen, hochroten Gesichts, von Biertrinkern umlagert und hart bedrängt, dennoch hatte sie einen Blick für mich, machte Irene aufmerksam. Irene bahnte sich einen Weg zu mir durch die Tanzenden, nun hob sie auffordernd ein wenig die Arme, lachte mich an, aber ich schüttelte den Kopf.

»Was hast du, Daniel?«

»Weißt du, es gibt Augenblicke im Leben, in denen erkennt man plötzlich, jetzt ist was zu Ende, für immer, jetzt fängt was Neues an.«

»Darüber mußt du nicht traurig sein.«

»Ich muß fort von hier, ich zieh aus, Irene, heute nacht noch.«

Sie blickte erschrocken zu mir auf, ich zog sie an mich, klopfte leicht ihren Rücken, meine Gedanken waren schon unterwegs.

»Ich bin ja nicht aus der Welt, Irene.« Dann ging ich in meine Kammer hinauf und suchte meine Siebensachen zusammen, mehr waren es nicht, sie fanden in einer kleinen Truhe Platz.

Es war bitterkalt, eine Nacht zwischen Winter und Frühjahr, als ich Annas Haus verließ, das mir für viele Jahre Zuflucht und Heimat gewesen war.

Im Hof warteten Irene und Ida auf mich. Zuerst glaubte ich, sie wollten Abschied von mir nehmen, dann sah ich aber, Irene war mit einem Umschlagtuch vermummt, und Ida wurde fast erdrückt von einem räudigen Pelz, die Hände wärmte sie im Muff, das Fräulein war für eine Reise über Land gerüstet.

»Wir begleiten dich«, hauchte sie aufgeregt wie ein Schulmädchen, und nun kniff die alte Person auch noch verschwörerisch das linke Auge zu. »Anna darf nichts merken.« Sie deutete mit dem Muff auf die erleuchteten Saalfenster, die Schatten der Tanzenden huschten vorüber, die Musik spielte immer noch, gedämpft war es in der frostklirrenden Nacht zu hören, das Lied von der schönen, blauen Donau.

Ich verstaute meine Kiste auf dem Handwagen, Irene hatte ihn aus der Remise gezerrt. Ida reichte mir einen Henkelkorb. »Wegzehrung«, flüsterte sie, »ich habe Wein und kaltes Huhn gemaust.« Mit einemmal lachte sie schrill, es klang schauerlich in der Nacht. »Geht alles auf Krügers Rechnung, haha!«

»Still.«

War da nicht Annas Gesicht am Fenster erschienen?

»Mach das Tor auf, Ida.«

Wir packten die Deichsel, Irene und ich, und der Mond leuchtete uns, als wir mit meiner geringen Habe die Straße zum Dorf hinunterzogen. Ida schleppte an ihrem Pelz, sie tappelte nebenher und plauderte zu unserer Erheiterung über dieses und jenes, daß Taft beispielsweise, wie ihn Anna zum Festkleid verwendet habe, keine kostbare Textilie sei, sie, Ida, bevorzuge Seide, Seide sei kühl und vornehm an und für sich, zur Winterzeit aber Wolle immer noch das Gegebene. »Ach, wir Armen«, sagte sie, wie immer ohne jeden Übergang, »wir drei in der kalten Nacht. Die heilige Familie auf der Flucht«, und tupfte mit dem Muff an ihren Augen herum.

Nun schien es tatsächlich, als würden wir verfolgt, wir hörten Pferdegetrappel hinter uns, polternde Räder und Peitschenknall, eine Kutsche kam näher und näher und raste auf den Dorfplatz zu. Wir mußten beiseite springen, die Schatten der Kirchhofmauer machten uns unsichtbar, wir selber aber konnten sehen, wie die Kutsche ihre Fahrt verlangsamte und über den mondhellen Platz rollte bis zu Krügers Hof. Niemand hatte uns verfolgen wollen. Max Stephan führte seine Braut nach Haus. Sie lachte, als er sie über die Schwelle trug, sie konnte herrlich lachen.

Wir starrten auf die erleuchteten Fenster des Hochzeitshauses.

Ida flüsterte: »Fünf Hektar besitzt Max aus der Bodenreform, nicht wahr, Daniel?«

»Ja.«

Ida nickte bekümmert, dann sagte sie: »Aber jetzt hat er zwanzig Hektar dazugeheiratet, Pferde und Kühe und ein wunderschönes Haus. Der hat Glück gehabt, der hat sich ins gemachte Nest gesetzt. Ich gönn es ihm von ganzem Herzen.« Und nach einem kleinen Seufzer setzte sie hinzu: »Unangenehmer Mensch.«

6

Man nannte uns damals die »Arme-Leute-LPG«, dennoch hatten wir den Fortschritt behauptet, die Etappe voraus, gegenüber den Krügers und anderen Bauern, die in Horbeck alteingesessen waren.

Es sollte eine Weile dauern, bis wir das beweisen konnten, bis auch bei uns der Rubel rollte, wie man so sagt. Das LPG-Büro hatten wir stolz und machtbewußt im Schloß von Horbeck eingerichtet. Das Herzstück unserer Genossenschaft war aber ein heruntergekommener Großbauernhof, die Eigentümer hatten ihn regelrecht ausgeplündert, alles zu Geld gemacht, sogar das Saatgetreide, ehe sie eines Nachts mit Sack und Pack nach dem Westen verschwanden. Uns waren die traurigen Reste ihres Besitztums verblieben, verwahrloste Felder, nacktes Hofgemäuer – und eine Last von Sorgen.

Als wir in Stephans Hochzeitsnacht auf dem LPG-Hof einzogen, stand der Mond, das milde Gestirn, immer noch überm Scheunengiebel, aber es milderte nichts, es schied ein Ding klar von dem anderen, überdeutlich, nun erkannten wir jedes Zeichen des Verfalls, verrutschte Strohdächer, eingesunkene Zäune, zerbrochene Fensterscheiben, schiefhängende Türen. Uns war, als beträten wir um Mitternacht einen Geisterhof, und das Schild über der Eingangstür, »Frohe Zukunft«, wahrhaftig, in dieser Nacht kam es mir vor, als habe es jemand uns zum Hohn dort angenagelt.

»Wir sind da.« Ich drehte den Schlüssel im Schloß, stieß die Tür zurück, der Flur gähnte uns schwarz entgegen, die Beleuchtung funktionierte nicht.

»Links, Ida, die letzte Tür.«

Sie weigerte sich, das Haus als erste zu betreten, sie graule sich so. Also ging ich voran, wuchtete meine Kiste durch den dunklen Flur, die Tür zu meinem Zimmer trat ich mit dem Fuß auf, das Schloß hatte längst jemand gestohlen. Griff zum Schalter, grell flammte das Licht. »Bitte schön!«

Die Frauen betraten zögernd, wie mit gewisser Andacht, mein Gemach, es war herrschaftlich in den Maßen, aber sparsam ausgestattet, vielleicht wirkte es deshalb noch größer, kahler und kälter als es in Wirklichkeit war. Von der Gipsrosette am Plafond baumelte eine nackte Glühbirne, sie setzte ins Licht, was mein eigen war, Bett mit kunstvoll gedrechselten Beinen und Knäufen, Tisch, Stuhl und Schrank, an einer Seite wurde er von Ziegelsteinen gestützt. Das Mobiliar hatte ich zum Trödelpreis erwerben können, Irene bestaunte es, sie verkroch sich unter ihrem Schultertuch, als fröre sie. Und Fräulein Ida – sie liebte manchmal pathetische Gesten – drehte sich mit halberhobenem Arm um sich selbst, als sehe sie sich in der prunkvollen Halle eines Palastes um, sprachlos vor Bewunderung, schließlich sank sie entgeistert auf den Stuhl. Aber nun warf Irene lächelnd das wollene Tuch von sich und begann, meine Sachen in den Schrank zu räumen.

»Großer Gott«, sagte Ida bekümmert, »Daniel, du hättest besser bei Anna bleiben sollen.«

»Hier«, antwortete ich, »hier ist jetzt meine Arbeit und mein Zuhause. Wart mal, gleich wird's gemütlicher.« Ich schleppte zwei schadhafte Stühle herbei, die zertrat ich neben dem Ofen vollends zu Kleinholz.

Irene schob mich zur Seite, sie kniete vor der Herdstelle nieder und mühte sich geschickt um Feuer, schon zuckten knisternd die Flammen auf, bald würden sie uns wärmen.

»›Frohe Zukunft‹ habt ihr über die Tür geschrieben«, lamentierte Ida, »wär nicht was anderes passender gewesen?«

»Was?«

»Liebe, Glaube, Hoffnung, diese drei.«

Ich lachte spöttisch.

Aber Ida sprach mit großem Nachdruck: »Ein Mensch muß fromm sein, wenn er hier nicht den Mut verlieren soll.«

Irene hatte kein einziges Wort gesagt, sie kauerte immer noch beim Ofen, ich hockte mich neben sie, wir wärmten uns die klammen Finger vor dem offenen Feuerloch. Nach einer Weile fragte ich: »Hast du nicht mal gesagt, du würdest überall hingehen mit mir?«

Sie nickte.

»Hast du dich umgesehen?«

Sie sagte: »Ich bleibe bei dir.«

Wir wollten uns küssen, es gelang nicht recht in der Hocke, wir hielten uns aneinander fest und halfen uns vom Boden auf.

Ich wär so gern mit meiner Liebsten allein gewesen. »Ida«, sagte ich nuschelnd, mein Gesicht war in Irenes Haar vergraben, »heute nacht wird Druskat mit Irene Hochzeit halten.«

»Wie gut«, rief die Alte fröhlich, »daß ich Wein gemaust habe.« Sie begriff nicht, daß ihr auf feine Art gute Nacht! gesagt worden war, im Gegenteil, sie fühlte sich eingeladen, entledigte sich hurtig des Pelzes und traf Zurüstungen für ein Fest, sie zerrupfte das kalte Hühnchen in mundgerechte

Portionen, breitete sie manierlich auf der Serviette aus, sie huschte suchend im Zimmer umher, bis sie ein paar leere Mostrichgläser fand. »Hier sind die Pokale.« Schon hatte sie die Flasche entkorkt und lud uns zur Tafel. Ich drückte ein paar Kerzenstummel auf die Tischplatte, knipste die erbarmungslose Glühbirne aus, machte uns freundliches Licht. Bald saßen Irene und ich nebeneinander auf unserem Ehebett und tranken Fräulein Ida zu.

Wir sahen ihr altes Gesicht mit den glänzenden Kinderaugen hinter den flackernden Kerzen, und wir sahen, daß ihr Tränen über die Wangen liefen, vielleicht weinte sie aus Kummer über unsere Armut, vielleicht aus Neid über unser Glück. Sie trank ihr Glas mit einem Zug leer und hielt es mir hin, damit ich es abermals füllen sollte. Sie sagte: »Ich hab immer im Schatten von Anna gestanden, ein Leben lang, auch die Männer hat sie mir immer weggeschnappt, dabei bin ich viel hübscher als sie, sagt doch mal selbst. Wenn zu mir ein schöner Mann gekommen wär, bis ans Ende der Welt wäre ich ihm gefolgt – mindestens bis Neustrelitz. Es ist nie einer gekommen.« Sie seufzte und blickte mir tief in die Augen, nicht sehr mütterlich, wie mir scheinen wollte.

»Er gehört aber mir.« Irene erhob sich und zog mich lachend vom Bett.

»Ja«, sagte Ida ernsthaft, »ich freu mich ja auch, daß du bei Daniel bleiben willst, das gönne ich Anna, nun wird sie endlich begreifen, was sie an mir hat.«

Irene führte mich zum Fenster. Draußen im Garten stand ein Apfelbaum, er war groß und alt und reckte seine kahlen schwarzen Äste wie verkrümmte Arme vor der hellen Scheunenwand, das sah unwirtlich aus und trostlos. Ich hatte Angst, der Anblick des unheimlichen Baumes könne Irene traurig machen. Ich legte meinen Arm um sie, aber sie lachte ein bißchen. »Zu Hause hatten wir auch so einen kleinen Garten und solchen Apfelbaum.«

»Ich schenk dir den Baum zur Hochzeit.«

Sie empfand das nicht als einen Scherz, sie sagte: »Bald

wird er vor meinem Fenster blühen, im Sommer können wir in seinem Schatten sitzen.«

Ich sagte: »Sonntags nachmittags vielleicht mal.«

»Ob er Äpfel haben wird im Herbst?«

Ich hob die Schultern, dann sagte ich: »Du, ich weiß nicht, wie lange es dauert, bis unser Haus in Ordnung ist, bis wir die Genossenschaft in Ordnung haben, die vielen Felder, aber deinen kleinen Garten werde ich bis zum Frühjahr in Ordnung bringen. Das verspreche ich dir.«

Wir drehten uns nach Ida um – wir hatten beide Lust auf Zärtlichkeiten –, das Fräulein, Wangen in die Hände gestützt, blickte uns an. »Wir haben noch ein Gläschen in der Flasche«, meinte sie schelmisch.

»Ida«, sagte ich, »meine Gute, ich weiß nicht, wie ich es dir beibringen soll ...?«

»Ich geh ja schon«, rief sie, »ich gehe ja schon.«

Ich half ihr in den räudigen Pelz, bot ihr den Arm, um sie sicher über den dusteren Flur zu geleiten. Vor der Haustür, ich weiß nicht, wie es über mich kam, beugte ich mich hinunter zu Ida und küßte sie auf die Wange. Sie starrte mich für eine Weile fassungslos an, dann sagte sie atemlos: »Mein Gott, wenn es einer gesehen hat.«

Ich küßte sie auf die andere Wange. »Laß doch die Leute reden, Ida.« Plötzlich warf sie die Arme um mich und flüsterte mir ins Ohr: »Für dich tu ich alles, Daniel. Anna denkt immer, ich versteh nichts von der Liebe. Zuerst werd ich mal 'ne Gardine nähen, es ist nämlich besser, wenn ihr zuziehen könnt.« Sie löste sich von mir, schob die Hände in den Muff und ließ ein wenig die Lider flattern, ehe sie fragte: »Du verstehst doch, was ich meine?«

Ach, ich verstand sie schon.

Nun hatten wir uns, und wir hatten viel Arbeit. Wir schufteten, Irene und ich, vom frühen Morgen bis in den Abend hinein für die kleine Genossenschaft, tags kamen wir uns manchmal verloren vor in der grenzenlosen Weite der Felder, nachts lagen wir eng beieinander im Bett. Und als der Apfelbaum zum zweitenmal geblüht hatte, schob Irene das Kinderkörbchen in seinen Schatten, wir waren zu dritt, hatten beide noch mehr zu tun und mehr zu sorgen, aber auch kleine Freuden zu genießen, wir freuten uns des Kindes, der bescheidenen Arbeitserfolge, daß unser Zimmer wohnlich wurde nach und nach. Wir hatten keine Zeit, einander zu versichern, daß wir glücklich wären, wenn's aber zum Glück gehört, daß keine Stunde leer ist am Tag und die Nächte einem zu kurz erscheinen, wenn's glücklich macht, ganz ausgefüllt zu sein voneinander, ganz aufgebraucht zu werden vom Leben, dann sind wir glücklich gewesen.

Eines Nachts, im Sommer, machte mich Irene wach. »Schläfst du schon, Liebster?«

Ich war todmüde, ich brummte mürrisch. Irene lachte leise.

»Ich kann nicht schlafen. Ich will bloß ein bißchen mit dir erzählen.«

Sie streichelte zärtlich meine Brust. Nun gut, ich warf mich herum, und ich erzählte ihr was, die alte, immer neue, immer süße Geschichte. Später lagen wir noch ein wenig nebeneinander und schauten auf den Apfelbaum, jetzt blühte er im vierten Jahr vor unserem Fenster.

In dieser Nacht sagte Irene: »Hilde Stephan ist heute am Gartenzaun stehengeblieben. Sie hob ihren Sohn hoch, ich unsere Tochter. Sie sagte: ›Hübsch ist dein Mädchen‹, ich sagte: ›Kräftig ist dein Junge.‹ Sie sah angestrengt aus, die hat es auch nicht leicht. Ich mußte denken: Die rackert sich ab für ihren Hof, ich racker mich ab für die Genossenschaft, wir tun was Verschiedenes, aber beide tun wir's, weil wir wollen, daß es unseren Kindern einmal besser gehen soll. Auf einmal fühlte ich mich mit Hilde verwandt.«

Sie fühlte sich verwandt und wußte doch, es ging nicht voran in der Genossenschaft, weil Stephan und sein Clan uns die Arbeit erschwerten. Sollte ich in der Nacht über Klassenfragen reden? Ich hatte keine Lust dazu, ich brauchte meinen Schlaf, ich knurrte müde, ich drehte mich auf die andere Seite.

Irene richtete sich plötzlich im Bett auf, sie fragte: »Daniel, wenn die Kinder groß sind, was ist dann?«

Ich sagte gähnend: »Schatz, dann sind sie alle längst in der Genossenschaft, auch die Stephans, auch unsere Kinder, oder es gibt keine Genossenschaft mehr, weil wir was viel Besseres erfunden haben. Ach, ich weiß nicht, du wirst es ja erleben.«

Irene sagte: »Wer weiß.«

Nein, sie hat bis zu diesem Tag nicht an mir gelitten, erst später habe ich ihr Kummer gemacht. Sie hat kein Wort darüber verloren, es gab Dinge, über die wir nicht sprachen, aber manchmal sah sie mich an, so merkwürdig, dann war mir, als wüßte sie alles. Sie hat an meiner Untreue gelitten, aber sie sollte nicht an der alten schrecklichen Geschichte leiden, die sich in der Kirche von Horbeck zugetragen hatte vor einer Ewigkeit. Ich mußte schweigen. Ich mußte. Hat Krüger davon profitiert? Ja, zuerst sah es so aus, damals, im Frühjahr neunzehnhundertsechzig.

7

Krüger hatte mich erpreßt.

Später saß ich verzweifelt neben Anna Preibisch auf der Bank im Garten. Es war schon Nacht. Wir hatten lange nicht gesprochen, wir hatten den Mond angesehen, wie er über den Bäumen schwamm im Nebeldunst.

Nun sagte Anna: »Krüger hat es also gesehen.«

Ich war überrascht: »Wie kommst du darauf?«

»Im Suff hast du mal davon gesprochen, es ist lange her«, meinte die alte Preibisch und erhob sich ächzend von der Bank. Sie hüllte sich enger in ihr Tuch, und dann, beiläufig, als sagte sie, ach Gott, ich muß mal wieder Brause nachbestellen, sprach Anna: »Ich werde mal mit Krüger reden, er muß dich in Ruhe lassen, ich weiß nämlich 'ne ganze Menge von dem.« Und schon war sie davongegangen. Lautlos, beinah schwebend in ihren langen Röcken, und im Schatten der Fliederbüsche verschwunden. So war sie, die Alte, sie handelte, ließ sich nicht davon abbringen, sie mußte was tun, und sei es dreist was Falsches. Ich wollte rufen: Laß das sein, Anna, was geht es dich an, misch dich nicht ein. Ich hab dir schon mal gesagt, was ich von deiner aufdringlichen Fürsorge halte. Aber ich rief ihr nichts nach, ich ließ sie davongehen, und das Unbehagen übermannte mich, ich krümmte mich auf der Bank wie in körperlichem Schmerz, aber dann dachte ich: Warum nicht? In der Weltpolitik geht's genauso zu, du hast 'ne Bombe, ich hab auch 'ne Bombe, also lassen wir uns mal hübsch in Frieden. Warum nicht im kleinen? Krüger hat was gegen mich in der Hand, aber Anna weiß auch 'ne ganze Menge von dem, 'ne Weile werden wir nebeneinander auskommen können, 'ne Weile schon, so lange wenigstens, bis sich Irene nicht mehr grämen kann. Die Alte hat recht, ich muß Zeit gewinnen, meine Gedanken ordnen können. Nein, ich bin kein Selbstmörder, und ich werde mich nicht ans Messer liefern. Wer hätte den Nutzen? Bloß Krüger und dessen verdammte Clique, dieses ganze Mistvolk von Abwartern und heimlichen Gegnern, heute sind sie zur LPG gekommen, heute erst, beileibe nicht aus Überzeugung, nein. Ihnen ist nichts anderes übriggeblieben. Wer kann mir verdenken, wenn ich zulasse, daß ihre Erpressung mit Erpressung abgewehrt wird? Ich muß es tun, denn alles könnte ich ertragen, nur eins nicht, daß ich vor den Leuten dastehen müßte wie ein Verbrecher, daß sie mich davonjagen wie einen räudigen Hund. Ich hab solange gearbeitet, um von meiner Schuld abzutragen, ich war noch jung damals, niemand wird mir verdenken können, daß ich mich wehre, und niemand weiß davon, außer Anna und mir und Krüger und Stephan natürlich, und Hilde natürlich, sie werden nicht darüber sprechen, sie können es nicht, sie würden selber auf die Schnauze fallen. Ich muß Zeit gewinnen, ein bißchen Zeit gewinnen. Ich saß noch eine ganze Weile auf der Bank in Anna Preibischs Garten und fand noch andere Gründe zu meiner Rechtfertigung, warum ich jetzt so handeln müsse und nicht anders, warum ich nicht mit Gomolla reden könne. Ich würde durchkommen, ich war nicht allein und nicht verloren. Anna wollte mir beistehen, auch das Mädchen würde es tun. Die Rothaarige, hatte Anna ein wenig geringschätzig gesagt, die wird dir nicht helfen, aber was wußte Anna von Rosemarie. Und was hatte ich von ihr gewußt? Zu wenig, wie sich bald herausstellen sollte.

Er ging nach Hause, in Gedanken, niemandem wollte er begegnen. Nun war er in der gleichen Lage wie Stunden zuvor Max Stephan, wie ein Dieb näherte er sich seinem Gehöft von der Feldseite her und schlüpfte durch die Hinterpforte.

Rosemarie erwartete ihn, sie hockte auf dem Haustritt, ihre Hände umspannten die Knie, nun hob sie den Kopf. Er hockte sich neben sie, suchte nach einer Zigarette. Er sagte nichts, sie sagte nichts, schrie aber leise auf, als das Streichholz flammte und flackerte, sie sah sein entstelltes Gesicht.

»Still!« Druskat hauchte das Flämmchen aus und blickte mißtrauisch nach den erleuchteten Schlafzimmerfenstern. »Ist alles in Ordnung?« fragte er und winkte mit dem Kopf in Richtung der Fenster.

Das Mädel nickte, flüsterte dann aber ängstlich: »Daniel, was ist passiert, um Gottes willen?«

Er stand auf, faßte nach ihrer Hand, zog Rosemarie hoch von den Stufen, jetzt stand sie dicht vor ihm. »Was ist passiert?« fragte sie noch einmal und tastete mit den Fingerspitzen vorsichtig über sein Gesicht.

Druskat stöhnte, selbst diese zarte Berührung schmerzte ihn, er wußte nicht, wie antworten, stöhnte auch, weil ihm bewußt war, daß kein Mensch im Dorf sein Verhältnis mit dem jungen Mädchen würde billigen können. Manchmal nannte er selber würdelos, was er da trieb und vor den Leuten verbergen mußte. Alles in seinem Leben war ungeordnet und verworren. Er warf die Zigarette fort, preßte das

Mädchen an sich, Halt suchend, erstickte Rosemarie fast in der Umarmung. Bald aber, noch mit ihr verschlungen, blickte er wieder zu den Fenstern, hinter denen seine Frau schon schlief oder noch wachte und wartete – und er stöhnte.

Rosemarie wiegte den Mann ein wenig hin und her, so trösten wohl Mütter ihre unglücklichen Kinder, dann löste sie sich aber vorsichtig aus der Umklammerung und faßte behutsam mit beiden Händen sein Gesicht. Sie flüsterte: »Was ist passiert, Daniel?«

Der Mann griff nach ihren Händen und küßte die Handflächen, sie waren rauh und hart von der Arbeit. »Ich will es erzählen«, sagte er, »aber nicht hier.«

Er führte sie aus dem Garten und ging mit ihr über die Felder, er legte sich Worte zurecht, und eine Liedzeile ging ihm nicht aus dem Kopf: »Kein Feuer, keine Kohle kann brennen so heiß, wie heimliche Liebe, von der niemand nichts weiß ...« Wer wollte mit ihm rechten, wegen solcher Liebe, solcher Heimlichkeit?

Druskats Frau konnte keinen Schritt mehr ohne fremde Hilfe gehen, er hatte sie wie ein Kind herumtragen müssen im Hause oder im Garten, es ist ihm nie zuviel gewesen, denn er liebte seine Frau, und es erschütterte ihn, als die Ärzte schließlich sagten, wie hoffnungslos es um sie stand. Damals hatte er das Mädchen ins Haus nehmen müssen, die Frau brauchte Pflege und das Kind Aufsicht, und der Haushalt mußte versorgt sein, die kleine Wirtschaft, denn der Genossenschaftsbauer hat noch die eigene Kuh im Stalle füttern müssen, wenn er aufs Geld kommen wollte.

Seine Bäuerin war auf den Tod erkrankt, das wußte Druskat, aber auch, daß er nun einsam wäre im Bett. Anfangs hatte Irene noch gewollt, daß er ab und an mit ihr schlief, dann ging er schonend und zart mit ihr um wie seinerzeit, als sie schwanger war, aber einmal vergaß er sich, und sie konnte ihr Gesicht nicht beherrschen, nun sah er, wie sie sich überwinden mußte, um ihm zu helfen, von da an blieb er ihr fern.

»Du kannst nicht schlafen«, sagte sie später manchmal, »leg dich zu mir, Liebster.« Sie nahm ihn in die Arme, und wenn er es wünschte, streichelte sie ihn, bis er beruhigt war, das mußte ihm genügen.

Eines Nachts behagte ihm das nicht mehr, er küßte sie und wandte sich ab. Sie weinte deshalb nicht, sie wird ihm dankbar gewesen sein. Er beteuerte ihr, Geschlechtlichkeit sei nicht das Wesentliche für zwei, die sich so liebten, Vater und Mutter eines Kindes waren, an dem sie abgöttisch hingen. Wenn ihm auch manches versagt blieb, er liebte Irene und meinte sogar, daß seine Liebe größer wurde und reiner, daß sich ihr neue Bereiche erschlössen. Vielleicht liebte er sie aber, wie ein Vater sein Kind lieben muß, das an irgendeinem Gebrechen leidet, das benachteiligt ist und deshalb besondere Zuneigung herausfordert, Beschützergefühle. Er behütete seine Frau. Aber bald quälte ihn sein Geschlecht, er ist ja noch jung gewesen damals, erst Ende Zwanzig, nun half er sich manchmal, wie er sich als Knabe geholfen hatte, aber seltsam, obwohl er sich sagen konnte, dazu sei er gezwungen, kein Mann könne es sich durch die Rippen schwitzen, so ging eine Redensart, bei solchen Hantierungen empfand er Schuldgefühle und fühlte sich gedemütigt.

Das Mädel in seinem Hause beachtete er lange Zeit kaum, und zuerst kam er gar nicht auf den Gedanken, was sich mit ihr im Bett anstellen ließe, später, wenn er Rosemarie zusah, wie sie eilig hin und her ging, wie ihre Brüste unterm Kittel wippten, dachte er manchmal doch daran und verbot sich den Gedanken im selben Augenblick, ab und an träumte er aber des Nachts, auf welche Weise er bei dem Mädchen gelegen hätte. Er träumte nur davon. Früher, vor gar nicht langer Zeit, war es nahezu Brauch gewesen, daß kräftige Bauern die jungen Mägde beschliefen, daß sie denen gelegentlich in der Scheune oder hinter dem Schober die Röcke hochstreiften, bis die Bäuerin dahinterkam oder die Magd geschwängert war, in beiden Fällen wurden die Mädel vom Hof gejagt. Man erzählte hundert Geschichten davon in den Dörfern.

Aber heutzutage? Undenkbar eine Geschichte mit der Haushaltshilfe, alle Weiber würden über Druskat herfallen und taten gewiß recht dran, und die Genossen, meist ältere Männer wie Gomolla, ahndeten den Ehebruch mit biblischer Härte.

Nein, Druskat hielt sich zurück, es gefiel ihm zwar, daß Rosemarie flink arbeiten konnte, die Anmut ihrer Bewegungen gefiel ihm, ihre Natürlichkeit, ihre Fröhlichkeit, auch daß sie der kleinen Tochter Anja ein guter Spielkamerad war, wenn es die Zeit erlaubte. Zuneigung empfand er nicht und hütete sich vor jeder Art von Vertraulichkeit, denn er hing an seiner Frau und an seinem Kinde.

Einmal, zur Erntezeit, bat er Irene, sie möge das Mädel für den Nachmittag und Abend beurlauben. Er benötigte sie dringend auf dem Dreschplatz, die Genossenschaft wurde nämlich von den Aufkäufern wegen rascher Getreidelieferung bedrängt, wer von den Leuten abkömmlich war, mußte beim Dreschen helfen, gleichzeitig sollte aber die Stoppel gebrochen werden, die Zeitung mahnte tagtäglich, jedenfalls wurde in der Genossenschaft jede Hand gebraucht. Irene war einverstanden. Fräulein Ida erbot sich, der Kranken im Haus behilflich zu sein.

Es war an diesem Spätsommertag, als habe sich alles Volk des Dorfes zu geschäftigem Treiben an der Feldscheune eingefunden. Das wogte hin und her und auf und nieder, Menschen und Tiere, Maschinen, viele Geräusche und viele Gerüche erfüllten die Luft, »Hüh!« und »Hott!«, Leiterwagen, hochaufgetürmte Fuder, schwankten knarrend dem Druschplatz zu, die Gäule stemmten sich in die Sielen, es stank nach Pferdeschweiß und nach Dieselqualm, Traktoren schleppten bullernd das Erntegut auf gummibereiften Hängern davon, die wiegten sich unter der Last, und der Dreschkasten heulte stundenlang. Die Leute arbeiteten unter greller Sonne, schweißnaß glänzten die nackten Oberkörper der Männer, den Frauen klebten die Kleider am Leibe, dennoch waren alle miteinander bei Laune geblieben, die Träger ächzten, wenn sie die Säcke zum Hänger buckelten, und die Männer an der Waage schrien triumphierend durch den Höllenlärm, was ausgedroschen wurde von jeder Fuhre und zeigten das mit den Fingern an. So wußte jeder: Es scheffelte heuer, das machte Lust, jedermann würde es zugute kommen nach mageren Jahren, und mancher rechnete schon an der Jahresendprämie. Vielleicht würde man schon heute abend einen darauf trinken, alle hatten ungeheuerlichen Durst, dem konnte abgeholfen werden, Annas gepflegte Biere waren ebenso berühmt wie ihre herrschsüchtige Art.

In Stunden wie diesen konnte sich Druskat vollkommen glücklich fühlen, denn er empfand, daß die Leute und er trotz mancher Zwistigkeiten, die sie untereinander austrugen, trotz mancher Abneigungen, die sie trennten, miteinander verbunden waren durch gemeinsame Arbeit für die kleine Genossenschaft, durch Empfindungen, die sie teilten, sogar durch gemeinsamen Durst. Vesperpause!

Druskat schickte Kinder zur Kneipe aus, sie kamen mit gefüllten Krügen zurück, die Männer hatten sich unterdes im Schatten der Scheunenwand hingeworfen, die Frauen reichten Henkelkörbe mit Schmalzstullen herum. Zu der Zeit wurde zwar noch gegeizt mit Geschlachtetem und Geräuchertem, aber die Fettöpfe in den Vorratskammern waren gefüllt. Die Sonne stach, und die Schwüle wurde unerträglich, dennoch gönnten sich die Leute nur kurz Ruhe, eine bleigraue Wolkenwand türmte sich am Horizont auf, man wollte rascher als das Gewitter sein. Unbegründeter Eifer, wie sich bald herausstellte, grummelnd zog es in der Ferne vorüber, das war gewonnene Zeit, und nun rief man sich anspornende Redensarten zu: Keine Müdigkeit vorschützen! und – Riesengelächter – Dawei, dawei, dawei!

An diesem Sommertag flutschte die Arbeit, wie man so sagt, keine Hudelei wie üblich, mit ausgeleierten Treibriemen, die Maschine streikte nicht ein einziges Mal, war ihnen untertan, die Leute arbeiteten einander in die Hand wie nach

Takt, das lag wohl an dem Mädel, das oben auf der Höhe des Druschkastens stand. Druskat gabelte vom Fuder, spießte die Garben auf, warf sie Rosemarie im hohen Bogen zu, jetzt und wieder, sie schnitt die Bänder auf, schob die Bündel der Maschine in den Schlund, Schnitt und Schub und jetzt und wieder, das Dreschwerk rauschte auf, wenn es die Ähren faßte, die Körner prasselten in den Kasten, jetzt und wieder, Schnitt und Schub, das Mädel wurde es nicht müde, kam nie aus dem Takt, bestimmte das Tempo der Arbeit, stundenlang, und kommandierte zu Druskats und der Leute Belustigung: »Nicht so lahm auf der Panse, schneller die Garben, die nächste Fuhre heran!« Ihr Gesicht war schwärzlich gepudert vom Staub, zur Clownmaske geworden, einer lachenden, tatsächlich, das Mädel konnte noch lachen, sang manchmal sogar zum rhythmischen Stampfen der Maschine, schrie ein Lied in den Lärm.

Druskat war glücklich, es machte ihm Spaß, dem Mädel zuzuarbeiten, und er wird nicht vergessen, was geschah, nachdem er endlich Feierabend geboten hatte. Rosemarie war zum Umfallen müde mit einemmal, er mußte ihr von der Maschine helfen, erkannte nur ihre Augen noch unter der Larve von Schmutz, er sagte lachend: »Wir haben uns ein Bad verdient.«

Sie stellten sich, das Mädel und er, verdreckt wie sie von der Arbeit kamen, bei Irene in der Küche vor. Fräulein Ida richtete schon das Abendessen, sie schlug die Hände zusammen, wahrhaftig, in solchem Zustand dürfe kein Mensch sich zu Tische setzen, meinte sie energisch, um im selben Atem und mit gleicher Entschiedenheit zu behaupten, Essig gehöre nicht an den Tomatensalat. Irene mußte herzlich lachen und rief noch, als sie schon gehen wollten, sie dürften die Seife nicht vergessen.

Daniel und Rosemarie holten die Räder aus dem Schuppen und fuhren gemächlich zum See. Bald sahen sie ihn vor sich in vollkommener Ruhe, die Bäume vom jenseitigen Ufer spiegelten sich schwarz im unbewegten Wasser, darüber verschleiertes Blau am Himmel. Kein Lüftchen wehte an diesem Abend, kein Blättchen rauschte, kein Vogel sang mehr, nur die Grillen sirrten, *ein* schwirrender Ton in der sommerlichen Stille.

Daniel, hinter einen Strauch geduckt, entkleidete sich eilig, sah aber, als er zum Ufer gehen wollte, das Mädel war schneller gewesen, stand schon im Wasser, erwartete ihn splitternackt. Mein Gott, wie schön das Mädel war. Jetzt blickte Druskat, Unterlippe vorgeschoben, an sich herunter und entschloß sich nach einigem Zögern, die verwaschene blaue Turnhose abzustreifen.

Das Mädel spritzte und planschte indessen vergnügt im flachen Gewässer, tauchte und prustete und schwamm dann hinaus. Er folgte bedächtig, Zug um Zug, schwamm korrekt, als habe er die Prüfung vor einem Schwimmlehrer abzulegen. Mag sein, die Nacktheit war ihm nicht geheuer, und er versuchte, seine Unsicherheit mit Würde zu tarnen. Sie war weit voraus. Nun mußte er beweisen, was ein Mann in den besten Jahren vermag, er wollte sie einholen, aber sie wollte nicht, daß es ihm gelang. Seine Schultern hoben sich aus dem Wasser, so kraftvoll schwamm er ihr nach. Ihre Bewegungen wurden immer hastiger, sie mußte schließlich aufgeben und kreischte vor Vergnügen, als er nach ihr faßte. Sie glitt ihm wie ein Fisch aus den Händen, lachte und alberte, drehte und wendete sich, war neben ihm, unter ihm, warf die Arme in die Höhe und versank plötzlich, schien ertrinken zu wollen, er mußte sie retten und berühren, ja, er berührte sie, immer wieder, glatte Haut, feste Glieder, nicht zu halten im Wasser. Er verspürte ein feines Ziehen im Leib und ließ von ihr ab. Sie nutzte es aus, schwamm lachend davon, und nun jagte er sie, konnte nicht lachen, jagte und verfolgte sie mit Verbissenheit. Wieder am Ufer, triefend vor Nässe, hochatmend vor Erschöpfung, hockte er sich nieder, kramte in der Tasche, wollte ihr das Handtuch zuwerfen. Er hielt es in der Hand, er holte schon aus, trat aber plötzlich langsam auf sie zu. Sie stand von ihm abgekehrt, Arme über der Brust gekreuzt, und krümmte ein wenig den Rücken, als er ihr das Tuch um die Schultern legte. Vorsichtig rieb er ihren Rücken trocken, sie duldete es, mit einemmal entfiel ihm das Handtuch, er konnte nicht anders, er mußte unter ihren Achseln hindurchlangen und ihre vollen Brüste auf den Händen wiegen. Die Erregung stieg ihm auf, er riß Rosemarie an sich, küßte sie, fühlte, wie sie ihm nachgab, und noch im ersten Kuß führte er ihre Hand an seinem Körper abwärts, sie stieß ihn nicht zurück, noch im ersten Kuß zog er sie mit sich ins scharf duftende Kraut, eilig, ohne Zärtlichkeit. Er fiel über sie her, stieß sich in sie hinein und war nach Augenblicken schon erlöst. Da lag er über ihr, reglos, schämte sich und bereute. Sie wird damals kaum Erfahrungen mit Männern wie ihm gehabt haben, aber ihre Hände bewegten sich beruhigend auf seinem Rücken. Nun öffnete er die Augen, wie erwachend, er hatte bei ihr auf der freien Uferwiese gelegen, kaum gedeckt von ein paar Halmen, nun hob er den Kopf, sichernd, wollte ausmachen, ob sie jemand gesehen hatte. Sie waren aber ganz alleine am See. Sie erhoben sich, sie hatten kein einziges Wort miteinander gesprochen, und kleideten sich schweigend an.

Nein, damals liebte er sie noch nicht, er war ihr für Minuten verfallen, schlimmer, er hatte sie nur gebraucht, das sollte sich nicht wiederholen, nicht ein einziges Mal. Er blickte ernst auf das Mädchen, hatte wohl Verlegenheit erwartet oder Scham, aber Rosemarie rieb sich die feuchten Haarsträhnen mit dem Tuch trocken und kämmte sie und schüttelte sie zurecht, mit anmutiger Bewegung, lächelnd, als sei die selbstverständlichste Sache von der Welt geschehen. Er hockte noch neben ihr, knotete an den Schnürbändern, als er plötzlich herausstieß: »Ich liebe meine Frau!«

Er hatte die Einmaligkeit ihrer Begegnung betonen, hatte in beleidigender Offenheit erklären wollen, Liebe sei nicht im Spiel gewesen, und es verblüffte ihn, wie sie darauf antwortete. Sie sah ihn an, zuerst ganz ernsthaft, dann verzog sich ihr Gesicht, aber sie weinte nicht, wie er vielleicht erwartet hatte, sie kicherte in die vorgehaltene Hand.

»Was gibt es da zu lachen?« fragte er böse und dachte, sie mache sich über ihn lustig, weil er sie nicht hatte zufriedenstellen können in seiner hemmungslosen Eile, oder sie achte seine Frau nicht oder nicht seine Gefühle für die Frau. Am liebsten hätte er sie jetzt geschlagen. Sie kicherte wie ein kleines Mädchen und sagte: »Du brauchst dich nicht zu entschuldigen.«

Woher nahm sie diese freche Überlegenheit? Er ahnte schon an diesem ersten Abend, daß er sich verschätzt hatte in dem Mädchen Rosemarie, er blieb ihr die Antwort schuldig.

Als sie wieder zu Hause waren, sagte sie Herr Druskat zu ihm, sagte später auch Sie, gleichgültig ob sie allein waren oder unter Leuten, er redete sie mit dem Vornamen an, nannte sie du wie bisher. Sie verhielt sich wie immer, schien vergessen zu haben, was am See gewesen war. Er ging ihr aus dem Wege, viele Tage lang, nur manchmal betrachtete er sie mit brennenden Augen. Aber eines Abends sah er, daß sie ihr Handtuch aus der Kammer holte und zum Schuppen ging, er folgte ihr, das tat er immer wieder, bis der Herbst sie vom See vertrieb.

Mit der Zeit mußte er sie lieben, aber das sagte er nicht ein einziges Mal, er brachte es nicht fertig. Im Haus lag seine kranke Frau, er würde sie niemals verlassen, er würde sich niemals von seinem Kind trennen, er redete sich ein, daß ein Mann zwei Frauen lieben könne. Irene liebte er nach wie vor, vielleicht mit geschwisterlicher Zuneigung, mit dem Herzen, in der anderen das Geschlecht, die strotzende Jugend, bis er begriff, die Liebe läßt sich nicht teilen, von da an litt er an der Liebe.

Ein paarmal hatte er Rosemarie fortschicken wollen, da machte er es so, wie in billigen Liebesromanen beschrieben. Er kaufte Abschiedsgeschenke, ein Armband oder ein Kettchen von Silber, wertvollen Schmuck, wie er wahrhaftig glaubte. Sie wollte aber niemals begreifen, daß er ihr Abschiedsgeschenke überreichte, sie freute sich kindlich, würde Ketten und Bänder nie herzeigen können vor den Leuten, aber sie freute sich. Er sprach auch nicht deutlich von Trennung oder von Schluß machen, er sprach davon, daß er ihr nicht zumuten dürfe, was er verlange, hielt sich tagelang tapfer fern, bis er sah, das Mädel weinte, und er mußte es wieder trösten. Bald konnte sich Druskat das Leben ohne sie nicht mehr vorstellen. Rosemarie arbeitete mit ihm zusammen, sie umsorgte Irene, die mit der Zeit ungeduldig wurde und quengelig auf dem Krankenbett, pflegte die Frau mit beinahe demütiger Hingabe und liebte das Kind. Sie stellte keine Forderungen und sprach niemals von der Zukunft, sie hatte von Daniel nur eins verlangt, in aller Offenheit, er müsse sich bei ihr so verhalten, daß sie nicht schwanger würde.

Nein, niemand dürfe mit ihm rechten wegen seiner heimlichen Liebe zu Rosemarie, hatte Druskat gedacht, er könne noch nicht leben wie ein Mönch, er nehme Irene nichts, das ihr fehlen würde, und später einmal – ach, später –, er wollte nicht voraus denken, später, das wird der Tod eines Menschen sein, der ihm nahesteht, und früher, früher ist auch der Tod eines Menschen gewesen. Nicht zurückdenken können und nicht voraus, wer kann so leben?

Er ging mit dem Mädel durch die Felder, schweigend, immer weiter, weiter. Vielleicht wurde ihr unheimlich, sie fragte nach einer Weile: »Wohin?«

Er sagte: »In ein paar Tagen muß ich fort aus Horbeck. Von Altenstein ist ein weiter Weg bis zu unserem See. Ich wollte ihn noch einmal sehen.«

Sie blieb stehen, sie sah ihn bekümmert an. »Sie jagen dich meinetwegen aus Horbeck fort?«

Er schüttelte den Kopf, nahm ihre Hand. »Ich laß mich nicht von dir trennen.«

Er hatte lange schweigen müssen, nun empfand er beinahe selbstquälerische Lust, die Umstände seines Lebens vor Rosemarie auszubreiten, sie war noch jung, keine Zwanzig, vielleicht hatte Anna recht, und sie würde ihm nicht raten und nicht helfen können. Wem sollte er aber sich anvertrauen, wenn nicht dem Menschen, den er liebte, der Verständnis haben würde, auch die Kraft, ihm beim Verschweigen zu helfen, wenigstens so lange, bis er reden konnte. Sie hatte gefragt: »Daniel, was ist passiert, um Gottes willen?«

Sie sollte alles wissen.

»Komm!« er führte sie an den See, bis zu einer geschützten Stelle an der Uferböschung, dort streifte Druskat seine Jacke ab und breitete sie auf das Gras, so hatte er oft ihr Bett gemacht, er ließ sich fallen, zog Rosemarie an sich. »Umarme mich, fester! Laß mich nicht los!«

Sie preßte ihre Arme um den Mann. »Nein, nein, Lieber.«

Er stammelte an ihrem Hals: »Ich war sechzehn Jahre alt, da haben sie mich halbtot geschlagen, Dobbin, der Hund, er war schuld. Und er hat mich erpreßt, gedemütigt, ich saß wie eine Ratte in der Falle, ich haßte ihn mit der gleichen Maßlosigkeit wie Wochen zuvor, als sie mich auf den Bock geschnallt hatten auf sein Geheiß, das Schwein hatte mich in der Hand, ich saß wie eine Ratte in der Falle. Ich konnte nicht anders, ich hab ihn umgebracht, bei den Felsen hab ich ihn begraben. Niemand hat nach ihm gefragt. Bis heute dachte ich, keiner weiß etwas davon, aber heute, Rosemarie, heute hat mich Krüger erpreßt ...«

Druskat hatte hastig gesprochen, halblaut, wie mit sich selbst, er bemerkte nicht, daß Rosemarie die angehockten Knie mit den Armen umschlang, daß sie bei seiner Erzählung immer mehr in sich zusammengekrochen war, als werde ihr kälter und kälter. Sie hielt den Kopf tief gesenkt, und die Haare waren ihr vors Gesicht gefallen.

Druskat sah das Mädel nicht an, als er fragte: »Hast du was gesagt?«

»Nein.«

Vielleicht hatte er's selber gedacht: Warum stellst du dich nicht? – denn nun sprach er, als müsse er darauf antworten. »Weißt du, ich war noch ein Junge, ich wollte leben wie die anderen, unter den Leuten sein, wie jeder andere dazugehören, dazugehören, das ist auch heute noch das Wichtigste für mich ..., aber sie müssen mich rausschmeißen aus der Partei, wenn ich hingehe und sage, ich hab euch verschwiegen, daß ich einen Menschen umgebracht habe. Ich wäre von heute auf morgen einer, den man meidet, den man verachtet, dem man aus dem Wege geht, als hätte er die Pest am Leibe.

Wie dann aber leben? Nach dem Westen abhauen? Ich kann's nicht, ich hab hier so lange gearbeitet, ich gehöre hierher, ich sag ja nicht, weil ich ein Sozialist bin, ich hab zu viel Respekt vor diesem Wort, aber gekämpft hab ich doch seit meinem siebzehnten Lebensjahr für die Sache, seit ich von Gomolla weiß, was das ist, Sozialismus. Ich wollte was tun für ein Leben, in dem niemand mehr Angst haben soll vor irgendwem oder irgendwas. Und den anderen, die immer nur an sich gedacht haben, an den eigenen Vorteil, an ihren Reichtum, Krüger und seiner ganzen Sippschaft, ausgerechnet diesen Strolchen soll ich die Genugtuung verschaffen, daß sie mich über die Grenze gejagt hätten, daß meine Partei mich rausschmeißen müßte? Ich kann den Gedanken nicht ertragen!«

Druskat warf sich herum, stützte sich auf die Hände, jetzt kniete er vor Rosemarie, jetzt sah er, sie hockte vor ihm wie schlafend, er packte sie bei den Armen, schüttelte sie ein wenig, als wolle er sie erwecken, sie zwingen, jedes seiner Worte genau aufzunehmen. Er redete auf sie ein, beschwörend: »Denen werde ich es zeigen, ich werde nach Altenstein gehen, du wirst mit mir gehen, wir werden arbeiten wie die Tiere, wir werden ihnen beweisen, diesen kleinen Geistern, daß wir genauso gute Bauern sind wie dieser Stephan und dessen ganze Sippschaft. Wir werden was machen aus Altenstein, du und ich und die anderen, müßte doch mit dem Teufel zugehen, hörst du, wenn wir gemeinschaftlich nicht erreichen sollten, was die zustande gebracht haben, jeder für sich. Später einmal wird ein Tag kommen, an dem es niemanden mehr interessiert, daß ein sechzehnjähriger Junge keinen anderen Ausweg wußte in seiner Not. Ich muß ihnen beweisen, daß ich mich fünfzehn Jahre lang nicht für die Katz herumgeschlagen habe mit meinem Sozialismus, daß wir besser sind als diese verfluchten Egoisten und Spekulanten, und wenn ich's ihnen und mir bewiesen habe, werde ich bei Krüger anklopfen und bei Max Stephan und werde sagen: Jetzt geh ich zu Gericht, wenn ihr wollt, ihr könnt mich begleiten. Allein schaff ich das aber nicht, du mußt mir helfen, Rosemarie, du liebst mich, das weiß ich, du wirst mir helfen, mein Liebling.«

Er strich ihr die Haare aus dem Gesicht, küßte sie auf den geschlossenen Mund, aber dann umschlang er sie heftig, warf sie ins Gras, stammelte immer wieder den einen Satz: »Du mußt mir helfen, mein Liebling, du mußt!«

Seine Hand faßte nach Rosemaries Beinen. Wer will ergründen, warum Druskat ausgerechnet jetzt das Mädchen haben wollte? Vielleicht hätte er ihren Liebesbeweis als Vergebung empfunden nach seiner Beichte, vielleicht wollen sich verzweifelte Männer manchmal in den mütterlichen Schoß der Frauen zurückflüchten? Rosemarie schob seine Hand beiseite. »Mir ist so kalt.« Sie erhob sich. Er sprang auf, hing ihr die Jacke um die Schultern. Sie lehnte sich gegen den Stamm der Linde und sagte: »Du hast mir nie gesagt, daß du mich liebst.«

»Aber du weißt es doch«, antwortete er.

Sie sagte: »Du hast mich nie gefragt, was ich aushalten muß in deinem Haus.«

»Ich weiß es«, antwortete er.

Sie sagte: »Du hast mir diese schreckliche Geschichte erzählt von dem Toten am Felsen.«

»Zu dir hab ich Vertrauen«, antwortete er.

Sie raffte die Jacke mit beiden Händen, wie einen zu weiten Mantel, dicht unter ihrem Kinn, sie hüllte sich ein, es sah beinahe aus, als wollte sie sich vor ihm verschließen, ehe sie weitersprach: »Nun willst du doch, daß ich sage, ach, du armer Daniel.«

Er trat dicht vor sie hin, sie blickte ihn nicht an, sie wandte den Kopf zur Seite, er sah, daß sie weinte. Druskat packte das Mädchen bei den Schultern. »Rosemarie, hast du nicht zugehört?« fragte er. »Du sollst mich nicht bedauern, du sollst mir beistehen.«

Sie sah wie ein ganz kleines Mädchen aus unter der Männerjacke, sie schüttelte bekümmert den Kopf. »Ich werd's nicht können.« Und als er die Hand hob, weil er sie unterbrechen wollte, sagte sie müde: »Laß mich auch mal was erzählen, Daniel. Ich hab nie viel gesagt, manchmal ein bißchen für mich geheult, aber ich hab dir nie was vorgejammert. Vielleicht liebe ich dich mehr, als du mich lieben kannst, ich habe bloß dich, und du hast noch manches, an dem dein Herz hängt, dein Kind, deine Frau und deine Arbeit.

Ich hab manchmal so eine Stunde mit dir im Gras, mir gefällt es, wenn du mit mir schläfst, aber man kann nicht nur für diese eine Stunde leben, man muß an mehr denken. Manchmal denke ich an den Tod, an Irenes Tod, Daniel, ich fürchte mich davor, und ich wünsche ihn herbei, das ist schrecklich, dann verachte ich mich, komme mir schlecht vor, so hundsgemein, dann bin ich besonders eifrig am Krankenbett, als müßte ich was abbüßen, weißt du. Das ist schlimm, das ist kaum zu ertragen, und immer wieder geht mir durch den Kopf: Du machst was und du denkst was, das ist gemein, und so wirst du dich fühlen müssen, so gemein, bis an ihren Tod.

Und manchmal denke ich, wenn es vorbei sein wird, Daniel, wenn deine Frau tot sein wird, wenn ich mich nicht mehr verstecken und verstellen muß, und ich könnte dir ins Gesicht lachen, dich anfassen, dich küssen vor allen Leuten, dann könnte ich es vielleicht gar nicht mehr, weil ich dich dann nicht mehr lieben kann.«

Sie sprach leise und zögernd, aber Druskat spürte, was sie da sagte, war ihr nicht vom Augenblick eingegeben, sie mußte es schon oft gedacht haben. Was sie sagte, erschütterte ihn so, daß er sein eigenes Elend vergaß. Er wollte sie umarmen, sie trösten und küssen, aber sie stieß ihn von sich mit der ganzen Kraft, zu der sie fähig war, und schrie: »Nein! Nein! Nein! Nicht immer bloß das, nicht bloß das, hör damit auf!«

Er packte sie wieder und rang mit ihr, sie schrie immer noch: »Nein!« Es war mondhell, er glaubte plötzlich Haß in ihren Augen zu erkennen, er ließ sie frei.

Sie sagte weinend: »Andere müssen sich auch quälen, du bemerkst nicht, daß ich leide, du lädst mir den Toten auch noch aufs Gewissen. Warum gehst du nicht hin und sagst einfach, das und das ist mir passiert, und nun macht mit mir, was ihr wollt?«

»Wozu hab ich bloß mit dir geredet?« rief er. »Es geht nicht nur um mich, auch Irenes wegen kann ich es nicht.«

»Deiner Frau geht es viel besser«, sagte sie, »selbst das hast du nicht bemerkt in deinem wilden Eifer, mit diesen Bauern fertig zu werden.«

Ihr Unverständnis enttäuschte und erbitterte ihn. »Jetzt versteh ich«, rief er mit Hohn, »du kannst es nicht abwarten.«

Sie antwortete leise: »Ja, Daniel, das ist schwer, immer bloß warten müssen, warten, aber worauf? Ich soll warten, daß deine Frau stirbt, vielleicht heiratest du mich dann mal. Ich soll warten, bis du aus Altenstein was gemacht hast. Ich soll warten, bis Gras gewachsen ist über die schreckliche Geschichte, die du verbirgst, und ich werde immer warten müssen auf den einen Tag, an dem sie den Toten finden. Das kann ich nicht. Das will ich nicht!«

Sie nahm die Jacke von ihren Schultern und reichte sie Druskat. Sie sagte kein Wort zum Abschied, sie lief eilig den Hügel hinab.

Ach, Rosemarie, auch sie hatte an mir gelitten. Damals begriff ich es nicht. Ich hatte an ihre große Seele geglaubt, aber sie ließ mich im Stich, ich wollte ihr nachschreien: Lauf davon, lauf doch, ich wein dir keine Träne nach – aber ich blieb stumm, ich empfand den Verlust, daß sie mir fehlen würde, wie schwer es sein würde, allein zu sein. Was sollte ich tun? Mich stellen? Ich konnte es nicht. Abhauen? Ich konnte es nicht. Was blieb dann?

Ich lehnte am Stamm der Linde und sah hinauf ins Blattwerk, es schwebte über mir, eine schwarze Wolke am mondhellen Nachthimmel.

Hoch im Gezweig, nicht zu erkennen in der Dunkelheit, spreizten sich Äste ab, stark genug, einen Mann zu tragen, und ein Strick würde sich finden. In der Frühe, wenn die Leute zur Arbeit auf die Felder gingen, würden sie mich hängen sehen. Nein, nicht einmal der Tod war ein Ausweg für mich, es gab Menschen, die würde ich elender machen, als ich selbst es war, Irene, das Kind. Ich wollte nicht sterben, ich wollte leben und arbeiten und abtragen von meiner Schuld.

8

Dies war alles an einem einzigen Abend geschehen: Er hatte sich mit Stephan geprügelt, von Krüger erpressen lassen, und Rosemarie hatte ihn verlassen. Als Druskat sich in der Nacht seinem Gehöft wieder näherte, sah er das Haus erleuchtet. Er trat eilig in den Flur, öffnete die Küchentür und blieb überrascht stehen.

Irene lag nicht mehr zu Bett, sie saß im Korbsessel neben dem Küchentisch, sie war sorgfältig gekleidet zu dieser nächtlichen Stunde, als wolle sie noch Besuch empfangen, und hatte wohl Mühe auf die Frisur verwendet. Sie lächelte ein wenig, deutete mit halber Bewegung des Kopfes auf Rosemarie, die saß auf einem Küchenstuhl an der anderen Seite des Tisches, Täschchen auf dem Schoß, das hielt sie krampfhaft mit beiden Händen fest, Koffer neben sich. Sie mußte in aller Eile ihre Habseligkeiten zusammengeworfen haben, wie lange hatte Druskat in die Krone des Baumes gestarrt?

»Rosemarie«, sagte Irene, »will uns verlassen.«

Druskat nickte stumm, er trat näher.

»Sie will unbedingt heute nacht noch gehen«, sagte Irene. »Sie hat mich bedient und umsorgt, ich hab mich daran gewöhnt. Es wird mir schwerfallen, ohne sie auszukommen, aber ich bin ihr nicht böse, wenn sie geht, vielleicht ist es besser so für uns drei, Daniel.«

Daniel wollte mit dem Mädel reden, unter vier Augen, er wollte ihr noch einmal erklären, worum es ihm ging. Sie mußte ihn verstehen, ihr Entschluß durfte nicht endgültig sein, der Gedanke an die Trennung machte ihn krank. Er sah Rosemarie an, versuchte, ihr mit den Augen einen Wink zu geben, aber sie senkte die Lider.

Nun blickte er auf seine Frau, er konnte nicht begreifen, daß sie zu dieser Stunde in der Küche saß. Und wie saß sie dort? Jetzt erkannte er, daß sie festlich gekleidet war. Hatte sie nicht das Kleid an, das sie auf Stephans Hochzeit trug? Es war auch unser Hochzeitstag, das Kleidchen paßte ihr noch immer. War sie nicht mit der Granatbrosche geschmückt, Anna Preibischs Geschenk, warum saß sie da, als wolle sie zu Balle?

Druskat wunderte sich immer mehr. »Du mußt zu Bett, Irene«, sagte er.

Irene antwortete: »Lange genug hab ich gelegen«, und sagte dann: »Du mußt Rosemarie bezahlen, was wir ihr schuldig sind. Du wirst nicht kleinlich sein, und du, Rosemarie, wirst nicht albern sein. Nimm das Geld, du brauchst was für die nächste Zeit.«

Rosemarie betrachtete ihre Hände, sie umklammerte immer noch die Handtasche auf ihrem Schoß. »Ich muß jetzt gehen«, sagte sie.

»Aber wohin denn zum Teufel?« rief Druskat laut. »Wohin denn, mitten in der Nacht.«

»Ich will gehen«, flüsterte das Mädchen.

Irenes Stimme klang herrisch, als sie sagte: »Zahl sie für den Monat aus!«

Langsam ging Druskat zum Küchenschrank und langte das Kästchen heraus, in dem er sein Geld aufbewahrte, er öffnete es zögernd und wendete sich um. Er begriff nicht, was mit Irene vorgegangen war, diese merkwürdige Veränderung. Nein, sie fieberte nicht, wie er zuerst glauben wollte, ihre Augen blickten klar, aber das kleine Gesicht war von unnatürlicher Blässe, und ihre Hände umfaßten die Lehnen des Sessels so krampfhaft, als wolle sie alle Kraft zusammennehmen, um sich aus dem Sessel zu erheben – unglaublich, sie hat es Minuten später tatsächlich getan, sie hat sich erhoben. Sie hat ein kleines Wunder vollbracht aus Liebe zu ihm, weil sie ihm helfen wollte, weil sie stärker sein wollte als Rosemarie, sie hat den Tod noch einmal davongewinkt – die Ärzte haben's später zu erklären versucht. Aber das alles wußte er nicht in dem Augenblick, als er sie ansah, das Geldkästchen in den Händen, er fand Irene auf seltsame Weise verändert, fand es sogar ein bißchen unheimlich, wie sie in ihrem Sessel saß, kerzengrade, die Herrin des Hauses, und Anweisungen erteilte.

Sie verlangte, er solle Rosemarie auszahlen, das war das Schlimmste für ihn, die Geliebte bezahlen! Er sah Irene an, dann Rosemarie, bloß kein Theater jetzt, keine Szene, kein Gezänk womöglich zwischen den beiden Frauen. Wenn sich Irene auch zusammennahm, sie war todkrank, sie sollte ihren Willen haben, dann würde er Rosemarie nachgehen, mit ihr reden, er würde sie nicht fortgehen lassen, wie man früher eine Dienstmagd gehen ließ, er liebte sie, weiß Gott, er hatte es ihr nicht ein einziges Mal gesagt.

Druskat zahlte das Mädel aus, er trat an den Tisch, blätterte die Hunderter vor Rosemarie auf, und ihm war, als brannten die Geldscheine in seinen Fingern. Er hielt sich an Irenes Weisung, kleinlich ist er nicht gewesen. Rosemarie zählte das Geld nach und schob die überzähligen Scheine zurück.

»Ich will bloß haben, was mir zusteht.«

Irene hielt Rosemarie beide Hände entgegen und sagte: »Viel Glück, du bist tüchtig, du wirst schaffen, was du dir vorgenommen hast, und bald vergessen, was dich jetzt bekümmert – du bist noch jung.«

Rosemarie trat vor Irene an den Sessel und faßte ihre Hände. Sie sagte: »Alles Gute, Frau Irene.«

In diesen letzten Minuten des Abschieds verhielten sich die Frauen wie Schwestern zueinander. Druskat aber, der beide liebte, fühlte sich ausgeschlossen. Es war ihm, als hätten sich die beiden Frauen auf eine für Männer unbegreifliche Weise verbündet, denn es war ungeheuchelt, als sich Rosemarie niederbeugte, seine Frau behutsam umarmte und küßte. »Sie werden es auch schaffen, Frau Irene.«

Und dann geschah, was Druskat später ein kleines Wunder nannte. Irene ließ Rosemaries Hände nicht los. »Willst du mir helfen?« fragte sie. Das Mädchen nickte. »Hilf mir«, flüsterte Irene, sie zog sich, langsam, langsam an den Händen des Mädchens aus dem Sessel, stand wieder auf ihren Beinen, noch unsicher, sie ließ sich stützen und begleitete schließlich, ungeschickt tappend, das Mädchen bis an die Tür. Dort, gegen die Türe gelehnt, blieb sie noch eine Weile stehen, nachdem Rosemarie gegangen war.

Druskat hatte dem Mädel nachgehen wollen, was er aber in dieser Minute erlebte, ergriff ihn so stark, daß er es vergaß. Er ging mit vorgehaltenen Armen auf Irene zu wie auf eine Traumwandlerin, die man nicht erschrecken darf, weil sie beim leisesten Anruf vom Dach in den sicheren Tod stürzen würde. Aber die Frau rutschte nach der ungeheuren Anstrengung nicht in sich zusammen, wie er erwartet hatte, sie sah ihm lächelnd entgegen. Sie sagte: »Du brauchst mich doch.« Sie konnte wieder gehen seit dieser Nacht.

Irene war nicht im mindesten betroffen, als Druskat sagte, sie würden nach Altenstein übersiedeln müssen. Sie ging leichten Herzens aus Horbeck fort, sie wollte das Leben noch einmal beginnen können.

Anna Preibisch leitete die Vorbereitungen für den Umzug. Zum Ärger der Bauern schloß sie tagelang ihre Kneipe, vom soundsovielten bis soundsovielten kein Ausschank, das übliche Formular war zwar an die Tür geheftet, aber der Behördenstempel fehlte ebenso wie der Namenszug von Bürgermeister Priskoleit. Anna handelte nach eigenem Gesetz, und niemand wagte, die Wirtin bei der Dienststelle anzuschwärzen, aus Furcht, bei nächster Gelegenheit vor den Gästen bloßgestellt oder gar des Hauses verwiesen zu werden. Außerdem konnte die Preibisch des Wohlwollens aller Bäuerinnen sicher sein, die waren nicht böse, daß ihre Männer für eine gewisse Zeit dem Alkohol entsagen mußten.

Am Tag vor dem Umzug übergab Druskat die Leitung der Genossenschaft »Frohe Zukunft« an Stephan. Zum letztenmal saß er im LPG-Büro hinter seinem Schreibtisch, öffnete Schubladen, deutete auf Papiere, Listen, Formulare, erklärte Stephan knapp und sachlich, wie sie zu gebrauchen wären, schloß die Schubladen wieder, sagte, im übrigen wisse der Buchhalter Willmann über den Gang der Geschäfte Bescheid. Es handle sich um einen ausgezeichneten Fachmann, der mit seinem Betrieb in Weran in Unfrieden auseinandergegangen wäre, er käme täglich mit dem Fahrrad oder Omnibus nach Horbeck gefahren, weil er seine hübsche Stadtwohnung nicht aufgeben wolle, Stephan möge sich an diesen Willmann halten.

Stephan sagte: »Ich werde ihn rausschmeißen.«

Druskat blickte überrascht auf. Stephan erklärte: »Der Buchhalter gehört ins Dorf. Entweder nimmt er hier Wohnung, oder ich schmeiß ihn raus.«

Druskat meinte gelassen, da habe der Vorstand ein Wort mitzureden. Stephans Antwort war, der Vorstand müsse neu berufen werden, die Situation sei für die Genossenschaft anders als vor vierzehn Tagen.

Druskat wies seinen Nachfolger auf die Tatsache hin, daß in der LPG eine Parteigruppe arbeite, nach ihren Beschlüssen müsse er sich richten. Stephan entgegnete, in Fachfragen ließe er sich von niemandem dreinreden.

Druskat wollte aufbrausen, aber er sagte nichts, er war ohnmächtig, er mußte sich zurückhalten, die Umstände zwangen ihn dazu. Die Genossen würden sich an seiner Stelle mit diesem aufgeblasenen Menschen auseinandersetzen, er wollte nur fort von Horbeck. Er öffnete das oberste Schubfach des Schreibtischs und langte ein paar Dinge heraus, die ihm gehörten, Tabakbeutel und Pfeife, Füllfederhalter, ein Bildchen, das

Irene mit dem Kind zeigte, dann schob er auch diese Lade zu und empfand, daß er damit etwas Endgültiges tat. Lächerliche Sache, gewiß, man schiebt eine Lade zu, man erhebt sich und rückt einen Stuhl beiseite, aber man tut das zum letztenmal in diesem Raum; so endet ein Lebensabschnitt mit gewohnten Handgriffen und ganz alltäglichen Gesten.

»Bitte schön!« Druskat nahm seine Mappe an sich und deutete auf den Schreibtischsessel. Er hatte seinen Platz geräumt, Stephan würde ihn augenblicklich einnehmen können, der verzichtete aber merkwürdigerweise auf die Vorführung des Platz- und Machtwechsels, er sagte: »Laß uns noch eine rauchen.«

Druskat lehnte ab, er habe daheim noch zu packen, und zu bereden hätten sie nichts mehr.

»Vielleicht doch«, meinte Stephan. Er stand gegen die Tür gelehnt, er sperrte den Ausgang und sagte: »Ich konnte zuerst nicht begreifen, warum du auf den Vorschlag meines Schwiegervaters eingegangen bist. Inzwischen versteh ich es. Das Dokument übrigens«, er tippte gegen seine Brusttasche, »hab ich bei mir.«

Druskat sah den anderen gegen die Tür gelehnt, hochmütig, der meinte wohl, jetzt könne er anklagen, dieser unverschämt selbstgerechte, großspurige Mensch, der verhielt sich tatsächlich, als hätten sie nicht das geringste zu schaffen mit jenen Geschichten, die sich damals in Horbeck zugetragen haben, als seien sie ohne Fehl, der ehemalige Ortsbauernführer Krüger und dessen folgsame Tochter und dessen anmaßender Schwiegersohn.

Beinahe acht Jahre lang hatte Druskat in diesem Zimmer gesessen, an diesem Schreibtisch gearbeitet, vor diesem Fenster, Blick auf den verwilderten Park, er war ein bißchen traurig, hatte dem anderen seinen Platz überlassen wollen und die Arbeit, ohne Aufhebens, wie es einem zukommt, der sich in Unabänderliches schicken muß. Krüger hatte es erzwungen. Aber Stephan wollte es offenbar nicht dabei bewenden lassen, wollte die Quälerei fortsetzen. Druskat sah ihn bei der Türe stehen, er konnte seinen Anblick kaum ertragen. Er warf die Mappe auf den Tisch zurück, den Schreibtischsessel, er hatte ihn für den anderen zurechtgerückt, hob er an mit kräftigem Griff, stellte ihn an den alten Platz und setzte sich wieder, Beine gespreizt, Rücken gegen die Lehne gestemmt, er sagte: »Der Alte hat es gesehen. Er weiß also, wie es passiert ist und wie ich hineingezogen wurde in das Verbrechen.« Und dann drohte er: »Ihr dürft den Bogen nicht überspannen. Der Mensch erträgt nur ein gewisses Maß an Demütigung, manchmal – ich hab es erlebt – tut er was Furchtbares in der Verzweiflung!«

Stephan nickte, er trat neben Daniel und hieb ihm seufzend die schwere Hand auf die Schulter. Was wollte er jetzt? Sie sahen sich schweigend an, die beiden Männer, Druskat, halb zur Seite geneigt im Sessel sitzend, Stephan, neben ihm stehend. Er war fett geworden, der Märchenprinz von einst, fast kahl auf dem Schädel, hatte aber immer noch diese unwahrscheinlich blauen Augen, diesen Unschuldsblick. Nicht zu erkennen, ob er eine neue Bosheit plante. Sie blickten sich an, bis der vierschrötige Mann schließlich die Lider senkte und nach einem Augenaufschlag stöhnte: »Junge, Junge.«

Druskat wollte aufspringen, er stemmte sich gegen Stephans Pranke, die immer noch auf seiner Schulter lastete, er brüllte: »Laß die Mätzchen, verflucht!«

Stephan sagte: »Bleib ruhig, bleib sitzen, ich will dir einen Vorschlag machen.« Er holte sich den Stuhl und setzte sich Druskat gegenüber, so wie ein Angestellter oder Bittsteller vorm Schreibtisch des Chefs Platz nehmen würde. Er knöpfte umständlich die Brusttasche seiner Joppe auf und zog ein Papier heraus, das knittrig war und schmuddlig wie ein Geldschein, der durch viele Hände gegangen ist. Er glättete das Papier auf der Schreibtischplatte, er sagte: »Das ist der Wisch, der dich belastet.«

Druskat erkannte das Dokument auf einen Blick. Stephan faßte es mit spitzen Fingern, hob es an, plötzlich ließ er sein Feuerzeug aufschnappen und hielt den Zettel an das Flämmchen.

Druskat, beide Hände gegen die Kante des Schreibtischs gestemmt, sah atemlos zu, wie das Papier im Ascher verkohlte – ein feiner Rauchfaden quirlte hoch, löste sich auf in nichts.

Stephan sagte, während er die Überreste des Dokuments mit seinem Bleistift zerstocherte und zerkrümelte: »Du hast mir oft zu schaffen gemacht, ich war auch nicht fein, wir sind nun mal ...«, er zögerte, »wie sagt man, starke Persönlichkeiten, wir brauchen unsern Platz und wollen ihn behaupten, so oder so. Vielleicht, könnte ja sein, ist ein Dorf zu klein für zwei Männer wie uns. Aber ich hab mich dir gegenüber nicht mit einer Sauerei behaupten wollen, es würde mir gar keinen Spaß machen, du mußt mir glauben, Daniel. Wenn sie mich damals geschnappt hätten, wäre ich an deiner Stelle gewesen. Jeder von uns hätte an deiner Stelle sein können. Das soll dich nicht mehr belasten.«

Er nahm den Ascher auf, ging zum Fenster, öffnete es, er pustete in den Aschenbecher, und hundert verkohlte Flöckchen wirbelten mit dem Wind davon. »Den Wisch hat's nie gegeben.«

Druskat schüttelte ein wenig den Kopf. Er konnte nicht im Augenblick ordnen oder verarbeiten, was er soeben erlebt hatte. »Wenn das so einfach wäre, wenn ich mir bloß die Dinge so einfach zurechtmachen könnte wie du.«

Stephan sagte: »Aber das ist doch einfach. Wir waren sechzehn. Und du hast keine Schuld. Und nun mein Vorschlag, bleib auf deinem Stuhl da sitzen. Von mir aus bleib der Chef in Horbeck. Die ganze Verantwortung und dieser Papierkram ... Weißt du, ich bin vielleicht ein sehr guter zweiter Mann.«

Druskat schüttelte den Kopf, er nahm seine Tasche und erhob sich. »Ich geh nach Altenstein.«

Stephan hob die Schultern und ließ sie wieder sinken, dann fragte er: »Willst du mir zum Abschied nicht die Hand geben?«

Daniel reichte ihm die Hand, und Max geleitete seinen Vorgänger im Amt zur Tür.

9

Druskat saß im Zimmer des Staatsanwaltes, er hielt die Hände im Nacken verschränkt und starrte zur Decke, er dachte:

Das ist vor elf Jahren gewesen, neunzehnhundertsechzig, unvergeßliches Jahr, der Abschied von Rosemarie – es ist auch ein Abschied von meiner Jugend gewesen –, Irenes Genesung, das kleine Wunder, und der Abschied von Horbeck. Mein Kind freute sich und lachte den ganzen Tag, es verwechselte den Umzug mit Jahrmarktstrubel.

Es war eine verzweifelte Flucht nach vorn, als ich mit Irene und mit dem Kind nach Altenstein ging. Ich konnte nicht anders handeln, man mag mich feige nennen oder schuldig sprechen, ich hab damals nicht anders gekonnt.

Wer hatte Nutzen davon? Der Staatsanwalt wollte es wissen, noch mancher wird es wissen wollen: Wer hat profitiert? Krüger und dessen Familie?

Stephan war entgegen seiner Absicht in die Genossenschaft geraten, nun war es Krügers Wille gewesen, daß er den Vorsitz übernahm. Was versprach sich der Alte davon?

Hatte er gemeint, so könne etwas gerettet werden von dem, was diese Leute Bauerntum nannten, beinahe mystischer Begriff, hinter dem sich Klasseninteresse verbarg, sie redeten sogar, ich habe es oft gehört, von der Scholle als etwas Heiligem, oder handelte Krüger aus anachronistischem Standesdünkel, wollte er die Vorzugsstellung der reichen Familien gegenüber den ehemaligen Landarbeitern und Knechten im Dorf – und sei es nur für eine Frist – erhalten?

Vielleicht! Was er auch immer beabsichtigt haben mochte, als er mich erpreßte, seine Absicht kehrte sich ins Gegenteil, er beförderte ungewollt gesellschaftlichen Fortschritt, denn sein Schwiegersohn, Max, der Individualist, ob er es nun begriff oder nicht, er mußte sich in der Genossenschaft Gesetzen unterwerfen, wie sie in der Gemeinschaft wirken, und sein Ehrgeiz ließ es nicht zu, daß er nachlässig arbeitete, er wollte sich beweisen. Er wurde aber beileibe kein neuer Mensch, er blieb, wie er gewesen war, rücksichtslos, unbescheiden und egoistisch. Ich weiß, so bezeichnet man Charakterfehler, diese Wörter drücken aber gleichzeitig Aktivität aus, und Stephan, das gefiel mir, hatte seine Unarten niemals heuchlerisch getarnt, sondern selbstbewußt bekannt: Ich bin, wie ich bin!

Es wäre boshaft, zu behaupten, daß Unbescheidenheit, Rücksichtslosigkeit oder übersteigertes Selbstbewußtsein Eigenschaften seien, über die eine sozialistische Leiterpersönlichkeit verfügen müsse, dann hätten ich und Tausende andere niemals zum Leiter getaugt, jedenfalls schadeten aber Stephans Schwächen vorerst nicht, im Gegenteil, sie stärkten die LPG »Frohe Zukunft«. Ich registrierte es ohne Erbitterung, und es setzte mich nicht übermäßig in Erstaunen – auf der Parteischule hatte ich mich lange genug mit den Gesetzmäßigkeiten der Dialektik herumgeschlagen.

Nein, Stephan änderte seinen Charakter nicht – wer kann das überhaupt? Er konnte jetzt im großen wirtschaften, das machte er, indem er die Genossenschaft leitete, gerissen und gescheit wie früher seinen Bauernhof. Er lebte seine Eigenarten aus und seine Aktivität, aber er konnte dies nicht mehr ausschließlich für sich selber tun, er mußte zwangsläufig andere teilhaben lassen. So kam es, daß Horbeck bald viele Genossenschaften überrundete. Stephan wurde ein berühmter Mann, ein Zeitungsheld, ein viel bewunderter, bis er elf Jahre später ein Hindernis wurde, ich mußte ihn bekämpfen.

Krüger zählt nicht in meiner Rechnung, er ist ein alter Mann, abgelebt wie die Zeit, aus der er stammt.

Und Stephan? Nein, er hat nicht von meinem Schweigen profitiert, und es nutzt nichts, daß ich seinen Namen nenne, daß ich zu Protokoll gebe, Stephan hat manches gewußt – er hat das Dokument verbrannt. Mich entlastet es nicht.

Ich habe zu lange geschwiegen, das ist Schuld. Ich muß diese Schuld alleine tragen!

IV

1

Die Sonne brannte unbarmherzig wie jeden Tag in diesem Sommer, das Gras der Wiesen vergilbte und verdorrte. Anja stand am grellen Vormittag zwischen üppig wuchernden Karthäusernelken in Anna Preibischs Garten, sie blühten weinrot, rosa und weiß, Anja nannte sie Großmutterblumen, die Blütenkörbchen sahen wie gehäkelte Muster aus, sie kamen dem Mädchen altmodisch vor wie das seltsame Schwesternpaar. Auch die Geschichten, die sie von den alten Damen gehört hatte, waren nicht aus dieser Zeit, aber sie handelten von ihrem Vater, einem sehr heutigen Menschen, einem Genossen und LPG-Vorsitzenden, einem Mann, der ihr Freund war und ihr Kamerad, aber zu seinem Leben zählte auch Vergangenheit, längst versunken in Geschichte, und Ida hatte gesagt: »Damals hab ich deinem Vater alles zugetraut, sogar einen Mord!« und tröstend Anjas Hand gepatscht, ehe sie davongehuscht war.

Anja wußte, daß Ida im Gespräch dies und das übersprang, die Gedanken manchmal sinnlos aneinanderreihte, auch wirres Zeug daherredete, sie hatte sich oft genug über das wunderliche Fräulein lustig gemacht, jetzt war sie aber erschreckt worden. Sie strich sich die Haare aus dem Gesicht, ging mit zögernden Schritten zu ihrem Rad, es lehnte am Zaun, sie wollte vom Hof fahren, nun sah sie zum Haus hinüber und sah hinter der Fensterscheibe von Preibischs Stube Annas Gesicht, maskenhaft starr und weiß vor schwarzem Hintergrund. Ebenso, mußte Anja denken, haben Hilde und Stephan heute morgen hinter der Scheibe gestanden und auf mich heruntergeblickt, genauso starr. Dem Mädchen wurde unheimlich, Druskats Tochter machte, daß sie vom Hof kam.

2

Die Straße stieg gegen den Hügel an, Anja mußte kräftig auf die Pedale treten, sie hatte sich zur Höhe hinaufgewiegt, schon sah sie die Häuser von Bebelow in der Ferne, als die Luft aus dem Hinterreifen entwich. Auch das noch!

Anja warf das Fahrrad unmutig in den Straßengraben, sie erklomm die Böschung neben der Chaussee auf allen vieren und kauerte sich zwischen Rainfarn und staubigen Gräsern nieder.

Sollte sie umkehren? Ein Lastwagenfahrer könnte sie mitnehmen, das elende Fahrrad ebenfalls. Sie hat niemals lange winken müssen. Aber wohin dann? Nach Hause, zurück in ihr Dorf, jetzt, da sie beinahe sicher ist, ihr Vater ist in eine schlimme Geschichte verwickelt worden?

Er kam vom Ende der Welt gezogen mit Leuten, denen die Angst im Nacken saß, hatte Anna gesagt, und dann muß in Horbeck etwas Schreckliches passiert sein, ein Verbrechen vielleicht, warum hatte die Alte das Gesicht mit dem schwarzen Tuch verhüllt wie in jähem Erschrecken? Ida hatte aber das Schlimmste erzählt.

Verbrechen kommen manchmal erst spät an den Tag.

Vor Zeiten wurde ein Fremdling um seiner Barschaft willen hinterrücks erschlagen und am Wege verscharrt, niemand vermißte ihn, aber im Frühling – so hat sie's in einer Ballade gelesen, »Die Blume Tulipan« oder so ähnlich, im Frühling darauf wuchs aus einer Zwiebel, der Tote hatte sie mit der Knochenhand umkrallt, eine Blume auf, blutrot und seltsam. So hat man den Erschlagenen gefunden und seinen Mörder schließlich auch.

Nach einem Jahr. Manchmal dauert es viel länger. Aber fünfundzwanzig Jahre? Hat sie nicht einmal in einem Kriminalroman gelesen, nach zwanzig Jahren sei Totschlag verjährt? Warum überhaupt an das Schrecklichste denken?

Anna hat Angst gehabt, das ist sicher, die hatte Angst. Und wenn ihr Vater nun doch schuldig war, was dann? Was würde aus ihr? Wie würde das mit der Oberschule, sie hat ja sowieso keine Lust, ins Internat zu gehen. Und mit dem Studium? Wird man nicht schreiben: Wir bedauern? Da gibt's doch tausend andere, die von besseren Eltern stammen. Wie war das mit dem Mädel aus Karolinenhof gewesen? Sie wurde nicht zur erweiterten Oberschule zugelassen, weil der Vater ein fanatischer Sektenprediger war, das Mädel hatte aber lauter Einsen. Gibt es das doch, und gibt es das bei uns: ein unverschuldetes Schicksal? Was kann man denn für seinen Vater? Wie sich dann wehren, wie behaupten wollen?

Nein, sie geht nicht nach Altenstein zurück, ihr ist ja, seit sie von Anna Preibisch und von Ida fortlief, als müßte sie ein Zeichen tragen, an dem jeder erkennen kann: Das ist die Tochter von Druskat, der abgeholt wurde, geht ihr aus dem Wege. Hatte Mutter nicht auch ein Zeichen tragen müssen?

Anja saß an diesem leuchtenden Sommertag zwischen Rainfarn und Gräsern, umgaukelt von bunten Faltern, bedrängt von finsteren Gedanken, sie glaubte, so einsam und verlassen könne niemals ein Mensch gewesen sein, so verloren unter all den anderen Menschen, die unbekümmert dahinleben.

Autos fuhren an ihr vorbei, Lastwagen, Traktoren, manchmal schaute einer der Fahrer zu ihr hinauf, für einen Augenblick, dann war der Augenblick vorüber, der andere Mensch vorbeigefahren, er hatte sie flüchtig angesehen und gleich darauf vergessen – niemand wußte etwas von ihren Ängsten.

Ihr war, als müßte sie sich verkriechen, sie warf sich nieder und preßte das Gesicht in die Gräser.

Als sie so da lag, mußte sie denken: So verlassen wie ich wird sich vielleicht auch mein Vater fühlen, in dieser Stunde, in dieser Minute, aber das muß er nicht, er hat ja mich. Ich muß herauskriegen, was man ihm vorwirft und wo ich ihn treffen kann, ihn sehen, ihm die Hand reichen, ihn nur anlächeln, gar nichts fragen, nichts sagen, kein Wort des Vorwurfs. Schuldig oder nicht; ich bin seine Tochter, und er ist der einzige Mensch auf der Welt, den ich liebe.

Bei diesem Gedanken fühlte sie sich wieder kräftig. Sie konnte sich nicht länger bemitleiden, sie war zu jung dazu und zu lebhaft im Geist. Sie wollte ihrem Vater helfen. Zunächst wollte sie aber nach Bebelow.

Sie sprang aus dem Grase auf und belancierte mit halberhobenen Armen die Böschung entlang. Plötzlich blieb sie stehen, stemmte die Fäuste leicht in die Hüfte.

Jürgen Stephan hockte am Straßenrand, er machte sich an ihrem Rad zu schaffen.

»Da bist du ja schon wieder.«

»Du warst so in Gedanken, wollte nicht stören«, sagte er und blickte grinsend zu ihr auf. »Hab mich lieber nützlich gemacht. Kannst du mal sehen, wie gut es ist, daß ich hinter dir her bin. Du hattest ja nicht mal Flickzeug dabei. Übrigens, der Schaden wird gleich behoben sein.«

Anja ließ sich nieder, bemüht, eine möglichst anmutige, dennoch aber würdige Haltung einzunehmen. Das war schwer, denn ihre Beine waren lang, der Rock um so kürzer, aber es war leichter, als, oben auf der Höhe der Böschung stehend, dem unverschämten Blick dieses halbwüchsigen aufdringlichen Jungen da unten ausgesetzt zu sein.

»Vielen Dank«, sagte sie, vielleicht eine Spur zu unliebenswürdig, in Wahrheit war sie erleichtert, seine Hilfe und seine Gesellschaft zu haben.

Der Junge fragte: »Wußten die alten Tanten was?«

Anja schüttelte den Kopf, sie rupfte einen Grashalm aus, sie spielte mit dem Halm, sie sagte: »Sag mal, wie ist eigentlich dein Großvater?«

Jürgen, er hatte Fahrradschlauch und Mantel bereits wieder montiert, nun pumpte er Luft auf, Jürgen fragte: »Was denn? Wird der alte Mann auch von dir verdächtigt?«

»Hab ich nicht behauptet. Ich fragte, wie ist er so.«

Der Junge blinzelte das Mädchen mißtrauisch an, schließlich sagte er: »Na ja, ein bißchen von gestern, der Hof, weißt du, und was das mal war, so ein Hof. Mein Vater ist ja auch nicht anders, seine Genossenschaft, und was das so ist. Der will mich dauernd anlernen. Aber ich interessiere mich für Feinmechanik, ein Fahrrad kann ich auch flicken, wie du siehst, obwohl das nicht meine eigentliche Strecke ist. Aber wenn du mal einen Wecker zu reparieren hast oder 'ne Armbanduhr. So, das hätten wir!« Er schraubte das Hinterrad fest, stellte das Fahrrad dann gewissermaßen wieder auf die Beine, er wischte sich die beschmierten Hände an den Jeans ab, dann deutete er mit halber Verbeugung auf das von ihm reparierte Gefährt.

Manchmal erinnert er an seinen Vater, dachte Anja, diese galante Geste zum Beispiel, ich kenne sie von Max Stephan, natürlich ist der Junge sehr viel netter. Sie lachte ihn an. »Vielen Dank!«

»Also, nach Bebelow geht es«, stellte Jürgen fest.

»Weißt du das so genau?«

»Erstens: da unten liegt das Nest, und zweitens: dein Vater hat da 'ne Freundin, stimmt's?«

Anja nickte belustigt, winkte ihm auffordernd, dann fuhr sie davon, er hielt sich ihr zur Seite, wenn ihn nicht ein heranrasendes Auto nötigte, für eine Weile zurückzubleiben.

Sie fuhren an Feldern vorüber, an Wiesen, die kein Ende nehmen wollten, und näherten sich bald dem Dorf. Bebelow sah anders aus als Horbeck oder Altenstein, seine Dächer, sogar der hölzerne Turmkopf der Dorfkirche, wurden überragt von einer Batterie Hochsilos, sie funkelten silbrig behelmt in der Sonne und gehörten einem anderen Bauwerk zu, das sich ein wenig fremd ausnahm hinter dem ungeordneten Gewürfel des Dorfes. Je fünf und fünf Türme erhoben sich in zwei Reihen, parallel angeordnet, vor niedrigen Trakten, die platt waren, blechgedeckt, und wie die Helme der Silos gleißten, horizontale Striche, vertikale, zickzack die Dächer, weiß das Ganze und kalt wirkend vorm grünen Blattgewölk der Bäume.

Anja fand die Fabrikanlage dennoch schön. Womit war sie bloß zu vergleichen, vielleicht mit einem jener gläsernen

Feenpaläste, wie sie Sonntagskinder und Glückbegünstigte manchmal sehen sollen, mitten im tiefen Wald, so hatte sie es in einem Band französischer Märchen gelesen, den ihr der Vater unlängst schenkte.

Bald würde sie wissen, ob sie vom Glück begünstigt war, ob sich die Tore vor ihr öffneten, und was Rosemarie zu sagen hatte, die arbeitete nämlich in der Zweitausender-Anlage für Milchvieh, das war der Name des Zauberschlosses, und dieser Name klang so wenig zauberhaft wie der Begriff, den ihr Vater in letzter Zeit oft genannt hatte: industriemäßige Produktion in der Landwirtschaft.

Jürgen hatte kaum einen Blick für die Merkwürdigkeit oder Schönheit der Silotürme, er fuhr hinter Anja, sah ihr langes Haar flattern, ihren kurzen Rock. Das schien ihr nicht zu gefallen, sie befahl ihn mit einem Wink neben sich, wies lächelnd auf die Beregnungsanlagen von Bebelow, an denen sie vorüberradelten.

Grünland breitete sich zu beiden Seiten der Straße aus, wo es endete, war nicht abzusehen ob man nach rechts schaute oder nach links. Viele Kühe brauchen viel Futter, es mußte reichlich wachsen, unabhängig von den Launen der Natur, deshalb war das Bächlein im Grund zu einem künstlichen See angestaut worden, Rosemarie hatte ihr davon erzählt.

Nun belehrte Anja den Jungen über Konstruktion und Funktion der Pumpanlage, mit deren Hilfe ein einziger Mann, der Regenmacher, vermittels Knopfdruck auf eine Elektronik, das Bächlein über kilometerlange Rohrleitungen auf die durstigen Wiesen jagen könne, und zwar akkurat soundsoviel Millimeter pro Sekunde und Quadratmeter.

»Ja«, sagte der Junge, er faßte nach ihrem Lenker, »das sieht wunderschön aus. Halt doch mal an!«

Sie stiegen von den Rädern und betrachteten beide die hundert Fontänen von Bebelow, wie sie sich sprühend im Grünen drehten, freuten sich der Regenbögen über dem Wassergeglitzer an diesem unerträglichen heißen Sommertag. Der Junge lehnte sein Rad an einen Baum, Anja sah, wie er mit einemmal das Hemd über den Kopf zog, an den Jeans knöpfte, die Hosen abstreifte, nun stand er in der Badehose, hielt ihr die Hand hin, und Anja, zuerst hatte sie amüsiert gelacht, tat es rasch dem Jungen nach, entledigte sich der Kleider, sie nahm seine Hand, ließ sich von ihm auf die Wiese ziehen – nun tanzten sie beide zwischen den Fontänen unter hundert Regenbögen, das Mädchen quietschte bald vor Vergnügen, schien vergessen zu haben, weshalb es auf die Reise gegangen war.

3

Rosemarie Sacher arbeitete seit einem Jahr in Bebelow. Sie wurde von den meisten Kollegen geschätzt, weil sie verläßlich war in der Arbeit, sie kannte sich aus in ihrem Fachgebiet, aber von einigen wurde sie gefürchtet ihrer scharfen Zunge wegen. Sie haßte Halbheit und Spießbürgerei, Dummheit und Arroganz, menschliche Eigenarten, die in der entwickelten Gesellschaft leider nicht so rasch verkümmern wollten, wie das mancher Soziologe erwartet hatte. Rosemarie bekämpfte solche Eigenschaften, wo sie ihr begegneten, seit einiger Zeit machte sie das, wenn es irgend ging, auf eine sehr persönliche, gewinnende Weise, die schwer zu beschreiben ist und wohl Charme genannt wird. Die junge Frau hatte allerdings erst manche Erfahrung sammeln müssen, ehe es ihr gelang, so mit den Leuten umzugehen.

Sie war während des Krieges geboren worden wie ihre Geschwister auch. Der Vater, ein junger Landarbeiter aus dem Schlesischen, ist Soldat gewesen. Selten genug, nur dreimal, kam er von der Front nach Hause, jeder Urlaub hätte der letzte sein können, er wollte die Tage auskosten und auch die Nächte, jedesmal hatte er der Frau ein Kind gemacht. Der dritte Fronturlaub ist dann wirklich der letzte gewesen, der Soldat blieb verschollen bis auf den heutigen Tag.

Seine Frau verschlug es mit den Kindern nach Horbeck. Bürgermeister Gomolla bot der Landarbeiterin eine Neubauernstelle an, Acker und Wald, sie hatte aber nicht den Mut, einen eigenen Hof zu bewirtschaften, wohl auch nicht die Kraft dazu, die Kinder waren noch zu klein. Die Frau tagelöhnerte, wie früher, bei den Bauern, half da und dort, viel lieber für einen Sack Kartoffeln oder ein paar Pfund Mehl als um Geld.

Sie blieb auf dem Dorf aus Sorge ums Essen, später aus Gewohnheit, schlug sich recht und schlecht durch mit den drei Kindern, wurde gerühmt wegen ihres Fleißes und ihrer Bescheidenheit, nur ein einziges Mal muckte sie auf, als nämlich der Lehrer zu ihr kam: Rosemarie sei begabt und müsse auf die Internatsschule, unbedingt! Sie hatte energisch geantwortet, das Mädel sei vierzehn, es müsse vom Tisch und selber verdienen. Bald darauf zog sie mit den beiden jüngeren Töchtern in die Stadt, wo sie geregelte und gut bezahlte Arbeit in einer Fabrik fand.

Die Große blieb im Dorf, sie war dort in Stellung bei Leuten und ist lange Zeit nicht einmal unzufrieden mit dem Leben gewesen, sie verstand sich auf ihre Arbeit im Haus und im Stall und sah keinen Grund, sich zurückgesetzt zu fühlen, sie war ein fröhlicher Mensch – und sie liebte.

Dann begriff sie aber, der Mann würde sich von seiner Frau nicht trennen können, und nun fühlte sie sich nicht mehr so glücklich, seit dieser Zeit erkannte sie Unterschiede zwischen sich und anderen Mädchen im Dorf, auch zwischen der Genossenschaft, die nicht auf den grünen Zweig kommen wollte, und den reichen Bauern auf Einzelhöfen.

Einmal schien es, als hebe sich alle Ungleichheit auf, auch für sie, das war im Frühjahr neunzehnhundertsechzig. Sie hätte Mitglied einer Genossenschaft werden können, mit gleichem Recht wie jeder andere, aber da konnte sie nicht mehr im Dorf bleiben, ihr war, als habe sie schon zuviel versäumt um einer verzweifelten Liebe willen. Sie verließ Horbeck eines Nachts, sie wollte alles hinter sich lassen, alle Brücken abbrechen, und sie suchte Schutz bei ihrer Mutter in der Stadt.

Sie bewarb sich bei einem Versuchsgut in der Nähe dieser Stadt, arbeitete tags und quälte sich im Abendstudium bis zum Abitur. Die Mutter, wie's ihre Art war, hatte wenig gefragt nach woher und wohin, als das Mädel vor ihrer Türe stand. Sie räumte eine Kammer, erhob sich seufzend morgens eine Stunde früher, um der Tochter das Frühstück hinzustellen, die mußte schon um sechs hinaus auf das Gut. Die Mutter duldete auch nicht, daß Rosemarie einen Besen oder Wischlappen zur Hand nahm – sie trieb die jüngeren Töchter zur Hausarbeit an –, und abends hielt sie sich mit Mühe wach, solange das Mädel über den Büchern saß, könnte ja sein, die studierende Tochter brauche noch einen Dienst.

Rosemarie fiel das Studium anfangs nicht leicht, sie wollte manchmal verzweifeln, nahm aber alle Kraft zusammen, und Anja hatte wohl recht, wenn sie meinte, die junge Frau sei überaus ehrgeizig. Jedenfalls erreichte sie, was sie sich vorgenommen hatte, wenn auch mit Anstrengung, und als sie sich elf Jahre nach ihrer Flucht aus Horbeck in Bebelow vorstellte, da wußte sie was und konnte was, da war sie was, sogar Doktor. Ihre Arbeit hatte sie mit drei anderen Assistenten geschrieben und verteidigt, das machten viele so, und das war kaum so mühevoll gewesen wie das Studieren.

Da ging also eine junge Frau den Flur des Verwaltungstraktes von Bebelow entlang, energischen Schrittes und sehr selbstbewußt: Jetzt komme ich, Doktor Rosemarie Sacher!

Anfangs stellte sie Selbstsicherheit noch zur Schau und verbarg dahinter Unsicherheit. Sie war entschlossen, sich von niemandem die Butter vom Brot nehmen zu lassen, reagierte zuerst mit Empfindlichkeit und Schärfe auf alles, was sie als Verletzung ihrer Gleichwertigkeit empfand. Mancher Kollege zog verschreckt den Kopf ein, wenn von ihr die Rede war, nannte sie den »neuen Besen« oder äußerte sogar, nicht eben auf sozialistische Weise scherzend, früher habe man so was wie die Rothaarige auf dem Scheiterhaufen verbrannt.

Rosemarie begriff aber nach kurzer Zeit, daß sich eine Frau als Leiterin am erfolgreichsten durchsetzen kann, wenn sie die Frau nicht verleugnet. Nach dieser Erkenntnis handelte sie bald sehr weiblich, hatte bei Beratungen, Konferenzen und am Arbeitsplatz nicht nur fundierte Ansichten parat, sondern auch ein Lächeln, ein bezauberndes, oder, wo gröbere, direktere Mittel angebracht schienen, sogar ein kesses Augenzwinkern, das Vertraulichkeit andeutete, oder auch den uralten Trick der Frauen, jenen vielversprechenden Händedruck, der bei ihr bedeutend länger dauern konnte, als zur Begrüßung unter Genossen nötig ist. So meinte bald jeder der Männer, ob er nun Direktor oder Hofarbeiter war, er werde besonders geschätzt und ausgezeichnet, das bedeutete was, man nannte sie nicht umsonst die schöne Rosemarie, das Schmuckstück von Bebelow. Sie wurde oft fotografiert, Zeitungsreporter befragten sie, gelassen stand sie Rede und Antwort, nannte Beweggründe ihrer Entwicklung, sie wurde von einer Illustrierten mit Millionenauflage als typisch für die Entwicklung der Frau in dieser Zeit beschrieben, und kein Mensch erfuhr, daß sie in Wahrheit einer unglücklichen Liebe wegen und aus Trotz auf die Hochschule gegangen und am Ende zu einem Beruf gekommen war, der sie in Anspruch nahm, ihr aber auch Spaß machte.

4

Sie kam den jungen Leuten entgegen, sie trug einen weißen Kittel überm Kleid.

»Das nenn ich eine Überraschung. Du besuchst mich! Und gleich mit 'm Freund.«

Sie begrüßte das Mädchen und den Jungen, schien Stephans Sohn nicht zu erkennen, Anja stellte ihn vor. »Das ist Jürgen Stephan.« Rosemarie mußte den Kopf schütteln. »Als ich dich das letztemal gesehen habe, warst du ein Knirps. Kommt.«

Sie betraten das kleine Foyer des Verwaltungstraktes, schwarze Kunstledersessel, Grünpflanzen im Keramikkübel, Gerank am schmiedeeisernen Geländer.

»Sieht ja beinahe wie eine Hotelhalle aus.« Jürgen staunte.

»Na, wir wollen es doch mindestens so hübsch haben wie das Rindvieh da drüben im modernsten Kuhstall von Europa.«

»Tatsächlich der modernste?« Der Junge wollte es genau wissen.

Rosemarie bestätigte es und sagte dann: »Ihr braucht das aber nicht überall zu erzählen. Wir wollen uns nämlich die Angeberei abgewöhnen, versteht ihr, wir sollen nicht mehr so reden, als ob wir auf jedem Gebiet die Größten wären. Das ist 'ne Anweisung. Neulich kommt einer aus Berlin, hält einen Vortrag bei uns und ruft in den Saal: Bescheidenheit ist angebracht, Genossen, schließlich sind wir doch das kleinste Land der Erde! Nun sind wir die Größten im Untertreiben. Find ich hinreißend.«

Sie lachte.

Anja hatte nicht einmal ein Lächeln für die Scherze von Frau Doktor. Sie sagte: »Sie haben gestern meinen Vater abgeholt.«

Rosemarie erschrak. »Wie denn, was denn? Abgeholt?«

»Verhaftet.«

Anja erzählte hastig, wie das geschehen war am gestrigen Abend, in jeder Einzelheit, und daß ihr Vater gesagt hatte, sie solle sich verhalten wie immer, zu niemandem gehen seinetwegen. Sie beobachtete Rosemarie aufmerksam, während sie sprach, was machte die für ein Gesicht? Zu niemandem also gehen, so der ausdrückliche Befehl. Sie aber, Anja, sei der Meinung gewesen, Rosemarie müsse wissen, was passiert sei. »Ihr seid doch befreundet, nicht wahr?« fragte sie zum Schluß. »Womöglich kriegst du jetzt Schwierigkeiten.«

Sie standen im Foyer vor Grünpflanzengerank, Rosemarie, das Mädchen und der Junge, sie schwiegen nach Anjas Erzählung, und es war beinahe, als belauerten sie einander, ihre Blicke trafen sich, flohen und trafen sich wieder. Jürgen dachte: Ich finde Druskats Freundin hübsch und sehr sympathisch, und ich begreife nicht, warum Anja ihr so pampig kommt, die hat ja fast genußvoll berichtet, daß sie keinen

Auftrag für Frau Doktor habe. Die beiden Weiber mögen sich offenbar nicht.

Rosemarie dachte: Einer muß Daniel ans Messer geliefert haben, gerade jetzt, wo so viel auf dem Spiel stand für ihn und für die Bauern in Altenstein, es kann gar nicht anders sein, und es gibt nur einen, dem es nutzt, wenn Daniel verschwindet, das ist Stephan. Anja muß es wissen, warum bringt sie diesen Jungen mit, wie er mich ansieht, wie mich das Mädchen ansieht! Ich muß was tun, was tu ich jetzt?

Anja dachte: Sie weiß nicht, was sie machen soll. Keinem seiner Freunde hat es gefallen, daß ich kam und Hilfe wollte oder Fragen stellte. Jeder hat mich fortgeschickt, sie wird es auch tun! Wie heißt das Sprichwort: Freunde in der Not geh'n tausend auf ein Lot.

»Kommt weiter, bitte.« Rosemarie führte die beiden über einen langen Gang bis zu ihrem Dienstzimmer, öffnete ihnen die Tür, bat sie einzutreten – deutete auf Stühle, sie nahm hinter ihrem Schreibtisch Platz, dort saß sie, Ellbogen aufgestützt, Hände gefaltet, und für Augenblicke nagte sie an den Daumen, wie es Kinder manchmal tun, wenn sie keinen Rat wissen. Dann griff sie zum Telefon. Sie sah ihre beiden Gäste an, während sie mit dem Direktor sprach: Sie müsse Urlaub nehmen, nein, eben nicht wie eingeplant im September, sondern zu dieser Stunde, sofort! Warum? Aus ganz persönlichen Gründen, sehr triftigen aber, mehr könne sie nicht sagen. Wie lange Urlaub? Das wisse sie nicht, vielleicht nur ein paar Tage, vielleicht ein paar Wochen, vielleicht auch länger, vielleicht käme sie überhaupt nicht wieder zurück. Weimann sei eingearbeitet, er könne sie vertreten.

Der Direktor wollte selbstverständlich mit ihr handeln, sie ließ sich aber nicht umstimmen und erklärte schließlich sogar, ihr sei es so ernst, daß sie notfalls ohne Urlaub gehen müsse, jawohl, auch auf die Gefahr hin, fristlos entlassen zu werden.

Da gab der Direktor endlich nach.

Sie bedankte sich.

Dann legte sie auf, sie fragte: »Anja, hast du ein Bett für mich in Altenstein?«

Anja dachte mit kindlicher Logik: Eigentlich wollte ich bloß wissen, wie sie sich verhält, jetzt hab ich sie auf dem Halse. Ich möchte nicht wissen, wie oft sie bei Vater im Bette lag – nicht zu fassen, jetzt erkundigt die sich nach einer Schlafgelegenheit, die denkt wohl, ich kann zwei und zwei nicht zusammenzählen.

Ihre Antwort war spitz: »Du weißt doch genau, wo man bei uns im Haus schlafen kann. Warum fragst du mich?«

»Ja, wen soll ich sonst fragen?« meinte Rosemarie. »Du bist die Hausherrin.« Und sagte dann, man dürfe keine Zeit vertrödeln, man müsse den Trabant flottmachen und vorher aus der Wohnung ein paar Sachen holen.

Daß sie als Hausherrin akzeptiert wurde, gefiel Anja nun wieder, und als Rosemarie sich erkundigte: »Hast du was zu essen im Hause?« sagte das Mädchen: »Ich werd schon für dich sorgen.«

»Ja«, sagte Rosemarie, »aber da ist noch ein Problem. Ein Auto, zwei Fahrräder.« Sie lächelte Jürgen zu, dem ging das Herz auf: Eine so schöne Frau, Druskats Freundin, aber auch ihm, dem Sechzehnjährigen gewährte sie ihre Huld, er verabschiedete sich mit männlichem Händedruck und einem knapp genickten Diener. »Die Räder bringe ich nach Hause, selbstverständlich.« – »Das wär aber lieb von dir.« Immer noch dieses Lächeln. Neben einer Frau wie Doktor Sacher kam ihm Anja recht kindlich vor, ein Wink dem Mädel: »Mach's gut.«

Später gingen Anja und Rosemarie bis zu einem Neubaublock an der Straße, der sah aus wie hundert andere breitfenstrige Wohnwürfel, die in den Dörfern stehen. Zwei Treppen hinauf, Kunststeinstufen, an der linken Seite über der Klingel das Schild: Dr. Sacher.

Rosemarie schloß die Tür auf. »Bitte, leg ab. Hier ist das Wohnzimmer.«

Nicht übermäßig groß das Zimmer, aber lichtdurchflutet,

schön in den Maßen, an den Wänden Regalbretter auf weißgestrichenen Metalleitern, wie sie gewiß tausend Leute im Konsum erworben haben, dennoch, sehr persönlich der Raum – das macht wohl, Rosemarie hat Geschmack –, blaue Polster auf rotem Teppich, allerlei Krimskrams im Zimmer der Frau, bunte Gläser und Flaschen, Reproduktionen russischer Ikonen, bäuerlicher Apostel, naiv gemalte Madonna, auf dem Arm hält sie das Menschlein mit dem Erwachsenengesicht.

Anja sah sich um. »Es gefällt mir.«

Rosemarie sagte: »Daniel ist fort, das ist die große Chance für Stephan, für diesen Windhund. Wie ich den kenne, gemeindet er jetzt die leitungslose LPG von Altenstein seiner Groß-LPG ein. Aber das werde ich verhindern, ich setz mich hinter Daniels Schreibtisch und werde jeden zum Teufel jagen, der ihm ins Handwerk pfuschen will. Aber erst trinken wir noch einen Kaffee, mir ist so. Dir auch?«

Anja nickte.

Rosemarie bat das Mädchen, sich ein wenig auszuruhen, nein, sie könne Hilfe nicht gebrauchen, die Küche sei zu eng, Anja solle es sich bequem machen inzwischen.

Als sie nach einer Weile zurückkam, fand sie Anja bäuchlings auf die Liege gestreckt, Kopf in den Kissen, das Mädchen weinte.

Die junge Frau ließ sich auf der Kante des Sofas nieder, vorsichtig tastete sie zuerst, als scheue sie sich, über Anjas Haar, ehe sie zu streicheln wagte. »Heul dich aus.«

Offenbar hatte sie Angst, Mütterlichkeit zu zeigen, vielleicht selber auch wenig erfahren, ihre eigene Mutter, immer abgearbeitet, immer in Hast, hatte mehr Befehle für die Kinder als Zärtlichkeit. Die Beziehungen Rosemaries zu dem Mädchen sind immer sachlich gewesen, sie spürte, daß sich Druskats Tochter gegen sie verschloß und hütete sich, ihr Freundschaft aufzudrängen.

Einmal schien sich gewisse Kameradschaftlichkeit anzubahnen, das ist aber der höchste Grad der Verbindung zwischen beiden Frauen gewesen. Die junge Frau erinnerte sich, daß Anja eines Tages als Siegerin von einer Sportveranstaltung nach Hause kam, sie bei Druskat im Wohnzimmer sitzend fand, das Mädchen war offenbar wohlgelaunt und hatte sie mit den merkwürdigen Worten: »Hallo, Kumpel!« begrüßt.

Jetzt schien es Rosemarie aber, als brauche Anja mehr als einen Kumpel, als suche sie Schutz. Das Mädchen wehrte sich nicht gegen die zärtliche Hand, es rückte in seinem Kummer näher an die Frau, immer ein wenig näher heran und barg sogar den Kopf in Rosemaries Schoß.

»Heul dich aus. Schwesterchen.«

»Ich weiß gar nicht, warum ich heulen muß. Am schlimmsten ist es gestern gewesen – da war ich ganz kalt. Dann bin ich herumgelaufen bei den Leuten. Ich bin bei Stephan gewesen und Hilde, bei Anna Preibisch und Ida. Du bist der erste Mensch, der gesagt hat: Komm, wir machen was. Wir helfen deinem Vater. Da muß ich eben heulen.« Und heulte immer noch und konnte sich nicht beruhigen.

»Versteh ich doch«, sagte Rosemarie. »Ich kann dich gut verstehen. Was meinst du, wie oft ich schon weinen mußte.«

»Du bist immer so überlegen, deiner so sicher.«

»Ach, das ist oft genug Mache«, sagte Rosemarie mit einem kleinen Lachen. »Dir kann ich ruhig verraten, manchmal bin ich ein richtiger Hasenfuß. Ich zeig's bloß nicht so. Ich weiß schon, viele halten mich für kaltschnäuzig, auch manche hier in Bebelow. Die haben bloß nicht gemerkt, daß ich ein ganzes Jahr lang Angst hatte, in die Leitungssitzung zu gehen. Ich hab manchmal Angst. Sag mal, weißt du eigentlich noch, daß ich so eine Art Dienstmädchen oder Kindermädchen bei euch gewesen bin, vor vielen Jahren, als deine Mutter noch lebte? Du wirst es nicht mehr wissen, ich glaube, du warst erst vier Jahre alt.«

Das Mädchen richtete sich auf, Tränen im Gesicht, und sagte lächelnd: »Merkwürdig, an was man sich erinnert, ich falle eine Treppe hinunter, du hebst mich auf und tröstest mich. Es war beinahe wie heute.«

Plötzlich fragte Anja: »Weißt du, was mein Vater getan hat?«

Rosemarie sah das Mädchen an, sie zögerte lange mit der Antwort. Schließlich sagte sie: »Ja.«

»Was ist es?«

Rosemarie sagte: »Dein Vater muß es dir selber erzählen.«

5

Eine Stunde später waren sie in Altenstein. Rosemarie hatte Anja vor Druskats Haus aussteigen lassen – das Mädel würde sich um den Haushalt kümmern, Doktor Sacher um die Genossenschaft, so war es ausgemacht –, nun wollte sie den Trabant unter der Kastanie vorm LPG-Büro parken. Dort stand aber, behäbig, den Baumschatten beschlagnahmend, ein Wolga mit Behördennummer. Wer mochte mit diesem Wagen nach Altenstein gereist sein? Vielleicht ein Mensch, der beauftragt war, die Arbeit im Luch abzubrechen. Hoffentlich bin ich nicht zu spät gekommen, dachte Rosemarie. Sie manövrierte den kleinen Trabant, ein wenig sollte auch er vom Schatten haben, forsch neben das protzige Behördenauto. Beim Aussteigen, es geschah zu hastig, glitt ihr die Tür aus der Hand, schlug gegen den Nachbarwagen, kleiner Kratzer im Lack, na wennschon, man nimmt nicht so viel Platz in Anspruch, bloß weil man von der Bezirksregierung kommt, und übrigens drohten ganz andere Werte beschädigt zu werden. Ich muß mich zusammennehmen, dachte Rosemarie, ich darf nicht aggressiv werden, ach, ich weiß ja, man erreicht mehr als Genossin Dame. Sie blickte auf die Fenster des Büros und atmete tief, schließlich betrat sie das Haus.

Das Dienstzimmer, grob gedielt und hell getüncht, war ausgestattet mit den üblichen Büromöbeln, sie waren schon ein wenig abgebraucht. Hinter dem Schreibtisch, er stand an der Schmalseite des länglichen Raumes, saß Max Stephan, er wirkte imponierend in seiner Massigkeit, das Hemd hatte er der Hitze wegen aufgeknöpft, es ließ sich ohnehin über dem Bauch nicht mehr recht schließen, er trug, wie jeder Kahlkopf, gerne einen Hut und hatte sich von der breitkrempigen Kopfbedeckung auch hier im Zimmer nicht getrennt. Vor ihm auf dem Arbeitsplatz lag die Flurkarte von Altenstein ausgebreitet. Neben Stephans Sessel stand Kettner, ein schwerer Mann, er war ein ähnlicher Typ wie der Horbecker LPG-Chef, nur jünger und noch im Besitz seiner Haarpracht. Gomolla flankierte Stephan zur anderen Seite, er stand, mit den Händen auf den Schreibtisch gestützt, und nickte, während Kettner auf die Karte tippend erklärte, so und so weit seien sie also gekommen, bis da und da hin, dann habe die Arbeit im Luch abgebrochen werden müssen.

»Warum?«

»Anweisung vom Bezirk: erst einmal anhalten.«

Auf der Bank, unter den Fotografien der führenden Staatsmänner des Landes, saßen Bauern aus der Leitung der Genossenschaft. Hinzpeter, Mahlke und Ziesenitz waren unter ihnen, sie saßen breitspreizig vorgebeugt und drehten ihre Mützen in den Händen. Sie kannten die Fakten und lauschten nur mit halbem Ohr auf Kettners Bericht, sie langweilten sich, Beschlüsse waren eh nicht zu erwarten, und ob sie die Anweisung vom Bezirk tatsächlich respektieren würden, ob sie mit der Arbeit im Luch anhalten würden oder nicht, dem Gomolla und diesem Stephan würden sie es gewiß nicht auf die Nase binden.

Nun wurde die Tür aufgeklinkt. Endlich geschah was an diesem schläfrig machenden Sommernachmittag. Die Bauern hoben den Blick, die Männer am Schreibtisch unterbrachen den halblaut geführten Disput und taten dies offenbar gern, sie lächelten, jeder der Anwesenden lächelte, denn herein trat die schöne Rosemarie, ihre grüne Bluse paßte zum rötlichen Haar, schien aber bei der Wäsche ein wenig geschrumpft, die Bluse spannte beträchtlich über der Brust, dies allerdings auf eine für Männeraugen angenehme Weise.

»Guten Tag!«

Gomolla winkte freundlich. »Nur herein.«

Rosemarie neigte grüßend den Kopf, dann warf sie die Tür mit lautem Knall ins Schloß und ging herausfordernd langsam, im Schlenderschritt, auf den Schreibtisch zu. Ziesenitz sah den sich wiegenden Hüften nach, er befeuchtete aufgeregt mit der Zungenspitze die Lippen, und Stephan schob den Strohhut aus dem Gesicht, er nahm die Lesebrille ab, wahrscheinlich um die heranschreitende schöne Person besser ins Auge fassen zu können, dann ließ er sich gegen die Stuhllehne fallen und sagte: »Ach.«

Rosemarie antwortete nach einem Augenaufschlag: »Ja.«

Händedruck für jeden der Männer, nun war sie beim alten Gomolla, ihre Hand ließ sie in der seinen ruhen, ein wenig länger, als zur Begrüßung unter Genossen üblich ist, jetzt kam Stephan an die Reihe, er hockte immer noch auf seinem Stuhl, es würde genügen, dem Menschen der Höflichkeit halber zuzunicken, aber der Riese, sie reichte ihm ja kaum bis zur Schulter, sprang auf und packte zu, sie konnte nichts machen, er hob ihre Hand über den Schreibtisch und versuchte wahrhaftig, ihren Handrücken mit seinen Lippen zu beschmatzen. Sie entzog ihm die Hand. »Die Mätzchen kannst du dir sparen.«

»In Polen«, Stephan belehrte die junge Frau mit erhobenen Brauen, »ist der Handkuß eine Selbstverständlichkeit.«

»Deine Art von Charme liegt mir nicht so wie der polnische.«

»Schade.« Stephan setzte sich wieder.

»Genauso habe ich mir das vorgestellt«, sagte Rosemarie. »Er sitzt auf Daniels Stuhl!«

»Möchtest du hier sitzen?« Auf diese Frage war Rosemarie nicht vorbereitet, sie blickte ein wenig irritiert zu Stephan auf. Er hatte tatsächlich den Platz geräumt, nun rückte er den Stuhl für sie zurecht. »Bitte schön!«

Sie setzte sich also.

»Was soll das?« rief Gomolla unwirsch, als sich der Platzwechsel vollzog.

Rosemarie erhob die Stimme. »Ich hab ein paar Fragen, wenn es erlaubt ist.« Man erlaubte natürlich, und nun fragte sie, wie ein Chef fragen würde, der ein paar Tage der Arbeit hatte fernbleiben müssen, nach dem Stand der Dinge – die Bauern auf der Bank hörten zum zweitenmal die Geschichte – und erfuhr, der große Polder im Luch sei in Arbeit, aber immer noch nicht im Bezirksplan aufgenommen, also dort nicht »verankert«, wie es heißt, dies dauere seine Zeit, man habe nicht warten können wegen der fortgeschrittenen Jahreszeit, sei also genötigt gewesen, mit der Arbeit zu beginnen nach der Devise: Was begonnen ist, kann nicht wieder eingerissen werden. In Horbeck zum Beispiel habe man diese Praxis hundertfach geübt, und noch immer sei der Plan dann schließlich – wie heißt das? – im nachhinein bestätigt worden, aber ihnen in Altenstein wolle man eine Überprüfungskommission auf den Hals hetzen, angeblich wegen grober Verstöße gegen die sozialistische Gesetzlichkeit, und darüber, sagte Kettner, habe er die Genossen gerade informiert. Rosemarie hatte aufmerksam zugehört, da und dort ein paar Worte eingeworfen, nun sagte sie und klopfte auf die Flurkarte, das bedeute also, dieses großartige Projekt könne buchstäblich wieder ins Wasser fallen – dann hätte Druskat vergeblich gekämpft, der alte Zustand bliebe erhalten. »Das wäre manchem, glaube ich, gar nicht unangenehm.« Sie blickte vorwurfsvoll auf Stephan, er saß neben einem Büroschrank, Beine übereinander geschlagen, Arme verschränkt, den Strohhut hatte er tief ins Gesicht gezogen, er saß da, als mache er ein Nickerchen. Er war ein starker Mann und verehrte die Frauen, es kann sein, daß er Frauen in leitender Stellung nicht übermäßig schätzt, bei Frau Doktor Sacher jedenfalls war er im Konflikt, denn er fand sie bildschön, ihre Bemühungen aber, sich als Retterin aufzuspielen, als geharnischte Jungfrau von Altenstein, waren Stephan peinlich, und nun schien es gar, als richte sie die Lanzenspitze auf ihn, ach Gottchen. Die Hutkrempe verschattete seine Augen, er tat so, als nähme er überhaupt nicht wahr, was da veranstaltet wurde.

Rosemarie ärgerte sich, sie richtete die Ansprache jetzt direkt an ihn. »Genosse Stephan, dir ist das alles doch nicht unangenehm?«

Stephan meinte achselzuckend, nie habe er ein Hehl daraus gemacht, daß er so gewaltsame Eingriffe in die Natur und in bewährte Wirtschaftsstrukturen bedenklich finde.

Da war es also heraus. Rosemarie sah sich triumphierend unter den Versammelten um. »Und ausgerechnet er«, rief sie mit funkelnden Augen, »er setzt sich auf Druskats Stuhl!«

»Du sitzt darauf«, sagte Stephan, und was er auf sachliche Weise feststellte, konnte nun allerdings nicht geleugnet werden. Die Bauern von Altenstein solidarisierten sich im Gelächter mit Stephan. Rosemarie wollte, daß ihnen das Lachen verging und nahm zu einem Mittel Zuflucht, das leider oft gebraucht wird: Sie belastete ihren Gegner, indem sie Äußerungen preisgab, die er irgendwann einmal gemacht hatte. »Von ihm«, sagte sie, »von Stephan stammt der Ausspruch, eine so lumpige Genossenschaft wie Altenstein könne er per Telefon leiten.« Sie hatte Erfolg, die Bauern murrten.

Stephan erhob abwehrend die Hände.

»Hast du's gesagt, oder hast du's nicht gesagt?«

»Vor einem Jahr«, gab Stephan zu bedenken, »im Streit, Mensch, was man manchmal so redet.«

Er mußte es also zugeben, Rosemarie nickte, dann wendete sie sich an Gomolla. »Und du«, sagte sie traurig, »du, Gustav, willst es zulassen, daß dieser Mensch sich hier einrichtet.«

Gomolla fragte: »Jetzt möchte ich erst mal wissen, was du hier willst.«

»Ich«, Rosemarie lehnte sich auf den Stuhl zurück, sie legte ihre Hände auf den Schreibtisch, als wolle sie Besitz ergreifen, »ich bin fest entschlossen, Daniels Arbeit fortzuführen. Wenn es sein muß, bleib ich für immer in Altenstein.«

»Ich höre wohl nicht recht, Genossin.« Gomolla hielt die Hand hinters Ohr. »Du hast deinen Arbeitsplatz in Bebelow verlassen?«

Man müsse sich der wichtigsten Dinge zuerst annehmen, antwortete Rosemarie, so sei sie von der Partei erzogen worden, und für Daniels Arbeit einzustehen, das sei jetzt für sie die wichtigste Sache von der Welt.

Gomolla war böse. Sie hatte um keinen Preis nach Altenstein gewollt, er wußte es, er hatte sich oft über die Heimlichkeit geärgert oder vielmehr über die Offenheit ihres Verhältnisses mit Druskat, natürlich hatte es Daniels Autorität geschadet, nun fragte Gomolla – es ist möglich, daß er die junge Frau mit einer Spur von Hohn befragte –, ob sie sich einbilde, man würde die Leitung der Genossenschaft an Druskats Geliebte übertragen, sie habe wohl an eine Art von Erbfolge gedacht?

Die Tränen wollten ihr kommen, als Rosemarie den Alten so gehässig reden hörte, nur das nicht, nur nicht weinen vor den vielen Männern, sie schluckte tapfer die Tränen in den Hals, und rief giftig: »Ich sehe ja, daß sich ganz andere Leute für die Leitung interessieren.«

Stephan war gekränkt, die hübsche Person vermengte in typisch weiblicher Emotionalität Dinge, die nichts miteinander zu tun hatten, er würde sie säuberlich voneinander trennen müssen, er begann: »Weißt du, ich bin ein Gegner des Projekts gewesen …« Er konnte den Satz nicht zu Ende bringen, denn Rosemarie unterbrach ihn aufgebracht, sie rief: »Das bist du noch!«

Ob Frau oder nicht, ob hübsch oder nicht, Stephan sah sich genötigt, andere Seiten aufzuziehen. »Wer sich unbedingt mit mir anlegen will, der riskiert was«, sagte er böse. »Dafür bin ich bekannt. Aber ich kann es mir leisten, mit offenem Visier zu kämpfen, niemals würde ich die Notlage eines Menschen ausnutzen. Ich bin für Fairneß, Fräulein Doktor.«

Rosemarie antwortete mit Hohngelächter, dann schrie sie: »Da kann ich aber mit Geschichten aufwarten.«

»Schluß jetzt!« brüllte Gomolla und sprang auf. »Mädchen«, sagte er, »ich war immer stolz auf dich, auf deine Entwicklung, du bist eine Wissenschaftlerin geworden, offenbar eine mit leicht anarchistischem Drall. Du kannst ja noch keifen wie in deiner Kuhstallperiode.«

»Gott sei Dank«, sagte Rosemarie hochmütig, »manches verlernt man eben nicht, und gegen Ungerechtigkeit werde ich mich immer zur Wehr setzen.«

»Ich versteh's nicht«, sagte Gomolla. »Eine studierte Frau und so unglaublich naiv. Du kommst hierher, pflanzt deinen Hintern auf den Leitungssessel und meinst wahrhaftig, so könne man Probleme lösen. Er ging auf den Schreibtisch zu und winkte mit dem Kopf, Rosemarie möge sich erheben. So hatte man nicht umzugehen mit einer Frau wie ihr, sie wollte nicht auf eine Wendung des Kopfes hin gehorchen, sie starrte den Alten an, der mußte sie beim Arm packen und ihr sehr nachdrücklich beim Aufstehen behilflich sein, bis er schließlich an ihrer Stelle hinter dem Schreibtisch Platz nehmen konnte. – Dort saß er nun endlich und betrachtete unwillig Rosemarie und Max Stephan, und mit dem gleichen Unwillen musterte er das Häuflein der Altensteiner Bauern, Kettner hatte sich zu ihnen gesetzt.

Gomolla sagte: »Angst und Bange kann einem werden, wenn man euch so sieht! Deshalb werde ich mich um die Altensteiner Belange kümmern – verstanden: Ich – persönlich! Also, bitte, Genosse Kettner, vielleicht fährst du fort in der Berichterstattung. Wie ist die Lage?«

Kettner, unter den Bauern sitzend, hob den Kopf. Er sagte: »Traurig. Wie nach einer Beerdigung. Früher muß das so gewesen sein, wenn die Leute zusammenkamen und sich um den Nachlaß stritten. Jeder von euch benimmt sich, als wäre Druskat ein toter Mann.«

Gomolla, Rosemarie und Stephan, sie blickten den Kettner verwundert an, sie kannten ihn kaum, hatten zwar seinen Namen schon nennen hören, ihn dann und wann in Druskats Nähe gesehen, er war ihnen aber nicht aufgefallen, war halt nur einer der Altensteiner Bauern gewesen, nun redete der Mann zu ihnen beinahe anklägerisch, wie kam er dazu? Gomolla runzelte die Brauen.

Kettner stemmte seine Hände auf die Schenkel und erhob sich schwerfällig von der Bank, es dauerte seine Zeit, bis er es bewerkstelligte. Das hatte übrigens den agilen Gomolla gegen Kettner eingenommen, der war zu schwer für sein Alter, konnte allenfalls Anfang Dreißig sein, er wirkte träge.

Kettner sagte: »Ich weiß nicht, was man Druskat vorwirft.« Vage Geste. »Es wird eine ganze Menge erzählt. Ja, es stimmt, wir brauchten Geld für die Arbeiten im Luch. Woher nehmen und nicht stehlen. Vielleicht sind ein paar Falschbuchungen gemacht worden für eine richtige Sache. Skandal! Auf einmal interessiert sich alle Welt für uns.« Jetzt stand Kettner vor Stephan. »Max«, sagte er, »du spielst den noblen Mann, hast dich sogar persönlich herbemüht. Aber im vorigen Jahr, als Druskat bei euch in Horbeck um Hilfe gebettelt hat, habt ihr uns ausgelacht.«

Stephan hatte die Hand erhoben, als wolle er dringend Einspruch anmelden, nun fuhr er wegwerfend mit der Hand durch die Luft.

Kettner hakte die Daumen in den Hosentaschen ein, er betrachtete die schöne Rosemarie, er sagte: »Ihr weißer Trabant, Frau Doktor, hat sonntags manchmal heimlich hinter Druskats Haus gestanden. Eine rührende Geschichte, vielleicht auch richtige Liebe, ich weiß nicht. Aber eins weiß ich, heute nutzt Ihre Entscheidung niemandem mehr. Sie sind zu spät nach Altenstein gekommen.«

Rosemarie war dem Blick des Mannes nicht ausgewichen, es erbitterte sie, was er gesagt hatte. Was konnte er von ihr und von ihrer Geschichte wissen, sie wollte sich erklären. »Mein lieber Kettner …«

Gomolla fuhr sie an: »Laß ihn reden!«

»Ja, ich bin nicht zu Ende«, sagte Kettner und ging zu Gomolla hinüber, er stützte sich auf den Schreibtisch. »Druskat wird wiederkommen, wenn Sie sich für ihn in die Bresche hauen. Er ist ein guter Mann.« Und nun beugte er sich zu Gomolla hinunter und fragte: »Haben Sie schon beim Staatsanwalt angerufen?«

Gomolla atmete plötzlich erregt, vielleicht wollte er dem Fragesteller mit einem seiner berühmten Donnerwetter in die Parade fahren.

Kettner ließ es nicht dazu kommen, er sagte: »Noch eins! Druskat hat zu mir gesagt, wenn ich nicht da bin, Kettner, du vertrittst mich. So haben wir das immer gehalten, und so halten wir das auch jetzt. Also, euer Problem, wie geht es hier weiter? – das ist gar kein Problem. Ich vertrete die Altensteiner Belange, ich kenne sie übrigens am besten. Meine Kollegen sind einverstanden. Also – wollte nur sagen – der Platz, auf dem Sie jetzt sitzen, das ist mein Platz.«

Gomolla massierte sich mit Daumen und Zeigefinger die Augenlider, nach einer Weile sagte er: »Ach, Junge, jetzt hast du mir aber einen reingewinkt.«

»Ich wollte Sie nicht verletzen, Genosse Gomolla.«

»Ist ja gut, ist ja gut«, rief der Alte unwirsch, er schob seinen Stuhl zurück, dann stand er auf und sagte, als müsse er sich mit einer schlimmen Sache abfinden: »Schließlich haben wir euch so erzogen.«

Rosemarie spielte mit ihrem silbernen Halskettchen, es war Druskats Geschenk, sie führte das Kettchen zwischen den Lippen hin und her und beobachtete nachdenklich die merkwürdige Szene: Gomolla, legendärer Sieger in hundert Klassenschlachten, ließ sich widerspruchslos durch einen Grünschnabel verweisen, er räumte seinen Platz. Auch Stephan beobachtete den unerhörten Vorgang, wie es schien mit gewisser Schadenfreude.

Nun saß also, nach einigem Hin und Her hinter dem Schreibtisch im Büro der Genossenschaft zu Altenstein, endlich der richtige Mann auf dem Leitungssessel, und Gomolla hockte zwischen den Bauern auf der Bank. Der Alte litt ein wenig unter dem Verweis, man merkte es an der Art, wie er sich jetzt zur Diskussion meldete, er übertrieb es mit der Bescheidenheit und hob wahrhaftig den Finger, ehe er sagte: »Ich darf doch mal was fragen?«

Er durfte selbstverständlich, Kettner nickte.

Gomolla sagte: »Ich dachte immer, dem Druskat fiele es schwer, die Leute für sich zu gewinnen. Verschlossener Mensch. Kam er dir nicht manchmal merkwürdig vor?«

Kettner antwortete: »Wir in Altenstein werden ihm auch nicht gleich gefallen haben. Weißt du, als Druskat zu uns kam, vor elf Jahren, da war das Dorf nicht, wie es heute ist, da waren wir alle nicht, wie wir heute sind ...«

Mit ihrem LPG-Vorsitzenden waren sie nicht zurechtgekommen. Der Mann, ein gewisser Ballin, stammte aus einer guten Genossenschaft und war als Rausreißer ins verlotterte Altenstein delegiert worden, hatte aber zur Bedingung gemacht, daß er Wohnsitz im heimatlichen Dorf behalten dürfe, die Familie hatte nicht darunter leiden sollen, daß er auf Zeit in die Taiga gegangen war, so nannte man geringschätzig den Landstrich hinter dem Luch, und ihm sollte es auch nicht schlechter gehen als daheim, deshalb wurden ihm die gewohnten Bezüge weiter gezahlt, denn die LPG von Altenstein wirtschaftete unter dem Strich oder stand – wie der Buchhalter es bezeichnete – in den roten Zahlen, und die Bauern verdienten damals nur wenig.

Dieser Ballin galt als ein tüchtiger Landwirt, war aber nur tagsüber zur Arbeit im Dorf, er lebte nicht unter den Altensteinern, er mußte nicht leben wie sie und gewann deshalb nicht ihr Vertrauen. Die Bauern machten ihm bald die Arbeit und das Leben so sauer, wie es irgend ging, und erreichten tatsächlich, daß er mit der Zeit mürrisch und mutlos wurde und schließlich von der Leitung abberufen werden mußte. Die Leute von Altenstein hatten das als einen Sieg gefeiert und gebührend begossen. Ihre Enttäuschung war groß, als bekannt wurde, Daniel Druskat von Horbeck würde sich für den Vorsitz zur Wahl stellen. Der Mann war als rücksichtslos und scharf bekannt, da sollten die Altensteiner wohl vom Regen in die Traufe kommen. Sie sorgten sich und hatten Grund dazu. Nun versuchte die Kreislandwirtschaftsbehörde ihnen den Leitungswechsel schmackhaft zu machen, vielleicht hatte man auch dem Druskat eine Starthilfe geben wollen, jedenfalls war damals – neunzehnhundertsechzig – der Genossenschaft eine Herdbuchherde zugesprochen worden. Kettner weiß noch, an welchem Tag die Holländerkühe von Weran aus mit der Fähre über den See gebracht wurden, es war nämlich der Tag, an dem Druskat nach Altenstein kam. Zu der Zeit war Kettner Leiter der Feldbaubrigade, also zuständig nur für die Futterzuteilung an den Stall, aber er war neugierig auf die kostbare Herde. Gegen Mittag fuhr er mit dem Motorrad durchs Luch zum Fährhaus, um die Tiere – was kommt denn so aus Holland? – kennerisch zu begutachten. Berninger, der Gehilfe des Melkermeisters Mahlke, hockte hinter ihm auf dem Sozius. Die Fahrt war nicht ungefährlich, damals war das Luch noch unwegsam. Kettner balancierte das Gefährt vorsichtig über glitschige Pfade, sie schlängelten sich zwischen Binsen und Strauchwerk hindurch, er mußte Wasserlöcher umfahren, ölig schimmernde Tümpel, und hatte manchmal Angst, daß sie im Dreck steckenblieben. So kamen sie endlich zum alten Fährhaus.

Das lärmende Motorrad mag die Hausfrau gewarnt haben. Frau Ziesenitz, umwallt von einem sackartigen Gewand, verdeckte die Stalltür, sie schützte die Augen mit dem Arm gegen die Sonne, nun erkannte sie die Bauern. »Ach, ihr seid es!« Sie watschelte zur Pumpe, tauchte die nackten Arme in den Brunnentrog, sie waren – Kettner sah es mit Verwunderung – bis zu den Ellbogen blutbespritzt. Kettner ekelte sich ein wenig, wollte den Händedruck vermeiden, er rief: »Wo ist die Herde?«

»Herde?« fragte Frau Ziesenitz belustigt. »Wenn du zwölf Kühe meinst, da hinten stehen sie auf der Koppel.«

»Dreizehn Kühe müßten es sein.«

Frau Ziesenitz rieb sich die Arme an der Sackschürze trocken. »Zähl doch selbst.«

Nun, das taten sie, und sie zählten, über den Koppelzaun gebeugt, wirklich nur bis zwölf. Sie lobten voreinander die Tiere, eins immer schöner als das andere, kraulten die Zutraulichen auf der Stirn, die waren alle miteinander gut genährt und glänzend im Fell und würden der armen LPG zum Segen gereichen.

Kettner und Berninger hörten plötzlich Axthiebe, Gelächter aus rauher Kehle, die Geräusche schallten vom Stall herüber, die beiden fanden bald heraus, was es zu lachen gab, denn als sie die Stalltür aufgerissen hatten, sahen sie Mahlke, er schwang die Axt, führte sie im Schwung hoch über den Kopf und hieb sie krachend einer abgeschlachteten Kuh zwischen die Rippen. Sie hing an einer Leiter, Mahlke zerhackte das Tier sachgerecht, während Groth sich am stinkenden Gedärm zu schaffen machte. Ziesenitz reichte die Schnapsflasche herum. Nein, Kettner wollte nicht saufen am hellen Tag, auch Berninger dankte, und nun hörten sie die Geschichte. Das Rind habe sich auf der Fähre verletzt, die Schlächter grinsten, sie zogen mit dem Zeigefinger das untere Lid vom Auge fort, die Geste sollte bedeuten: Holzauge, sei wachsam – eine Redensart, deren Sinn sich nicht ohne weiteres erschließt, Mahlke hatte sie wohl aus dem Krieg mit nach Hause gebracht. Lebensgefährlich verletzt, die Schlächter hoben bedauernd die Schulter, sie spielten die Schelme, sahen einander traurig an. Eine Notschlachtung sei leider nicht zu vermeiden gewesen, brüllendes, wieherndes Gelächter, und dann ließ Mahlke die Katze aus dem Sack: Der alte Vorsitzende sei abgehaun, der neue nicht eingeführt, solange hätten sie, die Bauern, noch das Regiment. Heute noch mal leben, Bruder, leben, wer weiß, was morgen ist. Die Kuh werde am Abend kollektiv gefressen, Ziesenitzens Alte schiebe schon das Reisig in den Herd, der Rest des Fleisches solle an die Familien verteilt werden, kurz und gut, jedermann sei heute abend zum Schlachtfest in das Fährhaus eingeladen. Zum Schluß hatte Mahlke die blutige Axt wieder hoch über den Kopf geschwungen, vorm Zuschlagen aber noch einmal innegehalten und, über die Schulter schielend, zur Warnung gesagt: »Tierarzt war nicht zu finden. Kein Gerede wegen Notschlachtung. Wie immer, das bleibt unter uns.«

So war das vor elf Jahren gewesen in Altenstein, so lustig hatte er begonnen, der Tag, an dem Druskat von Horbeck kam. Er sollte, kaum zwölf Stunden später, ein unerwartetes Ende nehmen.

Altenstein war ein kleines Dorf, die Genossenschaft zählte nur zwanzig oder dreißig Mitglieder, und nicht alle Bauern nahmen am Schlachtfest im Fährhaus teil, wohl aber die meisten. Mahlke und dessen abgearbeitete Frau waren unter den Gästen, das Ehepaar Hinzpeter, beide arbeiteten im Feldbau, Groth, einer der Schlächter, nebst Gattin, Berninger, der Gehilfe des Melkers, war mit seiner Frau gekommen, auch Kettner, der noch unbeweibte, zwar behagte ihm der Anlaß zur Feier nicht, er war aber zu gern unter Leuten, als daß er sich ausgeschlossen hätte. Die Bauern und ihre Frauen waren am Abend ins Luch gewandert. Die Männer mußten rauchen, was das Zeug hielt, um die Mücken fernzuhalten, zu Tausenden sirrten sie über den Tümpeln. Das eine oder andere Paar war aus Furcht vor den Irrlichtern – so manchen hatten sie vom rechten Wege abgebracht – am Seeufer entlang gerudert bis hin zum Fährhaus. Vor Zeiten ist es ein beliebtes Ausflugslokal gewesen, und heute noch betrieben die Ziesenitzens während der Saison einen bescheidenen Ausschank für Wasserwanderer und andere Gäste, die keine Ansprüche stellten, denn der Gastraum, die Vorbesitzer hatten ihn in altdeutscher Manier getäfelt und ausgestattet, war längst heruntergekommen, und wer sich einmal von der Frau Wirtin in ihrer gräulichen Zotteltracht die Spiegeleier hatte servieren lassen und erleben mußte, wie sie zunächst in aller Gelassenheit mit dem Schürzenzipfel die Bierlache vom Tisch wischte, um dann – es war ohnehin nicht mehr als eine Geste – mit träger Handbewegung die Fliegen vom Teller zu scheuchen, ehe sie brummte: »Wohl bekomm's!«, der vergaß wohl aufs Wiederkommen.

Am Abend des Festes hielt sich die Fliegenplage in erträglichen Grenzen, denn die Wirtsfrau hatte Bänke, Tische, Teller und Tücher mit dem Fliegengift MUX bearbeitet, einem hervorragenden Produkt der volkseigenen Chemieindustrie, sie war eine ganze Weile in der Räumlichkeit auf und ab geschritten, ein Glasröhrchen im Munde, und hatte sich selber mächtig aufblasen müssen, um den Giftnebel wirkungsvoll zu verpusten. Zu ihrer Ehre muß gesagt sein, daß sie die Bratenplatten mit Blättern der Bezirkszeitung abgedeckt hatte. Die Anstrengung lohnte jedenfalls, die Fliegen lagen nun unter dem Tisch. Die Bauern störte es nicht, sie saßen an der Tafel und ließen sich's schmecken, was es zu essen und zu trinken gab, reichlich von allem. Bedenken, die der eine oder andere wegen des Drum und Dran der Notschlachtung zu Beginn der Festlichkeit vielleicht gehegt haben mochte, sie hatten sich längst verflüchtigt, das war nicht auf einmal geschehen, sondern nach und nach, und zwar in dem Maße, wie die Schnapsflaschen eine nach der anderen geleert worden waren. Man war guter Laune und guter Dinge, man lachte und lobte die Hausfrau, sie hatte auch an diesem Abend wenig Sorgfalt auf ihr Äußeres verwandt, um so mehr aber, man muß der Wahrheit die Ehre lassen, auf die Zubereitung der Speisen. Der Braten, er zerginge einem auf der Zunge, meinte Frau Berninger, genießerisch schnalzend, und Frau Groth mußte es bestätigen, obwohl sie Liebhaberin von Spickbraten sei, wie sie erklärte. Frau Ziesenitz wehrte die Lobsprüche bescheiden ab, sie wurden ihr jetzt von allen Seiten zugerufen, sie sagte: Es sei ja auch ein ganz junges Tierchen gewesen und zart im Fleische, und tauschte einen vertraulichen Blick mit Mahlke, der die Kuh, ein paar Zentner wird sie wohl gewogen haben, vom Leben zum Tode gebracht hatte mit einem einzigen Axthieb.

Ziesenitz hatte nicht mehr getrunken als die Bauern, das aber nicht vertragen, er war nicht in Übung, seine Frau hielt ihn knapp. Ziesenitz versuchte, die Gesellschaft mit Stimmungsgesang zu unterhalten, er wimmerte, am dreißigsten Mai sei der Weltuntergang, und sie alle miteinander hätten nicht mehr lange zu leben. In diesem Augenblick wurde an die Tür gepocht, und Frau Ziesenitz klopfte ihrem Gatten leicht auf das Maul – auf solch herrische Weise Ruhe gebietend, dann rief sie gegen die Tür: »Geschlossene Gesellschaft.« Dennoch wurde die Tür geöffnet, und Druskat trat herein.

Woher wußte er von der Feier im Fährhaus? Wie hatte er durchs Luch gefunden? Erst später wurde offenbar, daß einige der Bauersfrauen und das Ehepaar Druskat sich kannten, die Frauen hatten am Vormittag den Lastwagen mit Druskats Möbeln vorm Haus vorfahren sehen, sie waren zunächst aus purer Neugierde stehengeblieben, später aber, es sieht ja zu dumm aus, wenn man herumsteht, Hände vorm Bauch, während andere sich abrackern müssen, später hatten sie Druskats Frau ein wenig beim Einräumen des Hausrates geholfen. Die junge Frau sah schmal und blaß aus und war – wie man erfuhr – gerade erst von einer Krankheit genesen. Das kannten die Altensteiner Bäuerinnen, kein Mann nahm Rücksicht auf Grippe oder Unwohlsein, und raus aus den Wochen, rein in die Wochen, statt Schonzeit Umzug, typisch Mann. Frau Druskat hätte in Horbeck bleiben sollen, in Altenstein sei nichts los, man lebe hier am Arsch der Welt, Frau Mahlke, die Melkergattin, drückte sich drastisch aus, das Läuten der Kirchenglocke sei beinah schon eine Sensation, weil es das eintönige Einerlei der Tage unterbreche. Man hatte ein wenig miteinander geschwatzt beim Hin- und Herräumen und einander nicht unübel gefunden, und so war Druskats Frau von den Bäuerinnen eingeladen worden, da hatten sie aber noch nicht gerochen, von welcher Art der Braten war, der im Fährhaus schmorte.

»Wir haben noch Licht gesehn, Gesang gehört. Komm doch!« sagte Druskat und zog seine Frau ins Zimmer. Frau Ziesenitz senkte die Lider und zischte ihrem Gatten zu: »Du Esel hast nicht abgeschlossen.« Dann hob sie den Kopf, und nun konnte Druskat sehen, was es auf sich hatte mit einem mehrfach gewulsteten Doppelkinn. Frau Ziesenitz sagte mit kaltem Blick: »Tut mir leid, Herrschaften, wir sind in Familie und auf Gäste leider nicht eingerichtet. Guten Abend!«

Irene erschrak vor der bösen Frau, sie wollte hinaus, aber Druskat hielt sie fest bei der Hand. Kettner hatte als einziger der Bauern Druskat schon gegen Mittag im LPG-Büro gesprochen, jetzt schob er seinen Stuhl zurück, stand schwerfällig auf, die Hände hielt er verlegen in der Schwebe, Kettner sagte: »Moment! Das ist nämlich Druskat, der neue Vorsitzende, mit Frau.«

Frau Ziesenitz wurde augenblicklich von fliegender Hitze überwallt, ihr Gesicht schien rötlich anzuschwellen, sie bekreuzigte sich. »Jesus Maria, wie konnte ich wissen.«

»Schon gut.« Druskat trat näher und hieb zur Begrüßung mit den Fingerknöcheln auf die Platte. Er fragte: »Wir dürfen doch?« Frau Ziesenitz erhob sich, so rasch ihr das möglich war. Sie wankte zum Schrank, um nach zwei Gedecken zu suchen. Kettner schleppte Stühle heran, man rückte beiseite, drängte sich eng aneinander, wie es Herdentiere vor einem Gewitter tun. Nun nahmen die Druskats Platz, sie saßen abgesondert an der Tafel, niemand sprach, das Fest war gestört, niemand lachte mehr. Die Stille war beängstigend. Sie musterten einander, die Bauern und die Druskats, sie schienen sich nicht zu gefallen, sie räusperten sich in der Verlegenheit, einer sagte wohl, um irgend etwas zu sagen: »Ja, ja«, und ein anderer antwortete: »So ist es.«

Druskat hatte keine Lust gehabt, schon am ersten Abend auf ein Fest zu gehen, aber Irene hatte gesagt, sie sei so furchtbar lange nicht mehr in Gesellschaft gewesen, auch sei es unfreundlich, die Einladung der Bäuerinnen auszuschlagen. Und so hatte er schließlich Irene zuliebe nachgegeben, aber nun fühlte er sich unbehaglich, er fühlte die Spannung im Raum, wußte, daß er nicht länger schweigen konnte, würde wieder den Munteren spielen müssen. Vor ein paar Tagen, in Gomollas Gegenwart, hatte er das auch getan, also los, er versuchte ein freundliches Grinsen, klatschte plötzlich in die Hände, gewiß zu laut und zu fröhlich, er sagte: »Das ist ja wie auf 'ner Hochzeit!« Er sah sich an der Tafel um, war scheinbar überrascht, keine Frau im Myrtenkranz und Schleier zu entdecken. »Keine Braut?« fragte er. »Aber – alles was recht ist – lauter hübsche Frauen.« Und prompt verdeckten einige Bäuerinnen verlegen ihre Münder mit den Händen, um geschmeichelt loszujuchzen – es ist ja so leicht, einen Menschen glücklich zu machen. Nur Frau Ziesenitz witterte hinter Druskats Kompliment eine Gemeinheit, vielleicht schätzte sie die eigene Person realistisch ein, jedenfalls nestelte sie an ihrem schlampig geflochtenen Zopf, er befand sich im Zustand der Auflösung, und musterte den Vorsitzenden mit einem tückischen Blick.

Irene machte ihren Mann bekannt mit Frau Mahlke, Frau Berninger, Frau Groth und Frau Hinzpeter, die dicke Wirtsfrau stellte sich selber vor, sie sei die Ziesenitz vom Fährhaus, und nun übernahmen es die Frauen, den Druskats ihre Männer vorzustellen, es war ganz lustig, denn sie sagten nur: »Das ist meiner.« Und das sagten sie mit schlichtem Stolz oder verlegenem Lispeln, es hing jeweils vom Zustand der Vorgewiesenen ab. Einige, leider, hatten dem Alkohol bereits über Gebühr zugesprochen. Ziesenitz beispielsweise folgte der Zeremonie schon mit gewissem Unverständnis und schielendem Blick, seine Ehehälfte bemerkte es mit Unwillen, sie packte den zarten Mann ergrimmt beim Schlafittchen und zerrte ihn zum Gaudium der Gäste vom Stuhl hoch: »Das ist meiner!« rief sie erbittert. »Ach, wie gerne würde ich tauschen.«

Ziesenitz baumelte wie ein Gehenkter am ausgestreckten Arm der Gattin, als diese vom Tauschen sprach. Dies würde er auch gerne tun, wimmerte der Mann, und zwar auf der Stelle. Frau Ziesenitz lachte höhnisch und rief: »Am ganzen Leib verdorrt und abgestorben! Wer will das haben?« Sie ließ den Gatten fallen, um nun die Bratenplatte zu ergreifen, sie klagte, ihr Ehemann sei von Kräften, dabei koche sie vorzüglich, der Herr Vorsitzende, bitte schön, und seine junge Frau mögen sich davon überzeugen, sie forderte alle übrigen auf: »Zugelangt, zugelangt!«

Das ließen sich die Leute nicht zweimal sagen, sie waren

durch den Auftritt des Vorsitzenden erschreckt worden, aber nun schien sich alles einzurenken. Selma Ziesenitz hatte Spaß gemacht, der Vorsitzende hatte herzlich lachen müssen, man langte also kräftig zu, und für eine Weile war nichts zu hören als genüßliches Schmatzen, genießerisches Stöhnen, das Kratzen und Schaben von Messer und Gabel auf Porzellan, denn besonders die Frauen bemühten sich, in Anwesenheit des Ehepaars Druskat das Besteck recht zierlich zu handhaben, was freilich nicht ohne Geräusch vonstatten ging, und für eine Weile war nichts zu sehen als mümmelnde Münder, mahlende Kiefer und Häupter, die sich über Teller beugten.

Bis Druskat fragte: »Was feiert ihr denn?« Nun hörte das Klirren und Klappern nach und nach auf, die Kiefer mahlten langsamer, und die Köpfe senkten sich noch tiefer über die Teller. Druskat begriff es nicht. »Schmeckt's euch nicht mehr? Vorzüglich, der Braten«, sagte er, »wirklich ausgezeichnet!« Er neigte den Kopf gegen die Ziesenitz, und diesmal nahm die Frau des Hauses das Kompliment mit liebenswürdigem Gegennicken entgegen, denn, wahrhaftig, der Mann konnte nicht lügen, er aß mit Behagen, und auch der jungen Frau schien es zu munden. »Besonderer Anlaß zur Feier?« Druskat richtete seine Frage diesmal an die Herrin des Hauses.

»Ach Gott«, Frau Ziesenitz lachte glucksend, verstummte aber plötzlich und verriegelte mit dem Mittelfinger vornehm ihren Mund, als habe sie in feiner Gesellschaft versehentlich gerülpst. Ihr Ehemann indessen nutzte die Chance, seine erlittene Demütigung durch Geistesgegenwart wettzumachen, er sah den Vorsitzenden an, so eindringlich, daß er diesmal vor Anspannung schielte, und erklärte, in Altenstein brauche man keinen besonderen Anlaß zur Lustigkeit, oder andersherum gesagt, ein Grund zum Feiern finde sich immer, das heutige Fest zum Beispiel, man könne es dem Einstand des neuen Vorsitzenden widmen. Ziesenitz wurde mit Beifall belohnt.

»Meinetwegen!« Druskat wollte wissen, ob man im Hause was zu trinken kaufen könne.

Gewiß, gewiß, Frau Wirtin hatte vorgesorgt, sie winkte ihrem Gatten mit dem Messer, der holte sogleich zwei große Pullen Verschnitt herbei. Ob das genüge? Druskat nickte, damals kannte er das Maß der Altensteiner noch nicht, er schenkte jedermann ein, dann hob er das Glas. Berninger blaffte: »Bloß keine Sprüche. Wir hatten viele Vorsitzende in Altenstein, saufen konnte jeder, und reden konnte auch jeder, bloß ausgehalten hat es keiner bei uns.«

»Ja, ja«, sagte Druskat grinsend, er drehte sein Glas in der Hand, »ihr habt sie alle kleingekriegt, was?«

Die Männer lachten. Es war Zustimmung in ihrem Gelächter, der Neue war offenbar nicht auf den Kopf gefallen, er wußte, was ihn in Altenstein erwarten würde, und sie selber fühlten sich auf eine seltsame Weise anerkannt, sie waren gewiß nicht die erfolgreichsten Bauern im Kreis, aber – wie sie meinten – Kerle in ihrer Art, sie hatten noch jeden kleingekriegt, und nun lärmten sie, von ihnen würden gewiß schlimme Geschichten erzählt, Altenstein sei ein vergessenes Dorf, hier geisterten die Irrlichter noch, was blieb denn dem armen Mann im Luch zum Trost, sie hoben die Gläser. »Jawohl«, rief Berninger, »besser im Schnaps versaufen als im Sumpf!«

»Benehmt euch!« die Frau des Melkers vermahnte den wilden Haufen. »Der Mensch muß ja denken, er ist unter die Räuber gefallen.«

Der Melkermeister winkte seiner Frau geringschätzig zu, sie solle schweigen. Er schlenderte zu Druskat hinüber, legte vertraulich den Arm um dessen Schulter, er fragte: »Was hast du denn auf dem Kerbholz, Bruder?«

»Wie kommst du darauf?«

Mahlke zog mit dem Zeigefinger das untere Lid vom Auge, er sagte: »Irgend etwas mußt du ausgefressen haben, sonst hätten sie dich nicht in Verbannung geschickt.«

Druskat schüttelte ein wenig den Kopf, er befreite sich vorsichtig von Mahlkes Hand, er schob den groben Mann von sich, nun hielt er doch eine Rede. Er sagte: »Wißt ihr, was ich in Horbeck gemacht habe, gut oder schlecht, was kann es euch interessieren? Und was ihr in Altenstein getrieben habt, ich will es nicht ausforschen. Lassen wir's Vergangenheit sein. Ich glaube, beinah jeder hat schon mal irgendwas getan, das er ungeschehen machen möchte. Von heute ab fangen wir was Neues an, gemeinsam. Was besser machen können als früher, das hat mich gelockt, und deshalb bin ich zu euch gekommen, aus freien Stücken … Niemand hat uns verbannt.«

»Antreiber«, rief Berninger, »hatten wir genug.«

Druskat trat hinter Irenes Stuhl, er umschloß ihr schmales Gesichtchen unterm Kinn mit seinen kräftigen Händen, sie ließ den Kopf nach rückwärts sinken, gegen seine Brust. Die Bauersfrauen sahen es mit Rührung, so zärtlich war kaum einer ihrer Männer je mit ihnen umgegangen.

Druskat sagte: »Ich hab meine Frau mitgebracht und mein Kind. Wir möchten nicht bloß 'ne Wohnung beziehen in diesem Dorf, sondern zu Hause sein bei euch, unter Menschen sein, die sich nicht gegenseitig belauern oder in der Hand haben oder was weiß ich.« Irene faßte mit ihren Händen nach seinen Händen. Druskat sagte: »Ich glaube, wir sind unter den richtigen Leuten. Ihr setzt euch zusammen, eßt was und trinkt was, wahrscheinlich ein bißchen zuviel, aber ihr tut es aus Lust am Zusammensein, mir gefällt das. Wer gut miteinander feiern kann, wird auch gut miteinander arbeiten können, und das müssen wir natürlich, und das schaffen wir auch, wenn wir uns aufeinander verlassen können.

Vertrauen ist das wichtigste. Meins biete ich euch an, eures möchte ich mir erwerben. Soweit die Sprüche. Stoßen wir also an auf das Vertrauen.«

Jetzt half er seiner Frau vom Stuhl, er winkte die Leute hoch, er rief: »Na los, machen wir's ruhig mal feierlich.«

Allgemeines Scharren von Füßen, Stühlerücken. Sie erhoben sich, alle im Fährhaus Versammelten, einige schon etwas schwerfällig, manche auch widerwillig oder achselzuckend. Gott, was sollte das, Frau Ziesenitz schlug stöhnend die

Augen zur verräucherten Stubendecke auf, schließlich hatte sie aber, wenn auch mit Mühe, ihre ungeheure Fülle vom Sitzen in den Stand verlagert.

»Auf das Vertrauen!« Irene und Druskat gingen von einem zum anderen, sie stießen mit jedermann an.

Kettner sagte: »Das ist ja beinahe so etwas wie ein Schwur.«

»Ja«, meinte Druskat, »da ist was dran.« Nun führte er die Frau zu ihrem Platz zurück, er hatte Hunger, sie waren lange unterwegs gewesen an diesem Tag.

Und nun wieder vielerlei Geräusch, das Zurechtrücken der Sitzgelegenheiten, Gekicher, Gebrumm und Geseufze, bis es einem jeden gelungen war, auf bequeme Weise Platz zu nehmen. Druskat hatte gesprochen und seine Sache gut gemacht, wie ihm Irene mit einem Blick versicherte. Nun fühlte er sich erleichtert, er legte seiner Frau nochmals vor, zu viel offenbar, sie wehrte ab, er drohte ihr lachend. Und für eine Weile entging ihnen, daß sie ganz alleine noch tafelten, die übrigen am Tisch rührten längst nichts mehr an, sie sahen, als begebe sich Außerordentliches, den beiden beim Essen zu.

Mit der Zeit spürten die Druskats, daß keiner mehr sprach und sie im Blick aller Leute waren, beide schauten, fast gleichzeitig, auf.

Druskat fragte: »Ist was?«

Nein, es schien nichts zu sein.

Druskat wollte sich schon wieder über den Teller beugen, als Berninger sagte: »Es ist nur ..., so hat noch keiner mit uns geredet, ich meine, so einfach, als Mensch sozusagen. Sonst hieß das immer: Das müßt ihr, und das dürft ihr nicht.«

»Dein Vorgänger«, sagte Kettner, »hat mit Befehlen und Verboten regiert.«

»Jawohl«, rief Mahlke, »und wir haben ihn dafür beschissen.«

Endlich lachte mal wieder einer.

»Vorbei!« Druskat winkte ab. Er suchte nach dem Taschentuch in seiner Hosentasche, fand es schließlich, wischte sich den Mund, er sagte: »Übrigens komme ich nicht mit leeren

Händen nach Altenstein. Ich habe die Behörden so lange attackiert, bis die begreifen mußten, daß wir eine Chance brauchen, hier am Moor. Man hat uns eine kostbare Holländerherde versprochen, jedes Tier 'ne Goldmedaille wert.«

Er wollte Stimmung machen, Beifall heischen, er hatte gedacht, nun würden die Bauern rufen: Oho oder aha oder allerhand. Er hatte sich getäuscht. Sie sahen ihn an, dumpf und stumpf, oder starrten betreten vor sich nieder. Kettner zum Beispiel, auch die Frauen, sie hockten da, wie sie wohl seinerzeit dagesessen haben mochten, als sie das erstemal auf dem Feuerwehrball waren und mit niedergeschlagenen Augen und eng aneinandergepreßten Knien verlegen einen Tänzer erwarteten – wer würde da auf einen zusteuern, quer übern Saal, und was einem später zustoßen, draußen am Zaun –, nur Frau Ziesenitz, Arme unterm mächtigen Busen verschränkt, blickte dem Druskat dreist ins Angesicht, und daß sie ihre massige Rückenpartie an der Stuhllehne schubberte, mußte nicht Ausdruck nervöser Unruhe sein, denn das Gestänge ihrer Korsage, falls sie solche Panzerung trug, konnte sie am Fleische zwicken oder irgend etwas anderes auch.

»Ist das nichts?« rief Druskat verwundert. »Herrschaften, das ist mehr als 'ne Starthilfe, das ist ein Vertrauensbeweis!«

»Keine Neuigkeit«, meinte Frau Ziesenitz und kratzte sich an der Hüfte, die Herde sei ja bereits am gestrigen Tage mit der Fähre über den See gekommen.

Druskat wollte sich nicht abfinden mit der Stumpfsinnigkeit der Bauern, er rief aufmunternd: »Dreizehn Herdbuchkühe. Dreizehn, das ist 'ne Glückszahl!«

»Zwölf.« Kettner war es, der ihn korrigierte.

»Was?«

Kettner sagte: »Eine Kuh hat man totgeschlagen.«

Er konnte sich später nicht erklären, was ihn dazu gebracht hatte, die Altensteiner Bauern zu verraten. In Berichten oder Zeitungsartikeln hatte man sie oft als diejenigen bezeichnet, die mit der roten Laterne, dem Schlußlicht nämlich, am Schwanze einer stolzen Entwicklung marschierten, das war aber nicht allein ihre Schuld, denn die Äcker waren karg und die Wiesen vom Luch verschlungen worden, so hatten sich die glücklosen Altensteiner verschworen, nach gemeinsam erlittener Enttäuschung zu gemeinsam begangener Gaunerei. Herrgott, auch sie wollten leben wie andere, wie die Bauern in den reichen Genossenschaften rundum, warum sollten ausgerechnet sie die vom Schicksal Geschlagenen, die Hungerleider sein. Kettner wußte nicht genau, was ihn zwang, aus dieser Gemeinschaft auszubrechen, vielleicht gefiel ihm Druskat, vielleicht spürte er, daß es der Neue ehrlich meinte, als er vom Vertrauen sprach, er rief also: »Zwölf! Eine Kuh hat man totgeschlagen!«

»Wer?« Druskat hielt sich an der Tischkante fest.

Kettner kam nicht dazu, die Namen zu nennen, vielleicht hätte er niemanden einzeln bezichtigt, sie alle waren beteiligt. Aber er konnte überhaupt nichts sagen, denn Mahlke und Hinzpeter rissen ihn vom Stuhl, sie schrien beide wie aus einem Mund: »Denunziant! Arschkriecher, verdammter!« Das Tier wäre verletzt und am Krepieren gewesen.

Kettner war ein junger, kräftiger Mann, er wollte sich der beiden, die ihn umklammert hielten, erwehren, versuchte, sie von sich zu stoßen, schon taumelte Mahlke, krachte gegen die Wand, gellend kreischten die Frauen, Hände ängstlich vorm Mund.

Druskat brüllte: »Schluß!«

Sie ließen tatsächlich ab von Kettner.

»Totgeschlagen, eine Zuchtkuh, das kann doch nicht wahr sein!« Druskat wollte es nicht glauben, aber Kettner, noch ordnete er keuchend seine Kleider, deutete auf Druskats Teller. »Du hast sie selbst mit aufgefressen!«

Druskat starrte den Kettner fassungslos an, er starrte alle anderen an, dann fegte er im Zorn seinen Teller vom Tisch.

»Herr!« schrie die Ziesenitzen außer sich. »Das ist eigenes Porzellan, Sie werden es ersetzen!«

Es schien, als wollte Kettner die Gesellschaft verlassen, er ging gebeugt zur Tür, die Männer und Frauen folgten ihm mit den Blicken, er nahm seinen Hut vom Haken, dann wendete er sich um, er sagte: »Druskat hat von Vertrauen geredet, das konnte ich nicht ertragen. Wie kann man Neues anfangen wollen und mit einer Hinterhältigkeit beginnen, mit einer Sauerei.«

Er hing seinen Hut wieder an den Nagel, er sagte: »Ich will mich nicht ausschließen. Ich will mit geradestehn für die Lumperei.«

Heute noch mal leben, Brüder, wer weiß, was morgen ist – unter dieser Devise war das Festmahl begonnen worden, nun hatte aber Kettner ausgesprochen, was im stillen jeder wußte: Das Schlachtfest von Altenstein würde Folgen haben. Der Vorsitzende hatte in heller Wut seinen Teller vom Tisch gefegt, er sah böse aus, der finstere Mensch, und vom Geradestehen war die Rede gewesen. Nun dachte jeder daran, wie er die eigene Haut würde retten können.

Frau Hinzpeter, eine früh gealterte Frau, saß da mit offenem Mund und lauerndem Blick, nun fragte sie: »Geradestehen? Für was? Er«, rief sie und zeigte drohend auf den Melker, »er hat es gemacht, er hat die Kuh totgeschlagen – und zwar ganz allein!« Die Altensteiner Bäuerinnen nickten Zustimmung, und Frau Hinzpeter beendete die Anklagerede mit den Worten: »Ich weiß, was ich weiß.«

»Jeder hat davon gefressen!« Die Frau des Melkers schrie es wütend und stürzte sich auf die Denunziantin, und nun sah es wahrhaftig aus, als wolle sie der guten Hinzpeter in die Haare fahren.

»Hört auf!« Druskat schlug mit der Faust auf den Tisch. Dann brüllte er: »Ich lasse die Angelegenheit von der Staatsanwaltschaft untersuchen. Ein paar Monate Knast sind den Schuldigen sicher, das verspreche ich euch.«

Die Köpfe der Anwesenden hatten sich hin und her gewendet, als gälte es, ein interessantes Spiel zu verfolgen, als sei ein Ball geschleudert worden: von Druskat zu Kettner, von Kettner zu den keifenden Frauen und von diesen wieder zu Druskat zurück. So war den Leuten nicht aufgefallen, daß

Druskats Frau auf den Dielen hockte, sie sammelte die Teile des zerbrochenen Tellers auf, nun trug sie die Scherben zum Tisch.

Sie sprach: »Daniel, du hast vorhin gesagt, was sie getrieben haben in Altenstein bis heute, für dich wäre es Vergangenheit. Ich bitte dich, zähl diesen Abend dazu.«

Druskat antwortete erbittert: »Da dachte ich, mit Bauern hätte ich zu tun, aber die führen sich auf wie Knechte oder Tagelöhner, die betrachten die Genossenschaft gar nicht als Eigenes, sondern wie irgendeine fremde ungerechte Herrschaft, die man beklauen oder bescheißen muß, weil sie es nicht anders verdient. Die begreifen gar nicht, daß sie die eigene Kuh vor dem Kalben totgeschlagen haben. Eine Genossenschaft, die sich selber auffrißt, das ist widerwärtig!«

Irene faßte nach Druskats Hand: »Mir tun sie leid. Du hast gesagt, wir wollen neu anfangen, wir alle wollten doch neu anfangen, Daniel.«

Als sie das sagte, schloß Druskat für einen Augenblick die Augen, er flüsterte, beinahe verzweifelt, nur Irene konnte ihn verstehen: »Ich kann's nicht, wenn ich immer wieder was verschweigen und vertuschen soll.«

Die Altensteiner begriffen nicht recht, was da geschah. Der Mann hatte sich noch vor wenigen Augenblicken zum Ankläger aufgeworfen und brüllend mit dem Gefängnis gedroht, nun schien es, als überkomme ihn Schwäche. Die Frau umarmte ihn, es war, als müsse sie ihn stützen.

Diese Frau war nicht vom Schlag der Weiber, wie sie die Altensteiner Bauern schätzten, sie sah zerbrechlich aus und fremdartig, würde wohl im Stall und auf den Feldern wenig ausrichten können, es war nicht viel an ihr dran, weder hinten noch vorne. Die Männer hatten Druskats Frau kaum zur Kenntnis genommen, und die Bäuerinnen, ach Gott, sie hatten sich beim Umzug des Hascherls aus Neugier und mit freundlicher Geringschätzung ein wenig angenommen, das Frauchen sah gar so anfällig aus. Nun erlebten die Bauern und ihre Frauen, wie die zarte Person dem strengen Mann gegenüber eigene Ansicht vertrat. Das verblüffte sie. Die Frau des Melkers blickte Irene an, als könne nur von ihr die Rettung kommen. Sie war eine geplagte Frau, mußte jeden Morgen um vier aus dem Bett kriechen, wenn andere sich noch in den Federn wälzten, sie ging seit je zur selben Schicht wie der Mann, mußte aber neben der Arbeit fünf schulpflichtige Kinder versorgen, die Lasten des Haushalts und die Launen des Mannes ertragen. Sie hielt es längst für selbstverständlich und hatte sich dreingefunden, daß den Frauen auf dem Land mehr abverlangt wurde als ihren Männern. Sie war abgearbeitet und stumpf geworden im täglichen Trott, der Melker half ihr wenig, aber er war der Mann, er brachte das meiste Geld, und er bestimmte, was zu geschehen hatte in Haus und Garten. Die Frau wußte nicht, wie sie ohne den Mann hätte leben sollen, ihr schien es das größte Unglück, das sie treffen konnte, die Frau des Vorsitzenden, sie hatte gute Augen, würde es vielleicht verstehen.

Frau Mahlke faßte sich ein Herz, sie trat vor Irene hin und sagte leise: »Mein Mann, glaub mir, er ist nicht schlecht. Aber manchmal tut er was ohne Verstand. Er ist so. Er ist leichtsinnig. Nun wollen sie ihn zum Prügelknaben machen. Schuld haben alle. Es ist nicht gerecht, wenn sie es ihn alleine ausbaden lassen.« Sie wischte sich die Tränen aus den Augenwinkeln. »Was können die Kinder dafür?« fragte sie schließlich schluchzend. »Was soll aus den Kindern werden, wenn er im Gefängnis sitzt? Was wird aus mir?« Sie schlug die Hände vor das Gesicht.

Irene antwortete nicht. Sie wartete darauf, daß Daniel etwas sagen würde. Er sagte nichts. Er betrachtete finster die weinende Frau.

Irene fragte: »Daniel, was kostet so ein Tier aus Holland?«

»Viertausend, schätze ich«, sagte Druskat mürrisch.

»Viel Geld.«

»Es geht nicht nur um das Geld.«

»Ich weiß schon«, sagte Irene. Sie nahm plötzlich ihre Handtasche vom Tisch, öffnete sie nach kurzem Zögern und suchte ein paar Geldscheine heraus, sie zählte sie auf den Tisch, sie sagte: »Das war für den Kühlschrank gespart. Mehr haben wir nicht.«

Druskat mußte den Kopf schütteln über seine Frau, dann, nach einer Weile erst, die Frau blickte ihm unverwandt ins Gesicht, senkte er die Lider wie im Einverständnis, schließlich trat er zum Tisch, er schlug die flache Hand auf das Geld. »Das ist unser Anteil an der Fresserei. Den Rest zahlt ihr. Morgen früh, sieben Uhr, im Genossenschaftsbüro. Ist es recht so, Frau Mahlke?«

Die Melkersfrau nickte stumm und trat in den Kreis der anderen zurück.

»Aber das ist doch ...« Frau Hinzpeters Mund klaffte weit in sprachloser Empörung, bis sie endlich ihrem Mann zurufen konnte: »So rechne doch mal!«

»Etwa fünfhundert Mark für jede Familie«, meinte Hinzpeter achselzuckend.

Ziesenitz aber sagte: »Der teuerste Braten, von dem ich je gekostet habe«, und zeigte, indem er sich gegen die Stirn tippte, seiner herrschsüchtigen Frau einen Vogel, »und du, natürlich, hast ihn angerichtet.« Das war nicht ritterlich gehandelt, gewiß, und unschön war die Geste auch, aber sie bedeutete Auflehnung im Falle Ziesenitz, seine Gäste beobachteten es mit Erstaunen. So kündigen sich Veränderungsprozesse manchmal in ganz nebensächlichen Erscheinungen an.

»Wir müssen nach Hause.« Druskat legte den Arm um seine Frau, hatte Irene schon bis zur Tür geführt, als Frau Ziesenitz rief: »Einen Augenblick! Für alles muß man bezahlen, Herr Vorsitzender, für alles!«

Druskat wendete sich überrascht zur Ziesenitzen um, die Alte lächelte hämisch und deutete mit dem Daumen hinter sich auf die Schnapsflaschen, man war in der Aufregung nicht dazu gekommen, sie zu leeren. »Vierunddreißigachtzig«, sagte Frau Ziesenitz, »und da wäre auch noch das zerschlagene Porzellan.« Druskat klopfte verlegen seine Taschen ab, das Geld war ausgegeben, er hob die Schultern, er fragte: »Bei wem habe ich Kredit?«

Kettner war es, der schließlich Frau Ziesenitz ein paar Geldscheine in die Schürze warf.

6

Kettner saß hinter Druskats Schreibtisch im Genossenschaftsbüro von Altenstein. Er dachte, das ist nun auch schon wieder elf Jahre her.

»Ja, zuerst verblüffte er uns, und daß er uns schließlich gewann, war auch Irenes Verdienst.«

Kettner erzählte: »Ich mochte sie, Druskats Frau, ich war ihr Kutscher auf den letzten beiden Fahrten, sie ist gerne mit uns ins Luch gefahren.

Wir hatten zwölf Kühe mehr satt zu machen, die dreizehnte wurde tatsächlich später nachgekauft, aber wir hatten zu wenig Futter. Druskat predigte, wir müßten die Reserven nutzen, ihr kennt ja alle die Parole, wir müßten zum Heuen ins Luch, auf ein paar Inselchen wuchs dürftiges Gras, die Männer brachten hundert Einwände vor, der Nutzen lohne den Aufwand nicht und so weiter. Wer wollte noch mit der Sense mähen, wer konnte es noch? Zum Heuen ins Luch? Die Frauen verwahrten sich heftig, die Mücken, die Sonne und solche Sachen. Wir waren Genossenschaftsbauern, nun sollten wir wie unsere Eltern und Großeltern arbeiten, mit der Hand, denn jede Maschine wäre uns im Moor versackt. Es gefiel uns nicht. Aber Druskat ließ nicht nach, wir dürften die Herde nicht hungern lassen.

Da kramten die Frauen schließlich mürrisch die alten Leinenklamotten aus den Truhen hervor, die weißen Hauben, und wir Männer hockten uns am Abend auf die Haustritte und dengelten die Sensen. Wir fuhren aus barer Not zum Heuen ins Luch, mit Widerwillen, aber komisch, mit einemmal machte uns die Arbeit Spaß, wir gingen, einer hinter dem anderen, wir hatten den gleichen Schritt und den gleichen Schwung, wenn wir die Sensen durch die nassen Halme rauschen ließen. Es hörte sich gut an, und sie rochen gut, sie dufteten, die frisch geschnittenen Gräser, die scharfen Kräuter, man kriegte Lust auf die Liebe. Und die Frauen jammerten nicht lange, denen macht es ja immer Spaß, wenn viele von ihnen auf einem Haufen sind, sie lachten und kreischten sogar ab und an, wer weiß, was sie sich zu erzählen hatten, und es sah hübsch aus, beinahe, als tanzten sie einen alten Reihentanz, wie sie, halb hintereinander, halb nebeneinander gingen und im gleichen Takt ihre Rechen schwangen und ihre weiten Röcke schwenkten.

Es war am letzten Tag. Einer sagte plötzlich, das Wasser drücke vom See in die Wiesen, wir müßten uns eilen. Es kam Wind auf, wie das manchmal vor einem Gewitter ist, ich erinnere mich genau, die Frauen hielten lachend ihre Hauben fest, sie rannten juchzend zum Damm hinauf, dort blieben sie stehen, sie vermißten Druskats Frau, sie riefen: ›Irene, beeil dich, Irene!‹

Druskat gabelte mir die letzte Fuhre auf, ich panste sie hoch, da hörten wir die Weiber schreien, da sahen wir seine Frau, wie sie ganz verloren unter einer Weide saß. Er hat mir später erzählt, was sich zugetragen hatte. Er lief über die Wiese, bis er vor Irene stand, er hielt ihr die Hände hin, er sagte: ›Na hopp!‹ oder so. Er lachte ihr ins Gesicht, aber sie hat geflüstert: ›Wie schade. Ich kann nicht aufstehen, Daniel.‹ Ich hab gesehen, wie er sie aufhob und wie er sie auf seinen Armen über die Wiese trug, die Frauen lachten darüber, ich grinste auch, aber dann sah ich Druskats Gesicht, er sagte: ›Hilf mir!‹ Ich hab ihm die Leiter angestellt, er stieg, Sprosse für Sprosse, zur Fuhre hinauf. Und nun hüh und hott! Ich führte den schwankenden Wagen den Weg hinan, an den Frauen vorbei, sie lachten immer noch, sie winkten den beiden, sie sangen was von der Liebe und zogen neben der Fuhre her.

Ich hockte in der Schoßkelle. Über mir lagen sie, Druskat

und seine Frau, weich wie in einem Bett, es ist schön, so hoch auf dem Fuder zu fahren, man hat nur das Gezweig der Bäume über sich, die Wolken, den Himmel.

Ich hörte ihn fragen: ›Schmerzen?‹

Nein, jetzt spüre sie nichts mehr. Sogar im Heu hätte sie noch einmal mit ihm gelegen, das wären ein paar schöne Monate in Altenstein gewesen, so hat sie gesagt.

Und er darauf, es würden noch schönere kommen.

Und sie, nun brauche man sich nichts mehr vorzumachen, lange genug hätten sie es getan. Es könnte sein, daß sie fort müsse.

Ich begriff damals nicht. Ich konnte nicht alles verstehen, ich wollte auch nicht, ich wußte nur, daß sich die beiden Wichtiges zu sagen hatten.

Ich hab Irene ins Dorf gefahren und wenig später dann, auf demselben Leiterwagen, vom Dorf zum Kirchhof hinaus.

Hinter dem Leiterwagen mit Irenes Sarg ist Druskat gegangen, er hielt seine kleine Tochter bei der Hand, und hinter diesen beiden, das ließen sie sich nicht nehmen, sind alle Frauen und alle Männer aus Altenstein gegangen, und dahinter erst gingen die anderen, die aus Horbeck gekommen waren oder von sonst woher ...«

An dieser Stelle unterbrach Kettner seine Erzählung. Er sah Gomolla an und dann Stephan. »Warum erzähl ich das? Ihr seid doch beide auf Irenes Beerdigung gewesen.«

Dann sah er hinüber zu Rosemarie: »Sie waren damals nicht dabei, Frau Doktor.«

Rosemarie antwortete nicht.

Kettner sagte: »Jetzt weiß ich, warum ich von der Beerdigung erzählt habe. Es war etwa fünf Monate nach dem Fest im Fährhaus, als wir mit Irenes Sarg zum Kirchhof zogen. Damals hatte Druskat die Altensteiner schon hinter sich, alle, na, ihr habt es doch selber gesehen. Ja«, sagte Kettner, »anfangs kam er uns manchmal merkwürdig vor, wie er gelebt hat, mit seiner Tochter, ganz allein. Merkwürdig war es, wie fanatisch er dem Luch zu Leibe rückte, als er begreifen mußte, die Heumacherei, das war keine Lösung. Wir haben ihn manchmal verflucht! Mensch, was hat der nicht alles von uns verlangt. Aber der hat nichts verlangt, was er sich nicht selber zugemutet hätte. Das hat sich schließlich ausgezahlt. Wir sind raus aus dem Dreck.«

»Mein Gott«, sagte Groth, er stand bei der Tür, die Klinke in der Hand. »Du redest und redest.« Kettner hatte nicht bemerkt, daß der Mann ins Zimmer getreten war, niemand hatte darauf geachtet.

»Also, was ist?« fragte Groth. »Wird im Polder gepflügt oder nicht?«

Kettner sagte: »Wir arbeiten weiter.«

Dann gingen sie auseinander, alle, die sich im Genossenschaftsbüro von Altenstein versammelt hatten. Die Bauern gingen nach einem flüchtigen Gruß ins Luch, sie wollten sehen, wie der große Pflug das Unterste zuoberst kehrte.

Gomolla und Stephan gingen in tiefer Nachdenklichkeit, sie kamen sich überflüssig vor in Altenstein, und sie waren es auch in diesem Augenblick.

Und Rosemarie ging, draußen vor dem Büro traf sie noch einmal auf Gomolla und Stephan.

Stephan sagte: »Da kommen welche, hilfsbereit, drängeln sich förmlich auf. Stellt sich heraus, man braucht sie nicht, Mensch, ist das peinlich.« Er zog die Krempe seines Hutes tiefer ins Gesicht, weil ihn die Sonne blendete.

Gomolla sagte: »Er ist kein schlechter Leiter gewesen, der Druskat.« Dann wies er auf den schwarzen Wolga, er fragte: »Dürfen wir dich einladen, Rosemarie?«

»Wohin fahrt ihr?«

»Zu Druskat.«

Rosemarie sagte: »Erzählt ihm, daß ich warte, bei ihm zu Hause. Ich werde warten, bis er kommt.« Sie bestieg den kleinen weißen Trabant. Was sie im Genossenschaftsbüro von Altenstein erfahren hatte, das hätte sie freuen müssen. Wie kam es, daß sie weinte?

7

Wenig später parkte Rosemarie vor Druskats Haus, verriegelte und verschloß ihr Automobil gewissenhaft – Druskat hatte sich oft darüber lustig gemacht, in Altenstein gäbe es keine Automarder –, dann ging sie mit gesenktem Kopf, Hände in den Jackentaschen, durch den Garten. Sie nahm es nicht wahr, wie verschwenderisch in diesem Sommer die Rosen blühten. Schließlich trat sie ins Haus und rief nach Anja. Das Mädel erschien im Flur. Rosemarie hing ihre Jacke an einen Garderobenhaken, nun stand sie vorm Spiegel, betrachtete ihr Gesicht, Lidstrich verschmiert, sie wischte, Brauen gehoben, mit der Kuppe des Zeigefingers die Tusche unter dem Auge fort, sah das Mädel hinter sich, nickte, lächelte halb zur Begrüßung und zupfte an ihrem Haar herum, daß es sich gefälliger lege. Sie sagte: »Gomolla ist in die Stadt gefahren, er will deinen Vater besuchen, ausgerechnet in Gesellschaft dieses aufgeblasenen Menschen. Es war widerwärtig, wie Stephan Selbstsicherheit zur Schau gestellt hat im Büro.« Sie lachte spöttisch. »Dem habe ich aber die Meinung gesagt.«

»Du, Rosemarie ...« Anjas Stimme klang warnend.

Die junge Frau drehte sich um, sie sah Hilde Stephan vor der Küchentür stehen.

Mit vierzehn Jahren war Rosemarie auf Stephans Hof gekommen, sie hatte der Bäuerin im Haus und im Stall geholfen, später auch bei schwerer Feldarbeit. Sie war anstellig gewesen und den Bauersleuten bald unentbehrlich geworden, wurde aber trotzdem mit achtzehn Jahren vom Hof geschickt. Frau Hilde erklärte im Konsum, sie habe Druskats kranker Frau einen Dienst erweisen wollen, indem sie ihr die Hilfe überließ. Es wurde aber gemunkelt, das Mädel sei der Hausfrau zu hübsch geworden. Der Bauer war der kräftigste Mann im Dorf, und es hieß in Horbeck, er hätte einen locker sitzenden Pinsel – wahrscheinlich Gerede. Stephan, als er davon hörte, fühlte sich nicht im mindesten gekränkt. Die Frau übrigens brauchte sich nichts vorzuwerfen, sie war immer freundlich zu Rosemarie gewesen, bezahlte und beurlaubte das Mädel nach dem Tarif und beschenkte sie darüber hinaus zu Weihnachten und zum Geburtstag mit Bettwäsche und ähnlich nützlichen Sachen, denn zu dieser Zeit mußte das Personal schon tüchtig umworben werden.

Hilde und Rosemarie hatten sich viele Jahre lang nicht gesehen, aber sich in letzter Zeit ein paarmal getroffen und miteinander gesprochen. Hilde konnte fast ohne Neid den erstaunlichen Aufstieg der jungen Frau anerkennen – so eine erreicht, was sie sich vorgenommen hat –, sie wußte, das Mädel war Druskats Geliebte, zuckte aber nur die Achseln, wenn darauf die Rede kam. Was hätte sie sagen wollen, womöglich wäre jemand auf den Gedanken gekommen, sie mißbillige das Verhältnis, was sie in Wahrheit auch tat. Nun standen sie sich wieder einmal gegenüber, Doktor Rosemarie Sacher und ihre Dienstherrin von einst.

»Ach, Hilde!« Rosemarie gelang es nicht, ihre Überraschung zu verbergen, und wahrhaftig, nun sagte sie etwas Albernes, sie fragte: »Du hier?«, ärgerte sich im selben Augenblick und errötete.

Stephans Frau hatte es wohl ein wenig darauf abgesehen, der anderen, Jüngeren, zu demonstrieren, daß sie, Hilde, die Mütterliche, nach Altenstein zu Hilfe geeilt sei, denn sie legte liebevoll den Arm um Anjas Schulter, und Anja, Frau Stephan konnte es nicht sehen, senkte in gespielter Ergebenheit ihre Lider und schob mißmutig die Unterlippe nach vorn.

Hilde sagte: »Ich will mich um Anja kümmern, um das Haus, einer muß es ja tun. Guten Tag, Rosemarie.« Nun reichte man einander freundlich die Hand, und Hilde, als sei sie die Herrin des Hauses, wies auf einen Küchenstuhl. »Bitte, so setz dich doch.« Rosemarie dachte: Sie lädt mich ein, seine ehemalige Liebe. Wohin? In die Küche natürlich. Ich bin hier so gut wie zu Hause und sollte sie ins Wohnzimmer bitten, um ihr dort einen bequemen Sessel zurechtzurücken, aber das würde die Situation noch lächerlicher machen, als sie ohnehin schon ist. Sie seufzte und zog sich einen Küchenhocker heran, sie setzte sich und sagte: »Hör mal, Hilde, was ich da eben über Max gesagt habe ...« Rosemarie wollte Stephans Frau erklären, was sie von Druskat über die Gegnerschaft der Männer wußte und warum sie selbstverständlich Daniels Partei ergriff.

Aber Hilde ließ sie nicht aussprechen, sie konnte es Max nicht verzeihen, daß er ein Geheimnis vor ihr gehütet hatte. Sie dachte in ihrer Erbitterung: Mein Gott, was bin ich gewesen für Max all diese Jahre über, ein Puttchen, dem man die Sorge fürs Haus anvertraut, für das Kind und die Katze, ein Dutzend Hühner, mehr aber nicht. Und in welche Lage hat er mich gegenüber Daniel gebracht, ich habe es nie vergessen, wie er mich anstarrte, wie er sagte: »Daß du es mir antun konntest, Hilde«, damals, vor vielen Jahren, als ich in diesem schrecklichen Trauerzug mitlief. Sie wußte auch, seit sie Rosemarie gegenüberstand, wie sinnlos ihre Flucht in Druskats Haus gewesen war. Sie litt, aber ihre Erziehung ließ es nicht zu, ihr Begriff von Würde erlaubte es nicht, ihren Kummer preiszugeben. Rosemarie hatte abfällig über Max gesprochen, das genügte, um Hildes Frauenstolz herauszufordern, sie sagte hochmütig: »Er ist mein Mann!«

»Ja«, sagte Rosemarie, »und du bist es gewohnt, dich unterzuordnen.«

»Ach, hör doch auf!« Hilde widersprach heftig, dann sah sie die andere lange an. Was wußte die junge Person von der Ehe? Erfolgreiche Frauen wie Rosemarie – die hatte ja sogar ihren Doktor gemacht – waren bereit, ihrem beruflichen Ehrgeiz vieles unterzuordnen, sie konnten ohne weiteres auf Mutterschaft verzichten, manche sogar auf Fraulichkeit, und begriffen nicht, was ihnen fehlte am vollen Glück, dennoch – Hilde ärgerte sich heute nicht zum erstenmal darüber – hatten sie die Stirn, sich für vollkommener zu halten, geringschätzig herabzublicken auf Hilde und ihresgleichen, denen Mütterlichkeit und Frau sein viel bedeutete, und die es deshalb in Kauf nehmen mußten, daß ihnen dies und das fehlte.

Hilde war heftig gewesen, nun lächelte sie gutmütig, sie konnte immer noch sehr hübsch sein, wenn sie lächelte, sie sagte: »Du redest wie der Blinde von der Farbe. Wo einer zu kräftig ist, muß der andere vielleicht schwächer sein. Jedes Paar ist anders. Weißt du, für alles kann man Regeln aufstellen, aber wie zwei verheiratete Leute miteinander leben müssen, dafür gibt es keine Norm.«

Rosemarie sagte nach einer Weile: »Entschuldigung.« Sie zündete sich eine Zigarette an. Hilde suchte nach einem Aschenbecher, bediente dann ihren Gast mit einer Tasse Kaffee, sie setzte sich Rosemarie gegenüber, es schien, als hätten beide Frauen vergessen, weshalb sie nach Altenstein gekommen waren, nämlich Anjas wegen und Druskats wegen.

Anja betrachtete die beiden Vizemütter mit wachsendem Unwillen.

Hilde hatte niemandem etwas preisgeben wollen von ihrem Kummer, Rosemarie schon gar nicht, aber sie war selten konsequent, und das Herz war ihr übervoll – mit irgend jemandem mußte sie doch reden, sie sagte: »Weißt du, es war niemals langweilig mit Max, jeden Tag hab ich was Neues erlebt, es ist nicht immer was Gutes gewesen, sicher hat dir Daniel manches erzählt. Ich habe Max immer wieder verzeihen können, ich bin fast zwanzig Jahre mit ihm zusammen, zwanzig Jahre, Rosemarie, aber was ich heute erfahren hab ...« Sie rückte ganz nahe an Rosemarie heran, sie fragte leise: »Weißt du es nicht?«

Rosemarie hob die Schultern.

Hilde stand vom Stuhl auf, sie ging in der Küche auf und ab, schließlich blieb sie stehen, sie lehnte sich gegen den Küchenschrank. »Mein Vater hatte Daniel in der Hand, und er hat ihn erpreßt. Max wußte davon, bald wird es jedermann im Dorf wissen ...«

Hilde war seit elf Jahren Genossenschaftsbäuerin, sie hatte manche neue Gewohnheit angenommen, die sich aus dem Zusammenleben und Zusammenarbeiten mit vielen Menschen ergibt. Aber sie lebte von Kind auf in Horbeck, und den Familienstolz beispielsweise hatte sie bis heute nicht ablegen können, nun würden sich die Leute schlimme Geschichten über die Stephans zutragen. Hilde wagte nicht, daran zu denken, sie war mit einemmal hilflos, sie sagte: »Ich trau mich gar nicht ins Dorf zurück«, und wendete sich nun zu Anja um. »Du mußt mich wenigstens für die Nacht bei dir lassen, Anja.«

Anja sah Rosemarie an, sie sah Hilde an, dann schleuderte sie mit herrischer Kopfbewegung das lange schwarze Haar über die Schulter zurück und antwortete frech: »Meinetwegen! Macht doch, was ihr wollt. Aber sagt bloß nicht, ihr tut es meinetwegen.«

»Hör mal«, sagte Rosemarie verweisend, »jetzt vergreifst du dich aber im Ton!«

Anja war stundenlang herumgefahren und herumgelaufen, von Dorf zu Dorf, von einem zum anderen, aus Angst um den Vater. Und sie hatte eine merkwürdige Entdeckung gemacht, jeder nämlich, den sie nach ihrem Vater befragte, war plötzlich mit der eigenen Person beschäftigt, sinnierte über dies und das, über Nebensächliches, wie Anja meinte. Auch diese beiden Frauen verhielten sich nicht anders, an ihrem Gespräch war für Anja nur interessant, was Hilde über Krüger gesagt hatte, der wußte was von ihrem Vater, sogar von Erpressung war die Rede gewesen. Anja würde der Sache auf den Grund gehen, sie wollte sich nicht mehr mit Andeutungen abspeisen lassen, sie rief: »Keiner sagt mir, was er weiß. Ihr auch nicht. Ich kann mir denken, warum. Ihr alle müßt euch schämen!«

»Anja!« Rosemarie war aufgesprungen.

»Laßt mich in Ruhe!« Die Küche war eng, Anja mußte sich zwischen den beiden Frauen hindurchzwängen, ehe sie zum Ausgang gelangte. Sie warf die Tür hinter sich zu.

Als sie aus dem Haus trat, zornrot und hastig, ohne Anmut in ihren Bewegungen, sah sie, daß Jürgen ihr Fahrrad in den Schuppen schieben wollte. Anja rief: »Laß es!«

Sie lief auf den Jungen zu und nahm ihm das Rad ab, sie

vergaß danke schön zu sagen. Jürgen wartete auf ein Wort, es war schließlich eine Leistung und der Anerkennung wert, auf einem Rad fahrend, das andere neben sich zu führen, hügelauf, hügelab, über dreißig Kilometer hinweg – sie hatte nicht einmal ein Lächeln für den Jungen. Sie blickte mißtrauisch auf die Fenster des Hauses, womöglich würde sich eine dieser beiden Tanten hinauslehnen, um nach ihr zu rufen, das fehlte noch. Sie winkte Jürgen hinter die Hecke und fragte: »Willst du mir wirklich helfen?«

»Wie oft soll ich es sagen?«

»Komm!«

Unterwegs, sie waren schon ein Weilchen geradelt, erzählte Anja, der alte Krüger kenne das Geheimnis ihres Vaters, Jürgens Mutter habe sich im Gespräch mit Rosemarie verraten. Der Junge müsse seinen Großvater zum Reden bringen, sie schielte seitwärts im Fahren, prüfte das Gesicht des Jungen, wie würde er's aufnehmen? Der Junge blickte stur geradeaus.

Anja hielt an. Jürgen stoppte auch, er stand neben ihr, breitbeinig, Füße in den Kies gestemmt, mit den Händen umklammerte er den Lenker, schließlich blinzelte er das Mädchen an. Anja sagte: »Wenn du mir helfen willst, mußt du dich mit deinen Leuten anlegen. Ist das klar?«

Der Junge nickte.

»Weiter!«

Die Tore zu Stephans Gehöft waren geöffnet. Der weitläufige, gepflasterte Hof wurde an seinem Ende begrenzt vom Wohnhaus, es war einstöckig, aber von behäbiger Breite und sah beinahe aus wie ein Herrensitz, kugelig gestutzte Lindenbäume standen, je zwei und zwei, zu Seiten der Eingangstreppe, das hohe Ziegeldach leuchtete, und die weißgerahmten Fenster blitzten in der Nachmittagssonne. Zwar waren längst moderne, komfortable Wohnblocks in Horbeck erbaut worden, aber das schönste Haus im Dorf, die Leute sagten es oft anerkennend, besaßen die Stephans.

Jürgen und Anja lehnten ihre Räder gegen die Mauer,

dann betraten sie, zuerst ein wenig zögernd, den Hof. Der alte Krüger fegte das Kopfsteinpflaster mit einem Reisigbesen. Seit langem stand kein Vieh mehr in den Ställen, das Futter gebraucht hätte oder Streu, längst karrte man keinen Mist mehr über die Steine, kein Hälmchen lag herum, kein Blatt, dennoch fegte Krüger den Hof. Er unterbrach seine Arbeit nicht, er murrte, als die jungen Leute vor ihm standen. »Was will die schon wieder hier?«

»Die ist meine Freundin.«

Anja sagte: »Du weißt was von meinem Vater. Hilde hat es in Altenstein erzählt.«

Nun drehte Krüger, noch immer gebückt, den Kopf, er blickte das Mädchen an von unten herauf, seine geröteten Augenlider zuckten. »Wem?«

»Sie hat es Rosemarie erzählt«, sagte Anja, »Gomolla wird es auch schon erfahren haben.«

Krüger richtete sich stöhnend auf. »Die dumme Gans!« Er latschte ein paar Schritte auf die Stallungen zu, wollte sich dem Verhör entziehen. Jürgen trat ihm in den Weg, es schien, als habe der Junge Angst, seinen Großvater zu berühren, er hielt den Besen fest, beide umklammerten ihn jetzt, der Junge und der Alte.

Jürgen fragte: »Was ist damals passiert?«

Krüger sagte »Jungchen, meinst du, irgendein Mensch hat was davon, wenn das ans Licht gezerrt wird? Er deutete mit dem Kopf gegen Anja. »Ihr tust du keinen Gefallen damit.«

»Wir wollen es trotzdem wissen.«

Anja nickte.

Krüger ließ den Reisigbesen in Jürgens Händen, er schlurfte auf den Haustritt zu, dort stieg er aus den Holzpantinen, schlüpfte in Hauslatschen. Er ließ sich schwerfällig auf den Treppenstufen vor der doppelflügligen Haustür nieder, schmiedeeisernes Gerank schützte ihre Verglasung, er saß wie auf einem Thron, flankiert von den akkurat gestutzten Kugelbäumchen. Krüger erzählte:

»Es war im April, glaub ich, vor fünfundzwanzig Jahren, hinter dem Giebel des Hauses stiegen Leuchtkugeln auf und sanken wieder, grünliches Licht in der Nacht, ich stand hier auf dem Tritt und vernagelte die Haustür, die Russen sollten kommen, vom Kirchturm wurde Sturm geläutet. Jeder im Dorf wollte die Haut retten, wenigstens ein bißchen von der Habe, wilde Flucht, bloß nicht den Russen in die Hände fallen, Geschrei auf der Dorfstraße, Pferdegetrappel, das Knarren der Wagen, wilde Flüche, und über allem die Glocke: Sturm!

Wir hatten die besten Sachen auf einen Leiterwagen getürmt, das Silber, das gute Geschirr, ein paar Federbetten, Hildes Aussteuer – alles ist in den Arsch gegangen, bei Schwerin blieben wir stecken, mußten wir alles stehenlassen, zu Fuß wieder nach Hause. Wir besaßen bloß noch, was wir in den Händen trugen, ja, es ist uns auch wie den Flüchtlingen aus dem Osten ergangen, aber den Hof, siehst du, den Hof haben wir doch wieder hochgebracht.

Ich stand also hier auf dem Tritt und habe die Haustür mit Brettern vernagelt – als ob das was genützt hätte, sie sind doch eingebrochen –, und ich hörte die Glocke. Deine Mutter, Jürgen, sie hockte schon auf der Fuhre, und dein Vater, der Max, damals war er so alt wie du, in dieser Nacht hat er uns beigestanden, er führte das Gespann schon auf die Straße. Ich warf den Hammer fort und wollte gerade das Hoftor verrammeln, da standen mit einemmal, nachts, mußt du dir vorstellen, im grünlichen Licht der Leuchtkugeln zwei SS-Offiziere vor mir, einer spielte mit der Pistole herum. ›Mitkommen!‹

Hilde kreischte, sie hatte schon als junges Mädchen schwache Nerven. Max hielt die Fuhre an, ich hatte Angst um unsere Sachen – sollten wir als letzte aus dem Dorf kommen? –, ich schrie: ›Hau ab, Mensch, Richtung Westen, immer den anderen hinterher, Richtung Schwerin. Ich komme mit dem Fahrrad nach!‹

Was wollten die Offiziere von mir? Mit Fahnenflucht konnte mir keiner von denen kommen, ich war zivil, außerdem hatten sie Sturm läuten lassen. ›Was ist, meine Herren?‹

Sie sagten nichts, sie nahmen mich in die Mitte, sie führten mich ab, Dorfstraße hinunter Richtung Kirche.

Seinerzeit wurde streng auf Verdunkelung gehalten, nicht der kleinste Lichtschimmer durfte nach außen dringen wegen der Flieger, aber die bunten Kirchenfenster, ich sah es schon von weitem, waren erleuchtet. Die Glocke wimmerte nur noch ein bißchen, aber die Orgel dröhnte in der Nacht, es hörte sich schrecklich an: Deutschland über alles. Vor der Kirche waren ein paar Wehrmachtsautos aufgefahren, und vor dem Portal stand die Frau Gräfin, Pelzmantel über einem langen Kleid, als wolle sie zu Balle, Seidenschal um das Haar gewunden, rechts und links von ihr wachte je ein Offizier, sie rief: ›Endlich!‹

Meine Begleiter stießen mich die Stufen hinauf, ich stolperte der Dame entgegen und sagte, was man damals sagen mußte: ›Zu Diensten, Frau Gräfin.‹ Und nun sagte sie mit einer Jammerstimme, der geflüchtete Pole – es wurde damals seit Tagen einer gesucht, ein gewisser Wladek, er war aus dem Lager geflohen –, der geflüchtete Pole sei gefangen worden von dem jungen Druskat, von deinem Vater, Anja, von ihm! – habe sich aber der Festnahme durch die Herren Offiziere widersetzt mit einer Waffe. ›Nicht wahr?‹ fragte die Gräfin, und die Herren nickten Bestätigung, er habe also erschossen werden müssen, leider, es sei nicht zu vermeiden gewesen, im Gotteshaus. Und nun kriegte sie eine keifige Stimme, ihr Vater war General, glaube ich – sie, die Gräfin auf Horbeck, verlange, daß die Angelegenheit ihre Ordnung habe, sie lege Wert darauf – hört zu! –, daß ich mit meinem Namenszug bestätige, die Erschießung sei rechtens gewesen, manche sagen, die habe schon damals mit den Amerikanern gekungelt, die wollte sich heraushalten. Mir zitterten die Knie, die Russen standen vor dem Dorf, und ich sollte ein Todesurteil unterschreiben, das schon vollstreckt worden war.

›Frau Gräfin, ich habe nichts mit der Sache zu schaffen!‹ Ich verwahrte mich. Aber die gnädige Frau sagte, als Ortsbauernführer von Horbeck wäre ich für alles verantwortlich, was im Dorf geschähe. Sie hob das Kleid hoch, weil sie sonst darüber gestolpert wäre – ›Meine Herren, ich kann mich auf Sie verlassen!‹ –, und schon war sie an mir vorüber die Treppe hinuntergestiegen. Mit einem Kübelwagen fuhr sie die Dorfstraße hinauf, verschwand hinter der Straßenbiegung, ich habe sie niemals wiedergesehen.

Nun stießen mich meine Wächter in die Kirche. Es war unheimlich, was ich sah: Vor dem Altar drängte sich lachend ein ganzer Trupp von diesen Herren mit dem glitzernden Litzenschmuck und den schwarzen Kragenspiegeln auf den Uniformen. Die Altarkerzen brannten flackernd unter dem großen Kruzifix, unser Herr Jesus Christ wird sich gewundert haben: Eine Ordonnanz kippte Schnaps in den Abendmahlskelch, er reichte ihn herum, sie soffen daraus, und die Orgel dröhnte immer noch: Deutschland über alles …

Vor dem Kirchengestühl lag der tote Pole in seinem Blut und der junge Druskat – der Kopf war ihm auf die Brust gesunken, ich habe es gesehen! –, Druskat wurde von zwei Männern unter den Achseln gehalten, als könne er nicht mehr auf seinen Beinen stehen, und einer der Herren, von den Obersten einer, schrieb etwas auf dem Altar, und dann schrie er: ›Wie heißt der Knabe?‹ Der Junge sagte: ›Daniel Druskat.‹ Die anderen lachten, dies sei ein Pollackenname, sei es drum, die Ordonnanz schleppte eine stählerne Kassette herbei, öffnete, holte einen Orden heraus, er baumelte am schwarzweißroten Band. Und dann – ich hab es gesehen – geleiteten sie Druskat feierlich die Stufen zum Altar empor. Der Oberste hielt ihm den Abendmahlskelch an die Lippen, ich weiß nicht, ob der Junge fromm war, er weinte, es half ihm nichts, er mußte saufen, und einer, als solle der Bengel gesegnet werden, machte mit drei Fingern das Zeichen über seinem Kopf und rief – ich hab es Wort für Wort behalten und könnte es notfalls beschwören: Alle Sünden seien ihm vergeben, denn er habe sich in einer Stunde höchster Gefahr für das Vaterland als deutscher Mann erwiesen, den Polen ausgeliefert, dafür werde ihm das Eiserne Kreuz verliehen. Sie hingen ihm den Orden an den Hals.

Über all dem Rummel hatten die Herren ganz und gar vergessen, daß ich ein Urteil unterzeichnen sollte. Ich danke heute noch meinem Schöpfer auf Knien dafür! Stell dir vor, Jungchen, später hätte man mir einen Strick daraus drehen können.

Auf einmal ein Schrei: Die Russen kommen! Vor der Kirche heulten die Motoren der Fahrzeuge auf, der gestiefelte Orgelspieler polterte die hölzerne Stiege herab, irgend jemand schoß mit der Maschinenpistole in die Luft, die Herren drängten an mir vorbei. Plötzlich packte mich der Adjutant am Rock. ›Wer ist denn dieser Vogel?‹ – ›Ich bin Krüger‹, sagte ich, ›der Bürgermeister, der Ortsbauernführer.‹ Der Offizier drückte mir die Urkunde in die Hand, das Eiserne Kreuz war aufgedruckt, er sagte: ›Gib's dem Jungen‹, dann lachte er, ›oder wisch dir den Arsch damit!‹

Ich wollte Druskat nicht schaden, ich ließ ihn mit dem Toten allein, nein, er war nicht allein, Dobbin, der Gutsinspektor, ist bei ihm geblieben. Sie haben mich beide nicht gesehen, ich drückte mich zur Tür hinaus. So ist das gewesen, kein Wort ist gelogen.«

Krüger hockte auf den Eingangsstufen zum Hause, die Sonne brannte ihm gnadenlos ins Gesicht, es sah zerklüftet aus. Krüger schützte die Augen mit der Hand, er blickte durch die Finger hindurch auf Anja und Jürgen, dann sagte er: »Druskat war schuld, daß der Pole zu Tode kam, das steht Schwarz auf Weiß. Er mußte mir dankbar sein, daß ich nicht geredet habe.

Die Polen aus dem Lager hätten ihn totgeschlagen. Mit so einem hätte man fünfundvierzig kurzen Prozeß gemacht, oder er wäre auf Nimmerwiedersehen verschwunden.

Jahrelang hab ich es für mich behalten, bloß als er sich wie ein Kommissar aufspielen wollte, als er mir den Hof wegnehmen wollte, da mußte ich mich wehren, da hab ich gesagt:

Tritt ab oder ich sage: Ich hab es gesehen. Wer will mir das zum Vorwurf machen? Jungchen, da, schau das Haus an, das schöne Haus. Deinem Vater war das Wohnzimmer nicht geräumig genug, er hat eine Wand einreißen lassen, beim Abriß haben die Maurer eine gußeiserne Ofenplatte gefunden, mit Jahreszahl, siebzehnhundertfünfzig. Zweihundert Jahre alt, der Hof und das Haus, hier haben sie gewohnt und gearbeitet, hier sind sie geboren worden und gestorben seit Generationen, die Krügers. Du bist ihr Erbe, Jungchen, verstehst du mich ...?«

Der Alte wollte sich aufrappeln von den Stufen, das fiel ihm schwer, seit Jahrzehnten plagte ihn die Gicht. Er hielt Jürgen die abgearbeiteten, knotigen Greisenhände hin, damit ihm der Junge aufhelfe, aber Jürgen wandte sich ab, er nahm das Mädchen bei der Hand, und sie gingen vom Hof ohne ein Wort.

Krüger erhob sich mühsam, er schlurfte kraftlos zu den Wirtschaftsgebäuden hinüber, er öffnete eine Tür nach der anderen, er blickte, als suche er was, in die dämmrigen Ställe, sie waren leer. Der Alte schüttelte den Kopf, als nehme er das mit Verwunderung zum ersten Male wahr, dann latschte er über das Kopfsteinpflaster, blieb schließlich mitten auf dem Hof stehen, der verlassen und verwaist unter der Nachmittagssonne lag.

Dann bückte sich der alte Mann, er nahm ächzend den Reisigbesen auf und fegte wieder sorgfältig, Besenstrich für Besenstrich. Nicht ein einziges Hälmchen lag auf dem Hof herum, kein Blatt, Krüger tat aber, was er seit Jahrzehnten zu tun gewohnt war.

V

1

Druskat stand am Fenster im Zimmer des Staatsanwaltes. Er hatte stundenlang in diesem Zimmer gesessen, Rede und Antwort gestanden, über vieles nachgedacht, er wollte sich ablenken, er blickte über die Dächer hinweg auf Baugerüste, auf die hellen Betonwürfel in der Ferne, sie erhoben sich auf dem Hügel über der Stadt, ganze Stadtteile waren in den letzten Jahren emporgewachsen, auch der Stadtkern veränderte sich von Woche zu Woche, war eine einzige Baustelle, wie man so sagt. Druskat liebte die Stadt, die von manchen ihrer reizlosen Umgebung wegen geschmäht wurde, er fand, daß sie Charakter und Eigenart bewahrt habe in ihrer Gegensätzlichkeit: mittelalterliche Tore, Mauerring mit Zinnen und Zacken, Wohnsilos nicht weit davon entfernt, und neben dem Glockenturm der gotischen Kirchenruine, man wollte sie wohl zur Konzerthalle umbauen, erhob sich der bescheidene Wolkenkratzer des Kulturpalastes. Die Tür wurde geöffnet. Druskat wandte sich um, er hatte Gomolla erwartet, aber es war nicht der Alte, der jetzt ins Zimmer trat. Man brachte ihm Kaffee, um den er gebeten hatte, die Sekretärin des Staatsanwaltes stellte das Gedeck auf dem Tisch nieder. »Bitte schön.«

Druskat bedankte sich, er würde noch warten müssen, warten – wie lange?

Der Staatsanwalt hatte gesagt: »Überleg dir, was du noch zu beichten hast!«

Ich habe nichts mehr zu beichten. Stundenlang habe ich den Genossen antworten müssen, nichts verschwiegen, sie wissen, wie Wladek und der Inspektor zu Tode kamen, aber sie wollten noch mehr von mir wissen, wie manche Wende in meinem Leben mit der alten Mordgeschichte zusammenhänge. Ich hab nicht alles erzählt.

Wen gehen meine Frauengeschichten etwas an? Niemanden! Gomolla nicht, und die Justiz schon gar nicht. Was haben Nächte, die ich mit einer Frau verbrachte, mit jener Nacht auf Schloß Horbeck zu tun? Nicht das geringste, und niemandem werde ich davon erzählen. Aber ich weiß, daß jede Frau, die ich geliebt habe, auf die eine oder andere Weise von der alten Geschichte betroffen war, Hilde und Irene und Rosemarie.

2

Ach, Rosemarie.

Es gibt ein Lied von diesem Wald- und Wiesendichter, man hält heute nicht viel von ihm und tut gewiß recht daran, aber eines seiner Lieder, sentimental und meinetwegen auch kitschig, hab ich bis heute nicht vergessen können, ich hörte es in einer Zeit, da gab es wenig neue Lieder, man sang noch die alten im Dorf – auch das von der Rosemarie.

Tatsächlich, sieben Jahre hatte ich nichts von ihr gehört, niemals einen Brief bekommen, so sehr ich auch wartete, sie mußte doch erfahren haben, daß Irene gestorben war. Sie war fortgegangen aus meinem Leben, ich dachte für immer, bis ich sie eines Tages wiedersah.

Das war siebenundsechzig, in Leipzig tagte der Bauernkongreß. Sieben Jahre nach den Vorfällen in Horbeck, die beinahe mein Leben zerstört hatten, sieben Jahre nach Max Stephans Versuch, mit einem Trauerzug die Zeitgeschichte aufzuhalten, trat ich in eine ungeheuer große Halle ein, sah Tausende von Delegierten, sie saßen schon auf ihren Plätzen, Abgesandte aller sozialistischen Länder in den vordersten Reihen. In diesen Tagen muß sich in der großen Politik was Besonderes getan haben, ich weiß nicht mehr, um was es eigentlich ging, die Zeit ist schnellebig, jedenfalls hatte sich aber der westdeutsche Regierungschef mit einer amerikanischen Militärmaschine nach Westberlin einfliegen lassen, Kraftmeierei, wir lachten darüber, die Demonstration verpuffte nämlich wirkungslos, unsere Regierung saß in aller Gelassenheit in Leipzig bei den Bauern herum, das halbe Politbüro außerdem, und als ich das Bild sah, die vielen Menschen aus den Dörfern und die Männer von der Politik im selben Saal, da hatte ich den Eindruck, daß wir kräftig seien und mächtig, und ich fühlte mich ein bißchen stolz, weil ich einer der mächtigen Leute war, die saßen Reihe für Reihe, Stuhl neben Stuhl …

Auf einmal, ich kann's kaum beschreiben, durchfuhr mich ein Gefühl wie von übermächtiger Freude, wie von tödlichem Schreck, viele Reihen vor mir sah ich Rosemarie. Sie hielt den Kopf schräg wie immer, wenn sie angestrengt lauschte, ich sah ihr Profil, ich wußte nicht mehr, wer dort vorne sprach, ich hörte nicht mehr, was er redete, ich starrte auf Rosemarie, ich spürte ein merkwürdiges feines Ziehen im Leib und wußte, daß ich nicht aufgehört hatte, sie zu lieben.

Endlich sagte einer die Pause an. Ich zwängte mich durch die Reihen, eilig, hastig, ruderte durch wogende Menschenmassen, ich suchte wie ein Verzweifelter nach Rosemarie, stand plötzlich vor ihr, atemlos, es kam mir vor, als erstürbe alles um mich her, jede Bewegung, jedes Geräusch, als erstarre ich selber. Ich konnte mich nicht bewegen, ich konnte die Hände nicht heben, und es war mir, als hinge von diesem einen Augenblick unserer Wiederbegegnung mein ganzes Leben ab. Mit unendlicher Anstrengung rang ich nach einem Wort und hörte mich heiser sagen: »Hallo, Rosemarie …«

Sie sah mich an, lange, sehr ernst. Mein Körper war immer noch wie von Stein, aber nun begann sie zu lächeln. Zuerst, ich sah das Fünkchen springen, lächelten die Augen, dann wölbten sich die Wangen ein wenig, ich sah, wie sich zwei Fältchen um die Mundwinkel rundeten, wie sie tiefer wurden und lustiger, bis sich der Mund schließlich öffnete, und ich konnte fühlen, wie mich ihr Lächeln wärmte, wie mein Herz klopfte, kann sein, ich errötete wie ein verklemmter Junge. Nun lachte Rosemarie. »Hallo, Daniel.« Sie trat auf mich zu, sie hob sich auf die Zehenspitzen, küßte mich auf die Wange wie einen guten Freund. Der Bann war gelöst, ich konnte die Arme heben, das Mädchen bei den Schultern fassen, am liebsten hätte ich es nicht wieder losgelassen. Aber nun hörte ich wieder hundertstimmigen Pausenlärm, ich sah uns von einem Menschenstrom umspült, man würde uns auseinanderreißen, schon mahnten ihre Freunde: »Komm weiter!«, schon rief man: »Druskat, zur Delegation!« Noch einen Augenblick hielt ich Rosemarie fest bei der Hand, konnte gerade noch fragen: »Heute abend, in der Bar?« und ihre Antwort hören: »Vielleicht.« Dann waren wir getrennt.

Er hatte ungeduldig gewartet, daß Abend würde, und lange warten müssen in der halberleuchteten Halle, hatte auf einem Polster gesessen, am Glase genippt, mit halbem Ohr auf die Gespräche der Kollegen gelauscht, einsilbig geantwortet, wenn man ihn fragte, niemanden verwunderte das, er galt als ein verschlossener Mensch. Endlich schritt Rosemarie durch die Halle, er sprang auf und ging ihr entgegen, sie gingen aufeinander zu, sie kamen sich langsam näher, sie sahen sich an, und sie lächelten. Er führte Rosemarie zu einem der üppigen Polster, fast versank sie darin. Er starrte sie an und konnte nicht sagen: Ich liebe dich immer noch. Alles andere schien ihm aber belanglos, er konnte nicht über dies und das mit ihr sprechen, war verlegen, Mann Ende Dreißig, sagte schließlich: »Wollen wir tanzen?« Sie nickte, folgte der Einladung ohne Eile, ihm wollte scheinen sogar mit gewisser Gleichgültigkeit, vielleicht hätte sie lieber mit ihm geredet. Gelassen schritt sie neben ihm zum Parkett, blieb dann stehen, hob auffordernd ein wenig die Arme, er faßte nach ihr, nun hielt er sie wieder im Arm, sie waren einander nahe, aber auch fremd. Er wollte mit ihr allein sein, wie oft sind sie früher allein gewesen, in den Kusseln am See, hundertmal hatte ein Blick genügt, daß sie ihm folgte, eine Berührung, daß sie sich neben ihm niederlegte. Inzwischen war Zeit vergangen, sie waren dieselben und andere geworden. Druskat empfand die Veränderung deutlich, er fühlte die Wange der Frau an seinem Gesicht, roch den vertrauten Duft ihres Haares, sah rötliches Licht, hörte das rhythmische Zischen des Schlagzeuges. Es kam ihm unglaublich vor, daß er Rosemarie in dieser pompösen Halle über spiegelnde Marmorfliesen führte.

Die anderen, seine Kollegen, nahmen es so selbstverständlich, wie es war, daß man Gäste aus aller Welt in andere Unterkünfte verwiesen hatte, um das Interhotel für die Zeit des Kongresses den Bauern zu überlassen. Die Bauern saßen mit gleicher Gelassenheit auf Barhockern oder schwellendem Plüsch, wie sie noch gestern auf blechernen Gesäßschalen der Traktoren oder auf Melkschemeln im Stall gesessen hatten. Er, Druskat, empfand die Einmaligkeit des Augenblicks: Er tanzte auf Marmorfliesen mit Rosemarie. Hatte er je mit ihr getanzt? Er hielt eine schöne Frau im Arm, er wollte mit ihr allein sein, und wußte mit einemmal nicht, wie das anstellen, kam sich geradezu täppisch vor, seine Stimme war rauh vor Erregung, als er schließlich sagte, was Gescheiteres fiel ihm nicht ein: »Es ist ziemlich rauchig hier, woll'n wir ein bißchen gehn?«

Sie ließ ihn augenblicklich los und kicherte wie ein kleines Mädchen in die vorgehaltene Hand. Dann nahm sie rasch seinen Arm. »Komm.«

Sie durchstreiften den winzigen Park vorm Opernhaus, standen am Ufer eines Ententümpels.

»Großstadtpfütze«, sagte er verächtlich. »Weißt du noch, unser See?«

»Ja, ich weiß.«

»Denkst du noch daran?« fragte er.

»Manchmal«, sagte sie, »manchmal schon, Daniel.«

Sie fanden eine Bank und ließen sich nieder.

Er fragte: »Weißt du eigentlich, daß du noch schöner geworden bist?«

»Ja«, sagte sie mit einem kleinen belustigten Lachen, »ja, das weiß ich.«

Er fragte: »Hast du erreicht, was du wolltest, in diesen sieben Jahren?«

Rosemarie zögerte mit der Antwort. Sie bat ihn um eine Zigarette, er hielt ihr die Schachtel hin, sie bediente sich, ließ sich Feuer geben, sie lehnte sich auf der Bank zurück und sagte schließlich: »Als ich fortging von dir, hab ich gar nicht gewußt, was ich wollte. Ich wollte nur fort – nicht mehr abhängig sein von irgendwas, von irgendwem.«

»Von einem Mann, der sich nicht entscheiden konnte, von einer Bettgeschichte – jeder wird es verstehen«, ergänzte er.

»Das ist wahr«, sagte sie leichthin, »heute braucht sich keine Frau mehr aus verzweifelter Liebe zugrunde zu richten.«

Was sollte er darauf entgegnen? Sie schwiegen beide, betrachteten den nächtlichen Himmel, die Sterne hatten es schwer, gegen die vielen bunten Großstadtlichter anzufunkeln.

Nach einer Weile sagte Rosemarie: »Als ich bei dir war, fühlte ich mich schuldig gegenüber Irene, und als ich fort war, habe ich mich wieder schuldig gefühlt, ich wußte, daß ich dich im Stich gelassen hatte – und konnte trotzdem nicht anders handeln. Du fragst, was ich erreichen wollte? Ich wollte meine bittere Liebesgeschichte verwinden, nur aus diesem einen Grund hab ich mich auf die nächste beste Arbeit gestürzt. Niemandem, nur mir selber, habe ich das eingestanden. Was viele für Ehrgeiz hielten, ist pure Verzweiflung gewesen, jedenfalls war das am Anfang so, erst später habe ich Spaß dran gefunden, und ich weiß nicht, warum ich es dir eingestehe, womöglich bildest du dir noch was drauf ein. Was wollte ich also erreichen? Ich wollte dich vergessen, Daniel!«

Was sie sagte, bewegte ihn. Hatte er nicht Ähnliches erlebt? Er wollte den Arm um sie legen, aber er scheute die Berührung, er fragte: »Ist es dir gelungen?«

»Ich hatte dich vergessen, Daniel.« Sie warf die Zigarette fort und erhob sich. Sie schlug ihren Mantelkragen hoch, denn es war kühl, sie vergrub die Hände in den Taschen des Mantels, sah hinauf in sein Gesicht.

»Und du«, fragte sie, »wie ist es dir ergangen?«

Er sagte: »Ich bin immer noch in Altenstein.« Dann bot er ihr den Arm, so wanderten sie weiter durch den kleinen Park, überquerten Straßen, gingen an erleuchteten Auslagen vorüber.

»Aber was machst du?« fragte er. »Was arbeitest du? Du hast es immer noch nicht verraten. Womöglich bist du sogar LPG-Vorsitzende, dir trau ich alles zu.«

»Im Augenblick«, sagte sie, »bin ich im siebenten Semester. Ich studiere an der Humboldt-Universität Landwirtschaftswissenschaft.«

Er sagte nur: »Aha.« Nichts weiter.

Sie fragte: »Es überrascht dich?«

»Nein, nein«, er hob abwehrend beide Hände, »überhaupt nicht.«

»So«, sagte sie, wie ihm schien ein wenig spitz, »ich dachte aber, es würde dich überraschen. Immerhin, von Druskats Küche in den Hörsaal, das ist doch 'ne Entwicklung, finde ich.«

»Keine ungewöhnliche«, meinte er mürrisch und blieb vor einem Schaufenster stehen. »Schau dir das an«, sagte er und deutete auf einige Puppen, die stellten Damen in unnatürlicher, verrenkter Pose vor und waren mit kostbaren Pelzen bekleidet. Druskat bückte sich halb. »Persianer, zehntausend«, buchstabierte er und sagte dann: »Wirst du dir mal leisten können, ein Doktor verdient doch 'ne Menge.« Er dachte, sie und du, das kann sich nicht wiederholen. Und was sollte sie bei uns in Altenstein. Wir werden noch ein wenig durch die Nacht bummeln und später sagen, war nett, daß wir uns wiedergesehen haben – leb wohl!

Sie sagte: »Für achttausend kriegte man einen Trabant, weißt du, ein kleines Auto hätte ich gern, könnte ich auch gut für die Arbeit gebrauchen.« Dann hakte sie sich wieder bei ihm ein, sie gingen weiter.

Er fragte: »War's schwer?«

»Was?«

»Alles«, sagte er. »Das Studieren.« Und meinte, das Vergessen, war's schwer?

Sie sagte: »Oft hab ich gedacht, ich kann's nicht, ich schaff's nicht, ich geb's auf, aber da waren noch ein paar wie ich, die nicht gleich von der Schule auf die Uni konnten, und immer welche, die mir geholfen haben. Ich war nicht allein, weißt du.«

»Freunde?« fragte er.

»Freunde«, sagte sie.

»Ein Freund?« wollte er wissen.

»Viele«, sagte sie. »Aber jetzt mußt du von dir erzählen. Was macht Anja?«

»Anja?« Er lachte leise, berichtete zuerst, wie alt sie sei, elf, und wie groß, er hob die Hand bis zu seiner Brust, und wie hübsch, er sah Rosemarie prüfend an, genau so hübsch wie sie, erzählte dann wahre Wunderdinge von seiner geliebten Tochter – und Hausfrau übrigens; nein, nein, er habe nicht wieder geheiratet – obwohl, er habe Chancen. Eine Zeitlang, damals ist Anja noch ein sehr kleines Mädchen gewesen, sei sie jeden Sonntagmorgen zu ihm ins Bett gekrochen. »Einmal habe ich gefragt: ›Warum machst du das?‹ – Weißt du, was sie geantwortet hat? ›Weil du so schön bist.‹« Sie schlenderten unter den Arkaden am Naschmarkt entlang, jetzt lehnte sich Daniel gegen eine Säule, da stand er, Hände in den Taschen des Mantels, Kopf stolz erhoben, er sah herab auf Rosemarie.

»Kannst du mal sehen.« Er lachte. »Weil ich so schön bin – Kinder sagen die Wahrheit.«

Sie ging ganz nah auf ihn zu, betrachtete ernst sein Gesicht, das halb im Licht und halb verschattet war, sie sagte: »Du hast dich verändert, Daniel.«

Er fragte: »Gefall ich dir nicht mehr?«

»Es ist was Fremdes in deinem Gesicht«, sagte sie, »so ein bitterer Zug um den Mund, manchmal sogar, wenn du lächelst. Als du von Anja erzählt hast, war er verschwunden, aber jetzt, Daniel, jetzt ist er wieder da.« Sie hob plötzlich eine Hand und folgte mit der Kuppe des Zeigefingers einer scharf gekerbten Falte in seinem Gesicht, die sich von der Wange bis zum Mundwinkel zog.

Er wendete unmerklich den Kopf, bis er ihre Fingerspitze auf den Lippen fühlen und küssen konnte, dann faßte er nach ihrer Hand. Er sagte: »Ich hab 'ne Menge Bitterkeit schlucken müssen, das weißt du doch und wunderst dich, daß man's mir ansehen kann.«

Er dachte an die verzweifelte Stunde, als er Rosemarie damals die Geschichte erzählt hatte und ihren Beistand wollte, als er sich auf sie geworfen und an ihrem Hals gestammelt hatte: »Wir werden es ihnen beweisen, daß wir genauso gute Bauern sind wie dieser Stephan und dessen ganze Sippschaft. Du mußt mir helfen, mein Liebling, du mußt, du mußt.«

Sie fragte: »Hast du erreicht, was du dir vorgenommen hast?«

Er wendete langsam den Kopf hin und her, fühlte immer noch ihren Finger an seinem Mund.

»Warum nicht?« Er hob die Schultern.

Sie sagte: »Du mußt was erreicht haben. Nur die Besten sind auf diesem Kongreß.«

Er lachte spöttisch. Sie entzog ihm ihre Hand.

Er sagte: »Unter den Blinden ist der Einäugige König. So ist das auch bei uns.« Er blickte hinauf zur Turmuhr, es war längst nach Mitternacht, er wollte sie küssen, wagte es aber nicht, sie war nicht mehr das Mädel von damals, sondern unglaublich verändert, würde ihren Doktor machen, dennoch, wenn sie ihn ansah, war ihm, als berühre sie ihn, als fühle er wie damals ihre Hände an seinem Leib, er wollte mit ihr ins Bett, aber nun würde er um sie werben müssen wie um eine Frau, mit der er nie geschlafen hatte, und es war schon so spät. Die alte Leidenschaft für Rosemarie hatte ihn wieder gepackt, aber er redete, während sie weiterschlenderten – durch manche Straße, über Plätze hinweg – von Arbeit. Er habe beweisen wollen, daß ein Dorf wie Altenstein zu verändern und sogar aus dem Mittelfeld herauszuführen sei, manches hätten sie erreicht, aber die Horbecker, Stephan und seine Sippschaft, seien immer noch besser und viel erfolgreicher als sie.

Endlich faßte er im Gehen nach ihrer Hand, er schlenkerte sie ein wenig nach Art sehr junger Leute und meinte mit einem breiten Grinsen – nein, es gelang ihm heute nicht, den rechten Charme zu entfalten –: »Man sollte von ganz anderen Dingen reden, wenn man des Nachts mit einer schönen Frau alleine ist. Oder gar nicht reden.«

Sie sagte: »Es interessiert mich, wenn du von deiner Arbeit redest.«

Druskat erzählte einiges vom Fest im Fährhaus, daß ihm Irene geholfen habe, die Altensteiner für sich zu gewinnen, und wie lange das gedauert habe und welche Rückschläge er habe hinnehmen müssen und daß ihm Arbeiterbrigaden aus der Stadt bei der Ernte geholfen hätten, denn damals, Anfang der sechziger Jahre, fehlte es noch an Technik, an Arbeitskraft auf den Dörfern, wohl vor allem aber an dem, was man Bewußtheit nennt. Manche Altensteiner Genossenschaftsbauern hätten sich lästiger Pflichten enthoben geglaubt, sich eine Zeitlang sozusagen im Gemeinschaftsbesitz eines sozialistischen Rittergutes gefühlt und die Arbeiterklasse als Nachfolger der Schnitterkolonnen von dazumal betrachtet. Nun, er, Druskat, habe ihnen solche Gesinnung nachdrücklich ausgetrieben, das sei zwangsläufig mit Krach und Streit verbunden gewesen. Er wollte Rosemarie ein wenig erheitern und erzählte ihr von Frau Ziesenitz, einer erstaunlichen Persönlichkeit, die seine Busenfeindin geblieben war bis auf den heutigen Tag.

Einmal hatte sich folgende Geschichte zugetragen:

Es war an einem Sonnabend – seinerzeit dachte noch niemand an arbeitsfreies Wochenende, das gibt es auch heute für die Bauern selten genug –, auf dem Dorfplatz von Altenstein fuhr ein Lastauto ein, das kam aus Rettwitz, der bekannten Zementbude, und war beladen mit etwa dreißig Männern und Frauen. Druskat hatte sie zum Kartoffellesen angefordert, elende Schinderei seinerzeit, die Leute mußten ja noch gekrümmt, auf Knien rutschend, mit dem Quirl um die Wette hasten, der hinter dem Pfluge Kartoffeln, Steine und Dreck beiseite schleuderte in breiter Bahn. Druskat stand zum Empfang bereit, als der Lastwagen vor dem LPG-Büro hielt. Der Fahrer stieg steifbeinig aus, kippte die Planke ab, Frauen und Männer sprangen herab. Druskat reichte ihnen stützend die Hand. »Hallo!« Abenteuerlich ihre Kluft, jeder hatte daheim nach den schäbigsten Kleidern gesucht, die sich finden ließen, die Arbeit würde schmutzig sein. Oktobermorgen, neblig und kalt. »Ich hab einen Tee brühen lassen«, sagte Druskat, »kommt rein in die gute Stube.«

Er führte sie in den Kulturraum oder in eines jener kahlen, karg möblierten Zimmer, die mit einem Farbdruck geschmückt waren und aus diesem Grund seinerzeit Kulturräume genannt wurden. Das Transparent, an der Stirnseite des Raumes aufgehängt, trug die Inschrift: »Stadt und Land – Hand in Hand«. Und die aus Rettwitz hatten, klamme Hände um wärmende Tassenköpfe gepreßt, ihren Tee bald geschlürft, der Brigadier stippte die Kippe in den Aschenbecher und sagte: Na, dann wollen wir es mal aufnehmen mit denen von Altenstein im Kampf um Körbe, Säcke und Sekunden oder so ähnlich, als Druskat zum Fenster hinausblickte und zu seinem Ärger erkannte, daß der edle Wettstreit gefährdet war. Die Bäuerinnen von Altenstein, jedenfalls die meisten von ihnen, schickten sich nämlich an, das Dorf zu verlassen. An der Bushaltestelle standen sie plaudernd beisammen, ein reichliches Dutzend oder auch mehr, feiertäglich aufgezäumt, Pelzkrägelchen, sogar ganze Fuchsbälge samt Schwanz und Schnauze um den Hals gehängt, Hüte überm Dutt, Henkelkörbe und Taschen am Arm, wollten also zur üblichen Einkaufs- und

Dauerwellentour am Wochenende aufbrechen, als wäre nichts zu tun auf den Feldern.

Da soll doch die Faust dazwischenschlagen, tatsächlich, Druskat drosch sie auf den Tisch, daß die von Rettwitz sagten: »Na, na«, er sprang auf, stülpte sich die speckige Mütze aufs Haar, schon schlug er die Türe hinter sich zu und eilte mit Riesenschritten über den Dorfplatz auf die Haltestelle zu. Dort drängten sich die Bäuerinnen verängstigt aneinander, nur eine von ihnen, die Leitkuh, wie sie Druskat gehässig bei sich nannte, die kurzhalsige Ziesenitz, stand auf Beinen wie Baumstämme einen Schritt vor dem Rudel. Sie sah Druskat trotzig entgegen und hielt die Einkaufstasche wie einen Schild vorm Bauch.

Druskat rief zornig und mit erhobenem Zeigefinger – er habe durch Anschlag und im persönlichen Gespräch darum gebeten, diesen Sonnabend auf dem Acker zu erscheinen. Habe er nicht sogar vom Gemeindeboten täglich ausklingeln lassen, während der Erntespitze hätten die verdammten Stadtfahrten zu unterbleiben? Die Ziesenitzen hob angriffslustig den Kopf und hob die Brauen – ihre Äuglein versanken fast im Backenspeck – und sprach mit schriller Stimme: Wer Kartoffeln essen wolle, möge gefälligst welche klauben, den Städtern schade es nichts, wenn sie erführen, wie schwer Landarbeit sei, die Zeit der unterdrückten Bäuerinnen sei vorüber, man habe es schwer genug gehabt, sich gegenüber den eigenen Männern durchzusetzen, keine sei willens, sich statt dessen vom Vorsitzenden schikanieren zu lassen, sie führen in die Stadt, und damit basta. Ihre Stimme überschlug sich, und der Chor der Bäuerinnen pflichtete ihr vielstimmig zu, als sie am Ende ihrer Rede rief, sie ließen sich von niemandem ihre Errungenschaften nehmen.

In diesem Augenblick hielt der Linienbus, die Tür klappte auf, schon griffen zwei Bäuerinnen der dicken Ziesenitz hilfreich unter die Achseln, um ihr den Sprung auf das Trittbrett zu erleichtern, hinter ihr würde das Gefolge den schmalen Einstieg erstürmen. Druskat war schneller, er sprang auf mit gewaltigem Satz, blockierte die Tür. »Schert euch auf den Kartoffelacker«, schrie er mit weit ausgereckter Hand und brüllte den Kraftfahrer an: »Fahr los!« – fehlte bloß noch die Drohung mit der Pistole –, der erschreckte Mensch gehorchte, er hatte wohl ähnliche Szenen in Gangsterfilmen gesehen, er legte hastig den Gang ein, der Bus rollte an, Druskat sprang ab, nun sah er, wie die Bäuerinnen jammernd und klagend dem davonfahrenden Omnibus eine Weile nachzulaufen versuchten, sah wippende Hüte und schlenkernde Mäntel, er stand auf dem Dorfplatz, halb in der Hocke, Hände auf die Schenkel gestützt und brüllte vor Lachen.

Die Ziesenitzen blieb schließlich stehen, sie wendete sich nach Druskat um und erhob die Faust: Dies werde böse Folgen haben! Er fürchtete sich nicht vor der Drohung, denn aus den Fenstern des Kulturraumes beugten sich die Vertreter der Arbeiterklasse aus Rettwitz, sie zollten ihm lachend und klatschend Beifall. Den Ärger mußte Druskat später freilich allein ausbaden, denn selbstverständlich hatte er sich nicht nur die Empörung der Frauen, sondern auch den Unwillen der aufgestachelten Männer zugezogen.

Das erzählte er und schritt an der Seite von Rosemarie durch die nächtlichen Straßen von Leipzig, lachend fuhr er mit der Hand durch die Luft. »So mußte ich ihnen beibringen, sich für die Genossenschaft verantwortlich zu fühlen.«

Rosemarie fand seine Schilderung offenbar nicht sehr lustig. »Und was hast du erreicht?« fragte sie.

Er antwortete nicht, er dachte: Zu wenig.

Unterdes hatten sie sich einer Flucht von Schaufenstern genähert, über denen eine grelle Lockschrift flirrte: Für die Dame – Für den Herrn. Rosemarie trat dicht vor die Fenster des Exquisit-Ladens hin, bewunderte die Auslagen, Kleider in leuchtenden Farben, elegantes Schuhwerk und Seidenschals, durchwirkt mit funkelnden Gold- und Silberfäden. Druskat warf einen Blick auf die Kostbarkeiten, er sagte: »Die reichen Horbecker könnten hier kaufen!«

Rosemarie betrachtete mit schräg gehaltenem Kopf ein grünes Kleid, sie bedachte wohl, daß es ihr ausgezeichnet zu Gesicht stehen würde. »Warum«, fragte sie obenhin, »Daniel, warum ist das so?«

Er zog sie vom Schaufenster fort, ging neben ihr im Schlenderschritt durch die nächtliche Stadt, er erzählte: »Wir können den Wettlauf mit den Horbeckern nicht gewinnen, weil wir nicht mehr einzusetzen haben als Fleiß und Schweiß, weil wir bloß noch die sogenannten Reserven zusammenkratzen, die sind nicht unerschöpflich.

Ich weiß noch genau, wie mich Gomolla zusammendrosch vor vielen Jahren, als das vollgenossenschaftliche Dorf auf der Tagesordnung stand. Warum brauchen wir es, Genosse? hat er gefragt, weil die überkommene Wirtschaftsweise überholt ist, die Leistungsfähigkeit des Einzelbauernhofes kann nicht mehr gesteigert werden. So ähnlich war das weiland mit den Segelschiffen, hat Gomolla gesagt, wunderschön waren die Windjammer anzusehen, aber eines Tages hat man umsteigen müssen auf Dampfbetrieb.

»Vielleicht«, sagte Druskat, »ist heute die Leistungsfähigkeit der Genossenschaften ausgeschöpft – wir arbeiten ja auch nur wie auf großen, großen Bauernhöfen –, vielleicht ist es wieder mal so wie mit den Segelschiffen. Ich hab Segel gesetzt noch und noch auf meinem alten Kahn, meine Altensteiner Mannschaft gedrillt, wir haben trotzdem nicht genügend Fahrt. Vielleicht ist's meine Schuld? Vielleicht liegen wir alle nicht mehr richtig unterm Wind? Von wo weht er? Irgendwas muß geschehen. Ein Umsprung ins Neue. Wie sieht der aus? Vielleicht erfährt man es auf dem Kongreß.«

Er redete mit ihr über viele Dinge, die ihn beschäftigten oder quälten, aber er dachte, während er sprach, bald an anderes, schließlich verstummte er. Er wollte nicht mehr von Arbeit reden, er hätte viel lieber gesagt: Rosemarie – wie gern ich deinen Namen spreche –, seit Jahren habe ich nicht einen Tag gelebt, ohne an dich zu denken. Er wollte sie an sich reißen und küssen, aber er wagte es nicht, er hatte plötzlich Angst, daß sie ihn fragen würde, wie damals am See: Warum gehst du nicht zum Gericht? Daniel, warum hast du dich nicht gestellt? Er ging neben ihr, schweigend, Hände tief in den Taschen, Schultern wie fröstelnd angehoben, zerzaust das wirre schwarze Haar. Er dachte, was antworte ich, wenn sie fragt? Er bemerkte nicht, daß er schneller und schneller ausschritt, daß sie über den Platz vor dem Hauptbahnhof liefen. Straßenbahnen fuhren scheppernd vorüber, blaue Funken sprühten an den Drähten, er achtete nicht darauf, bemerkte nicht, daß Rosemarie Mühe hatte, mit ihm Schritt zu halten. Er dachte, ich werde sagen, schau, meine Tochter, jetzt ist sie elf, und ich hab niemanden, dem ich sie anvertrauen möchte, kann doch sein, ich müßte fort für viele Jahre. Er sah nicht, daß eine Straßenbahn kreischend in die Kurve einfuhr, auf ihn zu, er wollte das Gleis überqueren, Rosemarie riß ihn zurück. Sie rief: »Daniel!«, er blieb stehen, wandte sich halb nach ihr um, starrte sie an mit verfinstertem Gesicht. »Hast du was gefragt?«

Sie schüttelte bekümmert den Kopf, ging den einen Schritt auf ihn zu, der sie voneinander trennte, sie sagte nichts, nahm sein Gesicht zwischen ihre Hände, sie berührte seinen Mund mit geschlossenen Lippen. Jetzt erst zog er die Hände aus den Taschen, tasteten sich seine Hände, immer noch zögernd, an ihren Hüften und an ihren Armen aufwärts, bis er ihre Schultern fassen konnte. Nun umschlang sie ihn, preßte ihr Gesicht an sein Gesicht, so standen sie lange, bis Rosemarie endlich flüsterte: »Es wird ja schon Tag, Daniel.«

Sie liefen rasch die wenigen Schritte bis zu ihrem Hotel, verlangten an der Rezeption nach den Zimmerschlüsseln. Die Gästekarten? »Aber bitte schön!« Sie kramte in der Handtasche, er tastete suchend an seiner Jacke herum, bis sie die Zettel fanden. Prüfender Blick der Dame vom Nachtdienst, älterer Jahrgang, endlich Griff zum Schlüsselbord und die höchst überflüssige Feststellung, mit mahnendem Nachdruck vorgetragen: »Zweite Etage, vierte Etage! Guten Morgen!«

Der Fahrstuhl öffnete sich im zweiten Stockwerk, aber Druskat dachte nicht daran auszusteigen, er sah Rosemarie an, ein Lächeln wollte ihm nicht gelingen. »Ich bring dich bis an die Tür«, er sagte es heiser, ein Mann Ende Dreißig, aufgeregt wie ein Zwanzigjähriger, und hatte das bald getan. Rosemarie stand rücklings gegen die Zimmertür gelehnt, Arme verschränkt, winziges spöttisches Lächeln. Was nun?

Druskat, größer als sie, stützte sich mit den Händen gegen die Türbalken, er hielt Rosemarie zwischen seinen Armen gefangen, er beugte sich, rieb seine Wange an ihrer Wange, wieder kicherte sie plötzlich wie ein kleines Mädchen in die vorgehaltene Hand. »Was gibt es da zu lachen?« fragte er böse.

»Ich weiß nicht«, sagte sie, »wer die Legende aufgebracht hat, eine Stoppelbacke würde Sinnlichkeit provozieren. Bestimmt war's ein Mann.«

»Was muß ich machen?« fragte er.

»Aufschließen«, sagte sie und hielt ihm den Schlüssel hin.

Es war wieder mal heimlich, aber schöner mit uns als jemals zuvor, darum, mein Schatz, weil ich ein guter Liebhaber bin. Ich liebe selten, und meine Zärtlichkeit ist unverbraucht. Dir hat es gefallen, sonst hättest du mich morgens früher aus dem Bett gedrängt, es war gegen acht oder noch später. Die anderen, meine Kollegen, warteten schon gestriegelt und geschniegelt vor den Fahrstuhltüren, als ich mich, unrasiert und übernächtigt, zu ihnen gesellte. Sie grinsten und dachten wohl alle an Schnaps, ich lächelte, weil ich an Liebe dachte, fuhr zwei Stockwerke tiefer, suchte mein Zimmer, ich riß mir wieder einmal die Sachen vom Leib und warf sie übermütig auf das unberührte Bett. Selten hab ich mit solchem Genuß geduscht, kalt und heiß, ich stöhnte vor Wohlbehagen, bibberte wie im Frost, sang und seifte mich, wendete beim Rasieren eitel den Kopf hin und her, blinzelte mir zu und hob mich sogar auf die Zehen, um mich im Spiegel zu betrachten, da stand ich nackt, wie du mich gesehen hattest, und fand, daß ich gar nicht schlecht aussah, beinah noch jung, ich bin doch noch jung, nicht einmal Vierzig.

Später das Frühstück mit Rosemarie. »Verstimmt, meine Kleine?« – »Aber nein, bißchen müde.« – »Das glaub ich.« Ich hatte Hunger wie ein Wolf, aß mit Genuß, blickte kauend, lächelnd, meine Liebste an und war, seltener Augenblick in meinem Leben, vollkommen glücklich.

Wir erwischten einen der letzten Busse, die zum Messegelände fuhren, fanden noch Zeit für eine Zigarette, wir rauchten sie vor den Eingangstüren, sprachen mit diesem und jenem über belanglose Dinge: Was machst du? Wie geht's dir? Und mancher, der mich länger kannte, sah mich erstaunt an oder wie einen fremden Menschen, an diesem Morgen konnte ich fröhlich sein, Witze reißen und lachen, den Männern auf die Schulter schlagen, den Frauen angenehme Dinge sagen – ich war verliebt.

Dann saß ich wieder auf meinem Platz unter Tausenden, sah viele Reihen vor mir Rosemarie, sie stützte den schräg gehaltenen Kopf in die Hand, wie immer, wenn sie angestrengt lauschte, wendete schließlich den Kopf, blickte zu mir her und lächelte. Ich weiß nicht, wer in diesem Augenblick am Rednerpult stand, worüber er sprach. Ich dachte: Rosemarie, du hast nicht gefragt, du hast bei mir gelegen, und nun weiß ich, wie sehr du mir gefehlt hast, ich weiß es nach einer einzigen Liebesnacht.

Heute fühl ich mich stark und selbstbewußt. Hier sitzen wir mit vielen anderen, im selben Saal mit den Männern von der Regierung. Ich sitze hier und meine, das ist richtig so, denn ich bin ein Mann, der dir gefällt, und ein Mann, der was kann, ein Chef, mit Diplom übrigens, im Fernstudium erbüffelt, ich hab noch gar nicht damit prahlen können, wir hatten zu wenig Zeit, und die Nacht war so kurz. Du hast nicht gefragt, niemand wird mich mehr nach dieser uralten Sache fragen, mein Gott, das ist doch einem ganz anderen Menschen passiert in einem ganz anderen Leben.

Wir hielten uns lange an den Händen fest, ehe wir auseinandergingen, es war kein Abschied für immer, dennoch, bitter die Trennung. Wir liebten uns wieder, aber wir wußten, daß wir uns nur selten sehen würden.

Manchmal schrieb ich etwa so:

»Mein Liebling,

viel Arbeit in der Genossenschaft wie immer. Die Pläne für die Melioration des Wolfsluchs sind ausgearbeitet. Vorbehalte der Behörden. Wir werden mit eigenen Mitteln und auf eigenes Risiko einen Versuchspolder bauen. Die Bauern stehen hinter mir. Anja fährt nächstes Wochenende mit ihrer Klasse zu einer Exkursion nach Rostock. Ich könnte also am Sonnabend, dem soundsovielten, für eine Nacht nach Berlin kommen. Laß dir was einfallen. Schaff deine nette Mitbewohnerin aus dem Zimmer. Es freut sich, es zählt schon die Tage, es liebt dich – Dein Daniel.«

Manchmal schrieb sie, etwa so:

»Mein lieber Daniel!

Unsere Dissertation ist endlich fertig, drei Kreuze, sie soll im Herbst verteidigt werden. Ich hoffe, Du wirst Dich dann für einen Tag freimachen können, um mir in meiner schweren Stunde beizustehen. Jetzt muß ich aber, und sei es nur für einen Tag, hier heraus. Ich habe Sehnsucht nach Dir. Ich möchte Dir wieder mal durch die Strubbelhaare fahren können. Wie wäre es am Sonnabend, dem soundsovielten? Schreib bitte sofort, ob und wo Du eine Bleibe für uns finden kannst.

Es küßt Dich ganz zärtlich Deine Rosemarie.

PS. Das Wichtigste vergessen: Denk Dir, ich habe es geschafft, mich näher an Dich heranzuarbeiten und einen Arbeitsvertrag mit Bebelow abgeschlossen. Keine dreißig Kilometer von Dir entfernt! Es ist ja nicht auszudenken …«

3

Mein Gott, worüber hab ich nachgedacht in diesen Stunden, über mich, Schuld oder Unschuld, über so viele Menschen, Jahre und Tage, über Gegenwärtiges und Vergangenes, mein bitteres, süßes, gern gelebtes Leben.

Ich dachte an Rosemarie, als ich das Gerichtsgebäude betrat, und nun muß ich wieder an sie denken, an unsere letzte Begegnung, es ist erst ein paar Wochen her, der Abend war schön, beinah sommerlich, und ich hatte gesagt: Wollen wir ein bißchen gehen? –

Er ist mit ihr in die Horbecker Flur gegangen, an die alte Stelle zum See, sie war weit entfernt von Stephans neu errichteter Badeanstalt, man konnte dort immer noch, wie vor vielen Jahren, für sich sein hinter den Kiefernkusseln. Sie hatten miteinander im Gras gelegen, später lachte sie.

»Das ist wie früher, und immer noch heimlich. Wann werden wir miteinander im Bett liegen?«

Er hockte neben ihr, glücklich und liebessatt, er sagte zärtlich grinsend: »Du brauchst mich nur zu heiraten.«

Sie lag auf die Ellbogen gestützt. »Wozu?« sagte sie mit gewollter Forsche. »Ich verzichte gern auf den Trauring, wenn's auch gewisse Schwierigkeiten mit sich bringt – für eine Leiterin. In deinem Haus sind wir selten allein, und in Bebelow wohnt die halbe Betriebsverwaltung Wand an Wand mit mir. Die Wände sind hellhörig, weißt du, ich kriege immer die helle Wut, wenn mich die Kollegen morgens in der Arbeitsbesprechung so merkwürdig anstarren. Dann muß ich denken, die hören ja gar nicht auf deine klugen Worte, die grübeln bloß, wer mag die letzte Nacht bei ihr gewesen sein.«

»Das verstehe ich«, meinte er. »Mir macht das Grasbett übrigens nichts aus.«

»Dir hat es nie was ausgemacht!« Sie hatte es wie einen Vorwurf gesagt, aber plötzlich fiel sie ihm um den Hals, sie küßte ihn stürmisch und sagte dann: »Jedesmal, wenn ich mit dir zusammen bin, möchte ich alles hinter mich werfen, möchte bloß bei dir sein, ich geb es ja zu.«

Er warf sich rücklings ins Gras und breitete lachend die Arme aus. »Na, komm doch!« rief er. »Und bleib für immer bei mir.«

Sie kaute nachdenklich an einem Halm. »Weißt du, mein Diplom ist zu teuer erkauft, ich hab mich elf Jahre dafür gequält, ich bin nur mit Anstrengung zu meinem Beruf gekommen, ich kann ihn nicht einfach aufgeben. Und in deinem Nest hast du keine Arbeit für mich.«

»Arbeit genug«, sagte er, »bloß für einen Doktor keine.«

»Du kommst zu mir nach Bebelow, dort wird sich was finden für dich.« Sie kicherte plötzlich. »Ich meine, etwas, was deiner Qualifikation entspricht.«

»Find ich gar nicht witzig«, sagte er. »Und übrigens ist dein Vorschlag indiskutabel. Gerade jetzt kann ich die Bauern nicht im Stich lassen.« Er sprang auf, reckte sich, spannte den Brustkasten, manchmal protzte er ein bißchen vor ihr mit seinen kräftig ausgebildeten Muskeln. Sie sah zu ihm auf mit der nötigen Bewunderung, sie wußte, das würde ihm gefallen, er war ja auch nur ein Mann. Er ließ sich erschlaffen, er mußte lachen und sagte: »Wir müssen das verfluchte Wolfsluch urbar machen.«

Für einen Augenblick geriet er ins Dozieren, an ihrem Versuchspolder ließe sich nachweisen, was man erreichen könne durch Entwässerung und Rückwässerung vom See her, nämlich Erstaunliches, vier- bis sechsmalige Grasernte, beinahe wie am Nil. Futtersorge, heut quäle sie die Genossenschaft, würde morgen ein Fremdwort sein, aber das Projekt sei zu groß für die Altensteiner, die Horbecker müßten sich beteiligen.

Nun half er ihr aus dem Gras. Sie ließ sich gerne helfen, taumelte, als sei sie müde, gegen seine Brust, ihre Schuhe hielt sie noch in den Händen. Er wiegte sie ein Weilchen, raunte ihr mit einem Male ins Ohr, ihm sei schon wieder so, ob sie es nicht fühle. Sie kicherte, lief ihm davon. Sie sahen sich immer noch selten, konnten in ihrer Verliebtheit manchmal albern sein wie sehr junge Leute. Er hatte sie bald eingeholt, machte verliebte Augen, trat keuchend ganz nahe an sie heran, sie faßte nach seiner Schulter, aber nur, um sich jetzt ihre Schuhe anzuziehen.

»Jetzt mal ernsthaft«, fragte sie, »Stephan begreift den Nutzen eures Projektes nicht?«

Druskat sagte: »Der begreift ganz genau, der hat längst begriffen, warum ihr mit eurem Superstall in Bebelow experimentiert. Der weiß natürlich, wenn wir die gewaltige Fläche des Luchs ausnutzen wollen, dann müssen wir anders arbeiten als früher, dann wird hier mal ein zweites Bebelow entstehen, nur größer natürlich, moderner natürlich, dann geht sein Herzogtum unter, dann muß er runter von seinem Thron. Dagegen wehrt er sich.«

»Ich bewundere dich«, sagte sie, »du willst den dicken Stephan wieder in die Schranken fordern.«

Er sagte lächelnd: »So ist es.« Und meinte dann: »Du hast mich natürlich durchschaut. Du weißt, daß ich auch sehr persönliche Motive habe.«

Sie stellte sich dumm. »Wieso?«

»Wenn ich mit dem Sumpf fertig werde, wenn ich mich durchsetze, wird hier in der Gegend dringend ein wissenschaftlich gebildeter Mensch für den Komplex Viehwirtschaft gebraucht, möglichst ein Doktor.«

Sie lachte, sie tippte ihm zärtlich an die Nase: »Na, dann mach mal!«

Sie schlenderten heimwärts über die Wiesen, der Tau fiel schon auf die Gräser. Später hockten sie noch ein Weilchen nebeneinander auf einem Koppelzaun und sahen zu, wie sich der Himmel verfärbte, graue Wolken schleppten sich durchs Blau, mit den Bäuchen in glühendes Rot getaucht, und über dem schwärzlichen, zottigen Wäldchen zeigte sich gläsern und grünlich schon die Nacht.

Rosemarie raffte fröstelnd die Jacke. Sie sagte: »Neunzehnhundertsechzig war auch so eine Umbruchsituation, damals hat dich einer erpreßt. Daniel, warum hast du dich nicht gestellt?«

Sie hatten an diesem Tag viel nachgeholt an Liebe und sich viel zu erzählen gehabt, Druskat war glücklich gewesen, nun wurde ihm mit einem Male kalt. Er rutschte vom Koppelzaun, er stand lange von Rosemarie abgewandt, hielt wie frierend die Arme über der Brust verkreuzt, rieb mit seinen Händen die Schultern. Er dachte: Sie hat doch gefragt, jetzt fragt sie mich, jetzt, wo sich kein Mensch mehr dafür interessiert. Was soll ich antworten? Ich werde sagen: Das Mädchen war klein, als seine Mutter starb, was sollte aus ihr werden? Man findet immer einen Grund zu seiner Rechtfertigung, man schiebt es auf von Jahr zu Jahr, man kann es tatsächlich vergessen. Rosemarie, ich hab dir schon einmal gesagt, oder hab ich es nur gedacht: Das ist einem ganz anderen Menschen passiert.

Ich hab als Junge immer Angst gehabt, ich müßte Schreckliches erleben, ich hatte immer Angst. Einmal, einen Augenblick lang, war mein Haß größer als meine Angst, da habe ich diesen Menschen umgebracht. Inzwischen sind mehr als fünfundzwanzig Jahre vergangen, solange habe ich gearbeitet für ein Leben, in dem niemand mehr Angst haben soll vor irgendwem oder irgendwas. Manchmal denke ich, wenn meine Arbeit diesen einen Augenblick nicht aufwiegen kann, dann soll es mir egal sein, aber es ist mir nicht egal.

Ich bin ein Ausgestoßener gewesen, und niemand wird begreifen, was es für mich bedeutet hat, wie jeder andere zu sein unter Gleichgesinnten, ein Genosse. Du weißt, das ist keine Phrase, und du weißt auch, wieder ausgestoßen zu werden, das ist für mich so schlimm wie der Tod.

Was soll ich machen? Ich kann mich nicht ein Leben lang und nicht bei jeder Entscheidung vor einem Erpresser fürchten. Ich muß springen. Kann sein, ich stürze ab, ich muß trotzdem springen, ich fühl's. Damit entscheidet sich mein Leben, und vielleicht gewinne ich das Ufer.

Er wendete sich um zu Rosemarie, er sah sie an, aber er

sagte kein Wort, er ging auf sie zu und vergrub den Kopf in ihrem Schoß.

Sie sprachen nicht miteinander, als sie an diesem Abend ins Dorf zurückgingen.

Hinter Druskats Haus stand der weiße Trabant. Rosemarie saß schon im Wagen, als Druskat sagte: »Ich trenn mich so schwer. Nimm mich ein Stück mit, bis zur Chaussee.«

Sie nickte und entriegelte die Tür. Er saß neben ihr, er wollte irgend etwas sagen. Nun lobte er ihre Fahrkünste, sie fuhr aber gar nicht gut, sie war traurig, wendete ihm für einen Augenblick ihr Gesicht zu, er sah, daß sie mit den Tränen kämpfte. »Halt an!«

»Nein.« Sie fuhr weiter, geradeaus.

Er sagte nach einer Weile: »War ein schöner Tag. Ich freu mich immer, wenn du kommst, daß du noch kommst.«

Sie legte im Fahren die Hand auf sein Knie, aber sie antwortete nicht.

Vor der Chaussee hielt sie den Wagen an. »Wir müssen uns trennen, Daniel.«

Er fragte: »Hab ich dir schon gesagt, daß ich dich liebe?«

Sie schüttelte ein wenig den Kopf.

»Aber du weißt es?«

Rosemarie nickte.

Druskat küßte sie zum Abschied, dann stieg er aus und warf die Tür zu. Sie kurbelte die Scheibe herunter und reichte ihm die Hand.

»Mach's gut, Daniel.« Sie fuhr davon.

4

Nun war die Mittagszeit längst vorüber, Druskat saß am Tisch im Zimmer des Staatsanwaltes, er rührte gedankenverloren mit dem Löffel den längst erkalteten Kaffee in der Tasse, er hörte Schritte auf dem Gang, Türenklappen, die Angestellten kehrten von der Mittagspause in ihre Büros zurück. Druskat wartete immer noch. Er hatte keine Angst mehr, er lehnte sich lächelnd im Stuhl zurück. Er dachte: Vieles verdanke ich den Frauen, den jungen und alten, den mütterlichen und geliebten, ohne sie wäre ich nicht, der ich bin, ich wüßte nicht, was Trauer ist oder Glück, welche Lust der Kampf macht und wie schön das Beschützen ist, ich hätte manche Warnung überhört, manchen Ansporn nicht gespürt, keinen Trost gehabt, wenn ich ihn brauchte, und auch nicht den Mut.

Das geht den Staatsanwalt nichts an.

5

Nachmittagshitze flirrte über dem Asphalt, als der Behördenwagen – er war Gomolla auf dessen dringliche Bitte hin überlassen worden – durch die Bezirkshauptstadt fuhr. Der Fahrer war schon ein bißchen unlustig, er hatte in Altenstein lange warten müssen, nun suchte er in der Nähe des Gerichtsgebäudes nach einer Parklücke, er fand schließlich eine. Gomolla und Stephan stiegen aus.

Wie lange der Besuch dauern würde? Der Fahrer wischte sich mit dem Handrücken den Schweiß von der Stirn. Eine Stunde vielleicht, sagte Gomolla, er drückte dem Fahrer einen Zehnmarkschein in die Hand. Nicht doch, nicht doch, der Mann zierte sich. »Komm, mach kein Theater, geh was essen oder kauf dir ein Eis.«

Gomolla telefonierte beim Pförtner mit dem Staatsanwalt, dann stieg er neben Stephan die steinerne Treppe empor, sie war steil und unbequem, Gomolla keuchte ein wenig, er hatte es mit dem Herzen, er blinzelte Stephan an, dem schien es nicht besser zu ergehen.

»Du bist zu fett für dein Alter«, meinte Gomolla mißbilligend.

»Fett und fit«, entgegnete Stephan, das war auch einer seiner Sprüche.

»Na, na.«

Sie gingen einen Gang entlang – er war dämmrig beleuchtet, schmale Nischen durchbrachen das Mauerwerk – und wurden in das Besucherzimmer gebeten. Anja und Jürgen erhoben sich aus den Sesseln, als die beiden Männer ins Zimmer kamen. Stephan, den so leicht nichts verblüffte, war erstaunt. »Was wollt ihr denn hier?«

»Ihren Vater besuchen.«

»Die Wahrheit wissen«, sagte Anja.

Und Jürgen erzählte, einiges hätten sie vom Großvater schon erfahren.

»Ach!« Gomolla sah den Jungen mit schräg gehaltenem Kopf an, dann begrüßte er die Kinder, er hielt Anjas Hand lange fest. »Mädel«, sagte er, »was bist du hübsch geworden. Du siehst ja deiner Mutter unglaublich ähnlich.«

Nun wurde wieder die Tür geöffnet. Druskat trat ein, man hatte ihm mitgeteilt, wer ihn besuchen wollte. Er lächelte, man kann auch aus Verlegenheit lächeln. Anja fiel ihm um den Hals, er tätschelte beruhigend ihren Rücken, er küßte sie auf die Wange, schob sie von sich. Er begrüßte Jürgen mit Handschlag, dann, kräftig zupackend, Stephan. Gomolla übersah Druskats Hand.

»Gustav«, Druskat sagte den Namen bittend, aber der Alte starrte ihn nur an, diesen Menschen, den er lange kannte, er hatte ihn mal im Wald aufgelesen, Vaterstelle vertreten an dem Verwaisten, er hatte ihn gemocht, diesen Daniel Druskat, von dem er sich getäuscht und verraten fühlte. Er dachte: Keinerlei Vertraulichkeit, vorbei, mein Lieber. Druskat hatte dem Alten die Hand lange dargeboten, nun ließ er sie sinken. Niemand sprach, jeder beobachtete die Szene, und jeder war froh, als ein Mitarbeiter der Staatsanwaltschaft hereinkam, weil man nun der peinlichen Zeugenschaft enthoben wurde.

Gomolla ließ den eintretenden Mann hart an. »Ich bin beim Chef gemeldet. Wie lange soll ich warten?«

»Einen Augenblick, Genosse Gomolla.« Der Mann trug ein

Köfferchen, er machte darauf aufmerksam, er hob es an, ehe er's neben der Tür niederstellte, um sich dann zu entfernen.

Druskat nickte.

»Was denn?« fragte Stephan. »Sie lassen dich raus?«

»Ja.«

»Keine Verhandlung?« wollte Stephan wissen.

»Selbstverständlich muß er sich verantworten«, sagte Gomolla böse, »aber zunächst wird er mir ein paar Fragen gestatten.«

Stephan hob die Hände. »Vor den Kindern?«

»Laß ihn fragen.« Druskat setzte sich. Auch die übrigen ließen sich in den Kunstledersesseln nieder. Nur Gomolla blieb stehen, er sagte: »Ich weiß nicht, wie die Sache läuft – ich werd's gleich erfahren –, trotzdem, ich kann dich nicht begreifen. Du erscheinst hier lächelnd, nicht im mindesten bedrückt offenbar. Du glaubst wohl, alles wäre ausgestanden?«

Druskat wendete langsam den Kopf hin und her. »Ich hab das fünfundzwanzig Jahre mit mir herumgeschleppt, das war bedrückend. Jetzt fühl ich mich von einer Last befreit.«

Gomolla meinte mit einer Spur von Hohn: »Das dicke Ende kommt noch. Und eins ist sicher, ehe das Gericht spricht, wirst du dich den Genossen stellen müssen. Was willst du ihnen sagen?«

Es hielt Druskat nicht auf seinem Platz, er stand auf, er wanderte durchs Zimmer, er sah Stephan nicht an und nicht die Kinder, die gespannt darauf warteten, wie er antworten würde. Endlich blieb er stehen, er blickte in Gomollas verfinstertes Gesicht, er sagte: »Jahrelang habe ich darüber nachgedacht. Ich bin in ein Verbrechen verwickelt worden, Ende des Krieges, ich konnte mich nicht dagegen wehren. Und bei wem hatte ich Halt? Damals gab es wenig Männer von deinem Schlag, Gustav.«

»Es hat sie gegeben, zu Tausenden, du solltest es inzwischen wissen.«

»Ja«, rief Druskat heftig, »aber damals hab ich keinen gekannt, bloß Nazis hab ich gekannt, ich war noch ein Junge, und mit mir willst du rechten?

Oder die anderen, die gerissener waren oder bloß ein bißchen mehr Glück hatten als ich ...« Er trat hinter Stephans Sessel, stützte sich auf die Schultern seines Freundes und Gegners und rüttelte ihn ein wenig. »Sollen die mich schuldig sprechen?«

»Komm«, sagte Stephan beschwichtigend, er tätschelte Druskats Hand.

»Oder die beiden da?« Druskat wies mit ausgestreckten Armen auf die Kinder. »Es ist doch nicht ihr Verdienst, es ist ihr Glück, daß sie in einer besseren Zeit aufwachsen können. Und die alle sollen mich wirklich verurteilen und verachten dürfen?«

Der handelte wohl nach der Devise: Angriff ist die beste Verteidigung? Was faselte der da herum, was hatte er, Gomolla, was hatten denn die Kinder mit der Geschichte zu schaffen? Gomolla kochte vor Zorn, er brüllte: »Das wagst du mir anzubieten als Entschuldigung für ein Verbrechen, an dem du beteiligt warst?«

Druskat sagte: »Das hab ich gedacht, um mich vor mir selber zu entschuldigen.«

»So denken sie drüben auch, genauso, die auf der anderen Seite!«

Es war heiß und stickig, sogar in diesem Raum, hinter meterdickem Mauerwerk. Gomolla reckte nervös den Hals. »Hitler war schuld«, sagte er, »und das Häuflein Oberfaschisten, die sie geschnappt, gehängt oder eingesperrt haben – bestenfalls. Für die übrigen war es ein Mißverständnis. Zwanzig Millionen Menschen sind zu Tode gekommen, aber keiner braucht sich schuldig zu fühlen.«

»Mensch«, rief Druskat aufgebracht, »laß dir doch die Protokolle zeigen. Ich bekenne mich zu meiner Schuld.«

»Heute«, wegwerfende Geste von Gomolla, »endlich. Gezwungenermaßen! Nun soll ich wohl auch noch den Hut ziehen vor dir?«

Druskat antwortete nicht.

Aber Stephan meldete sich zu Wort. »Gustav«, sagte er kopfschüttelnd, »deine Art! Wunderst du dich tatsächlich, daß er als ganz junger Kerl nicht den Mut hatte, dir einzugestehen, was ihm passiert ist?«

»Da steht einer, der ist über Vierzig, jahrzehntelang hat er geschwiegen. Er muß wissen, daß der Schaden gar nicht zu ermessen ist, und er kann nicht wissen, was er mir persönlich damit angetan hat.«

Druskat trat dicht an Gomolla heran, er wich dem Blick des Alten nicht aus, fragte: »Weißt du noch, wie ihr auf Schloß Horbeck den Sieg gefeiert habt?«

Gomolla begriff Druskat nicht, er hatte nicht alles erfahren über die Geschichte, in die der Mensch verwickelt war, wußte aber soviel immerhin, daß er sich eine Meinung bilden konnte, und er meinte, der Schuldige verhalte sich nicht angemessen. Er, Gomolla, hatte eine Zeit gekannt, in der man, wenn's notwendig war, Selbstkritik üben mußte bis zur Entwürdigung, und dies wegen bedeutend geringerer Vergehen – vorbei die Zeit, gottlob, oder besser, die Partei sei gelobt –, aber mehr Zerknirschung durfte er erwarten. Wie schade, daß die Kinderchen hier herumsaßen, ihre Gegenwart legte ihm Zügel an, sonst hätte er mit dem Strolch Fraktur geredet, und zwar ganz anders, als er das bis jetzt hatte tun können. Er wollte sich nicht länger von Druskat anstarren lassen, wendete sich ab, jetzt setzte er sich endlich, er brannte sich eine Zigarette an.

Druskat sagte: »Ihr habt euch umarmt, eure unbändige Freude in die Nacht hinausgeschrien. Damals konnte ich noch heulen, du hast gefragt: ›Warum?‹ Ich hab gesagt: ›Weil alles vorbei ist.‹ Ich hätte sagen müssen: aus Angst. Die Angst, Gustav, bin ich lange nicht losgeworden.«

Druskat ging zu Anja hinüber, er nahm ihren Kopf in seine Hände, preßte ihr Gesicht gegen seine Brust. »Du weißt nichts davon«, sagte er, »und du kannst es dir auch nicht vorstellen, heute ist alles anders. Ich bin damals so alt gewesen wie du heute, und die Erfahrung meiner sechzehn Jahre? Angst. Man hatte mich herumgestoßen, geprügelt, verraten.« Er küßte Anja aufs Haar, dann hob er den Kopf, blickte Gomolla an. »Warum hättest du besser sein sollen als andere? Und weshalb, meinst du, bin ich bei dir und den Genossen geblieben? Aus lauter Sympathie, aus Einsicht? Nein.«

Er trennte sich von Anja, er setzte sich dicht neben Gomolla auf einen Stuhl, er hob die Schultern und ließ sie sinken. »Ich hatte niemanden, das weißt du doch. Ich wußte einfach nicht, wo anders hin. So simpel war das. Und erst später, als ich nach und nach begriffen hatte, was ihr erreichen wolltet, da war es das, was ich selber auch wollte, da hat mir auf einmal die Gemeinschaft so viel bedeutet, daß ich wieder Angst hatte. Gustav, ich hatte Angst, euch zu verlieren!«

Gomolla sagte nach einer Weile mit rauher Stimme: »Du hast das Schlimmste getan, was sich denken läßt, du hast das Vertrauen der Genossen mißbraucht.«

Diese letzten Worte Gomollas trafen Druskat. Er krümmte den Rücken und senkte den Kopf, er preßte die gefalteten Hände zwischen seine Knie. So hatte Druskat schon einmal dagesessen, Gomolla erinnerte sich, damals, vor vielen Jahren, in Annas Stube, als er beinahe flehend gerufen hatte: ›Ich muß weg, Gustav! Hat denn kein Mensch Verständnis für meine Lage!‹

Druskat sagte: »Ich hab mit euch leben und arbeiten wollen um jeden Preis. Ich hab gedacht, Mensch, vergiß, was so lange her ist, vergiß. Ich hab es nie vergessen können ...«

Druskat erzählte:

»Es fing an mit einem Hemd, Anna hatte es genäht, und der Stoff dazu war angeblich gestohlen oder geplündert, auf Plünderung stand der Tod. Der Pole, Wladek hieß er, sollte hängen. Der Inspektor hatte es zu Anna gesagt, in der Nacht kam Irene zu mir gelaufen, ich konnte ein paar Brocken Polnisch, ich brachte die Warnung bis an den Zaun. Seine Kumpel halfen Wladek aus dem Lager, ich hab ihn versteckt. Irgendeiner hat mich verpfiffen. Sie haben mich auf den Bock geschnallt und halbtot geschlagen, ich verriet nichts. Später wurde ich bei Anna im Stall von Irene gesund gepflegt. Eines Abends kam er, kam Max, er brannte die Stallfunzel an, schob mir ein Päckchen zu, ich rührte es nicht an, drehte mich mit dem Gesicht zur Wand, ich haßte damals alle Menschen. Max erzählte, die SS-Truppe wäre weitergezogen, sobald ich gesund sei, solle ich mich auf Schloß Horbeck zur Arbeit melden. Ich stellte mich taub, ich wollte ihn los sein, aber der war damals schon so, wie er noch heute ist, er quatschte ungeniert weiter: Die Alte – er meinte die Gräfin – müsse was für mich übrig haben. Wenn sie nicht dazwischengegangen wäre und hätte was von Irrtum gesprochen und der arme Junge und so weiter, ich läge nicht wie das Jesuskindlein auf weichem Stroh in Annas Stall, sondern längst unterm kühlen Rasen, der Friedhof von Horbeck wäre übrigens recht hübsch, so dicht an der Kirche, ob ich ihn kenne. Ich wollte nicht reden. Da sagte Max: Du hast den Polen versteckt. Keine Antwort von mir. Und nun meditierte er so vor sich hin unter der Stallfunzel: Ein Mensch könne eine ganze Weile hungern, glaube er, zwei, drei Tage, wie lange läge ich schon hier? Auch den Geruch des eigenen Unrats würde der Mensch eine Zeitlang ertragen, aber den Durst nicht. Der Mensch müsse trinken – ein Versteckter, wenn er nicht verrecken wolle, müsse also das Versteck verlassen, um sich an die nächste Pumpe zu hängen. Bei der Gelegenheit würde er sich gewiß was zu fressen klauen, dann hätten sie ihn, und dann hätten sie den anderen auch, der ihm das Versteck besorgt habe und so weiter. Ich konnte es nicht mehr hören, zog das Päckchen an mich heran, aber Max schüttelte den Kopf, ich könne meinem Freund nichts bringen, in der Verfassung, außerdem habe man ein Auge auf mich. Er hatte recht. Er würde es tun. Nun sagte ich zum erstenmal was, ich fragte: Warum? Er meinte, Hilde und er hätten zusehen müssen, wie sie mich halbtot geschlagen hätten, darum. Ich zögerte lange, bis ich sagte: ›Wenn du mich verrätst, hast du zwei Tote auf dem Gewissen.‹

Er hat mich nicht verraten, Hilde auch nicht, sie mußte die Lebensmittel beschaffen. Als ich wieder gesund war, versorgten wir zu dritt den Geflüchteten in seinem Versteck, bis zu jener Nacht, als die Gräfin auf Horbeck zum letzten Male Hof hielt.«

6

Das war lange her, aber Druskat erinnerte sich jeder Einzelheit, und während er erzählte, sah er sich, wie er an der Tafel bedienen mußte, schmächtiges Kerlchen damals, in feiner Livree.

Fern grollte die Front, man schien es nicht wahrzunehmen in der Halle des Schlosses, festlich gedeckt, aber nun schon verwüstet, die Tafel. Sie waren alle miteinander angetrunken in dieser Nacht vor dem Weltuntergang, die schöne Frau im glitzrigen Abendkleid und ihre tafelnden Gäste, Offiziere in knapp sitzenden Uniformen, ordenbehängt, auf schwarzen Kragenspiegeln grinsten die Totenköpfe. Noch einmal sollte es sein, wie es früher war, in den unvergeßlichen Stunden auf Horbeck, sagte die Gräfin weinerlich. Alles könne der Feind ihr nehmen, den Besitz, alles, woran ihr Herz hänge, aber ihre Würde nicht, ihre Haltung nicht. Und die Herren entgegneten lärmend, man käme wieder, man kehre zurück, darauf solle angestoßen werden. Druskat mußte einschenken, kristallne Pokale funkelten im Kerzenlicht, die Herrschaften soffen, was das Zeug hielt, sie stießen immer wieder miteinander an, bis es vom Turme Mitternacht schlug, Geisterstunde, Abschiedsstunde. Nun erhob sich die Gräfin, und mit ihr erhoben sich die besoffenen Galane, sie zerbrachen die Gläser, niemand sollte mehr aus den Pokalen trinken, kein Iwan, kein Knecht. Die Gräfin rief, tränenerstickt mit einemmal ihre Stimme: »Ich will Abschied nehmen von meinen Toten! Wer leuchtet mir hinab in die Grube?« – »Alle, alle! Auf in die Kirche!«

Druskat erschrak. Jetzt hätte er den Stephan gebraucht, zu zweit hätten sie das Kirchenportal verbarrikadieren oder die Kanzel blitzschnell absägen und über den Eingang zur Gruft stürzen können. Irgendwas Wahnsinniges oder Vernünftiges wäre ihnen eingefallen zur Rettung von Wladek, zwei können immer mehr als ein einzelner. Aber Max Stephan ist nicht mehr im Dorf gewesen, als es Mitternacht schlug, er war mit der schönen Hilde und Krügers wertvollstem Hausrat auf die Reise gegangen, ehe die Panik ausbrach im Dorf. Max ist immer ein schlaues Kerlchen gewesen, schon als Junge, *er* war in Sicherheit, pfeif doch auf Wladek, nicht wahr, es ging um die eigene Haut. Außerdem hatte Max, der Tapfere, das Menschenmögliche getan! Was sollte dem Polen passieren bei dem toten Herzog und den toten Grafen da unten. Die Luft würde ihm knapp werden ein paar Tage lang, ein Mensch kann eine ganze Weile den Gestank des eigenen Drecks ertragen – besser das als der Galgen. Druskat fuhr die Angst ins Gedärm, als die Gräfin rief: »Ich will Abschied nehmen von meinen Toten!«, als das besoffene Pack sie begleiten wollte. Er mußte vor ihnen in der Kirche sein, er mußte den Jungen rausholen, er hatte ihn herausgeholt, er hat ihn ausgeliefert ...

Hundertmal oder öfter hatte Druskat diese Szene im Traum erlebt, hundertmal dieselbe Geschichte: Er will jemanden retten und kann's nicht vollbringen, er will davonlaufen und kommt nicht vom Fleck, er will's nicht und schlägt dennoch jemanden tot. Hundertmal oder öfter ist er erwacht, schweißgebadet, wachgerüttelt von einer Frau, die neben ihm lag, oder geweckt vom eigenen Angstschrei, hundertmal hat er erwachend keine Erleichterung verspürt, sondern gewußt, es war nicht nur ein Traum, es hat sich in Wirklichkeit so zugetragen, hat genauso begonnen in der Halle von Schloß Horbeck.

Langsam, langsam ging er rückwärts, er wollte die betrunkene Gesellschaft bei jedem seiner Schritte im Auge behalten, bis er die geschnitzte Tür in seinem Rücken fühlen konnte, jetzt ertastete er sie mit den Händen, sah plötzlich, daß ihm Dobbin mit den Blicken folgte, der Hund.

Aber jetzt zog die Gräfin den Inspektor ins Gespräch, er verbeugte sich, jeder wußte, die Dame ertrug nicht das Witwenbett, er hatte sie eifrig beschlafen, jeder wußte auch, seit Tagen war er ausquartiert, sie hatte einen von der SS, jetzt wollte sie fort, der Inspektor sollte die Stellung halten, den Besitz hinwegretten über die Stunde Null.

Druskat schlüpfte hinaus, er jagte über die gefliesten Gänge, er hörte seine Schritte hallen, das Blut in den Ohren rauschen, er fühlte, wie sein Herz hämmerte, blieb keuchend stehen vor einem Spiegel am Ende des Ganges, sah das eigene entsetzte Gesicht, konnte die eigenen Gedanken wie fremde Stimmen hören: Wenn du dich in Sicherheit bringst, wird dich niemand belangen können. Wladek wird umkommen! Du hast nichts damit zu tun! Wenn du ihn im Stich läßt, wirst du leben! Wenn sie dich bei Wladek fassen, mußt du sterben! Die Stimmen schrien auf ihn ein, für und wider im selben Augenblick; lauf weg und bleib stehen, sei tapfer und sei besser klug, hilf ihm und hilf dir doch selber, Mensch.

Plötzlich sah er im Spiegel das Gesicht des Inspektors, Dobbin flüsterte: »Sie hauen ab! Wir müssen bleiben. Du hast Angst! Ist auch nicht gut, wenn man uns später was anhängen kann. Ich helf dir, mein Junge. Er ist in der Kirche, nicht wahr? Du hast den Schlüssel zum Kirchenportal, das ist unsere Chance, die Offiziere müssen erst den Küster bemühen.«

Druskat in seiner Angst, er hatte ja keine Wahl, er vertraute dem Mann mit der Flüsterstimme.

Endlich war es soweit, sie hatten den Deckel zur Gruft gehoben. »Hier ist meine Hand, Wladek, ich hol dich hier raus, du mußt auf der Stelle fort, beeil dich, faß meine Hand!«

Da drang die Gesellschaft in die Kirche ein, noch konnte man sich im Schatten verkriechen, aber der Inspektor zischte:

»Keine Bewegung, ihr Hunde!« Warum tat er das? Hatte er selber Angst vor der SS oder wollte er der Gräfin zum Abschied einen Toten zu Füßen legen?

Niemand wird es erfahren!

Uniformierte hielten Leuchter in den hocherhobenen Händen, unvergeßliches Bild, Lichter und Schatten, Farben und Finsternis, und schön anzusehen, die Frau Gräfin, Pelz überm Abendkleid, bleich das Gesicht unter dunkler Haarmähne, ihre klagende Stimme war bis in den letzten Winkel der Kirche zu hören. »Einen Aufschub bitte, einen Augenblick nur, meine Herren. Ich will noch ein letztes Mal auf der Orgel spielen.« Tatsächlich, einige Männer begleiteten die Dame zur Empore, die Lichter der Kerzen tanzten flackernd an den Wänden hinauf, silbern flimmerte das Pfeifenwerk, zwei Herren traten die Gebläse, es machte ihnen Spaß, nun rauschte jubelnd die Orgel auf.

Ein Aufschub auch für uns, Wladek, oder die Rettung sogar, herrliche Musik zu Ehren des Höchsten, wie hatte meine Mutter gebetet? Vater unser ... er hat den eigenen Sohn nicht erretten können ... Wir standen starr, wir sahen sie näherkommen, auf uns zu, schattenhaft, schwankend und drohend. Keiner der Männer konnte noch geradegehen, sie hielten Leuchter, andere entzündeten die Kerzen auf dem Altar. Welches Vögelchen haben wir da eingefangen! Das gelbe Zeichen, das Brandmal Pole, leuchtete auf Wladeks Brust – er spuckte mir ins Gesicht. Da fiel schon der Schuß, ein Todesschrei verhallte und mein eigener verzweifelter Schrei.

»Was ist geschehen?« Die hölzerne Treppe knarrte und ächzte, als die Gräfin ohne Eile herunterschritt, eine Hand am Geländer, mit der anderen raffte sie anmutig das lange, schimmernde Kleid, hinter ihr polterten Gestiefelte über die Stufen und Fliesen. Jetzt standen sie im Kreis um den Toten.

»Höher die Leuchter«, die Gräfin flüsterte in ihre Hände: »Um Gottes willen!«, aber gleich darauf herrischer Befehl: »Meine Herren, bringen Sie das in Ordnung. Der Mann gehört vor ein Standgericht.« Wahrhaftig, die Gräfin deutete auf den Toten, blickte auf den Ranghöchsten der Offiziere. »Sie bürgen dafür«, und herrschte den Inspektor an: »Es darf kein Gerede geben im Dorf, ich will es nicht, daß gesagt werden kann, auf Horbeck sei von meinen Gästen ein Mann aus lauter Spaß am Töten umgebracht worden.«

Sie hielten Druskat gepackt, die Büttel. Wollten sie ihn als nächsten erschießen? – Die Gräfin trat auf den Jungen zu, ein Wink, die Männer ließen ihn frei, die Dame tätschelte lächelnd meine Wange. »Der Kleine hat eine Belohnung verdient!« Sie wandte sich um, sie verließ die Kirche erhobenen Hauptes, mit rauschenden Gewändern, als sei ihr in dieser Gesellschaft nicht der nötige Respekt erwiesen worden. Und vergaß, ihren Toten adieu zu sagen.

Die Bezechten hatten auf dem Altar, im Angesicht des Gekreuzigten, ein Standgerichtsurteil verfertigt und rasch besiegelt, den jungen Druskat – für sie war es ein perverser Spaß – mit dem Eisernen Kreuz dekoriert, so hatten sie ihn zu ihrem Helden und Mitschuldigen gemacht.

»Wladek vor meinen Augen erschossen, dann später hat einer die Glocke gezogen, Sturm geläutet, ich glaube, aus Jux, die waren alle betrunken, dann bin ich allein gewesen mit dem Toten. Ich hockte auf den Stufen, die zum Altarraum führten, wollte beten in der Verzweiflung und konnte es nicht. Ich dachte, hier bleibst du sitzen, bis einer kommt, dem du alles erzählen kannst, oder bis einer kommt, der dich totschlägt, auch egal. Ich wußte nicht aus und nicht ein. Wenig später kam einer, der Inspektor kam zurück, Dobbin, dieser Hund. Er löschte die Altarkerzen, trotzdem war der Tote zu erkennen, wie er auf dem Ziegelpflaster lag, der Himmel leuchtete rot hinter den bleigefaßten Kirchenfenstern, Karbow brannte in der Nacht.

Nun müsse man die Spuren beseitigen, er würde mir helfen, sagte Dobbin, später müsse ich ihm helfen, gegen den Feind, gegen die Russen. Ich sei ein Held, ich hätte es sogar schriftlich, wir beide müßten jetzt zusammenhalten.

Ich war verloren.

Der Hund, er wollte mich zu seiner Kreatur machen. Er hatte Wladek auf dem Gewissen, er befahl: ›Schaff den Toten raus, verscharr ihn, irgendwo, möglichst rasch. Jeden Augenblick können sich die Pollacken befreien, wenn sie dich bei der Leiche finden, hängst du am nächsten Baum. Schaff den Toten fort! Verscharr ihn!‹ und sagte das, als handle es sich um ein Aas, ein verrecktes Stück Vieh.

Ich dachte, der ist schuld an allem, der hat dich reingelegt, der hat dich in der Hand, von dieser Stunde an bin ich sein Totengräber, sein Aasverscharrer, sein Komplize. Was werde ich noch tun müssen, ich werde alles tun müssen, was er mir abverlangt. Ich haßte ihn, ich mußte Wladek rächen, mich rächen, oder der Haß hätte mich selber umgebracht. Ich hätte mich vom Kirchturm gestürzt, mich am nächsten Balken aufgehängt, ich hätte noch im letzten Augenblick gedacht: Und der soll weiterleben, als braver Mann, kein Mensch kann ihm was nachweisen außer mir, aber mich hat das Schwein in der Hand, nein, so einer soll nicht weiterleben! Ich war so gepeinigt worden, ich weiß, was das bedeutet, blind sein vor Haß.

Auf einmal hielt ich einen Leuchter in der Hand, ich hatte ihn vom Altar gerissen, schwang ihn hoch, der Inspektor drehte sich um, aber der hatte bloß den einen Arm, konnte sich nicht richtig wehren, ich schlug zu, er stürzte, ich über ihn. Wir rangen um seine Pistole, sie war ihm aus der Hand gefallen, er lag auf dem Rücken, stieß mir den Stiefelabsatz in den Unterleib, der Tritt warf mich gegen das Kirchengestühl, es splitterte und krachte, mir wollte schwarz vor Augen werden, aber die Pistole hielt ich krampfhaft in der Hand. Ich hatte mich noch nicht wieder aufgerappelt, da stand er schon vor mir, hoch über mir, ich drückte ab, einmal, zweimal, er fiel auf mich wie ein Baum – ich mußte mir einen Toten von der Brust wälzen, ehe ich mich erheben konnte. Dann sah ich ihn liegen, ich hab keinen Schreck bekommen, ich hatte keine Angst, jede seiner Taschen habe ich umgestülpt, aber diese elende Verleihungsurkunde, ich hab sie bei ihm nicht gefunden.

In derselben Nacht hab ich die Toten auf mein Pferd gebunden und erst den einen, dann den anderen zu den beiden Felsen gebracht, zwei Tote sind auf meinem Pferd zu ihrem Grab geritten, ehe Gomolla anderntags darauf nach Horbeck ins Leben ritt. Wer soll diese unwahrscheinliche Geschichte glauben? Ich hab sie aber wahrhaftig erlebt.«

7

Sie saßen in den Sesseln, die beiden Männer, das Mädchen und der Junge, und schwiegen, sie hatten zugehört, die Jungen mit jener unbekümmerten Anteilnahme, wie sie jede spannende Geschichte herausfordert, beide kannten den Helden, dennoch war es kaum anders für sie, als hätte jemand aus einem Buch vorgelesen, die beiden Älteren konnten den Bericht mit eigenen Erlebnissen und mit Erfahrungen vergleichen, die sehr unterschiedlich waren bei Gomolla und Stephan, und so verschieden beurteilten sie Druskats Verhalten. Sie sahen ihn an, aber sie sagten nichts. Druskat betrachtete sie, einen nach dem anderen. Schließlich klopfte er an den Jackentaschen herum, er wollte rauchen, er hatte keine Zigaretten mehr bei sich, Gomolla hielt ihm die Schachtel hin. Druskat bedankte sich, dann sagte er: »Ich hätte damals nicht beweisen können, wie sich das alles zugetragen hat, ich kann's bis heute nicht. Ich bin dem Inspektor auf den Leim gegangen, einen Augenblick lang hab ich versagt, das hat dem Polenjungen das Leben gekostet. Ich dachte, diesen einen Augenblick müßte ich mit einem anständig gelebten Leben wieder gutmachen können.«

Anja erhob sich aus dem Sessel, sie griff nach ihrer Umhängetasche, warf sie sich lässig über die Schultern, sie sagte – war es denn möglich, Druskat starrte sie ungläubig an, sie sagte, beinahe ein wenig verächtlich: »Mir hat er das verschwiegen, aus Angst.« Sie ging zur Tür, der Junge, selbstverständlich, er folgte ihr.

Druskat rief: »Anja! Töchterchen! Wir können doch zusammen …«

Sie blickte über die Schulter: »Wir nehmen die Räder. Wiedersehn.«

Die drei Männer waren unter sich. »Siehst du«, sagte Gomolla, »sie verstehen es nicht.«

»Und du?«

Es dauerte eine Weile, bis Gomolla antwortete. »Wir reden noch darüber. Jetzt will ich erst mal wissen, was der Staatsanwalt zu erzählen hat. Dann reden wir, morgen vielleicht. Ach ja, ich sollte was ausrichten: Sie wartet auf dich in Altenstein, Rosemarie. Also, scher dich erst mal nach Hause.«

Er ging zur Tür – den Stock hatte er im Auto zurückgelassen –, er hielt sich aufrecht ohne die gewohnte Stütze, aber es strengte ihn an.

»Gustav!« Stephan wollte den Alten zurückhalten. Er war bekannt als Verfechter unkonventioneller Methoden und Verhaltensweisen, jetzt gefiel ihm durchaus nicht, daß Gomolla gegen die Gewohnheit verstieß. Wo blieb die Einschätzung? Was hatte Druskat in der Folge zu erwarten? Durfte er Chef in Altenstein bleiben? Vor allem, was hielt Gomolla von seiner, Stephans Rolle in der Druskatgeschichte? Wie ist die Lage? Diese rhetorische Floskel hatte der Alte in der Vergangenheit bis zum Überdruß gebraucht, um dann seine Ansicht über dieses oder jenes auszubreiten. Und heute? Stephan wollte wissen, wie die Lage war, aber der Alte schickte sich an, das Zimmer zu verlassen. Wie sollten Druskat und Stephan nach Altenstein und Horbeck zurückgelangen? Zu Fuß etwa? Oder stand ihnen der Behördenwagen zur Verfügung? Lauter ungeklärte Fragen!

Gomolla wendete sich um, er blinzelte die Männer an unter halbgesenkten Lidern, beide kannten den Blick, er bedeutete, weitere Fragen seien unerwünscht, und tatsächlich, der Alte raunzte: »Noch was?«

Es schien, als sei Stephan, der großmäulige, eingeschüchtert, jedenfalls wagte er lediglich eine abschätzige Handbewegung, als wollte er sagen: Scheiß drauf!

Gomolla nickte, dann schloß er die Tür.

Stephan kaute an der Unterlippe. Er dachte: Druskat sieht ziemlich zerknittert aus. Wie hatte Gomolla manchmal gesagt, der Junge sei immer von etwas Seltsamen umweht gewesen, von Traurigkeit, die Weiber habe es angezogen, aber das Mädel hat den Vater einfach stehenlassen, der Alte ist gegangen. Ich bin an seiner Seite geblieben, ich, Stephan, der Freund. Ich sollte ihn ein bißchen trösten: Wird schon werden, Daniel, oder: Halb so schlimm! oder: Kopf hoch! oder wenigstens: Den Kopf wird es nicht kosten. Ach was! Er hieb dem Druskat die Pranke auf die Schulter und meinte: »Ehe wir losgefahren sind von Altenstein, hat der Alte eine halbe Stunde herumtelefoniert. Ich glaube, er hat dich rausgeboxt.« Und dann sagte er: »Gehen wir!«

8

Sie nahmen den Linienbus, er war überfüllt, sie standen dicht beieinander, eingekeilt im Gang, umklammerten mit den Fäusten die Haltestangen, sie konnten nicht miteinander reden und wollten es auch nicht. Als sich der Omnibus ihren Dörfern näherte, wurden Sitzplätze frei, Stephan, »Sie gestatten?«, zwängte sich neben ein junges Mädchen, aber er hatte kaum angefangen, mit der hübschen Nachbarin über das Wetter zu plaudern: »Viel zu heiß, viel zu trocken der Sommer«, als der Fahrer rief: »Haltestelle Mönchsbusch!«

Druskat erhob sich. »Ich muß mir die Füße vertreten. Hast du Lust, mit mir über den Hügel zu gehen?«

»In Ordnung.« Stephan lüftete abschiednehmend den Hut.

Sie kletterten aus dem Bus, Stephan zog die Hutkrempe in die Stirn, Druskat brach eine kräftige Haselrute vom Strauch, schnitzte sie mit dem Taschenmesser ein wenig zurecht, dann schritt er, Koffer am Stecken geschultert, neben Stephan durch den Wald. Sie sprachen noch immer nicht, jeder hing seinen Gedanken nach.

Druskat dachte, ich muß ein Urteil abwarten, eine Entscheidung hinnehmen und weiß nicht, wie sie ausfallen werden, aber ich bin nicht bedrückt, mich bewegt ein Gefühl von Befreitsein, das stärker ist und größer als die Angst vor den Folgen meines Geständnisses. Ich geh nach Haus, ich bin frei, und ich kann es genießen, ich atme, ich rieche den Wald, ich schwitze, ich spüre, wie mir das Hemd am Körper klebt, ich möchte die Kleider abstreifen, mich nackt in einen See werfen, die Kühle des Wassers auf meiner Haut spüren und später die Wärme der Sonne. Warum soll ich's nicht tun?

Dort hinten gabelt sich der Pfad, und im Sommer, das weiß ich, kann man sich an verschilften Moorlöchern entlang bis zum See tasten. Anja hat mir gestern in den Koffer gepackt, was ein Mann braucht, der ein oder zwei Tage unterwegs sein wird, Schlafanzug und Waschzeug, auch ein sauberes Hemd – Zeit, es anzuziehen. Er deutete auf den Pfad, der vom Wege abzweigte. »Zum See!«

Stephan war einverstanden. Sie schritten kräftig aus, mußten bald langsam gehen, Ruten beiseite biegen, sich unter sperrige Kiefernäste bücken, sie konnten sich erst am Ende des verwachsenen Weges wieder aufrichten, nun teilten sie herabhängende Zweige wie einen Vorhang und sahen wenige Schritte entfernt den See.

Während Stephan ein paar Birkenpilze begutachtete, die trotz der Trockenheit im Ufergebüsch wuchsen – natürlich madig –, zog Druskat sich aus, eilig, als erwarte ihn eine ungeduldige Geliebte, er verstreute in liederlicher Hast die Kleider, Strümpfe, Schuhe am Ufer, erklomm einen Weidenstamm, der sich, vom Sturm halb entwurzelt, dicht über die Wasseroberfläche neigte, hob die Arme, sprang federnd ab und tauchte hinab in den See.

Ich bleibe unten, Knabenspiel, wie viele Minuten, wie weit reicht mein Atem, lange, lange, jetzt muß ich hinauf, paddeln, paddeln, ich steige auf aus grünlicher Dämmerung, über mir, wie flüssiges Metall schwappend, seh ich die Oberfläche des Wassers, ich gleite hindurch, prustend und spritzend, schnappe nach Luft, gierig wie ein Ertrinkender, tauche wieder hinab in die Tiefe und steige wieder auf, ich liebe das Wasser und die Luft, ich liebe den Sommer, ich lebe so gern.

Max Stephan stand am Ufer, Beine gespreizt, den Strohhut aus dem Gesicht geschoben, Hände auf dem Rücken verhakt, und brüllte irgendwas. Druskat schwamm näher, bis er Grund unter den Füßen fühlte, hob sich bis zur Brust aus dem Wasser, streifte die klatschnassen Haare aus dem Gesicht und fragte: »Was ist los?«

»Du hast eben doch eine Meise«, sagte Stephan. »Die Dörfer in Aufregung, Gerüchte, Druskat war KZ-Aufseher, war Adjutant bei Hitler. Ich vernachlässige meine Arbeit, ich lasse meine Genossenschaft im Stich, ich hole dich ab aus dem Knast, aus Freundschaft und ehrlicher Sorge, weil ich dich sicher nach Hause geleiten will. Ich denke, der Junge wird in Scham und Reue die bittersten Zähren vergießen, und was muß ich sehen? Du badest.«

»Komm rein«, sagte Druskat.

»Ich hab keine Badehose.«

»Ich auch nicht.« Druskat watete näher auf Stephan zu.

Der bullige Mensch kreischte wie ein schockiertes Fräulein, er machte »Huch!«, hielt sich die Augen zu und verschwand tappelnd hinter den Zweigen. Schließlich erschien er aber wieder, verdeckte mit den Pranken verschämt das Gemächt und wiegte sich zu allem Überfluß noch wie verlegen in den Hüften.

»Mann, deine Wampe«, rief Druskat, »ungeheuer! Wie machst du es eigentlich beim Lieben?« Er warf sich lachend ins Wasser zurück.

»Nun«, sagte Stephan mit erhobenen Brauen, »du kennst mich doch als einen erfinderischen Mann.« Dann erklomm er ebenfalls den Weidenstamm, breitete graziös die Arme, als wolle er sich in die Lüfte erheben, verfehlte den Absprung, der fette Mensch, klatschte bäuchlings aufs Wasser und versank wie ein Stein.

Die letzten Tage hatten für Druskat keinerlei Anlaß zu Gelächter geboten, jetzt hielt er sich lachend den Bauch, aber Stephan jammerte, als er aus dem Wasser stieg, das Allerheiligste seines Leibes habe er beim Sprunge auf schmerzhafte Weise geprellt, er müsse Schwellungen befürchten, er deutete mit geballten Fäusten an, wie groß etwa.

Druskat meinte, eine körperliche Reaktion in dieser Gegend dürfte für Stephan immerhin tröstlich sein, so witzelten und kicherten die beiden Vorsitzenden wie halberwachsene Männer noch eine Weile herum, am Ufer, im Wasser und wieder am Ufer, seiften sich, schrubbten sich gegenseitig die Rücken und fühlten sich frisch und gekräftigt, als sie schließlich nebeneinander auf dem Weidenstamm hockten, um sich von der Sonne trocknen zu lassen.

Später suchten sie ihre Kleider zusammen. »Hör mal«, sagte Stephan, er begann, sich ohne Hast anzukleiden, »hör mal«, sagte er, während Druskat, der flinkere, schon in die Hose stieg, »du weißt doch, ich bin nicht nur ein guter Mensch, ein treuer Freund in allen Lebenslagen ...«

Druskat schüttelte verwundert den Kopf.

»... mir hat der liebe Gott auch schlechte Eigenschaften mitgegeben. Ich bin neugierig, zum Beispiel, ich muß wissen, wie die ganze Geschichte aufgedeckt worden ist, wer hat dich angezeigt? Jeder denkt, es war jemand aus meiner Familie.«

Druskat sagte: »Es hängt mit uns beiden zusammen, wie das aufgedeckt worden ist.«

»Versteh ich nicht.«

Druskat dachte, lange Zeit hab ich sein wollen wie er, so witzig, schlagfertig, leichtfertig, draufgängerisch. Manchmal hab ich es versucht, aber es strengte mich an, und es paßte nicht zu mir. Ihm fiel es leicht, die Menschen zu gewinnen, ich hab sie manchmal vor den Kopf gestoßen. Zwanzig Jahre lang habe ich Max Stephan bewundert und gehaßt, beneidet und bedauert, er hat mich angezogen und abgestoßen, und vielleicht hab ich mich ihm gegenüber durchsetzen können, weil ich schließlich doch von ihm lernte.

Druskat sah Stephan nachdenklich an, während er sich mit Kamm und flacher Hand das Haar glättete, er sagte: »Seit wir uns kennen, mögen wir uns und streiten wir uns. Du hast mich immer herausgefordert.«

Sie waren nun beide angekleidet, Druskat hob sein Köfferchen auf. »Du nicht anders«, sagte Stephan, er schob den Vorhang aus Zweigen beiseite, verbeugte sich andeutungsweise, um Druskat den Vortritt zu lassen, er verhielt sich schon wieder, als könne er nichts und niemanden ernst nehmen.

Druskat sagte: »Mal hab ich dich eingeholt, es ließ dir keine Ruhe, du wolltest mich überholen, ich mußte wieder Anlauf nehmen. Ich glaub, wir haben einander nicht bloß herausgefordert aus Rechthaberei oder weil nur einer Platzhirsch sein konnte. Wir sind seit einigen Jahren eine Partei, wie Anna das nennt, aber wir haben verschiedene Entwürfe vom Leben. Ich bin vierzig Jahre geworden mittlerweile, ich mußte meine Lebensauffassung endlich durchsetzen, oder ich wär vor die Hunde gegangen.«

Sie schritten nebeneinander, soweit das möglich war auf dem schmalen Pfad. Druskat, er war fast einen Kopf kleiner als der athletische Freund, blickte hinauf in Stephans Gesicht, er sagte: »Du standest mir mitten im Wege, Goliath, ich mußte dich besiegen. Und ich konnte es, weil endlich die Zeit dazu war, weil viele mit mir darauf gewartet haben. Weißt du noch, wie wir vor ein paar Wochen dein Musterdorf besichtigen mußten?«

Der Landwirtschaftsrat hatte im Frühling etwa fünfzig Frauen und Männer, Bauern, LPG-Vorsitzende und Bürgermeister aus dem Bezirk, Männer selbstverständlich in der Überzahl, zu einer Exkursion nach Horbeck bestellt. Die Besichtigungstour war mit einer Schiffsreise über die schöne Rümitz verbunden, eine Kaffeetafel stand in Aussicht, und das Mittagessen, von Aal war die Rede, sollte bei Anna Preibisch, der bekannten Schankwirtin von Horbeck, eingenommen werden, jedermann war der Einladung gerne gefolgt.

Die Exkursanten hatten Produktionsanlagen und Gemeinschaftseinrichtungen der Genossenschaft »Frohe Zukunft« mit Sachkenntnis und stillem Neid bewundert – es schien wirklich so, als nähme die Realität von Horbeck das Dorf der Zukunft vorweg –, die anwesenden Presseleute hatten eindrucksstarke Fotos geknipst, auf jedem Bild würde Stephan zu sehen sein, eine Persönlichkeit von Gewicht. Nun sollte das Naherholungszentrum der Genossenschaft besichtigt werden, es galt ebenfalls als vorbildhaft, Druskat wußte, wie es entstanden war.

Stephans Gäste schlenderten über die Dorfstraße, in Grüppchen und Trüppchen, zwanglos plaudernd, Eindrücke und wohl auch ein wenig Bezirksklatsch austauschend, wie das immer der Fall ist, wenn Leute zusammentreffen, die einander lange nicht gesehen haben. Großmann vom Rat des Bezirkes, seit kurzem war er zum Abteilungsleiter avanciert, schritt an der Spitze des ungeordneten Zuges, jetzt hob er den Arm und rief, man möge getrost das Auge noch auf diese und jene Errungenschaft des Dorfes Horbeck richten, in einer halben Stunde aber an der Seebrücke zur Abfahrt versammelt sein – es war just dieselbe Brücke, die Stephan auf Kosten des Staates und mit Hilfe einer Pionierkompanie hatte erbauen lassen, damit ein polnischer General die Stiefel auf Land setzen konnte –, in einer halben Stunde also Treff bei der Anlegestelle, dann werde man pünktlich in See stechen.

Gomolla übrigens war mit von der Partie, er schritt, auf den Krückstock gestützt, in Gesellschaft Stephans und Druskats hinter den lernbegierigen Fachleuten her.

Plötzlich, ausgangs des Dorfes, stockte der Zug, Straßenbaumaschinen stellten sich den Wandernden in den Weg.

Stephan reichte Gomolla die Hand, diesmal ließ sich der Alte helfen, er mußte über einen Schotterhügel klettern, um den Gehsteig zu erreichen.

Druskat war stehengeblieben. »Was wollen die vom Straßenbau in Horbeck?«

Stephan grinste. »Versteht ihr Spaß?«

»Immer«, meinte Gomolla.

Und Stephan erzählte, während sie weitergingen. »Da ruft einer bei mir an, vor vierzehn Tagen ungefähr, Rat des Bezirkes, Großmann, der ruft also an, es hätte sich eine Parlamentsdelegation aus Paris angesagt, die wolle unbedingt eine Genossenschaft besichtigen, eine gute, versteht sich. Welche also ...«

»Horbeck natürlich.« Druskat erriet es sofort.

»Genau.«

»Wart mal.« Druskat hielt Gomolla am Ärmel fest. »Ich werde dir sagen, wie er das Ding gedreht hat.« Er wendete sich an Stephan. »Wenn du erlaubst, Max?« – »Aber bitte schön.« Stephan hatte nichts einzuwenden.

»Soweit in Ordnung, Genossen, wird er gesagt haben, wir haben manches vorzuzeigen, bis auf die Straße, die sieht aus wie eine Miniaturausgabe der berühmten tausend Seen, Loch neben Loch, bei Regen jedenfalls. Nun mal ganz ohne Witz, was soll das kapitalistische Ausland vom Sozialismus halten, wenn es bis an die Knöchel in unserem Dreck versinken muß ...«

Stephan kicherte, es belustigte ihn sehr, wie der kleine Druskat das Gehabe des großen Stephan nachzuahmen verstand, die Redeweise, die Mimik, die imponierende Geste, ein Schauspieler war an Druskat verlorengegangen, Stephan amüsierte sich, er drängte. »Weiter, Daniel, weiter.«

Druskat fuhr fort. »Er wird gesagt haben: Kapitalisten in Horbeck? Nicht ums Verrecken! Es sei denn ...«, er legte treuherzig die Hand auf das Herz und machte ein Schafsgesicht, »es sei denn, ihr kürzt was beim Chausseebau weg – 'ne kleine halbe Million – und rollt mal ganz auf die Schnelle für das Parlament von Frankreich einen Asphaltteppich durch mein Dorf. Meine Leute und ich würden selbstverständlich helfen ...«

Stephan mußte Druskats Kombinationsgabe anerkennen. »Wie bist du bloß daraufgekommen?«

»Verdammter Trickbetrüger!« sagte Druskat, und Gomolla schüttelte halb mißbilligend, halb anerkennend das Haupt.

Später fuhren sie über den Rümitzsee, Gomolla und Druskat waren an Deck geklettert, sie standen an der Reling und betrachteten das Land zwischen Himmel und Wasser, Uferwäldchen trieben am Schiff vorüber, Koppeln oder Felder, die sich bis zu fernen Dörfern hinauf erstreckten, das Land war grün, und der See war blau und blank wie der Himmel an diesem Frühlingstag. Gomolla warf seine Zigarette über Bord, er sagte: »Im Lager hatten wir einen, der war mal auf Capri, das wäre das schönste Fleckchen auf der Welt. Ich weiß nicht. Kann es was Schöneres geben als das?«

Druskat antwortete nicht auf Gomollas Frage, er deutete zum Ufer, eine bräunlich kahle Fläche kam in Sicht, es sah aus, als sei eine breite Schneise in das Erlengestrüpp hineingeschlagen worden. »Das Wolfsluch. Kannst du den Deich erkennen? Eine Torfschüttung.«

»Wird er diesmal halten?« fragte Gomolla mißtrauisch.

»Der hält!« Jetzt zeigte sich Großmann an Deck, der Mann hatte Verdienste, Druskat wußte es, konnte ihn aber nicht sonderlich leiden, diesem Großmann war es nämlich zur Gewohnheit geworden, auf lärmende und angestrengte Weise Optimismus zu verbreiten, jetzt trat er auf Gomolla zu, er fragte: »Nun? Haben wir uns etwas einfallen lassen? Kleine Lustfahrt, warum auch nicht? Schließlich sind die besten Bauern, LPG-Vorsitzende und so weiter an Bord. Und man muß ja für Höhepunkte sorgen vor dem Parteitag, nicht wahr, Genosse Gomolla?«

Gomolla lobte den Mann, wie der es erwartet hatte, er sprach die bedeutungsvollen Worte: »Nicht schlecht!«

Großmann war aufgekratzt, nun erläuterte er Gomolla und Druskat, was beide ohnehin wußten, daß man nach der Rundfahrt auf dem See nach Horbeck zurückkehren werde, kleine Verkostung bei Frau Preibisch, große Überraschung, er hauchte das Zauberwort Aal, dann aber Auswertung der Exkursion, Presse sei eingeladen, Rundfunk und so weiter, der Maßnahme sei überregionale Bedeutung beizumessen, es sei nämlich eine Beschlußfassung vorgesehen, darüber aber habe er mit den beiden erfahrenen Genossen noch einmal reden wollen.

»Bitte schön.«

Inzwischen hatten sich auch andere Passagiere zur Gruppe gesellt, die obligate Quarksahnetorte war verzehrt, der Kaffee längst geschlürft in rauchiger Kabine, jedermann verspürte Lust auf ein Frühlingslüftchen, an Deck wehte es. Stephan reckte die Arme, turnte hurtig mehrere Kniebeugen vor, der Kopf schwoll ihm an von der Strapaze, dann spielte er sich, mit den Kollegen scherzend, näher ins Zentrum der Diskussionsgruppe vor. Womöglich entging ihm etwas? Großmann erläuterte gerade, jetzt konnte Stephan verstehen: Man habe im Bezirk an die sechshundert Genossenschaften, ein gutes Dutzend davon zähle zu den Spitzenreitern wie Horbeck – Stephan senkte bescheiden die Lider –, aber, Großmann hob den Zeigefinger, vertraulicher Blick in die Runde, man sei ja unter sich, hundert Genossenschaften, leider, arbeiteten noch immer unter dem Strich, und fünfhundert Genossenschaften – der Dozierende griff nach Druskats Jackenknopf –, wie Altenstein beispielsweise, marschierten im Mittelfeld, nicht gut und nicht schlecht. Nun sei man von folgender Überlegung ausgegangen, wenn man was Großes erreichen wolle für den Bezirk, für das ganze Land, dann müsse im Mittelfeld verändert werden.

Stephan rief: »Na los, Daniel, dann klotz doch mal ran!«

Gelächter.

Großmann nickte bedeutungsvoll, jetzt war er in Eifer geraten, sein Auge glomm, er sprach wie auf einer Versammlung, und mit erhobener Stimme mußte er artikulieren, um den Lärm der Schiffsmaschine zu überschreien: »Genossen, wenn es fünfhundert Genossenschaften gelingen würde, nur ein paar Doppelzentner mehr vom Hektar auszudreschen, nur zwei oder drei Zentnerchen, Genossen – der Gewinn müßte nach einer halben Milliarde berechnet werden.«

»Dann könnte man sie abschaffen, die Vorzeigedörfer wie Horbeck, die Hätschelkinder der Presse«, schrie Druskat fröhlich, er strahlte Max Stephan an. Die Umstehenden applaudierten, und Stephan, eine Braue erhoben, sagte mit mokantem Lächeln: »Du hast ja heute einen Giftzahn, Kleiner.«

»Na, na, bloß keinen Streit.« Großmann drohte schelmisch mit dem Finger. »Nun schimpf mal nicht auf die Zeitung, Genosse Druskat, gerade mit dir haben wir nämlich was vor – pressemäßig. Wir wollen ein Beispiel schaffen, dem andere nacheifern können. Wir wissen noch nicht genau, wie wir es nennen werden.«

»Vielleicht die ›Altensteiner Initiative‹.« Der Vorschlag kam von Stephan.

Großmann sagte: »Vielleicht. Jedenfalls sollt ihr in Altenstein beweisen, wie man das Mittelmaß überbieten kann.«

Er hakte sich bei Druskat ein, er hatte wohl die Absicht, Arm in Arm mit dem anderen, an Deck wandelnd, über die pressemäßigen Details zu plaudern. Aber Druskat sträubte sich, er blieb bocksteif inmitten der Bauern stehen, er sagte spöttisch: »Raus aus dem Mittelfeld, erklär uns doch mal, wie man das macht.«

Großmann war ein wenig verletzt, er löste seine Hand aus Druskats Armbeuge, er sagte gereizt: »Nun ja, durch Bruch mit den verfluchten Gewohnheiten, der Schlamperei, indem man, entschuldigt bitte, in euern Dörfern endlich straffe Arbeitsorganisation durchsetzt. Ausnutzung der Technik, Schichtbetrieb – lauter Fremdwörter, nicht nur in Altenstein, sondern in mancher Genossenschaft!«

Druskats Gesicht hatte sich während der Rede Großmanns verfinstert, auch den übrigen LPG-Vorsitzenden gefiel nicht übermäßig, was der Genosse Abteilungsleiter vorgetragen hatte. Das war also, wenn man so sagen durfte, der Pferdefuß vom Aalessen, auf das sie sich gefreut hatten! Sie wandten sich ab. Gomolla beobachtete es mit Unwillen, und Großmann, er hob die Hände und rief beschwörend: »Aber Genossen! Ein Dorf wie Horbeck, das wir bewundert haben, darf doch kein Einzelfall bleiben!«

»Da hat er recht!« rief Druskat zu Großmanns Überraschung, »Ich geb ihm vollkommen recht.«

Die Pressekampagne schien also gesichert. Großmann zog ein Papier aus der Tasche. »Der Entwurf«, sagte er, »wir haben den Aufruf schon vorbereitet. Lies das in Ruhe.«

Druskat nahm das Blatt entgegen, er überflog es.

Großmann sagte: »Du wirst heute nachmittag als erster sprechen und den Aufruf begründen. Einverstanden?«

Druskat nickte. Jetzt wurde er von Stephan angestoßen, Druskat blickte auf, der Dicke grinste schadenfroh, er hielt eine Flasche Doppelkorn in der Faust. »Na denn«, sagte er und setzte die Pulle an die Lippen, »auf volle Säcke, Daniel!«

Der Aal war von Anna Preibisch auf das vorzüglichste zubereitet worden, und zwar auf eine Weise, die man grün nennt, dazu gab es eine pikante Soße, diverse Salate, Gemüse und Kompotte. Nun saßen die Gäste rauchend und schwatzend an der Tafel, in einer Stunde sollte die Veranstaltung laut Zeitplan beendet sein, die Diskussion würde sich hoffentlich in Grenzen halten, man hatte viel erlebt und genossen an diesem Tag, war satt und müde, zu Streitgesprächen nicht aufgelegt und würde gewiß dem Aufruf durch Erheben der Hände Zustimmung geben.

Druskat, er hatte am Ende der Tafel Platz genommen, brütete über dem Papier, wollte sich offenbar den Wortlaut des Vorschlags zu eigen machen, manchmal murmelte er vor sich hin, starrte dann und wann zur Decke, korrigierte wohl auch dies und das, nun schob er das Blatt zurück, streckte die Beine von sich, zupfte, Ellbogen auf die Handfläche der

Linken gestützt, mit der Rechten die Lippen. Er bemerkte nicht, daß sich Fräulein Ida mit Krümelbürste und Schippe seinem Platz genähert hatte, sie hantierte sehr nachdrücklich, er wurde es immer noch nicht gewahr.

Ida mußte sich zu ihm beugen, sie flüsterte: »Daniel.«

Druskat lächelte abwesend. »Was hast du, Ida?«

»Weißt du noch, wie wir von hier ausgezogen sind bei Nacht und Nebel, Irene, du und ich – mit dem Handwagen? Max Stephan feierte Hochzeit, es ist bald zwanzig Jahre her.«

»Ich werd es nie vergessen, Ida.«

Das Fräulein kicherte plötzlich, senkte dann verschämt die Lider.

»Es war das letztemal, daß mich ein Mann geküßt hat.«

»Ida, Ida.« Druskat schüttelte den Kopf, aber dann griff er nach ihrem Kinn und küßte, wie er es vor zwanzig Jahren getan hatte, die Alte auf beide Wangen.

Ida seufzte mit geschlossenen Augen und hochgezogenen Schultern, schließlich sagte sie: »Wahre Freundschaft welkt nicht, Daniel!« und ging erhobenen Hauptes und mit schlenkernden Röcken davon, als trüge sie eine Trophäe über den Saal. Beinahe wäre sie gegen Anna Preibisch geprallt, die lehnte mit verschränkten Armen an der Tür. Ida wollte vorüber, Anna hielt sie zurück, sie deutete auf Druskats Tisch, auf Krümelbürste und Schippe, die Ida in holder Verwirrung hatte liegenlassen. »Dein Handwerkszeug, meine Gute.«

Es mag wohl sein, daß Liebe den Menschen verändern kann, Ida jedenfalls duckte sich nicht, sie maß die herrschsüchtige Schwester mit stolzem Blick und sagte kalt: »Bitte keine Szene, Anna!« Ida winkte ärgerlich mit der Hand, Anna gab ihr gleichgültig den Ausgang frei, denn nun fesselte Großmann ihre Aufmerksamkeit, er hatte zwischen Stephan und Gomolla an der Tafel präsidiert, jetzt erhob er sich, klopfte ans Glas und ließ, wie man so sagt, die Blicke schweifen, über die im Saal Versammelten hinweg, bis vollkommene und erwartungsvolle Stille eintrat, er sprach:

»Liebe Freunde und Genossen, manches, davon konnten

wir uns überzeugen, ist vorbildhaft in Horbeck. Überall begegnet man gewisser Kultur, sie kommt nicht von ungefähr, denn das Kulturelle basiert sozusagen auf dem Ökonomischen.« Und das Ökonomische, so ungefähr argumentierte er, dies sei es eben, nicht wahr, darum ginge es, die in Horbeck hätten fünfzig Doppelzentner vom Hektar geerntet, andere schafften kaum dreißig. Das Gefälle zwischen den einzelnen Genossenschaften sei nachgerade unerträglich geworden. Zu diesem Problem werde der Genosse Druskat sprechen, und er werde einen Aufruf an alle Genossenschaften des Bezirkes verlesen.

»Bitte, Daniel!« Er winkte Druskat vom Platz hoch, die Presseleute zückten die Kugelschreiber, die Fotografen stellten sich in Positur.

Druskat stellte sich in der Mitte des Saales auf, breitbeinig, einige Schritte von der Tafel entfernt, er stand Großmann, Gomolla und Stephan gegenüber, die Bauern und Bürgermeister rückten ihre Stühle so, daß sie den Redner anschauen konnten. In der einen Hand hielt Druskat das vorbereitete Manuskript, mit der anderen kratzte er sich nervös im Strubbelhaar, er sagte: »Hör mal, Genosse Großmann, hundert Genossenschaften stehen in den roten Zahlen, na, und die paar Spitzenreiter wie Horbeck machen den Kohl nicht fett, und fünfhundert Genossenschaften stagnieren im Mittelfeld – deine Statistik beweist ... Disproportionen in der Landwirtschaft, ungleichmäßige Entwicklung ... Wir sitzen ganz schön in der Scheiße! Die Situation schreit nach Veränderung – und du meinst, wir könnten mit Selbstverständlichkeiten was bewirken, mehr Ordnung, mehr Fleiß? – Mensch, ich les doch diesen Stuß nicht vor!«

Großmann hatte Druskat ungläubig angestarrt, jetzt sprang er wütend auf, er rief: »Willst du bitte erklären!«

Druskat sagte ruhig: »Der Aufruf geht von falschen Schlußfolgerungen aus.« Er zerriß das Papier, zerschnitzelte es, dann trat er an die Tafel und warf die Fetzchen in einen Aschenbecher.

Jeder war in Gedanken schon auf dem Heimweg begriffen, niemand hatte für den Nachmittag Sensationen erwartet, nun geschah Außerordentliches. Es raunte und summte im Saal, die Gäste der Bezirksverwaltung griffen aufgeregt nach den Zigaretten, nickten mit herabgezogenen Mundwinkeln oder schüttelten mißbilligend die Köpfe. Großmann deutete mit großer Geste in den Aschenbecher und sagte mit eisiger Stimme: »Dieser Aufruf ist kollektiv beraten, mit Fachleuten, bei uns im Sekretariat.«

Druskat, er war schon dabei, an seinen Platz zurückzugehen, wendete sich zu Großmann um, er rief: »Hier im Saal sitzen auch lauter Fachleute, und jeder begreift, daß was passieren muß, damit sich die Produktivkräfte, die gelähmten, wieder entfalten können.«

Jetzt sah er, daß Max Stephan spöttisch grinste. »Max, ich weiß, du hältst nicht viel von Wissenschaft, vielleicht kann ich's dir am Beispiel erklären. Das ist wie mit dem Wetter. Monatelang hat es nicht geregnet, alles verdorrt und vergilbt, nein, Dicker, da ist mit hinpinkeln gar nichts zu machen ...«

Endlich wurde ein Witz gemacht, die Spannung der Leute löste sich im Gelächter.

Druskat rief: »Wir brauchen ein richtiges Gewitter, Regen, endlich Regen. Wir warten in den Dörfern auf was Neues, Mitreißendes, Beispielloses, und du ...«, er wandte ruckartig den Kopf, jetzt starrte er Großmann ins Gesicht, »du kommst mit allgemeinen Parolen, die in jeder Situation und die seit zwanzig Jahren richtig sind. Und du verlangst tatsächlich, wir sollen das in die Zeitung setzen. Nein!«

Druskat war erregt, dennoch entging ihm nicht, daß sich die Spulen eines Tonbandes drehten, einer der Reporter hatte es eingeschaltet. Er verstummte für einen Augenblick, und nun bemerkte er, wie Großmann und Stephan, sie saßen zur Linken und zur Rechten Gomollas, dem Alten in den Ohren lagen, wer weiß, was sie ihm da einflüstern mochten. Gomolla schob aber beide unwirsch von sich, jetzt hob er den Blick. Hatte er ihm nicht ermunternd zugeblinzelt?

Druskat fuhr fort: »Sag einem, der seine Arbeit straff organisiert hat: Noch straffer, Genosse! Sag einem, der fleißig war: Du mußt fleißiger sein! Einem, der sich nicht geschont hat: Schwitz ein bißchen länger! Sag einem, der erschöpft ist: Nur keine Müdigkeit vorschützen! Er wird sich hier ...«, wahrhaftig, nun vergriff sich Druskat in den Mitteln, er zeigte nämlich dem Großmann einen Vogel, »... hier an die Stirn tippen«, und die im Saal Versammelten lachten herzlich. Druskat brüllte in das Gelächter: »Oder er kriegt die kalte Wut! Ich hasse es geradezu, wenn wir uns Fortschritte ausrechnen nach der Methode, senkt die Waldbrände um fünfzig Prozent. Man muß was dazugewinnen.«

Einer rief: »Wie denn? Wie?«

Druskat fuhr herum, er suchte den Rufer, es war einer seiner Kollegen.

»Wir müssen der Technik weites Feld schaffen, kooperieren, es gibt keinen anderen Weg. Wozu haben wir Maschinen, die sollen sich abklappern und abnutzen, bis sie zu Bruch gehen – aber nicht die Menschen!«

Und nun wandte sich Druskat wieder dem Genossen Großmann zu. »Lieber Freund, wenn du ein Beispiel haben willst für die Zeitung, bitte schön, dann laß uns in Horbeck und Altenstein die Maschinenparks zusammenschmeißen zu gemeinsamer Ernte und Bestellung, das unterschreib ich sofort!«

»Deshalb brauchst du doch kein Faß aufzumachen! Ich weiß, du hast Schwierigkeiten in der Ernte. Klopf bei mir an, wenn du allein nicht fertig wirst.« Endlich kam Stephan zu Wort, und Großmann ergänzte. »Wie ich den Genossen Stephan kenne, wird er selbstverständlich sozialistische Hilfe leisten.«

Druskat schüttelte den Kopf. Er sagte: »Das ist schon wieder eine Phrase.«

»Das verbitte ich mir!« Großmann klopfte zornrot auf den Tisch. Und Druskat sagte lächelnd: »Es gibt ja nicht mal 'ne Straße, die unsere Dörfer verbindet. Aber nun soll mit

Billigung der Behörde die Dorfstraße von Horbeck zwanzig Zentimeter dick asphaltiert werden, warum? Damit sich die eitlen Horbecker noch eine Schmuckfeder mehr in den Arsch stecken können?«

Diesmal wollte das Gelächter nicht enden.

Großmann erhob sich, er wedelte mit den Händen, als könne er so den Jubel auspatschen wie ein Feuerchen, es gelang ihm nicht, er brüllte: »Ruhe! Jetzt möchte ich dem Genossen Druskat antworten ...«

Aber Druskat wußte, daß er die kleine Schlacht im Saal von Anna Preibischs Kneipe zu Horbeck schon fast gewonnen hatte, er wollte sich nicht unterbrechen lassen, er rief: »Ich bin nicht zu Ende! Es kann doch nicht darum gehen, daß einzelne wie die Horbecker möglichst weit vorpreschen. Nein, keiner darf zurückgelassen werden, kein einziger Mensch und kein einziges Dorf. Darum geht es, um gleiche Chancen für alle! Aber wie setzt man das durch? Mit deinem Aufruf? Der ist zu kleinlich. Wir brauchen einen großen Entwurf – Revolution! Wir müssen die Erstarrung endlich abstreifen, weg von der LPG alten Stils, weg von der Groß-LPG, wir müssen die Grenzen der Dörfer sprengen, auf Flächen arbeiten, die von Horizont zu Horizont reichen, wir müssen auf dem Land wie in der Industrie arbeiten, nur so können wir alle miteinander gewinnen und den Reichtum gerecht verteilen!«

Warum blieb der Beifall aus? Druskat sah sich betroffen um, war er zu weit gegangen in seiner Forderung, hatte er sich verrannt? Er fragte: »Versteht ihr mich nicht?«

Endlich war Großmann wieder Herr der Lage, er lächelte etwas mitleidig, er sagte: »Kehren wir auf den Boden der Tatsachen zurück.«

Er bewegte lässig die Hand im Gelenk, wollte so den Druskat auf seinen Platz verweisen, aber der ging nicht, er stand mitten im Saal, breitbeinig, kratzte sich einen Augenblick lang im Haar, dann sagte er: »Du hast recht, man muß bei eins anfangen. Ich stelle den Antrag, daß die Asphaltierung in

Horbeck untersagt wird, wir bauen dafür eine Verbindungsstraße zwischen unseren Dörfern. Seid ihr einverstanden?«

Alle, bis auf Großmann und Stephan, hoben die Hände.

Druskat blickte sich um, er sagte grinsend: »Die Mehrheit ist überwältigend.«

Dann setzte er sich endlich. Jedermann im Saal wartete auf ein Wort des Versammlungsleiters, aber Großmann schwieg betreten. Und was er schließlich der Versammlung bekanntgab, war das Ergebnis langer Nachdenklichkeit. »Pause!«

Er ging auf Druskat zu und sagte drohend: »Dein Auftreten heute wird Folgen haben, Genosse!«

Dies hoffe er sehr, gab Druskat zur Antwort.

Er suchte, bis er den dicken Stephan unter den Leuten fand. Stephan blickte ihm entgegen, leicht schielend, wie jemand, dem es bei aller Anstrengung nicht gelingen will, den Zwirn ins Nadelöhr zu fädeln, aber Druskat hatte längst gelernt, den Munteren zu spielen, er boxte Stephan kumpelhaft gegen die Brust und sagte: »Max, ich hab auch in deinem Sinne gesprochen. Schau, wenn wir die Straße bauen, ist der Hügel zwischen den Dörfern kein unüberwindliches Hindernis mehr, dann können die Maschinen rollen, hin und her!«

»Demagoge!«

Druskat antwortete mit dem charmantesten Lächeln, das ihm zur Verfügung stand: »Du, ich habe eine ganze Menge von dir gelernt.«

Nun winkte ihn Anna ins Hinterzimmer. Dort erwartete ihn Gomolla. Der Alte lehnte grinsend in einem Sessel, Anna kredenzte Schnaps, heute mit gewisser Feierlichkeit, sie reichte die Gläser auf silbernem Tablett. Sie sagte: »Hat mir gefallen, die Art, wie du gesprochen hast. Aber ob es klug war, mein Junge?«

Druskat nahm das Glas vom Tablett, er hob es Anna entgegen, dann Gomolla, er sagte übermütig: »Gustav, es entwickelt sich!«

Anna äußerte Bedenken, wie nicht anders zu erwarten von ihrem bürgerlichen Standpunkt aus. »Jedesmal, wenn man denkt, nun wird es ruhiger in den Dörfern, und ihr werdet eine Sache zum guten Ende bringen, habt ihr schon wieder was Neues angefangen. Und immer Aufregung, immer Streit. – Mein Gott, was hat sich in diesem Hause schon zugetragen. Nun, für mein Geschäft ist es nie zum Nachteil gewesen – aber oft für dich, mein Junge. Übrigens«, sie wandte sich jetzt an Gomolla, »übrigens«, sagte sie mit boshaftem Lächeln, »Daniel erinnert mich sehr an dich, Gustav. Ich meine, er ist jetzt so, wie du früher mal gewesen bist. Dem Stephan hat er es aber gegeben!«

Gomolla reagierte nicht auf Annas hämische Bemerkung, er zog Druskat auf einen Stuhl, der neben seinem Sessel stand, er sagte eindringlich: »Wie du die Wahrheit siehst, wird manchem nicht gefallen. Trotzdem, du mußt den Mut haben, deine Gedanken auf der Bezirksdelegiertenkonferenz auszusprechen, so gut, wie du das eben gemacht hast, wenn's geht, noch besser.«

Die große Bezirkskonferenz fand nur wenige Tage später statt. An die tausend Menschen waren in der Mehrzweckhalle versammelt – so nennt man das lichtdurchflutete Gebäude, es sieht aus, wie ein in Beton erstarrtes Zirkuszelt –, im Präsidium saßen Genossen aus Berlin, vom Zentralkomitee und vom Landwirtschaftsministerium neben leitenden Genossen des Bezirkes, verdienten Frauen und Männern. Und mitten unter ihnen machte sich der Wunderknabe des Nordens breit, der dicke Stephan, hemdsärmlig, es war schwül an diesem Tag, gewittrig, irgendwas lag in der Luft, man spürte es in der Halle, das Wetter mußte umschlagen.

Druskat wartete, er hatte sich zur Diskussion gemeldet. Endlich rief man ihn auf, er raffte seine Zettel zusammen, schritt zum Rednerpult, ein wenig steifbeinig, es irritierte ihn, daß er sich im Blick von vielen Menschen wußte. Er schaute hinunter in den Saal, sah tausend Gesichter und entdeckte kein einziges, das ihm bekannt war, der berühmte Kloß steckte ihm in der Kehle, er mußte ihn fortträuspern, ehe er sagen konnte: »Genossinnen und Genossen …« Er fühlte sich einsam oben am Pult, aber nun sah er Gomolla, der Alte verließ seinen Platz, suchte nach einem Stuhl in den ersten Reihen, legte die Hand hinters Ohr. Also: »Genossinnen und Genossen«, erst einmal die Einleitung, das Allgemeine, wie bezieht sich das, was wir erreichen wollen in diesem Bezirk, in diesem Land, auf die Welt, und: Wie mein Vorredner schon sehr richtig betonte …, das regte keinen auf, aber er sprach sich frei und sprach sich ein, er vergaß schließlich, wie seltsam es war, die eigene Stimme zu hören, und dann holte er Luft und mischte sich, Vorsitzender einer Genossenschaft aus dem Mittelfeld, in die große Politik ein. Und plötzlich spürte er, welche Macht und welche Verantwortung einem Menschen gegeben sind, der aussprechen kann, was viele bewegt.

Als er das Rednerpult verließ, wollte der Beifall nicht enden. Er sah in lachende Gesichter, er lachte selber, wollte in seine Reihe schlüpfen, jemand zupfte ihn am Ärmel, Gomolla. »Komm«, flüsterte er, »wir leisten uns einen kleinen Disziplinverstoß.«

Sie schlichen sich, während man nach dem nächsten Redner rief, aus dem Saal, sie gingen hinaus in den Park. Druskat atmete tief, als hätte er einen schweren Wettkampf gewonnen, es war immer noch schwül, aber das Wetter würde umschlagen, Druskat spürte es.

»Junge«, sagte der Alte, »ich hab mich oft über dich ärgern müssen, trotzdem, ich wußte immer, es steckt was in dir, aus dir wird noch mal was. Heute bin ich stolz auf dich. Ich schätze ein, die beste Rede, und ich hab was im Gespür, paß auf, du wirst zum Parteitag delegiert. Junge, du hast es geschafft! Freust du dich nicht?«

»Doch«, sagte Druskat, »ich freu mich.« Aber sein Gesicht war mit einemmal todernst geworden.

In der Woche darauf machte Druskat den Stephans einen Besuch. Er fuhr auf dem Hof ein, sein Motorrad lärmte, er schob es neben eines der kuglig gestutzten Lindenbäumchen, die den Haustritt flankierten. Hilde Stephan öffnete die Tür, sie sagte: »Du bist lange nicht bei uns gewesen.«

Seit der widerwärtigen Prügelei in Stephans Wohnzimmer hatte Druskat das Haus nicht mehr betreten. Er nickte Hilde zu, er fand sie verändert, sie trug das Haar streng zurückgekämmt und zu einem Knoten aufgesteckt, sie sah schön aus und ernst. Er sagte: »Vor einem Jahr das letzte Mal.«

Sie lud ihn ein näher zu treten, öffnete die Tür zum Wohnzimmer, aber sie machte das mit matten Gesten und Blicken, als bäte sie in ein Trauerhaus.

Druskat trat ein. Max Stephan lümmelte in einem der schweren Polstersessel. Er winkte dem Gast mit einer Zeitung zu, in der er offenbar gelesen hatte, er schien nicht im mindesten überrascht von Druskats Besuch, er fragte, auf die Zeitung deutend: »Hast du schon gelesen?« Und dann zitierte er: »Wie lange noch auf Kosten anderer leben? Spekulantentum! Drei Fragen an den Genossen Stephan. Die Stephans regieren noch in vielen Dörfern!« Er faltete die Zeitung zusammen, warf sie auf den Rauchtisch. »Und so weiter und so weiter. Mein guter Name ist zum Begriff für alle Fortschrittsbremser geworden. Mann ...« Stephan formte mit seinen großen Händen eine Würgeklammer, er schloß sie immer enger, »wenn ich diese Zeitungsschreiber zwischen die Pfoten kriege.« Jetzt betrachtete er Druskat, der lehnte am Türbalken, Stephan sagte mit bitterer Anerkennung: »Deine Rede von der Delegiertenkonferenz im Wortlaut, mit Bild. Was, Hildchen, endlich mal ein schöner Mann im Blatte. Wie fühlst du dich?«

Druskat schob die Unterlippe nach vorn, dann sagte er: »Gut.«

Und nun lamentierte Frau Hilde mit hoher Stimme: »Wie sich die Leute benehmen nach diesen Zeitungsartikeln – schlimm! Wenn ich sonst in den Konsumladen kam, irgendwas Besonderes hatte mir die Verkäuferin immer aufgehoben, du weißt ja, wie das ist, Frau Stephan hinten und vorne. Jetzt verstummt das Gespräch, sobald ich die Ladentür öffne. Manche wenden sich auf der Straße ab, weil sie nicht grüßen wollen.«

Druskat, noch immer bei der Tür stehend, fragte: »Und du meinst, ich bin daran schuld?«

Hilde wendete sich von Druskat ab, sie trat zu Stephan, er füllte den gewaltigen Clubsessel. Hilde drängte sich neben ihn auf die Sessellehne, sie saß nicht bequem, aber sie nahm die Anstrengung in Kauf. Es mußte auf Druskat wirken, wie sie so neben dem Gatten saß und ein wenig auch über ihm, wegen der Höhe des Seitenpolsters, und sie fühlte sich sicher, denn Stephan umschlang mit einem Arm ihren Hinteren, seine gespreizte Hand preßte ihren Oberschenkel, Hilde würde nicht abrutschen können, sie saß aufrecht und angespannt auf der Lehne und sagte anklagend: »Du hast ihn kaputtgemacht.«

Hatte sie denn vergessen, was Stephan vor einem Jahr, hier in diesem Zimmer, ihm, dem Druskat, angedroht hatte: »Ich kann dich vernichten!« Oder hatte sie das bewußt ausgesprochen, um ihn an damals zu erinnern?

Druskat sagte: »Wenn Max ein guter Leiter gewesen wäre, die Leute im Dorf würden euch nicht schneiden.«

Stephan fand meist treffende Bilder zur Charakterisierung einer Situation, er meinte: »Du kannst auch mal wieder in der Klemme sitzen, sehr tief, mein Lieber. Meinst du, dann drehen dir die Altensteiner nicht den Arsch zu?«

Druskat hob die Schultern. Ehe er antworten konnte, nahm ihn Frau Hilde erneut ins Gebet, sie sprach: »Du wirst verstehen, es kann mir nicht gefallen, wie du gegen Max vorgehst, damit verletzt du auch mich. Meinetwegen sollen die Zeitungen doch sonstwas schreiben, und sollte ich Spießruten laufen müssen seinetwegen, ich werde den Kopf bloß höher tragen. Ich gehöre zu ihm. Ich wollte, daß du es weißt, Daniel.«

Druskat betrachtete beide, den Mann im Sessel, die auf der Lehne thronende Frau. Wirklich, Hilde saß wie eine Reiterin im Damensattel, aber es belustigte Druskat nicht, wie sie sich um würdevolle Haltung bemühte, er war ein bißchen gerührt, er sagte. »Ach, Hildchen, ich hab niemals daran gezweifelt, daß ihr beide füreinander gemacht seid.«

Nun lud ihn die Hausfrau endlich ein, Platz zu nehmen.

Druskat lehnte ab, er sagte: »Max, ich muß die Straßenbaumaschinen von dir übernehmen. Komm!«

Druskat wies Stephan den Platz auf dem Sozius seines Motorrades an, und dann preschten sie zum Dorf hinaus und holperten über die Felder. Die Leute blieben stehen, sobald sie des Paares ansichtig wurden, denn es sah merkwürdig aus, wie der große Dicke – er drohte nach rückwärts zu fallen – hinter dem kleinen Drahtigen ritt, der sich nach vorn übers Lenkrad beugte. Stephan hielt seinen Strohhut fest während der Fahrt, und er fühlte sich erleichtert, als Druskat endlich stoppte.

Sie stiegen ab und blickten den Feldweg hinunter, eine Planierraupe und ein Bagger mit schwankendem Greifer krochen gemächlich den Hügel hinan. Stephan rieb sich die Hinterbacken, er streifte das Motorrad mit verächtlichem Blick, aber der Wartburgfahrer verkniff sich eine Bemerkung über schäbigen und quälenden Personentransport, er ließ sich auf einem der Steine nieder, die am Feldrain lagen, er fragte: »Du willst also weiterfechten für die industriemäßige Produktion in der Landwirtschaft?« Er schloß für einen Moment die Augen, schluckte und meinte nach einem Augenaufschlag: »Das spricht sich so schlecht.«

Druskat nickte. »Deine Idee von der Groß-LPG ist eine Nummer zu klein.«

»Daniel, ich will dir mal was sagen, es gab zwei Wege, auf denen man hätte weitermarschieren können auf Neuland, mein ich, auf unerforschtem, aber kein Mensch konnte im voraus sagen, welcher Weg der richtige war, der liebe Gott, der Allwissende, ist nämlich nicht in der Partei. Oder sollte ich schon wieder irren? Also, mußte man ausprobieren, führt es da lang nach vorwärts oder dort. Die Wahrheit, mein

Lieber, nun will ich dir mal wissenschaftlich kommen, die Wahrheit erkennt man bloß im Widerstreit der Meinungen. Du kannst mir vorwerfen, was du willst, aber eins kannst du mir nicht absprechen, ich habe experimentiert, mit Leidenschaft, na schön, nicht immer mit den vornehmsten Mitteln, aber ich habe eine Ansicht vertreten und verteidigt. Und geradezu widerwärtig finde ich die Lauen, diese Nichtstuer und schlauen Abwarter, jetzt verachten sie mich, schleifen mich durch die Zeitung, als hätte ich mich eines Staatsverbrechens schuldig gemacht – die sollen mich kennenlernen, die Pfeifen!«

Druskat lachte: »Du gefällst mir wieder mal.«

Stephan konnte nicht begreifen, daß sein Ausbruch den anderen erheiterte, er rief zornig: »Ich laß mich nicht ducken. In ein paar Monaten bin ich wieder obenauf. Dann schlage ich zurück. Und ich werde auch dir zu schaffen machen, mein Guter.«

Druskat hockte sich neben Stephan, er packte ihn bei den Schultern, drehte den Mann im Sitz ein wenig, jetzt konnte Stephan auf die künftige Trasse blicken, sie war mit Pfählen abgesteckt, die sich am Fuße des Hügels im Gesträuch verloren, ungefähr dort, wo die beiden gewaltigen Findlingsblöcke liegen mußten. Druskat wies auf die Markierungspfähle: »Jetzt sollst du erst mal wissen, da lang führt der Weg.«

Stephan wandte das Gesicht. »An den beiden Felsen vorüber?«

Druskat nickte.

»Das wird Schwierigkeiten machen, Daniel.«

»Kann sein.« Druskat streckte die Beine, er holte eine zerknautschte Zigarettenpackung aus der Hosentasche, bot Stephan an. »Ich weiß ja nicht, ob du die rauchst?«

Stephan bediente sich, ließ sich sogar aus über die Vorzüge ungesoßter nordischer Tabake.

Die Männer rauchten.

Schließlich sagte Druskat: »Max, ich bitte dich um einen Freundschaftsdienst.«

Stephan forderte den anderen mit einer Geste auf, er möge reden.

»Weißt du«, sagte Druskat, »ich hab immer was erreichen wollen, schon als Junge, nicht anders als du. Was erreichen, was Großes. Was ist das? Ein Pferd besitzen, ein Auto, einen Hof haben, jemanden übertrumpfen können, überwinden, ein Chef sein, ein Held sein, einen Namen haben? Nein! Wenn einer bewirkt, daß was anders geworden ist, als es vorher war, und besser, ich glaube, bloß der hat wirklich was erreicht. Und mag die Veränderung noch so klein sein, das ist was Großes! Deshalb hab ich mich mit dem Sumpf herumgeschlagen, und deshalb häng ich so an dieser Straße. Wenn sie fertig sein wird, hab ich was geschafft, für die Leute, nicht viel, nur eine schmale, kurze Straße. Für mich ist das wichtig.«

Stephan grinste, dann fragte er: »Ja und?«

Druskat sagte: »Könnte sein, daß ich fort muß über kurz oder lang. Wenn ich fort sein sollte, Max, dann bitt ich dich, verkneif dir doch mal alle Faxen und laß alle Tricks. Bau die Straße an meiner Stelle fertig.«

»Versprochen«, sagte Stephan nach einer Weile.

9

Eine Nacht war vergangen und beinahe ein Tag, seit sie Druskat abgeholt hatten, die Bäume warfen schon längliche Schatten, als er nun in Begleitung Stephans aus dem Mönchsbusch heraustrat und sein heimatliches Dorf Altenstein in den Feldern liegen sah. Druskat stellte den Koffer ab, er drehte sich nach Stephan um. Der Freund hatte gefragt: »Wer hat dich angezeigt?« Und Druskat hatte ihn an die Besichtigung des Musterdorfes Horbeck erinnert, an die Auseinandersetzung in Anna Preibischs Kneipe und an den Freundschaftsdienst, um den er unweit von hier gebeten hatte. Er sagte: »Ich hab mich selber angezeigt. Ich dachte, du wußtest es.«

Stephan starrte Druskat lange an. Schließlich sagte er:

»Du!« Er lachte ein bißchen. »Und ich hatte den Alten im Verdacht. Wär ja möglich gewesen.« Und dann klagte er sich aus. »Mensch, bei uns zu Hause ist der Teufel los. Ich hab Hilde manches verschweigen müssen, ich wollte sie nicht reinziehen in die miese Geschichte. Weißt du, Hilde ist nicht wiederzuerkennen. Sie macht es mir auf einmal schwer. Aber was du jetzt durchstehen mußt, wird schwerer sein. Na ja, du hast ja jemanden, der dir helfen wird. Merkwürdig, du hast immer jemanden gehabt. – Du wirst nicht Vorsitzender bleiben können in Altenstein.«

Druskat nickte, dann sagte er: »Du kannst meine Arbeit übernehmen.«

Stephan schüttelte abwehrend den Kopf. »Du hättest Kettner erleben sollen. Sind doch längst andere da, jüngere ...« Er senkte die Mundwinkel und hob, wie in tiefer Skepsis, die Schultern. »Aber ob die besser sind als wir?«

Druskat mußte lächeln. So war er eben, und so würde er bleiben, Stephan, der Freund und Gegner, rücksichtslos und liebenswürdig, einsichtig und unverbesserlich!

»Jedenfalls«, Max Stephan hieb seinem Freund die Pranke auf die Schulter, »jedenfalls wirst du jetzt eine Menge ertragen müssen. Weißt du was«, sagte er und griff plötzlich nach Druskats Köfferchen, »ich nehm dir mal was ab.«

Hans Fallada: »Alles in meinem Leben endet in einem Buch.«

Wolf unter Wölfen
Der Roman vereint alle die Eigenschaften, die Fallada als grandiosen Erzähler populär machen: innere und äußere Spannung, Atmosphäre, Genauigkeit im Milieu, unverwechselbare Schicksale und lebensvolle Gestalten, bei denen die ganze deutsche Gesellschaft Modell stand – ostelbischer Landadel, Berliner Kleinbürger, Offiziere, Prostituierte, Spieler, Süchtige, Schieber. Er ist der Roman über die Inflation, ein Panorama der außer Rand und Band geratenen Zeit und im besten Sinne unterhaltende Literatur.
Roman. 2 Bände. 1180 Seiten. AtV 5303

Kleiner Mann – was nun?
Als Lämmchen und der Verkäufer Johannes Pinneberg heiraten, zeichnen sich böse Zeiten ab: die Weltwirtschaftskrise. Dennoch glauben die beiden an ihr Glück und an ihre Liebe. Als Pinneberg sich schließlich in das Millionenheer der Stempelbrüder einreihen muß, ist es Lämmchen, diese liebenswerte, sanfte und tapfere junge Frau, die das Leben ihres verzweifelten kleinen Mannes in ihre Hände nimmt.
Roman. 372 Seiten. AtV 5302

Der eiserne Gustav
Gustav Hackendahl, genannt der eiserne Gustav, ist Herr über einen florierenden Droschkenbetrieb, über dreißig Pferde, eine Frau und fünf Kinder. Während seine Welt zusammenfällt, bleibt Gustav Hackendahl eisern. Spät dämmert ihm, der Kinderstube mit Kasernenhof verwechselte, daß vieles falsch gelaufen ist in seinem Leben. Auch die Droschkenfahrt von Berlin nach Paris, die ihm kurzen Ruhm einbringt, kann nichts mehr verändern.
Roman. 702 Seiten. AtV 5308

Wer einmal aus dem Blechnapf frißt
Der Häftling Kufalt kann sein fünfjähriges Gefängnisleben nicht mit der Gefängniskluft abstreifen. Es bleibt an ihm haften. Sein Leidensweg ins bürgerliche Dasein ist von den Vorurteilen seiner Umwelt begleitet. Es platzt die Verlobung und sein Traum von der ehrbaren Existenz. Er, der ewige Pechvogel, bleibt ein Versager für die Bürger und für die Ganoven. Erleichtert geht er zurück ins Gefängnis: Nun hat er Ruhe – er ist zu Hause.
Roman. 556 Seiten. AtV 5317

»Erwin Strittmatter hat uns den Himmel gezeigt überm Tellerrand« DIE ZEIT

Der Laden
»Es ist die Dorfchronik eines großen Epikers, der in einem abgelegenen, halbsorbischen Winkel die Welt spiegelt. Bossdom – ein Kosmos; was Menschen irgend geschehen kann, geschieht ihnen hier; wie Menschen sein können, so sind diese Dörfler.« DIE ZEIT
»Im Kleinen das Große erkennen und zeigen und beschreiben – das hat Strittmatter getan, gleich Tolstoi, Hesse, Faulkner, Proust, Emerson.« SÜDDEUTSCHE ZEITUNG
Romantrilogie. 3 Bände in Kassette. Mit 24 Filmfotos. 1496 Seiten. AtV 5420. Alle Bände auch einzeln erhältlich

Der Wundertäter
Der große Schelmenroman zeichnet den schwierigen Weg des Stanislaus Büdner aus Waldwiesen vom poetisierenden Bäckergesellen zum kritischen Schriftsteller nach. Mit Erwin Strittmatters unverwechselbarer Erzählkunst aus Poesie, Menschenkenntnis und Humor gehört sie zu den großen Werken der neueren deutschen Literatur.
Romantrilogie. 3 Bände in Kassette. 1555 Seiten. AtV 5426. Alle Bände auch einzeln erhältlich

Ole Bienkopp
»Ole Bienkopp« zählt zu den schönsten und wichtigsten Strittmatter-Romanen, nachdem er in den sechziger Jahren für heiße Diskussionen sorgte, weil sein Held politisch nicht opportun war. Ole trifft auf Vorurteile und Neid, als er seinen Traum von der gerechten Welt verwirklichen will. Voll Trotz und Zorn tritt er gegen die Bürokraten an.
Roman. 418 Seiten. AtV 5404

Vor der Verwandlung
Aus Manuskriptteilen und Bändern im Diktiergerät hat Eva Strittmatter nach dem Tode ihres Mannes dieses Buch zusammengestellt. »Ein Abschiedsbuch, wie es bewegender nicht sein kann.« FRANKFURTER RUNDSCHAU
Aufzeichnungen. Hrsg. und mit einem Nachwort von Eva Strittmatter. 173 Seiten. AtV 5431

Wie der Regen mit dem See redet
Das Strittmatter-Lese-Buch zeigt den großen Epiker in seiner einmaligen Mischung aus Poesie, Philosophie, Weisheit und Humor. Die Auswahl aus dem Gesamtwerk zum Selberlesen und Weiterverschenken folgt Strittmatters Leben von der Kindheit über die Kriegs- und Nachkriegszeit bis zum Leben in Schulzenhof.
Das große Erwin-Strittmatter-Buch. Hrsg. von Klaus Walther. 425 Seiten. AtV 5434

Weitere Informationen erhalten Sie unter www.aufbau-verlag.de oder in Ihrer Buchhandlung

AtV

»Brigitte Reimann taucht nun auf wie ein Phoenix aus der Asche.« Der Spiegel

Franziska Linkerhand
Zehn Jahre schrieb Brigitte Reimann an diesem Roman über eine lebenshungrige, kompromißlose, von einer Vision und einer Liebe besessenen Architektin. Obwohl unvollendet, zählt er zu den wichtigsten und schönsten Büchern der deutschen Gegenwartsliteratur. Die ungekürzte Ausgabe zeigt eine freimütigere, illusionslosere Franziska – radikal wie ihre Autorin in den Tagebüchern. – »Ein aufregendes, aufwühlendes Buch.« FAZ
Roman. Ungekürzte Neuausgabe. Mit einem Nachwort von Withold Bonner. Bearbeitung und Nachbemerkung von Angela Drescher.
639 Seiten. AtV 1535

Ich bedaure nichts
Tagebücher 1955–1963
»Ein Parlando, in dem der Odem großer Literatur weht. Ich kann mich nicht erinnern, das Buch einer Frau in deutscher Sprache gelesen zu haben, in dem die Sehnsucht nach Liebe mit einer solchen Sinnlichkeit und Intensität gezeigt wurde. Dieses Buch hat die Qualität eines Romans und die Vorzüge eines Tagebuchs. Es hat mich ergriffen.«
Marcel Reich-Ranicki im Literarischen Quartett
Herausgegeben von Angela Drescher.
429 Seiten. AtV 1536

Alles schmeckt nach Abschied
Tagebücher 1964–1970
Es war der scharfe, auch gegen sich selbst unerbittliche Blick der Schriftstellerin Brigitte Reimann, der uns mit den Tagebüchern ein einzigartiges Lebenszeugnis hinterlassen hat: die beeindruckende Biographie einer leidenschaftlichen, extravaganten Frau und zugleich ein Zeitdokument, das Geist und Stimmung einer ganzen Periode der ostdeutschen Nachkriegsgeschichte einfängt.
Herausgegeben von Angela Drescher.
464 Seiten. AtV 1537

BRIGITTE REIMANN
CHRISTA WOLF
Sei gegrüßt und lebe
Eine Freundschaft in Briefen 1964–1973
Brigitte Reimann und Christa Wolf lernten sich 1963 kennen. Es war der Beginn einer Freundschaft zweier eigenwilliger Frauen, die sich in ihrem Anderssein akzeptierten. Für beide waren es krisenhafte Jahre, durchzogen von persönlichen Konflikten, bedrohlichen Erkrankungen und politischen Spannungen. Vom Tod überschattet, handelt ihre Korrespondenz gleichwohl vom intensiven Leben, zu dem eine der anderen Mut macht.
Herausgegeben von Angela Drescher.
190 Seiten. AtV 1532

AtV